Annie Proulx

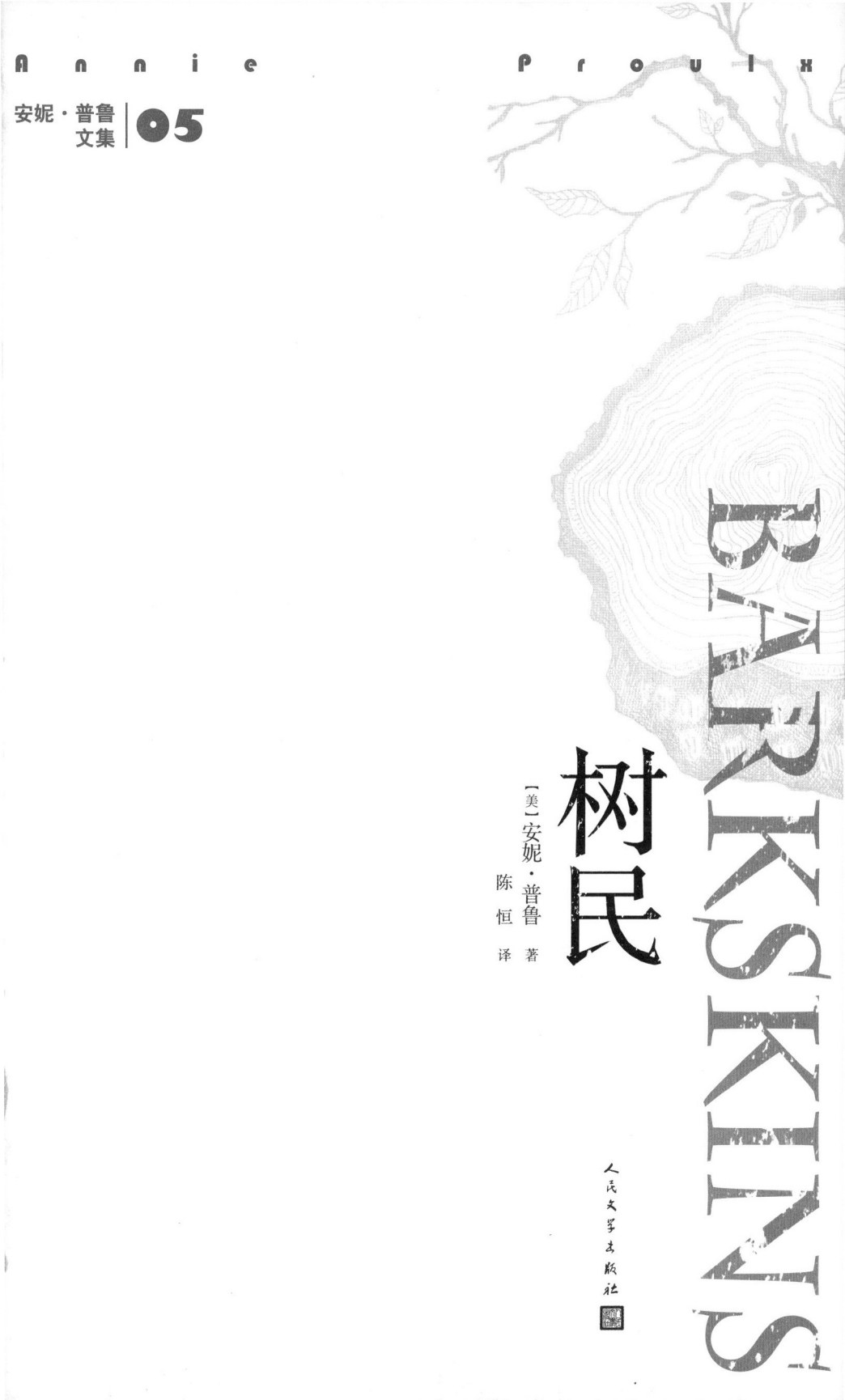

安妮·普鲁文集 | 05

BARKSKINS

树民

［美］安妮·普鲁 著
陈恒 译

人民文学出版社

著作权合同登记号　图字 01-2019-1729

BARKSKINS
by Annie Proulx
Copyright © 2016 by Dead Line, Ltd.
Published by arrangement with Dead Line, Ltd. c/o
Darhansoff & Verrill Literary Agents
through Bardon-Chinese Media Agency
Simplified Chinese translation copyright © 2020
by People's Literature Publishing House Co., Ltd.
ALL RIGHTS RESERVED

图书在版编目(CIP)数据

树民/(美)安妮·普鲁著;陈恒译.—北京:人民文学出版社,2020(2021.2重印)
(安妮·普鲁文集)
ISBN 978-7-02-015258-2

Ⅰ.①树… Ⅱ.①安…②陈… Ⅲ.①长篇小说—美国—现代 Ⅳ.①I712.45

中国版本图书馆 CIP 数据核字(2019)第 096262 号

责任编辑　翟　灿
装帧设计　李思安
责任印制　王重艺

出版发行　人民文学出版社
社　　址　北京市朝内大街 166 号
邮政编码　100705
网　　址　http://www.rw-cn.com

印　　刷　北京盛通印刷股份有限公司
经　　销　全国新华书店等

字　　数　551 千字
开　　本　640 毫米×960 毫米　1/16
印　　张　44.5　插页 1
印　　数　10001—14000
版　　次　2020 年 7 月北京第 1 版
印　　次　2021 年 2 月第 2 次印刷

书　　号　978-7-02-015258-2
定　　价　96.00 元

如有印装质量问题,请与本社图书销售中心调换。电话:010-65233595

翻开安妮·普鲁的第一页，
浓雾开始下降(代序)

在动笔之前，我再三问自己：关于安妮·普鲁，我能说什么呢？我能如何去说呢？我手中只要拿着她的小说，就是在着着火。

与大多数喜欢安妮·普鲁的读者一样，我与她的作品初次相遇，机缘是电影《断背山》，此后她的所有作品能买到的都买来读，甚至收藏不同的特殊版本。最爱不释手的《近距离：怀俄明故事集》，前后一共买了15本之多，价格从8元到150元不等，有时候弄丢了，有时候作满了记录又想买本洁净的保存，还有的送给了最好的朋友。

我尝试尽量少使用理论词汇，避免它们肢解掉完整的普鲁文本，尽量还原一个好奇的聆听者所期待的本原感受，不用理论搭架通路，忠实于直觉与混沌。在我阅读她的作品时，如同一个少年在暴雨如注中静静翻页，或是一直仰望密布天空的群星忘了低头，又或是深处火焰广场却浑然不觉。从某种意义上来说，普鲁是我精神中最私密且辽阔的一侧，与理念、渴望、体验已经密不可分。

安妮·普鲁最新作品《树民》是她作品中最长的一部，时间跨度长达320年，绵延的故事在两个家族七代人之间发生。从欧洲前往北美的劳工勒内、迪凯二人，不同的秉性，迥异的命运，在小说的前面交会，继而分开，最后再度神奇地会合。简单来说，就是这样两句话。

长篇小说和短篇小说的写作、阅读、感受方法很不一致，但在一切叙事的层面上，情节与人物总是势同水火，很多人忽略了更关键的区别：速度与空间的矛盾。安妮·普鲁对很多读者而言，神奇之处在

1

于她的故事速度、语言速度能够紧紧抓住读者的注意力,同时还能在心理上展开两条轴线——强烈的修辞力量所处的精神空间,与孤身一人身处"消失了深度、矛盾与辩证法"的实质空间。

如果你是普鲁的一贯读者,《树民》将在我们早已熟悉的"普鲁式世界"的基础上,更加清晰地展现各种原始力量的多重震撼,犹如全席盛宴。漫长的时间、繁杂的人物考验小说家如何在情节与人物之间找到具有风格的平衡,在这点上,普鲁坚韧不拔地推进,正如她笔下写过的人物一般:坚韧、果断,誓要用传奇故事填满整片荒野。

安妮·普鲁的小说被许多文学评论家归入"地域作品",我认为这是一个无错也无用的标签。在课堂里介绍她的小说时,我会说:人需要旷野,旷野需要传奇,传奇需要渴望被折磨并着魔的听众,旷野和人天然彼此疯狂地欲求。

她的故事中,一定会有"总对人类横眉冷对的某物"存在,且这种存在是本质性存在,它不管你是否想去理解、是否能够理解。这个存在一半是景观,一半是作家本人的直接在场。

在各位即将翻开的《树民》中,承袭了普鲁那套庞大却极具风格的词汇库,其中包括大量与狂暴的自然景观相关的宏观词汇,还有博物学家精细、客观的丰富词条,也承袭了她一直以来高度压缩的句式、古怪的语法和语音节奏,如此与众不同以至于你很容易就跟着读了出来,进入了她所属那个维度的世界里。

我读小说的时间较长,和很多重度读者一样,在看过大量故事之后却渐渐对命运、悬念之类的文学核心元素失去了期待。成千上万的言说者中,有没有一个声音能与你挑剔成性、对叙事充满怀疑和警惕的灵魂再次合一呢?相信许多人会从复杂的人为叙事技巧中彻底脱身,转向自然文学,在那些没有人物的客观世界中重新找到去掉矫饰后的整体体验——我们不再相信人手造起的手机信号基站、商场、舆论阵地,只想认真去体会暴躁多变的自然世界。

与此同时,普鲁所写的故事强度极高,且让人深信不疑,她的故事更让人感觉像是在"听"而不是"读",更直截了当的说法是:她的诚恳能使高度戒备(随时准备挣脱小说家的套路)的人彻底放松警惕,变成一个低矮年幼的孩子,渴求一个接一个能量不明的奥义故事。而在我的阅读经验中,它的性质已然超过普通的小说范畴,进入了传奇。哪怕《树民》体量较大,浓稠的部分仍然没有被稀释。

空间

卢梭谈到自然世界的时候说:在激情的沉静状态之中,便是逻各斯的泰然自若。

安妮·普鲁小说的主角从来就不是人,正如传奇的事实是某个固定特定时空:其实在她所描写的地点里,有没有人、有没有故事仿佛不太重要,它们只是恰好路过了被你瞥见,让你触目惊心了几秒钟。很快这些人物就消失了,而那片大尺度的空间永存,躲进你的精神继续摇撼你。

相信聪明的读者无须多言即可理解:人被地理所塑造,人被地理所支配,这是只有城市生活的人所没意识到的。在普鲁写作伊始,她留心小城里的报纸、黄页、地上捡起的纸片,对周遭一切寡淡平凡的事实投以注目,至今她都偏爱书写人被狂暴之地塑造出的特殊品格。你无法不把小说发生的地点当成主角,在故事中,首先说话的、提醒你精神紧张的、逼迫你开始体验的,要么是一望无际的原始旷野,要么是终日寒冷、变幻莫测的岛屿,不同人物在其中开始破车一般发出低吟。

对大多数中国读者而言,安妮·普鲁所挑选的空间和景观,都陌生却极具诱惑力,如果你会偶尔在天气软件里查询某个距离你10个时区的遥远地点天气如何,对各色怪人、恶棍、不合常理的爱情感兴趣,普鲁的小说就是你的鸦片,因为你们会把目光投向"没有命运、没有最终目标的残余世界"。

普鲁故事中的具体地点和景观呈现出主角般的英雄气概:大西洋、原始森林、冰冻苔原、暴风岛屿、没有垂直物的西部平原……它们绝对都是活的,还是世界上最长寿的生命,对人类漠不关心,不可撼动。相比之下,人的生活仿佛只是配角。这个基本目光使她的小说作品独树一帜,成为充满陈词滥调、精雕细琢的矫饰小说语言里的一股清流,如此与众不同。

个人主义者发现真理,这并不难;普遍主义者体验真理,这很

3

困难。

《船讯》的故事几乎牢牢锁在纽芬兰，《近距离》的所有故事都发生在怀俄明，《树民》大部分故事的发生地点在北美和新西兰惊人的原始森林中。那时欧洲移民逐渐把目光和财富野心投入这片充满混沌的自然伟力的巨大空间，安妮·普鲁用几近蔑视的态度一再强调新移民表面的征服。

在这类地点，人只有站稳了，才能活下去。总而言之，每个人都有不对劲的地方。

"在这个新世界里他将会领教到，这里的冷可是完全不同的境界。"

"七月初，松树释放出波浪般的花粉，黄色的粉雾像柠檬黄色的烟雾飘荡于森林之中，与燃烧的树木产生的烟雾混合在一起。"

"大片堆积的雪覆盖着树木，它们如此之厚，以至于在起风时如雪崩般从树上掉落。勒内这才明白，他之前一辈子都没体会过极度的寒冷，也从未见过黑夜的真正颜色。"在这种极度严寒下，冻硬的斧刃会粉碎，石头会无法承受而爆成碎片，人的肺会感到灼烧。"有一个冬天……我在森林里碰到四只直挺挺地站着冻僵了的鹿。"

文中有大量令人心醉神迷又大开眼界的关于原始森林的描述，光是看文字都令人天真地瞪大了眼睛。普鲁从各种方位、以各种形式和契机介入整整320年的故事，如果你把每一个没见过的自然名词都饶有兴致地记录下来，本子将很快被写完。

在这种宏大自然的尺度下，人自然是跌跌撞撞、脏兮兮的、被一些模糊不清的需求强力驱动着，总得受飓风的抽击。当作家花了如此多注意力和力气去展现自然景观的主干，她笔下的人物和故事则无需简单地顺从早已令人倦怠的机械剧作法，而是自动在各个枝头拼命生长铺开：由于人做任何事都是可以被理解的，所以人就可以去做任何事，普鲁的叙事魔法之手开始挥动了。

你爱她的孤独、平静，也爱她小说中的咆哮。

神来之笔很多，绝妙的天才场景很多，无法一一尽数，包括迪凯的中国之行，堪称故事前三分之一中的璀璨钻石，跳出巨木参天的包裹之下透了口气。那个段落描写自带遥远的中国背景音乐，精致得似乎与我们熟悉的普鲁毫无关联。这个段落从几个方面与北美故事对照,讲述了有点诡谲的"东方森林谎言"、错综复杂的贸易系统,就在《怡惑园》一章中,迪凯无法理解为何中国有全世界最精致的木制品,却并没有狂野的原始森林——那些木头是从哪里来的?那些木头我能弄到手吗?狡猾如迪凯,也败给了广东港口的官员,可能是全篇唯一一处让他"不明觉厉"的地方,中国读者看起来肯定特别过瘾。

顺嘴一提,安妮·普鲁对中国文化很感兴趣,她多次引用我国唐代古诗。

人物

我们无法离开安妮·普鲁偏爱的景观去理解其中的人物,但如果把其中的人物单拎出来亦成为足够有效的"充分形象"。在读小说的时候,我自己常用一个方法去检验作品:两天之后,1.我还能不能记起其中所塑造人物的样子和大事件,以及他是如何行动、说话风格如何?2.我能否根据已有文本继续延展性的想象?

很多小说家和剧作家在创作时候也会问自己这个问题,以便使自己的人物更立得住、更难忘。

更高的两个要求是:1.这个人物能不能启发其他的创作者去构思出自己笔下新的人物?2.作品中的人物有没有传染性,继而在读者日后的写作中都会不自觉地呈现出原作者的气质?

安妮·普鲁为我们提供了多少令人难忘的人物?数不清了,他们带着强烈的普鲁气质出场、行动、离开,又有自己独特的逻辑和记忆点,每个人物都是一艘装载着不明货物的航船。在我的口味里,尤其偏爱"让人困惑"的人物:他们可以软弱、强健、果敢、疯癫、深情,但共同的气质核心是"让人困惑",因为困惑使人无法停止想象、猜测和苦苦思考。

普鲁总是能很好地平衡人物"清晰"与"令人困惑"的矛盾,即使在短篇小说中,我们也看不到模糊不清、语焉不详的人物,她很慷慨,可能也是要给读者一些助力,但她的人物却有使人困惑的魅力。

在《树民》中,这个特点有所改变,新的"幽灵人物"出现了——

他们要么并没占据篇幅的重心,要么是貌似平淡的配角,却在某个时刻突然掀起海啸,并且像是家族阴魂不散的诅咒一般,心照不宣地感染了一家人上百年的时间。

塞尔家族中,这个幽灵是他的哥哥阿希尔,他在最开始的部分就被提及,那时他已经死了,事实上从未出场过。如果读完全书,建议重新翻回来再看第四页,你对勒内形象的理解又会被更新了。勒内为了彻底忘掉哥哥,孤身远走他乡抵达世界另一个半球,继续哥哥从前的劳作。阿希尔的死亡迅速且暴烈:

"一个流送木材的工人,他那短暂的一生都在寒冷的约讷河跳进跳出,引导木材沿河漂流。他一直都身强体壮,不惧河水的寒冷,直到一根原木断裂的树枝因沿途摩擦变得像矛一样尖利,刺穿了他的膀胱,然后携他继续漂流,像烧烤扦子上叉着一块肉。勒内如今穿着他哥哥的内衣和羊毛裤子,还有他的短外套。他穿着阿希尔的木鞋……"

这短短几行字就是典型的普鲁式写作,短得像一条没什么人会注意的告示,但所有信息都在其中,字词简短、惊心动魄,其中的比喻修辞高度凝缩进一连串动作——阿希尔以休眠的形式出现,其他人却一直生活在被他大肆破坏的梦中。

迪凯家族里的幽灵是贝尔纳,他是被夏尔在街头领养的儿子,一个贫穷却充满希望的男孩,夏尔觉得他最像自己,日后贝尔纳却变得"更像个水手",不插手生意,静静做测量林木的工作。他的妻子碧伊特是个挪威人,在整个家族中非常特别,话也不多,贝尔纳死于一双靴子,碧伊特很快也死去了,她的死亡所揭示的真相成为整个家族都不敢讨论的事情:贝尔纳和碧伊特的40年是如何度过的?这片阴云一直笼罩在迪凯家族头顶,绵延了上百年。当时看到这里的时候,我惊讶得必须休息半小时。

阿希尔死于膀胱被刺穿,贝尔纳死于靴子里没磨平的钉子……普鲁给我们留下太多的意义和入口,这还仅仅是人物而已。更别提文中似乎是随口提及的某个地点、事件、姓氏的双关语之类,如果你愿意继续展开搜索,还能得到另一个广阔的世界。

安妮·普鲁在写作前会广泛搜集历史资料,几乎是贴地爬行般地从图书馆到社区档案到报纸公告栏无所不包地采集,她似乎无意之间插入的一个名词都有其事实根源,说到这里,真希望能有机会到《鸟之云》(*Bird Cloud*)里她所住的房子里看看她书架上的笔记本。

人物的情欲展开方式也是普鲁的特色之一,但又不是她渲染的重心,你从那些情欲中难以获得任何情欲的满足,因为她更关心的是人如何行动,却不对行动多加渲染和沉迷,只是横眉冷对、无动于衷地陈述一桩桩不正常的事件,看不到丝毫扭捏多余的自恋式辩证——很多作家使人倒胃口,正是由于他以为读者看不出这种自我卖弄——传奇的人物必须砍掉一切不必的、原地打转的废话。

当这一切与前面谈及的空间/景观结合,一种哀歌般的品质涌现出来。

传奇

安妮·普鲁作品中的故事从来不令人失望,哪怕你是早就被天花乱坠的情节狂轰滥炸过的高燃点读者,也会在她的叙事里感受一次次重击,这太令人愉悦了。

普鲁所写的故事,绝大多数来自她长期从各地搜罗来的历史事实,由于她为人很低调,接受采访的时候让提问的记者深感恐惧,我对她的好奇更多是在《鸟之云》中寻找似是而非的答案。但毫无疑问的是,她就是那种最会讲故事的奇才。

一般来说,大师级别的艺术作品有个大忌:过于透明。一旦一个人物的秘密、模糊的毛边、隐藏的部分全被翻出来,这个人物也被正式宣告:祛魅完成——他们自动降格成为路边文学中那种廉价的、可以靠自作聪明圆起来的无聊人物,既无对错,也无高下。

安妮·普鲁的做法有点危险,因为她不仅详实地刻画人物的细节,还加入了许多小说家小心回避的做法:直接下场进行断言。或者说,这是当代小说家非常谨慎使用的,而古典作家对此方法的使用则很悠然,因为那时还没有讨人嫌的各种批评家去限制他们。

一个天生的故事强者(安妮·普鲁)是这样做的:

1. 在人物的客观细节与心理逻辑的描述上细致、准确,但人物的对白写得压缩、含混、破碎却指向清晰。《树民》中塞尔家族的核心男丁们始终被一句话困在噩梦中,一句似是而非的祭司短句:"你不是。"

这句话出自勒内之口,语焉不详却仿佛无所不包,一直到昆陶生命的终点,每出现一次,就再次把早已退场、在当下之外的先祖再次拉出,史诗感油然而生,使读者一再想起勒内和阿希尔的灰暗幽灵。《树民》中不同民族、不同家族、不同性格的人,语言各有特色,却都有足够的留白供读者呼吸。

2. 足够强力的动作落点。如果人物真相已经十分清晰,能支撑作者信心的也许就是:写出能令再麻木的读者都猛然一惊的动作。

安妮·普鲁的这种特质在《船讯》中已经成形,虽然在《近距离》和《树民》的对比下,佩塔尔在奎尔生日的时候给他送鸡蛋、报社编辑死而复生这种情节显得有点过分电影化,但她在构建情节的时候油门一路踩到底的风格的确值得读者报以极大的敬意。在《近距离:怀俄明故事集》里,是送葬的老人冻死在悬崖边的车里,是孤独的少女被拖拉机恶灵引诱,是重伤残废后的男人在不同牧场对着陌生女人自慰……到了《树民》,则是一件件意料之外突发的残酷死亡,还有伴随回忆和死亡而来的真相。

公正地说,安妮·普鲁作品中可以大加分析的符号太多了,甚至过分多了,而且戏剧性很足,甚至过分足了,以至于在阅读的过程中我甚至需要刻意压制这种对符号和电影画面联想的冲动,时刻提醒自己不要因为"知识"或"剧作思维"葬送她带给我的独特、宝贵的直觉层面的体验。但普鲁又的确做到了这样一件事:你可以进行各种理论层面的展开和阐释,什么生态文学女性文学西部想象剧作法之类,都行!但即使完全抛开这些,她的叙事仍旧岿然不动,经得住一再讲述。

3. 作者比她所描述的人物更果断,本人进场毫不犹豫地击败读者。安妮·普鲁的特质混合了隐士、坚忍与强力,读她的作品时很适合同时聆听斯特拉文斯基、格里高利圣咏、肖邦的波兰舞曲(而不是贝多芬)。一般来说,经验丰富品味挑剔的读者会本能地警惕作者对笔下人物和情节的操纵,但如果明晃晃、赤裸裸地操纵,这就突然不一样了。

4."基建速度"。若论人物和场景的搭建速度质量之比,高于安妮·普鲁的对手并不多,在她的作品中,把一个人物外形和性格搭建完成,基本一两句话就能手起刀落解决入鞘;一个场景也是,三样物件,跟从不带副词的现在进行时短句,准确程度令人目瞪口呆——就连对场景细节、气质要求最高的电影美术指导,也能立刻心领神会,你不能减少任何一个她提到的物品。

我静静地蜷缩在角落,甘心忍受被人物和作者的双重支配——支配是明显的,很多时候安妮·普鲁比她笔下的人物更加果断,她速度更快、力量更大,仿佛她才是最后的赢家。这种特质,罕有人能够匹敌。

《树民》相较她的其他作品而言,更频繁地记录了不同人物的死亡(时间横跨320年,这也就很自然了)。人物可以死于各种原因、死于各个地点,原因结合随机与必然,因此成为他们"生"的证据,需要各位读者逐一亲历见证。

安妮·普鲁对严酷的环境入迷,各式各样性情古怪的人物在其中深受孤独的考验与折磨,他们各自有隐藏的秘密、古老的怨恨,并且持续受到外来者的威胁、粗暴、乖僻,呈现出人类受困于蛮荒之中激进的一面,同时作者也因此能合情合理地"随时入场"。

相应地,安妮·普鲁的断言还有萨满、仅靠观星成为最伟大的航海者波利尼西亚人式的智慧,引诱读者骚动、心神不宁,超越对真正现实的渴求。我不愿说这是"魔幻现实主义",因为"现实主义"的第一法则是"相信现实世界可以被呈现",普鲁只是并不遵循现实主义教条,所用之转喻、隐喻之类修辞手法也并未超出锐利心灵的边界,转向纯粹的疯癫而已。

她挥动粗钝斧头,用最少的抬手砍剁出准确得令人肃然起敬的人物与故事,同时,还展现了难以置信的柔情——我太享受安妮·普鲁偶尔写出的爱情情节了,它们让人柔肠寸断,泪湿衣襟。《近距离》以著名电影的小说蓝本《断背山》做压轴篇,为10个短篇故事收尾,我几乎能全文背诵,并反复在读到这3句话时流下泪来:

"(两人)不知道怎么办,只好朝相反方向驶开。开不到一英里远,恩尼斯感觉有人用手一下接一下地拉出他的内脏,一次一码长。"

"两人皆未满二十。"

"大约在此时,杰克开始现身他的梦境……枕头有时会湿,有时候湿的是床单。"

当普鲁在写爱情故事的时候,无论其他论文如何进一步解读,我都愿停留在它就是故事本身时那充盈热烈的样子,大概爱情在被高度压缩的时候反而能显示其纯度与璀璨。在《树民》中不再有这种充分、持久、暴露的爱情描述,它们零星出现在勒内和哥哥阿希尔(把孩子阿希尔的一生从头到尾划了个透)、吉诺和朋友、贝尔纳和碧伊特的零星暗示里,到昆陶的部分,还呈现出一种以往少见的情感:一种印第安世界观感染之下的命运观念,像印第安人一样爱,像印第安人一样死。

句子

每个小说家都疯狂地渴求自己能写出好句子。句子层面的观察,是对小说家最无情的测量,而安妮·普鲁,她站在句子写作的山顶。挑选几个很有代表性的句子:

"你不在我身边时,我几乎称不上喜欢你。可是你一靠近,感觉像有人铲了一堆红烧木炭倒进我的短裤。"

"诺伊决心要成为一个出色的篮子制作者,她努力练习,直到手指起泡。"

"马尔尚把自己描述为百分之五十是法国人,百分之五十是马莱西特人,百分之五十是佩诺布斯科特人,百分之五十是苏格兰人;而作为这样一个百分之二百的男人,他天生拥有驾驭平底船的高超技艺……马尔尚与印第安人负责河上工作,打理河水上那张由互相碰撞且极易交错成一团的原木所构成的巨毯。"

"溺亡是我们家族史的一部分。"

"不远处的一棵松树爆炸了……(瓦克斯)头顶起了一个巨大的红色水泡,仿佛一个缎面靠垫。"

……

句子的重要性无须赘言,这基于读者对文字语言品质的需求和好奇,但很多作家和读者似乎都心知肚明似的表示"我已尽力而为",也许是因为难度太大。之所以说安妮·普鲁的叙事更像是口述传奇,也因为其中浑然天成的音乐性无法被忽视。我试过无论是默读英文原文还是汉译本,长短句的搭配组合、词语本身发音高低、长词本身的音调、陌生的名词、冷僻的动词,仅在语言的语音层面,读出来已经是一首长得没有尽头的歌谣。

句子以不同的速度推进,同时在速度的垂直方向展开另一个缓慢又漫无边际的空间,把读者的身高压到最矮小,气息随着不同的节奏反复变化,通常会直接体现在生理上——这是多么特别的阅读体验!如果你妄图抄写下每一句留下深刻印象的句子,很快就会放弃这个尝试,因为那跟抄了半本书没什么区别。

更别提安妮·普鲁在编织这些句子时浑然天成的方法,那没有任何可以借鉴的技法供你学习,除非你如同她那般去体验和思想。在刚接触普鲁的时候我问自己,这种密集的修辞和冷峻暴戾的写法真的伟大吗?我合上书,却再次迅速翻开书页。那一刻我知道自己已经被某种圆融的气势压倒,我不该在句子的巨人面前提如此幼稚的问题。

在读90%其他作者的作品时,我常常会从叙事中短暂跳出来。但安妮·普鲁不给我这样的机会,哪怕我读得飞快,她仍然在我之前,当我慢下来,又会进入到速度的纵轴那个混沌不清的空间。

普鲁的作品,几无例外,都是好入喉的烈酒。《树民》洋洋洒洒近700页,如果你也是仔细的读者,中途再沿着她给的隐晦线索继续查找资料,展开印第安人和毛利人历史的画卷,包括他们的传说、世界观、语言、族群行为、各种地理细节,可以享受将近翻倍的快乐。

从《船讯》到《树民》,普鲁句子的基本色调并未太大改变,但或许随着智识的增加,她的工作更加刻苦,笔触也日显沉着,一些评论者和读者在交流时会质疑:普鲁的长篇跟短篇相较而言是否较为逊色?对此我斗胆提出自己的见解。

长短篇的写法很像是电影的长片和短片,而不是电影和电视剧的区别,它们都要求极为纯炼的语词,体量小的作品不容闲篇,体量大的作品容易丧失叙事动力,但后者带给作者的自由也显而易见:他们有更多把目光投向虚无的时间。

在句子的构成部分，很多研究者谈到她对杰克·伦敦、海明威、诺曼·梅勒的部分承袭，而我在《树民》中看到的更多是梅尔维尔（英语作家）：如何在毫无确定性，也未必有准确航路的大洋上朝着北方前行——有的时候北极星消失了，有的时候误入南半球，但读者突然看见小麦哲伦星云。

由于有体量作为支撑，安妮·普鲁雕刻出各种各样的人物、庞大的家族网络，并有充分的余地去施展故事编织的空间。两个家族交错进行，并非齐头并进，所以初次看《树民》的读者经常会感觉自己在时空中被来回拖拽，相当刺激。而故事最后的一个锁扣，还需要往回速翻才能找到。

普鲁唯一没有做的事情就是炫技。她有这么多发挥的余地，却仍然保持了传奇叙事的品格，事件和人物轮番登场，在迥异的景观和人物性格中不停变换，还能一直坚定地在场，仿佛是在暴风雨中紧握手中之舵、面无表情的寡言船长。

我唯一不想论及的是安妮·普鲁作品中一贯清晰的生态主题，因为在我看来，这从来不是什么值得单拎出来探讨的"主题"，而是人类已经漠视很久，却从未撼动过的基本存在背景，只是普鲁把你拖入了这种思考而已。

《树民》中，勒内的印第安人妻子英语一直说得不太好，仿佛需要人在呢喃中搜寻关键词——但如果你稍加留意，会发现那些对白写得多么美妙，所有的"不准确语法"反而能更完善地呈现出语言本身的意义，当词语颠倒、语法失效，其中的意义却露出了它应有的样子，仿佛先知一般。

勒内刚开始并不爱自己的印第安妻子，但相处久了之后却有了改观，他逐渐发现这个女人的忍耐后面，是一个对他来说陌生却浩瀚的奥义世界，是真正意义上的"新世界"，以至于他们不仅是身体的陪伴，还有智力的较量，勒内认为森林的活力需要被管理，妻子认为它需要被维持并激发。

至于殖民、帝国、男性女性、文化与自然之类这些热门词汇,一旦你把它们带入,整个故事可能会变得乏味,我一直在努力回避的,就是用医生解剖的方法去理解人的身体,或用生物电实验去理解人的灵魂。社会文化分析的那套词汇不妨暂时搁置一边,全心扎入整个浑然天成的故事长河,反而能洞察到更多。

末了

从第一次阅读《怀俄明故事集》的那天开始,安妮·普鲁对我产生的影响持续且全面,这是极难得的共振感受。也因为她,我对遥远天边外的各种狂暴之地、恶徒沃土、自然文学开始不断寻求、抵达,我无比渴望踏足普鲁小说中的地方,甚至在抑郁症的时候仔细思考过如何普鲁式地死去。无法远行跋涉的时候,我在她的故事里孤独地体验自己所渴求的空间和力量,在我旅行的时间里,她的书与我一起抵达各个地方,还有一直持续着的,她常常进入我的梦境:如果哪天我梦见了普鲁描述的世界,那就是一个好梦。

说来惭愧,虽然我已经是安妮·普鲁将近15年的读者,却一直羞于分享自己对她的热爱,哪怕是在文学课的讲台上。也许因为这种爱过于私密、完整、炽热,彻底与我的人生混合在一起,以至于无法客观地对其他人冷静表述,甚至怕讲到动情的时候把自己的秘密也和盘托出……直到两年前一些特别的事情发生,我开始把普鲁介绍给学生们,它们如我所想一般受到欢迎——大概没有任何学电影的学生不爱安妮·普鲁的故事吧?

这也是我没谈论她的重要原因:对故事本身过于渴求的人,容易只读到安妮·普鲁作品的表层,然后把它们降格成为故事改编、人物速写的普通模特,变得廉价。

空间/景观、传奇叙事、人物欲念、编织句子……安妮·普鲁用它们造成一台台重型坦克,从每一个读者的头上缓缓、重重地碾压过去。我们从屈服中得到极度快乐。

《树民》的缺点也被读者们讨论,包括它最后落在了明确的环保议题上:环保教育、为时已晚的印第安人文化保护、迪凯和塞尔两个家族如此隆重的三百年就这样"轻飘飘地结束了吗"？320年的故事货柜就这样写在一份学生的环保论文上？

而这些争论丝毫无损我对这个故事强烈的爱。于我而言，它已经在重启老侦探卷宗的时候戛然结束。相比故事的开头，它似乎过分清淡了。我也反复想过，普鲁为何安排了这样一个结局？

我想到一个叫Bernard Moitessier（贝尔纳·穆瓦特西耶）的法国人，他是最卓越的孤身跨洋水手，在1968年的一场比赛中，他突然调转船头驶向正东方向，似乎毫无缘由。后来他在罐头里塞了封信，用弹弓射给一位路过的商人，说：我打算继续马不停蹄地航行，千万不要以为我是想破什么纪录，纪录这个词在海洋上愚蠢至极，我不停航行在海上是因为我很快乐，或许也是因为我想拯救自己的灵魂。

——这是我对这个问题似是而非的回答。

但即便有机会，我也不敢当面问安妮·普鲁这个问题，她不欠读者一个解释、一张船票，她也许永远不会回答。

我从未敢想象过，这辈子自己的文字会跟安妮·普鲁的文字出现在同一册书里，从未想过。以上所写，仅仅是一个普鲁狂迷者在尽力克制之后的一些感念，希望她在中国的读者会越来越多。同时，这更是一封最不希望被安妮·普鲁本人看到的情书，我祈祷她永远不会看到这篇序言，正如她作品中的刺骨寒风从来都无视任何生命一样。

尹珊珊
2020年5月于北京

谨以此书献给我的高中老师
伊丽莎白·林，
缅因的历史学家、学者和教育家，
她激发了我对历史变迁以及
对"过去与现在"的不断变化、迥然不同的众多观点的终身兴趣。

献给我的妹妹乔伊丝·普鲁·科斯滕，
妹夫约翰·罗伯茨，
献给作家伊凡·多伊格、德莫特·希利、艾丹·希金斯，
以及野生生物学家罗纳德·洛克伍德。

也谨献给各种形式的"树民"——
伐木工、生态学家、锯木工、雕刻家、森林消防员，
植树者、学生、科学家、素食者、摄影师，
森林浴的践行者、地球资源卫星的解说员，
气候学家、刨木工、郊游者、护林人，
数年轮者，以及我们其余的人。

为什么事物不可以在很大程度上是荒谬的、徒劳的、转瞬即逝的呢？它们如此，我们亦如此，它们和我们融洽共处。

——乔治·桑塔亚那

　　在古时候，每一棵树、每一处泉水、每一条溪流、每一座山，都有它的守护神，它的保护精灵。这些精灵能够让人接近，但却与人类非常不同；马人、半羊人、美人鱼，都显示出它们的矛盾情感。在砍伐一棵树、开采一座山，或者在一条小河上筑坝之前，很重要的一件事就是安抚掌管那个地带的精灵，并使之一直得到安抚。通过破坏异教的万物有灵论，基督教使得人们无所顾忌地开发大自然，对自然物的感受漠不关心。

——小林恩·怀特

目 录

第一部　森林、斧子、家族
1693—1716

1. 特埃帕尼　　　　　　　　　3
2. 空地　　　　　　　　　　　14
3. 列娜黛　　　　　　　　　　21
4. 北方来客　　　　　　　　　27
5. 婚礼　　　　　　　　　　　38
6. 印第安女人　　　　　　　　44
7. 伐木工　　　　　　　　　　49

第二部　"空来林下看行迹"
1693—1727

8. 福尔热龙　　　　　　　　　59
9. 《皮布拉克四行诗》　　　　66
10. 全世界都想去中国　　　　70
11. 荷兰船长　　　　　　　　74
12. 金鹰号　　　　　　　　　78
13. 怡惑园　　　　　　　　　85
14. 风险　　　　　　　　　　97
15. 头发　　　　　　　　　　100
16. "邪恶的信使,跌入恶行……"　106

17."马儿背上,当有鞭子"	111
18.重逢	114
19."结局尚未可知"	118
20.暴行	124
21.转移阵地	131
22.消逝	135

第三部　这些森林曾经全是我们的
1724—1767

23.狗和恶棍	143
24.奥古斯特	147
25.财产意识	151
26.米克马克地带	160
27.血亲	167
28.绿叶的秘密	176
29.烤驼鹿头	179
30.节节败退	189
31.跟我来	193

第四部　斩断的蛇
1756—1766

32.葬礼	199
33.一个值得玩味的案例	208
34.大木箱里的东西	214
35.埃特迪杜	220
36.云	232
37.改变	243

第五部　伐木营中
1754—1804

38.佩诺布斯科特湾的房子	259

39. 穆赫塔尔医生　　　　　　　　275
40. 伐木人和流送工　　　　　　285
41. 加蒂诺营地　　　　　　　　297

第六部　"财富是个不折不扣的婊子"
1808—1826

42. 镶饰的桌子　　　　　　　　315
43. 判断失误　　　　　　　　　324
44. 纪念品　　　　　　　　　　334
45. 错误叠加　　　　　　　　　338
46. 商务会议　　　　　　　　　342
47. 如坐针毡　　　　　　　　　352
48. 詹姆斯大感意外　　　　　　359

第七部　断掉的树枝
1825—1840

49. 惊天大火　　　　　　　　　365
50. 变调人生　　　　　　　　　380
51. 茂密森林　　　　　　　　　395
52. 贝壳杉　　　　　　　　　　402
53. 树丛中　　　　　　　　　　418

第八部　光荣岁月
1836—1870

54. 植物财富　　　　　　　　　435
55. 永不餍足　　　　　　　　　450
56. 拉维妮亚　　　　　　　　　469
57. 头痛的治愈　　　　　　　　492
58. 锁闭的房间　　　　　　　　513
59. 椴树叶　　　　　　　　　　547

第九部　杯中之影
1844—1960年代

60. 回头浪子	569
61. 发言杖	584
62. 伐木家族	592

第十部　滑入黑暗
1886—2013

63. 背叛	607
64. 废材	613
65. 遗产	630
66. 索菲亚的绝佳职位	639
67. 一点小麻烦	647
68. 埃加的女儿们	654
69. 北方的森林	661
70. 月光	674

致谢	688
塞尔家谱	
杜克家谱	

第一部

森林、斧子、家族

1693—1716

1

特埃帕尼

在暮色中,他们穿过了该死的塔杜萨克、魁北克和三河城。近破晓时分,停泊在一个荒僻的河岸村落。勒内·塞尔有着硬挺的黑发,眼梢上翘——在古代,入侵的匈奴曾凌掠过他的族人。勒内听到有人说:"沃比克"。蚊子覆盖了他们的手和脖子,像一层绒毛。一个黄色眉毛的男人指给他们一处晦暗阴雨中的房子。泥泞、雨水、咬人的虫子以及柳树的气息,构成了他们对新法兰西的第一印象。第二印象便是黑暗广袤的森林,不友善的荒野。

新来的人们站在雨中,等待被叫到名字,然后在一本大分类账簿上做标记。他们看到农场主们聚集在遮雨的云杉下。农场主们盯着他们上下打量,交头接耳。

轮到勒内的时候,他不但画了一个×,还写了一个字母"R",虽然它被鹅毛笔溅落的墨滴给弄污了。这个字母是他小时候就从老神父那里学会的,老神父说这是他的名字"勒内"的第一个字母。然而,这位老神父还未能教他写后面的字母,就死于冬季的饥荒。

黄眉毛男人注视着这个"R"。他说:"挺有学问的家伙,嗯?"他大声喊,"克劳德·特埃帕尼先生!"于是,勒内的新主人——一个拖着脚走路的、肌肉发达的男人,示意他上前来。那人手持一根棍状的沉重手杖。雨滴被他头上那顶针织羊毛帽挡住了。浓密的眉毛并未让他圆睁的双眼陷入阴影,眼白纯白且闪着光,不实地彰显出一种活泼的本性。"我们得等一会儿。"他对勒内说。

潮湿的天幕垂落下来。他们等待着。黄眉毛男人——被新主人称作布沙尔先生的这位代理人,再一次大声喊:"特埃帕尼先生!"主人这次带回了一个有点眼熟的人——夏尔·迪凯,一个同船而来的骨瘦如柴的佣工,来自巴黎贫民窟的窝囊家伙,在航程之中常常像一根破棍子似的蜷缩在角落。这么说,特埃帕尼先生要了两个佣工,勒内心想,也许他很富有,虽然他那湿透的粗毛呢斗篷已破烂不堪。

特埃帕尼先生踏着泥泞小径朝着一片黑色迷雾的方向走去。他与其说是在走,不如说是一路往前冲,两腿一条灵活、一条僵硬。他说:"出发了!"他们投入了这片阴郁的领地,一片被松树阵列打乱的茂密阔叶森林。勒内没敢问自己将要负责什么差事。他在莫尔万高地多年从事有男子气概的砍树劳作,因此并不想去做家仆。

几个小时后,浸透雨水的落叶腐殖层逐渐为松类腐物所取代。空气充满强烈的芳香。满地松针消减了他们穿行的声响,交错的树枝稀释了他们的喘息。这里生长着参天大树,在原来的国家数百年间都未曾出现如此巨大的树,常青树比教堂还要高,云杉和铁杉耸入云天。巨大的落叶乔木虽然间距较远,但繁茂的枝叶在头顶上空交嵌融合,形成了一片虚假的天空,阴暗而原始。阿希尔——他的哥哥,倘若看到新法兰西的树木,一定会目瞪口呆的。黄昏时分,他们经过一个满是明亮的白色树干的斜坡。这些是白桦,特埃帕尼先生说,野蛮人用它的树皮来造房子和船。勒内不太相信。

这些大树使他又一次想到他的哥哥阿希尔——一个流送木材的工人,他那短暂的一生都在寒冷的约讷河跳进跳出,引导木材沿河漂流。他一直都身强体壮,不惧河水的寒冷,直到一根原木断裂的树枝因沿途摩擦而变得像矛一样尖利,刺穿了他的膀胱,然后携他继续漂流,像烧烤扦子上叉着一块肉。勒内如今穿着他哥哥的内衣和羊毛裤子,还有他的短外套。他穿着阿希尔的木鞋,然而长年的赤脚生活早已使他的双脚布满了和牛蹄上一样结实的老茧,因法国的寒冷而愈发厚硬。在这个新世界里他将会领教到,这里的冷可是完全不同的境界。

两名佣工因森林深处的麻醉效应而晕眩,在不规则蔓延的云杉根上跌绊前行。虫子袭击着他们——微小蠓虫如灼热的针;蚋的叮咬不痛,却缓慢地发作毒性;成群的蚊子如此众多,以至于它们刺耳的尖音形成了森林的乐章。经过一片沼泽地时,特埃帕尼先生吩咐他们把一些泥巴涂抹在裸露的皮肤上,尤其是耳后和头顶部位。虫子会钻进头发刺入头皮。特埃帕尼先生说,这就是为什么他在这鬼地方戴着一顶针织帽。勒内觉得也许戴个铁头盔会更好。特埃帕尼先生说,野蛮人用云杉针油和动物脂肪做了一种防护用的药膏,但他没有。泥就行了。他们继续穿行晦暗的树林,翻过长满苔藓的山丘,头顶上方的树枝垂下来,如同葬礼的黑色帷幔。两名佣工经过长时间的海上航行,双腿乏力,因疲劳而抽筋。

"这片森林有多大?"迪凯用他的高音抱怨地问。他几乎还是个孩子。

"这是世界上数一数二的森林了。它无边无际。它像一条吞掉了自己尾巴的蛇那样扭曲蜿蜒,没有尽头,也没有起点。从来没人见过它的边界。"

特埃帕尼先生停了下来。他用手杖将一棵树底部的云杉枯枝敲碎,然后从他的斗篷下拿出一个火绒包,生起了一小堆旺火。他们围火蹲坐,伸出发紫的手。他又展开一团用布包着的东西,露出了一块驼鹿肉,切成小块分给他们。勒内原本指望有面包就行了,现在拿到了肉,饿极了的他又撕又啃。灰蚊子在他耳边嗡嗡响。迪凯肿胀的双眼睁开一条缝,由于无法咀嚼,他吮咂着肉。在特埃帕尼先生慷慨之举的表面下,他们感到某种蔑视。

他们继续前行,穿过一片交错倒下的乱木——某一场大风暴的杰作,特埃帕尼先生并没有循着明显的路径,而是频频抬头往上方看。勒内看到他是在跟随某些树的上方刻下的标记,那些记号距地面大约十英尺高。后来他得知,冬天的时候,有人穿着雪鞋,大步行走于高出地面的深厚积雪之上,像会飞的巫师一般刻下了这些标记。

这片森林有很多林缘地带,仿佛祭坛装饰画的花边。在森林的空地上,它那令人忧郁的阴暗有所缓和。不知名的草木和奇异的花朵吸引了他们的目光,庄严肃穆的云杉和铁杉,松树枝末梢明亮的新生囊苞,摇摆的银色柳树,薄荷绿色的桦树新枝——一个连阳光都是绿色的地方。快要到达一片空地时,他们听到一种不规则的噼啪声,像棍子发出的声音——灰色的骨头系于树上,被风拂动。特埃帕尼先生说野蛮人会感谢被杀死的动物的灵魂,然后将它的骨头挂起来。

他带领他们绕过由几乎无法通行的桤木林所保护的河狸塘,警告他们说那些狭窄的小径是驼鹿专属的。他们穿过了湿地。山谷中盈溢着茶色的雨水。颤动的泥炭藓,间杂着猪笼草,踏出的每一步都会陷入其中。两个年轻人从未想到这片地带如此野性而潮湿,如此树木繁茂。一根桤木枝条扯破了迪凯的外套,他低声咒骂了一句。特埃帕尼先生听到便说,绝对不要诅咒树木,尤其是有药用效果的桤木。他们在溪流边饮了水,穿过如同波形花纹弯刀刃的弧形浅滩。唉,到底还得多久啊,迪凯咕哝着,一只手抚在脸的一侧。

他们再一次来到了疏林地带,在树下行走起来非常容易。野蛮人烧掉了灌木丛,他们的新主人用鄙夷的口吻说。傍晚时分,特埃帕尼先生大喊:"豪猪!"并冷不防丢出了他的手杖。手杖旋转了一下,不偏不倚地击中了豪猪的鼻子。那头野兽像一颗流星般跌倒在地,血滴如划过的尾迹。特埃帕尼先生燃起了一堆大火,当火焰消退为通红的木条,他将去除内脏的猎物悬于炭火上方。燃烧中的豪猪刺气味很臭,但是当他将它从火上取下,焦黑的外壳之下,肉无比美味。特埃帕尼先生又从他那满是法宝的口袋里拿出一袋盐,分给每人一小撮。他把剩下的肉用一块油油的布包好。

主人又一次生起了火,滚进他的斗篷,躺在一棵树下,闭起了他的如炬双目睡着了。勒内的腿抽筋了。寒冷、风中沙沙响的松树、花招无尽的蚊子和猫头鹰的叫声让他睡不着。他轻声对夏尔·迪凯说话,但没有回应,之后他便沉默了。这一晚,他在半睡半醒中度过。

清晨始于火光。虽然已是晚春,但这里比寒冷的法国还要冷。光线悄悄爬进黑暗中。特埃帕尼先生啃着剩下的肉,踢了一下迪凯,大吼:"起床了!"勒内自觉起身,以免特埃帕尼先生来踢他。他看着特埃帕尼先生手中的肉。那人撕下一块扔给他,又撕了一块,像把杂碎丢给一条狗那样将它扔给迪凯,接着便迈开他那不知疲倦、摇摇晃晃的步伐,跟随树木高处的刻痕进发。两名新佣工只看到一片黑暗,除了被遗弃在他们身后的那堆迷离闪烁的篝火。

天气寒冷,但却干燥。特埃帕尼先生沿着阴暗的小径一路疾行,然而到中午时,雨又来了。他们疲乏而麻木地到达了咆哮的河水边,一条黑色河流,却如黑燧石般透明。在河的对岸,他们看见一片堆满木头段的空地,四面都是无处不在的森林。烟从看不见的烟囱中冒出。他们看不到房子本身,只见堆积如山的木材和外屋。

特埃帕尼先生大叫一声。一个穿着绘有卷曲图案的驼鹿皮束腰外衣的女人出现了,她来到最近的一堆木材另一头,大喊一声"嗳",便跑开了。勒内·塞尔和夏尔·迪凯四目相觑。一个印第安女人。一个野蛮人!

他们跟随特埃帕尼先生走入寒冷的河水。想起阿希尔,想起寒冷的约讷河,勒内在一块圆形的河石上滑了一跤,差点跌倒。鱼儿转向避开他们,急速地掠过,它们数量如此之多,河水仿佛是由坚硬的肌肉组成。在泥泞的河岸,他们经过一个围有栅栏、满是杂草的园圃。特埃帕尼先生开始唱歌:"玛希,玛希,漂亮女人……"佣工们默不作声。迪凯的嘴巴仿佛空气很烫似的扭曲着,他的眼睛肿得几乎要闭拢了。

越过木材堆,他们看到特埃帕尼先生的房子——他们第一次见到这种原木一根叠一根式的风格,陡峭的四坡屋顶,以及在法国很常见的铸钟形状的挑檐。不过,每个部分都是木制的,除了三个镶嵌着昂贵法式玻璃的小窗。他们看见一个紧靠树林的棚屋,次日他们得知它是那个女野蛮人的树皮屋子,晚上她和她的孩子们会回到那里。

特埃帕尼先生带他们来到他的仓库。室内一股腐烂土豆、沼泽干草和牛粪的臭味。屋子的一头用隔板隔开了,在它后面他们听到一只牲畜的呼吸声。他们看见一个黑色的火盆——一个锻炉。特埃帕尼先生陶醉于自己的歌声,继续开唱,在炉子中生了火就离开了他们,屋外他的歌声渐远:"啊!你好啊,法兰克的骑士……"雨又开始下了。勒内和迪凯坐在黑暗中,外加一点即将熄灭的火光。这座房屋没有窗户,当迪凯为了让光线进来而打开门时,云雾般来势汹汹的蠓和蚊子突袭了他们。他们四周近乎一片漆黑。迪凯说话了。他说他牙痛得要死,以及一有机会他就会逃走,回法国去。勒内沉默无语。

过了一会儿,门开了。那个女野蛮人和两个孩子进来了,他们抱了满怀的东西。那女人说"好,好",给了他们每人一件河狸皮长袍。她指着她自己说"玛里",因为像大多数米克马克人一样,她觉得法语字母"r"的发音很难。勒内说了他的名字,她重复它——"里涅"。大一点的那个孩子放下了一只盛着热玉米糊的木碗。他们离开了。勒内和迪凯用手指从碗中舀取玉米糊。然后他们把自己裹进袍子里睡下了。

天还没亮,特埃帕尼先生便扭开了门,用生硬的语气大喊:"走吧!"从隔墙后面传来牛奶喷射到木桶底部的声音。他抛给他们一些熏鲟鱼片,从墙上拿下他的钢刃斧头,给了他们每人一把不锋利的短柄斧子。勒内的斧刃有一块很大的缺口。在湿漉漉的黎明,特埃帕尼先生带他们经过一片玉米园,走进一小片空地。他的手臂挥动成一个圆圈,带着嘲讽的语气把这片狭窄的地方称作他的"大空场",然后开始用娴熟的技巧来砍一棵树。他命令他们做同样的事。他说今天他们要砍一些树来盖他们的住处,扩建他的宅邸,让他们尽快搬出他的仓库。勒内挥动着短柄的干活儿工具,感受到树木的顽强抵抗所产生的震动,接着再次挥动,开始了他在新法兰西砍伐森林的毕生工作。迪凯的短柄小斧啃噬着一棵树,黄色的分泌物从他被叮咬过的眼睛渗出来。他们劈掉那些树木的树枝,将它们滚动并拖拽到空地边缘。树枝散落一旁,以待迟些时候劈成木头段。

斧头很钝。在勒内砍倒一棵小树的工夫里,主人已经放倒三棵更大的树,而且开始着手第四棵了。肯定有办法磨快一把刃部缺了四分之一的斧子,他想。他将重焕它的锋利。带着一丝犹疑,他选了一块河石,开始打着圈磨斧头。这种做法并没有明显的进展,于是他很快又继续开始砍伐。特埃帕尼先生捡起那块无用的卵石,把它扔进森林,从勒内那儿拿过那把斧头并挥舞着它。"要磨斧头,"他说,"我们用砂岩。"特埃帕尼先生做着磨刀的手势。勒内想要问特埃帕尼先生将他的磨刀石放在哪里,然而那人的瞪视使他保持了沉默。

特埃帕尼先生冲着迪凯那点可怜的削痕撇了撇嘴。他注视着迪凯歪向一边的脸。"张开嘴。"他说,用小刀的刃轻轻敲了敲那颗烂掉的牙,喃喃地说他要在这一天结束时拔掉它。迪凯发出不情愿的声音。

在太阳最盛的时候,那位女野蛮人带来一锅热气腾腾的玉米勒内到中午几乎还没怎么吃东西。特埃帕尼先生用一块木片铲了一团出来。玉米中间融着一块奶油状的东西。勒内从他的木片上吃了一些,立刻被它的浓郁口味所征服。"啊!"他说,然后又吃了一些。特埃帕尼先生简单地说这是"卡卡莫斯"——驼鹿的骨髓。迪凯连这个都没怎么吃,斜靠着一棵树发出吵人的鼾声。

黄昏时分他们离开了空地。特埃帕尼先生哗啦啦地在他的锻工工具中翻找,直到找到一把五金铺的钳子。迪凯张开嘴坐在木桩上,特埃帕尼先生用他的工具钳住那颗牙齿然后扭动。他把黄色的尖牙丢在地上。迪凯吐出血和脓水,他的下唇在钳子的重压下裂开了。特埃帕尼先生说"走吧",就朝着他的房子走去。勒内看到他捡起了迪凯的牙齿并把它放入他的口袋。

这几个男人走进仅有的那间屋子,他们阳刚的汗臭混入了北方森林的人体臭味当中。满脸麻点的玛希注意到勒内因房间的气味而翕动鼻翼,便往火上扔了一根芳香的刺柏枝。在小家伙们的一片吵闹中,他们听到了几个名字——埃尔菲奇,泰欧蒂斯特,让-巴蒂斯特,但是他们全都长得很相似,而且那么像他们这位米克马克族的母亲,所以勒内立刻就分不清了。玛希以奇怪的节奏说着混合了米克马克语和简短法语的方言,还夹杂着一些葡萄牙短语。孩子们的名字是法语名字。

她为他们带来一锅未加盐的煨鹅肉,与野洋葱和药草一起烹制。火候充足,肉炖得脱离了骨头,然而迪凯只能勉强吃下一点肉汤。特埃帕尼先生面前有一小碟粗盐,他用大拇指和另外两根手指捏起了它。

"玛希做饭不放盐,米克马克人说它会弄坏食物的味道。所以永远带上你自己的盐,勒内·塞尔,除非你可以把你的大拇指放到食物里拿你的名字给它们调味[①],哈哈!"接着,又端上了一盘热玉米饼。特埃帕尼先生将一种琥珀色的糖浆浇在他的饼上,勒内也照做了。这种糖浆又甜又有烟熏风味,比蜂蜜还好吃,他无法相信它来自一棵树——如主人所说的那样。迪凯因遭受的折磨而疲惫不堪,垂

---

① 塞尔(Sel)在法语里是盐的意思。

着他的脑袋。玛希走到她的碗橱边,搅拌着什么。她把它拿给迪凯。特埃帕尼先生说那或许是用绿桤木的柔荑花序制成的药水——正是迪凯诅咒过的桤木,所以这个药对他来说不管用了。玛希说"柳树叶子,柳树皮,好药玛里做的",于是迪凯便将它咽下,然后睡了一晚。

砍伐一天又一天地持续着,他们的手渐渐肿胀、起泡、变硬,砍树的节奏掳获了他们,尽管斧头很钝。特埃帕尼先生看着勒内干活儿。
"你以前是握过斧头的;你有伐木人的技艺。"勒内跟他讲起自己和阿希尔曾一起砍树的那片莫尔万森林。但那段日子已如一叶解缆的扁舟,渐渐漂到人生的边缘,滑向记忆之外。
"啊。"特埃帕尼先生说。第二天早上,他从他们那里拿走了劣质斧头便离开了,只留下他们自己。

"那么,"勒内对迪凯说,"特埃帕尼先生是什么人,他是个有钱人吗?"
迪凯发出一阵狂笑。"我以为你和特埃帕尼先生之间已经没有秘密了。你知不知道,他是个庄园主而我们是佃农?——有些人称之为农民。他是个庄园主,但是他想要在这个新国家里当一个贵族。他分配给我们土地,在三年时间内,我们用劳力以及他准许我们用的土地上所产出的某些东西作为回报,比如水萝卜和芜菁。"
"什么土地?"
"问得好。我们干活儿到现在,从没听过他提起土地的事。特埃帕尼先生无比恶毒而狡诈。如果国王知道他所做的事,会收回他的土地的。你真的不明白你所签的那份文件吗?在法国它被解释得很清楚了。"
"我以为它只涉及一段时间的劳役。我不太理解你说的关于土地的事。那是不是意味着我们将成为农民了?土地所有者?"
"对极了,耕作和定居。不是土地所有者,而是使用者,砍伐森林,种植芜菁。如果法国人相信他们在这儿能立刻拥有土地,他们会蜂拥而至的。就我而言,我可不希望当农民。我不知道你为什么来到这里,但我来是要做点什么的。做皮毛买卖才有钱赚。"

"我不是什么农民。我是一个伐木人。不过我很愿意拥有自己的土地。"

"我倒很愿意知道为什么他拿了我的牙齿。我看见他这么做了。"

"我也看见了。"

"这里头肯定有些邪恶的名堂。那人的心脏里长着一根黑色的血管。"

特埃帕尼先生几小时之后回来了,带着给他们的铁斧——勒内几乎认识了一辈子的直柄"拉坦诺"。它们是新的,钢质的斧刃很锋利。他还带来了上好的磨刀石。勒内感受到了这把斧头所蕴藏的力量,它那贪婪的饥渴,决意咬噬一切挡住它去路的东西,要使树液喷涌,扫射出瓷器碎片般的白色碎屑。他用一块尖石头在柄上刻下了他的首字母"R"。在他砍伐的同时,世界的野性向后消退,随着树木一棵接一棵倒下,把人类生活与动物、植物和世间万物联系在一起的那张无形的大网颤抖着,纤维一根根地断裂。

经过几星期的伐树、除枝和剥树皮,用特埃帕尼先生的两头牛把原木拖到他的空地上,按主人的指示将原木切割、开槽并榫接,把它们抬放就位,再用河泥填补缝隙,新房子差不多就快完工了。

"我们应该在我们被分配的土地上建造我们自己的房子,而不是紧邻他的房子盖一个共用的小屋。"迪凯说这些话时,他那发炎的眼睛眨动着。

他们依然继续伐树,把它们堆成一堆待其干燥,并把早先的木堆点燃。空气中弥漫着挥之不去的烟雾,一种新法兰西特有的气味。残桩遍布的地面到处都是牛的偶蹄踏过的印迹,仿佛有一整个舞厅的魔鬼陷在泥里。树木倒下了,原有的树荫被灼热的阳光取代,其下的苔藓和蕨类纷纷枯萎。

"为什么?"勒内问,"为什么你不把这些上好的树木卖到法国用作船桅杆?"

特埃帕尼先生发出不友好的笑声。他厌恶勒内的蠢问题。"因为那些白痴更喜欢波罗的海的木材。他们完全不了解这儿的东西。他们顽固不化。他们对新法兰西的宝藏视而不见,除了毛皮。"他拍了拍自己的腿,"实际上,在一百年前,新法兰西的发现者——德·尚普兰,就曾恳请他们好好利用这些优质的木材、鱼和珍贵的毛皮,以及大量其他有价值的东西。他们听进去了吗?没有。几乎没有。他们任由这些宝贵的资源浪费——除了毛皮。也有其他一些有好主意的人,然而法国的那些绅士们并不感兴趣。于是那些有想法的人当中有几个去找英国人,他们在那里播下的种子将结出丰硕的果实。英国往他们的殖民地送去了成千上万的人,法国却懒得费心。"

随着春季的到来,天气变得潮湿而多虫,每棵树都如同释放清新氧气的喷泉。迪凯的脸再一次肿了起来。特埃帕尼先生拔除了又一颗惹是生非的牙齿,并且命令式地说他现在要把它们全都拔掉,这样迪凯便不会在牙痛上浪费更多时间了。他拿着锻工钳子扑了过去,不过迪凯躲开了,他拼命地摇着头,血沫飞溅,低声地说着什么。特埃帕尼先生把这第二颗牙齿放在口袋里,转过身来,用一种温和的、绅士般的口吻说:"我会拿走你的头骨。"迪凯稍稍向前倾身,没有说话。

几天之后,迪凯仍带着他的斧子,找了个借口说要去大便,然后走进了森林。趁他听不见,勒内问特埃帕尼先生他是否是他们的庄园主。

"如果是又怎么样?"

"那么,先生,我们——我和迪凯,会得到一些可以耕作的土地吗?迪凯想知道。"

"该有的时候自然会有的。但是先得等三年的时间过去,等房子完工以后,等我的兄弟们到达这里,而且当然也得等到土地被清理成一片新的玉米地,而这就是我们眼下最为紧迫的任务,所以继续干吧,等你们的劳役结束时自然会有土地。"说完他便将他的斧头砍入一棵云杉。

迪凯离开了很长一段时间。几个小时过去了。特埃帕尼先生笑了。他说迪凯一定是在为自己物色土地。带着报复性的快意,他描述了各式各样的可怕事件——在森林里迷失,在冰冷的河流中溺水,被狼扑倒,被驼鹿踩踏,或者让怪物用热腾腾的牙齿给咬成两半。他说起森林中那些凶猛的米克马克精怪的名字——"奇匹坎姆",多毛的"库奎斯",森林巨人"舍努",还有能直接用嘴巴啃倒树木的看不见的怪物。勒内听得毛发直竖,他觉得特埃帕尼先生在野蛮人的世界中陷得太深了。

第二天他们听到从远处的树林传来一种发颤的声音。一直忙着给原木除枝的特埃帕尼先生猛然直起身子,倾听良久,然后他说这不是米克马克精怪当中的一个,而是跟随移居者从法国来的狼人,它时常在森林中出没。勒内从小就听说过关于这种狼形怪物的故事,不过却一次也没见到过,他觉得这是迪凯在向他们呼救。他刚想要回应那种呼喊,特埃帕尼先生就叫他闭上嘴,除非他想要把狼人引到身边。他们听到它哀叫并且喊着什么,听起来像是"妈妈"。特埃帕尼先生说,像走失的孩子那样呼叫妈妈是狼人出名的诡计。他说这一天他们不再干活儿了,以免砍伐的声音把那只野兽引向他们。

"快点!"特埃帕尼大喊。他们向房子跑去。

2

空地

迪凯离开之后——特埃帕尼先生称其"被狼人吃掉了",同时还发出吧唧嘴的声音——庄园主变得十分健谈,一边砍着树一边讲述关于他过往经历的不同版本,那些话语大部分都淹没在斧头的击打声里。他有一双训练有素的眼睛,能看得出哪些小树差不多位于同一列,他会给这些树刻下切口,然后砍倒尽头处的一棵大树,在倒下的时候它会颇有助益地将那些小树一并带倒。他说他的民族来自比利牛斯山,不过下次讲述时他又会说他们来自北方的里尔,当然了,他也不会忘记把巴黎加入他的血统。他讲述了他对乡村的憎恶,还有那里爱说谎、爱窥探人、热衷教会仪式的居民。他鄙视耶稣会士。特埃帕尼先生说,他,连同他的兄弟们,还有他们的叔叔让,来到新法兰西从事毛皮交易,不过除此之外他本人还有更好的理由。

"我们的民族早先在法国受到了不公正的对待。那些天主教的恶魔称我们为异教徒,并且折磨我们。他们以为他们把我们征服了。但他们错了。几个世纪以来,我们的信仰秘密地坚守在我们的手、脑、心和身体里,如今在新法兰西这里,我们会重新变得强大。"他赞颂这片崭新的土地,认为它的富有和强大程度会远远超过旧法兰西。

"一个会比冷血而头脑僵化的旧法兰西更伟大的新世界。有一天新法兰西会一直延伸到佛罗里达,一直到西部的大河那里。弗兰特纳克①预见了这一点。"

勒内思考了一下,然后表示赞同。新法兰西是一块宝地,如果英

---

① 新法兰西总督,在任时间为 1672 年至 1682 年,1689 年至 1698 年。

国人不凑过来的话。不过他并不经常思考这类事情。他眼中的自己只是命运之风中一粒无足轻重的尘埃,只能听凭它那强大的力量带他去往任何地方。

"什么是最重要的事?"特埃帕尼先生问,"当然啦,除了上帝之外。"

勒内想要说土地,他想要说种子,他想要说被偷走的牙齿。但他什么也没有说。

"血脉!"特埃帕尼先生说,"你的家人,你的血亲。"

"他们全都死了。"勒内说。但是特埃帕尼先生不理会他,继续讲述他的过去。他说,他和他的兄弟们先是前往神秘的沙格奈河,"和休伦人易货换取毛皮,随后是和奥达瓦人,并且建立了信任。不过我们回避易洛魁人,那些人只喜欢英国人,而且他们从孩童时期就用可怕的折磨考验自己。他们很享受把痛苦强加到别人身上。船夫生涯对于我的兄弟们来说是很不错的生活,他们仍然往返在河水之上。但是对我来说,那是一种非常不愉快的方式"。

"如今,"他说,"易洛魁人没有从前那么可怕了。不过所有的印第安人都发疯一般地喜欢铜壶,越大越好,大得难以移动最好。对铜壶的占有改变了他们游荡的方式。一旦他们有了一只那种铜质或铁质的壶,他们便不再那么精力旺盛地在森林和河边游荡。村庄是围着壶而壮大的。这固然很好,但总得有人去把那些大得可怕的容器运给他们,总得有人吃力地拖着它们走过危险的陆上运输路线。"他沉默地指指他的胸口,"这种差事有失我的身份。"然后他又猛击他的树。

"毛皮交易往北部和西部转移,"他对着那棵树讲述他破灭的希冀,"水陆联运。六到八英里的石头路,背着像一头牛那么重的两包毛皮,然后回到独木舟去扛更多的包裹或者一只那种该死的壶。最后,还要扛那条独木舟。你不会相信那些人当中有人背起了多么重的担子。据说有个人每一趟运送五英担,从清晨直到天黑。"特埃帕尼先生说,在搬运一只那令人厌恶的壶时,他的右膝废了。那处伤痛至今仍折磨着他。

"不过,皮毛公司用国王所赋予的权力,让我当上了庄园主!还委派我召集农民,为新法兰西增加人口。这是一个伟大的新城市在荒野中的起始。"

勒内问了一个自他第一次穿过森林时就困惑不已的问题。

"既然已经有这么多不错的空地,为什么我们还要砍伐森林?为什么人们不直接在空地上造房子?比如在我们来这里的途中经过的某一片草地上。那不是更容易吗?"

可是这让特埃帕尼先生大为震惊。"更容易?没错,是更容易,然而我们来到这里是为了清伐森林,去征服这邪恶的荒原。"他沉默下来,思考了一会儿,然后又开始讲了,"再者,在新法兰西这里,财产分配采用一种特殊的方式。从河流延伸到森林的狭长土地,给每一位移居者提供了肥沃的农耕土壤、免于洪水侵害的高地,以及森林里的树——这意味着木材、燃料,还有蘑菇!这是一个合理的安排,可是如果空地还被森林占据着便不可能实现——不管你愿不愿意。"

勒内希望这是这场说教的结尾,可是那人继续讲述。"人们必须改变这块土地,才能生活于此。在很久以前,人们就像动物那样生活。在远古时代,人类长着爪子和长长的牙。他们也不会说话,只能号叫。"他发出一种声音来表现那些人如何号叫。

勒内砍着树,他已麻木地不去思考他的行为,而只是纯粹地感觉这一串动作。举起的斧子,手臂和肩膀以及臀部和大腿之间聚集的张力,转动的臀部,松弛而弯曲的膝盖,接着是向下的挥击,仿佛石头上的影子一般抽象——一种森林之舞。他用皮条把一块石头绑在斧头的钝端,以平衡沉重的刃部。这增加了每一次击打的准确度。

特埃帕尼先生开始了一场喋喋不休的布道,唠叨着清伐树木、开垦土地的必要性和责任,那样做不只是为了自己,还是为了子孙后代,为了这个地方的未来。"有一天,"特埃帕尼指向那片昏暗森林,说,"有一天人们会在这里种上卷心菜。做个男人就要清伐森林。我眼中看到的不是森林,"他说,"我看到了卷心菜,我看到了葡萄园。"

特埃帕尼先生说他的叔叔——让·特埃帕尼,会接替迪凯的位置。由于他爱争辩的性格,他有个绰号叫"爱吵架",法语简称"沙马"。他年纪虽大却很强壮,比迪凯强壮。他很快就会抵达了。特埃帕尼的兄弟们也会来的。终究会来的。然后他说砍树的时节结束了。现在是虫子最为猖獗的时候,还有危险的湿热,而且树木的树液过于丰富。确实,大群该死的咬人虫子日日夜夜都与他们同在。

"冬天。冬天是砍伐森林的合适时节。今天应该来移除树桩,烧掉它们。"他说,现在也到了勒内开始履行其他职责的时候了。

"一星期里有三天时间你的劳力属于我。作为你工作的一部分,"特埃帕尼先生说,"你要给我的餐桌提供鱼。"眼下的工作还有为玛希打理菜园。两头牛——罗伊和瑞尼,正闷闷不乐地拖着特埃帕尼先生的旧犁。一只凶悍的绿头苍蝇因饱饮它们的血而肚满肠肥。特埃帕尼先生为这两头牲畜抹上河泥,泥土很快便凝结成了灰蒙蒙的团块,但对于蜂拥而至的蚊蚋却无济于事。不过玛希——那个印第安女人,把落叶松的树皮浸泡在泉水里,每天两次冲洗它们发烫的眼睛。在漫长的午后,带着声声叹息,她会种植她鄙视不已的菜园。在那年夏季,有一天她送两个年幼的儿子去了一个名叫奥达纳克的地方,她残存的族人们已逃往那里。

"抓鹅他们学习。很多捕捉陷阱学习。那里好男人打猎。这里只有菜园、砍树学习。"

特埃帕尼先生尖酸地说,他们将学到的肯定是反抗这些移民和战争。

鉴于他有捕鱼的职责,勒内去了河边。特埃帕尼先生给了他一把小刀、鱼钩、一根打过蜡的亚麻线和一个用来装鱼的大篮子。河水中的鱼又大又凶猛,亚麻线脱落了好几次,他还失去了一只宝贵的鱼钩。但是玛希不屑一顾。"小鱼,"她说,"里涅不是好捕鱼人。很多人制作鱼梁,捉到很多很多。又大又多。"

为了转移她的恼意,他指着菜园里的一株刺荨麻。"我们在法国也有这个。"他说。

"是的,白人走过的地方就会长出坏的植物——那些法国人。"

玛希让他把鱼放着不动,她自己来剖鱼。她把内脏埋在花园里,当勒内问她这是不是一种印第安式的做法时,她瞧了他一眼,然后说,这只是不去收集这个地带的宝藏而忙着打理菜园的傻瓜们的一种极平常的做法。

"鳗鱼!"她说,"捉鳗鱼。鳗鱼喜欢我们。我们河边人。"

她为他编织了三个鳗鱼笼,给了他一些鱼杂碎为饵,然后和他一起走到河边,为他指出可能的地点。从那以后,他几乎每天都能为她带回肥美的鳗鱼。她说米克马克人有很多捉鳗鱼的方法,不过鱼笼对他来说是最好的。等她的儿子们从奥达纳克的阿贝纳基村回来时,他们可以为他展示其他方法。

七月初,松树释放出波浪般的花粉,黄色的粉雾像柠檬黄色的烟雾飘荡于森林之中,与燃烧的树木产生的烟雾混合在一起。一天早上,一位老人弯着腰,背着一个包袱,圆睁的眼睛左右环视,摇摇晃晃地穿过花粉的烟雾,从西边的小径走出来——那条据说通往世界尽头的小径。他小小的嘴巴上方有一抹灰色的小胡子,像是一小团羊毛缠在了树枝上。那双眼睛和特埃帕尼先生的眼睛一样,黑白分明,滴溜溜地转动着。"爱吵架"看着准备去捕鱼的勒内,立刻发作了。

"混账!你这个混蛋!你为什么没在干活儿?"

"我在干活儿啊。为全屋的人提供餐桌上的鱼是我职责的一部分。"

"什么!就拿一根绳子,一个钩子?你得用一张网!那个女人没织一张网吗?或者一个鱼笼。要不然就得用一把鱼叉。那些是最好的方法。"

"对我来说,线和鱼钩就是最好的。"

"愚蠢又固执!——对,愚蠢又固执!我知道什么是最好的,你不知道。我来真是太对了。我能看出你欠管教。我侄子太宽容了。"

勒内执拗地用他的钩子和扭曲的亚麻线继续干他的活儿。不过,他考虑了用网的事。网可能会更好,因为河里的鱼那么稠密,他也许能一下子抓好几条大的。至于玛希讲的关于米克马克人建造各式各样的鱼梁的方法,以及他们如何在晚上拿着耀眼的火把和鱼叉猎取鲟鱼的那些令人难以忍受的长篇大论——他不会理睬她所说的一切。他确实用了她做的鳗鱼笼,以鳗鱼不是鱼作为借口。

在他四处寻找土地,以便在劳役结束之后索取时,他发现了特埃帕尼先生的秘密。他朝着河水上游走了很远。近来的雨水扩大了那条河,水流在成千上万的河石上跳跃和咆哮。他觉得选取的土地或许最好不要太靠近河水,有一处泉水或温和的溪流会比较好。他从一片堆积已久的落叶中穿过,在这片地方,倒下的树木之间生长了上百万棵树苗,像扫帚上的草束一样密集。他两次听到很大的哗啦声,还看见一闪而过的黑色毛皮消失在灌木丛里。午后,他走到一条宽阔却不明显的东西向小路上;他猜想它通往东边特埃帕尼先生的那片空地。不过,既然有整个下午的自由时间,他选择了转向西边。他看到了车辙的旧痕迹,只可能是马车留下的。这不是一条印第安人的小路。现在他开始有点好奇了。

到三点左右,小路分岔了。他跟随车辙的痕迹前行。道路的特征变得与平常的森林小径明显不同。树木被仔细地伐除,以营造出林荫道的效果;地面上薄薄地铺着成千上万破碎的白色贝壳。他看到这条林荫道笔直地延伸,形成一条由树木构成的黑暗的隧道,尽头处透出一片尖顶锥形的亮光。他在法国看到过这种通往贵族府邸的道路,不过他从来没有贸然进入过。而在这里,这片新法兰西的森林中,却有着一条世界上最为黑暗而蛮荒的林荫道。树木像是冷酷的铁刷,白色的贝壳被鹿蹄踏碎。林荫道的尽头似乎充满了光亮,倾斜的路面尽头一片空白。

一个巨大的灰白色物体突然出现——一座刷白了的石头房子,几乎是一座城堡,简直像是被海风从法国吹来,凭空降落在这个地方的。勒内明白这是特埃帕尼先生的宅邸,是他那神秘世界的中心。房子有三根巨大的烟囱。窗户是玻璃的,屋顶是精致的蓝色石板瓦,还有一条石板铺制的走道在房子周围蜿蜒,通向一处带有栅栏的围场。栅栏很高,以华丽的金属杆组成。除了石头之外的所有一切都来自法国,他看得出来。这肯定花了一大笔钱——或者更多,一笔巨款。它证明了这个庄园主的疯狂,他的头脑中塞满了陈旧的异教徒观念,还有宗族和宅邸;他是自己想象世界中的国王。

勒内心神不宁地回到主路上,沿着它向东走。黄昏已悄然渗入。

夜晚在森林中降临得很快,即使是在白昼较长的季节。正如他猜测的那样,这条路终止于特埃帕尼先生的空地。他直接走到与沙马合住的小木屋,那人正裹在迪凯从前的河狸睡袍里,打着鼾喃喃呓语。

夏日延续。沙马爱指挥又总是咒骂不停,他来决定他们砍伐的地点。他们清伐树木,把木桩拖成一行,形成一排粗糙的树根围墙。勒内捕鱼给大家吃,听玛希给埃尔菲奇、泰欧蒂斯特和让-巴蒂斯特讲关于河狸骨头汤、彩虹衣服以及小矮人的米克马克故事。当他在汲取这些知识的时候,他也会看看特埃帕尼先生,想着他那座秘密的房子。后来他得知庄园主把那座宅邸命名为"特里奥夫",意思是"凯旋"。他早就觊觎贵族姓氏,如今他总算可以称自己为克劳德·特埃帕尼·杜·特里奥夫。

夏天的炎热突然之间便消失了。一夜之间,入侵的冷空气带来一种新的气息——一种混杂着冰、兽毛、燃烧的森林,以及猎物的血的气味。

3
列娜黛

　　鲜艳夺目的枫树在黑色云杉旁闪耀。河流般的鸟群在大规模的秋季迁徙中布满天空：䴓䴘、整个国家的鹰、不计其数的黑色刺嘴莺——这种鸟看起来好像戴着贝雷帽、有着苍白面容和深色胡须条纹的微型人，鹤、铁爪鹀、鹊鸭、潜鸟、麻雀、捕蝇鸟、黄莺、鹅。第一场冰暴在十月的一个晚上来袭。世界被厚实的积雪挤压得扁平，雪花在云杉针叶间嘶嘶作响，太阳像纯灰色绘画般变得晦暗。森林仿佛吸气般收缩起来。

　　玛希的儿子埃尔菲奇和泰欧蒂斯特从奥达纳克回来了，带着各种陷阱和笼套，还有引诱猎物用的口哨和猎哨。玛希对这些物品有着非常强烈的兴趣，然而特埃帕尼先生却管它们叫垃圾，还把泰欧蒂斯特的漏斗式河狸捕捉器丢到壁炉里。勒内看着那男孩的脸瞬间变得冷酷无情，看着他怎样低垂着眼睛，看也不看特埃帕尼先生。一时间，他看到了住在泰欧蒂斯特身体里的那个残酷的印第安人。

　　十二月带来了像石头一样沉默的日子，但阴沉的天空却飘来新鲜的气息，一种冷冷的纯净的味道，这是北方森林的精华。勒内在新世界的第一年就这样结束了。

　　大片堆积的雪覆盖着树木，它们如此之厚，以至于在起风时如雪崩般从树上掉落。勒内这才明白，他之前一辈子都没体会过极度的寒冷，也从未见过黑夜的真正颜色。一股强烈的寒流从极地冰川席卷而来。听到树木炸裂的声音，他在黑暗中醒过来，推开了门，门外的寒意几乎形成了一堵摸得着的墙，他呼吸到的第一口空气使他弯

21

下腰来一阵咳嗽。他一边冷得发抖,一边设法点亮了蜡烛,当他跪下来重新生起火时,他看见有微小的雪花晶体从自己呼出的气里掉落下来。

早餐时分,特埃帕尼先生说,天气对于砍树来说太冷了。"在这种日子,冻硬的斧刃会粉碎,人的肺会感到灼烧。很快你就开始咳血,然后死掉。过上几天就会暖和些。"

勒内提到他听见了树的炸裂声,庄园主说,在这种强烈的严寒之下,即使石头也会无法承受而爆成碎片的。他一边往面包上涂着冰凉的驼鹿骨髓,一边说:"有一个冬天,在这样的一场寒冷侵袭之后,我在森林里碰到四只直挺挺地站着冻僵了的鹿。"

"啊,啊,"沙马说,"有一次在北方,天气连着十天都温暖又舒适,然后一转眼的工夫,无法估量的严寒如利刃般降临,河水中摇摆的波浪顷刻之间冻结成了冰锥。我们祈祷着自己别有同样的下场。"

正是在这个寒冷的时期,玛希最小的孩子让-巴蒂斯特生了很严重的病,他从婴儿时期起就有一点咳嗽。如今咳嗽加剧成了低沉的咆哮。那个孩子筋疲力尽地躺在那儿喘息着。

月亮皎洁如一片白色的萝卜,夜晚漆黑得无与伦比。树木的影子清晰地投在雪地上,黑得如此深邃,仿佛切入了地下。白昼很短暂,夕阳与一片片飞过的暴风云纠缠在一起。雪花变得火红,如同洒下的鲜血般纷纷掷落。针叶树的黑暗海洋吞噬了落日的余晖。勒内对极度的寒冷感到害怕——即使在微弱的阳光下竟也冷成这样。从火炉边的小床上传来让-巴蒂斯特那带着鼾声的喘息,他呼唤玛希的声音渐渐微弱,最终变为永久的沉寂。特埃帕尼先生冷漠地说:"所有人都难逃死亡。"

这场突然降临的严酷极寒持续了一个星期,随后缓和成一种明亮的寂静。玛希将那具小小的尸体带到沃比克的布道所,由那里保管,直到春季下葬。男人们重新走进森林。他们穿过冻结的河。勒内学会了穿着雪鞋走入寒冷的世界。砍树变得更为容易,而且由于有无尽的木柴供应,他们干活儿时身旁总生着一堆持续燃烧的火。

埃尔菲奇在奥达纳克长高了,能帮忙拖拉树枝了。他在勒内旁边干活儿。

"这么说,"勒内说,"你在那个地方学到了很多狩猎技巧?"

"是的。学会了捕捉每种动物的很多种方法。每个季节都各不相同。你看到那里了吗?"他往西指向一片他们还没有开始砍伐的林地,"那个雪堆。"

"看到了。"勒内说。

"你观察到什么?"

"啊,我观察到……一个雪堆。"

"如果你走近它,你就会发现更多。"

他们一起走向那个小丘。埃尔菲奇指着靠近顶部的一个小洞,它的周围环绕着羽毛般的冰晶。

"你看到了吗?一头熊呼出的气体凝结的冰。"他十分详尽地解释了杀死这头熊并将它从洞穴中拖出来的方法。他接着说到把鹅引诱到深沟里,使它们不便张开翅膀从而无法飞走的方法;还解释了如何根据驼鹿的脚印分辨它的年龄,并掌握它的性别、体形大小,甚至健康状况。勒内惊讶于这个男孩的丰富知识。他是一个印第安猎人,而且——就像特埃帕尼曾经预言的那样——他十分精通于花招和诡计。

自由探索森林的日子让勒内感到很愉快。有时候,他会回到西边小径附近那片枯倒的林木地带,那里的雪已堆积成不可思议的小山。他没再靠近过特埃帕尼先生那座精心建造的宅邸。

玛希从布道所回来的几天之后,布沙尔先生从河那边来了,穿着雪鞋的他行动自如。除了作为政府代理人的职责之外,他还是军队的上尉。

"布沙尔上尉,什么风把你给吹来了?这段路可不近呢。"特埃帕尼先生说,"是要召集强制劳役或民兵吗?是易洛魁人来了吗?"

"在船上,有一封从法国寄给你的信。它看起来重要且紧急,红色蜡封戳,盾形纹章。所以我把它带给你。"

他们朝房子走去。"水路比从森林穿行要近一半路程,"在他们

23

爬上通往小木屋的斜坡时,布沙尔先生说,"我猜天气好的时候你不会用你的独木舟。"

"跟水流搏斗可比走路费劲儿多了。"

特埃帕尼先生仔细检查了那封信,他蜡黄的皮肤霎时变得绯红,然后未经开启便把它放在门口附近的架子上。两人坐在桌边,喝着加了一点威士忌的热水。

"在我们沃比克发生了一件让人悲伤的事,"布沙尔先生说,"弗朗索瓦·普瓦涅——你认识他吗?"

"只是见过。高高的,一只眼睛有点斜视?一个农场主。"

"是这个人,而且他是个好人。他在最近的严寒期间进了森林,在他的土地上继续砍伐树木。他的妻子在分娩时死了,就在刚过去的夏天,他们仅存的孩子是一个十岁的女孩,里奥娜黛。这位不幸的父亲的斧头削过一棵冻僵的树,就像从一块硬实的花岗岩上滑过,随后砍入了他的左腿,直到腿骨。"

"见鬼!"特埃帕尼先生说。

"他挣扎着想要回到他的房子。一路的血迹表明了他所作的努力。也许他也曾大声呼喊。倘若他喊过的话,应该也没有人听到。他精疲力竭,然后冻僵了。当我们发现他的时候,他正躺在冻结的血上,仿佛是他的灵柩。他冻得比斧头还要硬。"

"这是个严酷的地方。"特埃帕尼先生说。

"我来这儿除了要把这封信带给你之外,还想问问你愿不愿意把那个女孩接到你家——她年纪小但却很强壮。你知道,女孩在这个缺少女人的地方是很宝贵的。"他眨了眨眼睛。

"啊,"特埃帕尼先生说,"我现在明白你为什么这么老远跑过来了。为什么不让沃比克的某个人领走这个女孩?为什么不找佩罗神父?为什么是我?这孩子有什么问题?"

布沙尔先生抬眼望向烟雾缭绕的天花板,略微晃了晃脑袋。

"她确实外表不够完美。"长长的沉寂。

"外表哪方面不够完美?"

"喔,她的外形足够完美了,可是她有一个胎记——在她的脖子上。"

"那胎记有什么寓意,才让沃比克的居民以及那位神圣的神父感到厌恶?"

"事实上,它是……呃……"布沙尔先生由于暖烘烘的炉火以及这件差事的不自在而开始出汗,"它是一幅有角的恶魔的完美小肖像。我觉得,既然你的宗教信仰……"然后他的声音逐渐变小。他急切地望向门口。

"我的宗教信仰?你是认为我会欢迎一个脖子上有魔鬼印记的女孩吗?"

"据说——据说你有某种崇拜——不是对上帝,而是对恶魔。"

"我并没有。先生,我厌恶魔鬼。你弄错了。不过我认为你那位罗马天主教的'上帝'——造物主,才是魔鬼。你只需要读读《旧约》就能看出他有多冷酷。对于我来说那才是魔鬼。是你在崇拜魔鬼。"他眯起的眼睛闪着光,如同破碎的冰片。

"也许我是弄错了,不过我的职责是确保那女孩有人看护。村子里的那些人……"借用公众意见是他手中最后一张牌了。

"不,别跟我提村子里的人。"

"好的,我可以不提,不过村子里的人见过一些不寻常的事。比如,他们说他们曾见过你同魔鬼以及他邪恶的船夫一起坐在飞行的独木舟里,在乌云中穿行,残酷地大笑。"他一股脑儿说了出来。

"一派胡言!"特埃帕尼先生说,"到底哪个眼尖的家伙——我得说,哪个巫婆——看到了这一奇妙的假象?"他凑近了代理人。

"我无权透露名字。"无辜证人的保护者自鸣得意地回应。

"给我当心点,布沙尔先生。"

老代理人抬高下巴:"你才要当心点,克劳德·特埃帕尼·杜·特里奥夫先生。我对你那条会飞的独木舟以及恶魔契约毫无兴趣。对你也没有。我只想为这个女孩找个住所。"他狡狯地补充道,"她很擅长酿造上好的啤酒。她从她妈妈那儿很好地学到了这门技艺。"

玛希把更多热水放到桌前,然后眼睛低垂着,轻声地说:"那女孩我收留。不喜欢做啤酒我。"

"就这么定了!"布沙尔先生大喊,"我马上就把她送来。她现在就在河边。"他两三步就走出门外,长长的斗篷在身后摆动着。

"布沙尔上尉!等等!"特埃帕尼对着快要关上的门大吼。他转过身,一脚踹向玛希的膝盖,然后手中抓了把斧子便摔门而去。

那个骨瘦如柴的、沮丧的孩子慢慢地从河那边翻过积雪的小山。她很瘦,头发稀疏,小小的棕色眼睛下面有黑眼圈,举止畏畏缩缩,就像闪避即将要挨的打一样。她的手指纤长而灵巧。玛希慢慢地拍了她的肩膀两下,把一柄木勺放在她的手中,让她开始搅动玉米糊。特埃帕尼先生进来后,把她拖到门廊,仔细查看那块恶魔形状的胎记。他看见在她的后脖子上有一个小小的红色三角形,大拇指指甲大小;在它上方有蚊子大小的两个小小的三角形。

"哈!"特埃帕尼先生说,"这不是魔鬼,镇子上那些愚蠢的家伙只能看到他们想看到的东西。那些傻瓜!这是一只狐狸!我们应该改叫你'列娜黛'。"

尽管举止畏缩,但那女孩酿酒的本领却十分了得。她先从冲洗酿酒屋和酿酒用的石头罐子开始。她要了一些啤酒花种子,把它们种在树桩之间。她亲自采摘成熟的酒花,然后酿出了非常棒的啤酒。没有人比列娜黛自己喝掉的酒更多。虽然勒内仍然更喜欢红葡萄酒,但它得进口,而且太贵了。不过,倘若移民们的苹果园开始结出果实,他们就能喝到法国苹果酒了。那将会是非常愉快的。

4

北方来客

在勒内到来后的第三个冬天,特埃帕尼先生开始表现得有些古怪。他一次离开好几个星期,当他回来时,会非常粗鲁地发号施令,甚至对沙马也一样。

五月初,地面上依然还有些雪,特埃帕尼先生说他将要离开一年,也可能两年,因为他在魁北克和法国有紧急事务。他对勒内说沙马会主管日常劳作。他划出一片大得不可思议的区域来让他们砍伐,有超过五阿庞(几乎有五英亩)。勒内想,在法国,森林由法律和习俗来控制;而这里,并没有关于森林的法律来约束庄园主的欲望。特埃帕尼先生有权下令砍伐,这令他觉得困惑,而且他也感到不公正。

特埃帕尼在大腿上拍了拍他的手套,骑上了他的马。他给出了最后一项命令:"玛希,别疏忽了菜园。"玛希什么也没有说,可是她的手指抽搐着。勒内知道她不喜欢侍弄园圃,认为它是一种法国式的愚蠢。在菜园中她感到被困入罗网。她只要有机会就忽略它,与列娜黛一起去收集药用植物。她知道很多树皮的疗愈价值。她将发霉的物体保存在一个盒子里,用来包扎感染的伤口。她把一些蘑菇制成了药膏。

"当然了,"特埃帕尼先生嗤之以鼻,仿佛在描述一种邪恶的缺陷,"所有的印第安人都是医生和药剂师。唯有他们了解很多植物的隐秘用途。你从未听说过吗?他们拿铁杉针叶做的汤,治愈了尚普兰那些患了坏血病快要死掉的船员。——不是吧,你会听到它上千次的。"

可是如今他离开了,而沙马像一只公鸡那样雄赳赳地走来走去。而且,像只公鸡那样,他湿答答的目光落在视线范围内仅有的"母鸡"身上。在夜里,勒内听到他蹑手蹑脚地从他的河狸袍里溜出来,钻出门外,他的脚步在僵硬的雪地上嘎吱作响。几分钟之后急促的小跑和用力的关门声又把他带了回来。

过了两年多,特埃帕尼先生才骑着一匹栗色的骏马回来。他跳了下来,姿态的浮夸程度犹如国务部长的签名。他身穿一件淡绿色的紧身上衣,有拼接式的袖子;丝绸马裤是更深的绿色,饰有打结的丝带。他硕大的腰带佩有三个银扣,他的靴子有绯红色的鞋跟。最壮观的是他的浅顶帽子,有六根染红的鸵鸟羽毛环绕在边缘。他闻起来有一股甜腻的香水味,引得埃尔菲奇打了喷嚏,并把一团鼻涕甩到了那件上衣的扇形袖口上。特埃帕尼先生将他揍倒在地,然后踢他,玛希扑上去用身体护住那男孩。特埃帕尼先生也在她的肋骨处给了有力的一踢,重新骑上他的栗色马儿向西驰去。无疑是要去他的秘密房子那里陶醉一会儿,勒内想。

第二天晚上吃晚饭时,玛希端出了蒸鳗鱼,还有用风干的三文鱼做成的一种厚厚的鱼布丁。特埃帕尼先生大发雷霆。鳗鱼是野蛮人的食物!他说,他期待一些像样的、配得上一位庄园主的餐食。他们正在见证特埃帕尼先生向一位绅士的转变,这体现在他的新行头上,还有他对鳗鱼的厌恶——在过去,这是他常常狼吞虎咽的食物。他表达了对印第安人日渐增长的蔑视,称他们为懒惰和无知的野蛮人。他扔了一枚钱币在玛希面前的桌子上,告诉她明天就必须带着她的孩子们打包离开——他两星期之后要和一位法国小姐结婚。那枚钱币可用来支付她的旅费——往东边走,回到她的族人那里,在那个地方她想吃多少鳗鱼都可以。玛希静静地坐着,一言不发,勒内猜她内心麻木,逆来顺受。

他们离开房子是在上午时分,玛希把她寥寥无几的个人物品装在一只柳树条背篓里,孩子们每人带着一个包袱。列娜黛低声对玛希说她不想去沃比克,那里的人对她很糟糕。玛希瞥向沙马,那人正忙着磨刀,但却竖起耳朵非常留心地聆听着。

"这里你留不好。你来。安全布道所。"

这一小伙人走下台阶,经过特埃帕尼先生身旁,他正站在院子里看着,双腿叉开,像个巨人一样。突然间他转向勒内。

"你愣着看什么呢?和他们一起去!到了沃比克之后和菲利普·博斯商量一下,把我在他马车上的那些大行李箱带回来。它们这会儿肯定已经在代理人的房子那儿了。在五天之内赶回来。"

勒内背着泰欧蒂斯特过河,埃尔菲奇跌跌撞撞地跟在后面。握着列娜黛不情愿的手,玛希第一个过了河,动作流畅得仿佛踩在河水下方一条坚实的小路上,然后又向东沿着通往沃比克的阴暗小路大步前行。

"你是沃比克人吗?"勒内问她,虽然他曾听说过的一切都指向不同的答案。

"不。不沃比克。"她低声说。

"那么——哪里?"

很长一段时间她都默不作声。当他们中午停下来喝茶时,她说:"舒贝纳卡迪。伴河而生,我们。我们一生中这条河,那条河。米克马克我们的土地。好河水。好食物。鳗鱼,鱼。好的药用植物。更好。这儿,不好。"她把涂了卡卡莫斯的玉米糕递给孩子们。

"你是怎么来到特埃帕尼先生家的?"他问了,但她没有回答。他们一路无言,直到第二天中午到达沃比克。玛希在村落边缘那条前往布道所的小路附近停下了脚步。"这里,"她说,"忏悔,弥撒。读,写,佩罗神父说法语。"她给他两个玉米饼,供他返程中食用。

"你会读?你会写?"勒内吃惊又嫉妒地说。他没看出任何迹象表示玛希掌握这些技能。

"回头见,"她说,"很快。"然后她与沉默的孩子们一同走上那条通往布道所和神父屋舍的小路。只有埃尔菲奇回头看了他。勒内的目光掠过地面,当他看到一株粉红杓兰时,他将它采下,然后用一根柳条把它别在衬衣上,享受那麝香的气息。

他继续走到代理人的房子。一百码之外,河水在阳光下闪耀、欢跃。两条巨大的独木舟被拖到河岸上；云杉树下，一群男人和几个印第安女人正在扎营——他们是从上游地方前往塔杜萨克或者魁北克的毛皮交易者。这帮人外表粗犷，肩膀、胸部、脖子和手臂的大三角形与他们的罗圈腿构成了平衡；留着胡须；因烟熏火燎而皮肤黝黑；带穗的红色帽子遮住油油的头发。一个肌肉强健、扛着两个沉重的包裹蹒跚前行的家伙吸引了他的目光。勒内觉得自己似乎了解一些有关他的故事。那人转身离去，走进树林之下的阴影中。

"啊，塞尔先生。"布沙尔先生——那位代理人，热情友好地微笑着，他黄色的眉毛因看到从森林来的年轻伐木人而愉快地扬起。勒内解释说，特埃帕尼先生把里奥娜黛重新命名为"列娜黛"，因为他认为那个胎记很像一只狐狸的脸；他还送走了玛希和孩子们。他希望有人把他的旅行箱送到他的房子那里。

"啊，当一位有钱且有背景的女士出现时，一个好小伙子确实会这样做。行，菲利普·博斯能把他的箱子送去；我敢肯定特埃帕尼·杜·特里奥夫先生会很乐意为此付钱的——鉴于他将迎娶富有的梅里桑德·杜·穆顿-诺瓦小姐。我今天下午会处理这件事，这么一来他便能继续像个绅士那样行事。也许他希望把箱子送到他称为'庄园主宅邸'的那座宏伟建筑那里？"

"他没提过这个。"在他环视房间时，勒内看到布沙尔先生有一书架的书，书脊上有金色的字母。他识别出了一个"R"。

"菲利普可以找到他问一问。那你呢，你现在开始清伐自己的土地了吗？你盖好房子了吗？是否也找到了一个你要娶的人呢？"

"特埃帕尼先生还未授予我土地。"他已经完全失去了对年份的概念。

"果真如此？"布沙尔先生取下那一大本分类账簿，翻动纸页，"噢，我相信已经远远超过期限了。你已为他工作了五年零四个月。为此他欠你工资。我会给他发一个通知的，让菲利普一道送过去。不过，你选中土地了没有？"

"我看到过几个不错的地方，在特埃帕尼先生住处的西边。一处在一片荒废的印第安空地里，距离那条河差不多一英里远，但却靠近一条夏天和秋天都淙淙流淌的小溪；另一处在森林里，有一眼清澈的泉水发源于一棵黄桦树下方。那里有不错的混合阔叶林。"

布沙尔先生瞥见勒内衬衣上系着的那朵凋谢了的杓兰:"啊,一朵纽扣花。你知道,一个年轻医生最近来到了魁北克,他对印第安的生药学非常感兴趣。每一天都有更多有才华的人到来。而你,当然应该得到你的土地。"

布沙尔先生大量使用长单词让勒内很不自在,不过他点了点头,默认了自己通晓印第安生药学。

"当然,最好是选择一处树木繁茂的地点,然后把它砍干净——因为我们砍掉的树越多,便能越快拥有良田和更多的移民。确保不要砍掉那棵黄桦树。如果你这样做了,你的泉水会枯竭的。把那片空地用作你的奶牛牧场。"他叹了一口气,"当然了,特埃帕尼先生仍然会是那些土地的庄园主。常言道,'所有的土地都有领主'。他拥有大量土地。等你种植的谷物成熟的时候,你可以把它带到他的磨坊,研磨成优质的新法兰西面粉。"

"他没有磨坊。"

"他无疑会建一间的。这是庄园主对农民的职责之一。很可能他会劝说更多的人到他的土地上来。"布沙尔先生把那本账簿收起来,然后露出一个"你可以离开了"的微笑。

"先生,"勒内说,"我有一个问题。"

"请说。"代理人表情变得严肃。

"那个米克马克女人玛希,告诉我她正在向布道所的神父学习读和写。这是真的吗?"

"佩罗神父尝试向印第安人教授他们的字母,一点点阅读,以及书写。除了读《圣经》之外还能有何效用,我也不知道;但这是很多法国人——尤其是毛皮交易者,对本地人表达友善的一种方式。当然,也不是所有的人。大多数农场主和移民不喜欢野蛮人。"

"他可以……?"

"可以什么,教你吗?你必须得问问他,不过我敢肯定你得来布道所学习。如果你住得离沃比克更近一些,就更容易向他学习那些技能。已经有将近二十个人住在这里。你不如考虑一下在沃比克附近选择土地,而不是在那片两天路程之外的荒野里。"他的黄色眉毛上扬又下落,带着一种秘密的探询意味。

　　勒内说他会考虑一下整件事情。不过代理人看得出来,他不会的。他看到一个意志坚如磐石的男人和那张倔强的脸,这个人更愿意生活在条件恶劣的森林——那片无穷无尽、既让他着迷又让他害怕的森林。

　　在返回的途中有太多东西要思考:玛希,一个印第安女人,或许能够读和写;他能够同样掌握这些技艺的可能性;还有那个大好消息——他就要被授予土地了,摆脱特埃帕尼先生支配的日子也已经近在眼前。尽管居住在布道所和村落附近是很诱人,但他对森林有一种感情。至于沃比克,那一小片泥泞的村落实在太像法国了。

　　经过几年前特埃帕尼先生曾杀死豪猪的地方之后,没走多远,他开始觉察到什么。他放慢了他的脚步,尽可能无声地谨慎行走每一步,同时屏息聆听。什么也没有。他继续前行,但是那种附近存在威胁物的感觉仍在持续。特埃帕尼先生五年来总是谈论森林中的超自然恐怖,这片地带的精神特质,早已破坏了他的法兰西理性。他开始相信温迪戈和它的同伴,正如相信魔鬼和天使那样。他继续前行,他的后脖子暴露在外且易受攻击,他的感官战栗而警觉。易洛魁人远在南部和西部,不过他听说过有几个突袭队有时会神不知鬼不觉地掠过森林,屠杀移民。他思考什么动物可能会跟踪人类——熊、美洲狮、狼。它们之中,熊具有最不可思议的力量。可能是一头熊嗅着他的足迹一路寻来,但他怀疑这一点。一年当中的这个时候,熊正在不停地往肚子里塞浆果和多脂的飞蛾,不停地吃啊吃。当他停下来寻找刻下的标记时——因为它们被风化且变得灰白,在愈来愈暗的光线中很难看得清——他清楚地听到这昏暗森林中一根枝条的断裂声。

　　从那一刻起,魔鬼狞笑的脸无处不在地显现于树枝及针叶的缝隙之间。他的肠子充斥着对易洛魁人以及他们那难以言喻的折磨的恐惧之感。他也许再也无法回到特埃帕尼先生的空地,他也许再也无法得到他的土地。

　　在小径的旁边,他看到好几英亩年轻的花旗松。也许他可以藏到那里,因为即便是一个疯狂的易洛魁人也不会闯进如此拥挤而密集的树林。他一头钻进花旗松的树丛中。

不远处存在外来者的感觉仍在持续。当他在口袋里翻找玉米饼时,他闻到一缕微弱的烟味。那应该是易洛魁人的火堆。

他自己没敢生火,而是蜷缩在花旗松下面,度过了一个瑟瑟发抖的夜晚,一边打着盹儿,一边留神听着是否有人靠近。他能辨认出一丛灰白的巨魔芋,还有黑暗中别的发光蘑菇。这种白天看不到的阴郁幽燃的微光,是恶魔的路标。

当变得苍白的东方预示着黎明,他已在几乎还辨识不清的小路上疾速前行。那种被追逐的感觉变得更强烈了,他一路小跑,喘息着;他很确定自己听到了一个易洛魁人起伏的呼吸声。于是他停了下来。逃跑并不会对他有所助益。他在离小路几码远的一棵云杉后面找了一个位置,等待着。他将让那些易洛魁人现身。他会直面他们的折磨,然后像其他人一样死去。这将是新法兰西生活画卷上一笔鲜红的色彩。

过了一小会儿,他不但听到了树枝断裂声,还听到一个人的声音——不,两个声音。一些嗡嗡响的法语词:"……你会发现许多易洛魁人的尸体。"然后是大笑声。法语!他透过树木看到了人影移动,于是从树后走出,来到那条小路上。不过他肌肉紧绷地站在那里,准备好应对可能的麻烦。他们看到了他。

"啊!他等着我们呢!"他们是两个矮个子、肌肉发达的家伙,黑色的胡子,身体重心在上半身,宽大的肩膀与手臂,浓密的黑色眉毛和红色的嘴唇——北方人,船夫。他通过他们的大眼睛认出了他们——特埃帕尼先生那样的眼睛,乌木般的黑色虹膜和闪着光亮的眼白。他们的打扮是船夫兼毛皮商的典型装束——一个人戴着红色双层编织帽,另一个用围巾裹着头,两人都穿着鹿皮绑腿和印第安样式的马裤,对咬人的虫子毫不在意。两人的腰部都系着闪亮的腰带,都叠穿着两件羊毛衬衫。他们喝醉了。他们随身带着瓶装的烈酒,在行走的同时大口地喝着。他们就是特埃帕尼先生等待已久的兄弟们,是从一群在沃比克搭营的船夫那儿出发的。

他们说了他们的名字:图桑,他的胡子垂到胸部;费尔南,长着短而硬的络腮胡。噢,帐篷。用那神圣的帐篷,他们要去参加克劳德的婚礼,而且没错,他们确实在一路跟着勒内,不过他们自己也懂得去查看道路的刻痕。他们的一些同伴随后也会前来,因为生活在这个空荡荡的国家里的寂寞之人绝不会错过任何一个庆祝婚礼的机会。他们另外有一个同伴认识路,不过他宁愿不去加入这场狂欢,因为他对克劳德·特埃帕尼有一种强烈的反感。他将留在沃比克,看守他们的毛皮包裹。他们把他们的酒瓶递给勒内,于是没过多久他也喝醉了,而两兄弟变得更为聒噪,吹嘘他们狂野的、无拘无束的生活,唱着长得没边的歌曲。图桑说他熟知四十多首歌,费尔南夸耀说他精通五十首以上,而且他现在就要从《小罗切尔》开始把它们全唱一遍。他起初唱得不错,但是七段之后就停下来了。他突然转向勒内。

"你以为唱歌,以及步行穿过森林就是我们所做的全部吗?不!那话是怎么说的来着?我们努力生活,用力去爱,踏实睡觉,还吃驼鹿鼻子。"

图桑把一大块黑乎乎的食物塞到勒内手里,他说这个不是驼鹿鼻子,是干肉饼。它有一种烧焦的麝香味道,里面夹杂着毛,还有颜色像鸡爪一样的明亮的脂肪结粒。那是种很耐嚼的玩意儿,而且嚼的次数越多,它在他的嘴巴里膨胀得越满。他喝了一大口威士忌把那团干肉饼冲下去。

勒内一直在想他们所说的那位同伴,那个宁愿与毛皮包裹一起留在沃比克的人,又想到了他曾眼看着消失在云杉阴影中的那个人。猛然间他很有把握那个人是谁了。

"这个留在沃比克的人,他是不是牙齿不好?"

"牙齿不好?不。上帝啊!他一颗牙齿也没有。他的餐食是玉米糊和肉汁。他不能吃干肉饼,若是他不自己准备饭菜的话,会成为一个累赘的。"

"他的名字也许叫迪凯?还是别的什么?"

"迪凯!你是怎么知道的?"

"他以前是和我一起干活儿的一个佣工,坐同一条船,受雇于同一个人——你们的哥哥克劳德·特埃帕尼先生。有一天他消失在树林里了。你们的哥哥认定他被狼人抓住并且吃掉了。"

"哈！他没被吃掉；就算有，也只是在边缘吃掉了一点点。他是个见过大世面的人。他认识皮毛交易中的重要人物——甚至英国人。他说他有一天会成为有钱人的。"

至于迪凯为什么不愿意见到特埃帕尼先生，勒内有自己的看法。

三兄弟及他们的叔叔沙马的团聚，既聒噪又情绪化。他们全都流了眼泪，拥抱，咒骂着，痛饮着威士忌，拍打着彼此的背部，真诚地看着对方，再次哭泣，然后开始聊天。两个兄弟不赞成清伐森林。他们说，他们的生活方式不会给土地留下伤疤，不会使森林光秃。他们掠过水路，在很短的时间之内，他们行进的余波就消逝在水流之中，森林依然是它们原有的样子，寂静无声，无穷无尽。

"叔叔，您一定要跟我们一起回上游地带去，我们会再拥有多美好的时光啊！"

但是沙马悲哀地笑了。他的脊柱畸形每年都使他更往一侧歪些。他没法再承受艰苦的船夫生活了。然而这一说法却激发了毫无恻隐之心的两兄弟大肆描述他们了不起的划桨壮举——二十小时，甚至三十小时——没有片刻停顿。他们说起水上英雄的名字，并因悼念一个朋友而落泪；那人弄断了一条腿，以至于骨头都突出到隆起的肌肉之外。他们把他放到冰冷的河水中，一直淹到他的脖子，等死。

"还没等他让我们唱的一首歌唱完——《我对狼的巨大恐惧》，那首歌是他最喜欢的。他牙齿打着颤和我们一起唱着那些段落，直到他的心跳变慢，由生到死。"

这件事又使他们开始讲述死于非命的毛皮商人的故事。

"……还有梅达尔·贝，遭受了痛苦的胃痉挛，是死于河狸病吗？"

"有毒的是河狸特别爱吃的那种植物。而且我听说印第安人也吃它，然而死掉的是法国人。"

婚礼还有四天，因为新娘还在从魁北克前来的途中，估计至少还要再等三个日出才会到达。一位神父会陪她一起，不是佩罗神父，而是从魁北克来的一位更为重要的神职人员。结婚圣礼会在特埃帕尼先生的宅邸举行。庄园主仍穿着他那稍微弄脏了的巴黎华服,已经到了这个时候,还在指挥两个米克马克人装载一马车的货物,准备运往那座优雅的建筑物。巨大的壁炉里燃着火以祛除湿气,地板上撒满了茅香。在沙马的帮助下,还是那两个印第安人在松树下建造了一张长桌。一切都准备好了——除了食物。

"我的天啊!"特埃帕尼先生大叫。在他把玛希打发走的时候,他忘记了会需要一名厨子,而直到现在他才意识到这个大问题。

"这有什么问题?"图桑大喊,"给他们吃干肉饼!我们用这东西一天喂饱二十五个人,它对他们挺有好处的。"

特埃帕尼先生转向勒内说:"快!快!马上回沃比克去接玛希。把她带到这儿来。把她准备婚礼餐宴所需要的任何东西都带回来。你不在的时候我们会去弄来一些野味和鱼。赶快!"

玛希和列娜黛正坐在布道所外面拔着鸟毛。玛希冷静克制地听完特埃帕尼先生的命令,继续拔着羽毛,将它们扔在地上。轻微的风使它们跳动着,打着转。时间一分钟一分钟地过去,而玛希仍一言未发。

"那么你现在要来吗,同我一起?我会带上你需要的任何物品。特埃帕尼先生让我把这个给你。"他拿出一枚明亮的钱币,"还有这个,用来买你筹备宴会所需要的东西。"他又出示了第二枚钱币。

"埃尔菲奇用箭射了很好的鸭子。"她一边说着,一边把它翻转过来,让他可以欣赏它肥美的胸。他看了埃尔菲奇一眼,后者露齿而笑,接着羞涩地低下头。

"一只漂亮的鸭子。"他说,"新法兰西最棒的鸭子。也许特埃帕尼先生会付你钱买那只鸭子。"

"这是给妈妈的。"埃尔菲奇说,接着,由于对这么多的应酬交流感到不知所措,他逃到了房子的后面。

列娜黛站在一旁,用她半圆形的鞋跟蹍着泥土:"我有很好的啤酒在特埃帕尼先生的房子那儿。"

勒内明白,玛希更愿意待在她现在所在的地方,烤埃尔菲奇的鸭子。不过她还是站了起来。于是他跟随她进入布道所。

她把处理好的鸭子放在一个背篓里。她整理好外套,然后说:"皮娄神父①不在这里。不知道。信来写我。"她从书架上拿了一支笔和墨水池,找到一小片纸,然后坐在桌边往纸上写了一列符号。

"你写了什么?"勒内问,内心充满好奇。

"那支羽毛说,'做饭三个太阳'。那个我写。"

他亲眼见到,玛希会写字,不过他觉得她的字母看起来像蚯蚓粪,全然不同于他那个精致的"R"。

一路上,玛希几次突袭到路边的林中,采集野洋葱、蘑菇和绿色香草。她花了很长时间沿着河边搜索某样特别的东西,而当她找到它时——一种高高的植物,带着羽毛状的叶子——她剥下种穗,把它们放到一个单独的小袋子里。当他们到达特埃帕尼先生的空地时,两兄弟已经宰了六头母鹿,而沙马正蹲在一条大鲟鱼上面,用他的手把鱼子舀进桶里。玛希没有同他们中的任何一个人讲话,而是径直走进老房子里,开始把锅和壶拖出来,以便转移到举行婚宴的那座房子里。她从柜橱里拿出干浆果和坚果。她把她不在时受到忽视的酵母瓦罐找了出来,把里边的东西刮到一只碗里,加上面粉和水,再把它盖好,然后将它带到马车那里。她把在河边收集到的种子放到柜橱里面最上层。她低声对特埃帕尼先生说话,语气轻得只有他能听到。

"明天面包烤。明天都做好。然后布道所。"

"嗯,"特埃帕尼先生说,"到时再说。"

---

① 玛希念错佩罗神父的名字。

5
婚礼

　　菲利普·博斯将会用他漆得焕然一新的马车,把新娘、她的女仆以及神父接到举行婚礼的房子。两兄弟和他们的同伴在松树下喝酒摔跤。特埃帕尼先生走来走去,冲进房子去整理些什么,又出来查看玛希的锅子,然后望向黑暗林荫道的那片阴郁之中。埃尔菲奇生好了玛希烧饭用的火——一条长长的渠,可以在他们用绿色树苗做成的烤架上烤野鹿腿,还有那条大鲟鱼,它被挂在一块杉板上,咝咝作响。玛希在炊火渠和烹制蔬菜和香草的一个小火堆之间来回跑动。在一口锅里,她用文火煨煮着一种加入了枫糖浆和干苹果的玉米粉布丁——这是特埃帕尼先生喜欢到难以餍足的一种布丁。在它冒着泡的时候,她把在溪边采集到的种子筛入其中。

　　从沃比克来的客人们开始到达,成群结伙,或三三两两,他们闲坐着,喝着列娜黛的优质啤酒,聊着天,欣赏着特埃帕尼先生精致的房子。他们往挂着进口挂毯的大卧室张望,用充满好奇的、在干活中磨损了的手指触摸填满马利筋草的圆滚滚的枕头。

　　"像旧法兰西一样。"

　　"天啊,也许有些太像了……"

　　他们还未见到新娘,就已先闻其声。

　　"快听!"埃尔菲奇说。客人们一下鸦雀无声,倾听着。突然之间,三头鹿从森林中冲出来,冲向不同的方向。他们全都听到远处传来响亮的声音,而且正逐渐变大,直到变为一种尖锐而刺耳的女声在盛怒之下的尖声叫喊:"我拒绝!欺骗!骗子!鬼鬼祟祟的野蛮人!

毫不开化！乡下人！除了树什么都没有！我被蒙骗了！我叔叔被蒙骗了！有人得付出代价！我拒绝！我要回巴黎！我要回巴黎！"这声音持续了十分钟之后，菲利普·博斯那辆毛皮衬里的马车才一个转弯出现在那条林荫道上。

图桑对费尔南说："她那么丑，那她一定非常非常有钱。"那位新娘的脸是深红色的，因大量地涂抹了法兰西红而越发加深，橘黄色的头发从她的假发下面翘出来。这位小姐的女仆看起来可能在她的吊袜带里放了一把匕首。一只瘦骨嶙峋的手抓着马车的一侧，他便是那位外来的博利厄神父，正面无表情地坐着。新娘的目光落在了特埃帕尼先生身上。

"你！"她说，"你来解释一下这个巨型怪物！"她轻蔑地冲特埃帕尼先生的豪宅挥了挥手，"真是个棚屋！完全是贫民窟！给我解释一下，这个森林小屋怎么会是一座华丽的庄园主宅邸，还有你跟我的监护人叔叔说过的那个富有的大城市在哪儿。"她像一个因纽特猎人那样十分灵活地跃出了马车，船夫们不由得拍掌叫好。她用盛怒而轻蔑的眼神狠狠地灼伤了他们，然后和女仆一起长驱直入，特埃帕尼先生和博利厄神父跟在后面。

菲利普·博斯悄声对听众们抱怨："我说，'夫人，我受雇要带你去特埃帕尼先生在这片漂亮森林里的漂亮房子，那么我得做到它。接下来的事就由他自己来决定了'。"

他们以为这位新娘和那位看起来很危险的女仆，还有瘦骨嶙峋的神父，会在任何一个瞬间冲出房子，回到马车上，风驰电掣地回法国去。不过一个人也没有出现。婚礼宾客们可以听到他们的声音——新娘，激动而粗野，又是责骂，又是讽刺；特埃帕尼先生，花言巧语，又是哀求，又是解释；神父，喃喃低语，安抚人心。随着时间过去，新娘的声音变得缓和，而特埃帕尼先生却分贝飙升。

图桑、费尔南和沙马全都曾听过同样的话，和勒内一样。那些多么熟悉的话语！"富饶的森林……不可思议的辽阔土地……肥沃的土壤……足够喂饱全世界的鱼……雄壮的河水……属于未来的漂亮城市……宅邸。"

黄昏来临，沙马、埃尔菲奇和菲利普·博斯架起了篝火。船夫们品尝着那桶威士忌。他们等待着。

"不管怎样,至少还有宴席。"渴望着食物的图桑说。他和他的同伴们朝桌子走去,玛希已在上面摆好一锅蒸鳗鱼,烤好的鲟鱼,用一种昂贵的糖汁调味的肥鸭,几大盘玉米饼,驼鹿骨髓,鹿腿烧得外焦里嫩,各种各样的粥食和酱汁。沿着桌子一侧陈列着一瓶瓶樱桃白兰地。他们还没来得及碰到那些美味的菜肴,一声喊叫响起,要求他们等待。特埃帕尼先生站在精美的石头门阶上,身后是梅里桑德·杜·穆顿-诺瓦,她的脸红红的,因篝火的映照而泛着波纹。特埃帕尼先生张开手臂,像是一只为飞翔做准备的野鹅。

"注意!"他大喊,"各位宾客请进来。"

人群发出兴奋的低语和期待的欢呼。

在客厅里,客人们坐在表面还很粗糙的板条长凳上,打量着镶木地板和装饰过的防火罩,呆呆地望着那梦幻般的大吊灯——它的水晶棱镜把烛光散射成上千簇光束,为结婚典礼营造出了一种教堂般的氛围。沃比克的女人们不无嫉妒地注视着那复杂精致的锻铁烟囱吊架,它能够把锅放置在三个不同的位置。

典礼之后,欢庆开始了。埃尔菲奇生起了篝火,它的火焰为这片场景投下闪耀的光影。客人们走近桌子,船夫们急迫地动起刀叉,沃比克的居民们带着优雅的神态矜持地享用餐宴,仿佛终于重新身处上流社会。特埃帕尼先生拿出很多种酒:红葡萄酒、朗姆、白兰地、威士忌,甚至香槟——真正的法国香槟。有两个船夫拿出了小提琴并开始演奏,同时其他人拍手唱歌。喧闹的音乐和跳舞的人猛烈的踏步声,他们的腰带随着他们的跳跃在火光里抽动着、旋绕着,驱散了所有温文尔雅的伪装。连那位红脸的新娘也跳舞了,而特埃帕尼先生更是一位极具运动天赋的疯子。扭曲的声音在森林的树木中回荡,附近的邪魔恶怪纷纷遁入地下,直到这一切结束。在一丛灌木下方,盖在一块碗布下的玉米粉布丁静静恭候着,连同里面强效的毒芹种子——玛希送给特埃帕尼先生的告别甜点。她等待着合适的时机将它呈献。

当最后的几个跳舞的人在云杉下裹进他们的毯子时,天已经亮了。只有船夫们依然醒着,围坐在篝火边,轮流传递着喝不尽的酒。勒内向他们打探更多关于迪凯的消息。

他们说,迪凯很精明。他在毛皮公司的高层有一些朋友。他认识重要人物。他进行私下交易,把所有的貂皮自己留着。他把被禁止的威士忌带进北方,让印第安人喝得大醉,只能为他们的毛皮达成最蚀本最无力的交易。"迪凯坚忍极了,是我们之中最坚忍的。他有很强的忍耐力。"坚忍就是一切。迪凯正在成为那一带的传奇。

勒内本以为庄园主已经带着他的战利品离开了,不过他看到特埃帕尼先生此刻正站在火堆另一边,专心地听着。火焰在愈渐明亮的晨间显得苍白起来。

"这位迪凯……"特埃帕尼先生开口了,起初声音很轻,但节奏越来越快、越来越尖锐,他的眼睛鼓起来,开始转动,"迪凯?是那个签了要为我工作三年的合同的迪凯吗?"他的声音升高为一种狂怒的咆哮,"是那个像狗一样逃走了的迪凯吗?你们说的迪凯是那个人吗?"他看着他的兄弟们。

图桑一言不发,他的胡子瘪塌塌的,而且沾上了污渍;费尔南却用他那特埃帕尼家的刻毒眼睛对他的新郎兄弟翻了一个白眼,然后说:"对。就是他。他对我们说你很残忍。"

"啊,"特埃帕尼先生说,"他还不知道我能有多残忍。你们现在要回沃比克吗?我和你一起过去。我会拿到那家伙的狗头。他得把他的三年做到期满,到时你们就会知道什么叫残忍。"

"哥哥,"图桑说,"你最好不要去招惹迪凯。他是个危险的人。"被这变节的言论所激怒,特埃帕尼先生对埃尔菲奇高喊:"鞴好我的马!"

"你的布丁?"玛希说着,捧出冷掉的锅。勒内看到庄园主跑向他的房子时狠狠瞪了她。

特埃帕尼先生找借口向他的新婚妻子告辞,在这短短几分钟时间里,图桑和费尔南已跑向河岸,跃入特埃帕尼先生的独木舟,开始像疯子般地划桨——一分钟划桨四十五下,往下游的沃比克驶去。特埃帕尼先生的马要稍慢一些,因此等他在下午晚些时候飞奔到沃比克时,两位叛徒弟弟和迪凯都已经不在了。他那条被偷走的独木舟横在河岸上,一块貂皮搭在座板上——标示着迪凯的嘲讽。

筋疲力尽又怒气冲冲的新郎重重地坐在代理人的门廊上,直到那位公职人员从婚礼上返回家中;然后他控告迪凯,并得到了对他的拘捕令。

"我不抓到他决不罢休,到时候他会有苦头吃的。"

这复仇的宣言使得布沙尔先生激动不已,仿佛古老民谣里的某个故事,然而他不晓得该如何去执行这个拘捕令,于是他告诉了特埃帕尼先生这一点。

"它会成真的。"特埃帕尼先生紧咬着污渍斑斑的牙齿说。

玛希把玉米粉布丁变成了一堆灰烬,它一开始释放出美味的香气,接着是令人不愉快的烧焦的谷物和糖的味道。然后她走回老房子。一只松鸦目睹了下方发生的一切,等了一整天直到余烬冷却下来,然后好奇地啄食焚烧后的团块。几天之后沙马发现了那只鸟的尸体,它的双腿弯曲成水手结的样子,一种非常奇怪的景象。

特埃帕尼先生回到他在森林中的房子,盘算了几个星期,同时准备着到荒野之中去捉拿迪凯的探险之旅。然而他的头脑中发生了一种奇怪的转变,使他推迟了行程。他越来越多地撇下他的新夫人,而花大量的时间在他的老房子里同玛希待在一起——他不准她回布道所。在他的指导下她做出了赏心悦目的菜肴。每天晚上,特埃帕尼先生都穿上华丽的衣服,把它们带到特埃帕尼夫人那里。那里面没有玉米粉布丁。夫妇二人一起在优雅的餐厅里沉默地用餐,晚餐结束之后,当女仆清理完桌子,特埃帕尼先生喝完一杯白兰地,他便说:"晚安,夫人。"然后回到玛希那里。一切似乎都未曾改变。玛希和孩子们一起低声地说说笑笑,像往常一样;他们彼此陪伴而生的愉悦,引发了特埃帕尼先生的不快,他生气地低声说:"安静。"勒内同样纳闷,她到底是在向他们说些什么,竟需要讲这么一大堆话,时常还伴随一些手势和睁大的眼睛。几个月后他了解到,她是在为他们讲述古老的米克马克故事,在这古老的传承之中,贯穿交织着为她的族人带来无尽快乐的复杂笑话和语言游戏。然而特埃帕尼先生很确信他才是他们那略带隐忍的笑声的嘲弄对象,于是他翕动着红色的鼻孔,要求安静。

一天早晨,当勒内和沙马在森林里砍伐的时候,那位西班牙女仆出现了。她走向老沙马。她递给他一封信,告诉他说,特埃帕尼夫人希望他把它带给沃比克的那位代理人。沙马哼了一声,摇了摇头,可是当她晃出一枚金币时,他便接过了那封信并把它放在了他的衬衫里。

他的河狸袍空了两个晚上。勒内再次看到他时,已是第三天的傍晚,他带回了特埃帕尼先生的独木舟——这是他这次行程的借口,若是他的侄子问起的话。

"发生了什么?"勒内问。

"不是什么好事。布沙尔先生读这封信的时候面如土色。他说他明天会和神父一起到这里来,跟夫人和我侄子商榷。情况不妙。"

6

印第安女人

布沙尔先生和佩罗神父两人同骑布沙尔先生的一匹老耕马,进入了空地。正拖着一篮子鱼的勒内挺直了身子盯着看。这两名访客未作停留地经过了仓库,径直前往特埃帕尼先生的婚房。不过,那位一直在他的老锻炉边工作的高贵绅士从敞开的门里看到了他们,于是一个箭步冲了出来:"你上哪儿去,布沙尔先生?佩罗神父,你在这儿做什么?"

代理人掉转马头,下了马,怒视着特埃帕尼先生。佩罗神父也从马上下来,然后抓住了缰绳。

布沙尔先生说:"看到你出现在这个地方,而不是同你的合法妻子——特埃帕尼夫人一起在你那座富丽堂皇的房子里,真是令人犯愁啊。我收到一封来自那位女士的信,她抱怨说你还继续同那个印第安女人玛希住在一起,却很少出现在你的婚房里,她合法地安居在那里,且你也应当待在那里。"

佩罗神父用严肃的语气说:"她想要回到法国她叔叔家里,而且鉴于你违背了婚礼誓言,她要求归还已经给予你的丰厚嫁妆。你的行为极为不端,那位新娘完全有权作出这些要求。她的叔叔是一位很有权势的人。他已经着手处理这件事了,而这对于你——以及你的庄园主地位来说,将是一件很严峻的事。我要求你随我们一同去那座房子,她现在正在那里,等待从她那痛苦而受冒犯的处境中解脱出来。"

特埃帕尼先生默默地跟随他们走进西边小径的那片灰暗里。

这一天过得很慢。勒内把他的所见所闻告诉沙马和玛希。他觉得有一丝笑容快速地闪过了玛希的脸。当她进屋之后,沙马说:"我这位侄子本应当继续搜寻迪凯的。他本应当和他那位富有的妻子待在一起的。只要涉及一个印第安女人,就会有麻烦。他的法国妻子可不是那种会视而不见的女人。"

夜幕降临,而他们依旧没有回来。沙马说:"克劳德将会哀求她的,他会同意她所希望的任何事,他不愿失去那些钱和重要的地位。我了解他。"

第二天一大早,正当勒内和沙马准备开始新一天的砍伐时,那三个男人回来了,看上去心情都挺愉快。

"立刻告诉他,"佩罗神父说,"立刻。"他们全都看着勒内。

"什么?怎么回事?"他说。他还没找到机会和特埃帕尼先生谈他的土地,于是他担心庄园主现在找到了某种方法来规避这一责任。

"你将和玛希结婚,"特埃帕尼先生说,"马上。佩罗神父随时可以主持仪式。"

"不!"勒内大喊。由于不希望被玛希无意中听到,他低声说,"她年纪很大。我不想和她结婚。"他梦想的是一位坐着货船来自法国的妻子——"国王的少女们",一位惹人喜爱的、害羞的年轻女子,有着蓝色的眼睛,"而且,你和玛希——"

"这只不过是一桩乡村婚姻。"佩罗神父用文雅的方式吐露,"只是一种乡村习俗。"

"那也不行。"勒内说。

"你还不明白这么做的理由,"特埃帕尼先生愉快地说,"她将会帮你建造一座你自己的房子,在我授予你的土地上——对此我会非常慷慨的。我会授予你双倍的土地。会有很好的劳力协助你——那些印第安男孩,埃尔菲奇和泰欧蒂斯特,以及那个小女仆列娜黛。玛希是一个灵巧的厨子。她会在冬季的长夜里温暖你。她很擅长治疗疾病。她有价值。你还要奢求什么呢?"

玛希本人正站在门口,没有表情地倾听着。佩罗神父打手势让她走近。勒内拼命地想这想那。不过,除了特埃帕尼先生所说的那些优点,他内心也增添了一条理由:有玛希在他身边,他可以学习读和写,或者——甚至更好,依靠她来做任何需要读和写的事。他梦中那位蓝色眼睛的"国王的少女"消失了。他发现自己又一次被卷入他无力抗拒的强有力的洪流之中。他能做什么来反抗那些更为重要的人的命令呢？他点了一下头，是的，他会娶玛希，一位老印第安女人。事情就这么决定了。

在每个人的生命里，都会经历重塑一个人的存在感的事件。经历过那些事之后，一切都不同了，往日逐渐淡去。对于勒内来说，最为沉重的打击是失去了阿希尔——他的哥哥，那位他爱着且极其想念的人。他来到新法兰西想要逃避这件事，却没有意识到他会将封藏于内心的伤悲一起带来。而第二个事件便是与玛希之间那被强加的婚姻。

特埃帕尼先生正式给勒内分配了土地，赐予他那座老房子和作坊，还有花园，但不包括那头奶牛；除此之外，还有勒内梦寐以求的那片西边的空地，以及那块有源自黄桦树下的清澈溪流的土地。在一夜之间，勒内成了一位有财产的人。短暂的仪式包括特埃帕尼先生在勒内的土地分派书上签字，在这结束之后不久，佩罗神父和布沙尔先生就离开了。

特埃帕尼先生带着漫不经心的讽刺对玛希说："塞尔夫人，像往常一样做晚餐，沙马会把它带给我和我的妻子。过了今晚，她的女仆将会准备我们食物，直到我们找到一个厨子兼仆人。我们会从魁北克买一两个波尼人或黑人奴隶。"他朝西走进了森林。

六只丘鹬已经挂在那里好几天，已经腐烂到足以引起幻觉的程度，是特埃帕尼先生喜爱的口味。玛希烤了那些鸟，把它们放在一个大篮子里，加了一条冷鹿腿，四份蒸鲟鱼。勒内认为这是那位庄园主几乎不配享用的一顿晚餐。变得对西班牙女佣尤为殷勤的沙马把这些菜肴用牛车送过去，后面还拴着那头奶牛。至于他们自己的晚饭，玛希往桌子上咚地放了一盘热腾腾的鳗鱼，佐以酸草酱汁。她早上烤了一条面包，于是端出了它和最后的一点黄油——唉，可惜失去了奶牛。

穿着鹿皮上衣的玛希从火边走向餐桌，看起来与平时的样子一样，不过，她给了勒内最肥美的鳗鱼，而且轻抚了他的手。当男孩们离开去往那间棚屋之后,她在壁炉前搭了一张硬板小床,然后脱掉了她那宽松的衣服。她赤条条地站在火光中——他所看到的第一个裸体的女人——不是预想中强塞给他的没人要的老印第安人,而是一个强壮且体格优美的女人。她躺在那张小床上等待着。

勒内脱掉他的衣服,感觉到自己油腻的臭味。他在玛希身边躺下,她朝他滚过来。那温暖的、丝绸般的皮肤紧靠着他的,带来了极为强烈的美妙震撼。自从他和阿希尔缠绕在一起、悄声低语并尝试他们所能想到的一切之后,他还从未体验过另一个赤裸的身体紧靠着他时那令人晕眩的兴奋。玛希的身体弹性,她坚实的肌肉,她那混合了面包、河鳗和苦涩植物的气息,都使他变得狂野。她不是阿希尔,然而当他继续下去的时候,他想到了他的哥哥。

到了早晨,玛希说,"你好",起了床,穿上她那条褪色的鹿皮裙子,生起了火。

在一种震撼的顿悟中,他领悟到玛希那种淡漠的表情是对于人生的动荡和狰狞真相的一种平静的接受和认知,这种态度在某种方式上与他自己的信条相契合——像一片凋零的树叶飞舞在变幻无常的风中。对于最让人出乎意料的问题,她都能给出答案,因为米克马克人已经世世代代以无边无际的想象力洞察了世界。他在经年累月的相处中从她身上学习。他和玛希之间的关系成了一种既是智力上也是身体上的结合。

他们对森林的本质持有相反的意见。对于玛希来说,它是一个活着的实体,像河道一样重要,充满了药物、食物、庇护所、工具材料等种种恩惠,这些东西每个人都认识而且记在心中。一个人应带着感恩之心与它和谐地共同生活。她觉得为了"清伐土地"的愚蠢目标而无休止地砍伐所有的树是不好的。不过勒内想,那只是妇人之见。森林就在那儿,广袤而无止境。男人的任务是压制它的活力,去驯服它脚下的土地——除非被清伐然后种植了小麦和土豆,否则那些都是无用的土地。看起来他们两个人都受制于外在的力量,无论在婚姻还是砍伐的事情上,都无力反对。

再往西的那座庄园主宅邸中回荡着无尽的牢骚。特埃帕尼先生厌倦于他那位颐指气使的妻子,她无休止地念叨说她有多么想返回巴黎;而他则开始诅咒他所打造的世界。他的心思从巩固那座住宅转移到了复仇上。只要迪凯成了一名绅士,他就肯定能够追查到他的下落,并向他提出一场决斗。虽然已经过去了太久,但他说他将会在下一次满月时分开始对迪凯的追踪。他说,埃尔菲奇必须作为他的护卫与他同去。他做出这个决定,可能还有一个重要原因——那时布沙尔正在召集一项修路的新劳役,这是即使有封号的人也无法逃避的义务。

晚上,玛希哭了。她说,特埃帕尼先生可以追踪迪凯,如果他想要的话;但是埃尔菲奇没有理由这样做。

在离开之前,特埃帕尼先生在前门台阶下面埋藏了一个小小的金属盒子,同时默念着一两句咒语。那位西班牙女仆从楼上的大厅窗户里目睹了他的举动。特埃帕尼和埃尔菲奇在一轮皎洁的圆月之下离开了,而此后再没有关于他们,或者迪凯,或者留胡须的两兄弟的任何消息,直到下一个春天。

7

伐木工

时间慢慢地流逝，一连串的日子在劳动中成形。勒内觉得第二年的整个夏天里，玛希一直比往常更加沉默。

"说啊，玛希。出什么事了？你必须告诉我。是因为埃尔菲奇吗？你在想着埃尔菲奇吗？"那晚，在婴儿阿希尔以及新生的双胞胎——诺伊和佐伊睡着之后，他催问她。

她点头，然后低下了头。一阵深深的沉默，一只跌跌撞撞飞行、被吸引到火边的蛾子扰乱了气氛，他们甚至听到火焰捕捉到它时"噗"的一声。

"女人，告诉我。"他抓住她的双手，以表示他急需了解。

于是那漫长而悲伤的故事终于吐露。她极为害怕失去埃尔菲奇。她再一次说起她小时候的日子，她说，那时她的族人住在东边遥远的岸上。有一天一艘船载着苍白皮肤的人来到他们的海边营地。新来的人说他们是法国人。玛希的族人向这些法国人展示如何采集贝类和浆果，并与他们分享食物。那些法国人之中的一个便是佩罗神父——皮娄神父，她这么称呼他。几个星期过去了，一切看起来毫无异样，直到有一天这些外来者突然宣称他们将要回法国去，而其中一些米克马克人得和他们同去。没有人想去，那些法国人面带让人解除防备的微笑，紧接着，毛发浓密的船员们毫无征兆地抓住了族人中的七个人，包括玛希在内，并将他们迅速带到船上。锚拉了起来，在那些岸上的族人还没明白过来时，船便已开走了。他们沿着海岸线奔跑，对着那艘船做手势和尖叫。船继续前行。

"很多天，很多天我们晕船。然后到法国我们来。"

"法国？你去了法国？"

"是的。在巴黎，乘坐马车，噪音。全部哭泣我们。糟糕食物。盒子里睡觉。很长时间。哥哥生病。咳嗽，窒息他。法国人带走他。死了。妈妈死去。我生病。热，生大疮我。全部死了。只剩我，一个婴儿。船带走我们。皮娄神父说回家。很长时间。海洋发怒。婴儿死了。然后到我们的好土地。米克马克人跑来。笑。"

然而回家的喜悦并未持续多久。在接下来的几个月里几乎整个部落的人都死掉了。

"法国人疾病。死去米克马克人。"她指着她脸颊上小小的天花疤痕，然后继续讲述。部落的几十个人被这种烂脸的疾病侵害，这小小的村庄变成了一个苦难的阴沟。

他听明白了，她和其他米克马克人被迫上了一艘法国的船，而且被带到巴黎，在那里他们大多数人死去了。玛希生病得了天花，但幸存了下来，之后经受旅途漫漫，越过海洋回到家乡。然而她把疾病也一起带了回来，于是她的大部分族人都死了。

她说，就是在那个时候，皮娄神父把她带到了魁北克。她在布道所嫁给了卢兰，一个很好的米克马克男人。埃尔菲奇和泰欧蒂斯特是他的孩子。还有让-巴蒂斯特。

"高大的男人但死了他。一个我的婴儿死了。但埃尔菲奇、泰欧蒂斯特、让-巴蒂斯特在那时没有死。我去沃比克同皮娄神父一起。那个布道所知道你。"

在布道所，特埃帕尼先生发现了她，并雇她做他的管家，可是没过几天他便强暴了她。这便是在新法兰西这地方事情的走向。

"没有他的小孩。不生小孩的药我知道。里涅，你我生很好的孩子。但是现在埃尔菲奇我要说，'回家，埃尔菲奇，回家！'"

就仿佛他听到了她的呼唤一样。当积雪开始消融，每棵树的基部周围都形成了一个空心的圆，融化的雪水不停地淙淙流淌，溢过湿透的地面汇向小溪与河流，这时一个男人一瘸一拐地走进了空地。

她立刻就认了出来。"埃尔菲奇！"她跑向他，扶他往房子走去。那男孩十分憔悴，浑身是旧伤口的结痂和淤青的印记。他的右脚踝成了一个紫色的肿块。他不说话。他们架着他进入房子,把他放在硬板小床上。玛希把火弄旺,用来加热营养丰富的驼鹿肉汤,并开始制作一种睡眠药剂。她从她的贮藏室取出白扁柏的球果,将它们砸成粉末,掺入捣碎的蕨根和蕨叶,用于制作一种扭伤药膏;与此同时,勒内站在那里凝视着半昏迷状态的男孩。

"庄园主在哪儿?特埃帕尼先生在哪儿?"他轻声问,但埃尔菲奇无法回答,那时他还说不出话。

通过问一些问题,让埃尔菲奇以点头或摇头的方式回答,玛希得知特埃帕尼先生死了,然而什么时候、以什么方式死亡,他不肯说。他安静地躺着,迷迷糊糊地睡了九天,看上去体力恢复到相当充沛的状态。不到一个月,他便加入了勒内,在森林中砍伐。他寡言少语,而且很少露出笑容。他的眼睛习惯性地垂低,仿佛世界太痛苦而无法直视。

沙马不再与他们一起干活。他和特埃帕尼夫人以及西班牙女佣一起去了魁北克,因为那位新娘再一次意欲返回法国。西班牙女佣对特埃帕尼先生的房子尤其不抱好感,因为她撬起了门廊石块,取出了藏在那儿的金属盒子,毫不费力就打开了它,虽然盖子上已蔓延出锈迹;不过,里面除了人的牙齿和成绺的头发之外,什么都没有。就连沙马都想回到原来的国家,在没有树根的正常土地上种植洋葱。他们断定特埃帕尼先生已经死了。他们借着月光离开了;当玛希听到那头无人挤奶的奶牛遥远的低吼时,她便去庄园宅邸把它带了回来。

"房子。门大开着,"她对勒内说,"很快里面住豪猪一族。"没错,豪猪们很快就迁入了被遗弃的房子。

梅里桑德·杜·穆顿-诺瓦——如今的特埃帕尼夫人,有几封信是她的叔叔写来的。布沙尔先生把它们保存在他工作台的角落,就好像那个女人还会在某个时候现身来取走它们似的。然而有一天,一封咄咄逼人的信直接寄给了布沙尔先生本人,询问未能及时回复她叔叔殷切关怀的那位女士的消息。布沙尔先生履行他令人不快的职责,写信给穆顿-诺瓦以及地方督察官,告知那个不幸的消息:

那条船在沃比克的下游几英里处撞上了礁石,船上所有人都已殒命。关于这场灾难的消息没有传到魁北克他们那里,他假装很吃惊,因为这件事发生已经有一段时间了。

在埃尔菲奇回来好几个月之后,沉默的他突然在晚餐时分开口了,他的嗓音由于发声不当而嘶哑着。他只说,有一天他要亲自向易洛魁人以及他们的主人英国人报仇。在那个冬天晚些时候,经过一个漫长上午的环剥树皮而休息的时候,埃尔菲奇告诉勒内,易洛魁女人切断了特埃帕尼先生的腿肌,然后把他紧密地缝合,使他全身的每一个出口都闭合起来——耳朵、眼睛、鼻孔、嘴巴、肛门和阴茎。于是两三天之后特埃帕尼先生膨胀得像一朵雷雨云一样,然后爆裂了。

"别告诉妈妈,"他说,"她会难过的。"

不过勒内觉得玛希不会难过。但是,由于他内心的柔软一面,他仍然无法拿出勇气亲口告诉她,特埃帕尼先生死得如此痛苦,如此惨烈。

有一天勒内与泰欧蒂斯特一起划船到沃比克去,泰欧蒂斯特已经长大,足以行进在民兵队里,聆听布沙尔上尉的长篇演说——关于鬼鬼祟祟、悄悄进行的印第安战争,虽然他在奥达纳克的战士中学到的远远比布沙尔上尉了解的更多。现在他想要看一看魁北克和三河城的景色,他会搭乘下一班去往下游的船。他说,在那之后,他将投入由奥达纳克——法国人管它叫圣弗朗索瓦——的米克马克人、阿布纳基人、索库奇人、考瓦萨克人、皮纳布斯高人、安德罗斯科金人、密西斯阔伊人以及十几个其他部落的难民所组成的联军。勒内很惋惜他要离开,因为干活儿的人很稀缺,又很贵。除非他也亲自干活儿,否则就做不完。

在泰欧蒂斯特的船离开之后,他去了布沙尔上尉那间熟悉的办公室。上了年纪的上尉有消息要给勒内。

"一位从法国来的非常好的医生现在在魁北克,而且已经享有盛誉,他对于我们森林的植物很感兴趣。他从野蛮人那里收集关于它们用途的信息。他写了一封信给我,询问玛希是否能同他见面。

如果她愿意给他看看附近生长的有治疗作用的植物,他会很愿意付她钱的。具体多少钱,我不知道,不过他提议了。"

"他是谁?"勒内问,"他会来找我们吗?"

布沙尔上尉查阅了他的信件:"米歇尔·萨拉赞。你知道的,玛希在治愈病人和伤患方面的名气已经远播到魁北克。我们在沃比克的日子可不像某些人以为的那样可怜。尽管她只是一个米克马克族印第安人。"

那位医生是一个高额头的小个子男人。他没戴假发,黑色的头发在前方略秃,不过后部却卷曲下来直到肩部;他饱满的红色嘴唇弯出一个微笑,脸上显出酒窝。布沙尔先生诧异他为什么不戴假发,并且试图把他带入一场关于书籍和思想的对话当中,以便估量他究竟是一个立场鲜明的守旧派,还是一个探索新疗法的创新的思想自由派。不过萨拉赞先生礼貌地说他时间有限,希望尽快见到玛希。他带着一个亚麻布包,里面装着一个笔记本、硬纸板衬芯和一卷吸水纸。他有一小包给玛希的法国针。布沙尔先生借给他唯一的马,相当难过地望着他往西骑行。萨拉赞医生十天之后返回了,哼着小曲,还微笑着,他的亚麻包鼓鼓地装着野生植物的样品,其中一些他打算送到植物园去。依然盼望着学者对话的布沙尔,注视着那位博学之人登上了去魁北克的船。那位医生转过身,露出他迷人的微笑并致意。布沙尔先生回以同样的姿势,然后回到了他的办公室。

烟雾缭绕的岁月过去了,皇家杂役劳工小队把西边小径拓宽成了一条路。更多的移民来到了这片森林。每个清晨,远远近近的砍伐声惹恼了啄木鸟,它们以为是竞争对手,之后感到寡不敌众,就飞往更荒芜的地方。树木呻吟着,然后倒下,人们在树桩之间种植玉米。鹿和驼鹿撤离了,狼群跟着它们北行。森林也以它自己的方式吞噬着它的破坏者勒内·塞尔。森林总是站在他的前头。他无法停止对它的砍凿,可是从树桩冒出的多束新梢连同那依然带着活力的根部,就在他的面前明目张胆地生长着,他斧头的扬起和落下几乎是一个永续的圆周运动。地平线上看起来总是有越来越多的树。他拿着斧头进行无数次的挥击,与森林那顶尖尖的王冠所支配的无尽疆域相比,是那样的微不足道。这一认知使他痛苦。

一个春天,玛希生病了,她很少诉苦,但却糊涂到无法操持家务。她变瘦了,圆圆的脸逐渐消瘦成头骨的形状;她看到了幻象,不记得告诉过她的任何话,不记得她的孩子们,不记得勒内,而且必须得把她绑在椅子上才能阻止她去往水边。列娜黛照顾了她一年,但是在一个明亮的五月早晨,玛希回应了她死去已久的姐妹们如猫头鹰叫声般的呼喊。

"那些姐妹们说'来吧'。"两个小时之后她便加入了她们。

勒内无法理解这件事。众所周知,米克马克人活得很长,他们很长寿,直到生命的最后一刻都仍然很强壮,而且玛希并不老。她的离开是他最为苦涩的失去。

"我们两个结婚的话,"一个星期之后,列娜黛对勒内说,"那就再合适不过了。"勒内摇了摇头,拿起斧子往林地走去。刚刚成年的列娜黛已经因啤酒而发胖,蛮横而且脾气暴躁,常常因为子虚乌有的羞辱而耿耿于怀。她决不会忘记这一次的。

每个人都会迎来生命的结局,即便伐木工人也是一样。在他一生中,勒内都是一个开荒者,一个伐木人,或者正如古书中所说的——"一个樵夫,一个森林人,一个山林所有者;一把斧头的主人,一个砍倒树木的人,一个伐木工,用斧头的人。他用斧头砍伐;他伐倒树木,然后切割、去顶、剥光、劈开、堆放它们。"他的人生在条件恶劣的劳作中度过——刺痛的汗水流入他的眼睛,炎热森林中的虫子叮咬着,结茧的双手长年握住斧柄,形成永久性的弯曲,淤伤和流血,燃烧的树木产生的经年累月的烟,持续劳作的疼痛,不称手的锯子,用作撬杆的不可靠的幼树,为断掉的铲子装上新的手柄,以及没完没了地抬起大得要命的树干。

然而他十一岁的儿子阿希尔发现他在森林里跪在地上死了,他被捆缚的双手紧握着斧柄,斧刃陷入一棵雪松里。勒内在四十岁的年纪死于脖子上被砍的一刀。一把剥头皮的锋利刀刃曾置于其上，与他的眉毛平行，绕着他的头划了一周，他的头皮被剥落并带走，以兑换成赏金。直到死时，他都是一位技艺娴熟的伐木人，他的人生和身体都适应且享受斧头所带来的快乐。在他之后的儿子们和孙子们也是如此。

第二部

"空来林下看行迹"
——张籍（768？— 830）

1693 — 1727

8

福尔热龙

迪凯逃离了特埃帕尼,可是接下来呢?紧握着他砍下来用作手杖的树苗,残余的牙齿灼烧着他的嘴巴,咳嗽着,肋部有一处剧痛,就这样,他沿着河向西一直走到天黑。在天完全亮起之前,他已经再次上路,将前晚藏在夹克衫里的鱼布丁囫囵吞下。他喝了河里的水,然后继续向前冲。他从上面的山脊跟着河水走,以防特埃帕尼和那个傻瓜塞尔追上来。高处的地面高低不平,布满沟渠。他能看到下方澎湃的河水,树木一半浸在水中,湿漉漉的顶端在水流中激烈地摇摆。饥饿驱使他回到河岸,在那里,他把衬衫的领子和袖子打成结,将它侧放在水下保持不动,让打开着的那一端引鱼进来。他成功地获得了营养,吮咂着生肉的汁液,如同一只蜘蛛对一只昆虫所做的那样。在八天之后,他迷失在荒野里,身体擦伤了,且无比肮脏,但却被一种模糊不清的需求驱动着,来到了另一条从北方流下来的河边上。西北方是富饶的河狸地区,印第安人诱捕河狸,商贩们顺河而下运送毛皮。他开始了他长长的跋涉。

在旅程的第三周,迪凯醒来并睁开了他的左眼,右边的眼睛被硬化的脓液黏合,仍旧闭着。在疲倦至极的时候他时常倒在地上,脸部朝下紧贴着凋落的树叶。他已经无法感觉到脓肿颌骨的疼痛。从蚊子组成的面纱之下,他吸着充满腐烂木头味道的清冽空气。他的手和胳膊上有五六处化脓的伤口。在一片唐棣树丛下他发现了几根肋骨,上面连带着一些深色的肉屑。然而正当他拿起一根放到嘴边的时候,一只野兽扑向了他,用它的牙齿和爪子撕扯着。它带着战利品跑掉了。他因失血而虚弱,除了那只咬人的野兽,渴求他血液的还有蚋,还有蚊子。然后他便找不到那条河了。他尝试了所有可能的方向,可它就是消失了。他一整天都用他的双手掘着泥土,查看它是否在地面以下。比起站立和行走,爬行要容易多了。于是他便爬行前进,流着泪,默念音节。下雨了,暗灰色的乌云像是未剃须的下巴。地平线是黑色云杉的锯齿形边缘。他抓到了一只缓慢的小鸭,一行小鸭队列里的最后一个,在它们前往河边的途中。河边!他无意中再次找到了那条河。他觉得他可能要死了,然而这似乎无关紧要。他先要到达北方,到毛皮商人那里,然后再死去。在他沿着重新找到的河水爬行的时候,他发现了小青蛙和另一只小鸭子,把它们抓住并吃掉了,鸭妈妈用嘴重重敲击,用翅膀击打,带来的疼痛让他蜷缩起来。在这里,河岸是柔软的泥土,爬行起来更舒服。

一个奥达瓦人狩猎小队围住了那个东西。他们观察它两天以来一圈又一圈地绕着一个小池塘的边缘缓慢移动,在桤木下的污泥里睡觉,然后再次四肢着地爬行。

"他病了。"一个人说。他们全都往后退。

"他受伤了。"另一个说。

听到他们说话声,迪凯跪立起来。他用左眼向他们怒目而视。他的脸颊上印着桤木枝的交错阴影。他把他那嵌满泥土的手指钩成爪状,向他们发出嘶声。他说了一些什么。

"他想要攻击。"一个人说。其余的人笑了,他们的笑激怒了迪凯。

"他是个法国人。"一个人说。

"我们不能带上他。法国人带来疾病。"

"他已经病了。他不能跟我们一起。"

"别管他。"

他们逐渐后退,消失了。

几天之后,一群法国毛皮商人在印第安人的河边营地停了下来。

"我们想要毛皮。"老商人说,"看!我们有砍斧、短柄斧、针给你们。我们有枪!子弹和火药。"其他人在他们的独木舟底部展示出那些货物。

"是的,是的。"掮客猎人说着,拿出穿旧了的河狸长袍,它们是成色最好的,从北方收集的。他们没有河狸皮,却有很多的貂皮和猞猁。在商人们离开之前,这些奥达瓦人笑着,提到了那位沿着小小池塘爬了一圈又一圈的病态法国人。

皮毛商们找到了迪凯。泥已经干掉了,要想抓到底下的那个人,他们就得把它砸开并敲碎。他们把他带到河边,将他浸在水中,直到他从他的泥土盔甲中浮现出来。他们怀疑他活不下来,不过与他们同行的那位印第安女人着手处理了他的病情。在治疗他时,她闻到了他嘴巴感染的恶臭。在她的药包里,她有一根末端带着一只皮环的小木棍。她用那根木棍拔除了他腐烂的牙齿,给了他一种抗感染的漱口剂和一种麻醉剂。

"不死。"她说。

船夫们把他放到他们那破旧的独木舟里,前往西北方遥远的奥吉布瓦村庄。

时值春季,河水基本上没有了冰,除了清晨时分。温暖的午后芬芳而惬意。几只蚊子晃动着腿,围绕着他们慢慢飞舞。在奥吉布瓦村,有一条小溪流入一个小小的湖,迪凯倚靠着一根原木,看着印第安人造独木舟。这是一项整个营地都参与的复杂事务。船夫们也不闲着,与年轻人一起采集大块的桦树皮,有二十英尺那么长。在把它们运到营地的途中,他们小心地将它们放在溪流里,使之保持柔韧,并用石头压住它们。一些人走进沼泽地,砍倒他们前一年环剥过的白扁柏,然后纵向劈开那风干了的木头。女人们每天外出收集云杉根和树胶。她们坐在迪凯旁边,把根部剥皮并将它们纵向分成两半。

印第安人为他们自己做了五条独木舟,并制作了另外五条给船夫们,在这期间迪凯痊愈了。他站起身来僵硬地走路,大量地食用他愈合中的齿龈足以应付的柔软食物。他的眼睛重新变得清澈,他的听力进步了,他感到手臂充满力量。当新一批的独木舟完工时,领队——一个面部有烧伤痕迹的爱指手画脚的傻瓜,命令他坐在中间的位置上划桨,直到他划不动为止。纤巧精致的船只顺着冰冷的、砾石遍布的河水向下漂流。他的肩胛骨、手腕和胳膊有好几天都灼热而疼痛,之后他的身体才渐渐接受了那不知疲倦的、快速的划桨动作,而每一天他都划得更远。他的脖子、肩膀、胳膊开始鼓胀出肌肉。一直身材矮小的他现在呈现出一个船夫的外表了,肩膀的宽度几乎和他的身高一样。他学会了读水,了解水流,发现涡流和漩涡,并且听从老手的话——他们关于这狂暴、危险的水上世界的内行知识,来源于最苦涩的经历。在晚间,他讲述他的故事,一个来自巴黎街头的贫穷男孩,来到新法兰西赚大钱。

福尔热龙是一个肌肉健壮的家伙,但是他的腿对于独木舟来说太长了。他原本是个荷兰人,因为偶然事件成了法国人;他是水手和渔夫,当他能找到活儿干的时候他是一位土地测量员,不能的时候,就去当一位不快乐的船夫。他轻声对迪凯说话。

"你对毛皮商人的生活一无所知。这不是一条通往财富之路。我们和印第安人做危险的活计,而赚到钱的是公司。我们都是傻瓜。"

他接着说,最近几年,毛皮交易已经变得不稳定且没有保障。毛皮商人不再直接与设陷阱捕猎的印第安人交易毛皮,有了专门的印第安人,也就是掮客,他们安排所有一切。尽管如此,那些好的印第安人由于敌对部落以及下降的河狸数量正在被排挤出去。随着迪凯渐渐了解毛皮交易中的复杂性与政治斗争,他看到福尔热龙说的是真的。在中间划桨并不是通向财富的入口。从中能得到的最好结果便是在一个短命的人生里奋斗着,睡在河岸上,透过树林看到一片狭小的漆黑天空,上面点缀着星星,如同几把撒出的盐粒。

其中一些人带着前膛燧发火枪,大多数是法国军队使用的那种沙勒维尔步枪。但是对于迪凯来说,上膛的过程慢得不可思议——他没有牙,无法咬掉弹药筒的尾端,而不得不用手指将它撕开。作为替代,他用法国战斧作为他的武器,无休止地练习,直到他可以劈下一只飞翔中的鸟儿的尾巴,捡起鸟身,去除它的内脏,烤到半熟,而这时他的战友还在给步枪装弹药。

迪凯变得强硬。他看到河狸如何从陷阱重重的区域快速消失，在那里印第安人取走每一只动物，他们如此执着于获得欧洲的工具和酒精，并且被索求无尽的商人不断烦扰。河狸地带总是往更远的北边和西边转移。然而还是有一些白人所获惊人。他们可不是身无分文的逃跑的契约佣工。以他的低微身份，迪凯开始努力从毛皮交易中获得尽可能多的东西，并发誓要留意更好的机会。他带着很快地赚一笔然后回到旧法兰西的愿望来到新法兰西，但现在他怀疑也许他的命运与这片拥有无尽森林和汹涌河水的辽阔土地并无关系。这个国家难道不是他的立足之地吗？是的，而他将会做出一番成就。他好好地自省了一番，发觉他的本性会让别人扫兴。他开始有意识地表现为一个微笑的、开朗的、谈吐迷人的家伙，他总是有一个好故事，在酒馆时总是出手大方地请客。他正在磨利他的爪子，在他内在世界的中心，他是一头伺机而动的老虎——如果他必须厮杀和扑咬来获得财富，他会这么做的。

他开始私下交换货物以获取毛皮，向那些天真的红种人提供一两杯便宜的朗姆酒，对其他人隐瞒这些举动，有时候藏起毛皮，稍后再回来取走它们。他无情地与印第安人谈判，一边对野蛮人一脸诚实地微笑着，一边用三英尺便宜的布匹和一杯掺假的威士忌从他们那儿换得一大捆沉重的毛皮——一笔巨大的利润。

不到一年，他便对曾经援救了他的商人们感到厌倦。

"福尔热龙，"有一天，当他们在一条搬运小径上费劲攀爬时，他说，"我并不喜欢这些人，尤其是那个领队。我打算寻找别的机会。你也会和我一起吗？"

"为什么不？"福尔热龙说，"一条独木舟与另一条没什么两样。领队不好相处，可能是由于他那可怕的经历。易洛魁人把他丢到火里面烤。"

"那么他们为什么没把他好好烤熟，然后吃了他？"

"也许有一天你会有机会问问他们。"

他们合作得很好,尽管福尔热龙会招来暴雨和狂风。但他对于原始丛林相当重视。他时常对迪凯谈起森林与它未被开发的巨大财富。

"如果一个人能够把原木弄出去,那么环绕我们的则是这个世界自从巴比伦时代起就再没见到过的无尽财富。问题只在于把木头运送给需要它的人。"迪凯点了点头,并开始用更为贪婪的眼光来注视这些树木。

他们偶然结识了一群浮夸的毛皮商人,其中就有随和的特埃帕尼两兄弟,他们跟那位傲慢的庄园主如此不同。他们有一种无所顾忌的风格,而且号叫声能赢过狼。迪凯用上自己学过的所有划桨技巧,在一些凶险的水路上航行,经过一处处将独木舟挤入瀑布激流中的岩礁,以及一个格外离奇的地方——彼此倾斜的两座高耸的悬崖之间,比河流还要窄,以至于天空仅剩石头之间的一线。当他们终于从挤迫的峡谷中挣脱出来时,河水自己形成了一个大漩涡。他们必须离开水路,沿着印第安人不超过一英尺宽的湿滑的石头小路慢慢向上,他们设法将独木舟扛在头顶上方,它的重量使他们的手臂颤抖。最后,他们终于到达了悬崖的最高处,可以俯瞰下方汹涌的河水。

"他妈的,"图桑·特埃帕尼说,"我贴在崖壁上贴得太热情了,它上面都留下我的老二的印记了。"那一天他们扛着独木舟走了许多英里。

一个晚上,躺在一条倒放的独木舟下面,福尔热龙咕哝说他想要离开。

"我的双腿不适合独木舟。"他说。确实,他长长的手臂在划桨时很使得上力气,但是在很长时间里,他的双腿收起并叠放在身体下方,当他离开独木舟时,往往很难站直,他的肌肉抽筋且紧绷。很多个晚上,他躺着因疼痛而呻吟着,揉着他的大腿和腿肚。船夫都是短腿而粗胳膊的。长腿的人不适合待在一条独木舟里。

当他终于离开,说他会找寻勘测类工作的时候,迪凯和他一起离开了,并劝说特埃帕尼兄弟也一道来。他们掉头向圣劳伦特走去。

64

不到一个月,福尔热龙找到了在玛利亚城①东部规划地界线的活儿。

"我们的道路会再次相交的,"福尔热龙说,"但不会在一条独木舟里。"

迪凯继续与特埃帕尼两兄弟一起收集毛皮,他们成了一个臭名昭著的三人组,将朗姆酒和威士忌大量倾倒给印第安人;那些红种人交出他们的毛皮,换得劣质的、致幻的烈酒。

---

① 即现在的蒙特利尔。

9

《皮布拉克四行诗》
（居伊·杜·福尔，皮布拉克庄园主）

　　在不景气的一年之后,他在几个季度里发达了,这时移民定居地已经厌倦了渴盼从法国来的逾期的补给船,同时也厌倦了惧怕易洛魁人,那些人仅仅在十年前,还出其不意地攻击并屠杀了拉欣的居民,而且可能还会再次这样做。尽管斗争持续存在,大批量的河狸毛皮仍旧顺河而来,源源不断地到来,直到法国的帽子商和皮货商再也不能用掉更多,直到仓库里满是啮齿动物的皮毛。迪凯再一次看到了这项贸易中的巨大弱点——不是剩余,就是稀缺。河狸可能会由于过度捕捉、疾病或不明原因而消失。或者印第安人拿走太多。他观察并思考着。他现在把那些关于毛皮交易中的巨大利润的传说当作无稽之谈。他想要巨大的、永恒的财富,可以持续上百年的财富。他想要有一笔财富来传给他的子孙。他想让他的名字出现在建筑物上。他很惊讶地发现自己有了想要孩子的愿望,有了建立一个家族的愿望。"迪凯"这个名字将会从一种诅咒变成一种荣耀。但是这有一些难度——尤其是那丑陋的、无牙的、塌陷的嘴巴。也许不可能找得到一个漂亮的妻子。除非他有钱。

　　他那机敏的头脑不停地思考着一个问题——在这个新世界里有哪些资源是无止境的、有价值的,而且能够积累起财富？他否决了像河狸、鱼、海豹、野兽或鸟类这样的活的动物,它们全都有可能突然消失,或受制于多变的市场。他一次次地得出同一个结论:有一种永久性的商品是欧洲所缺乏的——森林。迪凯知道,正如每个人都知道,南方的英国殖民者在砍伐松树用于英国海军的桅杆这方面做得很好。

法国可能做同样的事吗？他想起了福尔热龙所说的话。森林辽阔得难以想象，而且它自我更新。它能够提供原木和木头，用于船舶、房子和取暖。利润会滚滚而来的。没错，在运输和市场方面确实有很多问题，但这是一桩未被开发的生意，可以扩张并支配。在法国有人买卖森林副产品，但在新法兰西很少，在南方的殖民地或许没有。所以，他想，他将在接下来的几年里，通过毛皮尽可能多地赚钱，在各个方面做好准备，然后转换到木材上去。他暂时不会放弃利润丰厚的毛皮交易，对于设陷阱捕猎的印第安人来说它是一个肮脏的、难懂的生意，但是对于打通了市场关节的白人贸易商来说它有很高的利润。

他对特埃帕尼兄弟简要地描述了他的计划，并告诉他们，等他未来转移到木材生意上的时候，如果他们继续作为他的合作伙伴的话，他会很开心的。他很惊讶他们并没有热情高涨。他们的眼睛反射着夜间的火光，像橙色的金龟子。图桑说，也许吧；费尔南说，到时候看情况。他们把视线避开，望向树丛。

"好吧，就先这样吧。"迪凯接着讲另一个话题，他说他必须克服一个很大的障碍。他既不能读，又不能写，但如果他不想在交易中被狡诈的商人欺骗的话，获得这些技能是很有必要的。他连一个字母都不认识，例如傻瓜勒内极其喜爱的那一个。

"这个世界欺骗不识字的人。我了解这一点，因为我经常见到。"图桑说，"如果你想做这件事，你需要一个穿黑袍子的人。所有的耶稣会士都能写下数不清的纸页，既能无声地读又能大声地读，直到变成对眼。让我们弄来那些家伙中的一个，带他跟我们一起。他可以在我们谈判的时候让印第安人信教，在清净的时候他将教你那些你想要掌握的技能。"于是他们绑架了诺弗拉热神父，正前往休伦人地带的几个传教士中的一个。

在行动之前，他们用几天时间观察了这一小群人以及他们的休伦人向导。

"看，"图桑在他们藏身的树后低声说，"他们一共有四个人。选一个你喜欢的。我们在他走到一边'回应自然的召唤'的时候抓住他。"

迪凯端详了每一位神父。其中一个似乎比别人更敏捷而且更有精神。他第一个起床,用一个凸透镜在明亮的阳光下取了火,麻利地收拾他们的物品,并花了最少的时间来祈祷。

当那位传教士走到暗处提起他的长袍要小便时,他们像野蛮人一样突然跃出。图桑用一块塞口皮革捂上了神父的嘴巴,费尔南将他的手绑在身后,迪凯强推着他进入森林,离开他们的营地。

"你们是法国人!"后来当迪凯把塞口物拿下来的时候,神父惊呼,"我还以为你们是印第安人。为什么你们把我从我的兄弟们那儿带走?我们正前往休伦人那里。"

迪凯解释说休伦人可以等一等。诺弗拉热神父将与他们待在一起,直到迪凯学会读和写。这位耶稣会士将会受到很好的对待,并被告知不要试图逃跑。

"因为如果易洛魁人逮到你,你就会变成一个殉道者。"

诺弗拉热神父说他巴不得成为一个殉道者,而不愿向目不识丁的人教授字母表。"我的朋友们在等着我。我警告你,你们会为这次的暴行付出高昂代价。"

迪凯表示,当他们在这个国家四处旅行收集毛皮的途中,耶稣会士将拥有大把机会来使野蛮人信教。

"你所要求的根本不可能。我的教学用书在我的旅伴们那儿。"耶稣会士得意地微笑。

"这不是什么问题。"费尔南说着,打开他的野营小背包,翻到最底部。带着一种报复的笑容,他拽出一本脏兮兮的、破烂的书,把它塞给诺弗拉热神父。

"在这儿!这是你的教学用书——《皮布拉克四行诗》。它是我妈妈送的礼物,我从来都没和它分开过。'首先尊重上帝,然后是父亲和母亲。'"他引用道,"世界上的万事万物都能在皮布拉克的书页中找到。"

"上帝知道,比起同一千个休伦人在一起,你同我们在一起会做更多善事的。"习惯于顺从的诺弗拉热神父点头接受,但是坚持要求每天的私人祈祷时间、一周一次的弥撒,并留出时间就他所选择的一个神学主题进行辩论。

神父有一张短剑般的脸——既瘦且尖。他橄榄色的皮肤包覆着突出的颊骨,钝锯齿状的头发像任何一位西班牙人的一样黑。迪凯想,啊,这家伙看起来像一个摩尔人。但是当他笑起来的时候(虽然在被抓后的第三天之前都没笑过),他的脸完全变了样。他的嘴巴非常宽大,而他的脸似乎分成了两个无关的部分。还有他那尖尖的牙齿,闪耀着一种不自然的白色光芒——上帝啊,迪凯想,低声咕哝着:"那到底有多少颗啊。"

至于课程,迪凯学习得很快。他在几百片桦树皮上写下潦草的字母和数字——数学很快成了课程的一部分。他那双因常年划桨而肌肉发达的手,缺乏写就优雅字母所需要的小肌肉协调性,因而他的字体很粗劣。不要紧,它还是能够辨认的。神父完全融入了这个小群体,对威士忌交易以及他的学生那野心勃勃而贪婪的令人不安的气质视而不见。他被迪凯对信息的领悟能力深深地迷住了,因为他似乎记得每一件事,零星的德文、希腊文、拉丁文和英文,神父所念出的一切,甚至祷告文。在第一年的年末,那本《皮布拉克》已经退役,重新回到费尔南的包里,因为它已经破旧不堪,但是迪凯已经记下其中的内容,而且对于生活中的任何场合他都有四行诗可用——如果他想要引用打油诗的话。但是他宁愿鄙视皮布拉克。

两年之后的早春时节,诺弗拉热神父不情愿地离开了他们。他如今穿得像个山林人,因为他的教士长袍已经在灌木丛中扯碎了。

"但是你该离开了。"迪凯带着耐心的笑容说,"正如皮布拉克所说,'人的脚步由上帝指引。'我们现在将带你到休伦人那里,因为我必须到法国去办事。"

"再学习一年,我相信你会相当灵活地掌握拉丁文——对你有志于成为的商人来说最为重要的语言。"

但是迪凯仅仅撇了撇嘴。他的想法正奔向另外一个方向。

六天的行程,绕开燃烧着的田野和树林,他们到达了休伦人布道所附近的森林边缘。费尔南一边咳嗽一边说:"每次我到休伦族地带时,这鬼地方总在着火。"

迪凯站在一边,而特埃帕尼兄弟拥抱了神父并祝福他好运。他们看着他朝着空地走去。随后他消失在烟雾之中。

10

全世界都想去中国

迪凯无法把他的心思集中在毛皮上。他一次又一次地考虑木材贸易的复杂问题。首先是树木,最好的树木并不总是生长在码头附近。而且,如果每个人都能砍其所需,又有谁会去买未加处理的原木呢?不过,锯好的木板,木匠们可以立刻使用——对,就这样。一台水力发动的大型锯木机或者一个配有工具和人手的锯木坑是首要的必需品。

他开始留意用木头制成的物品——世间的一切。在他的周围它无处不在,取之不尽而且十分重要。可以说服法国皇家海军购买新法兰西的木材吗?他知道英国人极度想要海军补给品,因为无休止的战争打断了他们数目庞大的波罗的海贸易。虽然英国是敌人,但与他们做交易有巨大的利润,也许可以通过第三方来实现。那西班牙和葡萄牙怎么样呢?他的头脑开始权衡各种可能。

他自言自语,因为特埃帕尼们不关心这个话题。

"哪些树木是最令人渴求的?当然是橡木。但是橡树分布零散,而且似乎只生长在特定的地点。为什么它不广泛分布呢?就像松树和云杉那样,我也不懂。"英国造船商可以用松树吗?铁杉呢?山毛榉呢?他怎样才能把诱人的桅杆树木从森林中搬到一艘船上?实际上,他需要一艘船和一个船长,如果他打算把木制品运送到像法国这么遥远的国家去的话。

对不寻常的木材的思索让他的想法回到毛皮交易——他目前的行当上。为什么他一定要像其他人一样专注在河狸皮上?肯定会有想要其他毛皮的人,比如水貂、白鼬、水獭、麝鼠、狐狸、斑点猞猁和貂。他决定用一个季度来收集这类奢侈的毛皮,然后带着一船的珍贵生皮到法国去。他立刻便开始行动了,不断地纠缠印第安人,弄来各种品类的毛皮,充当他自己的中间人。坐在篝火边喝着预备给印第安人的刺激性的威士忌(因为加勒比的皮奎辣椒而像火一样红,以显示其烈性),在他与特埃帕尼兄弟一起度过的最后一晚,他宣布,他在法国期间,会给自己找个妻子并让她开始生孩子。在他们临别的饮酒作乐时分,特埃帕尼兄弟开玩笑地说,当他积极忙于这件事的时候,也为他们带女人回来。

迪凯搭上了一艘驶往法国的船,由奥诺雷·德永船长——一个头发花白、饱经风霜、上唇有一处梅毒下疳的人来指挥。当船长邀请他共同进餐的时候他抓住这个机会,询问他怎样可以登上一艘去往中国的船。

"我知道欧洲的船去那儿。"他说。德永船长用他右手的食指关节搓了搓那处下疳,然后重重地叹了一口气。

"全世界都想去中国。"他说,"据说,先生,那是一个极为富饶的国家,有很多有趣而美丽的东西。在返回的途中,人们可以顺便去一些小岛购买最好的咖啡。而且众所周知来自茶叶和丝绸的利润是巨大的,咖啡也是如此,我敢这么说。但是要在中国做生意可没有那么容易。为了获得许可,必须成为某个官方代表团的一员,还要准备大量的礼物给皇帝和很多官员。这些礼物,以及很多其他人的礼物,他们收下时就像理所应当一样。而且他们对于西方的货物并没有太大的兴趣,除了白银。他们说自己的国家拥有他们需要或想要的一切。我不了解你的货物是什么,但是一个独行的商人——如果你确实是的,先生——真的不能在那里做生意。这太难了。"

"我的生意是上等的毛皮。不过,"迪凯说,"即便我无法到达那里,其他人是如何到达中国的?是谁在那儿做生意?谁派船往中国去?"

"葡萄牙人是第一个。如今荷兰、英国,甚至法国——全都在试图运营东方贸易。不过,荷兰人最常前往那里。荷兰东印度公司——世界上最大的公司,控制着一切。也许你能找到一个愿意带你上船的好心的船长。我还听说有一些不受东印度公司约束的独立贸易商船长。那些才是你应该去找的人。不过我一个也不认识。"

他吞下了一杯朗姆酒,用他的小拇指上长长的指甲轻柔地触摸着嘴唇的疮伤。"而且,"他说,"我不相信你会讲中文。"

"只会一点儿。"迪凯说。他将学会那些最为重要的词汇,一旦他听到它们。

在拉罗谢尔,不愉快的感受涌上迪凯心头。贫穷那熟悉的味道几乎使他俯身紧贴着墙壁缓慢爬行,正如他童年时所做的那样。他的童年时代是没完没了的饥饿和冻疮。他想起了父亲的暴打与咒骂,还有直到最终,那一双渐行渐远的腿。

他的眼睛因街头充满油脂气的火的烟雾而灼痛,于是他怀念起魁北克清澈的河水,森林的空气,通过这些具有净化效用的记忆,他重拾了他自己。然而他感到羞耻——他的衣服和他的外表都宣告了他是法国街头的一个土包子。

在新法兰西,他和特埃帕尼兄弟已能熟练地使用战斧,但是他在拉罗谢尔的街头看不到一把斧子。他去了武器铺,买了一把瓦隆剑,灵巧而柔韧。他在街上看到很多把这样的剑。它是绅士的剑。他默默地发誓,有一天,他会订购精美的服装和华丽的整头假发。

在小箱街和阿德米洛街之间的区域,商人们每日聚集在一起的地方,他与一位羊毛商交谈,那人面色蜡黄,油腻的双手颤动着。当迪凯偶然提到中国时,那位商人说他的堂兄是一位水手,被强行派到从霍恩到广州的荷兰航线服务三年。

"他说那是一段非常漫长的旅途,前往一个可怕的地方,"那位商人递回了迪凯的白兰地酒瓶,"非常、非常臭。食物?糟糕至极!外国人不许进入城市,而是被圈在一个极差的外国人区域。他祈祷能早日回家。那些人看不上那艘船上的货物——马匹。船长之前听说中国人极度渴望它们。但是在广州,中间商说,中国现在从北方得到了自己的马。于是,这次行程徒劳无功。在返回途中,船长气得要命,把那些可恶的没有价值的马全都推入海里。他们可以看到它们跟随着船游了很长的时间。"

"哦,糟透了。"迪凯说着,立刻计划前往阿姆斯特丹或霍恩。福尔热龙告诉过他多少次那些低地国家的人有做生意的天分?

"离东印度公司的船远一点。那些船被严苛的规则所约束,船长们发下血誓要遵守它们。那是一个可怕的、贪婪的公司,很多年来都不容许竞争。只有东印度的船才被允许穿过可怕的麦哲伦海峡。现在合恩角的航线被发现,它们的控制被打破了,但是宿怨还在。你选择船长时必须小心。"

11

荷兰船长

无一例外,和他打交道的每一位船长都极度多疑,因为贸易航线和海外往来时常面临间谍的威胁,而迪凯立刻且一再地被认作法国间谍。只有在他详细地描述魁北克的森林以及严酷的毛皮交易,并且亮出那张他随身携带以充当身份证明的貂皮之后,他才能够证明他对于贸易航线的秘密无所图谋,清清白白。

在"岩石和浅滩",码头区的一个海员小酒馆里,他注意到一群快活的人,看起来都是船长,他们说着各种语言,大部分是德语、法语、葡萄牙语、佛兰芒语和荷兰语,而且似乎正在押注。他听到其中一个被称为弗德维宁船长,一个相貌英俊的男人,有一只大鼻子和有疤痕的脸颊,几绺小麦色的未修剪过的头发从他歪掉的假发边缘伸了出来。这个人尤其吸引迪凯的注意,因为他无休止的动作和显而易见的乐观性情。迪凯逐渐接近这群人,直到他几乎身处他们之间,努力领会着嘈杂谈话之中似懂非懂的词语。很长时间之后,弗德维宁向他的同伴们告辞,说他得回船上去了。迪凯跟着他出去,到了漆黑的街上。那位船长突然转过身来,向迪凯亮出一把匕首。

"拦路贼!"他在茫茫黑夜里大声喊,"救命啊! 抢劫! 袭击! 谋杀!"

"弗德维宁船长,"迪凯说,"我不是拦路贼。我是一个朋友,一个来自新法兰西的毛皮商人,乞求您的帮助。"然后他深深地鞠了一躬,笨拙地行了一个屈膝礼。他介绍自己是一个有进取心的生意人。他变成了那个嗓音甜美、有说服力的迪凯,口若悬河,解释着,安抚着,并打开他像个流动小商贩那样背在身上的毛皮包裹。他说他可以为他的旅程付钱——他在蒙特利尔做了笔好买卖;不过他留着最好的毛皮,拿到东方去卖。此外,他将向船长提供数箱最好的斯希丹酒供旅途中享用——特殊蒸馏的荷兰金酒,绿色标签上绘有一只黄色大眼,一头愤怒的狮子的眼睛,比船长在"岩石和浅滩"吞下的那些玩意儿要好得多。看,此时此刻他的外套口袋里就有一瓶,随后他掀开外套来展示那只黄中带绿的眼睛。那位荷兰人态度和缓了一些,让迪凯跟着去他的船上——金鹰号,在那里他们可以更舒适地谈话。迪凯惊讶地看到它是一艘配备武装、风帆齐备的三桅战舰,可容纳超过一百人,军械室漆成红色以遮盖血渍。

"在南中国海有很多海盗。"弗德维宁船长解释说。迪凯之前看到他在船员小酒馆喝下了无数杯杜松子酒,但他说话却仍然清醒而果断。

船长说他确实对外国人心存怀疑,尤其是法国人和英国人,这些人大多数都是间谍,而且如果被德国船主听说他带迪凯上船,会让他丢掉饭碗,而船主当然会听说的。他怒视着迪凯,紧握拳头。

"你让我做的是一件十分重大的事。我不能做。哎呀,先生,这是以前从未做过的一件事。而且也绝对不应该去做。绝对。"他那张脸做出的扭曲和皱眉表情多得不可思议。迪凯谦卑地开口了。

"我只对为我的毛皮争取到一个市场感兴趣。亲爱的船长,我明白,仅仅是与我谈论这种事情,您就已经很给我面子了。"他的嘴角上扬,眨了眨眼。他笑了笑,敞开他的外套将那瓶酒拿出来,拔去塞子,然后将它递给船长。"也许我们能进一步讨论这件事,"他柔和地说,"如果您不认为我彻头彻尾地令人生厌?"他已经把这位船长归类为那种会为了一小杯烈酒而做很多事的人,与北方的那些印第安人并没有什么不同。

船长的船舱是一个很大的房间,从后窗可以看到港口那令人目眩的风景。覆盖着航海图的红木桌前有一只单人椅。船长向迪凯招了招手,向他示意一个用螺栓固定在地板上的小边座;在它的下面趴着一只巨大的獒犬,冲着迪凯吼叫。船长坐在他的椅子上,端着一个斟满了最好的荷兰金酒的玻璃杯。他对着玻璃杯点点头。

"很好。我们荷兰人如果不喝酒就会死,你知道。"他吞咽着,

"正如人们所说。"

迪凯打开他的包裹,将其中的几张毛皮在航海图上摊开。那只狗饶有兴趣地望着那些毛皮。

"当然,我自己总是很乐意买些毛皮带到阿姆斯特丹。"船长说。

"我会记住这一点的,不过,我得到的消息是在中国我可以用它们赚一大笔钱。而且我希望能在那个地方建立一种贸易关系。"

奥特赫·弗德维宁船长眯起了眼睛。迪凯对生意的了解可能比他表现出的更多。或者,迪凯可能实际上是一个间谍,居心不良。但是经过一个小时的大量饮酒,在船长对迪凯有了更多一点了解之后,他放弃了把他刻画成一个间谍,而当他得知他的客人会送十箱这种金绿标签的瓶子上船,他对迪凯说他或许能安排这趟旅程。

"我们两周内开船。现在已经是四月了,开启这次航行快要过季了。我们必须赶上西南季风,它会在六月与九月之间把船送往印度和中国,所以做好准备,然后在约定的那一天来这儿。我会带你看你的住处,你将和托彭特先生共用。"说着,他带迪凯来到一个小得可怜又肮脏的房间,尽管它有一个舷窗。他的床铺是一块宽宽的木板。另一块上有一卷灰色的毯子和一个皮制的大旅行袋。地板上,是海员用的高筒靴和厚实的手套,就像被扔到那儿一样,它们构成了托彭特先生的存在。

第二天在岸上,迪凯订购了三十六箱那种绿色标签的金酒并送到船上。在船具杂货店,他为自己配备了一张吊床,粗糙而结实的衣服,以及一件保证防雨的浸油斗篷,一本装订式分类账簿,羽毛笔和墨水,一只昂贵的小型望远镜和一袋红糖。

距离他们起航还有一个星期时,弗德维宁船长招呼他。"迪凯先生,"他说,"我要去咖啡馆办理保险。既然你打算开始做生意,也许你会愿意陪我去见那些重要的联系人?"迪凯当然愿意。一个意想不到的好运。

他们走路二十分钟到达咖啡馆,进入一个大房间,人们坐在桌边,面前放着文件和账簿。一些人飞快地书写着,另一些人在谈话,把头向前伸。在这个房间靠里的地方,五个戴假发的男人大笑着,同时第六个人在念着一封信。靠外边的地方,一个女人将几盅热饮料拿给年轻的服务生，弗德维宁船长叫了两杯咖啡，然后带迪凯走向里面那一桌笑着的男人——海事保险经纪人。当他们走近时，笑声逐渐消失，六张严肃而殷勤的脸转向他们。

"啊，弗德维宁船长。来这里办你的保险，没错吧？这位和你一起的绅士是船的主人吗？"

弗德维宁船长的笑声刺耳而响亮："不，不，他不是船的主人，他是迪凯先生，一位新法兰西来的绅士，在做木材出口生意。目前他正在出售毛皮。我想他可能愿意见见你们这些绅士，以便未来向你们咨询。"

服务生端来了咖啡。迪凯怀疑地看着这诡秘的黑色液体，滚烫而且很苦，一种非常可怕的汤剂，但是他喝下了它。在一刻钟之后，他感觉到各种想法涌入他的头脑——他用刚刚变得更敏锐的感官记住了面前那些脸孔。

在他环视四周的时候他看到一个三十五岁左右的男人，一张脸似乎是由某种类似肌肉的材料做成，且一旦形成便保持原状，纹丝不动。一双小小的黑曜石般的眼睛观察着世界，就像在估量对手。不苟言笑的嘴巴扭曲着，显示出刻薄。戴戒指的手指和浮夸的深红色袖子并未减弱其多疑而精于算计的印象。那人的目光从他正在计算的数字上抬高，固定在迪凯身上。他们之间的空气因彼此释放出的厌恶而颤动。

"那个人是谁？"迪凯对船长咕哝，轻轻地吐出这句话。

"我想他是来自吕贝克的一个做蜡和金属矿买卖的人——在这儿，还有布鲁日。他怎么这样盯着你！就好像他了解你一样。"

"他并不了解我，他也永远不会了解我。"迪凯说。但是那人不友好的注视表明他对于像迪凯这样的人熟悉得不能再熟悉。这是当掠食动物偶然碰到一个同类在它的领地里嗅来嗅去时的那种注视。

12

金鹰号

这艘船上的船员用多种语言交流——西班牙语、法语、佛兰芒语、希腊语、德语、热那亚语,还有来自马来以及"狗之岛"加纳利的年轻人。迪凯觉得他们看起来很凶恶,与他在新法兰西认识的那些不修边幅、好脾气的船夫们非常不一样。

奥特赫·弗德维宁船长充当他自己的主人,而且,在进行航位推算、焦虑猜测船只准确位置的时候,他以精确的导航能力而闻名,迪凯觉得这可能与他常常研究并标记航海图有关,但是船长说航海图无法说明一艘船不断变化的经度位置——国际贸易中最令人讨厌的事。不过他能够识别出黑潮暖流,而且常常不超出目标港口四十英里,这让人们普遍认为他是领航专家。

船长的温和友善从他登上金鹰号的那一刻起就蒸发殆尽,不过,在晚上他同迪凯喝黄眼睛的荷兰金酒时,他保持了和蔼可亲的态度。他的谈话十分生动,关于船和它们的货物,关于它们短暂的生命以及上百岁的船的故事,关于海盗和海上的巨大风暴。在他的描述下,巽他海峡诡谲多变,赤道无风带令人抓狂,几内亚海流纯粹是个陷阱,而若是被困在东南信风带就注定了一次航行的失败。

当他们起航驶入波光粼粼的海洋,迪凯注意到有三四艘船总是在视线范围内。当他谈到这个时,弗德维宁船长一副了然的样子说,"我的朋友们",并笑着耸了耸肩。

这艘船发出可怕的臭味,不过弗德维宁船长自豪于它的小便装置以及高级船员们的隔间式排便座椅,都带有排入大海的管道。船员坐在甲板上露天的一排带洞的椅子边缘,在冰冷的波浪冲刷到他们因盐分而破皮的屁股时发出诅咒。

"因为我们从葡萄牙人那里得知,这是避免一种所谓'屁股虫'的疾病的方法,那是一种疼痛的肛部感染,如此灼热和刺痛,以至于在过去海员们因极大的痛苦而发疯。"船长说。

在迪凯看来,和年轻的普通船员们比起来,高级船员们是一群令人不快的家伙,不过当他这么说的时候,弗德维宁船长笑了,他说外表是具有欺骗性的,虽然大部分普通船员看起来很强壮,他们浑身上下都是性病,举止荒诞不经,而且像企鹅一样愚蠢。而另一方面,高级船员们虽然没什么魅力,但从实用角度来看每一个都技艺娴熟且经验丰富。

弗朗索瓦·托彭特,迪凯的同舱室友,一个脸上有麻点的男人,他细细的胳膊和瘦削的脸赋予了他虚弱的外表,但这一印象因他的灵活机敏而淡化。其他船员穿着剪裁得高腰又宽大的黑红睡裤,戴着他们自己织的帽子;相比之下,他穿得很整齐。他像一个舞蹈大师那样柔韧,能够闪电般做出决定。他认为他出生在勃艮第,在还是个小男孩的时候就被带到了阿姆斯特丹。当他的父母双双死于瘟疫后,他被钟表匠威廉·托彭特和他未生育的妻子收养。

这两人之间有一些相似之处。他们的身体和头脑都是高速运作,都很开心能够用法语交谈,虽然托彭特的法语因为长期的忽视而磕磕绊绊,而且混杂着荷兰语的词汇和短语。他也热衷于海员们的最大消遣——收集自然界的珍稀物品。他告诉迪凯,他家中的珍奇物品柜里有一整套蜘蛛牙齿,还有一只极乐鸟标本——那是一种生来就没有脚的奇异鸟类。然后他告诉迪凯,船长的獒犬喜欢爬到索具之中,在那里它一看到海盗就会发出警报的吠声。

来到船上几天以后,迪凯向弗朗索瓦·托彭特坦白说,他想要订购新的服饰和一顶假发,这样他们从中国回来的时候它们就已经完工了。

"你得先付钱,"托彭特说,"不过我知道巴黎一个不错的裁缝,而且在同一条街也有些假发匠。还有五天我们才开船呢。让我们说服船长准个假,搭马车去巴黎,去一下这些好地方,因为我也想要一顶假发在特别的场合用。"

颠簸的马车几乎要把他们的肝脏摇碎。迪凯一有机会就从马车上下来，跑在它的旁边。在巴黎他们找到了一个小旅馆，靠近假发匠和裁缝店所在的那条街。

第二天的日出带来了一个蔚蓝而芳香的白天，大风清除了令人不愉快的气味。这是一个适合步行的好天，于是迪凯和托彭特大步走过大街。托彭特指出来一家受欢迎的咖啡店。他们走了进去，迪凯决定再次冒险尝试咖啡。托彭特咂巴着加糖的巧克力，并宣称它很好吃。虽然咖啡有种柏油味道，但迪凯再一次感到充满了能量，思维敏捷。托彭特说那是这种黑色液体的众多优点中的一个。

"它对患慢性病的人也有好处，"头发灰白的咖啡馆服务生说着，加入了他们的对话，"它是商人和生意人青睐的饮料，因为它使他们能够在头脑里做大量的运算，并且长时间地工作。"

在裁缝店，迪凯为他的大衣选择了蓝色的天鹅绒，并接受了做一条斜裁的裙裤的建议。谄媚的裁缝推荐了一种上乘的英国布料，并评论说这种布料非常受欢迎，然而迪凯选择了一种带条纹的蓝色缎面。不过，他没能抗拒那个人的另一个建议——去拜访隔壁的靴匠，订购一双刚开始流行的精致圆头鞋子。

假发匠的双手因为某种疟疾类的病痛或者过量摄入咖啡而颤抖着，他竭力推荐最新的款式——更小，顶部是平的，"鸽子翅膀"向后蔓延遮住鬓角，而不是他们两个都想要的那种长度垂及肩部的假发。他强调那更为舒适自在。托彭特说可以，但是迪凯心意已定，他还是坚持要那种有昂贵的大量卷曲的华丽假发，认定这才是富有男子的样子。

"等你们回来就完工了，亲爱的先生们，不过，"那人说，"你们现在就得付钱，因为船只失事、海盗、瘟疫和坏血病在那些旅行到远东国度的人中并不少见。如果你们死了，你们幸存的伙伴可以来取这些假发。"

他们回拉罗谢尔时忍受了更为不愉快的旅途，马车的其中一匹马套着挽具死去了，之后车轴在一条粗粝的弯道上坏掉了。他们租了鞍马,更为舒适地骑行,但是到达那艘船时离它开船仅剩了几个小时。弗德维宁船长大为光火,指责托彭特疏于职守。

"这会是你的一个污点,先生,"他说,"你不久就会得知使我不悦的后果。"托彭特得到了什么惩罚,迪凯并不知道,不过他注意到船长时常对这位同伴做的一切事情挑毛病。

于是船启程了,沿着英吉利海峡,经过布雷斯特,又经过葡萄牙,然后向西,远远开入外海以避开非洲的尖角和赤道无风带,向南行驶,继续向南经过一个风向不定的地带,直到弗德维宁船长声称他能够闻得到巴西的气息,接着转向东南方驶向好望角,远远避开厄加勒斯洋流,然后继续,始终向东,直到他们适时地赶上可以将他们带到凶险的巽他海峡、再前往中国的西南季风。

迪凯对海洋并无好感。河流才是他所爱的,变化多端、肌肉发达的水路挑战人们去破译它们的线性特征。相比之下,海洋是波浪的乏味载体,拍打着、涌动着,有时失去形状成为一片散乱。他忍受了暴风雨和令人心悸的巨浪,并希望永远不要见到船员们所描述的那种滔天巨浪,也永远不要听到气旋风那可怕的呻吟。

弗德维宁船长在他的小船舱里放了一张朴素的桌子并独自用餐,有煮熟的猪肉、啤酒、面包和奶酪。高级船员们的餐桌上常常增添了刚捕捉的海豚或者是章鱼汤,进餐时的谈话以各种各样的语言进行,而用手来指面包或葡萄酒比开口要它们更加有用。迪凯这下理解为什么弗德维宁船长会用世界性的手语来挥动手臂和扭曲面孔了。厨师李文是中国人,弗德维宁船长说,经过几年在阿姆斯特丹的学习后,他正要回中国。

"他学习什么?"迪凯突然产生了兴趣。

"荷兰医学,我想。他在中国是个还挺有地位的人物,但是非常节俭,通过当厨师来抵他的船费。"

"这么说他是一个医生?"

"在这次航程里他是个外科医生,处理头部创伤的能手。而且还是厨师。"

"那这次航程之外,他在中国是医生吗?"

"他是个验尸官。"

"验尸官,那是什么?"

"这样的人拥有专业技能,了解死亡征象,能检查尸体以确定它们是谋杀行为的牺牲品,还是死于自然原因。我宁愿让他来照看我,而不是大部分的随船医生,一群沉溺于饮酒和狡猾勾当的家伙。验尸官在中国是一种重要的职业,那儿的嫉妒和敌意同任何一个法国宫廷不相上下。而且一个人可以在无数店铺买到毒药。"

迪凯接近了那位验尸官,用他蹩脚的荷兰语说他想要学中国话,至少是几句常用语。他拿出了一枚钱币,不过李文看起来十分惊恐。他用流利的法语来告诫他。

"不可能。中国政府不允许外国人学中文。禁止。"随后李文吟诵了中国的诗歌,并向迪凯翻译和讲解。他说,没有法律禁止朗诵中国诗歌。迪凯立刻将他自己视作张籍的诗中一只威力无穷的动物——一头在山林间觅食的老虎,它如此地令人害怕,以至于全村的人都只能束手无策地站在那里,呆望着它的行迹。所以,迪凯想,他也将以同样的方式震慑整片森林。

一天晚上,喝着他们的餐后酒,弗德维宁船长狡黠地看着迪凯,告诉他,在广州,他可以订购一副象牙制的牙齿,雕刻得与他的上下颚相称,让他获得一副英俊恶棍的外貌。这项工艺可以由为海员们的妻子制作假阴茎的那位雕刻师来完成。他说,那位雕刻师很贵,但是值得。随后,就像突然想起来一样,他抬起手说,被指定给他的那位行商①可以安排这件事,而且他很可能会对迪凯的毛皮有兴趣。他轻抚着一张迪凯带到他房间来的质地尤佳的猞猁皮。

"这是本打算送给中国皇帝的一件礼物,但是我把它给你。"迪凯把它塞到弗德维宁船长手里,并补充说,也许他的妻子会喜欢它的,给那个象牙用具做伴。

---

① 清政府不直接同外国商人从事贸易活动,而采用行商制度,其业务主要是垄断对外贸易、承销外商进口货物、代理政府管束外国商人行动等。

"哈哈,"弗德维宁船长说着,用他的牙齿咬开又一瓶荷兰金酒,"也好。反正没有一个外国人获得过中国皇帝的接见。"

在十月末,他们和那几艘同行的船驶入了中国海。非洲西海岸沿岸天气出奇地好,但随后季风快要停息,且时断时续。他们在好望角停留了片刻,但没有继续逗留,因为东印度公司在那里有一个站点,有人密切关注有无独立的贸易商。东海岸的风越来越不可靠了。四天的暴风雨,天空战栗着,大海呜咽着,给迪凯留下非常狂暴的印象,不过,只有他一个人这么认为。有两次,充满威胁性的船只出现在海平线上。弗德维宁船长说他们是海盗,因为从望远镜里他能够辨认出他们不祥的旗帜。迪凯天真地问那只会发出海盗警报的獒犬什么时候会爬到索具中,当他听到船员们强忍的笑声后才明白过来。

听到餐桌边的闲谈,迪凯眼前出现了一幅神奇的图景——世界上的各大海洋布满了星星点点的船只,不知何故悬浮在迷雾之中,意识不到其他船只就在附近。那些船运载的货物包含世间万物。

"主要的货物都有哪些?"一天晚上迪凯在餐桌前问。那些人开始细数他们在船上见到过的货物的名字。起初他们吝于开口,但后来竞争心理俘获了他们,使他们开始兴奋地打断彼此:

"成筐的松露,骆驼毛——一块块紫杉,火药,鹦鹉,波托西银——是的,由那些奄奄一息的人们开采的银矿!烟草,麝香,赭石和靛蓝,巴西坚果;别忘了茜草,纸张,胡椒,肉桂——各种名贵的香料,印花布,棉花,染色丝绸,布拉班特布料,比斯开手斧,智利南美杉上的矮松子,马匹和大象,珊瑚制的出牙咬环,漆器,毛织品,羊毛,亚麻织物,买奴隶用的子安贝!捣碎的树皮——大捆的山羊毛——成桶的设拉子葡萄,公牛,乐器,医疗器具。阿拉伯的剪刀,珠宝,霰弹炮以及贵金属,谷物,玉米和稻米,象牙制的多米诺骨牌,盐,茶,鞋尖卷翘的土耳其鞋……"

他们之中的许多人很久以前在东印度公司的船上工作,随着早先的货物在记忆中浮现,关于卓越商人们的回忆也被人想起。水手们说船上的外科医生们是尤为精明的买卖人。

"不管去好望角还是巴达维亚,最健康的那些人才能获利。"

"世界上无奇不有,但你得知道去哪儿找到它以及如何得到它。"托彭特说着,抓起一片面包。显然外科医生们是知道的。

不过,大多数这类传说都以令人欣慰的话语结束,宣布故事中的外科医生没能活到变现收益的时候,特别是驶往巴达维亚的话,在那里白人的生命是很短暂的。偶尔才有欧洲人在那个空气腐臭的港口幸存下来。

"此外,他们还花太多的时间去医治病人,总是在试图治疗别人时染上同样的疾病。"就这样,谈话从货物延伸到东方的危险。

13

怡惑园

弗德维宁船长向迪凯解释了中国错综复杂的贸易系统。船上所有的饮食必须购自有执照的供应商。而且所有的东西都有执照。"船长们只能和有执照的中国商人做交易,通过有执照的翻译,我们得付超过六十项不同的费用,忍受货物审查,才能在那里交易。此外,所有外国人必须待在特别的商馆区,不能进城。"

在他们抵达广州之时,迪凯站在甲板上,凝望着构成外国商人区的长长的货栈与仓库。那里飘扬着不同贸易国的旗帜,看起来像一个城市。他上了岸,进入中国那新颖而嘈杂的喧嚣之中。

他们住进了分配的房子,那里还住着其他荷兰商人。弗德维宁船长恢复了他已经养成的生活习惯,并让迪凯也加入——在早上他会煮一壶咖啡,在平底锅里烤咖啡豆,用手磨将它们磨碎,将粉末丢入沸水中,数到五十,再待其沉淀。

船长还有另一项恶习,是在阿姆斯特丹的咖啡馆染上的——他抽烟斗。这件事也有它的仪式。他拿出他藏匿烟叶的那卷皮革。他选择一片看似合适的叶子,然后把它切细,再切得更细。他将烟斗装满。他在壁炉边点燃一根纸捻,同时吸入一定量的烟,噘起嘴唇慢悠悠地将它吐出,伴随着一种宛如东风的声音。终于,他准备好开始这一天的交易了;他拿上两个沉重的挎包,带领迪凯去见武官——他的行商联络人。

武官是个衣着华丽的男人,肤色像新鲜的黄油,留着精致的黑色小胡子。官方的翻译员坐在弗德维宁船长和武官之间。迪凯看着这两个人谈判,那位翻译流利地来来回回,先是官话,然后是荷兰语。

弗德维宁船长想要特别的茶叶和各种颜色的丝绸,还有绘有园林景致的瓷器;他想要漆盒;他想要不寻常的植物,但最好不需要太多照料,因为返回的航程十分漫长。武官说出了天花乱坠的一大堆产自偏远地区的茶叶、成捆的茶、盒装的茶、茶制点心,他提出了数量和诱人的价格;弗德维宁船长猛地扬起双手,仿佛中了枪一样倒在他的椅子里。他大喘着气,一手捂住胸口,反对这吓人的价格。他打开了其中一个沉重的挎包。一根根银条在黑暗的旅行包中熠熠生辉。他出了一个价格来回应。现在轮到武官脸色发白地摇着他的象牙扇了。他提出了另一组数字——同样的价格,但是更多质量没那么好的茶叶,颜色更少的丝绸,绘制得更为朴素的陶瓷,以及相当寻常的植物。他们僵持不下。两个人都硬挺挺地坐着,不肯妥协。一段长时间的沉默之后,武官提议他们到花园里去。

怡惑园——"令人愉快的困惑"。它触动了迪凯内心深处的某样东西,就像一个小孩用细绳扯动着一个玩具。他从来不曾知道还有这样的地方存在。他们漫步走在一条用小颗鹅卵石拼嵌的小路上,排列成的图案据武官说是"冰裂梅花"。每一个转弯处都有开花的灌木和月亮状的门这种稀奇景致。凌云阁出现了,之后是由太湖石堆叠成的遍布网眼的假山。在它的峭壁顶端有一条不足三指宽的瀑布流泻下来,下方的水池皱起波澜。在去往一个名叫"春雪画舫"的亭子的途中,他们从一行行桃树之间经过;尽头处立着黑色的石头,像是裹着长衣的人像。这是一位商人的花园,一簇簇象征着财富的牡丹生长在这里——轻柔的粉红色,有着胭脂红色的花芯。迪凯站在一座拱形的桥上,凝视着水从鹅卵石上淌过。

"在新法兰西我也曾见到河水流过石头,却从未觉得这有什么特别值得注意的。但是这里的——很不一样。"

武官鞠了个躬。"它肯定是不一样的。在你们的森林里,清澈的溪流很常见。而在一个城市花园中,它们是很宝贵的。我希望你们看看那两棵遒劲的松树,它们毫无疑问植根于世界的开端,也是这座花园的秘密。寻常的视角下,它们是无法被看到的。"他们跟随他走过外缘的小路,然后穿过一座由一整块巨石打造而成的桥。就当迪凯双脚站在岌岌可危的位置向上望的同时,古老的松树显现了,其外形因数百年来的积雪压坠而改变。

"你看,"武官说,"它们,加上石头、流水和植物,这座和谐而充满倒影的花园体现出了时间的无形元素。"他很惊讶这个不修边幅的外国人也从花园中得到了愉悦。他看得出迪凯肯定不是什么审美家,但却散发着拥有强大意志力或者巨大财富的人所具有的那种无法抗拒的力量。迪凯眼中看到的不是花园本身,在他的意识里,他似乎悬在高空,朝下方注视着那个走在鹅卵石小路上的自己。他出现于这个奇特的地方本身让他有所觉悟,而这激起了他难以言喻的感知。

在一个湖的边缘,他们走进了一个亭子。一位仆人端来了茶。白色的花朵渗出麝香的芬芳。来自花园的这一苍白而流动的美物,使谈判者们得到了平静。迪凯观察其他人是如何端着那半透明的茶碗,嗅其芳香,呷一小口,发出感叹,再次呷饮。他也照着做了。

最后,武官和弗德维宁船长起身,彼此向对方鞠躬,向翻译官及迪凯鞠躬,之后他们所有人回到洽谈生意的房间。现在两位谈判者对待彼此都彬彬有礼了,每个人的出价都像是一种馈赠,但又被另一个人用华而不实的精巧说辞以看似接受的方式婉拒了。迪凯专心地看着所有一切,熟记这个过程。迪凯感觉到他置身于一个匪夷所思的世界,不过他却有本领去适应陌生的环境,甚至从它们之中得到乐趣。随着一天的时光渐渐过去,温暖的空气变得浓稠。最后,武官起身,快速地对翻译说了什么,便离开了房间。弗德维宁船长说,他们所有人,包括翻译,都被邀请参加当晚的一个宴会,在那位商人的一处私人住宅里。

迪凯和弗德维宁船长回到他们的房间,盥洗更衣。在武官的仆人们来接他们之前,他们还有一个小时用来等待。迪凯拿出荷兰金酒。

"你为那些想要的货物谈妥一个不错的价格了吗?"他问船长。

"还早呢,还早呢!我们才刚刚开始。我们明天要继续进行,可

87

能还有接下来的一天,然后又一天。仓促是不可取的。慢慢地,沉思着,去权衡得失、名望、荣誉,还有其他更多的东西。"迪凯羡慕船长如此谙熟这个游戏的玩法。

弗德维宁船长点燃他那长长的陶土烟斗,然后吐出烟雾。"你想知道我们什么时候谈到你的毛皮,对不对?"他的脚来回晃动着。

"是的,"迪凯说,"我确实想知道。"

"终究会的,不必着急。不管怎样,我们都得等做完生意才能离开——等到明年,等什么时候有了适合我们返回的风。所以享受在这里的时光吧。你觉得那座花园怎么样?"

"嗯!非常——非常令人愉快。"

"我也喜欢漂亮的花园和奇异的事物。"

这一点迪凯是知道的,因为他记得有一个晚上弗德维宁船长将他从沉睡中叫醒——"起来!有非常壮观的景象!快醒醒!"——他命令他立刻到甲板上来看一个奇观。穿着睡衣光着脚,摇摇晃晃,他睡眼惺忪地抓着栏杆往下看。从极速前进的船头向后翻涌的水是一片发出幽光的泡沫,而在他们身后,火一般的光焰标记了他们驶过的痕迹。

"看!看那儿!"弗德维宁船长大喊,指着那片在水上摇曳的荧光体,挥着他的手。在船的旁边,海豚在身后留下火花状的行迹,那些光亮随着它们的行动蜿蜒和扭动。一个海员拖上来一桶颤动的光。弗德维宁船长把手伸进去将它们捧出来,水滴掉落,他的手指和手掌发着微光。浪花的波峰一会儿起火,一会儿变暗。整艘船像穿行在一片燃烧的大海上。迪凯打了个呵欠说,"真不错",便回到了他的毯子里。

在他们踏进轿子之前,那位翻译说,武官注意到方才外宾们在花园里的愉悦,于是晚餐的招待包含了在他的私家园林中漫步,园名意为朱红色的蜻蜓。但是当他们到达后,宴会主人在沙沙作响的树木下引导他们时,天已经黑了。天上没有月亮。那条路被远处晃动的光线照亮,还有关在纸灯罩中的萤火虫所投射出的微绿的光。至于蜻蜓,不管朱红色还是琥珀色或蓝色的,一只也没出现。但是武官挽着他们的手,带他们到最暗的阴影里。"我们现在站在一棵鸭脚树①下,城中最大的一棵。我的花园曾是一座古老寺庙的一部分,而这棵银杏树在那时就很老了;人们说它在佛陀之前的时代就已经在那里了。它与其他任何树都不一样。人们相信它是世界上最早存在的树木之一。"在黑暗中,他摘下它的叶子并将一片递给迪凯,另一片给弗德维宁船长。

"你们一定得在白天再来一次,看看蜻蜓。"武官说着,带他们进入一个被精雕细琢的屏风所遮蔽的房间。二十几盏灯笼向客人身上投射着亮堂堂的光,美酒在银质杯盏中闪烁。迪凯看着手中的那片银杏叶子,它看起来很像一种他在北方森林中见过上千次的铁线蕨的叶子。在房间内侧,乐手们以新疆风格演奏着,一位表演者用哽咽的高音演唱。翻译官说,晚宴中在很多菜之后的那一道隆重的菜肴,叫佛跳墙。迪凯很喜欢它,弗德维宁船长则充满畏惧地小心尝试。他渴望的还是鲱鱼和猪头肉冻。

回商馆区的路上,弗德维宁船长说:"我敢打赌,那个跳墙的玩意儿会让你生病——甚至可能会害死你。"

"为了它值得。"迪凯说。

好几个星期过去了,武官终于赏脸考虑迪凯的交易。他似乎猜想对方想要陶器、茶、漆器和丝绸。他似乎以为迪凯的包裹内装有银子。因此当迪凯一张一张地取出那些富有光泽的皮毛,并晃动它们直到其因静电而噼啪作响时,武官那张训练有素、不显露出惊讶的脸表现出了惊讶。他拿起一张雪白的北极狐毛皮并抚摸了它,还仔细查看了水貂和貂鼠的毛皮、冰白色的白鼬皮以及两张华丽的海獭皮。当第一眼看到那末端略带银色的黑丝绒般的毛皮——世界上最令人垂涎的奢侈品时,武官立刻深吸了一口气。

"非常漂亮。非常、非常漂亮。我们不常见到这么漂亮和这种成色的毛皮。不过,俄罗斯人倒是带给我们毛皮,因此这里对它们并非一无所知。对广州来说,毛皮确实太热了,不过在朝廷和北方的

---

① 古时对银杏树的别称。

话……你想要什么来交换这些？"

迪凯没有提出惯常的奢侈货品清单，而是开出了一个非常高的价码——用银两支付。武官假装要晕倒了，他的头猛然歪向一边，但警惕的眼睛仍从眼皮的缝隙中闪烁着。他醒了过来，并提出一小笔金额来还价，再辅以几卷丝绸以及一大捆茶叶。

迪凯发出一阵阵尖锐的、难以置信的大笑，并让自己猛地扑倒在地板上。在他倒下的同时，他意识到他似乎表演得有点过头了。他站起身来。显然他已经在这场谈判中丢了脸，而整个早上——或许甚至整个旅途——全白费了。他重新在他的椅子上坐下来，望着武官。

这位商人脸上的表情十分古怪。诧异？还是鄙视？不过武官点了点头——最为轻微的点头，但它表达了某种有意的赞赏，认同迪凯的所为是一种可容忍的甚至值得称道的策略。端庄得体又回来了。这一天慢慢流逝，而谈判也一直持续。他们再次走到花园饮茶，并安排了两天之后会面。在谈判的这个月的月底，迪凯接受了一笔金额巨大的银两来交换他的毛皮。他赚取了一笔惊人的利润。

"如果你明年再来，"武官说，"带着同样优质且繁多种类的毛皮，它们可能会激起更大的热情。"仆人斟上更多的茶。武官啜饮一些，向远方望去，然后突然像是想到了什么，便问："你们新法兰西的森林里有这个吗？"他从袖子里取出了一个扭曲多节的根状物，形状像是一个驼背的三条腿的人。迪凯以前见过这种根状植物，从那个救了他性命的印第安女人那里。

"是的，我们有这个。"

"啊。如果你为我带很多这种根的话，我会付和毛皮同样高的价格。或许更多，取决于品质和数量。"

"那太好了。另外，我还有稀有的木材，可用于制作精美的橱柜。"迪凯说。他内心颤抖着，很清楚自己就快达成一项极为有利的协议。

"稀有的木材确实吸引人。尤其是檀香木。芳香的木头极受珍视。"

迪凯一下子变成了一个富有的人，而且，他想，再经历一两次航行之后——如果弗德维宁船长还愿意带他的话——他的森林事业将会开始。既然他们谈到了木头,迪凯壮着胆子问了一个问题。

"大人,尊贵的武官,由于外国人不能离开商馆区,我很想了解关于中国森林的信息。我见到中国的人们建造园林,森林和山体的元素,然而它们是微缩的。那些真正的森林情况如何?我相信的是,森林是永恒的而且永远不会消失,因为它们会再生。但是在法国我看到它们大大地减少了。而且我还注意到,即使在新法兰西,森林也正在向后缩退,虽然只是一点点——只要是移民所在的地方。在它再生之前,一片森林有可能向后消退多少?"

武官看着他,似乎试图判断迪凯是否对中国的林地有所图谋。他瞥了一眼那位翻译官。他犹豫了。

"我只能说,中国非常广阔,非常古老,而且人口众多。除此之外我不能说别的了。也许改日再议?"

迪凯明白他被遣退了,于是便起身,鞠躬,然后退下了。

几个月之后,迪凯渴望离开。等待季风的转向着实令人心烦。接下来有一天,武官请他到交易室来。这是一个春寒料峭的晴朗日子,户外的风把李子树的花瓣吹落在庭院的地砖上。这次是一位不同的翻译官。

"你想要知道关于我们的森林的情况。"武官匆忙地低声说,焦躁地停下来等待翻译,"我与一位年长的学者谈过这个话题。他说我们敬仰的圣贤——孟子,写到过人们开垦土地来种庄稼,拔除野草,不停歇地砍树,划分土地并在其上耕作。即便在孟子的时代,也是人口众多,而且很贫穷。人如果不吃东西就会死。他们需要燃料来煮米饭。他们需要取暖。因此树木被砍伐。"一束阳光洒落在武官的黑色丝绸便鞋的鞋尖上,"我们是一个农业之国。你当然明白,土地分割是所有人类政权的基础。"

"那么森林便减少了吗?"

"这种说法并不确定,因为人们也移植很多的树——竹子、松树、橡树,还有可制造漆器或形成肥沃土壤的宝贵树木。记住一点:如果森林和林区减少,农田便大量增加——更多的食物,更多的钱,更多的人,更多的满足。"

迪凯点头,虽然他没有从这一方法中看出满足。他很清楚武官希望通过跟他讲述这些秘密的事来获得他的好感。

"但是除了增加我们的农田之外,我们还为了其他原因而砍伐森林。比如——你知道'文房四宝'吗?"

"不。很遗憾我不知道。"

"这是一个文人、诗人和书法家的国度,"武官说,"四宝是指笔、墨、纸、砚——书法的必需品。而墨的来源是燃烧松树产生的松烟,必须烧掉很多松树,以供给中国的文人。"那束阳光在武官的袍子上逐渐上移,环绕刺绣形成一条明亮的光带,"而且还有战争。还有金属工匠、制陶工、造砖人——所有手工艺者的行当都需要木头。在一些树木被伐光的地方,农民们不得不把草集到一起,扭成结实的捆束然后作为燃料来焚烧。在其他地方,使用动物粪便。"他低声说,"确实存在木材短缺……"

"这么说中国和法国的森林都不是永恒的,"迪凯不太开心地说,"而且我听说意大利的山上也都光秃秃的了。"

"可能吧。但没有什么是永恒的。没有。森林不是,山也不是。"

"但是那些崇尚森林和乡野的花园是怎么回事呢?"

"虽然我们伐除树木,但我们不会忘却森林。我们建造花园,给予我们关于乡野的令人愉悦的幻象。"

"我本身厌恶阴郁而难以驾驭的森林,"迪凯说,"即使我承认它是财富和愉悦的一个源头。可我永远也不会造一座花园来影射它。"

"你当然不会。你不明白'天人合一'的说法。它指的是一种人与自然之间的和谐状态。你无法感觉到它。没有一个欧洲人能够做到。我没有办法同你解释它。它是一种个人化的哲学,同时它又是一切。"

迪凯想,中国和法国的森林,以及意大利的,它们很可能起初就微不足道;他相信新世界那片独一无二的深邃的森林会是长久的。这便是为什么人们来到那片未经破坏的大陆——为了那丰富得令人麻木的原始资源。只有他把握了机会。

迪凯拜访了那位象牙雕刻师,那个人为他没有牙齿的上下颚取了一个蜡模,并着手制作牙齿。要等上几个月的时间它们才会完工。那一天终于到来了,雕刻师展示给他如何装入那副假牙托,它大颗的白色牙齿以纯金的线铰接。迪凯很多年来第一次照了镜子;虽然那副牙齿感觉十分巨大而且不舒服,但不可否认它们大大改善了他的外表。雕刻师告诉他,他将会习惯这种异物侵入感,不过,那些牙齿仅仅用于展示,而非用于咀嚼。"每天用刷子、白布清洁。"那人打着手势向迪凯说明,他必须准备好它们会随着时间而变黄,尤其是如果让阳光晒到的话。这一点是没办法的,因为象牙的性质就是这样。也许他应该再做一副备用的?好的,迪凯点头。他琢磨着是否能制作陶瓷牙齿,然后想想可能会变成满嘴碎片。

每天下午晚些时候,当这一天持续不断的谈判结束时,迪凯和弗德维宁船长都会在庭院中享用一杯荷兰金酒。这两个男人已变得习惯于彼此。在赞颂新法兰西森林的间隙,有好几次,迪凯都说他希望能尽快地筹划再一次的航程,但是弗德维宁船长总是溜向别的话题。

"你觉得我为玛吉特买的这张漂亮小桌子怎么样?那个老无赖武官为它谈价钱时就像我要买走的是他那座宝贝蜻蜓花园一样。他居然一度从椅子上跌下来,然后在地板上打滚,笑得像个疯子一样。面子完全丢光了。不过最后我用一个好价钱得到了它。"

"哈!"迪凯大笑。武官——那个老无赖,从迪凯身上学到了一个新招数。

常有一两位船长的海上朋友与他们一起用餐——皮特·鲁斯,还有扬·古森,他们拥有自己的船。皮特的脸像是苍白的平板,镶嵌了两只颜色如同粗糖的圆眼睛。他的头发几乎和他皮肤的颜色一样,因此不大看得出来。他穿着法国样式的衣服,黑色的丝绸裙裤,外套的颈处衬着一串泡沫般的精致蕾丝。扬佩戴着一把巨大的剑,穿着工匠穿的那种粗糙的粗斜纹布长裤。这两个反差很大的人让迪凯觉得很面熟,于是他终于开口问起他们。

"他们当然很面熟。你在'岩石和浅滩'见过他们,在拉罗谢尔。"弗德维宁船长将声音压低为耳语,"我告诉过你,他们是我的合伙人。皮特是我的姐夫,扬是我的表兄。你不会以为我能够独自违抗东印度公司,并且一个人承担这次航行的费用吧?"

迪凯说:"我很愿意成为你的合伙人,为了毛皮,也为了我将来的木材公司。我们可以一起赚钱,你不这么认为吗?"

在长时间的沉默之后,奥特赫·弗德维宁船长缓缓开口了:"你知道,东印度公司很多年来严密地控制着荷兰与印度、中国,以及日本、香料群岛的贸易。私人商贩不准从麦哲伦海峡穿行,更别说做生意。"

"但是人们确实会尝试,而且会成功。"迪凯说。

"如果你尝试了而被抓到了,那么你的货物被没收,你的船被带走,而你则被东印度公司毫不手软地惩罚。发现了合恩角的威廉·斯豪滕身上就发生过这样的事。如今公司衰弱了一些,但仍然充满戒备。我和我的朋友们达成了秘密合作,我们自己进行印度和中国的贸易——有朝一日甚至包括日本,通过将资源整合起来,一起航行。这是我们的第四次航行,它进展得很不错。当然,皮特和扬拥有他们自己的船,而我只是格林兹先生的船长,不过我希望从这次航程中赚到足够多的钱,可以买一艘不错的小三桅商船。我不完全确信我们的约定中还有木材商的空间。也许可以——但我不知道。我担心一艘小三桅商船无法运载大批量的木材。我们的西印度群岛对木材有需求,但我更愿意继续中国的贸易。如果我是你的话,我会研究一下印度贸易。"

但是顽固而一心一意的迪凯再次开始描述新法兰西的森林。那位荷兰人打断了他。

"我年轻的朋友,"他说,"请允许一个见识广博的人评论一句。你说话的口气常常如同新法兰西是你的国家一样。"

"它是的,我们的命运交织在一起。它是一个新世界,富有而美丽,有庞大的森林和强有力的河流。这个地方已经赢得了我的尊重。"

"我能否提醒你,你的新法兰西不是一个主权国家,而是欧洲主要势力的殖民地?我能否基于对这些强大势力的政府的长期观察,提出一个告诫?这些强大国家的国王们并不了解他们的殖民地和海外定居点。他们从来没有去过那里,他们的大臣们也没有。对于他们来说,那些殖民地不过是地图上的彩色斑点,它们不过是战争这一野蛮游戏中的筹码,不过是收入的来源。他们一点儿也不在乎任何其他的事。而且我可以评论说你对法国在欧洲的敌人们不够警惕,尤其是英国。很可能会发生的情况是,法国贸易或相对的势力会自己放弃新法兰西,取决于具体情形。"

"那是不可能发生的。"

"当然不可能。但是我听说,法国——那个母国,对新法兰西并不十分喜爱。补给船常常迟到得厉害;她把人口留在祖国而不是鼓励他们往这个北部天堂移居;显而易见她缺乏关照和帮助;而且对某种意义上的自己的孩子,她不愿意开放市场。"

"那只是暂时的。"迪凯阴沉地说。他不喜欢这些事实。

"你会看到它是怎样的一种'暂时',并且想起这次的谈话——若是法国同它们之中的一个国家开战而且战绩不够好,从而被迫放弃一些东西的时候,你认为新法兰西不受侵犯的状态还能保持多久?"

他们到达之后的几个月里,弗德维宁船长安排人手将这艘船拖到附近的海滩上,在那里它被彻底清洗,所有的东西都从内部移出。一百个中国男人把裹了一层粪便的压舱石从舱底移开,将它们放在拍岸的海浪里;刮擦整个舱底,移除恶臭的清污索,并绞入新的。他们先铺了一层干净的沙子,然后把被浪花冲刷后的压舱石放回原位,将外舱底部的甲壳动物和海草刮除(因为这是一艘未镀铜的船),船只的里里外外重新填缝和油漆。金鹰号重新浮在水面上,有好几天,人们排成长长的队列扛着箱子和盒子装载船舱。重新装配好的船焕然一新,十分干净,塞满从中国贸易里得到的贵重货物,以及五十株开花植物。他们出发前往孟加拉湾,带着数箱柠檬和芒果,以使他们免得坏血病。

在印度,弗德维宁船长用一些瓷器和丝绸换取了更多的卷心菜和水果,还有香料,尤其是丁香和胡椒,他还买到了一箱巴特那鸦片,用于在阿姆斯特丹的药物买卖。迪凯忙碌的头脑再次充斥着对森林的构想,他留意到了。

"这样一种三角贸易路线对于一位木材商来说也适用,对不对?"

"是的,不过我的情况是,如果我买入鸦片再去那边可能会获得更多利润,因为在中国鸦片市场不断增长。但是我们时间紧迫。很多外国贸易商正从中得到好处,为什么我不能也这么做呢?不过,也许你并不考虑买卖鸦片?"

"哦,不,我考虑。"他三十二岁,正在朝着他的财富一路前奔。

14

风险

在归航途中,一些水手拒绝喝可以预防坏血病的柠檬汁,并在他们觉得没人注意的时候把芒果丢到船外(反正他们已经吃了橙子和白菜)。那些被发现了的人可以选择吸干两只柠檬,或者忍受十下鞭打。大部分的人选择了鞭打,因为他们相信,盐腌肉、硬面饼,以及走味了、硬得像花岗岩以至于不得不用斧头切开的奶酪,才是适合水手们的有男子汉气概的食物。柠檬不受推崇。弗德维宁船长微笑,然后说他希望他们会喜欢他们的坏血病。很快,那些人的动作开始僵硬,在他们的硬面饼上留下血印,因肠子撕裂般的疼痛而弯下腰身。有一天,船上传来一阵很大的笑声,托彭特凑过去,看到其中一位讨厌柠檬的家伙茫然呆望着他的那份硬饼干。他之前试图咬那块饼干,但是它从他的嘴里掉了下去,上面染了血,三枚牙齿嵌在其中。如今行程仿佛永无尽头,但弗德维宁船长又做了一次停留。

这艘船在加纳入港,买入了三十个奴隶并将他们挤入货舱,与一箱箱瓷器、珍稀的植物和那箱巴特那待在一起。船上连一点儿多余空间都没有。在黑暗的货舱中,奴隶们弄清楚了鸦片箱里的东西,这个偶然的发现带给他们极大的慰藉。他们找到并吃掉了那些稀有植物——花,叶子,根茎甚至花土。直到已经能看见法国的时候,这一损失才被发现。

等弗德维宁船长从他的震惊中恢复过来的时候,喝着晚间的荷兰金酒,他向迪凯提了一个问题。

"所以,我的朋友,现在你怎么看待这些奴隶的价值?"

迪凯想了想才做出回答。这个事件有它喜剧性的一面,但是他只能把微笑留给自己。

"对于你来说,他们一定具有很高的价值,因为当你计算了奴隶本身的成本,再算进你为那些植物和鸦片所付的钱,他们就变得很宝贵了,可能远远高出奴隶的市场价格。"

"的确如此,"弗德维宁说,"不过……比这更为复杂。因为不管植物还是鸦片都没有在哪儿都一样的固定价格。从鸦片上我能得到多少钱呢?它可是一种昂贵且极为抢手的药物。倘若其中的一些植物价值飙升了呢?就像我祖父时代的郁金香那样。这些可预期的未来价值是不是也应该算在那些奴隶的价值里呢?然而买奴隶的人,他只看到一个奴隶,而不是这家伙吃下的鸦片和稀有的兰花。对于他来说,其价值就是奴隶的市场价格。"

他想了一想,然后接着说:"这些奴隶、鸦片和植物归我。就这样。"

"但你不是有这次航程的海上保险吗?在拉罗谢尔咖啡馆里的那些人那儿办的?"

"那个,也有些复杂。当然,格林兹先生的船在咖啡馆的那些人那儿上了保险,用来预防损失、海盗和沉船,他的货物,包括丝绸和茶也是,但是其余的——并没有。皮特、扬和我经由我们的合作伙伴关系而自我保险了,因此风险平均地分摊在我们所有人身上。皮特和扬拥有他们自己的船——只有我一个人受雇于格林兹先生。他们将分担我的损失,而我将分享他们的利润。"

迪凯点点头。船的移动非常轻微,他们穿行在平滑的水中,一列列长长的海草仿佛形成一件巨大的粗花呢斗篷。他有点同情奥特赫·弗德维宁船长,他从这趟漫长而艰险的旅途当中只得到了少得可怜的利润,少得无法体现他所拥有的谈判和外交技巧。生意中无法预期的危险是这游戏的一部分。弗德维宁船长发出一阵大笑,他说:"这样的旅途往往冒着风险。我们可能很轻易地失去这艘船和它包含的所有物品,我们可能丢掉性命,我们自己可能被海盗抓住然后作为奴隶卖掉。我会看令人愉快的一面。我们避开了飓风和海盗。我仍然有玛吉特的小桌子——而且我仍然有那些奴隶。我会用他们来得到点东西,所以最终我失去的只是那些鸦片和稀有的植物而已。在任何情况下我们荷兰人都不介意承担风险。我们懂得,如果生意和事业是一颗果实,那么风险则是它的果核。"他伸展双腿,浅浅一笑,"除此之外,在我们起航之前,我还在咖啡馆压了一些注,打赌船不会失事、我们会躲过海盗,以及我会活蹦乱跳地回来并且加倍地机灵。我不是没有收获的。"

于是他们回到了法国,金鹰号将在那里停留三周,迪凯急不可耐,想要看到那些会让他显得像一位有价值且重要的人物的新服饰。

15

头发

他们很晚才到达巴黎。托彭特和迪凯没有在愈发浓重的暮色中前往裁缝店,而是在一家旅馆度过了那一晚。

那位裁缝见到他们似乎很惊讶。迪凯在一扇雕花的屏风后面,在裁缝的助手朱勒的帮助下试穿他的衣服,一边听着托彭特和裁缝的谈话。

"我们听说了那么多的船因暴风雨和海盗而遇难,我以为你们的肯定也在其中。"

"至少这次不是,"托彭特说,"不过我们也被台风狠狠地击打,而且差一点在非洲东海岸触礁,那是一个凶险的海岸。海里除了水还有更多东西——有一片陆地挤迫着它。"

"大海是所有人的主人。"

"但不是我们船长的。他是一个经验丰富的领航者,而且有一种令人愉快的天性,不像大部分的船长那样。他是一个好人。这是我第四次和他一起航行了,我永远不会和别的船长一起到海外航行的。"

"那如果他死了呢?"裁缝问,"你也陪他走那段旅途吗?"

"哈哈。"托彭特说,"到时候再说。这得取决于他停靠的港口。"

一身蓝色的迪凯从屏风后面走了出来,转过身来展示他的服装。

"喔,"托彭特说,"即使一位王子都会嫉妒你。"

裁缝举起双手,盛赞了迪凯的腿:"您显然是不需要小腿衬垫的。先生,您的腿形非常优美。"

经过这番奉承之词后裁缝试图从他那里骗到更多的钱:"这全

靠精心保管。我非常小心地照看这套服装,为肩部除尘,在户外通风,保护它远离我的猫。"迪凯拿出一枚最小的钱币,让它在裁缝的桌子上打转。

假发匠的店门是关着的,但是他们用大声的敲击唤来了店主,那人尖尖的鼻子湿湿地亮着光。他咳嗽不止。

"假发上的扑粉,你知道。它非常具有刺激性。我最近换了一种发粉,是用生长在岩石上的奇特的地衣制成的,它不会让人那么难受。我曾听说人们用它来毒死狼,所以请放心,你们精致的假发绝对不会受到那些凶猛动物的烦扰。"

他把假发拿了出来。托彭特的是黑色的,很有光泽,非常整洁漂亮。迪凯的又大又沉重,赤褐色的,有不计其数的长长的发卷垂落到他的背上,盖过肩膀。

"您想为它扑粉吗?"假发匠问。他发出一阵干咳。

"不,不。"迪凯说着,盯着店铺那面如水的镜子里的自己。外衣散发着蓝色的微光,象牙制的牙齿和昂贵的假发闪耀着,这些光芒使他变成一位外表上的绅士——被托彭特不完全是好意地称作——"貌似绅士"。

他们离开了店铺所在的大街,前往某处用餐。托彭特听说那家餐馆的厨师来自勃艮第,是一位烹饪的天才。这个小饭店在一条很远的大街上,他们走得越久,迪凯就越热,直到他感到脑袋燥热难耐,而肩膀载满烧红的煤块。他的脖子因假发的重量而酸痛。太阳像一个熔炉般发出光芒。他们穿过拥挤不堪的大街,沿着往各个方向延伸的小巷行走。一个男人肩上扛着一个被布盖着的大托盘,朝他们走了过来。他与迪凯擦肩而过,这时迪凯突然感到那顶昂贵的假发从他头上被人扯掉。他回头时恰好看到那个端着托盘的男人向前跑着,托盘上面一个破衣烂衫的孩子正紧紧抓着迪凯的新假发。负载很重,所以那个男人跑得歪歪斜斜的。

"抓小偷!抓小偷!"迪凯和托彭特大声喊。一个路人伸出一条腿,那名男子跌倒了,而小孩、托盘和假发都飞入泥里。小孩以不可思议的速度跑开了,不过那个路人制伏了那名男子。一群人聚集起

101

来擒住了那个贼。

"他会被送去做划桨苦工的,"托彭特说,"他将加入那些胡格诺教徒。"

迪凯带着冰冷的愤怒,找回了令他花费不菲的庞大假发。它看起来是之前的两倍大小,差不多能抱个满怀,像一块床垫那么大,泥团在它的发卷上晃动着;当他摇晃它的时候,他看到它与另一顶假发纠缠在一起,显然比他那顶更早偷来,并藏到那块布的下面。

"这是挺好的一顶,"托彭特挑剔地检视另一顶时髦的假发,"你可以卖掉它。"不过当他更仔细地查看它时,露出一副怪相。

"里面全是头虱和虱卵。"他把它举起来,"不过你可以把它拿去熏蒸和清洁。这是一顶值钱的假发。"在他们检视那一大堆毛发时,那个仍然抓着小偷的路人伸长脖子以便更清楚地看到假发,他紧握的手稍微放松了一些,于是那个不法之徒便挣脱了他,接着跑入茫茫人群之中。看起来追捕无望。

迪凯那一天已经为了假发烦透了,他将他自己的假发夹在胳膊下面便大步地走开了。托彭特拿着那顶多虱的假发跑在他后面,直喊:"慢点,慢点。"

等到抵达那家小餐馆的时候,他们终于能为这次历险而发笑了。迪凯说他们应该回到假发匠那里,看看他愿意为陌生人的这顶假发出多少钱。它也许能付掉他们用餐的钱。他们大肆点了很多菜肴,带着一种另外有人会付钱的心情——还有一些很好的法国葡萄酒。最后,吃到餍足且半醉,他们又吃了个水果挞,在那之后他们两个人谁都动不了了。

"我们需要咖啡。"托彭特说。餐馆老板告诉他们一家两条街之外的咖啡馆。他们摇摇摆摆地往那个方向走,路过它两次之后才看到它,然后走了进去。

等到终于恢复了行动力,头脑也清醒了,他们返回了假发匠的店,托彭特带着那顶被偷的假发。那个人认出它正是他本人为一位了不起的绅士制作的。他说他将把它归还给他的客户,不过迪凯坚持要一份报酬,并开出了一个足以支付他们那顿豪华大餐的金额。假发商抱怨连连地付了钱,并断言他的客户恐怕不太可能会支付两次费用,哪怕是为一顶被偷走又送回的假发。

回到大街上,托彭特说那位假发商很可能会清理那顶假发,把它藏起来,之后,当那位客人前来向他讲述失窃事件时,假发商将会向他许诺一顶新的假发,同先前的那顶一模一样,相似到就如同豆荚里的一颗豌豆与它旁边那颗一样,并索要甚至比第一次售出这顶假发时更高的金额(为了它的相像程度)。

"说真的,"他说,"我相信那些贼是假发匠们雇用的。"

一周之后,穿着他的华丽服饰,戴着那副象牙制的牙齿和闷热的假发,迪凯出席了一场正式的接风宴会,在弗德维宁船长于阿姆斯特丹的家中。船长和他的夫人玛吉特,皮特·鲁斯船长和扬·古森船长,以及他们的妻子,还有皮特的两位快要成年的女儿赫斯纳和科涅莉娅,组成了全体宾客。

在门厅,迪凯注意到了弗德维宁船长在广州为玛吉特购买的那张桌子。

当玛吉特打量着他时,迪凯看到她右边的眼睛更为友好,左边的那只却投射出一道反感的光。他感觉到那只眼睛抹除了他的高档服饰,丢弃了他的假发,溶解了那副象牙牙齿,并且将他鉴定为一个秃鹫般的机会主义者。他不敢食用除了汤和肉汁之外的任何东西,因为他不希望在众人面前摘下那副牙齿。它们无法胜任硬度超出牛奶冻的任何东西。

为了避开弗德维宁夫人那只冷酷的眼睛,宴会自始至终,迪凯都将自己的目光投向年轻的科涅莉娅。那张脸与皮特有一些相似之处,而且她长得还过得去,虽然肯定不是一个美人。她眼睛的蓝色如此暗淡,以至于像是白色,她的鼻子很宽大。她穿着一件深棕色的丝绸礼服,有一副薄而透明的轮状皱领,还戴着一顶刺绣的亚麻帽子。迪凯暗下决心——她将成为他的妻子。任何一丝反对或否定的念头,都惹得内心的那头老虎躁动不安。

在阿姆斯特丹的日子里,在一家很受欢迎的咖啡馆,迪凯遇到了一个居住在殖民地的英国人——从波士顿来的本顿·德雷德-皮考克,他身穿最为上等的考究服装,但一张脸却像是走了味的面包皮。大多数的殖民地移民们经济条件都不怎么样,但德雷德-皮考克很显然是一位有钱的绅士。随着他们的交谈,迪凯得知德雷德-皮考克与新任命的新英格兰皇家桅杆承包商乔纳森·布里杰有密切的生意往来。此人非常了解殖民地的森林生意,而且清楚地表明他忠于殖民地的居民们,而不是国王。而德雷德-皮考克意识到迪凯是一个靠芜菁都能赚到钱的人,如果他手头没有别的东西的话。金钱就是力量,而迪凯散发着两者兼有的气息。别人希望能认识他,即使同时在鄙视着他。

迪凯从对话中得知很多殖民地居民极为反感英国统治,还有那些用于支持英国不计后果的战争的公共税收(德雷德-皮考克认为,这么做是不公平的)。他们尤其厌恶皇家贸易委员会的那些限制性政策,它们为砍伐茂密的、占主要地位的森林制定了严格的规则,并强行规定为皇家海军提供轮船用品的数量和程序——有桅杆、船首斜桅和帆桁,更不用说树脂和松焦油。居民们被《通商航海法案》所激怒,它像老虎钳般严格遏制着殖民地贸易。布里杰这位老兄往往令镇区的买卖和桅杆树木的砍伐变得棘手。不过,德雷德-皮考克说:"那个人非常急于为自己建立名声,我相信他不会拒绝谨慎的斡旋。"德雷德-皮考克还认识以利沙·库克家族,同样也是殖民地事务方面令人望而生畏的势力。

德莱德-皮考克呼出的气息满是黑朗姆酒的气味,他对迪凯小声说话,同时眼睛四处观察着有没有偷听的间谍:"正如库克博士所言,我们本应有与全世界交易的权利,如果我们拥有企业来生产商品和木材,来种植大麻的话。但是这些法案让我们处处束手束脚。"

迪凯建议他们换到靠里边的一张更为私密的桌子,然后点了一大壶朗姆酒。随着夜晚渐渐过去,他了解到新英格兰人有很多狡猾的方法来规避那些没完没了的限制,最常用的是勾结殖民地官员,尤其是那些锯木厂主。德莱德-皮考克将身体倾得更近些,觉得与这个冷酷的家伙结盟可能会对他的钱包有好处。一切全都为了金钱。

"在这些紧急事务中,最重要的是通过买入镇区许可来获得那些大片的白松地带的所有权。你必须与那些享有政治影响力和人脉的人建立关系。我已经这么做了。而死对头是皇家检验员,伦敦的一个老糊涂,他大张旗鼓地审查伐木者的执照和许可证。他十分怯懦,不敢来殖民地,以免遭受意外。他派遣他的心腹们,那些最为卑鄙的人。"

"我会去了解更多的关于购入那些镇区的事。"迪凯说。

收获了十几个新的名字,加上德莱德-皮考克承诺等他回来后会跟他见面,迪凯乘船前往波士顿,并思量着,英国殖民地相对于新法兰西来说极好且重要的一个优势,就是那些不会结冰的港口。圣劳伦特这一年里冰封了六个月,甚至八个月。

他在这个殖民城市里找了座小房子,并在接下来的一年里练习说英文,结识那些能够给予他恩惠的人们,全都是由德雷德-皮考克引荐。迪凯并不是那么信任德雷德-皮考克,不过,这个人是一位还算过得去的伐木人,而且步伐矫健,双腿像剪羊毛的剪刀一样利落。早春时分,迪凯患上了霍乱,并逐渐地恢复健康。他打算再进行一次中国之旅,然后他将会尽可能多地买下古老的缅因土地,还有镇区。不过他首先得去一趟北方。

16

"邪恶的信使,跌入恶行……"
(居伊·杜·福尔,皮布拉克庄园主)

　　回到新法兰西,迪凯又重新换上鹿皮衣服和莫卡辛鞋,开始去找特埃帕尼兄弟。他所到之处全都是树桩遍布的空地、炭窑以及移民们的小木屋,因为人们在砍伐枫树来制作木炭——英国人需要它来供给他们的玻璃和火药工厂,并且付了很高的价钱。他找不到图桑和费尔南,不过这也许与新近的战争有关。新法兰西、印第安人地带,以及南方的英国殖民地都充斥着间谍,还时常有流动的参战团伙伏击。迪凯等不及要让两兄弟加入新一季的毛皮贸易。他们将避开这场战事。

　　随后天气更为凉爽,森林中雨水充沛,满是腐叶壤土和蘑菇的气息。焕发活力的河水嘶嘶作响。他抬头看着仿佛镶嵌了圆圆的厚玻璃般的天空。他在福雷河边他们以前的小屋附近发现了正在拆除河狸坝的两兄弟。浑身泥泞的两人都很高兴地丢开河狸坝来与他团聚。两人健康状况都很不错,虽然图桑的胡子出现了几绺白色,而费尔南在直起身子的时候直哼哼。

　　"人们管这个叫安妮女王之战,但它看起来是我们宿怨的延续。"图桑说,"我把这归咎于印第安人的派系斗争。今天某个部落是你的敌人,而第二天你却在和他们并肩作战,或者他们退出了战争并微笑着,就像易洛魁人那样。"

　　"我希望你们不要以为我回来是为了跟印第安人和英国人打仗。"迪凯刻薄地说。

　　"很多人确实有一种对于新法兰西的忠诚。"图桑说。

"我倒是有一种对于收集毛皮的忠诚。"

图桑把水倒入黑色的壶中,当它煮沸后,迪凯有点过于殷勤地向他们演示如何沏茶。他们小口尝它,脸上做出怪相。迪凯说他们会逐渐养成对它的喜好,它在欧洲被认为是一种奢侈品。他说真希望自己为他们带回了咖啡,不过它非常昂贵,而且毫无疑问他们不会喜欢它的味道,因为它非常苦。还是朗姆酒比较令人愉快。他为自己只给了他们少量的毛皮钱而道歉,随口讲了一个被海盗抓获因而损失了大部分利润的故事。他迫不及待地想要开始新的贸易,并且绝对会弥补这次投机的差劲表现。他自然地转而询问他们的经历。两兄弟交换了一个意味深长的眼神。

图桑冷淡地说,他们也曾在玛利亚城感受过咖啡,并不是只有迪凯一个人见过世面。最近的几年里他们曾在密西西比旅行,与皮埃尔·勒穆瓦纳一起,那人的父亲在玛利亚城以一个契约佣工的身份开始了在新法兰西的生活,后来变得富有。

"一些人如今认为整片土地上都应该遍布法国的堡垒。"当图桑讲话时,迪凯感觉到这个人洋溢着对于建造堡垒以及和英国人作战的渴望,并猜想他们没有相信他的那个海盗故事。不过他们又能怎么办呢?享用朗姆酒吧,还能怎么样。

"我们去寻找真正的河口。见鬼!我发誓!那条河简直是由沼泽地和蜘蛛网般的黑色水道所构成的迷宫。勒穆瓦纳与一个印第安人和一些士兵乘独木舟去勘察。我们待在老拉萨尔堡附近的印第安村落。"

费尔南接着他兄弟的话继续讲述,语速很快,他说也有其他印第安人留在了那个村庄——他们有十几个人,来自大西洋的一个部落,到那里猎野牛。"因为在他们的国家没有那些动物。大西洋的猎人有大量的毛皮用于交易。他们的毛皮是通过与生活在冰川世界附近的北方印第安人进行交易得来。"

图桑打开了一个小包,露出八张华丽的海獭毛皮和四张北极狐毛皮。

"啊!"迪凯抚摸着性感诱人的獭皮。他把一张搭在他的膝部,将手指滑入那充满抚慰的温暖之中。他流口水了。

"他们说北方印第安人有太多的獭皮,他们的村庄都用它们铺路。他们说北方印第安人与俄罗斯人一起出行,然后全都病了。"他伸出手来索要迪凯手中的那张獭皮,并将它放回他的包裹中。

"北方印第安人与俄罗斯人,是很乐意与大西洋的印第安人进行交易吗?"

费尔南发出低沉的声音。"起初是的,然后他们变了。当大西洋印第安人遇到他们的时候,俄罗斯人已经死了,而北方印第安人也气息奄奄。患病的北方印第安人不想交易。大西洋的人说服了他们。"

"其中的一些'说服'方式是恶劣的,甚至致命的吧?"

费尔南在第二个包裹中摸索着,图桑对着他的兄弟清嗓子并皱眉头。不过,总是爱吹嘘的费尔南说:"这可是真的。瞧瞧这个。"

他取出一张卷起的毛皮,将它展开。灿烂的金色与黑色相间的毛皮闪耀着。"一头老虎,"他说,"俄罗斯人取得了它。"他轻抚那带有条纹的毛皮,"这就是为什么生病的北方印第安人不想交易。"图桑转身走开。

"它的头呢?"迪凯问,"头是很值钱的。"

"俄罗斯人没有它的头。他们大概把它吃掉了。在这世上人们必须靠自己维持生计,没错吧?"

"是的。"迪凯说,他看着图桑从他的兄弟手中抽走那张老虎皮并将它卷起来。他们不会轻易交出那张毛皮的。原先那种轻松的伙伴关系消失了。事实上,迪凯想,他对新法兰西的情愫也不复存在了。在那天深夜,每个人裹在自己的野牛皮袍子里,他听到图桑的低而粗暴的声音,欺压着他的兄弟。

同特埃帕尼两兄弟在一起的日子里,迪凯变得坐立不安,也留意到他们贫瘠的词汇、重复的故事。不过他仍驱使两兄弟以及他自己进入了一个短暂但狂热的收集毛皮的时期,让印第安中间商们知道他尤其想要猞猁。他留了两张最好的,作为给科涅莉娅的礼物。他已经跟皮特讲明了他想娶她的意愿,而虽然那位船长噘起嘴巴并拒绝地摇了头,但迪凯觉得他若是得知迪凯所累积的财富的话,他会同意的。那个女孩有一副好牙齿,并且看起来足够健康,且有着宽大的臀部;不过,她面容的每一部分都有失平衡,那对暗淡无色的眼睛太小了,鼻子过宽而脸颊过厚。但是迪凯真正想要与之结合的,是她的父亲及其商业上的人际关系,还有他对于弗德维宁船长的忠诚。科涅莉娅将会给予他他所需要的儿子们,从而建立他的商业帝国。他如今的眼光远远超越了财富本身。

这个季度过去了,当迪凯返回拉罗谢尔和中国的时候来临,图桑喃喃地说他和费尔南将保留他们的那一份毛皮,除非迪凯愿意当场为它们付一个高价。

"我们如今也认识几个贸易商。"图桑说。几个月来他们都在远离迪凯的地方生起自己的晚间篝火,而且白天两人只同彼此交流。

"我们没办法等上好几年直到你回来,还可能两手空空,如果你的那些海盗再次袭击的话。我们需要现钱。"费尔南说,"因为我们希望重新加入皮埃尔·勒穆瓦纳。他正在法国准备着前往加勒比的一次探险。"他讲这些话的时候看着地面,不情愿与迪凯的目光对视,但是这头"老虎"是平静的。两兄弟不知道毛皮在中国会带来什么,也永远不会知道。迪凯学到了一些关于谈判的知识,而图桑代表他自己和费尔南发声,经过两天的口舌之劳,迪凯做成了一笔很棒的交易。不过,除了那张老虎皮和几张白色的狐狸皮。那几张他们绝不肯出手。

"我毫不怀疑加勒比的冒险活动对于毛皮交易者来说很有吸引力。"他说,讽刺表露无遗。图桑毫不示弱地反击:"我很清楚荷属西印度群岛对于木材来说是极富利润的市场,而且当然比法国和中国更近。"迪凯猜想两兄弟正等着他重新提出木材交易的合作要求,这样他们就能享受到拒绝他的乐趣。他什么也没有说。到了各行其路的时候了。

他在午夜将近时起身,像迷雾一样安静地消失了。直到好几个小时之后两兄弟才发现,那张老虎皮,还有狐狸皮和水獭皮都不见了。费尔南诅咒不已,他说《皮布拉克》里面没有诗句来缓解这一处境,不过,至少他们得到了一点实实在在的钱。

"让我们举杯来致那个人,他那涂了蜜糖的嘴巴掩盖了充满毒汁的心。"他们打开了荷兰金酒,为终于摆脱了迪凯干杯。

"也许你宁愿喝咖啡。"图桑嘲弄道。

"哦,不。它对于像我这么落伍的人来说太苦了。"费尔南答道。

17

"马儿背上，当有鞭子"
（居伊·杜·福尔，皮布拉克庄园主）

他几乎无法把时间浪费在睡觉上，因为他的想法在发酵着，他的体内燃烧着处理事务的强烈渴望。一切都正像他所希望的那样发生着。清晨的第一束阳光，如同为一抱干柴投放了火焰，他在穿上衣服时充满能量和野心。他蔑视那些一觉睡到太阳高升的人们——无能的落后者，永远也不会成为大人物。

在玛利亚城，早在他找到特埃帕尼兄弟之前，迪凯已雇了伐木工去寻找并砍伐白雪松和红雪松、香脂冷杉和香漆树，其他人把木头切割并加工处理成小木板。它们被装到无气味的桦木箱子里，以保存它们天然的芳香。印第安女人为他采集了人参根、成捆的茅香，以及其他植株和根。

他租了一艘船——亨德里克号，来将他连同他那些芳香的木头、神奇的根类还有毛皮一起带到拉罗谢尔，在那里他将与弗德维宁船长会面。这艘船的船长是加布里尔·德永，是几年前他第一次旅行到法国时同船的德永船长的儿子。他告诉迪凯，他的父亲与那艘船连同全体船员都遇难了，在诡谲的麦哲伦海峡——他的父亲选择了它的狭窄通道作为代替合恩角的一条安全航线。

"没人知道会发生什么。"迪凯虔诚地说。但他知道。

德永的船在沿河的每个村落都作停留。黄昏时分，它停泊在沃比克过夜，于是迪凯便上了岸，去看看自他离开之后这些年里发生了哪些改变。

他简直难以相信。森林在哪里？那片景观被毁坏了。村庄增加了五十所房子,一间谷物磨坊,一家水力驱动的锯木厂,一大片牧羊的公共用地。森林被推出视线之外,在原本林地的位置上是高低不平的田地,作物生长在树桩之间。他记忆中那条泥泞的西边小径如今是一条平整的道路。他一时有点害怕:如果数英里的森林可以被几个带着斧子的人如此快速地清除,这表示森林就像河狸一样脆弱吗?不,森林会带着活力恢复原貌,从砍掉的树桩再次抽出枝芽,撒播种子,生出会长成新树的母根。这些森林不会消失。在新法兰西它们是广阔而永恒的。

有一件事情倒是没有改变:布沙尔先生仍然管理渡河的通行费,也仍然欢迎新来者。

那位满头白发但看起来很强壮的老人没有认出他。迪凯让他打开那本分类账簿,他半生之前曾在那里留下过记号。他指着它。

"瞧。那个是我无知的记号。"在其下方的几行,他看到了勒内·塞尔那枚令人触景生情的精致的"R",于是便询问他是否还活着。

"当然。他拥有特埃帕尼先生的老房子,在那里他同妻子和孩子们一起生活得很舒服。克劳德·特埃帕尼在搜寻你,并打算为逃跑而惩罚你的时候死于非命了,你知道——还是不知道?"

"我并不知道。他是一个报复心强却无宽恕之心的主人,我由于他的虐待而离开是完全合理的。他对我非常糟糕。"

"有一些人认为是你让他被易洛魁人处死的。"

"完全是谣言!如果易洛魁人杀死了他,那是因为他们有自己的理由。"

接着,虽然他并不在乎,但还是转移了话题。"这么说,勒内·塞尔已经成了一个拥有土地的农场主了?"

"他是一个伐木工,还在森林里养了几头奶牛和羊。不过这阵子在他的住处附近有几处农场。他砍柴并制作钾肥。在这儿和塞尔的住所之间有大概六处很好的农场。正如你看到的,沃比克在清理和摧毁荒原方面取得了惊人的进展。唯一一个对这种劳作表示痛心的人是那个野蛮人——玛希,勒内的妻子。由于她医治病人的才能,她成了一个挺重要的女人。她哀悼森林洞穴的消失,某些植物曾生长在那里,但却因为移民们的劳动而不复存在。她越来越多地发出反对白人移民的言论。我们无法压制那些人性格特质中的复仇本性。她的印第安儿子们去了圣弗朗西斯的村庄,那里挤满了每一个部落里叛变的印第安人。"

"玛希!"迪凯大叫,"他娶了玛希?但是她年纪要大得多。肯定不是正式结婚。"

"不。特埃帕尼先生几年前强制他们这么做的,为了不要失去他那位富有的法国妻子。最终他还是失去了她和所有的一切,甚至他的性命。"

"他的兄弟们不知道这件事。"迪凯说。

"啊,不过他们知道。我在事件发生的时候亲口告诉他们的。按理说他们至少应该继承克劳德那座石头造的大房子,但是他们并不想要它。他们是好心肠的流浪者,说那座房子应该归一位满足于伐木的人所有。我估计他们两人现在都已经死了,被印第安人杀死或是溺水死了。"

"毫无疑问,"迪凯说,"如果他们不是正在加勒比海地区鞭打着奴隶的话。"说完这个他便告辞了,然后回到船上。他感到窒息,他准备好了要离开。长久以来他都渴望着回到北方的森林,但现在他已经在这里了,却盼望去那些闪亮的世界——拉罗谢尔、巴黎、阿姆斯特丹,甚至广州。新法兰西如今对于他来说已经没什么可眷恋的了,除了木材。

"冷酷的家伙,"布沙尔先生喃喃自语,"变得强硬了。变得强硬太多了。"

18

重逢

当船进入比斯开湾的时候,拉罗谢尔苍白的石灰岩峭壁在第一缕阳光的照耀下闪烁微光。迪凯能够闻到从穷人家的炊火传来的盐渍鳕鱼的味道,炊烟中带有缥缈的盐草气息。尽管时辰尚早,一群渔人和水手们已经在码头寻找共同雇佣机会。他们曾在纽芬兰海岸作业,但是这正变得越来越危险和困难,因为英国人和新英格兰殖民者,甚至连西班牙人和荷兰人都在挤进来。拉罗谢尔的船如今在离岸的大浅滩①捕鱼,那里的鱼比起海岸的那些更大、更强壮,也更甜——而且那儿也离家更近。

在拉罗谢尔,在等待弗德维宁船长和他的船的日子里,有一天迪凯搬了两箱那些特别的木头到克劳德·西特龙的店铺,几年前在他第一次航行时,这位商人曾表达出对于不寻常的橱柜木材的浓厚兴趣。西特龙如今更老了一些,但是对木头的话题热情不减。

"啊,"他说,仿佛与迪凯的分别是在昨日,而非历经了漫长的年月,"让我们看看你从新法兰西带来了什么——肯定是惊喜,我确信。"

迪凯将他芳香的雪松与香脂冷杉的样品箱子放置在桌上,桌子由几块有花纹的枫木制成。他解释说他正要将大部分存货带到中国。西特龙拿起那光滑的木头,嗅了嗅,将木块倾斜置于光线下。

"你知道,我和一些家具制造者有联系,他们总是急于买入优质木材。你要把你的芳香木头带往中国吗?它们在这儿也会找到一个

---

① 北美洲纽芬兰岛东南岸外大西洋上的浅滩,以大渔场闻名。

市场的,你知道,但是我猜利润在中国可能会更高,不过船运的成本也更高,因海盗和暴风雨而损失的可能性也更大。你可以考虑一下。"

把那些家具木材卖给西特龙,他会赚到一些钱,但是,这一危险旅途的价值在于中国贸易中的毛皮以及日益增长的鸦片利润。就这最后一次了,他想。随着与特埃帕尼兄弟关系的破裂,他的毛皮交易也走到了尽头。他是一个富人了,而且,尽管他强壮而硬朗,他还是感觉到了时间的压力。他想要更多,从现在起他将专注于他的森林帝国。

他为两箱香木谈好了一个价格,道了别,然后转向码头。他经过了一家糕点店,那里散发着裹了糖衣的水果和巧克力的香氛,接着是一个小小的露天集市,堆满了大颗甘美的莴苣和早熟的洋葱。拉罗谢尔拥有的气味比波士顿的要有趣太多了,这真是令人惊奇。

他住在名字有点奇怪的"海靴子"那里,一个足够好的小旅馆,拥有私人床位,甚至还有私人房间,不过最为吸引人的是超乎寻常而且不断更新的菜单。一位技艺高超且善于创新的厨师一晚接一晚地送出西班牙凉拌肉、法式豆焖肉、炖小牛胸腺、野鸡或鸡肉块、各种各样的鱼、蘑菇,全都很美味,全都用当地的盐调味。豆焖肉尤其鲜嫩多汁。可惜,每晚只有六张小桌子和两次供应。如果你不幸成为第二批的第七位客人,你就会被拒绝。迪凯并不打算被赶走,并且十分热切地期待晚上的餐食。但是首先他要储藏起剩余的木材样品。

当他走上通往楼上房间的楼梯时,有个人在旁边用很轻但熟悉的声音对他说话。

"迪凯。是你吗?"

"天哪!福尔热龙!你不是在新法兰西吗?"瘦瘦黑黑的福尔热龙站在他的旁边。

"当然,我在那里待了好几年,但是我在缅因的森林中勘测也有两年了。缅因的白松真令人难以置信。"他笑了,"你看起来非常好。很显然你的进展顺利。"

"福尔热龙,你看起来也非常好,健康而强壮。这次见面太幸运了。我常希望能跟你聊聊缅因的森林。"

"我常希望跟你讲讲缅因在木材生意方面的机会。你去那个地区看过了吗?"

"只看过一点。事实上,我正计划做更多的考察,只等这次——我最后一次去中国的旅程结束。我们一起吃饭吧,聊聊自从我们上一次见面以来所发生的事。什么事务把你带到拉罗谢尔来了?"

"在伦敦我跟一位英国人会谈,他刚刚争取到一份缅因的某处皇家土地上的桅杆合约。他想让我测量那片地方,并安排一些伐木人砍伐桅杆树木。但是我预见到与这家伙合作的一些麻烦。他几年前找人砍过一些其他地方的桅杆树木,并把它们储存到他在西印度群岛的产业那里。由于一些我不了解的原因,他无法售出它们,于是那些木材因为干腐病而毁掉了。他无法支付伐木合同,而这一事件如今正由法庭审理。所以我并不急于接受他的提议。"

他们的豆焖肉上来了,里面是小牛肉、鸡肉和粉红色的豆子,加上一条像公牛的头一样大的还热着的面包。他们喝着上好的勃艮第葡萄酒,喝光之后,福尔热龙扬起手来又叫了一些。

"我有一个建议,"迪凯说,"为什么我们不延续我们的友谊,开始合资生意呢?我应该会花两年时间做最后一次远行,不过我不在的时候,也许你可以为我勘测缅因的林地,并且为迪凯父子公司购置镇区,是不是?"

"什么!你有儿子?你结婚了?"

"不,没有,但我希望这很快会发生。"于是他对福尔热龙说起了科涅莉娅,还有关于他建立一个木材帝国的计划,还说希望福尔热龙可以参与进来。

"我不知道这个企业的所在地是应该放在阿姆斯特丹,还是新法兰西,甚至是英国殖民地?我应该把科涅莉娅带到新世界来吗?"

"我会建议在波士顿,它是最具优势的地点——它有很大而开放的港口,它可以通过驿道、提供消息的报纸、波士顿和纽约以及康涅狄格的城镇之间的邮件服务,来与伦敦和其他殖民地取得联系,而且它离缅因的松林很近。"

"我自己也快要得出这个结论了,而你的意见确定了这件事。福尔热龙,如果你和我一起工作,我会让你成为一个有钱人的。"

"没准儿是我让你成为富得流油的家伙呢?"

他们笑了并紧紧地握住手。

19

"结局尚未可知"

在阿姆斯特丹,皮特·鲁斯和弗德维宁两位船长在他们最喜爱的咖啡馆的一张桌子前讨论这场结合的可能性。

"我不喜欢那个人。"皮特说,"在愉快举止的表面下,他冷漠而且精于算计。他沉迷于他自己的利益,多过其他任何事。他肩膀上那个丑陋的脑袋以某种方式发出让与之交谈的任何人挫败的信号。没错,他时常微笑,但是尽管他的嘴唇弯曲着,他的眼睛却仍然像是干瘪的豌豆。我没有察觉到他对我女儿的真心喜爱。他的谈话总是关于他的希望、他的计划、他的行程和他的钱。除了他的个人利益之外,生活中的其余部分他知之甚少。"

"是的,我同意那或许是事实,他看上去粗犷而阳刚——不过我曾见到他为一个中国的花园感到愉快。但是他已经很富有,并且在以某种方式获取更多。"

"是的,我也很喜欢钱,但不像迪凯那样。在他那里它是一种罪恶的贪婪。别的东西都不重要。"

弗德维宁船长从天花板的挂钩上取下他的陶制烟斗。他再次坐下来,撒出一些烟草叶子到桌子上,开始将它们切割精细。"他有极好的商业头脑,而且,如你所说,有着主宰的意愿。他对于工作有种可怕的欲望。如果科涅莉娅嫁给他的话,这将是一条连着一大笔钱和信用的家族纽带。你随时可以在婚姻协议中做出一些规定,比如,你可以坚持,如果你许可了这桩婚姻,那么科涅莉娅和孩子们——将来会有孩子的——必须留在阿姆斯特丹一直到某个年纪,比如十四岁左右。他可以打理他在新法兰西的生意——如今,据我了解,他在英国殖民地多少也有一些——并在生意允许的情况下到阿姆斯特丹来,多与他的妻子和家庭待些日子,当然,还有商业伙伴。我对和他做生意没有任何迟疑。而且我认为如果你向他解释清楚,没有那些条款的话,他与科涅莉娅之间的婚姻就是不可能的,那么他会接受的,甚至可能是欢迎的,因为我看不到他有成为一个腿上抱着婴儿的居家男人的迹象。尽管我感觉他是孤独的。"

"他是那种没办法不孤独的人。他生来如此。而且我不喜欢他对于科涅莉娅就像是爬上一条印第安独木舟那样利用。"皮特·鲁斯停顿了很长时间,"我也许会和他做生意,但是我不希望他成为我的女婿。"

"你的一些感受是一位父亲对女儿的很自然的感受。不过,你只需要把他掌控住。除了他天生的贪婪之外,他在某种程度上是个傻瓜。他很迟钝,感知不到细微之处,而且常常冲动行事。他认为自己是一个出身低微且未受过教育的人,只能靠自己出人头地。他是可以被操控的。他尊重年长的人,比如像我们这样的人。他会听你的话。我们一辈子都遇到难打交道的人。我们必须花时间倾听并尝试了解他们。我们绝不可以站在敌对的位置。"

被说服了大半的皮特·鲁斯哼了一声:"我感觉他可能会很危险。"

"亲爱的皮特,即使一只云雀也有尖锐的喙。如果你指明科涅莉娅和任何孩子都必须留在这儿的话,至少这是你可以对孩子们实施控制的一种方法。你自己没有儿子,因此一两个强壮的外孙可能大有裨益。或者,如果那些孩子是女孩的话,谨慎地选择孙婿也会十分有用。你也许还能加上一些对你有利,同时也符合他的利益的生意条款,毕竟你还拥有三艘往来于中国和日本的贸易商船,这是他没有并且垂涎的。他有钱,而且会有更多。他会为我们赚钱的。我知道会的。所以像个慈父那样吧。不过也要小心留神。"

这场跨越大西洋的追求——不是对科涅莉娅,而是对她的父亲——又花了迪凯一年的时间,才达成目标。但他还是坚持了。他会得到她的。1711年在阿姆斯特丹,他花了好几天和皮特·鲁斯在一起,那人仔细地把迪凯的账簿研究得十分透彻,倾听他未来的计划,问了一些尖锐的问题,权衡了那些答案之后才准许了那场婚姻。

"如果我对你的建议理解正确的话,将有一个三方商业伙伴关系从事中国贸易——夏尔·迪凯、皮特·鲁斯和奥特赫·弗德维宁。"

"是的。"迪凯说,听到这三个联系在一起的名字,他的内心颤动着。

"好。在这个方面我想我们能够做出一个愉快的安排。至于这桩婚姻则可能更加——微妙。我和我的妻子不希望和科涅莉娅分开。你知道,她是我们最小的女儿,是她母亲的心肝宝贝。"

迪凯似笑非笑。

"我并不是在彻底地拒绝你,而是在提议一些条件。我们希望科涅莉娅留在阿姆斯特丹。"一阵长时间的沉默。皮特在一份文件上写着什么,他把它的一角卷起又抚平,"我会赠予她一件礼物,在隔壁一条街上一座我拥有的房子,一座非常舒适的房子,而且离她父母和姐姐不远。"

迪凯在椅子里挪动了一下。一座房子。科涅莉娅的房子,他的房子。

"此外,我们希望你们所生的孩子都与他们的母亲一起生活在阿姆斯特丹。有她的家人在附近,她将会得到悉心的照料。当然,你也可以住在那里,不过如果你愿意的话,也可以生活在新法兰西——或者更好的是,你在那个地方和阿姆斯特丹之间往返,不光是为了生意上的事,也是为了花时间与你的家庭在一起。"他看着迪凯,迪凯坐在那里,脸上纹丝不动,嘴巴轻微张开着。迪凯看着悬挂在皮特身后那面墙上的挂毯。他只看到方框内的图像——一只鹰俯冲向一只鹭。那只鹭仰卧在地,它的脚爪向上以保护自己。不过那只鹰很凶猛而且志在必得。在其下方写着一行字"Exitus in dubio est",皮特看到了他困惑的表情,于是说那是拉丁文,意思是"结局尚未可知"。迪凯的认同感倾向于那只鹰。皮特将对话的外壳弃置一旁,开始谈论核心部分。

"那些航线是运作良好的路线,其他人会负责这个的。如果你希望的话,我会把一艘船和船员交给你,用于你那横跨大西洋的旅途。这些条件对你来说怎么样?"

迪凯点了头,因为这正是他所需要的关系。

"好的,好的,非常感谢,这是我未曾梦想过的事。"他认为让他的荷兰妻子留在阿姆斯特丹会更好,让他免受女性的操纵和歇斯底里的情绪,但同时却依然维系着与皮特·鲁斯和弗德维宁船长的血缘关系。他知道,不管他在哪里,他都是一个外人。这是他要付出的代价。他会承担的。

为庆祝结婚,举办了持续数日的婚礼筵席和饮酒比赛。弗德维宁船长赠予这对新人一件非凡的礼物——一套银质叉子,那是一种新的饮食工具。在迪凯注视着那件礼物的时候,玛吉特的左眼紧盯着他。虽然他大声表达了对那些叉子的赞美,但在内心深处,迪凯感到被这件礼物冒犯了,他知道这是对他粗鲁尚存的餐桌礼仪的一种羞辱。更合他心意的是那个漂亮的咖啡研磨器。还有他的岳父赠予的华丽挂毯。一周之后,科涅莉娅才开口说话,而她所说的内容只有她和迪凯两个人知道。

十八个月之内,他便当了父亲,有了一个女儿,还有过一个早产的死胎男婴。迪凯常常想着那个失去的儿子,而且似乎不管到哪里,他都能看到强壮结实的男孩。在他这个年纪的男人身边都有胖墩墩的半大小子,根据他们父亲的意志和职业被塑造着。他尤其因威廉·温特沃斯而感到心烦,那人是新罕布什尔一股日益成长的势力,他的妻子不停地生出儿子,就如同一个木瓦匠从雪松木料上劈下一片片木瓦。拥有九个儿子,有什么是温特沃斯做不到的?他——迪凯,非常需要儿子,有个晚上他也这么对弗德维宁船长说了。

"你急迫地想得到儿子,就如同你想要其他东西时一样,"船长说,"如果你无法等到上帝实现你的愿望,那么你或许应该从孤儿院领走几个现成的儿子,你想要多少,那里就有多少。事实上,我想科涅莉娅就是孤儿院经营委员会中的一员。你或许应该和她谈谈。"

他点燃烟斗,然后看着迪凯,"让她来选择你们的儿子。这样一来她便会对其有更深的感情。她可以负责让他们受教育,你可以训练他们商业事务或航海方面的技能。"

迪凯对于收养现成儿子的念头感到非常兴奋,虽然他不太愿意把挑选的权利留给科涅莉娅,他还是认为弗德维宁船长策略性的建议很有价值。

科涅莉娅所在的那个委员会监督的是一个女性养老院的经营,而不是孤儿院,她为能够提供给孤儿们一个人生转机而感到激动。她说她很愿意挑选几个男孩子,供迪凯检视和最终决定。就这样,在1713年,扬和尼克劳斯——两人都是九岁,成了迪凯的儿子,并且立刻开始了他们的学校教育,还有一门关于礼仪与得体行为的课程,科涅莉娅希望这多少也能感染到迪凯。在见到孩子们之前他准备了一番发言。

"很多男孩会愿意拿他们的右手来换得你们被给予的机会。你们有机会参与建立世界上最大的财富之一,有机会让你们自己从街头的泥淖中脱离出来。我也曾是一个贫民窟里的男孩,甚至都没有被送入一家孤儿院这样的好运,而你们看到,我把自己从泥里弄了出来。"

就像在领养孩子之后偶尔会发生的那样,在那一年的晚些时候,科涅莉娅生了一个健康的胖胖的男婴——小奥特赫,取自他的教父奥特赫·弗德维宁的名字。迪凯的满意达到前所未有的程度,然而,他却不能再推迟他返回波士顿和新法兰西的旅程了。之后,在去拉罗谢尔的路上,一个闪电般的主意显现在他的脑海:为什么止步于三个儿子,难道他不能在拉罗谢尔的街头选择一个男孩吗?一个贫穷却充满希望的男孩,一个衣衫褴褛的男孩,就像曾经的他自己一样,疯狂地想要逃避贫穷和暗淡无光的未来。他将亲自找到这个男孩并把他带到新法兰西,在那里他也许能对新世界的森林有所了解。

他写了一封信给科涅莉娅和皮特·鲁斯,告知他们他的发现——一个聪明的十一岁的男孩,贝尔纳,如今在新法兰西同他在一起。他将在下次前往阿姆斯特丹的时候带他一起过去——很可能在即将到来的秋天。这样他便能够认识他的母亲、他的弟弟们和妹妹,并受到良好的教育。

"你看,"弗德维宁船长对皮特·鲁斯说,"也许他正养成一副好心肠。"皮特·鲁斯一言未发。

20

暴行

　　回到新法兰西——人们越来越多地把它叫做"加拿大"——迪凯无处不在，四处调查、窥探、测量、观察、计算。他已将他在拉罗谢尔发现的男孩——贝尔纳送往科涅莉娅那里接受教育和学习礼仪。树枝与低质量的硬木废料变成了高质量的木柴，每个秋天他都将它们装满二十辆马车送往魁北克市场，还有巴黎市场，前提是他能够租到可用并保证能为他带回返程货物的船——茶或咖啡，纺织品、香料或瓷器；如果无法保证丰厚的返程货物的话，那就让巴黎人冻死吧，他在乎才怪呢。租借皮特·鲁斯的船是可以的，但是他需要自己的船。要是他在新法兰西能找到一家合格的造船厂，那该多么幸运。他听说一些魁北克企业家在同法国政府讨论，但没有达成任何结果。

　　"你知道，"他们在波士顿的一次会面中，他对德雷德-皮考克说，"这件事希望渺茫，恐怕我必须开办我自己的造船厂了。"

　　德雷德-皮考克提到了其他可能性：波士顿或者朴茨茅斯，在皮斯卡塔夸河畔，甚至在缅因日渐增加的海岸港口。"在那些港口中的一个，你会以很低的价格得到一艘不错的船，用当地的木材制造。而且殖民地居民们制造了专门用来将那些巨大的松树桅杆运往伦敦的船，难道你不知道吗？这不就行了吗？"

　　然而迪凯还是推迟了行动。这场谈话从拥有他自己的船变成了将木材卖给造船厂。迪凯坚持说他要英国买家。

　　德雷德-皮考克耸耸肩，为他联系了一位英国造船商，以及克莱德河畔（在苏格兰，如今依照一七〇七年的《联合法案》并入了英国）的一个新的但很有前景的船坞。

"好好看一下地图,先生,"他说,对迪凯的犹豫感到不耐烦,"它是离英国殖民地最近的地方——航行时间最短。克莱德河那里有成功的迹象,但是他们需要好木材。他们会为此付钱的。这是一个不容忽视的机会。"

迪凯选择了冒险去尝试,于是德雷德-皮考克得到了利润中的很大一份,其金额逐年增长。与敌人交易在新法兰西有很多成功先例——布律莱、雷迪森、戈瑟利尔已经树立了榜样——但是与英国人和苏格兰人的协议起初是秘密的、复杂的、昂贵的,甚至危险的。建造一艘七十四门炮的战舰需要五十英亩的橡木,于是在新法兰西河流沿岸的阔叶林带,树木开始因迪凯的野心而纷纷倒下。但是,他感到魁北克与世界的各大钱罐之间的遥远距离是一大妨碍。

德雷德-皮考克从未让他那张病态的脸出现在魁北克,总是迪凯去波士顿找他。在码头附近的"红瓶子路标"——他们喜爱的一家小酒馆里,他们坐在文件和票据面前,德雷德-皮考克提出了一些建议。

"迪凯,你早就应该考虑将你的生意运营转移到波士顿,到英国殖民地来了。"他向侍者示意再来一盘牡蛎。

"哦,我再想想。"迪凯说,同时晃动着大啤酒杯中的麦芽酒,直到它的泡沫晃出边缘,仿佛这样便解决了那个问题一样,"我常常思索这件事。我有点想这么做了,先生。"他已经观察到南方生长着更多阔叶树,而且大片草坪和空地使居住和运输都更容易。马萨诸塞湾的船运朝气蓬勃。对于商人来说它才是一个更理想的地方。不过……

德雷德-皮考克嫌恶地看着洒出来的麦芽啤酒。迪凯是一个缺乏教养的乡下佬,对于如画美景甚至都无法察觉到,更不要说欣赏了。只有他神奇的赚钱能力才让德雷德-皮考克有兴趣。"该死的!先生,到你该行动的时候了。结束思考,做点什么。每一天都有虫豸般的下贱的木匠们拥入森林,获得对土地的控制权。在缅因有不计其数的白松桅杆树。你知道它们有一个无比巨大的市场,只要你能够把它们弄上一艘船,运到苏格兰、英格兰、甚至西班牙或葡萄牙。"那道菜上来了,三只硕大多汁的牡蛎湿漉漉地闪着光,每一只都像男人的手掌那么大。

迪凯点点头,但是他面色不悦。德雷德-皮考克继续说,他的声音洋溢着激情。"只要是有市场和钱的地方,一个生意人就必须有所行动。只要你在波士顿运营,而不是在那该死的魁北克,所有这一切都会容易得多。在我的帮助下这些事务都能搞定。"他拿起第一只牡蛎。

迪凯仍旧在犹豫。他在新法兰西拥有宝贵的关系网,而且他这辈子都不喜欢英语。德雷德-皮考克喋喋不休地说着。

"总之,我听说在新法兰西有很多人正开始相信英语有一天会流行,就如同一只野兔察觉到了追捕它的人加快的步伐。同样并非全无可能的是,这些殖民地也许会团结起来,将英国人驱逐出去并占领新法兰西。更奇怪的事已经出现过了。而且请允许我指出,那些下贱的苏格兰造船商如此渴望优质的美洲木材,一些人已经搬到了殖民地,以便靠近供应源。"

从现在起他与两位荷兰人拥有合作关系,还有几艘属于鲁斯、弗德维宁和迪凯的船,只是它们飘扬着英国的旗帜,在朴茨茅斯和波士顿的港口,以及克莱德河愈发众多的造船厂之间的海域穿行。他们相互之间常常说,这就像走在一张由钢索构成的网上,但是他们在触手可及的钱财中游戏,就像是在一群沙丁鱼之中游泳。他们仅需从他们的网中捉到它们,然后与德雷德-皮考克分享。

在接下来的一年中,他的儿子们继续成长,迪凯在每个星期日给他们每一个人寄去详尽且充满建议的商业信件,与此同时,在德雷德-皮考克的帮助下,他开始取得缅因的大片林地。德雷德-皮考克在获取偏远的"镇区"所需的法律程序方面拥有难以估量的天分;而迪凯在船夫生涯时期的老熟人——那位测量员,雅克·福尔热龙,物色到了最好的用材林地,迪凯从他那里学习一位林地寻找者的判断过程。对于外人来说福尔热龙是一个沉默寡言的人,过分珍视他那条令人讨厌的测量链。他可以将一条链子当作一件武器来使用,一圈一圈地挥舞它直到让它获得速度,活动的那一端向前猛跃来造成伤害。迪凯很清楚,很久以前他曾在旧世界使用过那条链子,然后逃到新法兰西来重新开始。迪凯觉得可能有很多人像福尔热龙一样，但是他仅仅耸了耸肩。过去的日子无足轻重。此外，他如今已是迪凯父子公司的一名合伙人，甚至也许还是个朋友，如果两个没朋友的人之间的生意纽带可以被描述为友谊的话。

迪凯和福尔热龙在十月的一个下午将他们的独木舟停靠在缅因一处多沙的河岸边，这里面向他们的其中一处新的白松产地——两万英亩，每英亩价格十二分。沿着阴暗的海岸线边缘有窄窄的冰。秋日丰富的光线将落叶松变成橙黄色。他们黝黑的影子投在地面上，像是倒下的雕塑。两人没有作声，直接开始收集木柴。福尔热龙举起了手。

"听。"他悄悄地说。他们听到不远处的砍伐声，于是开始小心地向声源处移动。

带着一股酸涩的狂怒，迪凯看到一些穿着被树脂弄脏的裤子的陌生人正在砍他的松树，其他人在为倒下的树木砍除树枝，还有一个正在上面刻下记号。两个男人拿着宽斧把原木削成方块。迪凯很确信他们有一间设在附近的锯木厂。从他们凸出的浅色眼睛和面团般的脸，他能够看出他们是英国殖民地居民。虽然迪凯父子公司对于砍伐不管生长在哪里的大树都没有丝毫犹豫，但是成为这种行径的受害者是难以容忍的。

"喂！"迪凯大喊，接着用他拙劣的英语继续吼，"谁让你到我的土地砍我的树？"他处于盛怒中，声音在他的喉咙里哽住。福尔热龙上前来到他的身边，轻轻绕动着他的链条。

吓了一跳的砍树者们呆望着他们，随即抓起工具，沿着斜线向河水的方向奔跑，那里可能有他们的平底小船。不过，一个右大腿上有一条肮脏绷带的人落后了。

迪凯毫不迟疑。他将他的战斧从腰带中抽出来然后投了出去，击中了那个人的左小腿。那人倒下了，用高声的孩子般的声音向他的同伴们求援。其中一个正在逃跑的人转过身来盯着迪凯，冲那个跌倒了的人呼喊着什么。这样的对峙仅仅持续了几秒钟，但是那个膨胀着仇恨的男人所留下来的印象久未消退。迪凯没有忘记那个人满是斑点的脸,姜黄色的头发和胡子,那双紧盯着他的动物般的黄色眼睛,那突然的转身以及向着河水的猛冲。

"他们从海岸边的村落来。"当他们往前跑时,福尔热龙说。

他们捆起那个受伤的俘虏——一个不超过十四岁的男孩,把他拖到一棵松树旁,将他捆绑在树上突出的树根之间的一个凹陷处。

"你,小子!说话,不然我先切掉你的手指,然后是你的睾丸。你是谁?和你一起来的是什么人?你是怎么来到这儿的?"

那男孩紧紧地闭上眼睛,出于疼痛或者反抗。迪凯扳过那男孩的手臂,把他的左手伸平抵在其中一个隆起的大树根上。随着斧头快速的一闪,他切掉了一根小手指和旁边那根手指的一部分。

"说话,否则我会切掉更多。让你死无全尸。"

迪凯血腥的威胁让他获知,这些缅因的贼受雇于一位磨坊主,一个名叫麦克伯格的男人,以利沙·库克的代理人。迪凯好几年前就听说过库克了,全都把他描述为一位狂热地反对皇权的人。但麦克伯格的名字是头一次听说。虽然他的心气得狂跳,但迪凯认为,以利沙·库克,甚至麦克伯格,听起来都像是有用处的人,于是他将他们的名字牢牢记在脑海里。他会从德雷德-皮考克那里了解更多。

"为什么你来这里偷我的松树?"他问。

"我们只想砍少量的树,在远离那些测量员的地方。"

"让我看看你的伤。"当那个男孩举起他伤残的手时,迪凯生气地说:"不,不是那个!擦伤而已。腿伤。"他能够从远处闻到感染的臭味。那个男孩用未受伤的那只手解开了右腿绷带,露出了大腿上一道深深的腐烂的切口。这是一处极糟糕的创伤。红色的炎症条痕向腹股沟处延伸。

"怎么伤的?"他查问着。

"罗伯特叔叔砍倒一棵大松树。断了一根树枝戳到了我的腿。"

那伤口糟糕透顶。相比之下,迪凯的斧子在男孩的小腿上造成的伤口很干净,虽然它差点切断一块肌腱。至于切掉的手指则微不足道。没什么能做的了。他们将少年抬进闯入者们在下游半英里处的帐篷,那里散落着被丢弃的衣服和煮饭用的锅,一只鹿的尸体悬挂在一棵树上,他们把他平放在仍在阴郁燃烧着的火堆边。

"我们要留在这儿,"迪凯对福尔热龙说,"既然那些贼准备了一个营地给我们。"他试图平静地讲话,但他却被更强的愤怒填满,愤怒的程度空前。他遭受过那么多的不公平,他做出了那么多的努力——越洋来到新世界,逃离特埃帕尼,学习艰难的毛皮生意,找到一种利用森林积累财富的办法,学习读写和运算,长途跋涉去中国,建立了所有这一切商业关系——承受过这么多之后,这些缅因的蠢贼竟然来偷他的木材。

福尔热龙将他们的独木舟带到营地,与此同时迪凯去四处搜查,直到他找到闯入者们的锯木厂。他们来到那里仅有短短几天,但锯木的意图再清楚不过。大量去除树枝、切成方块的原木已经让他看出了这一点。他猜想他们是否已计划建造一个堡垒。据说英国人正密谋沿着所有的河流建造堡垒。

"让我们在上面做上标记。"迪凯说,随后他和福尔热龙以平头端的两记深深的斧头劈痕占有了那些原木。他们讨论了搬运它们的方法。最终,用一个木筏漂往最近的锯木厂看来或许是最佳方案——带走他们所能带走的。迪凯留下看守那些木材,以防那些窃贼回来;与此同时,福尔热龙去朴茨茅斯雇几个撑筏人。

夜幕初降,天气中的温暖散去。天空中布满色如黑葡萄的乌云,紧跟着是一小时的雨水。温度猛然间跳入冬季。迪凯在拂晓时分醒来,战栗着。虽然一丝风也没有,但每一根树枝都遍布尖刺般的白霜。在远处,狼群嚎叫着对彼此传递信息,它们的呼号声使清晨支离破碎。它们很可能嗅到了那男孩的血和感染的气息,所以跃跃欲试地在视线之外逗留。迪凯起身,往火上堆放更多的木头。受伤男孩的眼睛闭着,他的脸发着热而且肿胀,脸颊湿漉漉的,带着融化的霜。迪凯觉得再过一个寒冷的夜晚他便会死去。也有可能他撑不到夜色降临。

带着些许急迫,他将男孩推醒,连珠炮般地问他问题:他的名字,他的村庄,他家的房子,有几口人。但是那男孩只是沙哑着嗓音要水喝,迪凯并没有给他,之后他便安静下来。他仍然活着。迪凯将短短的白天用于估算被砍倒的松树相当于多少英尺的木材。

不断增强的风暴入侵了天空,天早早地暗了下去,风和夹杂着雨水的雪在松树间嘶嘶作响。在尚有足够的光线来看清楚的时候,迪凯走向那位俘虏。那男孩仰面躺着,右腿完全被感染了,黄色脓液的泡沫从绷带下面渗出来,那条腿微微叉开,像是要自我脱落。对于这个累赘已经无能为力了,除了等待他死掉——仅需再过一个寒冷夜晚。那男孩睁开他的眼睛,呆望着河对岸的某样东西。迪凯顺着他的目光看过去,预备看到印第安人或者其中的一个窃贼回来。他只看到松树所组成的墙,直到一处黄色的闪烁向他表明该看哪里。一只大个头的灰色猫头鹰蹲在树枝上,正看着他们。它的眼睛非常小,而且靠得很近,如同一对螺丝锥。

男孩开口了。"帮……我……"他用英语说,"帮……我……"

在迪凯内心有某样东西,像是紧凑的松塔因火焰的舔舐而突然炸开,他爆发了,带着无理智而失控的暴怒,甚至一生所积压的狂怒。"没有人帮过我!"他尖叫,"一切都是我自己亲手做的!我承受了!我同有势力的人争斗。我在荒野中受苦。我接受了可能会让我死亡的风险!没人帮助过我!"男孩的目光转移了,那双因发烧而灼烫的眼睛顺着迪凯扬起的手臂看去,直到那把战斧劈开他的脑袋时它们才闭上。迪凯把斧头插入壤土中来清理它。

在飘舞的雪花中,他拆开了锯木坑的支架,然后把那个男孩扔进了坑洞,把支架堆放在上面并将其点燃。一轮盈月升起了。过了几小时,燃烧停止了,他走过去铲起被挖掘出来的半冻结的土壤,不过在他抛下第一铲土之前,他向下扫视了一眼,然后看到了黑色的手臂骨,它向上弯着,像是想要抓住一只援救它的手。

"该死!该死!"

他挥动铲子。

福尔热龙四天之后带着六个人回来了,那些人开始用那些砍下的松树造一个筏子。没见到那个受伤男孩的踪迹,虽然福尔热龙好几次张开嘴巴似乎要讲些什么,但他什么也没有说,只说战争正让寻找健壮劳力变得十分困难。

21

转移阵地

迪凯又一次改变了,他彻底地改头换面。在波士顿,迪凯父子公司变成了杜克父子公司,而他名叫查尔斯·杜克。他仍然保留着他在新法兰西的企业和一些土地。他与德雷德-皮考克一起坐在名叫"松树狗"的酒吧间,一个令人愉快的小酒馆,招牌上展现着一只与其名相合的精心雕刻的獒犬。随着"红瓶子路标"在一场夺去了半个码头和几艘船的火灾中被烧毁,这里如今成了他们最喜欢的会面之所。

"你知道关于麦克伯格那家伙的事吗?"杜克一边用他粗笨的手指将肉馅饼的硬皮边掰下,一边问。

德雷德-皮考克戴着假发,穿着礼服,他注视着他那杯冒着热气的咖啡:"我不认识他,但是我听过很多关于他的所作所为的恶毒说法。缅因已经有多得不能再多的林地企业家、锯木厂、测量员、砍树人的队伍、钾肥和松节油的蒸馏公司以及移民们,每个人都在对免费的用材林地发起进攻。"

"他们的思考方式同我一样,"杜克说,"所以我无法责怪他们。虽然他们对枪支的热衷无须多言,而且懂得保护他们自己,但森林中有着危险的敌人,不光有战争上的仇敌,还有皇家测量员的人。而他们不过是普通人。"

"移民们很强硬,一点儿没错,但是还有其他更为强硬的人,大部分在新罕布什尔。我是指最近从爱尔兰的阿尔斯特迁移过去的那些有苏格兰血统的人。"

"他们想必也像其他普通人一样吧?"

"不。他们不一样。他们是极为奇怪而残酷的人,过于排外和骄傲,渴求为假想出来的侮辱而复仇,大量饮酒,而且不近人情地粗暴。那些狗娘养的更喜欢睡在户外的暴风雨中,而不是在舒适的房子里。他们像虫豸般的印第安人一样了解这个国家,自由生活是他们的旗号。那些浑蛋们不受寒冷和炎热的影响,并且像印第安人那样能够忍受疼痛,坚忍而沉默,甚至乐在其中。山脊和河道是他们的大路,森林是他们的住所。他们选择居住在最为偏远的地方。他们还是法英之间日益升级的憎恶之中可诅咒的重要的斗士。"他停顿了一下,拿起他的咖啡,盯着杜克的眼睛。

"达德·麦克伯格,还有他的兄弟们和他的儿子们也是他们当中的人。"

杜克头向后仰,大笑起来:"好吧,我听说过很多吓唬小孩的故事,而我得把麦克伯格的传说归类其中。毫无疑问,他把他的孩子们当甜食吃掉,并且穿一件点缀着他们的骨头的红色皮斗篷。如果我告诉你,我考虑雇用这个人作为一个合伙人,你觉得如何?"

只有这一次,德雷德-皮考克无话可说。

持续进行的战争和四处劫掠的印第安人迫使缅因的村落沿着低洼海岸边缘集聚,在它们之中有几家小造船厂。但是查尔斯·杜克发现了佩诺布斯科特湾,大河在那里汇入大西洋,他在那儿建了一座大房子。他认为自己是这里的第一个白人,看不起那些讲法语的混血儿,他们是早期神父与印第安人私通的产物。围绕着海湾的土地被一位不知名的探险家称为"诺伦贝加",轻信的人们以为它是一个神话般的城市的遗址,那里覆盖了黄金和宝石,就像是梦幻岛。在这里,大胡子的亨利·哈德逊①砍下了新世界的第一棵桅杆松木。仅仅由于这个原因,杜克便喜欢上了这个地方。

杜克的原木房子与其说是一座住宅,不如说是一座碉堡。底楼的一半专门留作他的商务室,有巨大的桌子,用单独一块四英尺宽的

---

① 亨利·哈德逊是十七世纪早期一位英国航海家和探险家,他主要探索的区域今属加拿大和美国的东北部,并以此闻名于世。

松树厚板制成。是时候把他那几位如今已长成青年的孩子们带来新世界,并让他们开始工作了,虽然小奥特赫还太小,不能离开他的母亲。

他在阿姆斯特丹的儿子们——扬·杜克和尼克劳斯·杜克,能说流利的荷兰语、法语和英语,并略知一些德语、弗里斯兰语和葡萄牙语。扬尤其擅长数字和理解簿记的细节。他富有远见,如同礁石遍布的河流中的一名撑筏人。尼克劳斯体格魁梧,身体强壮,而且有一种无情的性格,迪凯认为这一点会使他在谈判桌前令人生畏。他和贝尔纳都有些像水手,两人都曾经乘皮特·鲁斯的船航行到中国几次。扬和尼克劳斯将与商人打交道,处理合同和船务。法国儿子贝尔纳正在从波罗的海前来的途中,在那里他学习了生产树脂和松焦油的技术细节,并在那里学会了一点瑞典语和够用的丹麦语。他将负责松脂制品的生产。而他自己——查尔斯·杜克,他们的父亲,则会继续建立业务联系,尽可能地买进镇区许可,在重要的河流沿岸布好伐木人和锯木厂,并监督成长中的企业帝国。该是他的儿子们聚集到他身边的时候了。但是他除了急于发现他们成功的证明,对他们其余的任何方面都不感兴趣。他们是他所需要的儿子们。他用错误连篇的英语写信给科涅丽娅。

最亲受的漆子,

　　我希忘收到这封信的时后你和孩了们身体减康。三天钱我就想写信,但发现墨水池很干,橱木巨里也没有储贝。昨天有了一些默水,所以令天我把羽毛笔放在手中写。现在是时后让你照顾和教育的儿了们同我一起在波士敦和缅因海案和辛法兰西开始经商了,我会写给他们每个人并作出安排。我相信在你亲受的父亲和白白的邦助下,他们会成功做到的。他们就象我所希忘的那样有能力。我很遗感离你很远,三个月加入你。我起祷在我回来之钱你不会太记默。

　　　　　　　　　　查尔斯·杜克,佩诺布斯科特湾海案,缅因
　　　　　　　　　　　　　　　一七一七年三月三日

他把儿子们安置在波士顿,但是他们每个月来一次佩诺布斯科特湾的家里,在商务室里会面,把他们的文件和书摊在那张很大的松木桌上。

他的判断没有错。几个月之内,儿子们已经开始发表他们的感想和意见。扬有一张瘦削的长脸,淡褐色的眼睛如同两道狭缝,仿佛在眯起眼睛洞见未来,他可能是最有远见的。不过,他们向他表达新想法之前,先在彼此之间进行了谈论。

"父亲,"扬说,"我们注意到越来越多的英格兰和苏格兰造船匠们正沿着新英格兰海岸定居。我们认为在造船工业取得一席之地将是一个明智之举。这将减少把木材、桅杆、斜桅和帆桁运送到英国或欧洲港口的必要性。这是一个机会。"

"是的。"杜克说,"我时常感觉到应该进入造船业,很多次都这么觉得,但我犹豫了。你使我打消了顾虑。"

"还有,树脂和松焦油。"贝尔纳说。当他带着一位大块头妻子碧伊特从波罗的海来到这里时,他们所有人都感到大吃一惊,"当然,我们这里就有油松,不过优质的树木在卡罗来纳。奴隶也是。我提议我们在卡罗来纳购买并运营一片油松林地。"

"应当去这么做。"父亲满意地说。

22

消逝

  在波士顿,有一天德雷德-皮考克到杜克货仓来找他,那是码头附近的一座大而空洞的建筑物,带有松树、橡木、毛皮和块根的气味。
  "我觉得你也许会想知道,你曾提到过的那个人不久以前一直在向很多人打听你的情况。你拥有多少家锯木厂,你的财富会如何庞大到叫人眼红,你有些什么船,你拥有哪些林地和镇区。他自己在佩诺布斯科特河的支流和新罕布什尔经营了五六家或更多的锯木厂。他开始像个强劲的对手了。"
  "你是指谁?以利沙·库克?"杜克说。
  "他那位极其强硬的手下,麦克伯格。"
  "确实,"杜克说,"我也时不时听到这个。他打听我,但我们却从没见过他。对于这种局面你自己有什么看法?"
  "我和你想的一样,就是应该将他纳入我们。他以危险而著称。我怀疑我们无法收买他,不过合作关系也许是吸引人的。他不但与以利沙·库克和温特沃斯关系友好,还同这里以及新罕布什尔的许多法官和生意人交情甚笃。不过他没有我们横跨大西洋的商业关系。"正是德雷德-皮考克获取了极为宝贵的与英国和欧洲的商业关系。
  "我们一定得同他谈谈,看看能够达成些什么。我们上哪儿去找他?"
  "这可能很难。他在莫斯古拥有一家锯木厂——人们管它叫'雷雨锯木厂',因为它唯一正常运行的时候是水位因下雨而升高的时候——以及附近的一座房子。他在这偏远的地方从来都是独来独往。如果我们去找他的话，必须带上几个人，因为我担心他有一帮随叫随到的恶棍。我一周之后可以陪同你，但不能更早了。"

"好，"杜克说，"够好了。"

然后在一个小时内，福尔热龙到达了波士顿，在此之前他带领一组伐木人去砍伐杜克的长满茂密松树的镇区。他瘦削的脸上布满红疹的斑点。他犹豫了一下，似乎不希望讲述他的消息。当他开始讲述时，他像扔纸牌一样硬生生地把词语丢出来。

"我们发现最好的树被偷走了。树桩上还渗着树液呢。"

"谁干的？"杜克问。

"不清楚。不过有传言说那个麦克伯格上周运了两大船的桅杆到西班牙。他会赚上一大笔。他以抢劫树木闻名。"

"我计划一周以后去找这个人，看看能达成什么样的协议。我们将会和他一起干。"

"他可不太顺从。"

"我也一样。德雷德-皮考克会在下周一和我们一起去。你也一定要来。"必须有人对麦克伯格采取一些行动，而他们会去做的，"我们很有必要一起过去，鉴于我们不了解麦克伯格那边的人力多寡。"但是过去一年里杜克的视力开始变坏，时而视线模糊，时而炫目地闪着光，他的视野中有小小的斑点滑过，像鸟儿掠过天空。他没对福尔热龙说起这个，只说了"你的脸怎么了，它看起来粗糙又绯红"。福尔热龙耸了耸肩。

这个计划命途多舛。两天之后，一艘邮船驶入了波士顿港口，带着大袋的信件。在德雷德-皮考克堆成小山的信件中，有一封信通知他说，他的哥哥和侄子两人都在火灾中丧生，而他——德雷德-皮考克，继承了头衔、大房子（它的东翼现在稍微有点烧焦了），以及家族的两千英亩的产业——"德雷德紫杉"，在威尔特郡。极短的时间之内，他那些关于殖民地自由与权利的言论蒸发了，他作为新英格兰自治人士的自我定义枯萎了。

"我必须得走了，"他对杜克说，"这是我对于我的家族和产业所负的责任，那些巨大的紫杉树如今也需要我的照料。不管是那个头衔还是应负的责任,我都不能逃避。我立刻动身。"从他的语气之中,杜克察觉到克制已久的傲慢,"等我处理完我的事务后,会写信给你。我相信我们能继续我们的风险投资。"

"是的,"杜克说,"我相当确信。"他在想,轻轻刮开一些新英格兰殖民者的表皮,你会发现他们的内在还是英国人,就像一棵树的树皮隐藏了内部的腐朽,"但我无法相信你会念叨什么紫杉树。什么样的人会离开一片上好的肥沃土地,就为了那种傲慢的树?"

"它是一种不朽的树,有好几百年的寿命。它从公元前的某时起,从人们膜拜紫杉和橡木时起,就长在我家族的土地上了。这可不是你所能够理解的事情。"对此杜克能说些什么呢?什么也没有。重要的是他们的生意往来能继续下去。就像这还不够糟一样,有消息传来说福尔热龙患了严重的皮肤感染,还有扁桃体周脓肿———一种坏疽性咽炎,使他不得不待在床上。杜克说他不会耽搁。他会独自去找麦克伯格。

他点了一壶浓浓的黑咖啡。他会将它按份分好,冷着喝下,同时避开火力,因为森林里满是潜伏的印第安人和法国人。一艘纵帆船将他带到了佩诺布斯科特河口,他开始了只身一人的旅途。

正值春天,大块的融冰漂浮在水流中,伴着千万根原木。一群群伐木人站在河岸,抓取那些已砍有他们小分队的所有权标记的木头。这个工作借着巨大篝火的光亮持续了一整晚,人们踮着脚跑到混杂的原木组成的起伏的漂浮体上,将他们的所有物钩住并拖到岸上。不可能将一条独木舟放入这片混乱。他已经下令让他自己的木材小分队去取他的原木,直到河水中那片"漂浮的森林"被清理完毕。现在他步行出发了。他注意到河岸上有两个人从起伏的河水边跑开,迂回地抄入森林。他笑了。他们以为没人注意到他们吗?

有时候他走在昏暗的印第安小径上,跟随着几乎总是被针叶林锯齿状的天际线所遮挡的地标,但是他更常选择穿过伐木所余的树桩和倒木。虽然砍伐木料的人们已经在沿河地带作业,但往内陆方向一英里左右仍然是一片荒野,而且它像海洋一样,散发着野性的壮丽气息。树枝呈拱形遮覆着寂静的土地,像是墓穴的黑色屋顶。

他用了一整天的时间穿过被秋季的一场火烧过的地方——小树的烧焦的树干,掉落的黑色树枝如同丢下的衬裤,在根部缠作一团;还有仍在闷燃而无法熄灭的原木。最大的一些树木立在那里,轻微地烧焦,但安然无恙。冬季的雪已将灰烬转化为黑色的泥浆。在陡峭的斜坡上,被风刮倒的古老的巨树造成了最大的障碍。一些树的枝干与邻近树木的连在一起,把它们拉近地面。他时常不得不从这些障碍物下爬过去。不太可能绕过它们,因为道路还被其他倒地的物体堵住。他无法数清所有的溪流和沼泽。树梢令人目眩,成百上千只向北方迁徙的鸟儿从他头顶上方振翅掠过。他看到雪鸮无声地在树木间移动,因为它们在那年冬天大批来到缅因的森林,随着季节的交替,正要撤到寒冷地带。他的眼睛厌倦了断裂的、被风吹弯的雪松和泛着光的沼泽地。某一天的整个下午他都有种被监视的感觉,随着暮色渐深,他看到一只灰色的猫头鹰飞到一根树枝的残端,并用它的目光牢牢地攫住了他。在所有的鸟中他最讨厌的就是这个家伙。

六天之后,他折回佩诺布斯科特河的方向,沿着莫斯古溪流前行;麦克伯格的锯木厂应该不会特别遥远了。他聆听着有无伐木的声音。在看到之前,他就已经通过他的脚感受到了锯木厂,金属的咣当声,传动轴齿轮与转向臂的刺耳声音,将一种锤击的节奏传入地面。现在是春天,他想,整个森林将很快回荡起很多锯木厂的噪音,因为河流又重新顺畅地流动起来。他的眼睛困扰着他,树枝和针叶冒出火星。突然之间那家锯木厂就出现了,有着粗重的原木结构,以承受排锯装置的重量。达德·麦克伯格就在那儿,站在他上方那片令人畏缩的光亮之中。

辨认出来是一瞬间的事。达德·麦克伯格就是那个姜黄色络腮胡的窃木贼,很久以前转过身来对那个受伤的男孩大喊着什么的那个人。杜克感到被一团危险的红云笼罩着。顷刻之间,他全身的血液倒流。亢奋的锯子用尖齿啃噬着,闪着寒光。他看到自己正处在致命的危险之中。结局尚未可知。

"正等着你呢,"达德·麦克伯格用随意的语气说,"我回那里去了,你知道。我回去并挖开了那个你烧掉我儿子的洞坑。"河岸边的那两个人从角落走了出来,站在他的旁边。不可能发生的事发生了。

"还不行!"杜克大叫,"我现在还不能死——"

但是,在五十三岁的年纪,还未能获得他全部的财富之时,他的人生结束了。

第三部

这些森林曾经全是我们的

1724—1767

23

狗和恶棍

他在一张有很多节疤的松木长椅上不舒服地坐了一小时,直到总督的秘书示意他进来。路易-约瑟夫·克雷姆是一名年轻的传教士,起初在新法兰西工作。后来他被派往阿卡迪亚的罗亚尔港,那是一片真正的荒野。和米克马克人一起生活时,他开始用一本笔记本记录他们丰富的词汇,这些词关于地质结构、天气时节、植物、动物、神话生物、河流与潮汐。他看到这些人的生活是如此紧密地与自然界交织在一起,以至于他们的语言只能反映出这种浑然一体,二者无法彼此分离。他们似乎相信自己是从这片地方长出来的,就像树苗从土壤中萌生,就像新的石头在春天露出地面。他觉得有一个词是这一信条的最恰当表达——"我们萌发于此①";对这个词本身的诠释便已值得写上一整本字典。

他现在虽然只有四十岁,但发际线已向后退去,还患有关节炎;他站在总督面前,打着寒战,因为他觉得自己就要病了。在地上睡觉令他不适。他不是本地人,并非在此地抽枝发芽,因而土地对于他来说太硬了。

总督是一个高傲而势利的人,长着那种末端带一道凹痕的下巴,喉头有一团膨大的肥肉。他散发出一种养尊处优的神态,仿佛之前一直躺在隔壁房间的丝绸吊床上,直到合适的时候才现身并履行他的职责。他的目光锁定在墙壁上,从来不和克雷姆神父对视。

"不用我说你肯定也知道,哈德逊湾的英国人已经大举南下,他

---

① 原文为米克马克语。

们从海上逼近,挤入阿卡迪亚,还从俄亥俄河谷向东推进。新法兰西周遭充斥着间谍、侦察兵、英国人,以及新英格兰的游骑兵。沿海的渔业全被英国和波士顿的船只给破坏了。"

传教士觉得此人所说的每一句话都有一种他无法心领神会的潜在含义。"总督阁下,米克马克人常常被召集起来为法国而战,不过这段日子里他们只有很少的战斗人员了。他们一度是个充满活力的部落,人口多如牛毛。但如今他们仅剩几百名战士了。随着死亡,他们失去了他们的感情,他们的知识也随之消亡了。"他希望自己不要也"消亡"。他现在觉得头很晕。

"他们的感情?这些家伙是善于发明残酷行为的大师。我来给你讲个例子,就是他们从一条渔船上俘获的那个年轻水手。那些女人甚至比男人还要惨无人道,她们用火和刀子折磨他。她们给他的脚烫上灼人的烙印,还有他的腿,他的阴部。她们拿刀一直割他,血涌得像四月的春汛,接着又把他烧焦的双脚塞到一口盛满沸水的铁锅里。所以别对我说什么他们的'感情'。你只需关注他们的灵魂,并向他们灌输对国王——也就是我们君主的爱戴与尊敬,还有催他们和英国人打仗。别的不需要你来关心。"他讲话的口吻带着大人物所拥有的自信。

克雷姆神父知道,世俗权力有它自身的极限,如果观察近期的历史,便能发现其中一些来得非常突然。"我一有机会就恭敬地去做。"他说。同时,他感到之前所感觉到的寒冷一下子变成了发烧般的热,"不管怎么说,那个海员是个英国人,一个新教徒。"

"那并不是重点。你似乎把印第安人看作某种特别的人。然而他们不过只是人,而且还不是十分可靠的人。当我们的领土——我们如今正在路易斯堡建造的要塞,受到英国人威胁的情况下,我们才不得不用他们来当战士。这将是通往我们北美洲领地的门户。你知道阿卡迪亚对新法兰西来说有多重要。法国必须重新夺回它。它是不可或缺的入海口。"这时他把他的手指扣在一起,然后又舒展开。

克雷姆神父克制住自己没有提出,那座要塞并不能保护航道——那应该是法国舰队的责任。他只是说:"总督阁下,印第安人确实蒙受了磨难。他们也确实拥有感情。他们爱他们的家园,而我们却在夺走它；他们爱他们的孩子，而我们却在用我们的货物以及强制性的手段来使那些小孩堕落。他们说法国认为他们毫无价值。可是这里长久以来都是他们的土地，数不尽的世代曾不受打扰地生活于此。"

"确实如此。你知道吗，克雷姆神父？在我看来你对法国的事业缺乏热情。"

"不，不。我只不过是怜悯他们。他们已经失去了太多太多东西。"为什么这个人不能理解，米克马克人只是希望像他们之前的很多世代一样过他们自己的那种生活？可是随着时光的流逝，这一简单的愿望每一天都变得愈发不可能。

"法国也失去了太多东西。你最好也为他们想一想，而不是为那些放荡不羁的异教徒——他们不过是狗和恶棍。你，一位被上帝选定的人，或许已经注意到了——他们可不是基督徒。"

获准离开的克雷姆神父转身朝门口走去，脚步趔趄，脖子歪斜着。他无声地祈求总督能变得更善于观察，更加仁慈，要不然干脆突发痉挛倒在地上，永世长眠。不过他立刻便收回了这一刻薄的愿望，并请求原谅。

几天之后，他给他的妹妹玛格丽特写了一封信，那是他永远也没有寄出的几百封信件之一，因为他并没有妹妹。拥有一个想象中的红颜知己让他的精神得以舒缓，他也能够以这种方式理清时有杂乱的思绪。

亲爱的妹妹玛格丽特，

一时间，他想象着她——苗条，苍白，坐在一张绿色的椅子上，正用一把银质小刀拆着他的信。她也许戴着一条带挂盒的金项链，里面有一绺她哥哥的头发，或者是一幅他们的母亲的小幅肖像，而克雷姆神父几乎已经无法从褪色的记忆中回想起母亲的面庞。

他们不像我们这样过着有序的生活。他们的时间根据兽类、果实和鱼的丰富程度——也就是说，根据打猎和浆果成熟的季节来安排。他们最为奇特的一点就是他们对待树木、植物的方式，还有各种鱼类、驼鹿和熊，以及其他物种——在他们看来这些与他们都是平等的。他们有很多传说故事,讲的都是女人嫁给了水獭或鸟类,或者男人变成了熊,直到他们乐意才重新变成人。在森林里,他们像老朋友般同癞蛤蟆和甲壳虫讲话。有时候我感觉是他们在教育我,而不是我在教育他们。

他停下了很长一段时间,然后才继续往下写,他觉得自己似乎理解错了。

对于他们而言,树木是人。我徒劳地告诉他们树木是让人用来建房子和造船的。我徒劳地劝说他们放弃打猎,而去打理菜园,种植谷物和粮食,去过有秩序的生活。他们不会去照着做任何一样。所以许多法国人称他们懒惰,因为他们不去耕作。

我听说过一个故事,在以前的某个时候……

24

奥古斯特

玛希的孩子们——埃尔菲奇、泰欧蒂斯特、阿希尔、诺伊和佐伊，正在试图找到他们在这个世界上的位置；现实与玛希所讲述的米克马克人的丰富过往是如此不同，它是艰难的。

"吃饭了！"诺伊大喊着，懒得踏出门外。她把磨损的木碗和旧勺子啪的一声放下。没一个人回应，就连佐伊都没有，而她平时总是有所反应的。诺伊站在门口，留神地听着。近海的风轻微地改变了风向，却送来了靴子在岩石上渐行渐远的咔嗒声响。他们穿的是靴子而不是莫卡辛鞋。诺伊知道那意味着什么，但不愿承认。她走出门外，来到小路上。奥古斯特紧抓着她的裙子。她看到他们在远远的海岸边，正穿越裸露的礁石。如果只有埃尔菲奇和泰欧蒂斯特的话……可是，不！是他们所有人。阿希尔、泰欧蒂斯特、埃尔菲奇和鲁热·埃米尔——她的三个哥哥以及那位堂弟，还有走在最后面的佐伊那瘦小的身影——近乎小跑，以便跟上大步行走的男人们。诺伊心中混杂着痛苦和愤怒，如同一种由荨麻和沙粒炮制而成的汤。她喊道："走吧，你们！"接着她把奥古斯特在她身前举起来，以便他能见证并记住这个时刻。

"就是他们。"她咬牙切齿地说。她捡起一块小石头并把它塞入奥古斯特手里，"把它丢出去，"她说，"丢向那些偷偷溜走的坏家伙们。"她的声音再次升高，"继续走吧！你们这些该死的哥哥们和遭天谴的妹妹！"随即又对小男孩说，"丢出你的石头，丢向那些我们很可能再也见不到的人。"不过，即便她在说这些话的时候，她也知道这并非事实，而且她很清楚，自己是在模仿列娜黛醉酒时生气的样子。她不明白自己为何又模仿起了自己所厌恶的人的口吻。她的言行举止不像个米克马克人。而且列娜黛如今早已埋藏于过去,她还想起她做什么?

小孩掷出了那块石头;它跌落到小路上。在它翻滚的同时,小男孩看到了佐伊——那个最小的身影,正转过身来朝后看;佐伊回应了他伸展开的手臂,她挥了挥手。领头的那个人影也转过身来,他的手臂在空中划了道弧线——那是来自阿希尔的致意,它使得诺伊发出了叹息。男人们本应该出发去猎捕驼鹿,可是他们穿的靴子让她知道,他们是去为那个法国伐木商干活儿的。

"来吧,亲爱的奥古斯特。让我们去把全部饭菜都吃掉——就你和我。"他们的房子是一间棚屋;虽然米克马克人总是坐在地上,以便同让人恢复活力的大地亲密接触,不过棚屋内却有一张单板矮桌,钉子从上方敲入桌腿。在鸭肉、野洋葱、菰米和蔬菜的蒸汽在锅中变凉之前,门帘被拨向一边,佐伊溜了进来。

"不是你想的那样,"她还没等诺伊开口便说起来,"他们又要去砍圣约翰的树了。鲁热·埃米尔听独眼罩说他们应该去。也就这个冬天。埃尔菲奇让我告诉你,钱在他那双完好的莫卡辛鞋里。他说让你用它买我们需要的东西。他们到春天回来,砍下的原木会被扔进河里。他们回来时可能有点钱。不过阿希尔不是。他去猎驼鹿了。"

诺伊点了点头。如果佐伊留下来,那就没有关系;若是阿希尔在大约十天之后打猎回来的话,那么他们便能安然度过一个冬天。真正令她感到害怕的是被抛弃的念头。她一辈子都在担心周围的每个人都会消失不见,而她被独自一人留下。她为佐伊盛满一碗炖肉,放在她面前。当那只碗变得空空如也时,诺伊又再次把它盛满。

"考虑到从前曾发生过的事,他们并不想去。鲁热·埃米尔的父亲会过来和我们待在一起,所以那样的事不会再发生了。我想,他很快就会来了。其他人看到哥哥他们离开了,会认为这里只有你和我。"

"他们认为这里只有我——他们看到你和他们一块走了。"

佐伊耸了耸肩,又做了个鬼脸:"或许是的。但或许他们也看到我又回来了。"

过了一会儿,鲁热·埃米尔的父亲——卡舍·埃米尔出现在门口。他把带有血渍的帆布包裹着的某种又大又沉的东西扔在了地板上。

"熊肉。"他说。他看着那口炖锅。诺伊为他盛满了一碗。

"很好。"他告诉他们,他几周前与阿希尔一起打猎的时候射到了这头熊。不光是熊肉,他还带来了他的毯子,还有他的燧发枪。他会睡在外面,在泰欧蒂斯特和埃尔菲奇共用的那间小棚屋里。

"有我在。没有男人会来烦扰你们。"

三年前,几兄弟到拉阿沃去了一趟,到锯木厂询问是否有他们能做的活儿,不过有一个一只眼睛上戴了眼罩的男人说,当地的印第安人足够了,走开。可是他们的堂弟鲁热·埃米尔十分坚持。他站在一堆切割好的木板旁边。

"你有什么砍松树之类的活儿,需要能干的樵夫吗?"人人都知道,生长在米克马克土地上的桅杆松树要比沿着圣劳伦特生长的更出色,后者纹理粗糙,而且更容易断。独眼罩点了点头:"现在是夏天,不过对于好樵夫来说,总是有活儿等着。让我看看你们的能耐。"他从锯木厂里取来四把斧头,然后将他的烟斗装满了烟丝,"看到岩石前面的那两棵云杉了吗?去把它们放倒。"他的口吻十分轻蔑,因为据他所知,印第安人既懒又蠢。独眼罩的烟斗还没抽完,两棵云杉就已并排倒地,树顶去除,树枝砍净。他对印第安人的看法立刻改观了。

他点点头,于是他们便开始冒着炎炎夏日和咬人的蚊虫砍伐圣约翰河的桅杆松树。几天的工夫,他们便已浑身都是黑色的松脂——那是属于伐木者的盔甲。他们到达之初,松树的新梢正在盛放花朵,每棵大树都散发出巨量的花粉,遮盖了天空。伐木工们,甚至连海上的船只,都为这雨点般洒落的明亮的黄色而讶异不已。

他们在远方挥舞斧子的那个夏天,在采集野洋葱的时候,才刚刚度过十四个冬天的诺伊被两个从法国村落来的男孩强暴了;她认出其中一个男孩是迪厄多内,那是一个渔夫的儿子,他不止一次地回来找乐子。她没办法避开他。他似乎就住在离他们棚屋不远的矮树丛中。他只不过是个男孩,一个以捕鱼为生的男孩,有着一张红扑扑的皴裂的脸,眨动着眼睛,仿佛在担心神父就在附近。他因长年拖网和划桨而十分强壮。起初她无比厌恶他,但过了几星期之后他变得充满爱意,虽然他的年纪要小上两岁,她也开始回应那份柔情。他说他希望和她结婚,等他再长大些的时候便会说服他的父母同意这件事。

等哥哥们从圣约翰回来的时候,她的身体状况已经很明显了。没人提起这个。但是第二天,埃尔菲奇一言不发地对她注视良久。他等待着。于是她告诉了他整件事的经过。那个时候,迪厄多内已经死去好几星期了,连同他的父亲、舅舅,以及其他几名阿卡迪亚人;他们的捕鱼船全被卷入一场强烈咆哮的暴风雨当中,岸上散落着支离破碎的船体。她想象着迪厄多内被无情的海洋所掌控,正如她曾被玩弄于他的股掌之中。这名亡故男孩的生命之果,便是奥古斯特。

诺伊想,在他们生活在森林中的童年时光,没有一个人曾预想到他们会来到这片大海的边缘,离勒内与玛希的房子如此遥远。然而他们已经在这里了。她未曾想过要有一个孩子,可是如今有了奥古斯特。所有这一切的发生,都是因为泰欧蒂斯特和埃尔菲奇把他们带到了米克马克——这片记忆之乡。

25

财产意识

他们的生活之所以发生巨大改变,是因为列娜黛,是她使得他们的生活变得同那些奇怪的人们一样。多年来,在勒内的老房子附近,从沃比克前来的醉汉们摇摇晃晃地从森林中走出来,呼唤着列娜黛的名字。其中有个"魔王"梅拉尔经常出现,列娜黛会与他一起到森林里去。勒内死后的第二天,列娜黛便匆匆前往沃比克,去找梅拉尔;他是一个鳏夫,喜爱酒精,这一点正与她投缘。

阿希尔、诺伊和佐伊单独留在这所房子里,在这片愈发空旷的空地当中。阿希尔捕鱼且打猎,他和勒内一样砍伐木柴,还用硬木制作钾肥。他把这玩意儿卖给行游的商人,那人在温暖的季节里每一两个月会驾着他的马车来这里一次。诺伊和佐伊采集浆果、樱草、春日的嫩蕨菜、坚果、菖蒲根、鬼臼果,黄樟根皮和很多其他种类的树皮,用于制作药物,这都是她们从母亲那里学来的。她们还制作枫糖浆。她们有一个菜园,不过它非常小,而且杂草丛生——她们从玛希那里继承了对种植栽培的反感。时常有些南瓜成熟于杂草之间。诺伊编织了十分难看的柳条篮子,阿希尔把它们也卖给那名钾肥商人。佐伊挤牛奶并照料奶牛。原本有两头奶牛,不过其中一头在勒内被杀死的一个月之后便死去了;佐伊想,或许它是出于怜悯之情,想让勒内的灵魂因一头熟悉的奶牛的灵魂而得到抚慰。

他们的生活被两位多余的访客扰乱——烂醉如泥的列娜黛,以及她的情夫。最初,这对情侣屡屡回到勒内老宅的原因尚不明确;但他们时常过来,拖着几坛酒,并且怂恿阿希尔喝那些酒。列娜黛大摇大摆地走到房子里,检视每一把勺子和每一个木头杯子。她常常会端详着一口锅或者一块抹布,说着:"噢,这是我的!"诺伊则会从她手中夺过那个物件。

"这座房子里没有什么东西是你的。这里没你的东西。"

"这个房子是我的。"列娜黛说,"勒内把它给我了。他说,'列娜黛,等我不在了,你就是这座房子的主人。'"

"你撒谎!"佐伊大叫道。

"滚开!"诺伊说着,手中挥动着扫帚。

阿希尔渐渐开始觉得,这两个酒鬼想要得到勒内的房子和财产,而且他们会非常乐意为此谋杀他们所有人。他拒绝了他们罐子里的酒,因为他知道那玩意儿会使他不省人事,从而给他们提供机会屠杀他和他的妹妹们,并将他们的死因归到赏金杀手头上。他逐渐开始认定他们正是谋杀勒内的人。

关于这对酗酒情侣的传闻,连同他们计划杀死阿希尔和双胞胎以夺取房产的流言,无意间传到了遥远东边的埃尔菲奇与泰欧蒂斯特的耳朵里。他们听说了列娜黛声称那所房子是属于她的。

"他们是白人,而且认为他们能占有它。"埃尔菲奇对泰欧蒂斯特说。

"他们很可能会得到它的。"

埃尔菲奇对"继承来的财产"这一概念困惑不已。这所房子是勒内的吗?他有权将它赠予别人吗?或者,它其实是特埃帕尼的?所有这些都是那么的法国——法国式的思维,法国式的作风。英国式的作风,英国人的词语。法国人的词语。侵略者的方式。

年长几岁的两位哥哥在奥达纳克生活了几年,在阿贝纳基、米克马克和混合部落的印第安村落里,为法国人作战,突袭新英格兰村落以抓获赏金俘虏。一旦与敌人开战,他们便联合在一起,哀叹他们祖先的土地如今被大批白人移民占据。

在奥达纳克,泰欧蒂斯特结了婚,并成为一位父亲,可是他的儿子在出生后的第三年便死于麻疹,孩子的母亲因同一种强烈的疾病已在两天前死去了。埃尔菲奇对于同女人有关的话题守口如瓶,甚至可以说是心存戒备,因为他长期迷恋着年迈的大酋长梭赛普的最年轻的妻子。

有一天泰欧蒂斯特来找他的哥哥。埃尔菲奇正坐在河边打磨一把弯刀的手柄。"哥哥,"他说,"我为我们的弟弟妹妹们——阿希尔、诺伊和佐伊考虑了很多。我认为我们应该去找他们。"

"哦,"埃尔菲奇说,"去找他们?和他们一起,像一家人那样生活在奥达纳克?还是说去探望他们?"

"不。我希望我们团聚在一起。我希望他们在我们身边,无论我们去哪儿。他们属于我们的群体。我越来越不在乎是否在奥达纳克待更长时间了。"

埃尔菲奇一言未发,经过很长一段沉默后,泰欧蒂斯特说:"也许这不是一个特别好的主意。"

埃尔菲奇望着他。"弟弟,你一向都提出非常好的主意。我会仔细考虑一下你所说的。"过了一小会儿,他说,"也许去妈妈的那个地方会是很不错的。"

泰欧蒂斯特说:"在这里,我们只不过是一些印第安人。而在那里,我们可以当米克马克人。"

埃尔菲奇沉默了很长一段时间。他欣赏不了白人式的谈话。

"勒内是个好人。"他终于开口说。

"他是好人没错。你记不记得那个冬天,我们给了他一条蛇,并教给他怎样玩雪蛇,而他在黄昏中玩得不想停下来?"

"是的。特埃帕尼把他的蛇丢进了火里。"

"小事一桩,那只是一根树枝。妈妈为他刻了一条更好的。它可以滑得很远。我记得很清楚。"他看着河水,"同一个母亲生的孩子们应该待在一起。我们流着同样的血。"埃尔菲奇点了点头,然后俯身继续干活。

几天之后,泰欧蒂斯特讲述了更多想法:"一开始把他们带到奥达纳克这儿来比较好。然后和他们一起去妈妈的家乡,在那里安一个家。奥达纳克这儿也有一些米克马克人愿意和我们一起去。梭赛普想要回去。我们可以找到妻子。以前我的妻子同我在一起的时候,我是很快乐的。"

"是的,一个米克马克女人。不过,要是弟弟妹妹们同我们一起走,那他们要舍弃勒内的房子吗?"

"那只不过是一个白人的房子。"

"妈妈的思绪总是离不开她童年的故乡。她把那里称作'快乐之乡'。相比奥达纳克,那里才是我们的归宿。尽管梭赛普说那里已经发生了很大的变化,而且有很多的麻烦。"

"这么做会很好的。我梦见过这么做会很好。"

埃尔菲奇的观点变得和他弟弟一致了,于是他说:"那么我们走吧,先去勒内的房子,然后去米克马克。"

他们到达了沃比克,那里变大了许多,有很多小路蜿蜒四方。林地曾一度包覆在村庄四围,而如今在最远那座房子的将近一英里之外才有树林。

他们在丛林中过了夜。埃尔菲奇醒来了,他睁开双眼望着天空,星星组成的火鸟们已开始收拢它们的翅膀。现在是晨曦时分,黑夜将开始变得灰白,黑暗中颤抖的影子将会慢慢地凝固,重新恢复到它们白日的形状。泰欧蒂斯特起身,将他长长的手臂伸过头顶。

"今天会是美好的一天。"泰欧蒂斯特说着,满怀希望。

像往常一样,炊烟从勒内房子的屋顶孔洞袅袅上升。泰欧蒂斯特推门进来。诺伊正在做玉米粉粥,当他走进门时她惊得丢掉了手上的勺子:"哥哥!你吓到我了。你知道我们的父亲是怎么死的——我以为……"

佐伊刚从奶牛那边回来,提着一桶牛奶。她喜悦地发出尖叫,接着先拥抱了泰欧蒂斯特,然后是埃尔菲奇。她的叫声引来了河边的阿希尔,之前他一直都在那里修补鳗鱼笼子。

阿希尔如今长成了俊美得让人不敢多看的年轻人。他个子很高但强壮有力,而且极有柔韧性,体形十分完美。他那富有光泽的头发飘散在风中,黑色的双眸温暖而愉快。他的嘴角翘起,同玛希的很像;所有注意到他那浅浅微笑的人,都会想起玛希。

那对双胞胎姐妹还是小孩子,她们的外表更像勒内,长着硬硬的黑色头发和眼梢上翘的眼睛。同所有女人一样,她们活跃且忙碌——弓背,弯腰,收拾房间,伸手去够,分发东西然后收走,爱抚别人,将好东西盛到碗里,为她们的哥哥们奉上美味佳肴。

两位哥哥环视四周,看着他们儿时的物件。那张有小刀刻痕的旧桌子,泰欧蒂斯特还记得玛希用一块微湿的皮革擦拭它的样子。那些家用的木盘子由勒内制作出形状,泰欧蒂斯特再用一块有细密纹理的石头将它们打磨平滑。玛希那间老棚屋已经陷入土地,但是他们还记得孩提时代在里面睡觉,记得月光如同一根根芦苇透过最小的孔洞射入屋内。

"哥哥们,"阿希尔说,"我必须去照看我的钾碱锅了。到外面来,跟我聊天。"他们走了一小段路,来到他制作钾肥的地方。他用一根棍子搅动着盆内的东西。

"它是我们的现金来源——还有我砍的木柴。"

钱!泰欧蒂斯特嗤之以鼻,不过他什么也没有说。他们整个白天都在聊天,一直聊到深夜。阿希尔说:"列娜黛离开之后,我们烧毁了她那间伤风败俗的啤酒屋。不过依然会有男人从森林中走出来,想要啤酒——还有她。"在紧靠玄关墙的那个架子的高处,泰欧蒂斯特瞥见某种闪光的东西。有点像蛇的一只小眼睛,他想。

"你们都没结婚。"埃尔菲奇说。

"啊,"阿希尔说,"沃比克的女孩可不像米克马克女孩。我是不是应该找一个米克马克族的女人?"

泰欧蒂斯特点头:"我们都应该这样。连埃尔菲奇也一样。"

"嘀。"埃尔菲奇说。

"我和佐伊从来没见过一个可以嫁的好男人。"诺伊说,"我们被遗弃在这片荒野之中,为数不多的来访者也是坏男人。"

"这么说,或许这个地方对于你们来说不是很好?"泰欧蒂斯特问。

"是的,不好。它不是很好的地方,尽管童年时代生活在这里是很愉快的。可我们又能怎么样呢?"

"我们想让你们跟我们一起走。"埃尔菲奇说,口气就像那原本是他的主意一样,"我和泰欧蒂斯特年纪最大,可我们流着同样的血,我们会永远照顾你们。"对于埃尔菲奇来讲,这已是一段很长的演说了。

泰欧蒂斯特像个万事通那样有把握地说："我们打算去寻找妈妈的家乡。即便它已经有了很大改变,在我们的族人当中也肯定会有我们的一席之地。米克马克族仍然生活在那里,当中甚至可能还有我们的亲戚。我同奥达纳克的米克马克人谈论过很多次。他们中一些人也会来的。"

阿希尔点了点头。

"我不久前有了这个念头,我们一定要这样做。"泰欧蒂斯特温柔地说,"首先我们来找你们,然后所有人都去米克马克。我能想见它就像妈妈所讲述的那样富饶而美丽。"

"可是我们拿爸爸的家怎么办呢?"阿希尔一边问,一边挥舞着手,掠过了那所房子、那条河、那些杂草,还有那口装满了他的劳动成果的钾肥锅。

埃尔菲奇带着些许悲哀心想,阿希尔或许更像个法国人,而不是米克马克人。"如果你想按照白人的方式对待财产,那你可以卖掉它。"埃尔菲奇说,"或者,如果你不想那样的话,那么就别管它,跟我们走。你的想法是什么呢?"

阿希尔的想法是显而易见的。花了那么多工夫砍伐和焚烧之后,他无法就这样一走了之。那些灰烬是有价值的东西,这种观念在他心里已经根深蒂固。他拥有一种财产意识。埃尔菲奇想知道是不是所有的米克马克人都会变得像法国人那样——想要钱,想要私人财产。能抵抗奢侈诱惑的人少之又少,而阿希尔、诺伊和佐伊本身又是混血儿,一半是法国人,一半是米克马克人。

泰欧蒂斯特点了点头:"或许你可以卖掉它。那个老上尉——布沙尔,他还活着吗?"

"他上星期还活着,"阿希尔说,"他很老了,但是很强壮。是的,他应该会有些主意。"

"你要不要去和他见面,问问他对这一财产——这片被蹂躏过的悲伤的土地可能怎样处置?他也许会对我们有所帮助。"

第二天早晨,阿希尔和泰欧蒂斯特划着勒内的独木舟前往沃比克，但是刚离开房子还不到三英里，便有某样东西从头顶上方嗖地飞过。

"快！到岸边去！"阿希尔咬紧牙关说着，同时往低垂的柳树下面紧急转弯。独木舟从一片乱树枝间穿过。快要到达那些柳树的尽头时，他们从舟内爬出，来到河岸上，将独木舟拖在他们的身后。

"森林里到处是赏金猎人。我们把独木舟留在这儿，步行过去。不过要留神些。"

泰欧蒂斯特拍了拍阿希尔的肩膀表示同意，随后他们便开始在树林中曲折穿行。

"什么，卖掉勒内的房子？"布沙尔上尉说，"是的，可以这么做。有这么一个人——让·马格，一位来自法国的农场主，他正在寻找一处地产，要求土地清理完毕且有一座现成的房子。他可不打算用他人生中的好几年来砍树。我想他会支付一个合理价钱的。他很快就会到这儿来。"他说，让·马格有两个兄弟，三个成年的儿子，他们的妻子，两个侄子连同他们的妻子——这些人同他一起耕种田地。他们是个强大的团体，而且善用枪支。在这位老人讲着这些的时候，让·马格本人走进门来，他嘴唇单薄，双腿及胳膊就像棚屋的杆子那样长。

马格对于勒内·塞尔的庄园表示出饶有兴趣的样子，他还想知道它是如何到了这些印第安人手中的。他觉得一座坚固的法国式房子、一口钾肥锅以及清理完毕的土地听起来很不错。他傲慢无礼地将阿希尔和泰欧蒂斯特从头到脚地打量了一番，不过最终还是同意和他们一起走回去，看看勒内的庄园。

"我要告诉你，"当他们提到勒内的死亡时，他说，"赏金猎人永远也不会去骚扰我的家人。"而正因为他是这样的人，他多希望他带了一些珠子和廉价的威士忌来交易。他带上了他的枪，跟在后面。

当那座房子就快要出现在视线之内时，泰欧蒂斯特跑到了前头。他在某个地方飞快地挖掘，把找到的东西放入背篓，然后冲到房子那儿，通知埃尔菲奇和妹妹们让·马格来了。诺伊跑进后屋，翻找那个小小的、带有彩色羽毛装饰的桦树皮盒子；那是玛希童年时的盒子，它对于诺伊来说十分宝贵。在屋内,泰欧蒂斯特伸手探向架子的高处。他紧紧地握住了勒内从前的那条雪蛇。他们走出房子,来到阿希尔正在同马格交谈的地方,这个新来者四处打量这片地产,眯起眼睛,露出一副没有任何人能够占他便宜的样子。他那昂首阔步的神态表明,他已经感到自己是这里的主人了。

"我做的钾肥也给他吗?"阿希尔小声地询问埃尔菲奇。

"是的。"

还没来得及开始谈论价格,他们便被列娜黛和德蒙·梅拉尔打断。两人合骑一匹黑马,从树林中出来。他们这次没喝酒,而且神情严肃。德蒙的脸像喝了朗姆酒一样红,形状像一颗榛果,小小的下巴因黑色的尖胡子而显得饱满。他只同让·马格说话。他说,勒内·塞尔作为这处产业的前主人,拥有其已被公证的所有权;他已将它赠予他的养女——列娜黛。勒内和列娜黛两人都是纯种法国人,他有意这样说道。它真正的主人是列娜黛,而不是这些非法强占了他们居住的地方并声称自己是勒内所生的印第安人。多明显的谎言!哪里会有印第安人知道自己的亲生父母?一个也没有!

德蒙直接对让·马格说:"列娜黛会把这处上乘的地产卖给你。我们将把这笔交易记录在布沙尔上尉那本大账簿上,这么一来,整件事便有了合法性和约束力。这是白人的事。这些印第安人没有权利,他们什么也没有。什么也不是。"

阿希尔悄声对泰欧蒂斯特说:"可是,这座房子属于勒内,不是在那本账簿的记录当中吗?而且还记录了勒内遵从白人的法律,同我们的母亲玛希结了婚。"

泰欧蒂斯特悄声回答说:"也许是的,但是当我向布沙尔上尉询问时,他拿着那本账簿走入了后屋,不久之后他走出来,向我展示——那上面并没有这些记录。不过我看得出它的夹缝里有被扯掉的小块的纸张残余。"

最终,让·马格、德蒙和列娜黛·梅拉尔在树下面对面站着,达成了他们的协议。他们握了手,然后转过身来,面向埃尔菲奇、泰欧蒂斯特、阿希尔、诺伊和佐伊。让·马格说:"我已经同意从房屋主人手中购买这处地产。现在你们必须离开了。"他把他那支装了火药、上了膛的枪举过肩头。

阿希尔僵直地站着,愤怒不已。但埃尔菲奇碰了碰他的胳膊,低声说:"弟弟,这只不过是一座白人的房子。你不会想让你的人生被一口钾肥锅绑架的,比如这一口。我们走吧。我们将狩猎和作战。我们才不要把好好的树焚烧成污浊的灰烬。"

阿希尔的声音无比愤怒。他感到毒物使他的血液凝结:"很明显是布沙尔上尉通知了他们,正是他从账簿中抹除了勒内的所有权。他对我们的父亲很友好——因为我们的父亲是一位法国白人。他对母亲以及我们的友谊完全是假的。"

"这有什么关系?在你面前有着大把美好的狩猎时光。对于你来说那是种更好的生活。"

阿希尔一言不发地站在那里,有好一会儿,然后他说:"我们会和你们一起去妈妈的家乡。"

"很好。我们先去奥达纳克。"

26

米克马克地带

在奥达纳克,诺伊、佐伊和阿希尔变得十分害羞,他们还不太习惯这种忙碌的劳作。这个村庄,连同村里的棚屋,甚至几间原木小屋,到处都是忙个不停的人们——干活,煮饭,软化兽皮,劈开独木舟的肋材,从一口染色用的锅子中捞起一团浓艳的根茎。有两个人在玩着一种叫做"渥提斯"的骰子游戏;随着他们啪的一声把木碗摔在地上,骨头制的骰子一下子弹跳了起来。圆脸的米克马克女人珍有三个小孩,她看着诺伊和佐伊,以及她们穿的那身弄脏了的白人式的衣服。

"坐下。吃点东西。"她说,"你们是坚强的好女孩,将要前往米克马克。"诺伊和佐伊多年来都渴望女性的友谊与陪伴,她们很快便把拘束抛在一边。诺伊把她带来的三只篮子送给她们,然而它们并没有为她赢来赞赏。奥达纳克有很多技艺超群的篮子制作者。她们拿出了几件向她展示:一种用云杉根缝合的椭圆形的桦树皮容器,编织出的图案如此繁复,令人目不暇接。诺伊抚摸着一只篮子,它的饰边是由扭曲得很有艺术感的黑色根须构成的。有几只篮子非常小,是用茅香编织而成,还有一些由红绿相间的染色根须制作,看起来十分华丽。

"我想学习制作这样漂亮的篮子。"诺伊一边说,一边踢着她自己那几样相形见绌的作品。

"我们会教你的。"一个手上有茧的年轻胖女人说。她讲述了阿伊普的故事,那个懒惰的女人在指尖撕扯根须并扭动它们,不知怎的便做成了第一只篮子。"没有人能叫得出那东西的名字。人们只好管它叫'用根做的玩意儿'。"

"我被全新的想法弄得晕头转向,"佐伊说,"我们什么也不懂。"因为,她们的年纪仅有十个冬天大。

埃尔菲奇、泰欧蒂斯特和阿希尔想要立刻出发前往米克马克,不过,年长的狩猎者和大酋长梭赛普——将他们拉到一旁开始滔滔不绝。

"我会跟你们一同去。可是现在冬日渐深,这时候去不太好。那地方冬天里什么吃的也没有。人们通常去往河的上游。我们最好等到春天。"

阿希尔已经迫不及待。

"他说米克马克没有吃的是什么意思?我们的母亲玛希时常对我们说,那是一个无比富饶的地方——有鱼、龙虾、蛤蜊和牡蛎,数以千计的鸟儿,美味多汁的植物。"梭赛普无意中听到了这番话,他笑了:"米克马克是一个夏日天堂。那里的冬天非常难熬,除非你贮存了十只驼鹿和十六头熊。"

这些塞尔家的年轻人在奥达纳克等待了超过四个月亮周期。埃尔菲奇、泰欧蒂斯特和阿希尔打猎、捕鱼,同男人们讨论前往米克马克的最佳路线。女人们帮诺伊和佐伊风干及熏制鹿肉与鳗鱼,当作他们旅途中的食物。诺伊决心要成为一个出色的篮子制作者,她努力练习,直到手指起泡。

和哥哥们一起去母亲的家乡——这场即将到来的旅程占据了她们的头脑。她们从玛希那里听说过故乡的一些地方:野马铃薯地带,穿兽皮者的领地,迷雾之地。她们正在舍弃在森林中生活的童年记忆。春天是不是永远也不会来了?

有一天,泰欧蒂斯特对佐伊说,玛希的灵魂肯定会在那片地方,在树木和野生植物里,也可能在岩石中,在鱼和兽类的身体里。回到那里将同玛希再次联结在一起。

"要是我们把妈妈的骨头带来就好了。"佐伊说。

泰欧蒂斯特点点头。"我已经把它们带来了。"他说。

"太棒了!"过了一会儿,她又说,"我真希望我带了她装勒内的梳子的那只小墙篮。"

"诺伊会做一个的。它会装着新的梳子。"

当他们终于出发的时候,泰欧蒂斯特亡妻的一位女性朋友也跟他们一同前往,还有老梭赛普,他作为一位重要的设陷阱捕兽者享有盛誉,同时他还是一位地位摇摆不定的大酋长,以及一位声誉渐退的当地首领。他那张带有伤疤的脸十分严肃。他举止庄重,流露出与众不同和智慧。他的牙齿又大又黄;他黑色的眼睛眯着,因为他的视力正在衰退。"你们等到现在真是太好了。就连现在去可能都有点太早了。不过提早点也没关系。我的捕猎场依然在米克马克地带,若是那些法国人还没在那上面盖起他们那四四方方的房子。我希望能回去。我原来想看看奥达纳克是什么样子,可即使在这儿也有白人。最糟糕的是这位奥达纳克神父,拉塞神父。"他模仿了那位神父狡诈的神情,以及弄湿的双手,"他在所有的沃提斯碟子上钻孔,让它们无法装水供我们占卜。我会帮助你们的。我知道你们的生父爱在哪些地方诱捕猎物,他的弟弟告诉我的。"

"他的弟弟!"泰欧蒂斯特说,"我们有个叔叔?还活着?"

"活得好好的。卡舍·埃米尔。他会带你们去看那些地方。不过这些日子里白人们也想得到那些地方。他们夺走它们,毫无礼貌,不由分说。他们夺走它们。"

这对于泰欧蒂斯特和埃尔菲奇来说是个极为震撼的大消息。虽然他们早已记不起父亲的样子,他们一直认定,父亲连同他所有的亲属都已经过世了。这位奇迹般的叔叔的存在,证明他们的选择是一个正确的决定。

梭赛普说:"我们将迎着最后的雪季进发。我们必须做一些雪鞋,鉴于你们从以前住的地方来这儿的时候没有带上它们。"他坐在埃尔菲奇、泰欧蒂斯特和阿希尔身边,用白蜡木搭架子;同时,泰欧蒂斯特亡妻的那个女性朋友同诺伊和佐伊一起,把驯鹿生皮编成网眼紧实的织带,以更好地支撑他们负载的重量。

他们开始朝海洋走去,塞尔家的年轻人从来没见过大海,他们对它的了解仅止于想象。这段旅途当中,他们脚下的路崎岖不平,他们的脑袋里也百转千回。他们以携带的干肉和成袋的玉米为食,因为在一年当中的这个时候,野生动物仍在森林的深处,而植物还没有破土而出。每天清晨,溪流的边缘都结着冰。不过在第二个星期时,泰欧蒂斯特抓到了两只肥嘟嘟的河狸。

冬天又随着一场暴风雪回来了,雪片纷飞,令人眼花缭乱,在原木的后方堆积起来,覆盖万物。等这场暴风雪停下来,在月光的反射下,夜晚变得如同白天,寒冷加剧。接下来的几个星期当中,他们有两次不得不搭建临时的棚屋来躲雪。

"哦,春天来得也太晚了。"梭赛普说,"如果还要下雪的话,我们就得造一架平底雪橇了。"

"也许不会再下雪了。"泰欧蒂斯特说。

"也许明天太阳不会再升起来了呢。"梭赛普喃喃道。

"我饿了。"诺伊说。

梭赛普笑了:"米克马克人能够长时间地忍受饥饿,而不会死。"

在棚屋内等待的日子里,诺伊和佐伊缠着泰欧蒂斯特和埃尔菲奇,让他们再次讲述母亲讲过的那些与米克马克有关的故事。她们百听不厌——那些小块的蓝莓地,接骨木果和它们低垂的伞状花序,花楸树果,苦樱桃树,美味多汁的鳌虾,烤河狸,最为肥美的鳗鱼,甚至油脂丰富的海象,全都是丰富的米克马克生活的一部分,在那里人们仅需迈出棚屋,便可抓获一只丰腴的火鸡。后来,埃尔菲奇开始怀疑给她们的小脑瓜中装满这些夏日天堂的故事是不是个错误,因为那些故事与她们到达那里时所看到的景象相去甚远。其他人讲述了有关格鲁斯卡普①的故事,那时米克马克人的生活还是十分美好的。

"听我说,"梭赛普说,"现在返回我们的家乡不是个好时机,不仅是因为不合时宜的天气。你们知不知道法国国王把我们的土地给了英国人?"

泰欧蒂斯特看着他:"这怎么可能呢?那片土地轮不到法国国王来送给别人。它是属于我们的。"

"这是几个冬天之前发生的事了。你在奥达纳克肯定听过关于

---

① 米克马克神话中的一位英雄。

这件事的传闻吧?"

"我以为那不过是一些蠢话。我听说英国人夺取了罗亚尔港,但你说的是'我们的土地'。"

"是的。它是我们的土地,然而我们不但面临着法国人的压迫,还有英国人的。在法国人的眼中,我们只是为他们打仗的战士,而我们的女人只用来性交。神父们把我们看成供奉给他们的上帝的礼物,就如同我们面对河狸只看到毛皮。他们并不把我们看作值得尊重的人。法国人用我们充当他们的护卫。他们并不明白,我们虽是法国国王的盟友,却并非他的臣民。我们对他并无义务。这就是为什么他给我们礼物——用来收买我们。如今英国人贪婪地索取更多的土地,远超过法国国王送出的那些他并无资格赠送的土地。"他停下来,扬起了他的下巴,"而英国人不给任何礼物。"

"但是米克马克人正在回到那里。正如我们一样。而且我还听说,法国人和米克马克人常常通婚。正如我们的父亲勒内娶了我们的母亲玛希。"

"是的,这是真的。这么做也挺好的,因为我们剩余的人太少了。如今河狸已经变得那么少,我们就不得不随便跟个什么人结婚了,哈哈!我担心我们很快便会看到英国人在我们的捕猎场上盖起他们的房子。"

"我听说有一些法国家庭住在我们米克马克人附近,而他们并不是那么不友善。"

"或许如此吧,法国人长期以来都是我们的朋友——差不多可以这么说——可如今英国人认为他们拥有一切。他们的移民正大量迁入。英国国王付大笔的钱来悬赏米克马克人的头皮。所以我们对英国人开战。许多米克马克人在独木舟里作战。我们是很好的战士,而且俘获了不少英国的船只。可是我们的人太少了。我们又时常生病。"

他们在三月末到达了米克马克地区,这时风中带着料峭春寒,鸟儿已经开始迁徙。在一条小溪中,他们看到不计其数的小鱼逆流而上。梭赛普将沿着岸边居住的十几个法国家庭指给他们。他谈起了林地，还有富饶的林缘地带，那里为众多世代供应了浆果和可食用的根；但他又警告说，如今大部分的土地都被翻耕，用来种植玉米和芜菁。这些法裔阿卡迪亚人排干了很多盐沼，来为他们的牲畜种植盐土干草。体格较大的猎物，如驼鹿、驯鹿和熊，都已经逃得远远的。河狸的数量由于严重的滥捕而大大减少，因为它们的皮可以换成枪和金属罐。是的，河狸已经变成了白人的通货，而往墓地上放一张河狸皮的传统早已经消亡了。

泰欧蒂斯特说："不过，我们依然可以用肉来换玉米和南瓜。阿卡迪亚人一向都是喜欢鹿肉的，就像我们喜欢面包那样。而且我认为，天空和大地肯定还是它们长久以来的样子，因为不论是法国人还是英国人，都没有力量去夷平峭壁，他们也没有能力饮干大海或者吞下整个天空。我们就不能和平共处吗？"

"我们没有选择。"梭赛普说，脸皱作一团。不久之后，飞过了无数只鸟，天空中回荡着拍击翅膀的声响；游过了无数条鱼，海湾仿佛一口沸腾的锅。这里所拥有的能满足所有人。

虽然这位老人抱怨说所有的东西都被破坏了，可是塞尔家族的几位年轻人仍然惊异于米克马克毫无保留的恩赐。巨大的海湾连同它强有力的潮汐，它的河口湾和岛屿，它的淡水河流以及极富营养的海洋，能提供所有的一切。新来的人们凝视着海洋无休止的节拍，他们张大嘴巴凝望着潮水退却后露出几英里的滩涂，上面遍布小洞，从下方传来海姑虾的嘶嘶声。同样令人着迷的是潮水迅速地涨回，咸咸的海水悄然而至。

他们必须了解这片新的地域，它那红色的峭壁，变幻的潮汐，鲱鱼和河鲱的时节，一种与他们过往的认知完全不同的天气及暴风雨的模式。起初，海洋似乎无所不能，不过他们渐渐明白，米克马克真正富饶的是它的河流。他们必须学习完全不认识的鱼类的名字。离海岸更远的海中，游弋着几种巨大的鲸鱼、鼠海豚和海豚。那里有各种各样的海豹，龙虾的个头跟女人差不多大。作为猎手和陷阱捕兽者，塞尔家的男人们必须快速地掌握它们的习性。

他们观察到，愚蠢的阿卡迪亚人是勤劳的园丁，那些人还因此更有优越感。当地幸存的米克马克人住在过去的捕猎地带的边缘，与法国移民们多少有点距离。

"但是我们新来的人没有棚屋。我们没有住所。"诺伊说。她渴望着一间棚屋甚至一座房子带来的安定感。拥有一座白人的房子是不可能实现的事。她明白这一点。在奥达纳克有几座那样的几何形状的建筑,然而在这里人们鄙视它们,而且曾发生过这样一件事:几年前,一个去过白人村庄的年轻的米克马克猎人,曾在那里看见英国人从一个茶碟中喝着棕色的水。那个茶碟非常漂亮,有深蓝色的边。他不知如何弄到了那个茶碟——或者某个同它很像的——并把它带回了米克马克。他的邻居们看到他用它喝水,感到震惊又愤怒,于是便因他背叛传统方式而把他杀死了。那个令人不悦的东西被扔在石头上,摔了个粉碎。

"不过,如今也有两个家族拥有茶碟了,而且没有人去杀他们。"老祖母洛泽说,"一切确实都在改变。"

27

血亲

带着一些仪式感,梭赛普把卡舍·埃米尔——埃尔菲奇和泰欧蒂斯特的叔叔——带到了他们面前。卡舍·埃米尔是一位高大而健壮的老人,有着宽大的肩膀和一张皱纹极深的脸,如同燧石凿过一样。他向前迈步,将双手放在埃尔菲奇的肩头。

"是的,"他说,"我知道你们,我哥哥的孩子们。我的人生时常都因失去和悲伤而十分沉重,然而今天我却感到如此喜悦,以至于找不到语言来表达。"他先是紧紧抓住埃尔菲奇,然后是泰欧蒂斯特;他的脸颊湿湿的。对于埃尔菲奇和泰欧蒂斯特来说,在那一瞬间,卡舍·埃米尔成了他们生活的中心。他们长久以来都渴望有一位父亲,尽管他们从未意识到这一点。卡舍·埃米尔说他有一个儿子,鲁热·埃米尔。他是他们的血亲,他们的堂弟。

"你,"他对只有十四个冬天大的阿希尔说,"你是玛希的儿子,她是我的哥哥卢兰在很久以前的妻子——直到他去世。我欢迎你们的到来。等鲁热·埃米尔回来,我们就举办一次宴会。不过先跟我来吧,埃尔菲奇,我会带你去一些老地方,我哥哥——也就是你的父亲——经常捕获猎物、获得毛皮和肉的地方。然后再去河口附近的一些好地方看看鱼梁。我和梭赛普会一起商量出一些上好的捕猎路线供泰欧蒂斯特使用——还有阿希尔。"梭赛普浮夸而正式地把他们的父亲曾诱捕猎物的地带分配给了埃尔菲奇,并对泰欧蒂斯特和阿希尔说,他们也将会得到富饶的区域,同他自己的毗邻。神父可无权做出这样的安排。

不过,鲁热·埃米尔做了个鬼脸——不论他父亲还是梭赛普都不明白,这种分配狩猎场和捕鱼区的老习俗已经不在米克马克人的权力范围内了,白人以及他们的土地划分规则已经取而代之。这些领地变成了住宅用地、园圃和奶牛牧场。

阿希尔尊重卡舍·埃米尔,但他更被老梭赛普所吸引;吸引他的不是作为大酋长的梭赛普,而是作为赫赫有名的猎人的梭赛普。阿希尔自幼年起就像一位天生的猎手;而勒内一直都是一位伐木工,仅仅在必需的情况下才去打猎。如今阿希尔变得热情洋溢了。是他所拥有的新身份,还有这个环绕着他的新世界,让他如此斗志昂扬。他更喜欢过猎手的生活,在陆地上狩猎和潜近猎物——在河流和海洋上的人生会是怎样,就留给别人去体验吧。

在欢迎宴上,认为酒是由魔鬼所酿造的泰欧蒂斯特看到卡舍·埃米尔只喝了一小杯白兰地,但鲁热·埃米尔却是一杯接一杯地往下吞。

"你不喝酒吗,堂兄?"鲁热·埃米尔问。但是泰欧蒂斯特却把脸扭向一边。

"我从来都不喜欢白人的威士忌。"他喃喃道。鲁热·埃米尔一直在喝,直到他臣服于酒精的力量而失去知觉。

几天之后,很多米克马克人来帮忙搭建一间大棚屋,它的大小要能容纳他们所有人。屋址位于森林的边缘,俯瞰大海,有一条小路向下蜿蜒通向海岸。他们在这里埋葬了玛希的骨头。经过长时间的搜寻后,阿希尔杀死了一只河狸,然后将它的皮放在了埋骨之处,正如他们在从前的日子里所做的那样。可是没过几天它便消失不见了。有人把它拿去卖了。

阿希尔和泰欧蒂斯特说,他们以后将会在合适的地方另建小棚屋,不过目前他们最好全都待在一起。当佐伊看到一群米克马克缝纫女工像缝制衣服那样地缝合他们的棚屋时,她觉得好笑极了,当她们叫她给驼鹿皮做的门刷上黑色、紫色和红色的旋涡和双曲线图形时,她的笑才停下来。

"妹妹,没有哪扇大门能有这么漂亮。"埃尔菲奇说。棚屋内部铺有芦苇席子,中央还有一圈取火的石头。棚屋里面好安静。棚屋里面就是他们的港湾。

"一间漂亮的棚屋。"卡舍·埃米尔说,"法国人总夸耀他们的家乡有高大的房子,可是人要那么高的房子做什么?人的身高并没有那么高。或许他们有一些巨人访客?人们说,那些房子也无法搬走。而且若是那些房子和村庄确实如我们时常听说的那样好,为什么他们会离开它们,远离他们的朋友和妻子而来到这里?事实上,这些极其愚蠢、多毛而贪心的人一定是被他们自己的民族所排斥的。"

年迈的米克马克祖母洛泽是缝合的指挥者,她曾经到过奥达纳克。"但是一切都变了。"这句话是她经常说的,"因为我们的祖先杀死了太多的河狸去和欧洲人交易,河狸非常生气,于是离开了那些地带,如今还用疾病来袭击我们。"她指着阿利特·斯波特,他的脖子和手上都有久久不肯愈合的溃疡。有很多曾经的河狸猎人都遭受了这类疮痛,等这种病深入体内的时候他们都咳血死去了。"但是你们很清楚,"她说,"除了鳗鱼之外,河狸肉对于米克马克人来说是最好的肉类。我们毁坏了我们最好的食物,拿它们的毛皮去同白人交易。现在这些来自远方的人们试图把我们从海岸逐开,把我们挤入内陆,去那些咬人的虫子所生活的地方。在这儿,邻近海洋,和煦的微风让虫子也学会了友好待人。"她羡慕地讲述了她听过的一个真实事件,在某个地方米克马克人射杀了移民的奶牛。不过法国士兵们过来逮捕了那些猎人。"他们应该逮捕那些奶牛。"她说,她很小的时候,有人带她看过响尾草——"米迪迪斯库伊"——生长的地方,那种神奇的植物可以治愈很多种疾病,甚至能实现愿望。即便在旧日时光,它也很难获得。她的叙述时常以"那是很久以前的事了"结尾。没错,那是从前的生活了。

当天气变得暖和之后,她与塞尔家的年轻人一同行走在退潮的海岸,向他们展示如何挖蛤蜊,他们的脚陷在肥沃的淤泥中,海鸟在他们面前跑动着,向彼此发出警示的叫声。洛泽告诉诺伊,犬峨螺可用于制作漂亮的紫色染料,那是米克马克人所喜爱的颜色。

"有一天我会给你看怎样制作它。"这位老妇人说,她还催促他们去采集大堆的海草,以便给蛤蜊佐味——她们将在灼热的石头上蒸那些蛤蜊。

夏日和秋日过去了。是时候用兽皮和沉重的杆子来加固棚屋了。潜鸟用暴风雨快要来袭时的声音尖叫着，这表明，来自另一世界的无腿生物库普乔特很快便会送来冬季的大风。对于男人们来说，寒冷和越来越厚的雪使打猎变得更为容易。阿希尔穿着雪鞋走入丛林，露天睡了好几个晚上。一月的时候，他与鲁热·埃米尔一起在冰上猎捕海豹。阿希尔更喜欢和梭赛普一同打猎，他管他叫"爷爷"。他不抽烟斗，因为那会让感知迟钝。他无法想象他曾长久地站在一口发臭的钾肥锅旁边。一月和二月是猎捕驼鹿的最佳月份，因为狗可以把猎物们驱逐到厚雪中，它们只能在雪地上狼狈地划动四肢，成为穿着雪鞋的猎人们很容易捕获的目标；即便如此，阿希尔还是每个季节都狩猎它们。在进行一场夏季的狩猎之前，他会洗一个热水澡，然后往自己身上揉一些泥土和树叶，以消除他身上人类的气味。与其他猎手不同，他仅仅在冬季才使用狗来寻找驼鹿，因为他自己就能从很远的距离之外闻到它们，而且无比了解它们的头脑和习性。老梭赛普对卡舍·埃米尔说，阿希尔是一个极好的猎人，隔好几代人才会出现这样一位，几乎可以说是一位"米格莫韦索"——米克马克人当中，一位因拥有不可思议的能力而获得格鲁斯卡普认可的幸运儿。不过，当着阿希尔的面他仅仅开玩笑似的说："如今你必须结婚了，这样才能让一个女人把你捕获的肉带回家。现在你必须学习吹笛子来吸引这样一位佳人了。"

在春天，阿希尔与鲁热·埃米尔一起去了一个小岛，那是白色大海雀筑巢的地方。他们每个人捉了两只，因为那些鸟肉十分好吃，而且它们的喉管可拿来制作最上乘的箭筒。可是第二年他们去同一个小岛时，那里却没有鸟了，只有一堆杂乱的羽毛和骨头，因为英国和波士顿的捕鲸人在他们之前来过。

渐渐地人们开始说，阿希尔并不在意米克马克女孩，因为他必须和一头驼鹿结婚，鉴于他对于驼鹿的习性那么了解。他去了内陆，一度还去了遥远的西北方。有一次他从漫长的旅程返回之后，私下里对埃尔菲奇说，布沙尔上尉不会再背叛米克马克人了，因为他的舌头变得松动，然后掉到了地上。

埃尔菲奇点了点头说:"我的弟弟,这很好。"

比起新法兰西的森林,米克马克有更为丰富的鸟类,然而当年度迁徙开始之时,还是让他们震惊,鸟的数量多得像是暴风雪中飞扬的雪片,它们身体暖烘烘的味道因上百万次地拍打翅膀而增强。就像是地球上所有的鸟儿都在这里了一样——尤其是矶鹞,它们如此众多,仿佛一张颤动着的巨大灰毯,覆盖了海岸,贪婪地吞食着海姑虾。它们像泛着泡沫的波浪般涌动在南边的天空。这是一个烹饪鸟类的时节——烧、烤、蒸、煮,随你心意。斑尾林鸽黑压压地布满天空,这种鸟类他们小时候曾在魁北克见过。掠食性的鸟类也出现了——眼神犀利的鱼鹰、雕、鹰、隼。老梭赛普评论说,大量到来的欧洲人的数目很快就可以和这些鸟儿抗衡了。聆听者们耸了耸肩。这位大酋长似乎正在两种想法之间来回跳跃:他预料到一拨又一拨的海外白人乘着不计其数的船只到来,然而在他的言行举止之间,又仿佛旧日传统仍在统治着他们的世界。

在迁徙的季节,埃尔菲奇和泰欧蒂斯特在晚上乘他们的独木舟同其他人一起外出。他们安静地躺在独木舟的底部,让它们如原木般自然地漂流到一大群沉睡的鸭子当中。随后,卡舍·埃米尔和老梭赛普点起桦木火把,并在黑暗中将它们高高举过他们的头顶。鸭子们醒来了,尖叫着,不知所措地围着火炬乱飞,与此同时,年轻人用棍子将它们击落。以这种方式,他们在一个晚上收获了满满五条独木舟的肥鸭。

"兄弟们,"埃尔菲奇说,"现在你们将见识到我们会吃得多么丰盛。我们不用孤独地跋涉,去猎取一头彪悍的老驼鹿;我们可以一起行动,而且很快便得到大量美味而肥硕多脂的鸭子。"

泰欧蒂斯特和埃尔菲奇在因雾气而显得柔和的阳光下制作斧头的手柄,因为米克马克新来的白人移民们脑袋里只想着砍伐足够的树木,去建造他们那种厚重而结实的小木屋。反复制作同样形状的木料不是一项有趣的劳作,不过他们把打猎的差事留给了阿希尔,他动作轻而隐秘,可以悄悄潜近立在空心原木上的一只长着火红眼睛和环状羽毛的松鸡,趁它扑棱翅膀的工夫,把长棍末端的皮质索圈一下子套到那只鸟儿的头上。为换得一点钱而制作斧柄是很有用的,因为如今有了很多必须用钱购买的东西,那些他们在过去的日子里从未听说过的东西。他们不能没有金属锅和器皿、钉子、金属线、工具以及武器。

在他们削制桦木手柄的时候,一群男男女女从斜坡上走下来。其中一个名叫塔丽丝的女人停下了脚步。她个子很高,笑盈盈的眼睛在眼角皱起褶痕,洁白无瑕的牙齿十分闪亮。

"为什么你们不把这些树枝收起来,过来帮我们修建鱼梁呢?"

"是啊,为什么不呢。"泰欧蒂斯特说着,站起身来,把他已经开始塑刻的把手搁在一旁,"我和你一起去。"

米克马克的河流不是各自独立的,而是一张大网般的流体运动中的一股股水流,它明确了陆地的界限,并同海洋那内外翻涌的潮水混合在一起。每一条细小的溪流,每一道咆哮的水沟,无论湍流和涓流,梯状瀑布和洪流,都有它自己的习性和流动方式,而米克马克人必须了解那些方式。这就是泰欧蒂斯特和埃尔菲奇开始学习的水的世界。

"我被这些和鱼有关的学问弄得头晕脑涨。"埃尔菲奇说。

"没错,"一位长着长耳垂的肌肉发达的老兄说,"只要有米克马克人在,就会有捕鱼的知识。"

法国国王拨出款项用以修建通往中部的道路(梭赛普说,那里就是他们想要把米克马克人赶去的地方),而如今只要时间允许,很多人——包括泰欧蒂斯特和埃尔菲奇——都做一些临时性的工作,比如给测量员当拿尺人,或者作为铺建新道路的劳力,以赚取现金。砍伐树木是另一件必须去做的事,新来的移民们说。

当一支白人的伐木小分队在内陆地区建起一间锯木厂并开始砍伐树木时,那里便有更多的活儿可以做,赚来的钱可以在贸易站使用。传教士克雷姆神父敦促他们把设陷阱和捕鱼暂时搁置,首先进行这项工作。他说,有了这些钱,他们可以购买腌制猪肉和面粉。虽然腌猪肉是一种令人恶心的食物,但面粉可以制作面包,而他们已经开始喜欢上面包了。埃尔菲奇、泰欧蒂斯特和阿希尔都曾经同勒内一起长期砍伐森林,他们都很擅长使用斧头,于是在一家名叫杜克父子的法国公司找到了活儿干。鲁热·埃米尔没那么熟练,不过他也加入了他们。这不是米克马克人惯有的生活方式,不过这么做似乎是很有必要的。

有一个人不太喜欢这些从奥达纳克过来的新来者,那便是克雷姆神父。让他感到心烦意乱的是,老约瑟夫——也就是被米克马克人称作梭赛普的那个人,回来了。还有塞尔家族的人,真是场灾难。他们全都会说法语,而印第安人还是没学过法语比较好。稍大一些的两个兄弟还可以使用罗马字母进行读和写,这是个重大错误,全怪数十年前的某个布道所的神职人员。这些人有能力造成很大危害,惹上麻烦。他们还抗拒耕种——那些人更愿意在森林里或河边干活儿,或者在一年中的某些时候干点零活儿,把秋季和冬季全留给诱捕和狩猎。他写道:

亲爱的妹妹玛格丽特,
  虽然我对印第安人怀有深深的怜悯,但他们太顽固了。最令人痛心的一点是他们拒绝领会这个事实,即土地属于改善它的人,正如《圣经》所说的那样。他们只是捕鱼(一种懒人的差事)以及在森林中四处游荡,获取动物和植物作为食物和养料。然而当一位白人到来,砍伐令人压抑的不断扩张的森林,为他的家庭建造房子,并为他的牲畜搭建庇护所时,印第安人却开始抱怨他夺走了他们的土地——但他们自己却不对那些土地进行任何改进,任由森林变得越发茂密。他们并不明白,那些努力斗争以削弱森林控制力的白人,只不过在行使上帝所赋予的天然权利,把清理好的土地变为自己所有。遭到印第安人的攻击、历经艰苦的劳作,以及远离家乡而移居荒野所面临的困境,有鉴于此,拥有这片土地是法国人的天命,因为他们已经从上帝那里获得了道义上的权利。

梭赛普也不喜欢他所看到的情景。他立即列举出有害的变化。

其中一位法国移民——菲利普·努尔,从他的法国舅舅那里继承了一大笔钱,用这笔意外之财,他买了三头奶牛、一头公牛和两匹马。这些体形庞大的动物不受拘束地漫游,没过几天,便吃光了步行一日范围之内的所有富于营养和药用价值的植物。

"看来那些动物病得很严重啊,"老祖母洛泽说,"不然怎么会吃掉那么多用来治疗头痛、久咳不散、子宫下垂、发烧、骨头断裂和喉咙痛的药草。"梭赛普在一旁补充说,若是把那些奶牛屠宰和烹制,虽然或许不如驼鹿或驯鹿好吃,但在锅里看起来都一个样。不过必须得守口如瓶。

出于对努尔日渐增多的牲畜愈发强烈的欣羡之情,其他阿卡迪亚人也买了猪。牧场和围栏都没有必要,因为那些牲畜吃着森林的牧草长得十分肥硕,而且还很快便学会了挖蛤蜊。现在米克马克的女人很难找到蛤蜊了,因为刚退潮,那些猪便来到沙滩上四处翻掘,狼吞虎咽。还有一次,一只猪攻击并杀死了一个掉队的米克马克小孩,只因为当时他在试图模仿这些拱蛤蜊的家伙。当其他人终于发现的时候,那小孩已经死了,而且还被吃掉了一部分。

如今要花上好几个小时,甚至好几天,才能找到原本十分寻常的东西。不过,不常见的野草倒并不缺乏——锦葵、酸模、荨麻、苦苣菜、两耳草,还有瓶尔小草,以及具有侵占性的三叶草。一天晚上,梭赛普给他的龙虾钳烟斗装满了干燥的野生烟草,然后开始畅所欲言。

"我们正与法国人分享我们的土地,而他们夺走的越来越多。你能看到他们的牲畜如何毁坏了我们的食物,他们的船只和网又怎样捉走了我们的鱼。他们带来的植物征服了我们的植物。大部分人并不打算伤害我们,然而他们为数众多而我们却很少。我相信他们将会成为一股巨大的浪潮席卷我们。"他低沉的声音变得充满了张力,传递出一种精神力量,"所有这些森林曾经都是我们的。"他说,"我们可以去任何想去的地方,没有阻碍。那样的时光已经过去了。然而我想要告诉你们,如果我们米克马克人想要存活下来,我们必须一直在头脑中保持我们米克马克人的方式。我们将生活在两个世界里。我们必须把米克马克人的世界清晰地保留在我们的头脑和生活当中——在那样的一个世界里,我们,还有植物、兽类和鸟类全都同样是人,一起生活并互相帮助。我们必须在头脑里时时更新并敬畏这一景象,使之可以抵抗那种侵蚀性的外在力量。不然,我们便无法将它长怀心中。"

诺伊对佐伊喃喃道:"他是不是说我们必须放弃金属锅,像原来那样把木盆放在热石头上来煮东西,就像洛泽讲过的那样?"

梭赛普没有听到这些话,他继续往下说:"若不是我们曾伤害过那么多动物的话,它们也会同我们一起对抗外人。尤其是河狸。但现在情况不同了。我知道,你们其中有一些人喜欢法国人,而这也是不可避免的事,否则我们族人就要灭亡了,可是要记住,你们是米克马克人,记住。"

阿希尔对自己说,他将会按照米克马克人的方式生活,并认为一切都会顺利的。他将会娶一位妻子,而且他也会对他的孩子们说,他们也必须想象他们生活在一个米克马克式的世界,虽然它正在走向消亡。他们必须记住那种生活曾经是什么样子,而不是它现在已经变化而成的样子。

但即便在老梭赛普讲这番话的同时,他自己心里也很清楚,许多米克马克人都欣然接受法裔阿卡迪亚人的生活方式——他们的衣装,他们那坚固的船,他们的蔬菜和烤猪肉,那些金属制工具、玻璃装饰品和一卷一卷的布料,他们那醉人的烈酒和鲜艳的旗帜,甚至他们性感而赤裸的身体——它们是那样的白。米克马克的语言中早已充斥着法语词汇,还带有葡萄牙语和巴斯克语的残留,源于生活在他们的海岸上的那些早期欧洲渔民。而他自己,作为引导人们精神世界的人,作为一名曾经的大酋长,看到神父们已经取代了他,连同昔日那些睿智的老人们。

28

绿叶的秘密

好几年过去了,白人移民的数目成倍增长,很多人来自法国的拉罗谢尔。他们通晓排水堤坝和沟渠的技术,拥有魔鬼般的能力,能将大片多草的湿地改造为农田;只要有森林的地方他们便砍伐树木。他们沿着泥泞的街道一排一排地建起他们那种无法移动的房子,他们豢养的猪在泥中打滚,散步的家鸡趾高气昂。他们把自己包裹在厚厚的羊毛衣物里面,这样身体的异味一丁点儿也不会被吹送到空气中。米克马克人包容他们,甚至对他们很友善,不过他们并不理解新来者们对"盈余"的热情——不论是蛤蜊、浆果、鱼、原木、稻草、驼鹿皮——他们卖掉这些东西,或者拿它们交换更多的奶牛和马匹,更多的鸡和猪。

塞尔家的年轻人结婚了。诺伊嫁给了泽菲兰·德索泰尔,他是一个阿卡迪亚的渔民,是奥古斯特——那位死去的男孩的生父的一个堂兄。佐伊嫁给了保罗,一位年长的米克马克男子,他的左肩在儿时被一头愤怒的驼鹿伤到,伤得很严重,这一创伤使他丧失了打猎的能力。不过现在他在捕鳗鱼方面表现出色,所以他们的棚屋从来不会缺乏食物。阿希尔娶了一位美丽的米克马克女子,名叫伊索贝尔,她已经小有名气,因为她那强有力的手指技艺高超,能编织新种类的篮子——不是用根,而是用云杉和桦树的薄木片。她手上时常都在把玩着一块薄木片。埃尔菲奇邂逅了德里玛,并向她求了婚;她是一位寡妇,前任丈夫在一次伏击中被杀死了。泰欧蒂斯特最终和安妮-玛丽结了婚,那个女人曾是他第一位妻子的朋友。他们渐渐形成了一种远离白人移民的生活方式,尽管有越来越多的人到冬季的营地去砍伐松树。

阿希尔越来越自豪于他的狩猎技巧,他认为没有什么野兽是他所不能了解并猎杀的。

"在陆地上,毫无疑问,"鲁热·埃米尔说,"不过你得躲开海洋里的生物。你可不是什么捕鱼高手。"说完他便大笑起来。

这一评论刺痛了阿希尔,他不停地回想着从前的那些故事,那时候米克马克人曾经乘他们的树皮独木舟猎捕鲸鱼。人人都说,独木舟在河流中和海洋沿岸地带是最棒的,但在更深的水域当中,在某些凶恶的鱼类袭击时它们可能会很危险。阿希尔不相信一条鱼会有什么能耐损害独木舟——那只不过是个吓唬小孩的故事。他说他将会独自一人乘独木舟深入海湾去捕鱼。他也确实这样做了两次,每次捕到的鳕鱼都有他自己身高的一半那么长。他也确实带了一根鱼叉,不过他说这是为了预防英国人的袭击。然而一次为时一个钟头的经历改变了他对鱼的看法。

他说服了他的朋友巴尔特·诺古和阿利特·斯波特和他一起划独木舟出行。他们可以看到岸上的人们,那些人就跟他们的小指一样小。阿希尔从眼角的余光瞄到在更远的地方有某样东西飞快地升出水面。捕鱼成绩斐然;他们互相取笑逗乐。然后他的独木舟开始摇摇晃晃。他向水中凝望,但什么也看不到。过了一会儿,诺古的独木舟从海面上高高地升起,他们看到黑白分明的巨大虎鲸正在用背将它顶起。那头虎鲸沉了下去,诺古的独木舟倾斜了,剧烈地晃动着,不过没有翻掉。

"不要划桨!"诺古大喊,他的父亲曾讲述过关于危险鱼类的故事,"拿起你的鱼叉!当它再次靠近的时候,用力击打它。"他们屏住呼吸,紧张地等待良久,随后在距离诺古大约十条独木舟那么远的地方,他们看到了如同巨大的松树桩一样的背鳍从水面升起,接着又缓慢地沉下。他们紧紧地握着手中的鱼叉。当那头海洋生物从他的下方升起的时候,阿希尔看见了它看不出的眼睛后面的那块闪闪发亮的白色椭圆形斑。当它靠近的时候,他用力地将手中的鱼叉戳向它光滑的一面。那头动物立刻闪向一边并潜入水中,鱼叉被一下子从他的手中拧开;它带着鱼叉跑掉了。那头动物消失之前,它用一种熟悉的声音对阿希尔说了一句话。

"你不是。"它用梭赛普那深沉的声音说。然后它就消失了。

"它现在也许已经离我们远远的了,"诺古说,"我祈祷不要还有别的鱼。"他们一动不动地等待着,害怕极了。然后诺古小声地说:"我们往岸边划吧。"

在他们划桨的时候,一直观望着远处的水面有没有巨大的背鳍,察看近处有没有那头黑白分明的巨型生物的踪影。

"神灵保佑了我们。"在他们快要到达浅滩的时候,诺古说。他大口地喘着气。

"你听到他们说话了吗?"阿希尔问。

"我感觉到了他们的存在。"

诺古和斯波特在那天晚上把他们的故事讲述了一遍又一遍,诺古的父亲摇了摇头,他说从前的时候,米克马克人若是必须乘易碎的独木舟进行海上旅途,他们会在船头和船尾放上很多绿叶繁茂的树枝。

"那些凶恶的鱼会闻到叶子的味道,它们便会误以为独木舟是一片小岛,因此它们将有搁浅于这片小岛的风险。于是它们就会立刻避开它。你们很幸运只遇到了一条。若是有一群的话,它们肯定会把你们的独木舟掀翻,把你们弄到水里去。它们已经吃掉了很多我们的人。它们太善于玩掀翻独木舟的把戏了,就跟它们撞破浮冰的方法一样——海豹们跌落水中,然后被它们俘获。或许它们觉得人也是某种海豹。"

诺古的父亲走到一个储物篮旁,那里存放着他的珍奇物品;他拿出了一只牙齿,它有男人的手掌那么长。"它们有上百只像这样的牙齿。"他一边说着,一边向众人传递那只沉重的长牙。

阿希尔这才意识到自己是一个怎样的傻瓜。他的视线越过火堆望向梭赛普。他想要问他,当那条鱼用梭赛普的声音说着"你不是"的时候,究竟想要表达什么。真的是它开口说话了吗?那些词语究竟是什么意思?这个老人正注视着他,当他们的目光交汇的时候,梭赛普冲他扬了扬眉毛。可是阿希尔无法找到一种合适的方式来询问他。

29

烤驼鹿头

经过一整天辛苦的猎捕驼鹿之后,梭赛普突然死亡了。这位老人安详地坐在火边,手里还拿着一块肉。阿希尔看到他睡着了。他无法被叫醒。阿希尔想,或许对于一位老人来说,这是一种安逸的死亡,带着一次成功狩猎后的疲倦,享受着温暖的火堆和浓郁的驼鹿肉。不过,梭赛普长久以来一直都在筹划着他的死亡赞歌,它是一首宏大的乐章,讲述着他的狩猎战绩、人生历程、他的孩子们,还有他在他那个时代曾经目睹的奇妙事件。比如在一次漫长的战役中,一个敌人曾把他变身成一头熊。如今他已无声地坠入逝者的世界,死亡赞歌完全没有用上。

阿希尔去了海边,眺望着远方。海水几乎是平的,在单调的天空下呈现一种单调的颜色。天空仿佛消失不见,就像从来没有过天空似的,而梭赛普就在那里,深葬海底。一只海鸥浮在海面,安静地睡着。

"爷爷,"阿希尔大喊,"我愿您在大海深处旅途愉快,虽然您对我说,'你不是'。"听到他的声音,那只海鸥惊醒了,经过一番振翅,飞上天空。

他度过了三十三个冬天,如今已步入中年。由于猎物稀少,他每一次打猎都要离开很多天。不知何故,他对于动物已经失去了如人类那般的尊敬。他的妻子伊索贝尔为他时常不在身边而叹气。

"为什么你就不能像其他人那样,在森林中做点砍伐原木的活儿呢?"

"在好好地打完猎之后,若是我们有充足的食物,我会去砍伐原木的。"他的孩子们和妻子也同他自己一样都穿着法国式的衣服,有谣言说,这个时候英国移民正在大量到来,以夺取土地。"你不是。"他对自己说。这个念头从未曾离开过他的脑海。

没人知道他们是不是在打仗,或者在和谁打仗。嗜血成性的森林游骑兵们乘坐全副武装的船只从波士顿到来,不加区分地杀戮。英国人只为自己人挖掘墓地,把米克马克人的尸体随意丢进火里。出血性麻疹导致了如此众多的人死亡,以至于只有很少人存活下来,能安葬他们;在一个地方,他们不得不把尸体堆放在一个池塘里,使他们远离白人饲养的那些贪吃的猪。

虽然米克马克人怨恨他们的阿卡迪亚邻居入侵,不过他们仍与其中的一些人结婚,将米克马克的语言和理念教给他们,同时也吸收很多他们的生活方式,从而愈发深入地进入一种双重生活——在摇摇欲坠的疯狂中,内心的真实同外部世界激烈交战。而那些阿卡迪亚人,保守而严肃的农业学家,那些热衷于排干沼泽的人们,希望不受打扰地生活,而且反感神父关于拿起武器对抗英国人的那些规劝。克雷姆神父有时会想,似乎正在形成一种新类型的人——这些人身上部分是米克马克人,部分是阿卡迪亚人。后来,英国国王敦促从陆军或海军退役的英国志愿兵以及殖民地的新英格兰人来占领新斯科舍的免费土地。千千万万的人拥了进来。

阿希尔又一次被春季里想要去往北方的冲动所困扰,他计划了一次为时两至三个月亮周期的狩猎之旅,带上他最年长的儿子昆陶——名字取自一种带有亮铜斑点的有威力的石头,还有他的外甥奥古斯特——浅色眼睛,棕色头发,像一个来自海外的人。很多年前,当昆陶顺利度过了三个冬天,看起来能够活下来的时候,阿希尔为他制作了一张小型的弓,还有一些钝头的小箭支。

"现在你应该打猎了。"他说。

小男孩模仿奥古斯特——后者年纪略大一些,已经知道如何杀死鸟类和青蛙了。他在那些箭支上刻下标记,拉开他的小弓然后松开了弦。射出的箭仅仅飞行了和他的影子差不多短的距离。到了夏末时节他获得了一次成功。在差不多一根棚屋杆那么远的距离之外,一只硕大的草蜢正停在一根长长的草茎上。昆陶眯起眼睛,瞄准它然后放出了箭。那只草蜢被射到半空中,跌落在地并倒向一侧,腿部僵直向上。昆陶捡起了他杀死的猎物,朝阿希尔跑去。他没想到自己会受到这样隆重的祝贺,仿佛他猎杀的是一头驼鹿。那只草蜢被放在一块桦树皮上展示给大家。他们用一场盛宴和草蜢舞进行了庆祝。以这种方式,家族欢迎了一位新猎手的诞生。

昆陶的年纪到了十一个冬天大,他的目光开始渴求地看着一个女孩——马兰。他想要结婚,然而这个愿望只有等他杀死他的第一头驼鹿以后才可能实现。奥古斯特在两个冬天前就已经杀死了一头,他戏谑地建议昆陶找一只大型草蜢代替驼鹿。不过,阿希尔将两个男孩召集起来,说他们可以和他一起前往遥远北方的那片小树枝地带,那是一片生长着黑色云杉的针叶林带,迎风面的树枝光秃秃的,因风的作用而斜向一边,让位给布满湖泊和巨砾的起伏的苔原,一片延伸至地平线的鸟类王国。

"八至十天之后,我们将到达一片桦树和云杉的森林。我们在这里停下来狩猎和捕鱼,熏制肉类,做我们的独木舟,因为比这里更往北的地方没有桦树。等我们发现了好的狩猎区时,我们打猎。"

每个人都打包好自己的必要物品。阿希尔带上了燧石和一些可以生火的黑色真菌。不过,他们也可以随身携带火,他说。在他们离开的那个早晨,他从家里的火堆中取了热炭,往三个有黏土薄层的蛤壳中分别放置了一块,将它们用兽皮绳子紧紧地系拢。

"这样我们很快便能够生火,"他说,"我们每天早晨出发时都要这么做。每个人带上一块新燃的炭火。我们将用弓和箭打猎。带上你们的鱼叉。我们不用欧洲人的枪械。我们会像真正的米克马克人那样。"

诺伊的女儿之一詹妮目睹了这一切。一天晚上在棚屋里,她对一位朋友耳语:"你知道那些白人的猪吃了我们的蛤蜊吗?"

"我知道。一头很大的老母猪是领头的。"

"是的。我有一个计划。"她伸手从背后拿出一个塞满空蛤壳的兽皮袋子。她对她的朋友悄声耳语,那个女孩笑了。

"我会帮助你。"她说。

她们在涨潮前就已起床。詹妮和她的朋友从封起的夜火中取出了热炭,把它们放入蛤壳中,将那些半壳用黏土合在一起,使那些蛤蜊看起来像普通的未曾被打开过的贝壳。她们将那些贝壳诱惑性地紧邻海岸线放置,然后在上面撒了一些沙子。她们在海岸的高处等待着。一头大母猪和六头小些的牲畜下去掠食蛤蜊了。第一只蛤蜊被掘了出来,在它落地摔开的同时,那头老母猪噙住了滚烫的木炭。两个在旁观望的女孩听到它的惨叫和咆哮声,感到心满意足,她们在沙滩上大笑着,打着滚。那头老母猪匆匆往村庄逃去,发出怪异的啼哭。其余的猪将剩下的灼热蛤蜊挖了出来,没过多久,阿卡迪亚的村庄便开始回荡着这群猪的惨叫声。对于这两位女子来说,这真是美好的一天。

打猎之旅开启得十分顺利。奥古斯特和昆陶为来到陌生的地带兴奋不已,而且他们很高兴有机会进行一次真正的狩猎之旅,就像旧日的米克马克人那样。第三天,奥古斯特射到了一只游水的河狸,然后他跃入水中去取回它和他的箭。还没等他回到岸上,又一只河狸从深水处露出来,昆陶射中了它。奥古斯特把两只都带回岸上。那个晚上他们吃得丰盛极了。阿希尔在途中采摘了柳叶和一种可制作烟草的名叫"奇尼奇尼"的叶子,把茎柄系在他的背篓上。他在走路的同时,可以嗅到它们那疗愈的气息。到了晚上,他们在睡前抽烟斗,讲故事。

新的地域令他们耳目一新。所有的一切都注入了一种名为"曼尼图"的魂灵。他们扎营的水域附近有那么多饥饿的湖鳟,几次呼吸的工夫便网到了六条。他们看到腐烂的原木旁边有熊,注意到在遍布洞孔的残桩上存活的小生物,还有很多生活于这片富饶之地的猫头鹰。这是那些法国人即使穿行在其中,也永远不会注意到的一个世界。

在一个雨夜之后,他们一觉醒来,置身于一个遍布蛛网的亮晶晶的世界。浓重的迷雾让脚步声以及从灌木丛中穿行的声音都变得寂静。这是一个适合打猎的早晨,而接下来还有很多个这样的美好清晨。昆陶看到阿希尔不但身体无比强壮,而且他对使万物归一的无形之力也有很强的理解力——兽类、神灵、人类、鱼、树木、海洋、冬天、云朵。

"我们的食物现在不多了。"阿希尔一边说,一边均分着两只小丘鹬,"我们今天打猎,往东边去一点。"他们整个上午都朝着太阳行走,中午在一片小湖附近休息的时候,他们的奖赏来到他们身旁。一头毛皮光泽的黑熊从一小片云杉当中走了出来,缓缓来到青草茂盛的河岸。那头熊如此肥胖,以至于每走一步它的腹部都在颤动。阿希尔首先射出了箭,然后昆陶和奥古斯特同时射出,然后阿希尔又射。那头熊躺倒在地,一动不动。

"我们怎么把它弄回营地?"奥古斯特说,"它个头太大了。"

"嘀,你会知道的。来吧。"阿希尔说,"首先我们把这头熊的内脏除去,留给狼。"他们为这头巨大的动物取除内脏,然后阿希尔将它拖到河岸的边缘,"注意。我做给你们看。"阿希尔拿出他时常带在身上的筋做的绳子,把那头熊的后掌同前掌捆缚在一起。他从河岸上跳了下来,背朝那头熊,把手臂滑入捆缚的熊掌所形成的圆圈,倾身向前,一提一晃,然后站得近乎笔直,那头熊便像一个巨大的背包一样到了他的背上。他一个人将它背到了营地,每一步都留下了深深的脚印。当他把重负放下之后,他让他们查看他的脚印:"你们看到当一个人在背负重担的时候脚印有多深了吗?有时候那个人是在搬运补给品,有时候是毛皮。而有时候是一头熊。"

整整一个月亮周期之后,他们才来到了桦树林的尽头。在一个傍晚,狩猎小队停在了一个小湖的岸边。阿希尔环顾四周。"这片森林里的白桦很不错。而且我看到一些树上缀满了便于引火的火绒。我们用这种树皮做两条独木舟,"他说,"虽然此时的月亮并不太合适。"奥古斯特带来了他的小弯刀,他将制作船桨。他们在幽微的光线下搭起了营地。善于起名字的奥古斯特管它叫"独木舟制造所"。

在奥古斯特给他穿旧了的莫卡辛鞋换鞋底的时候,昆陶和阿希尔在拂晓时分摇曳的黑暗之中朝着湖的东端出发,他们脚下的霜沙沙作响。从一英里之外,他们可以看到湖的尽头有一个驼鹿形状的小圆点。等他们接近时,昆陶可以看得出那是一头在浅滩上的年幼的雌驼鹿。上升的太阳照射着它的口鼻处滴落的闪光液体。他们离开了岸边,以免它发现他们而跑回丛林;他们迂回地接近它,每一步都极慢、极小心。在他们距离尚远的时候,那头驼鹿便抬起了它的头,朝他们的方向看过来。它听到了他们的声响。昆陶震撼于它的听力之灵敏,使它能够觉察到他们从远处走近。它每一次的呼气,都形成一团雾气融入清冷的晨曦,阿希尔觉得,这些气息就像人们和动物的生命,存在须臾,紧接着便在空气中被吞噬殆尽。昆陶的脑袋没有思考的余地,他神经紧绷得颌骨都疼痛了。"等等,"阿希尔悄声说,"现在,让它慢慢确信周围没有人。"过了很长时间,那头驼鹿溅着水花前行,靠近他们。"它会沿着岸边觅食的,它会靠近你。"阿希尔用手势示意。它走得更近了,直到他们能听到水中植物被撕扯的声音。当它重新爬上坚实的地面时,阿希尔颔首示意,昆陶举起了他的弓,把弦往回拉,然后松开了它。那头驼鹿流血倒下了。

"现在你是一个男人了。"阿希尔说,"我会让你看看怎么把这头驼鹿弄回我们的营地去。"他把他那实用的筋绳套在了它的脖子上,然后跃入水中,昆陶也和他一样。他们一起沿着岸边拖着那头雌鹿。

奥古斯特说:"我们现在可以叫你驼鹿猎手,而不是草蜢杀手了。"

他们把那头沉重的猎物拖到倾斜的岸上,并为它去除内脏。昆陶和奥古斯特把它的头带到炊火边,阿希尔随后前来,带着心、肝脏、少量的脂肪和几块上乘的肉。

"那么,"阿希尔说,"现在你生起火来烤切片的肝,用驼鹿脂肪烧切片的心脏吃。再加热更多的小石头。我会处理它的头来烤。"

他们吃了烤至半熟的肝脏切片。阿希尔切开驼鹿头骨,摘掉它的眼球并在湖边冲洗驼鹿头,与此同时,昆陶在火堆中放置了一块平坦的石头。当石头变得灼烫,他把驼鹿脂肪丢在上面,随后又把驼鹿心切片放入那嗞嗞作响的油脂。阿希尔往他们最大的桦树皮容器中装了一半的水,然后往里面丢入滚烫的石头。水沸腾了,他便将驼鹿头放进去。它太大了,他不得不一直翻转它。他让它滚煮了几个小时,在等待的过程中,他们享用了那肉质细密的心脏肉。煮了许多个小时之后,阿希尔已能将它的下颌骨从热气腾腾的头上拧下来了。在他把骨头拔出来的同时,昆陶和奥古斯特挖了一个很深的洞,在里面生起了一堆猛烈的火。他们继续吃着一片片的驼鹿心,继续往烤炙坑内扔着燃料,与此同时阿希尔采集了他所需要的香料。他铲出了一半的炭块,把驼鹿头用猫尾香蒲、野洋葱和其他香气浓郁的绿色植物包裹起来,把整个头放入坑中,上方铺上一层炭块,最后把所有东西用泥土覆盖起来。

当他们完成这些工序后,两个克里族的人从树林中走了出来。他们说他们和族人在湖对岸有一个捕鱼营地。阿希尔邀请他们所有人参加第二天早上的驼鹿头盛宴。

"我听说过这种食物,"一个克里人说,"不过我从来没有体验过它的美味。"

"到了早上,你们将吃到你们一生中最棒的食物。"阿希尔说。

克里族的人们在早上到达了,带着他们所有的包袱和风干的鲑鳟鱼,因为他们那一天正要搬迁,去另一个不错的捕鱼湖。这群人当中包括两个还算漂亮的女孩,还有几个吵闹的小男孩。阿希尔把烹制好的驼鹿头放在一大块桦树皮厚片上,他们所有人都倾身向前,赏闻那诱人的香气。昆陶和奥古斯特坐在那两个克里族女孩旁边,大吃大嚼。接下来的几天里,在制造他们用的独木舟期间,他们又一次次享用了驼鹿肉大餐,直到克里族的人们返回他们的捕鱼营地。

"驼鹿头之湖。"奥古斯特说。

阿希尔、昆陶和奥古斯特满载着熏制驼鹿肉,继续前行,艰难地沿着迷宫般的水道行进,不时被河狸坝阻断,迫使他们回到陆地上搬运包裹和独木舟。桦树变得十分稀少,屈从于白云杉的主导。最后,就连那些树也消失不见了——他们进入了小树枝地带,枯瘦的黑云杉和矮小的白桦,更远处是一望无际的苔原。他们看到一片广阔的区域,放眼望去全是北极棉草那羽毛般的团簇。奥古斯特为这里取名"在白绒绒中行走之地"。在这里,茎秆上有很多茸毛的"乳齿象花"正沐浴在夕阳的光辉下,几千株这样的植物闪耀着奇异的光芒。

先前途经米克马克地带的那上百万只鸟儿此刻正在这片北方地域,各种各样的鸭子、鹅、潜鸟、雷鸟、渡鸦、猫头鹰和贼鸥。成群的驯鹿在幔布般的苔原上渐渐移向另一端。破碎的卵壳与未熟的浆果数不胜数,有时他们也能看到远处巨大的灰熊。广阔的苔原地带在扭曲光线的热浪中颤抖着,远处横卧着灰色的巨石,它们的表面因覆盖地衣而闪烁着橘色、黑色、绿色和赭石色的光芒。有好几个白日都炎热到难以呼吸,螫蝇也是一种凶猛的威胁。

"说真的,父亲,"昆陶说,"这个地方满是不知餍足的螫蝇。没有人能在这里生活。除了鸟类。"

"我们在这里。我们活着。"阿希尔说,"不过要是我们不往身上涂些油脂和灰烬的话,恐怕我们不会活得太久的。"大地在颤抖着,当他们的脚踏上地面的时候,黑色的水冒了出来,涌到他们的脚边。他们的独木舟在曲折的河道中迂回前行,在每一个转弯处,他们都能望见陌生的新景象。最终,已使柳茎变红的早霜警示他们调头返回。就这样,他们伟大的夏日狩猎之旅结束了,它将一直留存于他们的记忆中,然而却染上了无法疗愈的愤怒和悲伤。

阿希尔带着驼鹿肉的四分之一,准备在庆祝他们回归的盛宴上吃。随着他们离他们的家——阿希尔的棚屋越来越近时,他们听到了无比嘈杂的砍树声,还有用一种支离破碎的语言喊叫的声音。随后,他们发现自己置身于大约两百个英国移民当中,是那些人在砍树,并在阿希尔的棚屋先前所在的地方建造着原木小屋。他们不说法语。三十个全副武装的英国士兵严阵以待地站在那里。阿希尔那间棚屋的残留物在地面上冒着烟。

"我的妻子在哪儿?我的孩子们呢?"阿希尔质问着,他的眼睛里满是愤怒。士兵们把手中的枪支对准他。其中有六个人冲上前去夺那块驼鹿肉,对他拳打脚踢。有个人开了枪,子弹在阿希尔耳朵上方的颅骨处刻下了一道印痕。除了疼痛,他还感觉到自己的血液淌在脖子上时的温度。在他倒下的同时,他看到棚屋中往日的摆设已变成一堆残骸,而在那堆残骸的边缘,有一只尚仍能辨认出形状的手和焦黑的前臂,皮肤全烧光了,露出因热度而抽动着的肌肉。他太熟悉那只手了,因为他曾爱抚过它,而且多次看到那只手为他准备食物。伊索贝尔。他的妻子。

他记忆中的一切都被清空,重新填充的是那烧毁的棚屋树皮的气味,那烧焦的熊皮床铺,烧成了焦炭的那只爱意融融的手,一个士兵如死尸般苍白的脸和他那乌黑油腻的头发,一棵倒下的云杉的呻吟以及英国人的笑声。

昆陶抓住了他的肩膀,极为害怕但不顾一切地用力拽着他。"父亲,快起来。"他尖叫道,他也认出了他母亲那被切断的胳膊和手,"快跑!他们会杀了我们的。"

阿希尔知道这是真的,然而他渴望一死。但昆陶和奥古斯特拖着他离开,他们俯身小跑,上方不停有子弹嗖地飞过。他们到达了埃尔菲奇的棚屋。于是埃尔菲奇得知,英国人杀死了阿希尔的妻子和他年幼的孩子们,他们的骨头在燃烧的棚屋中焚为灰烬。当埃尔菲奇的妻子试图处理他的伤口时,阿希尔把她推开了。他宁可留着那处创伤。昆陶哭了,同时阿希尔走到外面,跟跟跄跄地来回走着,虽然不发一言,步伐却沉重而蹒跚。他感到麻木,却又思绪万千;他试图去想一些小事,比如预示天气的云,以使自己摆脱他曾看到的一切。毫无用处。那个场景灼烧着他的脑袋,就好像他现在仍然站在他那被毁掉的生活面前。一切都被打碎了。他重新走回屋内,无声地坐在他哥哥的身旁。白天过去了,当棚屋内已因暮光而变得柔和时,阿希尔才开口说话;他喉咙紧缩,嗓音粗哑。

"英国人杀死了我的妻子和孩子们。"他说,"他们有几百个人,还有武装的士兵。正像梭赛普所预言的那样。"两兄弟无声地坐着。阿希尔耸了耸肩,他的五脏六腑如同打结了一样疼痛;他用一种颤抖而不自然的声音讲话。

"这个地方——米克马克,确实富饶而美丽,正因它的富饶,如今他们想要夺走它,就像梭赛普曾对我们讲过的那样。我不再打猎了。我在这里的人生已经结束了。'我不是。'我将离开这片属于我们母亲的土地。我会去往南方,到缅因伐木。我要去蹂躏他们的土地。"

"他们不会在意的。他们认为那种蹂躏才是正确的方式。"

"你说的没错,但无论如何我还是要这样做。"

"弟弟,"埃尔菲奇说,"如果有更多英国人来,我们或许也会和你一样离开。"

"他们会来的。"

"父亲,我和您一起去!"昆陶激动地说。棚屋外的奥古斯特听到了这些,于是便大喊道,他也会与他们同去。然而,在阿希尔离开之前的几天,经历了葬礼、哀悼和严肃的谈话之后,他那只受伤的左耳上方肿起了一大块;那只耳朵什么也听不清,除了一阵轰鸣声。他说昆陶和奥古斯特最好跟埃尔菲奇在一起,直到他送出消息让他们前来。他必须先找到一个安全的地方。他也需要独处,以埋葬那些落到他头上的记忆。埃尔菲奇可以帮助昆陶和奥古斯特。但是没人能帮助阿希尔。

30

节节败退

阿希尔走进了缅因、新罕布什尔和新不伦瑞克之间有争议的边界地区。他找到了乔治·弗劳德,一个法国中年男子,头顶有一块圆形的不毛之地,在秃顶的边界线之下,他那浓密的头发闪着银色的光芒。

"我有一支伐木队伍,在从这里往南走两日的地方。付给樵夫很好的工钱。我有一些印第安——你们所有人一起到伐木营去。马上。"他吸了一下鼻子,然后往地上吐了口痰,"必须得快一点。如今只要有地方在伐木,就有一间锯木厂。我们整个冬天都将砍伐松树。"他又吐了口唾沫,然后提了提他那往下掉的裤子,"等冰全化掉之后我想让人造木筏。"阿希尔签字受雇。

人们正在上百个地方砍伐着松树。巨大的针叶林倒下了。新的幼苗在砍伐一空的土地上萌发,然而如今茂密的林区遭到了破坏,而且在每一处砍伐一空的区域,物种的演替都随新树的抽芽而改变了一点点。森林开始在不起眼的方面发生改变。它仍然活着,但早已不是从前的样子。只有很少的人注意到。森林是无比广阔的资源,它既是敌人,也是财富。阿希尔感到它和米克马克人的遭遇相仿——白人移民们利用它们,打倒它们。

他们一行四人向营地走去,全都是米克马克人。地面上有一点雪。他们走在路上,猫头鹰啼叫不停。勒内曾经用法语名字 Chouette 称呼这种小猫头鹰,英国人把称呼变成了 Saw-whet。他们之中最年轻的人是珀赖因,这是他初次尝试一份有报酬的工作。阿希尔想,他的年纪应该还没超过十八个冬天。照管他的人是他的舅舅图什,同样来自布雷顿角。

他们在下午晚些时候来到了弗劳德的营地工头阿卢瓦·拉格朗日那里。那人的身体像是一堵肉墙,脸上有刀疤和绒毛般的连鬓胡。他板着脸孔望了他们一眼,然后指向营地的方向。

他们发现那是一片满是残桩的空地,还有两间由伐木工搭造的粗糙而无窗的茅舍,其中一个屋顶上竖着一根直立的烟囱,其下方唯一的一个房间里有一只火盆。阿希尔将脑袋伸入门内,但令人难以忍受的白人臭味让他差点晕了过去。

"我宁愿和狼睡在一起,也不要和白人。"图什说。他们要搭建他们自己的棚屋,和那些人分开居住。

在渐渐变灰的日光中,他们飞快地砍下用作棚屋杆子的小树以及一片片的云杉树皮,建起了一间很大但却粗糙的 A 字形架构的棚屋,与白人居住的那间浓臭的茅屋略微隔开一些距离。他们用木杆加固了倾斜的侧面。这里是庇护所。几周之后会有厚实的积雪半覆盖着它。

看到这个新住处时,阿卢瓦·拉格朗日说:"很好,这么做会减少一些麻烦,把大家区隔开。"他正想着难免会出现的打斗和因此而损失的工作日,"队伍里又来了两个印第安人——都是帕萨马科迪人,最好他们也搬去和你们一起住。"拉格朗日说这样做就好比是把所有的鸡放在同一个鸡舍里。阿希尔点了点头。帕萨马科迪人至少是米克马克人的阿尔冈昆族亲属。

这些人可分成三个群体——缅因人,法裔加拿大人,还有印第安人。缅因人围坐在他们室内的火盆旁,把各式各样的配菜放在一个巨大的平底煎锅里,咒骂着,对着他们灼伤的手指吹气,直接从那个滚烫的器皿中取食。法国人在火盆中央滚烫的灰烬中埋了一口装满豆子的铸铁荷兰烤锅,让它煮上一整夜。当他们又弄到些猪肉的时候,便把肉也加到豆子锅里。那些豆子闻起来实在诱人,缅因人再也受不了了,他们偷走了那口铸铁烤锅,把它悄悄地带到丛林里并吃掉了里面的东西。那口空空如也的荷兰锅在营地一英里之外某处被找到,在他们砍伐的地方附近,于是便发生了一场大规模的打斗,武器包括斧柄、石头和小刀。死了一个人,而那口铁锅被空着肚皮的法国人收回了。绝大多数缅因人第二天便离开了营地。当一批来自班戈的新成员到来时,他们带来了一口荷兰烤锅和一蒲式耳的干豆子。

印第安人在户外用木炭烤肉食,通常在他们棚屋的背风区,以免火被风吹灭。他们没有什么铸铁锅,不过帕萨马科迪人与他们分享了两只不错的桦树皮篮子,因此他们可以烧水来沏上一些云杉茶。帕萨马科迪人有一小袋中国茶叶,不过米克马克族的人们更喜欢云杉芽尖和黑桦树皮。在白日的砍伐期间,阿希尔也留意着猎物,甚至会把他的斧头放下一两个小时而到山脊狩猎。当他终于发现积雪下面有熊的巢穴时,他们在无须劳作的礼拜天杀死了它。冰冻的熊肉让他们吃了一个月,而那张毛皮则被铺在了棚屋的地板上,成了屋内最舒服的坐处。他们每个人最多只能讲不超过几个单词的英语,不过阿希尔已开始学习最为拗口的话语。

他有好几把斧头,包括一把曾属于勒内的旧斧子。过度使用耗损了切割刃的绝大部分金属,而厚厚的残余部分很快就变得很钝。他想要一把美洲伐木斧,那种斧子有大而结实的钝端;要是有足够的钱,他还想要一把上好的鹅翼状砍斧。他打算在弗劳德付给他冬季干活的酬劳之后买下这些。他想起了勒内,想起他无与伦比的砍伐风格。在此时此刻,在巨大松树的包围之中,他思念着他,希望像从前那样同他一起砍伐。每个伐木工都有他自己干活儿的方式,而勒内则以用非常锋利的斧头来快速轻砍而闻名,他能够连续地砍上好几个小时而毫不疲倦。小时候,阿希尔觉得很难保持和他相同的砍伐节奏。

当春天开始从南方渐渐走来的时候,乔治·弗劳德骑着一匹气喘吁吁的马来了,他说他们必须立刻把那些原木弄到河里去。冰正在融化,只要再过暖和的一天,那些融雪产生的水便会涌入比它更重的河水中。然而他们还有几百根原木需要从森林中拖出来。

"别管它们了!把你们能拿的全滚到水里。"弗劳德匆忙得不顾一切,阿希尔把这一点告诉了清路帮工们。

法国樵夫之一里昂·拉弗莱什说:"你不知道吗?我们正在新

英格兰的殖民地里,我们整个冬天都在砍伐他们严令禁止的桅杆松树。"

"对此一无所知。我以为我们在——他们怎么称呼它来着——哦,不伦瑞克。"

里昂笑了:"这就是为什么弗劳德那样慌慌张张的。这片森林的主人肯定正派他的人来夺走这些原木,而弗劳德听说了这件事。林地主人们总是知道我们在砍伐哪里,并任由我们做这些事。随后,就在我们把它们弄到河里之前,他们才在最后一刻拿走那些木头。"

把原木弄到水中就是他们的花招。河水向北流入新不伦瑞克,在那里原木会被乔治·弗劳德的锯木厂工人们从水里拖出来,然后摇身一变,从英国国王的桅杆松树变成新不伦瑞克的木板。弗劳德大喊着,跑来跑去,催促工人们更快地滚动原木。可是弄到河里的木材还没到三十根,一群伐木工和武装着斧柄与链条的班戈恶棍突然从森林中冒出来,一场打斗开始了。面对好斗的赶牛人①,弗劳德的队伍非常快乐地还起了手,因为缅因人喜欢打架胜过所有的一切。他们寡不敌众,因为林地的主人从酒馆召集了几十个人,承诺他们可以得到报酬和一场令人激动的打斗。弗劳德的人当中会游泳的便跳进了水中,往远处的岸边游去。

那些原木被林地的主人夺走了。弗劳德没向任何一个人付钱。大部分米克马克人往北方去了,但是阿希尔因为打算回到埃尔菲奇那里接昆陶和奥古斯特,所以无法两手空空地回去。他漫无目的地继续向南找活儿干。

---

① 指班戈人。

31

跟我来

埃尔菲奇如今度过了六十六个冬天,虽然眼睛近乎失明,却仍在天气好的时候坐在户外。秋日的气息,仿佛涂了蜡的树叶在飘落地面时彼此碰撞的声音,使他回想起那些鲜艳的颜色。树叶掉落下来,冬季的第一场风把它们扫入坑洼,而雨水和初雪又把它们压扁。随后森林便寂静无声。

冬天里,他蜷缩在火炉旁,陷入一阵阵沉思,想着记忆中的颜色和雾,想着狩猎和旅途,还有六年前那个可怕的日子,当他跪在泰欧蒂斯特那具无头的尸体旁边时,灼热的眼泪是怎样流淌过他的脸颊。尽管已经到了人生的第五十九个年头,泰欧蒂斯特还是成了一名战士。一七四九年八月,当康沃利斯①无视米克马克人的领土权,宣布哈利法克斯是一个英国移居点时,泰欧蒂斯特那班人突袭了一群英国伐木工。他逃离了复仇的游骑兵,在下一个星期却陷入一场未知的暗杀,他的头成了一位赏金猎人的战利品。

如今埃尔菲奇正谱写着他的死亡之歌。诺伊的女儿菲比在母亲去世之后搬了过来,以便照料他。有时候他们会猜测,几兄弟中最年轻的阿希尔,也就是若干年前去缅因砍伐树木的那位兄弟,会遇到什么样的事。

"昆陶,"菲比说,"昆陶会找到他的。"因为,经历了同妻子马兰之间的诸多烦心事之后,昆陶离开了她以及他们的儿子托尼,往南方去找他了。

---

① 此处应指爱德华·康沃利斯(1713—1776),时任新斯科舍总督。

"如果他还活着的话，"埃尔菲奇说，"如果他还活着。可能会有很多厄运降临在昆陶身上，因为他的任性。"

"但没奥古斯特那么任性。"奥古斯特花大部分的时间同英国人共度。他违反了很多项英国法律，喝威士忌，偷窃。他被关进监狱，遭人殴打，但依然毫不驯服。英国人管他叫坏印第安人，而他对这一诨名感到快乐和欣慰。

"有一天他们会杀了你的。"埃尔菲奇警告他说。

"不，我杀他们。"奥古斯特说。确实不时会有一些村民被人发现淹死在镇子后面的湖中，或者被冲到岸上，那白色的身体被水泡得泛起褶皱，而且还有刀伤。孩子们漫步进入森林，但再也没有出来，他们的骨头在好几年后被人发现，头骨上有很大的破洞。没人知道这些事情是如何发生的，不过这让埃尔菲奇产生了一些不愿去深究的想法。

对于埃尔菲奇来说很有趣的是，随着年龄的增长，人们相信他是一位智者，甚至是一位大酋长。很多人来找他请教当一位英国家庭主妇将滚烫的水泼在一个乞讨食物的米克马克小孩身上时，他们应该怎么办；还有一些人请求得到神奇力量的帮助。看着他的族人处于饥饿之中，不得不蹑手蹑脚地在英国人周围活动，求他们雇用或者乞讨一份食物，这对于他来说不啻于一种惩罚。世界上没剩下多少米克马克人了，而似乎每个人都在被疾病、饥饿和忧伤困扰着。他们很容易便死去了，因为他们想要死去。

很多年过去了，阿希尔没有回到他在北方的族人身边。他离群索居。他作为一个技艺出众的樵夫而富有声誉。营地的恶棍们离他远远的。他打斗时带着强烈和近乎冷血的恶意，曾有一个人在森林里从他的背后冲过去，试图击打他的脖颈下方，结果却发现自己的前臂仅剩正在喷血的断肢——他的手还没来得及挥出，就已被砍断并掉落在地。另外有个人在夜里带着火把悄悄靠近，想要烧毁阿希尔的棚屋，结果他自己却被烧死，虽然没人了解那到底是如何发生的。那人烧焦的身体被丢弃在棚屋的前面。新来伐木营的人们被警告说，要离那位印第安杀手远一点，他是很久以前屠杀移民的嗜血野蛮人的转世。

离开米克马克的马兰和托尼之后,在从一个营地到另一个营地的辗转寻觅途中,昆陶听说了那些故事中的一部分。他受雇于杜克父子公司当一名清路帮工。越来越难有机会在足够充沛的溪流附近找到松树林,于是帮工们整个夏天都在干活儿,在小到不能再小的溪流处修建水坝。此时的森林是危险的。战斗、伏击和小规模的冲突仍在继续。人们处于杀戮的情绪当中。

缅因的营地里有更多印第安人,他时不时地听说一个叫希利的人的一些消息,他觉得那人可能是阿希尔。这位希利是个很好的猎人,一个很好的樵夫。昆陶能找到的全部信息仅仅是希利在约克州干活,在拉奎特河畔砍伐松树。他下定决心在春天时去那里。他想,这要步行两个星期。或许他能加入阿希尔的队伍。他父亲将会多么惊讶啊。也许他们还可以一起去米克马克,等他们把那些原木送往蒙特利尔之后。他会得到他的报酬,这样他们便可以坐一条做买卖的独木舟回去,直到河水迫使他们不得不重新步行。

1758年的春天来得很快,快得有点不同寻常。萎缩的积雪头一天刚结了冰,让他可以顺利前行,到了第二天却变得泥泞不堪。森林中流水汩汩。他行进得非常慢,而当他终于到达那条河时,那些正忙着把原木滚动到黑色水流中去的法国人说,希利已经随着第一批原木离开了。

"喂,印第安人,你到蒙特利尔去找他。"他们说,"也可能是新不伦瑞克。或者纽芬兰岛。或者地狱。"这场漫长的追寻突然之间显得十分愚蠢。他调头朝缅因走去。如今还来得及赶上春季的木材流送。他不想再去寻找阿希尔了。

一个月之后,他来到了佩诺布斯科特湾的西海岸,在卡塔瓦姆基格,那里的工人们正把木材装载到轮船上以便出口。那里有几个船坞,散乱地分布着白人的房子,其中有一座巨大的木屋,以及一个幸存的佩诺布斯科特人的小村落。他沿着正对海湾的一条大街行走,跟随其他五六个伐木工人去往伐木工酒吧,大部分的木材流送工会在那个地方饮酒,第二天在茫然失忆中醒来,身无分文。

昆陶感觉很不错。他很强壮,肌肉发达的身体十分结实。放弃寻找阿希尔让他松了一口气。或许有一天他们会相遇,可是目前而言,充满活力地活着本身已让他足够愉快。他大步行走,左右张望着周围的景象,眼睛闪闪发光。在森林中度过六个月之后,即便卡塔瓦姆基格的穷乡僻壤看起来也像是个大城市。

"喂!"一个强硬的声音用英语喊道,"你,印第安人!"

他回过头朝身后看去。一个年轻女子骑在一匹棕色的骏马上,她的手正指着他。他准确地猜到了她只有十八个冬天大,比他少十个左右。

"过来。"她的语气很坚定。

他犹豫了一下,然后耸了耸肩,朝那匹马走了过去。那是一匹值钱的马,完全不像负责把原木拖到码头的那种伤痕累累的大个头儿牲口。他站在那匹马几码之外的地方,看着那个女孩。她无比优雅,穿着一件镶着红边的黑色斗篷。她那深象牙色的面庞多少表明,她身体里有一部分是印第安人。

"你想要赚点儿钱吗?"她问,同时离他更近了。她抬起头,深深吸入他身上散发出的烟、肉类和松脂的气息。

他耸了耸肩:"做什么?"

"当然是劈木头。"她吐字清晰地说,"你带着一把斧头。你知道怎么劈木柴吗?"

他点头:"我知道。"

"我需要你,印第安人。跟我来。"碧娅特丽克丝·迪凯调转马头,骑着它朝那座大房子优雅疾行。他不得不一路小跑才跟上她。她那飘扬着的波浪般的长发,她的靴子那亮晶晶的靴跟,突然间令他感到一种深深的陶醉,仿佛温暖的雨点洒落在身上。就这样,在他的第三十个春天,他人生中最奇异的部分开始了,他似乎开始走出盘根错节的森林,来到一条闪闪发光的小路上。

勒内·塞尔的子子孙孙,不也同曾经的勒内无异,仿佛飘落到流水上的树叶,任凭溪流带它们前往未知的命运?

第四部

斩断的蛇

1756 — 1766

32

葬礼

老福尔热龙的葬礼这一天,就十一月中旬的波士顿而言,温暖得有些不同寻常,天空覆盖着柔和的云。十几位老人坐在前排的教堂长椅上,缅怀这位让他们因林地而发了大财的测量员。最后,杜克兄弟们——扬、尼克劳斯、贝尔纳,在公司簿记员亨克·斯滕的协助下,抬起那口无节松棺材,棺材被上了漆,擦拭得光可鉴人——一口优雅的棺材,献给这位把人生中将近四十年的时间用于测量东部白松的人。扬默默地希望贝尔纳不要被绊倒,不要摔跤。最小的弟弟奥特赫原本也应该在场的,可是他不愿离开佩诺布斯科特湾的房子,而且拒绝放弃那张大桌子——就是那块用迪凯砍伐的最大的松树制作的大木板。它本来应当作为一种象征归入公司位于波士顿的大会议室。

"我的工作需要它。"奥特赫满怀激情地说。

"那会是什么样的工作呢?"贝尔纳曾对着天花板发问。他认为奥特赫是个笨蛋。据说时常有印第安人拜访他。除了准确无误地收取他的年薪之外,他做任何事情都靠不住。然而不管怎样,他还是应该到场的。

葬礼布道持续了两个小时,不过到了墓地旁时,一切便开始加快进行了。越来越强的风使牛奶般的天空皱起微澜。尼克劳斯的左右脚换来换去,他的靴子像涂了油的马蹄般闪闪发光。随着风吹向北方,这个白日全部的温暖倾泻一空。杜克兄弟们会意地看着彼此。没错,福尔热龙一贯会受到天气的诅咒。乍起的寒意使牧师加快了进程。他们将棺木下放到黑暗的洞穴之中,那句"安息吧"终于说了出来。

杜克兄弟与瘦骨嶙峋的亨克·斯滕从墓地旁走开。亨克是这些年来作为学徒来到杜克父子公司的荷兰孤儿之一。这些最合适不过的送葬者们一起走向尼克劳斯·杜克的房子,他们走在大街的中央,那里的路最平坦。

"一起来吧,亨克。"尼克劳斯对这位正在人群边上徘徊的簿记员说,"加入我们同那位老朋友的诀别。"尼克劳斯是杜克兄弟中最善于交际的人,而且从他的外祖父皮特·鲁斯那里学到了说服别人的艺术,他还曾与外祖父一起航行到中国和日本。他那曾经乌黑的头发,若是未戴上一顶假发的话,应已成为斑驳的灰色。他的脸上和脖子上堆满肥肉,不过他活动起来却仍然灵活自如,不像扬和贝尔纳。

由于被午前温和的天气所蒙骗,他们几个没一个人穿得暖和。他们匆忙前行,经过一片树木繁茂的土地,还有因上星期的霜冻而变得硬实的大花园,直到他们望见尼克劳斯家闪烁着迷人烛火的前窗。透过灯光摇曳的玻璃,他们可以看到尼克劳斯的妻子梅西,贝尔纳的妻子碧伊特,还有端着陶瓷汤碗和水罐走来走去的波尼族年轻女奴——因为贝尔纳从玛利亚城带来了波尼族印第安人奴隶。

通往最好的会客厅的门诱人地敞开着,梅西在那里迎接他们。在客厅的中央,一张铺着精致的土耳其毡毯的长桌上摆放了盖着餐盘盖的菜肴,还有一排螺旋杯脚的银酒杯。某种芳香的木头在壁炉中燃烧着,斯滕猜想那可能是几块檀香木,它能让房间变得芳香——这无疑是夏尔·迪凯的东方劫掠物中的零星剩余。黄铜烛台上的蜂蜡烛火照亮了房间,它们颤动的光芒映照在一面巨大的穿衣镜里。亨克·斯滕凝视着那十几把有靠垫的黑胡桃木椅子——那么多,那么华丽。

"请进来吧,亲爱的客人们,请进。"梅西一边说,一边将他们引入温暖的房间。她穿着一件肩部有褶皱的灰色丝绸宽身女袍,里面是绯红色的胸衣和衬裙;她的假发整齐而服帖。她时常会头痛欲裂,不得不去一个安静的房间待着;此刻她无声地祈祷头痛不要发作,让她顺利度过这个晚上。他们的孩子佩兴斯、皮特和塞德利住在附近，两个儿子已经顺利投身于家族的木材生意。女儿佩兴斯嫁给了一位名叫杰里迈亚·戴克伯特的造船商。

亨克·斯滕在玄关踌躇不前，望着那些奢华物品和宾客们的华丽服饰。他感觉自己格格不入，渴望着回到自己寒冷的小房间，可是尼克劳斯催促他喝下一大杯加了朗姆酒的热腾腾的苹果酒。梅西把他引到切片的冷盘肉和碧伊特做的有名的辣根酱前，她说，它非常刺辣，即便是魔鬼也会被辣得直吸气。"听上去让人不太想尝试。"斯滕喃喃说着，将手伸向别处。他拿起了一块小小的杏仁蛋糕。壁炉发出噼啪的声音，如同悄声耳语。是的，斯滕想，尼克劳斯·杜克过得很不错。有什么理由会过得不好呢？杜克父子公司的销售额日益膨胀，那些木材商的锯木厂把原木加工成木板、木桶板和隔板，大酒桶的桶板，木瓦，桅杆，圆材和船首斜桅，堤坝木材。杜克家族的几兄弟全都过着奢华的生活，或许除了那个奇怪的奥特赫——他一直留在他们失踪的父亲位于佩诺布斯科特湾的房子那儿，斯滕从来没见过他；斯滕想象他是一位暴戾的隐士，手握一根黑刺李手杖。那块杏仁蛋糕在他胃里翻涌着，他觉得他最好快点冲到外面去。

梅西环视着房间，看看是否每个人手中都有一杯令人感到慰藉的饮料，是否有椅子坐，是否有交谈的对象。事实上，她希望面前不是这群客人。这些老家伙和他们的破林地！她非常希望能够招待从事商业航运的富有的波士顿家族，也希望受到他们的招待，他们同那些她父母时代的自认为是精英的渔船主们是如此不同。商船家族已经取代了他们，还建造了富丽堂皇的房子。她和扬的妻子莎拉欣羡不已地谈论那些人的社交活动。可是杜克家族从未有一个成员曾有幸被邀请至他们的茶会或晚宴。梅西告诉尼克劳斯，她盼望举办一场盛大的宴会，邀请这些大人物参加，然而尼克劳斯却说："亲爱的，最好不要。你不希望我们被人看作暴发户吧？"暴发户是世上最可鄙的词。

贝尔纳和他那位高瘦的丹麦或是挪威妻子碧伊特正站在角落

里,与乔布·希区伯恩交谈。乔布甚至比福尔热龙还要年长。碧伊特用她那种奇怪的口音说话,微笑着并连连点头。

当初贝尔纳带着碧伊特回家的时候,他们曾感到那样的震撼!碧伊特来自波罗的海或斯堪的纳维亚的某个国家,具体是哪个国家却并不清楚。有一次她对梅西说,她出生于丹麦那棵古老的"国王的橡树"附近。这件事令人震惊,因为贝尔纳年轻时极富吸引力,有着波浪般的头发和深蓝色的眼睛。他有种习惯性的表情,就仿佛他随时可能会微笑,左边脸颊上的一颗痣也强化了这一印象。他的养母科涅莉娅曾幻想他是某位法国贵族与一个漂亮的缝纫女工的私生子。如今的他仍然英俊,虽然头发已不再乌黑,优美的下巴轮廓被下颌的赘肉所取代,走路还有点瘸。没人理解碧伊特到底哪里吸引了他。但他们的婚姻虽然没有孩子,却维持了将近三十年。碧伊特使家里整齐有序,餐桌上菜肴丰盛。她花费了大量的时间在厨房里,不愿意让奴隶来做饭。尽管身穿不便的圈环裙,她还是愿意亲自调配和烘烤。她做的布丁非常有名。

富有的糖与糖浆进口商詹姆斯·皮克林的独生女莎拉曾是一个美人,有着乌黑油亮的头发和柔情似水的淡褐色眼睛。她不用裙箍而更喜欢硬挺的衬裙,衬裙让她的裙子在脚踝处鼓起来,露出粉色的丝质长袜,这对一位年过五十的女人而言是不得体的。他们的长子乔治·皮克林·杜克最近刚从伦敦的律师学院读完法律回来。他好几年来都一直在反抗,不愿被家人强行推入这一行业,他说他想做一名水手——不是做高级船员,而是一名普通的水手,去游历其他国家。

"乔治,"扬说,"做生意时,我们当中有一位受过法律专业训练的人是很有必要的。你会有可观的收入,以后你可以用一种比当个普通水手更舒适的方式周游世界。只要问问贝尔纳普通水手的生活是什么样的,你就明白了。"

事实上,他已经和贝尔纳叔叔谈过了,叔叔讲述的故事听得他的骨髓都要冻住了——台风,从船上落水的人,令人麻痹的赤道无风带,那乏味无趣且无休止的工作,恶臭的港口,冷酷无情且反复无常的船长。于是乔治·皮克林·杜克被成功劝阻了,从此他仅在书中历险。

贝尔纳同乔布·希区伯恩聊天,小皮特站在他们身旁。"老福尔热龙如果知道今天一开始是个好天的话,他会感到愉快的。"希区伯恩吸着他那杯乳酒冻,"你的树脂制造生意进展得怎么样了?你还去卡罗来纳的松树林吗?"

贝尔纳做了个苦笑的表情:"哦,不。我一直都更喜欢魁北克这一端的生意。我们在北方仍然运营着伐木企业。至于卡罗来纳,"贝尔纳拍了拍他侄子的肩膀,"我们这位小皮特可以负起责任。他管理着两百个黑人奴隶,而我们生产的树脂和焦油质量是最好的。我们做得非常不错,尽管英国的法律很严苛。"

"我几天之后就要回种植园了。"小皮特说。但两位长辈无视了他说的话。

"福尔热龙,"老希区伯恩说,"是个好人,不过你知道的——他总有一些奇怪的主意。他的观点既有法国式的又有英国式的,无疑是一种令人不舒服的混合。"

贝尔纳扬起了眉毛:"或许你不知道,福尔热龙出生在奥斯坦德,而不是法国。他鼓励我们的父亲同那些低地国家打交道。父亲总是说,荷兰人生来就拥有一种对地形的判断力。他说那是一种天赋,正是它造就了福尔热龙这样一位卓越的林地测评员。"

不过老希区伯恩继续说:"他强烈反对大规模的砍伐,谴责那些砍伐了树木,只取树干而把其余部分烧掉的人。他有一种节俭的理念。"

"哦,他永远是争论中的核心人物,"贝尔纳说,"我清楚地记得他的观点。他认为,人们在面对任何广阔而丰富的事物时,都会感到一种无法抗拒的冲动,想要把它们全拿走,再把他们无法使用的那些打碎并摧毁。"

老希区伯恩凝视着他:"哈!这不就像我们突袭了宴会主人的餐桌,贪婪地享用美味,再把杯子盘子在壁炉上打碎?"

"我相信,我们当中不会有人有这样的强烈欲望。"贝尔纳说。

"我讲的这是反映福尔热龙的思维方式的一个例子。你如果记得《圣经》就再好不过了:'神说,要遍满这地,治理这地,也要管理海里的鱼、空中的鸟,和地上各样行动的活物、一切绿色草木。'①当然,新英格兰这里各种野生资源都如此丰富,因此对这些资源没有任何限制,无论是鱼类、毛皮、土地,还是森林。"

贝尔纳没有纠正希区伯恩的错误引用,这位老人时常都歪曲经典以匹配他的观点。

"接下来,或许你能解释,尽管有那么富饶的物产,为什么波士顿却总是缺少木材,而且价格也总是在上涨。当然,这对于杜克父子公司来说是一件好事,不过这也把一些居民从城市中驱逐了出去。"

老希区伯恩拒绝谈论这个话题,他看了一眼杯子里快要见底的乳酒冻:"印第安人。那便是我们的问题。印第安人不正确使用土地,因为他们坚持漫游和打猎那种原始的生活方式。正如《圣经》告诉我们的那样,使用土地是一种责任。而这里有如此广袤的土地,人们可以做任何自己想做的事情,然后去往别处就是了。你无法让印第安人明白,正确的使用方式是砍伐、耕作、种植和收获,是饲养家畜、采矿或制造木材。简而言之,他们太不开化,而且不信基督。"

贝尔纳低下了头,他不希望发生争吵,不过他内心所想的是,菲利普王战争②并不是由一群懵懂的印第安人一时冲动而发起的。他们在战斗时就像疯狗一样,想要保住他们的土地,但他们输了。为何人们认为打猎和采摘浆果就不是对土地的一种使用呢?不过他没有把这个问题说出来。"好吧,先生,虽然福尔热龙割下印第安人的头皮赚赏金,但他也有印第安人朋友。而且他曾偶尔说起,新法兰西没有繁荣起来的原因是毛皮贸易,它使得所有可用的人手都离开了村庄,因此在创业和发展方面付出了很大代价。"

"这或许有某些道理,"老希区伯恩说,"不过我认为天主教对他们危害更大。还有他们稀少的人口,尽管他们像老鼠那样能生。"

贝尔纳对这些话语不予理会,继续往下说:"他总是很矛盾。他敦促杜克父子公司涉足毛皮贸易,而我们确实也小规模地这么做了。他认为若是取得了某种军事上的胜利,贸易可能会复兴。"

---

① 此句应引自《旧约·创世记》,但与原文有较大出入。
② 发生在 17 世纪晚期的一次种族冲突,是印第安原住民和英国殖民者之间爆发的一次大规模战争。

"人们说俄亥俄谷到处都是河狸。若是英国人成功占领新法兰西——也就是你不愿明说但无可避免的那种'军事上的胜利',那么贸易可能会重新变得有利可图。"

"是的,福尔热龙在很多事上都发表了很多观点,这时常让他无法成为一位令人愉快的同伴。人们在他身边总是感到惶惶不安,不只是因为他会招来闪电和大风。不过他在减少林地面积以及印第安人的数量方面做得比任何人都多。"

"所以在他身上我们可以清楚地看到人的两面性。"

"他用很多种方法获利。"希区伯恩说,他自己也从这些方法中获了利。

"我只见我父亲对他发过一次火。当时他们正在谈论温特沃斯,福尔热龙很大胆地对我们的父亲说,他——我父亲——永远也别想成为那些商人贵族中的一个。他还说,温特沃斯和英国贵族有良好关系,而且十分了解如何进入那些地位显赫的圈子。天哪,父亲简直勃然大怒。"

希区伯恩笑了,插了句关于温特沃斯的话:"我记得你父亲常常说起老温特沃斯:'到了一定时候他脚底下也会打滑的'。引自《申命记》。"

贝尔纳笑了:"他脚底下到现在还没打滑呢。那是一个狡诈而不择手段的男人。"

"福尔热龙积聚了一大笔财富,不过我一直都很惊讶,他那么有钱,却过得像一个原始的印第安人,靠猎物和玉米维生。他的一生是孤独的。"他压低了嗓音,"我想知道谁会继承他的财产。"

贝尔纳扬起了眉毛,并不理会那个问题。毫无疑问,这个房间里的每个人都蠢蠢欲动,好奇地想要知道福尔热龙留下了什么遗产,它们可不是什么寻常乏味的亚麻、下蛋的母鸡和破椅子,而是价值不菲的林地所有权。"或许他其实没那么孤独。我曾听说他有十几个印第安情人。需要我帮你再拿一些乳酒冻吗?"

"亲爱的,"碧伊特对他们说,"乳酒冻已经吃光了,尝尝枫糖奶油蛋糕吧。皮特,亲爱的孩子,跟我过来,别像篱笆桩一样站在那里听这些老家伙絮絮叨叨。这里有一位绅士,我想你可能想要结识。"

乔布·希区伯恩又一次感觉到,她有一种特别甜美而优雅的嗓音,就像一个纯真的小女孩,而不是她的外表呈现出的那位强硬的老主妇。

印第安奴隶们清理桌子的时候,女人们跟着梅西走进第二个客厅,那里摆着土耳其工艺的椅子,外观是木制的动物;四五张小桌子如小水坑般散布其中。女人们坐在壁炉前,品尝着中国茶,笑着谈论有关教皇拥趸黎塞留公爵①邀请客人裸体用餐的流言。"还有,"碧伊特说,"我们听说当他春天在马翁港对英国人'胜利'之后——假如我们能说它是胜利的话——他的厨师发明了一种以橄榄油和蛋黄制成的华丽的调味品。公爵管它叫'马翁沙司'②。"她们讲述时用了双关——用餐者赤身裸体,但食物却披着调料。

"今晚的餐桌看起来棒极了,亲爱的梅西。"碧伊特说。

"哦,得了吧!什么也比不上你那些精致的点心——那些饰有金边的蓝色盘子多美啊。"

"你真的太好了,亲爱的。不过,你知道,有四个盘子在一年前那场地震中打碎了。我们当时差一点从床上跌下来。我对贝尔纳说,如果说这是新英格兰的惊喜之一,那么我还是更喜欢钦博拉索山。我仍然不明白,如果那场微震的源头是在安角——就像人们所说的那样,它如何竟能对波士顿造成这么大的破坏。"

梅西叹了口气,然后说:"我估计如今会有更多这样的不幸,因为堕落的人类仍然在激怒万能的上帝。"

夜色越来越深,梅西几次把手举到太阳穴上,并轻轻叹息。最后,她承认了那件他们全都已经明白的事。

"亲爱的客人们,我担心的事终于发生了。"她吩咐女奴取来冷水和她的头痛药粉。

"恐怕我得告辞了。"她说。于是她走向专为她从头痛中恢复而预留的内室,满屋都散发着菖蒲根的香气;她对全体客人喃喃道别。

---

① 此处应指第三代黎塞留公爵(1696—1788),法国元帅。
② 即蛋黄酱。

"可怜的梅西,"莎拉说,"这头痛真是她的磨难。如此美好的夜晚却有这样一个遗憾。"

"是的,不过这花了她不少工夫。母亲并没有足够的精力进行这番折腾。"佩兴斯一边说着,一边冲那个房间连带里面的所有玩意儿挥了挥手。

客人们把女主人的离开当成一个信号,也开始三三两两地告别。尼克劳斯紧握了他们的手,替梅西道歉,并请求他们不久之后在某个比这次葬礼更为愉快的场合再次前来。簿记员亨克·斯滕点了点头——在走向大门的同时点头致意并露齿而笑。尼克劳斯多少期待着他离开时能用传统的方式表现出诚惶诚恐的敬意。

"愿主保佑你和你的乳酒冻。"乔布·希区伯恩喃喃道,蹒跚地走下台阶。

33

一个值得玩味的案例

然后外人们都离开了,除了扬的那位胸无大志的岳父詹姆斯·皮克林,他曾是一个臭名昭著的糖浆走私犯;还有法官路易斯·布拉泽德。法官的裤子太瘦了,将他下身的勃起部位凸显了出来,这更加令人感到困扰,因为他已经上了年纪了。

"法官大人,给我弟弟们看看那份报纸吧。"扬说。他长长的手指轻敲着朗姆酒杯的一侧。扬是负责与商人们达成协议并签订合约的人,他能拟出复杂的船运协定。他负责平抚对杜克父子公司的商业行为感到不满或利益受损的人的心情,部分原因是他对一切毫不在意,从而拥有冷静的天性,因此时常被误认为态度中立。而在他内心深处,他希望解雇所有的保皇派。

法官让他们传阅一张相当肮脏的报纸——《宾夕法尼亚公报》。报纸上展示了一幅插画:一条蛇被砍成了好几段,每一段都标注了一块殖民地的名字,还有下方的那句箴言——不团结,唯有死。

"这些日子里有太多报纸了。"乔治一边说,一边翻着白眼。

"哈!"尼克劳斯说,"这是富兰克林那家伙。我认识他哥哥詹姆斯。这个家族以他们煽动性的抱负而著称。本如今回到了这里,也可能在康涅狄格,我可以告诉你,他呼吁的这条团结起来的殖民地之蛇是永远不可能出现的。有太多人骨子里都是英国人,尽管他们出生于此地。而且那些产烟草的殖民地同产鱼和森林资源的殖民地是有显著区别的。"几十年来,杜克父子公司在他们对法国的效忠与出生在美洲的野心勃勃的新生代之间,维护着一种不稳定的平衡。意见的分化正浮出水面。

小皮特小心地表达了意见:"王室加诸我们的森林法令已经在殖民地居民和英国之间造成了不和,是不是?"长者们无视了他愚笨的评论。

身穿紫罗兰色丝绸西服马甲的詹姆斯·皮克林开口了:"请允许我来提醒你们,亲爱的朋友,这个城市在一个世纪以前曾窝藏了两名弑君的法官。忠诚的人零星散布,但殖民地的心渴望独立,而且对国王们和他们的手下充满厌恶。这不是什么新鲜事。而且森林法令不是所有美洲商人都厌恶的吗?"他转过身,优雅地往火中吐了一口唾沫。

扬说:"这种复杂形势每天都正变得更为混乱。路易斯,跟他们讲讲你告诉过我的话。"

"啊,那个啊。恕我冒昧地说,英国的进攻计划进一步威胁了你们位于魁北克的森林产权。当他们夺取魁北克的时候,他们也会夺取你们的林地。"法官快速地瞥了一眼贝尔纳。他觉得贝尔纳有点太喜欢法属加拿大了。

"或许吧,"贝尔纳说,"不过要记住,新法兰西有一支强大的自卫队。那支地方军队非常优秀,而且我们拥有来自印第安人的有力支援。我觉得,总督皮埃尔·德·里戈·德·沃德勒伊十分聪明而且了解这个国家。我曾听说,蒙卡尔姆将军更喜欢以欧洲的风格作战,攻城战和死板的对抗阵线——布拉多克的大失误①。可是在新法兰西我们发展出了印第安人那种悄无声息的林中作战方式。"

"这里的情况也是这样,"法官略带嘲讽地说,"你们那些法国混血儿的战斗能力并不突出。不过要留神,你的意见在波士顿的很多地方听起来会像是叛国。"

贝尔纳无视了这支冷箭。"我还听说,蒙卡尔姆和沃德勒伊彼此厌恶,而且公开地表露出这一点。"他叹了口气,"当法国人击败并杀死布拉多克时,我以为那就是事情的结束。"

法官摇了摇头,发出一阵刺耳的大笑。他盯着贝尔纳说:"我不

---

① 布拉多克是法国—印第安人战争中的英国指挥官,因为采用欧洲式作战输掉了迪凯纳堡一战。

这么认为。我完全相信英国会用殖民地的军队占领新法兰西,不管要花多长时间。去年九月在乔治河的那场战役能表现他们的毅力。"他的语调充满挑衅。

扬认为是时候提出那个问题了。他看着他的儿子:"乔治,经过学习法律,你对这一棘手的事务有何见解?杜克父子公司应该将它的忠诚置于何处?法国,还是英国?"

"要是这么简单就好了。"贝尔纳喃喃道。

"在我们的法律解读里,这种不寻常的情况永远不会出现,不过我们中间有几个来自殖民地的人私下里讨论过这个问题。"乔治有点膨胀。

"所以你认为怎么样?"贝尔纳怀疑,在伦敦中心学习英国法律之后,乔治也许曾经、并且现在仍然主张对英国的永久敬意。

"我们认为,从法律和管辖权方面来看,殖民地正在离英国越来越远。这一改变在一六八六年变得极为明显,当时英国政府担心我们正在靠自己的努力变得太独立、太富有了,于是将安德罗斯总督派遣到我们这儿,并废除了我们的殖民地宪章。"好了,贝尔纳想,关于敬意就到此为止吧。

尼克劳斯说:"经过了两代人的殖民地自治之后,他们犯了一个令人作呕的错误。即便把安德罗斯打发走了也于事无补。"

乔治大胆地插话:"而我们今天有什么呢?拥有权力的英国人做出对我们造成影响的决定,但他们根本不了解关于殖民地的任何事,他们在这里没有任何实在的经历,也不希望有。他们所提出的政令和法规是基于无知和自身利益。对于他们来说重要的是他们能从殖民地挤出多少东西来放到他们自己的保险箱里。"

"这似乎同法国与新法兰西的例子没有太多区别。"贝尔纳说。他颇为惊讶,乔治看起来懒懒散散,语调却热情洋溢,"也许这是所有殖民地的不幸。"

"如果这种愤懑的不满持续下去的话——喔,我可以指出一个法律方面的事例,它对于杜克父子公司来说尤其能够说明问题,因为它涉及砍伐森林。"乔治感到了自己的重要性。

"我在想我是否知道你要提及的事,"尼克劳斯眯起眼睛说,"你是指大约在十年前德莱格的那个案例吗？"

"不，我脑中想的是弗罗斯特的那个案例——比德莱格多少要早一些。在我们的私下议论中，我们这些身为学生的殖民地居民认为它是一个重要的案例。它在学院里只被提起过一次。律师学院的一位律师将它视为殖民地居民品性狡诈而粗鲁的一个证据。"

贝尔纳看着小乔治："你能否给我们讲讲？这个'案例'到底是什么？"

"贝尔纳叔叔，从表面来看，它可以被解读为马萨诸塞法院判决的常见倾向的又一个例子，判决往往偏向殖民地锯木厂的那些人，他们被指控擅自闯入私有土地并砍伐那里的东西。"

"是的，"尼克劳斯说，"那些宽宏大度的法院是这个地区吸引我们父亲的地方之一。我们一直都在忍受着那些该死的混蛋们——陛下的森林总测量们，已经忍受了超过六十五年。他们在法庭上受点罪是应该的。"他轻快地吹了声口哨。

"那么你提到的这一纠纷有何不同之处？"

乔治看了看布拉泽德法官。

法官把他的杯子再次装满朗姆酒："正如我们的诸多问题一样，它起始于伦敦——想一想被授予梅森和戈杰斯的那片广阔的土地。"他大口咽下酒。

"简单明了地说，一七三〇年，王室把一个为期五年的桅杆采购执照授予了拉尔夫·古尔斯顿——一个土耳其商人，与黎凡特地区做交易的那类皮肤黝黑的家伙当中的一个。这一执照准许他进入位于缅因在一六九一年属于王室的任何土地——也即是说，公有土地——并为皇家海军砍伐桅杆松树。"他冲乔治点了点头。

乔治开始讲那个非法入侵的案例，它基于一六九一年的某一天，当时案例涉及的这片土地为王室所有："拖延了一段日子之后，古尔斯顿雇了殖民地樵夫威廉·莱顿，来为他砍伐松树。莱顿在一七三三年到一七三四年的那个冬天砍伐它们，并将它们拖出来。没人反对。然而，从一六九一年以来，那块土地的所有权已经转到美洲人约翰·弗罗斯特的手中，他来自缅因的伯威克。皇家总测量员打算无视弗罗斯特的所有权。当一七三四年的春天到来之时，约翰·弗罗斯特挥舞着他的所有权凭证,告莱顿非法入侵。"

"我想我应该知道这件事会怎样结束,"贝尔纳说,"不过,继续讲吧。"

"是的。法院毫不意外地做了有利于弗罗斯特的判决。"

"天啊,我现在回想起了那场闹剧,"扬说,"莱顿愚蠢地想要收买法庭,是不是?"

"他是这么做了,"乔治说,"不过……"他伸出了手,仿佛在宣布一个带来所有改变的重要事实,"在海的另一边,当古尔斯顿听说后,他开始有所行动了。他同国王说得上话。一道皇家命令适时地到达了波士顿。"

布拉泽德法官笑得像一匹狼,他接着讲述这个故事。

"直到一七三八年六月,法院才召开关于这项动议的听证会。当法院宣称它没有权限去执行那道皇家命令时,每个人都大吃一惊。"法院的态度是,它的权限是制定法律,并且仅为发生在其管辖范围之内的事件开庭。他们声称他们没有权力强制执行他们所称的'外国判决'。这几乎等于宣布他们意图违抗皇家命令。你看到了吗?这就等同于他们说:'国王是个外国人,他和我们没有关系。'这是独立的美洲精神的一次胜利。

"先生!"扬大喊,仿佛在警告可能有间谍会听到这一叛国言论一样。

贝尔纳结束了这一讨论,把他们带回到更为简单的问题上——他们选择哪一边,英国还是法国。"我们可以问问自己,父亲会怎么选择。"

"一点也不难。他在离开新法兰西的时候,已将他的命运之签投在了英国人那一边。"

"父亲没有估算到殖民地彼此间以及同英国人之间日渐增长的不满情绪,正如富兰克林那条斩断的蛇所展示的那样。现在我们面临的情况不同以往了。"

"我同意,"扬说,"越来越多人在悄悄谈论,殖民地应该团结在一起,无视英国人。当涉及木材和造船,以及走私和糖浆的时候,我们已经在这样无视了。不断颁布的惩罚性的法案和税收确实威胁到我们这里的生计。如果我们不当英国人的话,我们能够大大地兴旺繁荣。"

贝尔纳笑了:"作为生意人,我们不是一定得维持同各方的友好关系吗?和法国人、英国人、南北双方的殖民地——还有温特沃斯家族。"

"是的,"扬说,"我们一定得与各个派别保持友好,包括英国人,而且要经常考察风向。还要一直留意新的法案。王室似乎决心要为我们戴上镣铐,因为我们正在避开同它的纽带关系。"

"对极了,对极了。"皮克林说。朗姆酒瓶在人们手中轮了一圈。

贝尔纳来到他们身边,拿着他妻子的蓝色羊毛斗篷。"该走了。"他温和地说,然后他们溜出了门外。

小皮特正套着他自己的斗篷时,堂兄乔治走到他的面前。他声音很轻地说:"堂弟,我们可以再碰一次面吗?我必须在三天后动身前往卡罗来纳。我希望我们能成为朋友,因为有一天我们会一起为公司工作。我感觉我们,还有塞德利,代表着这个家族的年轻血液。你知不知道那家狼窝酒馆?"乔治二十六岁,皮特比他小一岁。

"很好。比起熊巢或者雄火鸡,你更喜欢那儿吗?"

"我确实更喜欢那儿,安静,而且少有醉酒的喧哗。我们明天晚上在那儿见面吧。"他们握了握手,然后小皮特走出门外,进入清新的夜晚之中,进入林烟和不远处常绿的森林那带着甜味的香气里。

34

大木箱里的东西

　　狼窝是一个十分安静而令人愉快的小酒馆,有六张小桌子,房间的一端还有一个很宽的壁炉。这个地方空空的,除了脸上长着麻点的酒馆掌柜,他正忙着把桶里的酒倒到瓶子里。堂兄弟二人向壁炉旁边那张最小的桌子走去。两人都点了加胡椒粉的热朗姆酒,因为那是一个寒冷而无风的夜晚,预示着一场严酷的霜冻。皮特把双手伸向快要熄灭的火。

　　"我喜欢明炉亮火。在欧洲和英国我常常感到冷,因为他们的壁炉只有汤碗般大小,里面燃烧着可怜的小树枝。只有在这里,我们才用像样的火焰驱除了寒冷。这个壁炉需要添柴火了。"

　　酒馆掌柜无意中听到了,便说:"我们今天早晨正要换上一根新的原木,不过其中一个人耽搁了。他正在往这儿来呢。"他伸出了一根手指,示意等待片刻。没过几分钟,四个男人走进了房间,其中一个像个巨人,头发灰白;他们全都散发着新鲜空气和树皮的气息。酒馆掌柜来到了他们的桌旁:"也许两位绅士会想要换到远一点的桌子去,以便避开这个混乱场面。完成这个任务少不了罗伯特·肯博尔,他现在才刚刚到这儿。"那应该是指那个大块头,皮特想。

　　门开了,进来一阵寒冷的空气,几个人在长八英尺、直径两英尺的巨大的绿色山毛榉原木的重量之下蹒跚行进。他们把它弄到那个巨大的壁炉中,一边咕哝着,摇晃着,猛推着,议论着它有多重。酒馆掌柜拿着一根铁棒冲上前去,将那根硕大的原木撬到后面去,然后放进去一根很大的山毛榉前枝。酒馆掌柜把灰烬堆积到新放入的木头上,以减缓燃烧。一个男孩带来了一篮油松木屑,接着在一两分钟之后，一簇新生的火焰使房间充盈着热量和舞动的光芒。酒馆掌柜给了他们每人一杯朗姆酒和一枚钱币，还拍了拍罗伯特·肯博尔的一侧肩膀，就像是拍打牛臀一般。他看着皮特和乔治，打着询问的手势，问他们是否想要回到原来的桌子那儿去。可是现在坐在火边就会太热了，于是他们还是留在现在的地方。

"啊。"乔治·皮克林·杜克说，他大口喝着他的热甜酒，咂着红红的嘴唇。树枝般瘦骨嶙峋的皮特点头且微笑。他们安静了很长一段时间，享受着温暖的炉火和热辣的烈酒。

"我猜我们以前没像这样碰过面，"乔治说，他很少见到他的堂弟，"没有过，和塞德利也没有。但是有一天——这一天不会很遥远——你和我将决定公司应该做什么，不应该做什么。"

"是的。我们应该更经常见面。当然，有的时候你在卡罗来纳。"

"真可惜。不过我确实找到了回波士顿的理由。"他们在令人舒适的沉默中安坐。乔治清了清嗓子，"根据昨晚的讨论，我认为你将会站在殖民地这一边，而不是英国或法国。"

"是的，我会的。而且我认为贝尔纳叔叔会支持新法兰西，而不是法国本身。不过他已经在波士顿生活那么久了，他可能会站在殖民地这一边。"

"我们所得到的消息大多是臆测。"

"确实如此。而且我怀疑其中有很多都是有意的误导。"

乔治伸长了腿，然后打破了他们的沉思："亲爱的堂弟，我有一个有点私人的问题想要问你。"

"啊？"

"你是否见过我们的叔叔奥特赫？"

"见过，不过仅有一次。和你见到他是同一天。"

"我？我从来没有见过他。他对于我来说是个神秘的未知人物。"

"不，不，你见过他。你肯定会记得我们给小鸟们带去很多快乐的那个日子吧？那是一个春天，肯定在我们才七八岁的时候。不会更大了。"

"那些鸟儿的快乐时光永远都会存留在我的记忆中。不过这和奥特赫叔叔有关吗?"

"你记不记得一个瘦小的人,眼神狂野,往一张桌子上铺床单,并对我们说离他远一点?"

"我记得。我记得他狂暴的训诫,还有他像扬起风帆般挥舞着床单的样子。那个人肯定不是……"

"那个人就是奥特赫叔叔。据说他和海外有很多联系,他给科学家们写信,给他们寄去植物和野草的标本。"

"那个疯老头……那个人就是我们著名的奥特赫叔叔?他向科学家们邮寄野草?"

"确实如此。对于他们来说,新英格兰的野草是很珍奇的。"

"这么说,那个人就是奥特赫叔叔。我感觉受到了惊吓。"他又叫了两杯热朗姆,"我最清晰的记忆是那些鸟儿,还有我们在那个大号的旧箱子里发现的东西。"

酒馆掌柜送来了热饮。两位堂亲端起杯子,开始回想起来。

他们的父母一直都在他们称作"老议会厅"的地方同那位疯子叔叔密谈。两个男孩在房中探险,爬上嘎吱作响的窄楼梯,到阁楼去。一扇肮脏的小窗户透进了仅有的光。角落里有一只干瘪的猫头鹰尸体,这给他们带来了一丝愉悦的惊颤。有一只皮质的大箱子靠着一面矮墙,他们被吸引到跟前,摆弄那锈迹斑斑的搭扣,猜想着里面可能会有什么东西,然后在盖子轰的一声向上顶开并弄了他们一身灰尘和猫头鹰毛的同时,向后跳开。他们等待着。接着乔治鲁莽地走向大箱子,朝里面看去。他尖叫一声向楼梯那边逃去,大喊着:"它是活的!"小皮特也在他身边奔跑:"什么?那是什么东西?一匹狼?"

"也许是狼!也许是个印第安人!那是个恐怖的毛茸茸的东西。它在看着我。它会动!"

过了很久之后,他们才敢再次悄悄爬上楼梯。一切都很安静。木箱仍然开着,死猫头鹰仍躺在原来的角落。

他们走近了木箱,向里看去。那个扭曲而缠结的东西,并没有怎么动,但却散发着一种被压制的生命力。皮特很慢地将手伸到里面,触摸了它,然后向后跳开。

"好多毛,"他说,"恶心。"

接下来轮到乔治摸它了。他确实这么做了,甚至为了显示他的胆量,还在那团东西上攥了几秒钟才退后。事实上他们两人都知道那是什么,不过,把它当作是一种邪恶的化身能让他们的情绪高涨。皮特拧开了肮脏的阁楼窗户,把它推高,让更多光线进来。

最后,他们举起了那团东西。在三十多年后,迪凯的假发第一次重见天日。他们在阁楼里到处拖着它,把它像一块裹尸布般地盖在死猫头鹰身上,试着拿它往彼此的身上砸,尽管它很沉。最后乔治把它拖到窗户跟前,把它从开启的缝隙间塞了出去。噗的一声,仿佛一头奶牛打了个嗝,它落到了地上。

"乔治·皮克林!小皮特!"佩兴斯从楼下喊他们,"你们到底在阁楼玩什么呢?你们俩制造的噪音比自卫队还大。立刻下来,到花园里来。"

在户外,他们的战利品变得没那么有趣了。皮特从马厩里拿了一条皮革带,把它绑在假发上。他们带着它跑,那团毛茸茸的东西跳动着,上面还挂了一些小树枝。当皮特的母亲喊他们过去吃一碟苹果馅饼时,他们把它留在了黑莓灌木丛中。后来大人们回到了会议室,一直在讲话,两个男孩又一次晃到室外。多么神奇的景象!鸟儿们正把头发从假发中往外拽。

"它们正在用它来筑巢。"皮特说。"它们非常愉快。"乔治说。他们注视了很久,到了黄昏时分他们的马车越行越远的时候,他们还看着鸟儿往花园的方向飞去。就在这样一场冒险当中,形成了一种童年的友谊。

"是的,"乔治说,"那是个值得记住的日子——疯子叔叔奥特赫的假发。如果他看到了我们做的那些事,他会疯得更厉害的。"乔治对祖父夏尔·迪凯一无所知。

小皮特起身,在男子气概的驱使下,不必要地捅了捅火。新的火星从烟囱中上升,热气涌出。

"就是这样。"乔治说,温暖的空气舔舐着他的脸,"对了,你弟弟塞德利怎么样了？他既没出现在葬礼上，也没有去聚会。"

"对，尤金妮亚临产了，佩里医生建议她彻底卧床休息。塞德利觉得他应该和她待在一起，因为她目前十分脆弱，而且可能没办法活下来。"

乔治的脑袋里突然蹦出一句残酷的话，那是在伦敦期间他从某处读到的沃德先生对殖民地的美洲女人的一句评论："女人，就像早熟的果实，成熟得快，腐烂也快。"

皮特接着往下说："此外，塞德利一直都不喜欢老福尔热龙，所以神父准许他不来。"他重新坐下，往他的热甜酒杯子里看了看，里面还有足够多的酒，"学业完成之后，你还回过伦敦吗？"

"没有。不过我十分喜欢旅行。你知道，我曾想要追随大海，可是父亲坚持让我学习法律。你我的父亲似乎都是只想着生意。生意，生意，还是生意。"家族中的每个人都知道乔治多么喜欢海洋探险的传说，船只失事和荒岛求生的故事：船在猛烈的风暴之下支离破碎；野蛮人拿着他们的矛，在与世隔绝的岛屿上抓获了海员并生吃了他们；巨浪吞噬了整个舰队。伦敦的书商为他寄了一本笛福的《鲁滨孙漂流记》，乔治迷恋了那本书好几个星期，把它读了一遍又一遍。

"我很高兴听到你说你喜欢旅行，因为我们可能很快就要旅行一次。父亲最近收到一封来自奥特赫叔叔的信，也就是那位你完全不记得了的叔叔。他打算明年去阿姆斯特丹一趟，去看望他上了岁数的母亲和他妹妹多尔彻。父亲说我们必须全都去，因为祖母科涅莉娅年老体弱。而且我们从来没见过多尔彻姑妈。"

他们谈论了一会儿正在进行的战争，罗杰少校和他的流氓队伍。皮特看了看挂在他马甲上的那只漂亮的表。"我希望殖民地能团结在一起。目前它们彼此嫉妒而且存在商业竞争。对于杜克父子公司来说，有太多事需要改变，首先在北卡罗来纳就有不少困难。我希望当你、我和塞德利升到一定的职位时，我们可以会面并找出提高公司收益的办法。"

"还要提高杜克的社会地位。以公司目前的情况，没人会关注我们，这使我们很难获得让我们感兴趣且拥有良好社会关系的女孩的青睐。"皮特起身,向酒馆掌柜付了钱,穿上他那件厚实的斗篷,然后朝门口走去。"一起走吗?"他对乔治说。

"是的,走到教堂为止。新鲜的空气对我们有好处,而且能驱散朗姆酒的气味。"

他们走出狼窝酒馆,走进星光熠熠的夜里,星星如此耀眼,并一颤一颤地闪烁,天空中仿佛有声音流淌,如同琴弦在拨动。

"真冷。"皮特说。

"非常冷。"乔治说,"非常、非常冷。"他们呼吸着令人兴奋的松林空气。然而却有一种无法消除甚至带着恶意的力量,扭曲了这流星滑过的夜晚。

35

埃特迪杜

贝尔纳·杜克，五十五岁，他有两个大问题。他时常苦苦思索着它们。第一个担忧是他的继任者。在这个家族里没有人能接任林地测评员的重要工作，它涉及在他离世之后，评估杜克父子公司广阔土地上价值不菲的木材。他自己在夏尔·迪凯毫无缘由地消失之前已从他那里学习了这项技艺；然后又从老福尔热龙那里学习。不过在他的侄子当中，他还没发现任何一个人对评测树木、估算立方材积和板英尺有哪怕少许的兴趣。

尼克劳斯的儿子塞德利曾同他一起出去过几次。然而单单是解释直线和按块测量的区别，就足以让塞德利两眼呆滞了，而计算出一根八十英尺长的锥形原木的体积，更是远远超出他的能力范围。他们在一片未伐倒的活立木地带中行走时，贝尔纳写着笔记并进行计算，接着又转移到另一片地方，塞德利在后面跌跌撞撞地跟着。

"叔叔，有没有可能干脆雇一个测量员，让他来判断是否有值得砍伐的大树啊？"

"这是一门生意，"在一个午后，吃了烤焦的剩面包，喝了热茶之后，贝尔纳坐在树桩上点起他的烟斗，说出了他的理由，"我们需要弄清楚我们拥有怎样的木材，它的出材量是多少板英尺。找到一个好的测量员是很难的。这是一项艰苦的工作，而且不准确的估算和彻头彻尾的谎言无处不在。我们尝试过雇用测量员，他们有时候会递交不实的地图和虚假的报告，以图省事。他们发誓说那些树木好极了，结果却被证实是腐烂或者中空的。"

他吮吸着烟斗，把残留的烟丝敲出来，重新填装。"它抽起来太烫了，"他说，"我必须弄一个新的。"他从他们午间的火堆中取出一根燃烧着的树枝，拿它点燃了烟草。

"那些测量员受了温特沃斯和其他人的贿赂，把一片活立木错误地评估为上等木材。有一次我们的伐木人拿着斧头到达，却只发现偷木贼留下的上千截树桩。那些残桩因时间久远已经变得灰白——也就是说，测量员压根儿就没去过那里。还有一个人报告有一个森林茂密的镇区，然而我们却看到了一片灰烬。"他做了个鬼脸，再次清空了抽了一半的烟斗，把它重新放入口袋里。

塞德利坐在毗邻的树桩上，来回摆动着双脚，拍打着蚊子。在贝尔纳敲烟斗的地方，他看到一缕烟如藤蔓一般袅袅上升。这堂课还没有结束。

"一个经验丰富的人得花费超过一星期的时间，才能够判定区区五百英亩林木的价值。一位诚实的测量员对于我们的生意是至关重要的。家族内的某个成员必须肩负起这项责任。否则，等我不在世了，你们会被人蒙骗的。"不过塞德利可不会因这番语重心长的话而上钩。

"叔叔，恐怕我们得花点力气在家族之外找到一个人，付给他一大笔钱并好好培养他了。对我而言最大的吸引力在于生意的扩张。我的兴趣有点超出森林和木材本身。"

"难道你认为未来的荣耀属于钾肥吗？"他的语气十分轻蔑，就好像塞德利宣称自己对种植莴苣有兴趣似的。贝尔纳站起来。

"走吧，如果我们立刻骑马回去的话，我们能在天黑之前回到旅店。"在他们身后，烟斗中磕出的残留烟丝在满地的松针中闪耀着，它越来越大，渐渐形成一小簇火苗。第二天在波士顿，贝尔纳望见一片遥远的烟雾，并猜想那是杜克父子公司的林地在起火；然而火势无法挽回。森林被烧毁了，依照上帝的旨意。夏季的尾巴总是烟雾缭绕的。

贝尔纳感到自己老了，他没有什么时间可以浪费。他不得不在家族之外寻找他的测量员了。他会跟运营锯木厂的人打听一下，那里的人自身就是估算板英尺的能手——一把原木放在他们眼前，他们就能给你一个数字。然而，估算一棵立木的板英尺要难得多。或许他们会有一两位聪明小伙子能被训练出来。但愿他能够找到他们。

至于他纠结不已的第二个问题,那是没办法解决的,完全取决于上帝。如果他发现这个问题即将出现,他会有所行动的。然而若是他死了,他便无可奈何,只能听天由命了。

一七五八年,法国人把他们在非洲和美洲的领土输给了英国。在这种时候,旅行是很危险的,不过旅途何曾安全过呢?杜克一行六个人——贝尔纳、尼克劳斯、扬、奥特赫、皮特和乔治·皮克林,将搭乘全新的荷兰商用护卫舰叶蜂号,载着杜克父子公司的货物(建堤坝用的木材)从波士顿前往阿姆斯特丹。贝尔纳希望中途停靠拉罗谢尔,以便进行一些商务会谈,然而战争使这件事变得毫无可能。他们悄无声息地到达法国的海岸,毫发无伤,随后径直驶往阿姆斯特丹。塞德利则留在波士顿,因为生了儿子的尤金妮亚现在非常虚弱。佩里医生认为她可能不会活很长时间了。那个孩子倒是挺强壮,就像是他吸干了他母亲的所有活力,全部夺取到自己身上一样。尤金妮亚轻声说,他们应该为他取名詹姆斯;塞德利应允了,不过他已对这个谋杀犯婴儿心存恨意。

对于贝尔纳来说,这将是一段简短的行程。他计划一个月之后便返回。其他人想要留下多久都可以。事实上,乔治·皮克林谈起了欧洲之旅,不过不去法国,因为战争的缘故。扬和贝尔纳对此表示支持。但是尼克劳斯却反对小皮特加入他堂兄的旅程。乔治·皮克林能独自去旅行就已经很开心了,因为他本来就计划进行一次私人冒险,一路嫖妓和饮酒,他更愿意无人在旁见证,无论那个人与他多么意气相投。不能去法国实在太糟了,因为他常常听说那里是堕落生活的最高峰。

"皮特,你有树脂种植园的职责,"尼克劳斯说,"你不能尝试这样一次旅行。我曾经考虑我们可以派亨克·斯滕来监管种植园,若是你想要旅行几个月的话;可是他却大吵大闹,说他不适合这个职责。很显然他对于奴隶制度有道德方面的顾虑。所以我打算用更为强硬的人来接替斯滕。他最好带着他的道德顾虑到其他地方去。"

还有一天他们就要起航了,然而奥特赫还没到。没有他的行程是不可想象的,因为这次旅程正是他促成的。贝尔纳和史崔克船长谈了谈;船长是个阴沉的老荷兰人,他不喜欢乘客,不管他们付的报酬有多么丰厚。当他们在海上死掉而不得不被抛到船外时,他才高兴。现在他说,他将在约定的时间起航,不管有没有奥特赫·迪凯都一样。他已经收了那位乘客的钱,但若是乘客自己选择不按时到达,那么他可以步行到阿姆斯特丹去。他发出一阵夹杂着喘息的大笑。

皮特和乔治·皮克林靠在船栏上,留意着那位声名狼藉的叔叔的踪影。他们的耐心等待有了回报。皮特噔噔地跑到贝尔纳的房间,贝尔纳正往红色皮面的商务笔记本上写东西。

"叔叔!他到了。坐着一辆四轮马车,后面跟着三辆装满行李箱的马车。"

贝尔纳随侄子来到了甲板上,然后看到了奥特赫。他长得很像夏尔·迪凯,虽然没有他父亲那样的块状肌肉和后缩的下巴。软塌塌的黄色头发从他的系带式假发下钻了出来,但那浅色眼睛带有迪凯那种洞察人心的犀利感。他既瘦且白,明显是个深居简出的人。

奥特赫并不理睬贝尔纳,而是径直来到船长的船舱,在他那儿喋喋不休地唠叨了一刻钟。等他再次出来的时候,六名船员跟他下船,把他那些大大小小的箱子搬到了船上,将它们妥善放置在奥特赫额外预订的房间。接着,第四辆马车载着一个巨大板条箱到达了码头。十二名船员一起扛运才把它弄到了甲板上,它被就地安放,用油布覆盖并牢牢拴好。海员们开心地笑着,咬着奥特赫给的金币,回到了他们的岗位。奥特赫仔细审视贝尔纳,对他所看到的十分不悦——一个上了年纪的大块头,还有点跛。

"欢迎你,弟弟。"贝尔纳说。奥特赫撇了撇嘴。

"请记好了,贝尔纳,我们可不是什么兄弟。我的父母算是收养了你和其他人,但最重要的一点是,我们并不是拥有血缘关系的亲兄弟。"

"别担心我会忘记这一点。然而有趣的是,比起你来,我们却同你的父亲更为亲近。"

他很惊讶,因为奥特赫听完居然笑了。"是的,没错。不过这又不是什么让人羡慕的事。那人是个冷血动物。"

"他还是一位相当卓越的生意人,这一点对我们都大有裨益——无论是你,还是我。他的失踪对于杜克父子公司来说是莫大的遗憾。"

"的确。不过在人们提出的各种奇特的猜想之中,我猜你从未怀疑过他是患上了那个时代十分流行的天花,独自走进了森林,然后死于那种疾病,对不对?这样解释很合逻辑,我觉得。"

"你也许是对的。"

"是的。既然我们已经没有了坏脾气,现在我们是不是应该试着对彼此礼貌一点?鉴于我们必须在接下来的六个星期里形影不离地旅行。"

"那将让我再高兴不过了。而且我也确实很高兴见到你。"他们两个就像两只小猎犬那样嗅着对方,绕着圈子。

"我见到你也一样,虽然我知道你可能怀疑这一点。不过,快告诉我,正盯着我看个不停的那两只咯咯笑的小猴子是谁?"他指向船栏那里。

"马甲上挂着表链的是小皮特,他是尼克劳斯的儿子里的一个。皮特监管我们在卡罗来纳的树脂种植园。另一个是乔治·皮克林·杜克,他是扬的儿子,最近刚从伦敦回来,在那里的律师学院学习法律。缺席没来的是皮特的弟弟塞德利。他刚成为一名父亲,正在波士顿陪伴他产后的妻子。"他深深吸了一口气,然后转向他的侄子们。

"先生们,这位是奥特赫·迪凯,你们听说过他。"

这两个人刚才也听到了奥特赫否认他与贝尔纳之间的血缘关系,所以对应该如何称呼这个人感到不知所措。奥特赫看出了他们的困惑,于是他说:"你们可以叫我叔叔,不过前提是我们彼此都把它理解为对一位长者的尊称,而不是代表某种不存在的血缘关系。"他的语气就像他身上流淌的是王子的血一样。

"谢谢,叔叔。"皮特说。乔治也咕哝了同样的话。

"我们会在船长的餐桌前再次相见的。"奥特赫傲慢地说。然后他便下去整理他的行李了。

晚餐相当令人愉快,就连史崔克船长都不时地从他那硬面包皮般的脸上挤出一丝笑容。当被追问他如何看待法国军舰可能带来的危险时,他说:"我今天早上刚听说,英国人已经俘获了超过两百艘法国船。法国人关心的是他们在西印度群岛的贸易,还有新斯科舍。我想他们为数不多的船不会浪费时间来追逐一个荷兰商人。"

当布丁被端上餐桌又撤掉之后,轮船抵达了一个很好的港口。老人们拿出了他们的抽烟用具。奥特赫叔叔挥舞着一个黄色的烟草袋,上面挂着可怕的爪子。

"这是用一只信天翁的脚爪做成的。所有的骨头都被取了出来,外皮晒得非常漂亮。信天翁的很多部位都有用处,喙可以制成极好的夹子,使文件不会散落。它的肉同任何雉鸡一样美味。"

"那么你又是在哪里碰巧捉到了一只信天翁呢?"扬问。

奥特赫朝东边挥了挥手。

扬继续向他抛出问题:"你会在阿姆斯特丹待上很长时间吗?"

"完全不会。我会跟我母亲和妹妹多尔彻一起待上几天,然后到莱顿大学跟自然史方面的学者见个面。我几十年来一直都在同那里的一些博学之士通信;虽然我感觉已同他们非常熟识,但我们从来没有见过面。"他大口地喝着波特酒,"就算在此时此刻我们被相互介绍,他们也未必会认识我。因为在和他们的通信中我总是慎重地使用假名字。"他继续讲述说,他那个神秘的名字是这么来的——把字母表排成圆形,使用他姓氏的每个字母正对着的字母。另一层预防措施是,他调换了那些字母的顺序,于是便诞生了他神秘的通信假名——埃特迪杜。

"非常聪明。"尼克劳斯迁就地说。他忍着没问为何奥特赫那么需要匿名。贝尔纳既喜悦又不安地意识到他对奥特赫的判断是正确的。这个家伙几十年来把自己封闭在夏尔·迪凯那座位于佩诺布斯科特湾的房子里,如今已变成一个十足的怪人。一个可笑的化名,还有那些毫无价值的植物。天知道还有什么!

"我是否能问一下,你感兴趣的都是哪些主题?"他问。

"各种各样。新世界的植物。印第安人的工艺品,有关他们那些奇怪仪式的描述。佩诺布斯科特湾独有的天气现象。数学上的难解之谜。还有我的发明——在史崔克船长的友好协助之下,现在它正安然地待在这艘船的甲板上。"

船长点了点头。

"我的发明,我觉得还是不讨论为好。还有其他很多东西。"奥特赫一边猛烈地抽着烟斗,一边为自己取了最后一勺豌豆和又一个煮土豆。

"听起来你好像会在那里待上几个月,甚至几年。"贝尔纳看着奥特赫把他那个土豆嗖的一下从浅绿色的豌豆中滑到跟前。

"至少一年。我会在阿姆斯特丹或者莱顿安家,取决于在我看来哪里的环境更宜人。我也许会和多尔彻一起住,她的信表明她对自然史的兴趣和我有很多共同之处。我还可能与莱顿的那些科学家们待在一起——若是我的发明能获得他们的认可。然而,我很清楚他们或许会把我看作一个无可救药且无知的殖民地居民,直接和我说拜拜。不过我认为不会这样。我懂得很多他们连做梦都没想过的东西。我们到时候就知道了,嗯?"他吐出一团有力的烟雾,还有一些豌豆碎渣。

扬希望奥特赫干脆余生都待在荷兰。这样的话,杜克父子公司就终于能得到佩诺布斯科特湾的那张大松木桌了。

尼克劳斯曾花了很多时间和与公司签订了合同的伐木工待在一起,他发现奥特赫同那些从与世隔绝的森林中走出来的略微精神失常的人们有一些相似之处。森林使他们变得很奇怪,所以有些人把他们称为"林间怪人"。他们听到任何较响的噪音都会惊得直跳起来;他们领取过他们的酬劳,却又会在一个小时后再次闯入办公室要求付工钱,直到亨克·斯滕让他们看到他们已在收据上标记的"X"或者签下的名字,才又惊慌失措地回想起来。不过尼克劳斯很能理解。付款的形式太程式化了,不带感情,没有仪式,没有消解这份孤独而危险的工作所带来的精神紧张。于是他开始邀请这些过度劳累的伐木工们到附近的小酒馆里喝上一杯。他敦促他们讲述最近干活儿时遇到的险情——蔓延生长的树疤使得树木扭曲并惨烈地倒下；疾病和其他小毛病；看不见的树枝从头顶掉落；食物短缺；令人烦心的工友。一个小时左右的喝酒聊天之后，过去的事就留给过去，这令他们的心灵复苏。他想，是时候让奥特赫也这么做一次了。他将会把这个人拉到一边，让他尽情讲述他的发明，以及他在创造它时所遭遇的困难。不管它到底是什么东西。

晚餐时分是埃特迪杜最为闪亮的时候。他吃东西的速度很快，像一条狗那样大饮大嚼，以便有余力掌控席间谈话。他用一系列的奇闻逸事主导了话题，全部都描述得如同他自己亲身经历过一样。这是不可能的，贝尔纳想，除非他有分身术。很难把握这些故事的脉络，它们从错综复杂的句子当中慢慢浮现，时常点缀着英语、法语、荷兰语和一些零星的阿尔冈昆语。餐桌上的其他人被迫陷入一片沉寂当中。

他谈论着追寻天主教堂的飓风，谈论着曼德拉草、血雨，以及在一些墓穴中，有无形的力量将棺材从它们原本的位置移开，把里面的东西全倾倒在地板上。他知道有些鸟儿用肉桂枝来筑造它们的巢穴，另一些鸟儿只用海狮的内脏。他描述了漂浮在极地海洋中的冰雪之城，从高处的死亡飞跃，以及一些人可以在晚上从他们的肉体凡胎中脱离，化身为蚊子来骚扰他们的邻居。作为其真实性的证据，他进一步描述了一位巴黎的面包师，那个人伪装成蚊子，尽情地享用一位漂亮小姐的血，并因他的胆大包天而被狠命地拍了一巴掌；在他被拍死在窗台上的一瞬间，他试图变回人形逃走，他也的确变回去了，不过身体已经被压扁，十分吓人。

贝尔纳逐渐对奥特赫独占谈话感到恼火："你肯定不会指望我们相信你本人真的去了卡加延苏禄岛，并亲眼看到了食人吸血鬼们的邪恶餐宴吧？"

"不，不。不是我亲身经历。是我在都柏林的好友 E. 斯凯尔奇里，在目睹之后写信给我，详细地描述了一切。我读着他的信，恐惧得四肢都麻痹了。"

"听了你的讲述，我的四肢也一样。请原谅，先生们。趁我的心智功能还未受损害，我必须失陪了。"

乔治·皮克林和皮特却欣喜极了。倘若人一定得有个疯叔叔的话,那么奥特赫无疑是完美的一个。他们尤其喜欢那个蚊子的故事。这是对害虫的一种全新的理解。谁又能知道,正将口器刺入你血肉中的那只蚊子,是不是成吉思汗变的呢?

史崔克船长一直守在瞭望台内监察戒备,从拂晓直到完全天黑,检视着大海上有无法国船突然冒出海平线。有些法国的船比莱顿商船更快,在很多个晚上他都待在甲板上,站着吃饭,直到远处的某个小白点被鉴明身份。到了航行的第三个星期,天气显现出暴风雨的征兆——被船长称作"狗在主人前头跑"的波浪,汹涌的海面,愈发阴霾的天空,以及风吹打索具发出的呜咽。乔治·皮克林在甲板上踱来踱去,吸入咸咸的海风,倚在船栏上注视着跳跃的泡沫。船员们的手全都巨大而丑陋,他们的脸似乎被太阳烤成了锈迹斑斑的金属色。从航行的第一天起,乔治便用各种问题去纠缠船员们,尤其是威格尔斯沃思,那人是一个肌肉发达的无赖,长着麦田般的络腮胡,在上船的两个晚上之前,他们曾在小酒馆里见到他跳号笛舞。贝尔纳注意到威格尔斯沃思试图躲开乔治·皮克林,后者总是闹着要听欢快的水手歌——他不懂那些歌是专门用于某些特定劳作的,比如在拖动升降索、船用水泵,或者拖动船只时才会唱起这些劳动号子。史崔克船长看到他的船员被这样追问不停,皱起了眉头,不过咬住下唇没有作声。

奥特赫每天检查那些将他的发明固定在甲板上的绳索。"她安然无恙,她被捆得好好的了,她没法儿四处乱跑了。"他说。当他在餐桌前说完这句话,准备开始另一番无稽之谈时,船长摇了摇头。

奥特赫/埃特迪杜说:"我的老朋友,冰岛的皮尔福船长,以一种奇异的方式逃离了一场恶劣的暴风雨。他的船正在瑟库姆锡兴角那礁石遍布的海岸附近,突然来了一场暴风雨,迫使他们驶近嶙峋的峭壁。他装备有十八只巨大的锚和九个大桶,他自己一个,其他八名船员每人一个。在这场暴风雨中,沉船几乎成了他们注定的命运,但他丢掉了锚,把底舱的木塞拔了出来,然后像其他水手一样躲在自己的木桶下面。那艘船沉没了,他们也随之下沉,不过,在倒扣的木桶里,他们有足够的空气可以呼吸,直到暴风雨过去。"

史崔克船长带着一种古怪的表情听完了这个故事。"然后呢?"他用威胁般的口气问。

"啊,然后——他们堵上了那个洞,把水全部舀出来,然后继续他们的旅途。"

"闭嘴!闭嘴!这个水手舱的奇谈在考验我的脾气,先生。我不会再听这些胡扯了。在剩下的航程里请把晚餐带到你的舱房里去吃。"他发现奥特赫·迪凯是制造愤怒和不满的源头之一,所以最好控制一下他那些讽刺的小故事。他还打算和打扰船员的乔治·皮克林谈几句。奥特赫和乔治·皮克林大大增加了史崔克船长对乘客的厌恶情绪。

不过,如果说路德·皮尔福船长遇到的暴风雨是虚构出来的,那么席卷了叶蜂号的暴风雨便真实得有点可怕。无穷的海水上升,然后令人战栗地砸落到他们的身上。裸露的桅杆在呻吟,帆索的绳子在哭嚎。一团黑色的庞然大物在海平面上逐渐膨胀,向他们快速移来,随后带着可怕的重量扑向叶蜂号,前桅杆的上桅部分断裂开来,变成了乱糟糟一团绳子和扯破的帆布。出现了一种刺耳的声音,那艘船摇晃着,向一侧倾斜。史崔克船长亲自带着一把斧头冲上了甲板,动作快得像一条追捕猎物的鳗鱼,他砍断了将奥特赫的发明固定在甲板上的绳索,然后向后跳开。叶蜂号摆脱了那个沉重的箱子;箱子撞破了栏杆,如一块原生岩般沉落下去。减轻了这一重量,他们的船便升了起来,虽然已经裂开,还在渗水,但仍漂在水上。

在接下来的两天里,这艘船的木工修理了损毁的桅杆,砍掉了碎裂的木片和毁坏的木头,用存放在货舱里的一副新的上桅部件代替了它。

奥特赫把自己锁在客舱里。他们好几个小时都能听到他对船长的抗议和指责。第二天他形容枯槁、神情阴郁地出现了,眼睛红红的,一副痛苦的样子,手指弯曲成了爪状。

尼克劳斯为史崔克船长感到担忧,他试图缓和这一局面。"我真的很遗憾你失去了你的发明。"他说。

奥特赫/埃特迪杜用发红的眼睛怒视着他:"我不明白你的意

229

思。并没有什么发明。从来没有过什么发明。那只不过是一个用来惹毛傻瓜的箱子。"

"但它那么重!"

"石头。新英格兰的花岗岩。"埃特迪杜说完便转身离开了。

史崔克船长喜欢在入港时让船呈现出漂亮整洁的样子,于是在他们距离目的地还有一个星期航程的时候,他下达了换帆的命令;这是一道颇具难度的程序,需要非常专注,以及为时两天的巨大努力。乔治·皮克林·杜克嘴巴大张着,望着上方桁端旁的三个船员,他们正努力把旧帆从帆桁上解下来。乔治·皮克林钦佩不已的那位号笛舞者威格尔斯沃思,也是其中之一。

乔治·皮克林从甲板大喊着:"威格尔斯沃思!给我们来个水手歌,威格尔斯沃思!"听到有人喊自己的名字,那位船员便扭过头来,与此同时,突如其来的一阵风使帆鼓了起来,扯断了临时用来固定它的那些细纱线。帆从威格尔斯沃思的手中猛地松脱了,它那突然的抽动让这位船员松开了手,然后一个跟头翻落下来。

"哦,上帝!"乔治·皮克林说。威格尔斯沃思试着抓住什么,然后掉下来,撞上了下方的一根帆桁,接着反弹落入大海。乔治·皮克林冲到船边。威格尔斯沃思仰面浮在一片泛开的血水中央。乔治·皮克林还没想出应该做点什么,两名海员已经把绳子扔到船舷外,然后下了水,绕着那位伤者的胸部绑了一个单套结。

"用力拉!"其中一个游在水中的海员说,"拉!"

史崔克船长从他的船舱出来,拿着一根穿好线的针、一把剪刀和一根药签。他剪掉了威格尔斯沃思带血的头发,把他用盐水冲洗过的头部擦拭一番,然后快速缝合。他命令两名船员将他带到吊床那里并密切照看他。

"他会挺过来的。头像圆蛤的壳一样结实。也许在一段时间内会比平时还要蠢一点。我们可以看看他的情况会如何发展。"他转向乔治·皮克林,后者正带着浓厚的兴趣观察着这一切。

"你不应该同这艘船的任何一名船员讲话,在整个航行期间都应如此。你最好还是离这里远远的吧,免得可能会有什么事故发生。

船员们全都已经把你视为灾星。"

"他们只不过在嫉妒我和威格尔斯沃思之间的友谊。"乔治·皮克林笑着说。

"是威格尔斯沃思本人想请你滚远一点,乔治·皮克林·杜克先生。"

36

云

从波士顿出发之前,贝尔纳就已经安排租用了一辆私人马车,以便带他们在阿姆斯特丹四处逛逛,因为他不确定科涅莉娅和多尔彻是否有马厩和马车。奥特赫已为自己做好了安排。多年来,他一直都向一位富有的商人寄送成箱的檫木;那名商人已答应将自己的四轮篷盖马车、马和车夫提供给奥特赫使用。

他们终于从叶蜂号下来的那一天,是一个明亮蔚蓝的一月早晨。奥特赫预先借好的马车已等在码头的尽头。旅者们仔细地打量它。这辆可供两人乘坐的四轮轿式马车无比精美,海蓝色的珐琅,玻璃窗户,商人姓名的首字母像金色的蛇般盘绕在车门上。马车的车身悬吊在钢质弹簧上——旅行舒适度的极致。马车夫的号衣是深黄色的;贝尔纳说,这景象远远望去,就像一只蓝色茶壶嘴上立着一只金丝雀。奥特赫命令叶蜂号的海员把他的行李箱装到一辆等候多时的运货马车上,没过几分钟,商人的那些奶油色的马便一溜烟地带他离开了。

阿姆斯特丹已经变得如此之大,大到让扬、贝尔纳和尼克劳斯感到震惊;如此喧嚣忙碌,它的港口挤满了每个国家的船只;至于街道,他们童年时代就存在的那些街道上挤满了说二十多种不同语言的人。扬发现他已听不太懂那些街头俚语,然而听到之后,惆怅的怀旧情绪依然蔓延了他的全身。旅者们步行走到旅馆,使双腿恢复了活力,随后他们雇了一名洗衣女工,将他们的亚麻衣物拿到清水中洗涤。扬在街头随意漫步;尼克劳斯买了一本古书——伊拉斯谟的《论孩童的行为礼节》,这是一本写给儿童看的关于礼节的书,不过它对大人也有用,尤其在粗野的新英格兰——那个地方对力量和胆魄的崇拜使礼貌举止方面的尝试显得不值一提。他打开那本书然后立刻读到:狂放的眼神意味着狂暴的性格,紧盯着人看则暴露出放肆无礼。他想到奥特赫——既眼神狂放又时常紧盯着人看,出于他的性情。

回到旅馆,一位信差交给贝尔纳一封来自多尔彻的信,信上说他们早上应该去皮特·鲁斯的老房子,也就是如今科涅莉娅的家。多尔彻住在他们父母的房子里,由她的仆人米克照料。她将在科涅莉娅那里跟他们见面,并祝他们一路顺风。她加了一条附言:"奥特赫已经到这里一天了。"

阿姆斯特丹如同热牛奶中的一片脆饼干般胀大了许多,但是贝尔纳仍记得那沟渠散发出的污浊气味,那布满卵石的潮湿街道,以及头顶上方布满白色云朵的天空。他多年来都生活在黑暗的森林中,在那片世界上最大的森林里,人类的努力在树木面前显得孱弱渺小;如今看到这里刻意修剪的柳树,他觉得荒谬可笑。他和被领养的兄弟们都变了许多,世界也变了许多。他感觉自己既不属于这里,也不属于那个地方。第二天在科涅莉娅的家,当他走进为他预留的房间时,他很高兴看到一幅记忆犹存的画,画中是打猎的场景,一个猎人正将号角举在嘴边。那幅画激起了他潜意识中一些久违的熟悉感,而如今它仍能给他带来愉快的感觉——这是个好预兆。

至于扬,回到故乡这件事对他产生了很深的触动——这里的光,长长的地平线,还有那些变幻无常的乳白色的云朵。那些云啊!它们使他如此渴望丢开当下的生活,将短暂的余生都留给这个地方,因为他已五十四岁了。他既不想见到科涅莉娅,也没兴趣见多尔彻,他只想凝望白云。它们那转瞬即逝的万千变化,似乎超乎寻常地表达了他自己内心深处某种隐秘的感觉。

第二天早上他们走路到达皮特·鲁斯的老房子。在门厅内,扬看到的第一件物品是一幅油画——地平线与无边的天空之间布满朵朵白云,仿佛松散的蕾丝,那些云朵仿佛想要把黑暗的海洋向上拖拽到它们身边。为什么他在年轻的时候没有见过这幅画呢？若是见过的话，他的人生可能会变得多么不同啊。但也不尽然——若不是他被人从孤儿院里拯救出来的话，他很可能就在某个铸铁匠或烟囱清扫工那里当学徒了。不过或许……

尼克劳斯也同样因认出久违的物件而颤抖不已，记忆一丝丝被唤醒，仿佛变幻的光线。那些桥使他欣喜，各种形状和长度的桥，石桥和木桥，那些木桥的木材很可能来自杜克父子公司的森林产业。那些拱桥使漫射的光线形成和谐的形状，令他感到一阵喜悦。他记起了寒冷冬季的冰面，他就在其中一座桥下穿着鞋一路滑行。一次散步时他看到了那座阿姆斯特尔河上方的桥——瘦桥。再次走过这座桥时，他就像个傻瓜那样露齿而笑。

奥特赫已经在老房子里住下了。他必须是第一个，因为他才是真正的儿子；当科涅莉娅说"我亲生的好孩子"，并用她沾满黄油的手掌紧紧攥住他的手时，他感到无比满足。他坐在地板上，把头斜靠在她的膝盖上——这是他在一幅油画上见到过的一个姿势，然后他开始滔滔不绝地倾诉他在英国殖民地的（经过删减的）生活史，说他已决定放弃那种生活。

"我可能去和多尔彻一起住，若是您这儿没有房间给我用的话，亲爱的母亲。我的确需要几个房间和一张非常大的桌子来工作。"

多尔彻看了看奥特赫，然后抬头环顾天花板上的小天使石膏装饰，又回过来看奥特赫。科涅莉娅有些惊慌失措。她开始讲述他童年时的样子，以及自从他离开以后她的世界的巨大转变。她没有提起夏尔·迪凯。可随后当其他人来到时，她便一下子把奥特赫从她关注的中心移到了世界的边缘——至少他感觉是这样。他们一下子全都来了，高大强壮的男人们占满了房间，每个人都向前挤来。

年纪和丰腴磨平了科涅莉娅的棱角。她那相当光滑的脸庞和宽大的鼻子看上去几乎是扁平的，而且一只眼睛很明显比另一只位置要高。她的眉毛淡得几乎看不出来，而蓝色的眼睛浅得像是不能视物。她稀薄的头发被遮盖在一顶刺绣精美的亚麻帽子下面。她穿着一条灰色的丝绸裙子，由于那天很阴冷，她还穿了一件小小的貂皮斗篷。她的儿子们一个接一个地到达，俯下身来亲吻她。她的孙子乔治·皮克林·杜克和小皮特依次走上前来,轻吻了她的手。她努力想要对她收养的儿子们所生的年轻男孩们产生爱意。

多尔彻拥有与夏尔·迪凯及奥特赫一样瘦削的面庞,然而身材却臃肿肥胖。她穿了一条质地上乘的蓝色羊毛连衣裙。她小小的眼睛四处闪动着,留心听取关于殖民地公司的所有细节,露出了浅浅的、近乎怜悯的微笑。贝尔纳觉得她看起来很聪明,而且可能脾气暴戾。

科涅莉娅已经安排了一场欢迎宴会,于是便有很多亲戚拥进这座房子,笑意盈盈,迫切地追问关于新世界的消息,以及那里是如何严酷。他们还没走到餐桌前,美酒和佳肴就已准备就绪。扬自从进入少年时代之后就再也没有品尝过北海的鲱鱼——世界上没有比它更好吃的东西了。贝尔纳享用着上好的荷兰金酒和烟熏鳗鱼。晚餐时的主菜是奶油蔬菜炖鱼,一种汤汁浓郁的炖淡水鱼。

贝尔纳对其中几位亲戚很感兴趣。亚普·阿克曼在他的记忆中是个黑头发的矮个子男孩,总是从一只斑点狗身上捉虱子。如今的他长着一张颓丧的脸,上面是一双过大的眼睛,眼皮就像药盒上的象牙盖子。他参与了某项与鳗草有关的生意。据阿克曼说,那种东西一度被用来获取盐分,如今是一种用来包裹易碎物品的上好材料。

"海草,又称鳗草,它有很多用途。从前人们用它来把堤坝固定在一起,你肯定知道吧?"

"我并不知道。"贝尔纳说。他无法想象鳗草怎样能阻挡海水,不过当这场餐宴到达尾声的时候,他已被足足地灌输了关于奶油蔬菜炖鱼和鳗草的详尽细节。

贝尔纳厌倦了奥特赫每次用餐时分所讲述的那些故事。多尔彻忍受了两个晚上之后,对母亲说:"我还是回家吃晚饭吧。那里没我不行。"多尔彻几年前嫁给了鲁洛夫·福赫尔,一位博学的古文物学家,可他们的儿子伦纳特还没到三岁,作为父亲的他便去世了。多尔彻说伦纳特现在在家,他生病了。至于奥特赫想要过去和他们一起住的主意——那是不可能的。

晚餐之后科涅莉娅宣布,由于这次探亲十分难得,她希望为全家人画一幅画像。挂在她卧室里的那幅皮特·鲁斯的肖像可以作为不可或缺的大家长,它将占据中心位置,家族其余的人聚集在其下方。两名仆人把那幅肖像从钉子上取下来,将它抬到楼下。

"好了,"科涅莉娅说,"现在你们见过我的父亲了。我们确实没法找到上个世纪那种了不起的画师了,不过科内利斯·普鲁斯·范·阿姆斯特尔倒是一位很不错的肖像画家。我马上给他送个信。"

第二天早上那位画家到了,是一个长身短腿的家伙,红润的脸上带着一种傲慢的神情。他享用了咖啡和蛋糕,倾听了科涅莉娅想要把皮特·鲁斯的肖像也纳入这幅画像中的打算。普鲁斯·范·阿姆斯特尔在房间中四处走动,打量椅子,从中选了两把最大的,雕刻繁复且镀了金;他命令仆人们把它们并排放在一张褪了色的挂毯前面。他把皮特·鲁斯的肖像放在其中一把椅子上,并让科涅莉娅在另一张上端坐。所有这一切都与夏尔·迪凯无关,除了奥特赫和多尔彻。他的人生来了又去,没在谁的心间留下痕迹。即便他曾认为是自己家人的这些人,也没有谁在这样的时刻把他记起。

普鲁斯·范·阿姆斯特尔把大家安排在科涅莉娅的周围,并让他们摆出一些手势。多尔彻的手中规中矩地握着。贝尔纳拿着一把折叠小刀,修剪他的指甲。乔治·皮克林·杜克整个早上都在书摊中搜寻,并带回了战利品——一本古老的四开本,威廉·邦特库的《东印度航海记》;他把它捧在手里,翻到一页木刻版画上——一艘爆炸的船,以及一些被炸到半空的人体部件。

扬和尼克劳斯手臂交叉抱在胸前。奥特赫扑倒在科涅莉娅的脚边,仿佛在向她乞求什么。两个上午的时间慢慢过去了。最后普鲁斯·范·阿姆斯特尔把他的画布、木炭笔和画架带走了,连同他本人一起;他准备开始上色,因为草图已经完成了。

有一件事对除了科涅莉娅之外的每个人来说都是个大好消息:一周后,奥特赫到莱顿去了,还带着一大箱子文件。尼克劳斯整天忙着跟很多商人见面,甚至包括那位做鳗草生意的表亲。一天早上他对贝尔纳说,一些绝佳的机会就在眼前,躺在地上等着人去把它们捡起。他们坐在一间小小的吸烟室里。尼克劳斯的手底下放着一些文件，文件上描述了他觉得富有吸引力的商业冒险。贝尔纳一个一个地驳回了它们。他对尼克劳斯说，与其在这些东西上浪费时间，为他们自己的市场多考虑考虑才是有益之举。杜克父子公司二十年来都在供应堤坝用的重型木材，然而近年来，极具破坏性的蛀船虫随着那些船底被啃噬溃烂的货船来到了荷兰，大肆侵袭堤坝。如今建造堤坝的人开始进口石头了。杜克父子公司丢掉了好几笔市政方面的合同。而且，除非波士顿开始造船，否则他们还将遭受更多损失。尼克劳斯却继续讲述着便宜货品投资。贝尔纳默默地想，幸好他们很快就要走了。

快满一个月的时候，贝尔纳已经做好准备离开。他对扬有点担心，因为扬花了太多时间在圩田和堤坝闲逛和凝望天空。扬还在采购代理人的陪同下查看了一些小房子。贝尔纳看到他走进了一间专门经营颜料和帆布的商店。这家伙到底在想什么呢？有一次他加入了扬的日常漫步。

"扬，"他喊道，"走，去跟我喝一杯热的。"他带扬来到一家咖啡馆。他们在一扇窗边坐下。

他的语气十分温和。他能理解他们这次旅程对扬产生了多么大的影响，不过是否还有别的什么东西吸引了他？他们得考虑回去的事了。而且得赶快。

"哥哥，"扬说，"这对于你来说可能很奇怪，但我一直都渴望当一名画家。而这，就是我想要画的地方。"他往上指了指，"那些云。"

"云？扬，你是一个成年人了，你——你都已经老了！你不能抛下公司不顾而开始画画。杜克父子公司需要你。"

"贝尔纳，我必须试试。就让我在这儿再待上六个月吧，看看我能不能画画。我的脑海里有那么多的画面。哥哥，你难道从未渴望要去做一些——我该怎么表达呢——做一些有点与众不同的事？"

贝尔纳苦涩地笑了："哦，天哪，我有过。我完全理解这种感觉。"他安静下来；扬喝着加糖的热巧克力咖啡。等他的杯子喝到见底时，贝尔纳叹了一口气。

"那么就去做吧，留在这儿，花六个月画你的云。可是你要向我保证,等这段日子过了你就会回去的。"

"我会的,"扬说,"而且我会把我最好的画带给你。"

"那就带一幅有荷兰云朵的画吧,扬,那就是我所需要的,比任何其他东西都需要。不过注意,可不要把风车也画进去。"

"风车就留给奥特赫吧。"扬说。

两人都不自然地笑了。贝尔纳已经准备好上船了,他的航程已经安排就绪。他只剩下最后一两件事情要完成了。他从一位被誉为皮革艺术家的靴匠那里定制了一双斗状坠褶靴,此时它们应该已经完工了。用它们搭配他那件长长的马车夫斗篷,看起来会很不错的。他先在蕾丝制造商的店铺稍作停留,为碧伊特选择了一件礼物——一条刺绣的饰边;法兰西针绣,绣出一种店主称之为枝状烛台的图案。他的靴子还没有完全做好,那位皮革艺术家让他两个小时之后再回来——只剩鞋底的几枚钉子需要钉上了。他耐心等待。

靴子制作完毕,黑色的,闪闪发光,只差一对银色马刺。贝尔纳急不可耐,在商店里便穿上了它们,然后步行返回皮特·鲁斯的房子。几分钟过去之后,他感觉到某样尖锐物体令人疼痛地扎入了他的左脚。由于无法在街边脱掉靴子,他只好又走回靴匠店,同时小心避免那个尖锐物体更深地扎入他脚上的肉里。

靴匠十分惊讶:"怎么了,先生,您这么快便回来了?不合您的心意吗?"

"这一只里面有样尖锐的东西。"贝尔纳说。他坐在客用的椅子上,用力地拽那只靴子。他的袜子上有血迹。他懒得往靴子里瞧一眼,直接把那东西扔给靴匠;那人灵巧地接住它,把手探了进去。

"啊,"靴匠说,"一根鞋钉钉歪了——俗话说,欲速则不达。哈哈。我一会儿工夫就把它弄出来。"他用钳子拔出了那枚钉子,把它丢到一个箱子里,然后急促地用锤子将一枚新的钉子敲了进去;他再次将手探入靴子,在靴内用力地四处摸索。"好了,相当牢固。我很抱歉钉子钉歪了。"他送给贝尔纳一块涂了油的麂皮软布,作为息事宁人的礼物。贝尔纳重新穿回靴子并检查了它。他离开了,靴根在地面声声作响。

他走进老皮特·鲁斯的房子时,小女仆也在那里。她行了一个屈膝礼,说:"夫人想要您到书房去,加入她和其他人。"他猜想或许科涅莉娅安排了告别宴会之类的活动,所以当走进书房见到多尔彻、尼克劳斯、扬·皮特和乔治·皮克林·杜克时,他并不感到惊讶。桌子的另一边,有一只冒着热气的咖啡壶和一些杯子。

"我请你们所有人都到这儿来,"科涅莉娅说,"是因为我一小时之前收到一封来自奥特赫的信。他还有一个单独的信封是给贝尔纳的。在给我的这封信里,他说他受邀加入莱顿大学学院了。一旦他找到一所装配齐全的房子,便会派人来取走他的物品。"她把另外一个信封递给了贝尔纳;贝尔纳把它打开,抽出了一页信纸。

"哦,"他说,"哦,这个没良心的混账——请原谅我的用语,妈妈。我必须把这封信读出来,因为它对我们所有人都十分重要。"

亲爱的孤儿哥哥们。写这封信是想要通知你们,我不会回到十三州殖民地或者佩诺布斯科特湾的那座房子了。不过可别以为你们就能拿走那张大桌子。它,以及那所房子里的所有其他物品,如今都属于我的女儿——碧娅特丽克丝·迪凯。她的母亲是一位帕萨马科迪族印第安人,一个善良且性格温和的女人,曾帮助我研究印第安人的生活方式和信仰。她去世了,我照管我的女儿长大,她接受了非常好的教育。在我写这封信的时候,她已经住在我在佩诺布斯科特湾的那所房子里。现在我正告知你的事情,我也已经全都告诉了她。也许她未来会到莱顿和我一起生活。我会尽量偶尔回去探望她一次。在这类旅行途中,可别指望我会在波士顿停留探望喔。你们真诚的,奥特赫·迪凯。

科涅莉娅将手捂在心口,仰靠在她的椅背上,紧闭双眼。仆人跑去拿嗅盐。

"女儿?"尼克劳斯大喊,"那个白痴有一个女儿?除了印第安人之外,也不会有人愿意和奥特赫在一起了!我们必须回去,把她从我们的房子里赶出去。那张桌子从来都不属于奥特赫,它一直都是公司的财产。我们容许它留在那里,只是为了让他别给生意添乱。贝尔纳,你还需要多长时间才能准备好离开?我们得立刻着手处理此事。"

多尔彻搀扶科涅莉娅到床上去,然后重新加入这些男人当中。这场谈话持续了好几个小时,提出了上百个鲁莽而不切实际的计划——放逐那所谓的"女儿",惩罚奥特赫,中断他的公司薪俸,夺走那张大办公桌,索回那座房子。最终,他们决定,尼克劳斯和贝尔纳一回到十三州殖民地,便前往佩诺布斯科特湾,亲自处理此事。

第一艘驶往波士顿的可用的船,是一艘老旧的东印度商船"花儿号"。船长那张小而尖的脸,那尖瘦的鼻子,还有那长着一缕尖尖的胡子的尖下巴,让人很难对他产生信心。他的脸颊是红色的,是由于饮酒或是湿疹,贝尔纳无从得知;不过那个人保证,船会全速前进。

"它看起来历尽沧桑,不过到了海上它便生龙活虎了。"他说。事实上,当这艘船到达波士顿的时候,它差点要散架了。

那艘船在北海上跌宕前行。尼克劳斯和贝尔纳将他们两人共用的特等客舱打理整齐。贝尔纳那双新靴子占据的空间不可思议地大,于是他最终决定还是将它们叠起来,妥善地放入他的行李箱。等他回到波士顿之后再开始穿它们。

尼克劳斯注意到贝尔纳走路有点跛。由于他的旧患,他已经跛了很多年;然而现在他似乎跛得匪夷所思,好像有点恍惚。也许是关于奥特赫女儿的消息影响了他。

"怎么了?"尼克劳斯问,"除了那位我们目前还不认识的侄女之外,还发生了什么?"

"其实也没什么要紧的。我的新靴子里面有一枚钉子,它扎伤了我的脚——就在我们出发之前。它刺破的地方似乎非常疼。我不怎么担心那个女孩,虽然我们还不知道她有多大。或许我们能跟她讲讲道理。"

"倘若她一半是印第安人,一半是奥特赫,那么我认为跟她讲道理的可能性微乎其微。到时候我们就知道了。现在,让我来看看你的脚。"尼克劳斯说。贝尔纳脱掉了袜子,露出一只肿胀的脚。

"我去要一盆热水。"尼克劳斯说,"或许再来一些药膏——若是船上有的话。"

船上的外科医生是个上了年纪的人,已经老眼昏花,他让客舱服务生端来一盆温热的浑水,自己取来了所谓"药膏",一种浓稠的柏油质的东西,人们涂在绳子上用来减少摩擦的玩意儿。下午时分贝尔纳说他感觉好了些,然而到了第二天早上他无法走路了。他的脚和小腿肿胀得十分厉害。那位老医生走进来查看病人。

"脚保持抬起,"他对尼克劳斯说,"让它泡在热水中。喝朗姆酒,大量的朗姆酒。"

"生病的是我哥哥,不是我。"尼克劳斯说。

尼克劳斯试图让恶臭的船舱显得明亮一些,于是支起了贝尔纳从科涅莉娅家带来的那幅林地狩猎的画。或许凝望着这生动的场景,可以让他的腿不再疼痛。

热水浸泡并没有起作用。每天他那条受伤的腿都会更肿胀一些。生出了更多的痛处和溃疡,并从脚恶化到腹股沟。贝尔纳无法离开他的铺位,他半昏迷地躺着,伴随着呼噜声。医生最后一次走进来时,满口荷兰金酒的气味。

"那条腿需要截肢。"他说,"找找我的锯子。"他出去了,但之后再也没回来。等尼克劳斯找到他时,那老头儿已经醉得不省人事。那个大医疗箱靠在墙边,顶盖甩在后面,大敞四开。尼克劳斯从鹿角的碎片当中捡起一根干掉的胡萝卜。那把截肢用的锯子躺在船舱的地板上,锯齿生了锈,带着很久前的斑斑血迹。

他立刻去了船长那儿,向他讲述了那个空空如也的医疗箱。那位小个子船长把他的尖胡子搓得尖尖的,龇着牙齿。

"那只鬣狗脑袋的跳蚤把药全都卖掉,买荷兰金酒了。是时候让他滚蛋了!"他宣布完,便向那位所谓的医疗从业人士的房间冲去。

尼克劳斯回到贝尔纳身边,他正意识模糊地躺在那里,像桦木火堆般散发着热量。贝尔纳两眼无神地呆看着头顶上方的梁木——黑色的,带有虫蛀。那幅画立在床铺旁边的一张椅子上。一名猎人正将一只号角举到嘴边。尼克劳斯感到自己几乎听到了那只号角的声音,而且他突然意识到,他的哥哥可能永远也无法回家了。

他们把贝尔纳葬在了大海里。这是从阿姆斯特丹出发之后的第三个星期。

在波士顿的港口,尼克劳斯很幸运地找到一艘几天之后便要动身前往阿姆斯特丹的船,并经由那位船长给扬、皮特和乔治·皮克林·杜克发送了一条消息,报告了贝尔纳的死讯,并要求他们即刻返程。

"这不只是失去了亲爱的贝尔纳。这是一个大危机。"他写道。

现在的问题不只是关于佩诺布斯科特湾的房子和那个私生女了,而是关于我们的公司。木材和木料的订单大量地堆积在这儿,亨克·斯滕却不见了。他离开了,连一封信或一句话都没有留下。真是令人作呕。没有人担任我们的簿记员。没有人担任林地测评员。塞德利因他卧病在床的妻子离世,正沉浸在悲痛当中。你们的妻子非常不安,盼望你们回来。贝尔纳的妻子碧伊特难过到揪扯自己的头发。快点回来吧,或许我们还能集合力量来打理生意。趁着还没有失去所有一切,赶快去租一艘船!

你们亲爱的弟弟和叔叔,尼克劳斯·杜克

37

改变

几年之后,皮特·杜克还会时不时想起尼克劳斯那封噩梦般的信、匆忙的行程安排,以及返回波士顿的高昂旅费。奥特赫没和他们一起回去。从那时起,他和乔治,以及塞德利都处于扬与尼克劳斯控制性的领导之下,这两人不允许任何变革,只会同意停掉一部分生意。于是卡罗来纳的种植园被卖掉了,皮特被分派了同新英格兰的伐木分包商打交道的任务,魁北克的产业减少了。扬处理了那些林地的遗留部分。尼克劳斯担任公司在波士顿总部的主席。不过,在扬和尼克劳斯蹒跚前行的同时,他们渐渐允许皮特和乔治在公司决策方面有更多的话语权,虽然他们仍然在旁监督。现在,两位侄子有了一个做出重要改变的机会。

皮特用手指梳着他稀薄的头发,整理了一下袜子,活动了一下外套内的肩膀。他唤来他的秘书奥利弗·韦奇——一个乡下来的年轻人,渴望过上不只有玉米地和奶牛的生活;他是杜克父子公司雇用的第一位秘书,如今已经不可或缺了。

"文件都准备好了吗?"他问韦奇。韦奇指了指一堆已经整理好的文件。

韦奇充满激情地热爱着他的工作,他喜欢待在波士顿,远离农场和徒劳却无休止的劳作,以及他父亲对四处掠食的野生动物的怒气,虽然有些时候韦奇和他的六个认真劳作的兄弟们也会有同样的怨愤——大群的鸟儿扯出了发芽的种子,尤其是玉米,很多动物都爱它;火鸡、松鼠、乌鸦、红翅膀的画眉鸟连同上千种其他的盗贼鸟儿,以及浣熊和狗熊。浣熊偷走母鸡下的蛋,而狐狸、隼、鹰、臭鼬、狼和黄鼠狼则杀死那些母鸡。熊吃猪和小牛,还曾吃下一头成年的奶牛。至于羊,只要狼和美洲狮、猞猁和山猫能够嗅到它的气味,养它们便是不可能的事。不过他认为松鼠是最糟糕的,因为它们的数量成千上万,森林和小块林地充斥着这些毛茸茸的小鬼——红色、黑色、灰色的松鼠。他知道,事实上两只松鼠一年里可以生出六七只松鼠,甚至九只,而且它们很快便能发育完全。他试着算算一对松鼠在大约十年左右的时间里可能生出多少只新的松鼠,而计算出的数字变得如此之大,让他吓了一跳。在他的有生之年里,地球可能会像铺了一层地毯一样遍地是松鼠。土拨鼠吃掉了生菜、卷心菜、芜菁、洋葱和豆子。房子里满是老鼠,多得一只猫儿无论如何也捉不完。他永远也不会再回到那个地方了。

"你肯定那些文件准备好了吗?"皮特没法停止询问。

"是的,杜克先生。一切都准备好了。"韦奇手指修长,指节突出,早年这双手习惯于拔蓟,如今它们流畅地滑过纸页之间,为文件创造秩序。虽然他被雇为秘书才只有一年的时间,但他已经对波士顿生活的很多事颇有了解,那是他从一本账簿后部褶页的一份脏脏的手稿中读到的;一种愤怒而杂乱无章的批判,来自一位署名为亨克·斯滕的人。斯滕为他在殖民地所见到的比奴隶制更甚的残酷而感到愤愤不平:丈夫用铁棍把他们的妻子揍到肋骨断裂,一个飞扬跋扈的流氓在一位上了年纪的寡妇的地产上开出了一条路,偷窃的仆人被烙上代表盗窃的字母 B 的烙印,在婚前私通的人那么多,非法入侵的猪,一桶桶腐烂的鱼被以次充好地售卖,扰乱治安,醉酒和咒骂——这里是一个无比邪恶的地方。

二楼的会议室被沉默的氛围和春季的午后阳光填满。四沓文件、闪闪发光的墨水池和磨尖的羽毛笔,置于公司的枫木长桌上;他们曾尝试从奥特赫的女儿手中夺回迪凯那张旧单板松木桌,在这次行动令人耻辱地失败了之后,他们便用四块木板制作了这张桌子。皮特一次又一次地查看他的手表。他有点畏惧这场即将到来的会议,不过看起来它是他们做出点名堂的唯一机会。很多年来,国王的部下通过授予土地的方式,打劫了王国政府和殖民地,同时为他们自已获取了那些被授予土地所毗连的五百英亩的区域,直到他们积聚了数千亩最肥沃、林木最为繁茂的土地。他们和重要的土地所有者们聚集在了一起。这就是温特沃斯兄弟们及其姻亲,以利沙·库克家族和他们的密友获取财富的方法——秘密行动和暗中持有。

杜克父子公司永远都是局外人,他们从来没有参与过政治。如果这几位年轻人不是因为贝尔纳的死而被迫在公司担任初级职位的话,他们很可能早已获得了政治上的肥缺。杜克家族当中若是有一个马萨诸塞、缅因甚至纽约的长官的话,会很有帮助的。如今英国把新法兰西完全置于她的铁爪控制之下,一切都不同了。

皮特想,这一次,杜克父子公司占了上风。地位稳固的政府土地所有者以及他们沿海一带的松树一年前遭受了巨大损失,彼时一场壮观的野火大肆蔓延到新罕布什尔之外,焚烧了五十英里的沿海森林,向内深深吞噬了好几英里,直到下了一场及时雨。杜克父子公司的主要资产是在内陆河沿岸,离那次的火灾有很远的距离。灰烬尚未冷却,林木被烧毁的那些人已经开始觊觎杜克家族的林地。

他查看了一下自己马甲上的新挂表。还需要等待半个小时。半小时的时间,可用来从北边的窗户向外眺望。过去,无边无际的森林一度填满了地平线。如今那里有了几十条街道,而森林只是一片遥远的影子。

在侄子们等待的同时,扬正在他一英里以外的家中整理私人文件。他也想到了几年前的一场火灾,在他们匆忙地从阿姆斯特丹返回之后,另一场更小规模的火灾,距离奥特赫在佩诺布斯科特湾的房子仅有十几英里。他和尼克劳斯用那场火灾作为借口"营救"那张大松木桌——担心它将来因同样的原因而焚毁。他们前往那座房子。

奥特赫的女儿碧娅特丽克丝不算是美人,但却妩媚动人。她很年轻,可能有十五六岁,而且风姿绰约,声音轻柔。她那未经打理的黑头发松散地垂落,为她生成了一种狂野的外表,与她棕色的印第安皮肤十分相称。然而她却用令人愉快的流利英语来迎接他们,并请他们进入房子。他们在熟悉的房间里坐在火前,那张大桌子正闪着蜡质的光泽。她把他们留在那儿来观赏它,自己走进了厨房。他们听到咖啡研磨器运作的声响。扬用手指抚过深琥珀色的木材,它因岁月而变得暗沉。

"我们必须说服她。"他低声说。

喝着混合了荷兰巧克力和肉桂的热腾腾的咖啡——毫无疑问它们是奥特赫提供的——扬夸大了他们对那张桌子的担忧,下次火灾可能会波及它;尼克劳斯还表示,他确信他们的父亲夏尔·迪凯原本打算将它放在公司的办公室。她专心地听完了。他们等待着。在火光之中,尼克劳斯看出奥特赫的女儿可谓有种富有异国情调的吸引力。终于她开口了。

"那场火灾挺远的,"她流畅地说,"而那张桌子,就像你所说的,对任何实际用途来说都太大了。如果你们愿意给我送来一张漂亮的小桌子,就可以拿走这张大的。"她用指节敲着松木。她说她不知道奥特赫为何对它如此钟情。他在每一封信中都问起它,如果她告诉他说它被拿走了,他毫无疑问会生气的。不过她似乎并不为奥特赫可能出现的盛怒所困扰。她显然也没兴趣了解这些不期而至的陌生"伯父们"——他们说起奥特赫来口气轻蔑,如同在说一个被社会抛弃的念头。她退出了谈话,不再多说一言,而他们对于这场谈话的热忱仍未消减,向她讲述家族的历史,以及杜克父子公司的巨大成功。扬确信,她一定从奥特赫那儿听说过一种断章取义、错误百出的版本,故事当中那个家伙很可能把这些"伯父们"描述成用心险恶的孤儿,不择手段地将公司的所有权力据为己有。他们请求她的信任,而它并未产生,于是扬和尼克劳斯终于无话可说了。不过那张大桌子的事已经确定了。尽管有了这项战利品,这两个上了年纪的人还是感觉有点窘迫。他们在一片令人不快的沉默中离开了。有些东西不太对头。

"完全就像性情孤冷的奥特赫。"尼克劳斯说。

"完全是印第安人谈话时会有的样子。"扬说,"我们太和气了。她只不过是一个杂种黄毛丫头。"

"也许我们可以给她那张我们在前厅使用的窄橡木桌子,"扬说,"那张桌子有一条桌腿修补过。"

"不,让我们送去一张好桌子,不管尺寸小不小,这样她便不需要抱怨——送一张用异国木头制作的、桌腿雕刻精美的桌子。"

"我们派皮特过去,反正他现在有时间,再加上一位技艺娴熟的木匠和一辆长车身的马车,取回那张办公桌送到波士顿。"

然而结局令人大感意外。一个月之后,皮特身后跟随着一辆四轮马车,来到迪凯的老房子门前,脸上笑容可掬。迎接他的是一只獒犬的咆哮声。他不敢打开大门进入,于是便大声呼唤人来。

"你好,房子里有人吗?你好,迪凯小姐!你在家吗?"

门突然打开了,那女孩站在由一块巨大的花岗岩制成的门阶上。她那张椭圆形的脸是橄榄色调,头发比煤烟还要黑。

"你是谁,来做什么,先生?"她询问的语气如同一月的午夜般冷若冰霜。

"我是你的堂兄皮特·杜克。几周之前,我的长辈扬和尼克劳斯·杜克和你谈过,关于这座房子中杜克父子公司的那张大商务桌的事。我是为它而来的。看,依照你的要求,我还带了张小一些的红木桌给您。"

"我对此一无所知。"她说,"这里没有什么大办公桌,所以现在你可以把你那张红木做的玩意儿带走了。请不要再来打扰我,先生。"她重重地关上了门。

皮特发誓永世都会仇恨碧娅特丽克丝和奥特赫,而且总有一天,无论路途多远他都要把那张桌子带回波士顿。尼克劳斯却只是说:"肯定是你说话的口气惹恼了她。"辩白毫无用处。

波士顿的人口膨胀到超过十五万人。英国夺取了新法兰西,并赶走了阿卡迪亚人。然而,比起从西印度的糖与糖浆那里得到的不可思议的丰厚收入——有任何木材投资的四千倍以上——新法兰西一定是令人失望的。自从英国采用了公历年,并强制殖民地也做同样的事,这从每个人那里都夺走了生命中的十一天,人们感觉时间呼啸而过。而且谁又能数得清那些新的发明与职业?学院从纯粹的构想中涌现;勇往直前的人们发明了平底船以穿越荒野;不满足于买卖或乘客的船主们开始为了昂贵而优质的油脂而追捕鲸鱼;茶杯突然有了把手,一种萎靡不振的时尚,尼克劳斯认为它很快便会消失。还有富兰克林那位老兄的发明——避雷针,它已经拯救了几百间教堂和房子;还有炉灶,可以很安全地把火围起来。这是一个令人兴奋的时代。

自从贝尔纳死后,杜克父子公司有了一些变化。塞德利再婚了,他的新夫人伊丽莎白是一个年轻的漂亮寡妇,与一位温特沃斯家的姨母的远房堂兄有亲戚关系。在悲伤了将近一年之后,贝尔纳年迈的妻子碧伊特去世了。接着尼克劳斯开始了他与肺炎的一系列较量。他们必须抢来一位有竞争力的林地测评员,不过,塞德利对林地测评员所需的品质有一些基本的概念,他找到了两个人——沃尔夫冈·布赖特施普雷歇,一位最近来到这里的德国林务员;还有雅克·纳多,一个法国人,曾与老福尔热龙在新法兰西一起工作过一个季度。这两个人是竞争对手。有一个新的簿记员代替亨克·斯滕——托马斯·阿什布里奇,新泽西学院第一批毕业生里的一位。通过引入韦奇、布赖特施普雷歇、纳多和阿什布里奇,杜克父子公司接纳了第一批家族之外的人士。

皮特和西伦斯·吉本已订婚一年,不过她改变了主意。看起来他可能会保持单身。乔治娶了玛格丽·巴托尔夫,而且已经有了两个儿子——爱德华和弗里格雷斯。家族也曾有过其他事件,那是一个无人知晓的秘密。这些堂兄弟之中无人得知碧伊特之死的细节,只知道这件事出于某些原因而不可告人。她被埋葬在大海中"以便与贝尔纳在一起",皮特的母亲梅西蹩脚地解释说。皮特想,这么说,碧伊特婶婶可能是得了某种致命的疾病。他打了个冷战。他看了看表,再一次叫来韦奇,询问文件是否准备妥当。那些政界人士很快就会到了。他听到前厅有些声响。来了!

不过那只是乔治·皮克林·杜克,他红红的脸闪着光,带着一些补充文件。

"一切就绪了吗,皮特?"

"当然。"

"这件事很重要。如果处理得好,它会成就我们。我把它视作我们的机会。"

"我也是。有了上帝的恩典,它会对我们有利的。我祈祷我们的叔叔扬不会出现。"他们不必顾虑尼克劳斯,因为他生病了。

塞德利进来了,表情呆板而且沉默,但却散发着一种不满和怨恨。他刚从一场感冒中恢复过来,因此他瘦长的鼻子仍然红红的,鼻孔擦破了,看起来很疼。他和皮特对彼此仅能维持表面上的礼貌。

躺在羽绒被的下面,尼克劳斯正思考着那个会议。如果扬在那里的话,他便可以阻止皮特鲁莽而轻率的决定。乔治·皮克林·杜克跟皮特一样不可救药。他看起来能够成为一位杰出的商人,可外表之下却是愚钝和轻信。最好的可能是塞德利,他比夏尔·迪凯的其他任何儿子和孙辈都更像夏尔·迪凯本人——愤愤不平,敏锐,率性而为,充满目标和动力。但是塞德利让自己和其他人分得很开。尼克劳斯确信他最终会主导皮特和乔治·皮特林·杜克。他想,如果贝尔纳有孩子,而那些孩子又继承了贝尔纳公正而稳重的性格该多好。如果火腿和蛋糕会飞该多好。如果一年里总是夏天该多好。可怜的贝尔纳。还有他给他们所有人带来的那场震惊。碧伊特与这个世界那不可思议的告别,这一记忆强行进入了他的脑袋。

她倒下得很快。头一天她还好好的,忙忙碌碌;第二天她已不能从床上起身。她抱怨头痛,她的肠子绞痛,她神思恍惚,瘦瘦的胳膊伸向天花板。她呼唤贝尔纳,忘记他早已葬身海底。梅西、莎拉和佩兴斯在床边照料她,取来冰凉的敷布,敦促这个生病的女人喝下一点肉汤,但她喝下便立刻呕吐出来。

"再过一两天你便会好起来的,"梅西说,"这不过是一场小病,仅此而已。"但是随着时间的推移,这位病人变得更为沉默,呼吸不畅而且吐着气泡。她在下午晚些时候去世了,这让他们无比错愕。前一秒,她的情况看起来并未恶化;接下来,她却停止了呼吸。

梅西走出了病房,把水壶放在炉子上。"她刚刚离开了我们。"她说,"她现在同上帝在一起了。"

"这怎么可能?"扬问。他和尼克劳斯坐在桌子旁边,"我以为这只是一场来得快去得快的小病。"

"显然不是。我们永远不知道上帝什么时候把我们带走。"她叹了口气,垂下了眼睛,然后看着尼克劳斯,"你可以从肯特先生那里订购棺材吗?莎拉和我可以整理她的遗体。我想可以用她喜爱的玫瑰色丝绸连衣裙。"她没有哭泣。死亡如此常见,而且需要它的仪式。上了年纪的女人们非常熟悉与死亡有关的事项。她把一盆温水和干衣服带到逝者的房间。她也许更愿意等上一些时候再进行这项任务,但是莎拉和佩兴斯已经准备好去除床罩和床单。为了避免不必要地用手移动尸体,莎拉建议她们剪开她的睡袍。反正它已经沾上了呕吐物。梅西认为这个主意十分罪恶——这是一件很好的睡袍,一旦洗涤并漂白,还可以被人使用。于是她们解了那件高领睡袍的纽扣,将它向上拉过死者单薄的肩膀,拉到她的头部,再从袖子中拉出那骨瘦如柴的胳膊,然后将衣服拽得更高,到膝盖以上,然后是大腿,然后……

尼克劳斯永远也不会忘记病房的门是如何猛然打开,两个女人卡在门口。他和扬一直都坐在那里,沉浸在一片寂静的哀悼之中,注视着壁炉中的火苗。

"尼克劳斯!扬!到这个房间来。"尼克劳斯从未听过他的妻子用如此震惊的语气说话。她的面部变得绯红,几乎小跑地进入厨房,让男人们单独进去。

一位上了年纪的男子那单薄而消瘦的尸体,躺在仍处于汗湿状态的床单上——那是碧伊特,肯定是碧伊特,但碧伊特是一个男人。毫无疑问。胸前一绺绺的毛发,以及皱缩瘦小但货真价实的男性生殖器让他们困惑不已。尼克劳斯的大脑阵阵翻腾。他并非在想着碧伊特,而是想着贝尔纳。为什么?为什么?这样地度过了四十年!他们之中却没有一个人知情。

此刻,他将注意力从那幅依然令他震撼不已的图景上移开;它已经深植于他的记忆。那已经是过去的事了。卧病在床的他此刻正考虑着目前正在发生的事——皮特、塞德利和乔治·皮克林·杜克在试图同殖民地最为机敏狡猾、最不择手段的男人们谈判,就是那些因其贪婪作风而闻名的人。没办法!就算这样做会让他死掉,他也得到那儿去。

他咳嗽着,呼唤梅西:"拿我的衣服。我必须得去那个会议。"

"你不能去。我不许你去。你病了,病得很重。"

"别管我,梅西。我必须得去,我告诉你。如果你想让我活下来的话,就帮我。若是阻拦我做这件事的话,我会怨恨而死的。"

她觉得他可能真会这样。杜克家族的人倘若不是如此顽固且率性而为,也就不可能有今时今日的成就。他到达杜克大楼前,正好遇到从马车上下来的扬。

皮特、乔治·皮克林和塞德利正同他们邀请的客人一起坐在椭圆形的红木桌前。温特沃斯家的那位姻亲兄弟厚厚的嘴唇扭曲着,带着浅浅的笑意。这一提议是不寻常的:他们将会给予杜克兄弟和侄子们大量的社交邀请,他们将会促成有用的社会关系。他们将让杜克家族变得有名,不只在波士顿上流社会,而且还有英国。作为回报,他们希望自由进入杜克家族在北方地带的松树林产业,当然,他们会为其支付一个合理的价格。他们将会公平地分担原木从森林中转移到锯木厂的费用。乔治·皮克林·杜克认为这是一个不错的协议,因为人人都知道,取得优势的方式是通过政治和社会关系,那些杜克父子公司从未享有过的关系。皮特有一点担心"自由进入"这一措辞。这些政界人士想要的"进入"可能有多"自由"呢?塞德利胆战心惊地想象着上千个伐树人正砍着他们的松树,这些人可能提供虚假账目,或者顺口说是其他不知名的人偷走了他们的原木。更糟糕的是,一旦有了这样的开始,他们便可以篡改法律,占有杜克家族的林地。可是还没等皮特说出"成交"二字,门突然打开了,两位年迈的杜克兄弟——扬和尼克劳斯,走了进来。尼克劳斯看起来半死不活的样子,脸色苍白,除了脸颊上因发烧而灼热的丘疹。他把他的黑色拐杖扔到桌子上,看着温特沃斯家的那位姻亲兄弟以及他的狐朋狗友。

皮特解释了这一提议。温特沃斯家的那位姻亲兄弟不喜欢两个老人脸上的表情,他把这项提议缓和了一些,说他们只会在相互达成一致的土地上进行砍伐。这一次,"自由进入"这个词未被提起。

尼克劳斯说："出去。"

"出去。"扬重复道，"现在就给我滚。这次会议结束了。我们没有达成任何协议。"

"感谢上帝。"塞德利喃喃道，他鼓起勇气捡起了尼克劳斯的拐杖，仿佛在暗示那些政界人士，倘若他们执意赖着不走，他便会不客气地用它来对付他们。

不过当他们离开的时候，他们向年长的杜克们展露出毫不掩饰的敌视表情。在此之后，杜克家族永远也别想再收到哪怕是最无利可图的邀请了。

他俩花了一个多小时来说服皮特和乔治·皮克林·杜克，让他们知道他们是从一种危险的命运之中被拯救出来，它可能会毁了杜克父子公司。

尼克劳斯说："皮特，我知道，你的母亲梅西长久以来都希望我们有更显眼的社交地位，但是我和扬觉得，公司现在最好培养一种低调的风格。我们应该运作得更为低调，避免合作关系的纠葛——设法把一切尽可能多地留在家族内部——用挡箭牌来购置土地。我们不希望杜克父子公司把自己鼓吹为一股强大的势力，甚至是重要的势力。如果我们保持安静、暗淡、不起眼，我们会比我们的对手有优势。"事实上，他们担心如果杜克家族的女人们参与社交活动的话，有关碧伊特之死的细节会在波士顿的闲谈中泄露。在一杯雪利酒的作用之下，什么事都可能被说出来。

皮特和乔治面有愠色，像是受了惩罚的小学生。塞德利的红嘴唇保持着一种豺狼般的笑容。两位年长的叔叔离开了房间，走下楼梯。到了楼梯底部，扬说："我们在皮特和乔治那边可能会有麻烦。"

尼克劳斯咳嗽着："我爱我的儿子皮特，但是我把赌注放在塞德利身上。"

尼克劳斯说："我们现在还不能死。我们得把塞德利送到适当的位置上。"但是他又开始咳嗽，如同死期近在眼前。扬目送他回家；在那里，梅西催促他快到床上去，她和女仆拿来了芥末泥、糖浆、热腾腾的食物，几杯滚烫的洋甘菊茶，以及一杯进口的马姆齐甜葡萄酒。他会康复的。

在接下来的几个星期里,塞德利每天都过来,坐在他的父亲身边,来促使他恢复健康。扬也经常前来,他们三人一起商谈。塞德利长久以来悄悄孕育的想法内容广泛。他滔滔不绝,他那张坚毅的、色泽很深的脸充满活力,黑色的眼睛闪耀着。那是一张商人的脸,尼克劳斯想。这是一种高度的赞扬。

"我们拥有的财产范围太窄了,父亲,不过离开卡罗来纳是一个不错的举措。我们专注于新英格兰,而它已变成拥有船运利益的贪婪之人连同他们所雇用的很多人的温床。不过我认为,只要由英国控制我们的命运,那么未来的新英格兰——波士顿——将受到极大的约束。我们需要银行,我们需要保险,我们需要有管制的市场,我们需要固定的货币。娴熟的工人正迁移到朴茨茅斯,到赛勒姆以及其他城镇,因为生意在波士顿停滞不前。人口正在减少。英国在压榨我们。"

"你想让我们做什么?"生病的人歪靠在硬枕头上。

"作为长远计划,我会希望我们考察一下俄亥俄谷及其北部和西部的木材。弗吉尼亚有一群人占去了那些土地中的一大部分。他们着眼于未来。林地几乎不用任何代价便可以被占有。我们应该探索那片区域,看看可能会有什么有价值的东西。我感觉到,我们必须更富冒险精神。森林需要很多年的照管,然后才会变成口袋里的钱。"

"你的态度很正确。比向后撤退,安逸地与当地人士联络要好;那些人今天举足轻重,明天就变得不再重要。你还有什么其他的主意?我知道你一直在思考让我们的生意更加兴旺的方法。"

"我确实思考过。你知道,从我还是个小孩子起,我就听说,杜克父子公司认为倘若拥有一个船坞,会是一种优势。然而,当祖父迪凯失踪之时,这个想法也随之而去了。我认为或许现在要想拥有一个划算的船坞,为时已晚;但我仍觉得只要有可能,我们就应该行动并且获得它。这是我的第二个想法。想一想,一艘装载了锯好的木板驶往法属西印度群岛的船将会抵掉船只的钱。而如果那艘船回程时带着大量的糖浆或者糖的话……"

"啊,"扬说,"可是谁来管理造船厂呢?"

"叔叔,我认为乔治·皮克林可以把它运营得十分成功。他时常懊悔他没法到海洋上去,像您二位年轻时所做的那样。他对海洋有一种兴趣。他掌握的英国法律知识可能会是一种优势。而且他需要处于某种有控制权的位置。"

"那么皮特呢?"

"我建议他在波士顿这里领导杜克父子公司。他仍然作为公司名义上的领袖。而且我认为杜克父子公司应该考虑转移到波士顿之外。这儿所有的一切都太混乱了,太懈怠了,而且一切计划都会走样。波士顿在我看来总是神经兮兮的,总是怀疑某些实体正在窃取它的权利。"

"那样的怀疑可能拥有充分的理由。"扬说。

"或许吧。不过我认为,我们需要某个地方,那里有更多的精力旺盛的商人,更少的来自英国的干扰。波士顿永远都只是英国的小猎犬。"

尼克劳斯带着痰咳嗽了几声,然后说:"即使是小猎犬,遇到挑衅也会咬人。而且我发现一件令人讨厌的事,就是英国轮船上的桅杆,那些我们从我们的林地上砍伐的桅杆树。他们大肆吹嘘的英国海军,可是由新英格兰的木材所构建的。我们的松木和橡木来报复我们自己,嗯?"不过他认为,不如把波士顿那些冷漠的小圈子和流言蜚语留给它自己。

扬点了点头,不过,他不想加入这场令人不自在的谈话。"你考虑的地点在哪里,塞德利?"他私下觉得,这么做可能会很难。他们已经在波士顿待了几十年了。

"纽约,或者费城。那里的人们倾向于目光长远地看待事情的可能性。"

扬认为,塞德利已经考虑得很清楚了。在某种程度上是这样。

"你提到了让一个男孩到海上去塑造自己的性格与自信,这是大有益处的。你对未来有所考虑。不过你没提到让你自己的儿子詹姆斯去海上的可能性。他已经到了可以入伍去当一个海军候补少尉的年龄了。"

塞德利皱了皱眉头。他习惯性地回避那个男孩,他已经被尽可能早地送进了学校。

"你让我吃了一惊,叔叔。你可是禁止乔治去海上的。"

"乔治·皮克林被号笛舞以及在码头上神气地大步行走给诱惑了。他希望成为一个普通水手。而我所提议的是一个相当高的目标。詹姆斯是一个聪明而机敏的年轻人,他也许可以先在海军生涯中有所发展,再回到生意中去担任他的职位。提携年轻的儿子们是很重要的。这也会为家族里的其他男孩树立一个榜样。我完全相信,我们可以利用我们在海事方面的关系,为他在一艘不错的船上弄到一个候补少尉的位置。"

"我会考虑一下的。"塞德利说。不过他已经觉得,让詹姆斯当一个皇家海军候补少尉是有利于敌人的举措,因为每一年殖民地对英国的反感都更为强烈。他会看看能不能把这个孩子安置在一艘美洲私掠船上。

"认真考虑。"尼克劳斯说。

第五部

伐木营中

1754—1804

38

佩诺布斯科特湾的房子

一七五四年,在昆陶离开一个月之后,他的妻子马兰坐在英国贸易站之外微弱的秋日阳光下,直到一个名叫西蒙的白人轻轻踢了踢她的腿,示意她跟他走。他什么也没有说,她也一言不发,不过,整个冬天,他都把她留在他的屋内。到了春天,这个人返回英国,而她和理查德·塔博克斯一道走了。她的儿子托尼·塞尔在贸易站附近长大,同无处不在的狗以及梳着邋遢发髻无人照管的孩子们混在一起。他们在老独木舟之下为自己做了一些兽穴。马兰对托尼只表现出偶尔的兴趣,对米克马克村庄来的女人们也是,她们来了几次,想从目前留住她的男人身边把她哄骗出来,可是当她们试图把托尼夺走时,她十分愤怒。

"他应该由米克马克人来抚养。"女人们说。

"我不就是一个米克马克人吗?我会把他留在贸易站这里。他将会学习白人的生活方式。米克马克的方式如今不行了。"她深深地陷入了隐秘的绝望,顾不上为她的孩子感到担忧;他靠自己的力量已过得很不错。她处于狭窄的人生岩脊之上,既不是米克马克人,又不是白人,跟随任何一个男人,只要他对着她点点头,并给她食物。她变得很胖。她的睡眠时间长得惊人,不分昼夜且很难醒来,仿佛醒来之后所面对的现实太令人痛苦。

"啊,"那些上了年纪的女人中的一个说,"我记得她还是个小女孩的时候,她是很聪明的。她制作精美的毛饰刺绣。"没有人知道到底为什么,她变成了现在这个昏昏欲睡且心不在焉的女人。一些人说她患上了白人的威士忌病,另一些人说是因为她对昆陶的爱,以及由于被他抛弃而感受到的耻辱。她们所有人都听说,昆陶正同一个白人女人一起,生活在缅因。他没有回来,也没有人去劝说他回来。有人说马兰和昆陶离婚了。

他们结婚时还是孩子,那是在昆陶、奥古斯特和阿希尔从他们的驼鹿狩猎之旅回来并发现一切变成废墟之后不久。在悲伤之下,阿希尔离开了他孤独而哀痛的儿子,这个男孩心中如此疼痛,以至于无法接受他和马兰两人因年纪太小而不能结婚。埃尔菲奇不允许这么做,但是昆陶争论说,他已经杀死了他的驼鹿,如今他已经是个大人了,而他要结婚!埃尔菲奇不是他的父亲,所以不能反对他。于是他们结婚了;马兰生下了他们的儿子托尼。她只有十三个冬天大,她的分娩漫长而痛苦。在小孩三岁之前,昆陶去了伐木营,而马兰发现了白人的威士忌。那个小男孩同一群孤儿与弃儿一起厮混。

这些上了年纪的女人有时候诱使托尼到她们的棚屋去,给他吃很好的驼鹿肉,并对他说,他可以时常来找她们获取食物和庇护;从她们那里,他听说了关于他的父亲——那位"草蜢杀手"的故事,还有他使用弓箭的技艺,尽管那个时候米克马克人很喜欢白人的枪。拥有一位被称为"草蜢杀手"的父亲让他窘迫不已。如今只有少数衰弱无力的老者仍保留着松弛的弓和因岁月而变形的箭。每一个米克马克男人都有一把枪,即使一位笨拙的猎人也有可能从远处猎杀五六只鹅。食物更容易获取了,因此几乎没有理由去花很长时间追踪机敏的猎物。

托尼是一个狡猾的贼和乞丐,他既没有弓,也没有枪;他依靠他的智慧获取食物和庇护。他为白人跑腿,睡在翻倒的独木舟之下,或者在他用断裂的树枝所搭建的幼树披棚里。十四岁的时候,他开始和汉娜一起睡在破旧的独木舟下。她是一个小女孩,她的妈妈也整天待在交易站附近。尽管非常年轻,他们还是生了三个孩子——伊莉思、安布瓦兹和吉诺,他们全都活了下来,像稚嫩的火鸡般在贸易站周围翻找食物。汉娜喜欢朗姆酒和它所带来的无拘无束的狂野感觉,她开始和白人们混在一起;在她二十岁的时候,她被亨利·克莱福德殴打致死,他是一位爱嫉妒且好斗的商人,同时还拥有另外两个米克马克女人。那是早春时节,多风的寒冷天气混杂了雨夹雪和间歇的阳光。

"我离开这里。"托尼对他的母亲马兰说,同时因憎恨和悲伤而感到难过。他鄙视她;他根本都不需要告知她。"我长大了。我是一位父亲了。我离开,我的孩子和我一起离开。"

"你要离开这儿了,"她声音平静地说,"我常常感觉到会这样。"她点了点头,转身离开,并打了一个长长的哈欠。他没有其他话可说,她悲惨的人生已与贸易站连在一起。如今他长大了,他很强壮,但却没有狩猎技巧或武器,对动物的习性也一无所知,而那才是适合男人的兴趣和劳作。他不再属于这里了,哪怕曾经属于过。他在一天早上醒来,凝视着那艘破损的独木舟的船底,孩子们挤在他的胳膊下面;他对这种生活感到厌恶。他不再是那些衣衫褴褛的米克马克人的一分子了,他们的风俗习惯已如同雪片般的皮屑那样散落。但他仍然相信他的孩子们应该与血亲们生活在一起。他为他们感到了一种苦涩的哀伤,他们有一位去世的母亲和一位无足轻重的父亲,几乎等于是孤儿。他不能再把他们留在糟糕的贸易站。他只知道他的父亲生活在一个叫做佩诺布斯科特湾的地方。未经事先告知,他划着一艘偷来的独木舟,在泥土和积雪中步行了几个星期,而且时常背着最小的孩子吉诺,最终他找到了那座房子,昆陶与那位白人女人生活的房子。

年复一年,老房子的原木颜色已经变暗到近乎黑色。它看起来已经陷入地下,但新的云杉木瓦在旭日之下就像珍贵的金属。门上的那幅画和百叶窗已褪为一种苔藓灰色,碧娅特丽克丝觉得它有必要重新绘制。除了收集冬季的木头和狩猎之外,昆陶不理会其他家务活。

"你进来。"当听到门上的刮擦声时,碧娅特丽克丝·迪凯喊道。托尼同孩子们走了进来,衣服破破烂烂,且因旅途而磨损。他们站在打磨过的木地板上,嗅着房内陌生的香气,看着从玻璃窗斜洒下来的光线从镜子中反射过来。

碧娅特丽克丝灰黑色的头发如流水般从背部垂落,她迅速地倒抽一口气。

"你们是谁?"她盯着他们,"你是谁?"但是托尼觉得她一定知道。

"我,托尼。昆陶·塞尔,我的父亲。这些,我的孩子;昆陶,他们的祖父。他们的母亲死了。名字是伊莉思、安布瓦兹和吉诺。"在把他们转过来面向她时,他摸了摸每一个孩子的额头,"如今生活在米克马克没什么好的。我成年人,但是没有用处。我很坏的男人。我来我父亲昆陶,和你。帮帮他们。"

"啊。"碧娅特丽克丝说。她看着那些孩子。伊莉思九岁,是最大的,内向且害羞;七岁的安布瓦兹,也很害羞,但带着一种动人的笑容;还有吉诺,差不多五岁了,一张小脸丰腴而愉快。

"坐在桌边。我会给你们一些食物。"那些椅子很奇怪,而且很高,桌子像贸易站的货物柜台。吉诺努力想要坐上一把椅子,碧娅特丽克丝把他提起来;她发现他暖暖的,还挺重,于是给了他一个轻轻的拥抱。

"坐好了,甜心派。"她说,然后转向托尼,"哦,可怜的托尼,你必须告诉我所有的一切,发生过的一切。昆陶和我们的儿子弗朗西斯-奥特赫和乔希姆一起外出狩猎了。他们同你的孩子们年龄相仿。我知道昆陶见到你们一定会喜极而泣的。他对我说起过很多次他的儿子托尼,而且想知道他是否还活着,他的情况怎么样。"她对这个年轻人感到一阵同情,他与几年前走入她生命的那位英俊的印第安人十分相像,"而现在你已经在这里了。他该会多么高兴啊。不过你——年纪那么轻就已经当了三个这么大的孩子的父亲。"她看着他们。

"伊莉思,安布瓦兹,你们会读书和写字吗?"他们低下了头。

"吉诺,你最喜欢什么?"

"在贸易站拿糖棍儿。"

"啊,好的。我没有糖棍儿,但是我觉得你会喜欢松饼和一些荷兰可可饮料的。"

"你很好,"托尼说,"我梦到过你很好。"他和碧娅特丽克丝交换了眼神,碧娅特丽克丝那沉稳的目光,是对于孩子们的安全的承诺。托尼所回应的凝望表露出一种无法跨越的距离感。

他们正舔着他们的盘子,消灭最后一滴枫糖浆时,昆陶同弗朗西斯-奥特赫与乔希姆一起走了进来。托尼的孩子们害羞地快速瞥过叔叔们,他们那黑色的眉毛和头发,他们那浅色的眼睛。乔希姆带着一只雄火鸡,提着它的脚,血淋淋的喙一路垂在地板上。

当昆陶意识到这些陌生人是谁的时候,他的脸鼓了起来,他的手颤抖着。他几乎说不出话来,却发出嘶哑的声音:"留下,留下,我们全都生活在这里。"他看着碧娅特丽克丝,他的眉毛恳求地聚拢在一起。

所以事情是这样的,托尼冷漠地想。昆陶很可能要向这个高高的女人乞求恩惠,那个女人站在房间的阴暗角落里时,看起来像是印第安人。他觉得她不是会站在阴暗角落里的那种人,而是在饱满的灯光下,展现出她那白人的血液,那双如水般澄澈的眼睛。但是她的米克马克语说得比托尼和那些孩子都要好,他们只会说一种由米克马克语、法语和英语词汇混合的粗糙杂烩。

昆陶和弗朗西斯-奥特赫、乔希姆、托尼一起到楼上去了。她带孩子们在那座大房子周围四处走了走,向他们解释每一个房间的用途,尤其是那个拥有一张大桌子的房间。她说,这里是教室,而教室是他们可以学习读和写的地方。她会教他们的。她坐在那张桌子旁边,把吉诺抱在她的膝盖上,对他悄声说,第二天她会给他做一匹小小的玩具马,并让伊莉思和安布瓦兹靠得更近。她低声而亲切地对他们说话,坦率地吐露她的理由:"我们的族人之中有一些特别的人,那些人记得古老的故事——古老的方式。我的母亲在我还是个孩子的时候去世了,她什么都没有讲述给我。虽然我父亲是一个荷兰人,我却从他那里得知,印第安人必须得从白人那里获取任何有用的东西。而这只不过是因为他们已经从我们这里拿走了全部。很多我们的族人同紧紧锁在脑中的秘密一起死去了。现在我们应该来学习如何读书和写字,这样我们便可以得知如何制作有用的东西,以及我们的祖先们是如何生活的。这就是为什么我们学习读写——这样我们便可以记住。"

吉诺很害怕高高的楼梯,因为他从来没有见过三级以上的台阶,于是他抽噎地哭着,直到碧娅特丽克丝拉起他的手,带着他往上走了很多级,数着"七、八、九……十三"。在阁楼上,他们看见昆陶和大块头的乔希姆推着古老的箱子、坏掉的家具、一箱箱书和昆陶的用旧了的弓以及老箭袋,把它们都推到墙边,以留出空间放草垫。

"你可以睡在这里。"碧娅特丽克丝说。吉诺看到乔希姆翻了个白眼,就好像她说的是她要把烤驼鹿肉丢给一群狼。他冲着乔希姆笑,因为只有吉诺可以笑,而乔希姆饶有兴趣地撇了撇嘴。吉诺想要取悦这个女人、他的父亲托尼、他的祖父昆陶,甚至是已经准备好要讨厌他们的新亲戚乔希姆和弗朗西斯-奥特赫。

托尼和孩子们在餐桌前吃饭感到很别扭,但碧娅特丽克丝示意他们不应当坐在地上。他们被这么多道肉菜和面包,这么多不知名的炖菜和一些看起来像鱼的东西给惊呆了。弗朗西斯-奥特赫和乔希姆窃窃私语,然后一起发出笑声,他们拿起他们的碗朝外面走去,到远离这些新来者的地方吃东西。昆陶喊他们回来。

"回到座位上。"他们无声地吃了这餐饭。

晚餐之后,碧娅特丽克丝让托尼的孩子们上床睡觉。乔希姆靠在门框上听着。

"我会给你们讲两个故事,"碧娅特丽克丝声音很低且很慢地说,"听着,第一个是这样的。很久以前,在从前的日子里,三个孩子在森林里迷路了,在那片森林中他们看到一棵树,一棵非常强壮的大树,它那么高,树叶在云间沙沙响。那棵树很老,很老;老到其他的树木都叫它老妇人树,除了云,云把它叫做老糊涂树。它很大……"她伸展开她的手臂,以展现它的围长,"它生长在森林里好多年了。它那么大,而在底部有一个巨大的空洞,里面住着两只熊……"

在他们走下台阶的时候,伴着碧娅特丽克丝在上面的喃喃声,昆陶把手放在了托尼的肩上。

"跟我一起到外面来,走到河边去。最近的雨水让河流变宽,而且搅乱了鱼梁。在我们修补它的同时,我想听你讲讲有关马兰和米克马克的事。别怕我会痛苦。"

他们涉入水中,搬动石头。托尼注视着昆陶,看他是如何做的,如何把那些被洪流冲开的石头放回原处。天空十分阴暗,铅灰色的沉闷白日,带着刺骨的潮湿。水使他们的腿脚变得麻木。托尼结结巴巴地说着话,然后怒不可遏地讲述了马兰的嗜睡,她是怎样退缩到一个无声的世界,还有那些粗暴对待她的白人。他讲述了汉娜,她和白人们在一起有多疯狂,正是那些白人导致了她的死。"亨利·克莱福德。如果我留在那里的话,我会杀死他。很多次我想要杀死所有人。"

"你把你的孩子们带到这里来,做得很好,我的儿子。我会照顾他们,就像我曾经照顾你那样。我会为我对马兰以及对我们的族人的忽视而付出代价。我很清楚我的早期生活是一种错误的行为,也是一种损失。我没教过你所需要知道的事。"他们从水中上岸,穿上鞋,然后开始在沉默之中走回房子,昆陶几次张开嘴巴,最后终于开口了。

"现在不是冬天,不过,我会告诉你关于我们族人的古老传说,还有我们宗族中的伟大人物。"他没有等托尼回应,便开始讲述战士和猎人,讲述祖先,但是他无法讲述看到他母亲那被切断的手臂的恐惧,无法讲述阿希尔的消失,以及他自己寻找失踪的父亲的那几年。在他讲话的全程,他感到自己在对着天空说话。天空就像托尼那样无动于衷,以一团寒冷的蒙蒙迷雾回应,不久它便增厚,变为连绵的雨。昆陶说:"我从一棵树走到另一棵,不假思索,从未回想过你,我的长子。但现在我明白,我不是一个好男人。我不应该去寻找阿希尔。我应该同你跟马兰待在一起。所以我要说,你不应该离开你的孩子们。"

托尼耸了耸肩。昆陶说得越多,他对这位父亲的情感便越冷漠。

他对他直呼其名:"昆陶,我不属于这儿。我不属于米克马克——人们现在叫它新斯科舍。我不是任何一类人,无论英国人、米克马克人、法国人、美洲人。我无处可去。村子里的很多米克马克人假装一切都好,但是动物非常少见,而且没人知道正确的生活方式。白人拿走浆果、蛤蜊、鱼,然后卖掉它们。我无法假装。我告诉过你英国贸易站的情况是怎样的。你——你拥有这个女人。我没有任何人。我哪里都不属于。没有适合我的地方。我离开。也许某人会很快杀死我。然后我便了却此生。"他这样说着,雨水从他的头发滴落,浸湿了他的肩膀。

雨变得很大。昆陶听到这些话语时,感到喉咙中如针般的恐惧。面前这个人究竟是他的儿子,还是一个有着其外形的恶意的幽灵?托尼确实看起来不一样了,并不是截然不同的两个人,但是更……更白了。邪恶的白。他的身体各处都刻着旧伤疤,他的五官皱成一副不悦的神色,他用一种嘶哑的嗓音说着话。他又脏,穿得又差。昆陶想知道他到底是什么人——面前这个孤僻而无法了解的年轻人。但他木讷地笑了,然后说:"蠢话。你还年轻。你在这里拥有一个容身之所。你带孩子们来是一件好事。不要让我对你所造成的错误影响到他们。和我一起留在这里。留下。"

他担心白人已经摧毁了这个被遗弃的儿子。

雨下了一整晚,一片浓雾笼罩了世界,然而托尼还是说他要离开,他将试着在新不伦瑞克工作。

"我希望可以回来找你们。"他对伊莉思、安布瓦兹和吉诺喃喃地说。他大胆地与昆陶那批判的目光对视。他难道不是做过同样的事吗?是的。昆陶虽一言不发,但已经默默承认,他也做过同样的事。

几乎找不到什么活儿。伐木营是雇用印第安人干活儿的为数不多的地方之一,将他们视为一种用毕即弃的劳力——足够好的劳力,只要他们还没死亡;对于水上的活儿来说这些人再好不过了,只要还没在激流中送掉小命。托尼想,他总是可以从一个伐木营往森林的更深处移动,即便他没有枪。他考虑过尝试在森林中生活。在没有枪的情况下。在不了解动物行为的情况下。他会到一个城市中去吗?到波士顿去?他会找到一些事或一些人吗?他必须找到一种新的方式。首先他将尝试伐木营。于是他来到一个满是呻吟着的树木的混乱世界,树冠扯开大片缺口,带倒其他树木,从中部扭断,爆裂成碎片。一些树不肯倒下,它们的树枝同毗邻的树木交错在一起,在砍伐了一半的树桩之上摇摇欲坠。位于一片新的空地边缘的少数树木,不再受到倒下的几百棵树木的保护,等待着一阵阵巨大的风暴将它们扫平,连根拔起,成块的泥土带着轻轻的声音掉落。他整个冬季都在工作,为倒下的松树砍除树枝,在春天的流送中,工头命令他坐进一条平底船里——因为他是一个印第安人,所以他理应天生就会娴熟地用桨。但是托尼对于平底船的认识仅仅是:它们是遮蔽之所,是童年时代使他免于被雨水淋湿的屋顶。他不是那种生活在河上的人。他还没有拿到他在这一季的薪水,便已溺亡于狼之瀑布底部,像不计其数的其他父亲一样消逝于过去,成为孩子们永恒的痛、爱与回忆。

在佩诺布斯科特湾的房子里,昆陶未能把托尼变成一个速成的米克马克人,这让他感到痛苦。他对碧娅特丽克丝稍稍疏远了一些。他对安布瓦兹讲话,虽然他年纪太小,还不能理解:"我很羞愧我离开了米克马克,离开了我的族人和我的儿子。"他对自己毫无怜悯,把自己视为一个愚蠢的、破坏古老习俗的人。尽管他想到,落叶松会脱落它的松针,枫树和山毛榉会掉下它们的叶子,光秃秃地站在那里,直到闪烁光芒的新叶再次张开,米克马克人却正在失去他们为数不多的新鲜树叶。而他,不再有任何一片。

昆陶听碧娅特丽克丝说过上千次,"我需要你,印第安人",就像那一天她骑在马上向他走来一样。起初,他以为她是指需要他为她劈开木头。随着时间一星期一星期地过去,他觉得她需要他是为了性爱。可是有一天他明白了。她需要他,因为她是一个有一半印第安血统,但被作为一个白人女孩养大的女人。她需要他,以便使她成为一个印第安人。她一直以来都在试图将他带到书籍中。但是既然他已经知道她要什么了,便把书都推到一旁。

"女人,"他说,"现在我来教你阅读。"于是他把她领入森林,就如同他本应该对托尼做的那样,耐心地阐述如何去理解并识别动物的痕迹,植物和树木的季节性的信号,熊和即将来临的雨水气味,以及蒙上一层霜的树叶,河水变幻无穷的表面,透露出所有的一切是如何共存。"这些是每一个米克马克人都懂得的事。"他说,"而现在你是否明白,森林和海岸由不计其数的细线联系在一起,如同蛛网一样精细?你开始领悟到印第安人的方式和学问了吗?我可不希望有一位无知的妻子。"

"是的,"碧娅特丽克丝说,"但是需要记住的太多了。"

"不是像一门课程那样记住,"他说,"而是去了解,去感受。"他知道这是无望的。

她很快便谢绝了这些远足:"我告诉过你,我的帕萨马科迪族的母亲在我年幼的时候死去了,那时她还没能教给我任何东西。这是一个遗憾。我所知道的都是从我父亲那里学到的。我必须学习药用植物。他常常从莱顿写信给我,让我设法把一些味道刺鼻的叶子送到他那里。"这位从未回来的父亲奥特赫给碧娅特丽克丝提供了大量的信件和建议,还有一包一包的书,连同过时了的欧洲服饰;但就在昆陶走出森林,走入她生命中的前一年,奥特赫死于国外。他把碧娅特丽克丝的父亲想象成一个脾气暴躁、喜欢发号施令,又相当矫揉造作的白人。他很开心自己同他之间既隔着一片海洋,还隔着死亡。

碧娅特丽克丝教孩子们学习字母和数字,给他们一些书来读;昆陶虽未能教会托尼,但他如今为孙子们展示弗朗西斯-奥特赫和乔希姆已经掌握的知识——如何打猎,如何划一条独木舟。男孩们就像是带刺的苍耳般黏着他不放,他们还一起在日益缩减的林地逡巡,刻字、削木头、缝补衣服、蒸鳗鱼、将鱼儿引诱到他们手中。"你们必须学习这些事情,"昆陶说,"你们可不是对世界毫无知觉的石头。你们身上流着米克马克人的血,不过你们什么也不懂。"他带他们看动物、植物,是的,还有草蜢,作为一种猎物。他为安布瓦兹和吉诺制作了大小适合孩童的弓。让他们射杀草蜢,就像他曾经那样!免得他们对米克马克式的生活一无所知。然而他发现不可能把自己所知道的全都教给他们,除非他们能够生活在米克马克世界之内。这不仅仅是学习如何使用某些工具或者认识植物。他所教授的不是一种真实的生活;它不过是一种游戏,他沮丧地想。他想要他们了解的那个世界早已消失了,就像烟雾自由地涌向天空,留下那个制造它的火堆,变成奄奄一息的灰烬。

在佩诺布斯科特湾的村庄四周,树木纷纷倒下,一条条小径穿过森林,起初只有一两条,接着七条,然后便是蛛网般的小路,经由几十年的岁月变为宽阔的道路。道路很泥泞,有时像是面糊,有时很厚重而且很黏,直到夏末,它们变成呛人的灰尘,颗粒那么小,在马和马车经过很长时间之后还悬浮在空气中,落在草地上,如同英国人定居到这片土地上。

许多年过去了,伐木公司和移民们把海湾沿岸地带砍伐殆尽,还向北转移到佩诺布斯科特湾。一片片小麦田和干草田占据了土地,这些田地被连接在一起的树桩包围,一度直立在森林中的树根如今倒向一侧,以阻挡白人的奶牛和羊。移民们的房子沿着海岸被苍白的篱笆编织成紧凑的行列。夏尔·迪凯的老房子在它所在的土地上孤独伫立,被从未被砍伐过的森林环绕着,那是森林世界的遗迹。

有一天,碧娅特丽克丝注意到她的儿子乔希姆用一种不是兄长应有的眼神偷偷瞄着伊莉思,于是她对昆陶说,也许伊莉思是时候该嫁人了,她十五岁了,岁数已经够大了。昆陶的建议是把她送往新斯科舍,与他的妹妹阿莱多尼亚生活在一起,在那里她也许会找到一位米克马克丈夫。在那里她可能过一种米克马克式的生活。他已经忘记了托尼所说的关于那片地方的话,只记得在猎捕驼鹿之旅前,他童年时代的那些美好时光。

每个人都注意到,村落中的小女孩,不管是印第安人、法国人、混血儿还是英国人,都喜欢和吉诺在一起玩。她们跑过来和他见面,把她们的小秘密告诉他,并让他发誓不要说出去,而且他也从来没有说出去过;她们还把从家中的食品柜偷来的一块块姜汁蛋糕带给他。碧娅特丽克丝看到她们悄声耳语,于是便问:"她们都对你说些什么,吉诺?"

"对我说虫子,说有趣的青蛙。没什么。"那些对话充满了咯咯的笑声。很少有女孩或女人能够抵挡吉诺那种顽皮而友好的方式。

"保持这样,亲爱的孩子。"碧娅特丽克丝喃喃地说。她同样对他的魅力没有免疫力。

昆陶也观察着吉诺,注意到他很特别,就像往日会有的一些特别的米克马克人一样。昆陶自己也曾经很特别,但后来它从他身上逃走了。

林木的世界以船只的形状向外延伸到海湾。安布瓦兹·塞尔和吉诺·塞尔同村里的男孩一起在码头上玩,他们奔跑,保持平衡,在漂浮于锯木厂的池塘中的原木上跳跃,假装他们正在流送原木。最了不起的英雄是让原木沿狂暴的佩诺布斯科特湾向下游漂流的人们。男孩们绕着海湾划独木舟,划着小船。随着他们长大,他们和渔民们一起工作,学习补网、撒网和吊拉绳,渔民的儿子们划向更远的水域,而他们也加入了海运贸易。孩子们日复一日地观察男人们在桅杆船上装载巨大的松树圆材,在甲板上堆放厚板木材。塞尔家的小孩和昆陶一起去修补鱼梁,帮忙驱赶并捕捉鳗鱼——这是他们赖以为生且喜爱的食物。对于城镇来的男孩们来说,理想中的未来是砍伐巨大的松树,漂流于春季饱涨的河水上。对于吉诺·塞尔和安布瓦兹·塞尔来说,这是一种无法抗拒的吸引力。

孩子们很快就长大了,碧娅特丽克丝想。今天他们还是孩子,仍然满怀问题与天真的热忱,明天他们就突然变成了成年男子,带着坏脾气和各种想法,而且会更喜欢与昆陶做伴,而不是和她。当弗朗西斯-奥特赫到了二十一岁并娶了一位一半是法国人一半是米克马克人的女孩时,他同那个女孩的父亲一起建造了一座小木屋。随后乔希姆离开了家,准备去新不伦瑞克的伐木场。一个月以后,到了安布瓦兹进森林的时候了。对于唯一留下来的吉诺·塞尔来说,时间流逝得太过缓慢。对他而言,这一年过得很慢,春天到了,他望着那些逃过了锯木厂的大片原木顺着河水漂流,进入海湾;他羡慕那些推着笨重的木材,并且把它们围起来的自信满满的流送者们。在这场流送之后,变得更魁梧更强壮的安布瓦兹,带着精彩的故事回到家中。他还带回了钱。夏天到了,又很快消逝。安布瓦兹又离开了,担当一个新不伦瑞克小分队的清路帮工。好几个星期里,大雁的叫声如同铁匠在锤击高高的铁砧。月亮渐满,疯狂的乌云掠过它的表面。吉诺有一种坐立不安的冲动,渴望着去往某个地方。一天早上,他做出了决定,他到了昆陶那里。

"爷爷,我现在足够大了,我想去森林营地伐木。"他说。昆陶点点头。"我知道你考虑着开始作为一个男人的生活,"他说,"不过可能有很多女孩认为或许你留下更好。你对这些女孩一直很热情。难道这里没有很多孩子会把你叫作父亲吗?"

吉诺十分震惊,连忙说,不,不。"爷爷,女孩们只是跟我聊天。女孩们喜欢找个人聊天。我们是朋友。"昆陶用一种评估的、考量的目光看着这位孙子,将千丝万缕的想法组合起来。

"是的,我明白了。我明白你了。我老了,吉诺,但不要把我当成一个傻瓜。如果你在米克马克人当中的话,他们不会觉得一个有双重灵魂的人有什么问题。但是白人觉得这是不好的。那些神父也是。"

关于这一点没什么可以说的。过了一会儿昆陶继续讲话。

"你什么时候走?"

"今天。我在一个兽皮袋子里装了暖和的衣服。我要不要带一把斧头?"

"如果你想要的话就拿上一把。但是你需要多少,伐木场便会给你多少。他们提供工具。这一点我知道,因为,我也曾在那类伐木营砍伐树木,正如我的父亲阿希尔,以及他的父亲,那个法国人——勒内·塞尔,他们也是如此。"

"我不知道那位法国人勒内。他是我们的祖先吗?"

"他是我的爷爷,人们说他被他收养的一个女孩谋杀了。所以你知道我们身体里有法国血统。但是勒内·塞尔没有在伐木场工作。他为自己伐木。吉诺,在你进入森林之前,我想让你和安布瓦兹一起到米克马克去,看看伊莉思,看她是否还好,她有没有孩子。我们没有她的任何消息。我还想让你打听一下我的表兄奥古斯特是否还活着,他是我死去的姑妈诺伊的儿子。他是一个时常陷入麻烦的人,所以他可能已不在人世了。不过我注意到很多常惹麻烦的人总能活得很长。如果他还活着,我想让他到这里来,和我们生活在一起。你要小心。森林和河流中充满在打仗的英国人和美国人。如果你听到枪声就离远一点。"

安布瓦兹十分强壮,而且肩膀厚实,吉诺和码头上的一小群女孩挥手道别,她们唤着他的名字,他们乘船沿着海岸到哈利法克斯,步行到达了贸易站。

"关于伊莉思,我有一种不太好的预感。"安布瓦兹说,"我记得托尼说米克马克是一个糟糕的地方。"他的口袋中放了一只他很久以前雕刻的小小的木头火鸡,在伊莉思很小的时候,这个物件曾逗得她哈哈笑。

"如果她有孩子的话,我想他们也许会喜欢玩这个的。"他说。

"安布瓦兹,这是一个好主意。我希望我带来了一些东西,就算是一只松塔也行啊。"

昆陶的妹妹阿莱多尼亚瘦瘦的,缺了很多颗牙齿,对他们关怀备至。她说出了几个姓氏源于塞尔的人,告诉他们:是的,奥古斯特仍然活着。"那个人!他坏到死神也不想理会他。"

但是安布瓦兹和吉诺看到,米克马克村庄是一片饥饿的悲哀之所,混合了棚屋和白人的小木屋。鳗鱼的鱼梁年久失修,而且人们几乎不愿花工夫去整顿它们。从代理处那里获取面包和猪肉比捉鳗鱼更容易。伊莉思的丈夫吕松·布拉苏瓦醉醺醺地躺在他们棚屋旁边的泥地里,棚屋那破损的树皮覆盖层需要修补了。他们为伊莉思感到难过,她哭泣着说她失去了一个女婴,她以碧娅特丽克丝的名字为她起名为碧。

"你知道,我以为结婚会像碧娅特丽克丝和爷爷昆陶那样——美好,充满欢笑。"她流出了女人的眼泪。

在这片一度曾是米克马克的地方,如今砍伐殆尽的土地上,他们听说了关于昆陶的父亲的故事,也就是阿希尔,那位伟大的猎手。出于某种原因,这些故事让安布瓦兹愤愤不平:"一切故事都属于过去!所有美好的事都发生在很久以前。现在——哦,现在……"他眯起了眼睛,"伊莉思,如果布拉苏瓦对你不好的话,你一定要和我们一起走。"他们知道,布拉苏瓦对她不好。他们感觉愧疚而且不自在,他们想要离开。

老奥古斯特总是臣服于酒精的支配。他们在他的其中一个孙女的棚屋里发现了他,老眼昏花而且打着盹,坐在户外,眯着眼睛看着面前发生的任何事。当他们告诉他,他们是昆陶的孙子时,他清醒了一点,呼出朗姆酒的气息,露出了一种苦涩的笑容;他说,昆陶拥有幸运的人生,和他不同。他用苍老的声音说着这样的话,然后闭上了嘴巴。他们坐在一起,看着十几个无所事事的米克马克人如肉上的苍蝇般徘徊在贸易站附近。安布瓦兹很惊讶地看到,当注视着他们时,恶毒的老奥古斯特脸上竟有眼泪流淌。

"他们没有事情可做。"他说,"在昆陶和我往日的岁月里,我们常准备去打猎或者捉鳗鱼,捕鱼、海豹或鲟鱼。我们制造弓与箭,我们制造弯曲的小刀和优质的独木舟,我们制作船桨。在那个时候,我们有很好的战斗游戏,不像用枪支同外国人打仗那样。那些年轻人——是的,包括我——做出英勇的事迹,那时有节庆,还有舞蹈,比如那些如今不再表演的。可是你看到我们如今成了什么样子。"他说,然后他指着那些无所事事的人,又指了指他自己。他的手往他的大腿下面摸索着酒瓶。

"伊莉思,"安布瓦兹说,"现在离开吧。"她把她为数不多的物品扔到一个装芜菁的袋子里,然后超过他们,跑向码头。吕松·布拉苏瓦不在那里,所以无法阻止她。

"他和他的朋友们一起喝醉了。"伊莉思说,"我们马上离开,马上!"

"等等。我们必须带上奥古斯特。昆陶想让他住进佩诺布斯科特的房子。"那位老人站起身来,当听到他们要他也一起去时,他颤抖了。他环视四周。那些游手好闲的人站在贸易站的门廊旁边,一条狗正在挠着虱子。他又重新坐下,会意地笑了。

"不。太迟了。你们走,我留下。"

不管他们怎么说,他都是拒绝:"总得有人留下来。我将会是那位'留守之人'。"

他还是和从前一样,擅长命名。

安布瓦兹用昆陶给他们的钱买了船票,坐上一艘从哈利法克斯驶往波士顿的船,然后又说服了一条驶往乔治沙洲的渔船的主人,让他绕路,以便他们中途在佩诺布斯科特湾下船。伊莉思在返回的途中很少同他们说话,但是当船驶入他们家乡的港口时,她深深地吸了一口气,然后呼出。碧娅特丽克丝看到他们从码头前来,于是猛地打开前门。她看着伊莉思,看着她褪色的淤青和那双盈溢泪水的眼睛,不用她说什么便明白了一切。她伸出了双臂。

"哦,谢天谢地,我可怜的伊莉思,你终于又同我们在一起了。你现在到家了,你安全了。"

"母亲。"伊莉思哭喊。碧娅特丽克丝拥抱了她,这两个女人都开始啜泣。安布瓦兹和吉诺对视,他们从未见碧娅特丽克丝哭过。

"让女人们表达她们的情感吧。"安布瓦兹喃喃道。他的眼睛有点刺痛,"我们出去吧。"

虽然吉诺希望和伊莉思与碧娅特丽克丝待在一起,但他还是跟着安布瓦兹出去了。

39

穆赫塔尔医生

"我究竟怎么了?"碧娅特丽克丝问伊莉思的狗——阿米。它是一种像狼一样的动物,从来都不放过豪猪。听到她生气的语调,那条狗畏缩着,望着地面。好几个月以来,有种疼痛在她的腹内扭曲着,像是一只螃蟹拧住了她的肠子。在有些日子里,她可以同平常一样四处奔走,教一位从村庄来的男孩读书识字,为昆陶制作精美的佳肴,虽然对方不加理睬。他只有小时候才会想要额外的食物。

一条新的道路已向昆陶打开:指导白人打猎和捕鱼。一切始于一个波士顿男人——威廉姆先生;他找到他,说他想到缅因的森林里打猎,而且他需要一个向导,他会为此付钱。昆陶因其在伐木场的几年生活而熟知那片森林、溪流和湖泊。他们一起向北走,乘坐火车,之后搭乘四轮马车,然后是独木舟。威廉姆先生回到波士顿时,脏兮兮的,身上带着擦伤,他的眼睛被营地的火熏得红红的,变得更瘦了,也更为敏捷。他感觉自己像一个强韧的山林人。他在短短一天内抓到了超过五十条鳟鱼,还向艳羡不已的朋友们讲述他那位少言寡语的米克马克向导。不只如此,独立战争已经把自由这一观念同原始森林联系在一起。美国人如今已把自己视为森林人了。

昆陶不知疲倦地为这项奇特的生意而工作。他搬运行李和独木舟,从云杉幼树丛中劈开小径,在营地搭建披棚,砍伐木柴,并生起一堆火,煮玉米粥,烹制鳟鱼、野味,只使用零碎的野姜和大蒜调味。很快他便有了常客,那些想要猎捕驼鹿或者驯鹿的人——那些白人,他们想把这样的旅途编造成一种男子汉的冒险传奇。

对于昆陶来说,他已偶然发现了世界上最为奇特的职业,即帮助人们"度假",那些人对残破的森林一无所知,一点儿不了解独木舟和划桨,不懂天气征兆和植物,也不会搭建篝火。有几次他们对他发火。贾奇·詹姆斯——一个其他人都很尊崇的人——说:"你们印第安人拥有一种美好的生活。只管打猎和捕鱼就好了,活儿让女人们去干。"他笑了。昆陶当下什么也没说;过了一会儿,他和他在小船码头不时见到的另一名向导——提-萨巴提斯一起抽烟管。这时他说:"白人从来都没把它看成我们的活儿。对于他们来讲打猎和捕鱼只是游戏。他们认为我们很懒惰,因为我们整天都只在玩。"

提-萨巴提斯微微一笑:"这些人一点儿也不了解森林,但是他们付的酬劳很不错,我不知道他们是如何获得那么多钱的,所以也许他们在做的是一些十分聪明的事。"

"这是我们的人生,我们这样生活,但这并不像那些白人所想象的那么容易。"不过他还是很享受这些短途旅行。

疾病让碧娅特丽克丝从坐在栗马上的那位充满活力的长发美人变成了另外一个人。他们曾拥有很多快乐的岁月,但如今她老了,他也一样。她生病了,而这让他感到害怕。昆陶很想回到过去,想把她变回从前的碧娅特丽克丝。他为她端来几杯茶。她慢慢地喝着,慢慢地,对着他微笑,然后呕吐了。正是现在,当她最为需要他的时候,他开始避开她。他没办法克制。他的感情早在几年前就已经开始改变了,当托尼带着三个孩子到来,把古老的米克马克生活带到他面前时起。由于对自己疏于照料托尼和马兰而感到羞愧,昆陶开始把碧娅特丽克丝视为"他者"。那种感觉总是存在,即便他们很开心地在一起,以及陪伴在孩子们身边的时候。"她不是米克马克人",如同一种遥远的鼓声,这种东西在他的内心深处回荡。他没能把她变为一位印第安人。他背叛了他的族人,因为他为了她离开了马兰和托尼。他也背叛了碧娅特丽克丝,因为未能达成她的愿望。每个春天,当他准备好带领一位波士顿男人开始一场捕鱼之旅时,他都比上一年更开心能够远离碧娅特丽克丝的房子,返回森林。

碧娅特丽克丝的好日子变得更少了。疼痛总是会回来,就仿佛它因放假而增强了活力,可以用更强的力量咬噬这位罹病之人。如果伊莉思为她带来鳕鱼汤,她会用勺子喝上少许,然后呕吐出来。她的肠子越来越靠不住,她的脸瘦削而憔悴,四肢细如芦苇,但是看起来很可怕的肚子却膨胀起来,而且越来越大。患处隆起的大小有如一只河狸,而且正如河狸般用凿子似的黄色牙齿啃噬着她。

伊莉思洗了被碧娅特丽克丝弄脏的亚麻布,将它们挂在外面,让海湾吹来的冷风把它们变得清新。她为她自己和昆陶做饭,坚持为碧娅特丽克丝煨制肉汤,虽然她总是无法下咽。伊莉思不太懂药草,于是去找昆陶求助。

"昆陶祖父,碧娅特丽克丝生病已经长达六个月亮,我不知道如何缓解疼痛。它还在变强。她什么也吃不下。你认不认识懂这类疾病的治疗师?"

但是昆陶摇了摇头:"也许在米克马克还有。但是这里——没有。她会想要一位白人医生。"

"如果他会来的话,"伊莉思说,"我听说他很傲慢,而且说他只治疗白人。"

"喔,"昆陶说,"碧娅特丽克丝的父亲是白人。他有医生朋友。也许现在全都死了。"

他不自在地同那位生病的女人一起待了十五分钟,并从她那里获知了两个医生的名字。第一位是上了年纪的伍德里特医生;他派人送来一条消息,说他的名单上有一长串病人,无法前来。第二位是哈拉格尔医生,爱尔兰人,刚刚来到佩诺布斯科特湾;他探望了碧娅特丽克丝,为她做了检查,而且同她谈了一会儿话。等他走出病房的时候,他坐到伊莉思身边,摇了摇头。

"她会很多难懂的词语,这位印第安……这位女士。我想她病得很严重,而且我建议从波士顿请来一位博学的医生——穆赫塔尔医生,如果他愿意来的话。他有很多关于腹部疾病的经验。关于这种病。"

伊莉思很想问"这种病"是什么病,却只用恳求的黑色眼睛看着他。

哈拉格尔一边继续说,一边端详着这位紧张的女人:"他是个外国人,而且他的治疗方式不是我们……你们通常的做法,不过他在医学方面十分博学。如果还有人能对此做什么的话……"他保证他会亲自写信给穆赫塔尔医生,看是否能说服他赶来佩诺布斯科特湾的房子。伊莉思的脸色变了一小会儿,然后冲他微笑,那种顽皮的塞尔式的微笑。

当昆陶听说了这一切时,他从齿间呼出了一口气,发出一种嘶嘶的声音,像一只愤怒的动物,因过于绝望而狂怒,然后他走向屋外。他没办法忍受亲眼看到她所受的苦。

十天后,哈拉格尔医生在一个工作日的下午返回了,穿着干净而清新的亚麻衣服,希望能够见到伊莉思独自在那儿。但昆陶也在,修补着他当向导使用的器材,用于下一次的缅因之行。

昆陶点了点头;当哈拉格尔医生说,那位波士顿医生穆赫塔尔有可能在任何一天到来并诊查碧娅特丽克丝的时候,他又点了点头。那人正在不辞辛苦地赶过来。不过——这位爱尔兰人说,昆陶不应该期望过高,期盼她能痊愈。碧娅特丽克丝病得很重。昆陶点点头,然后问了个很直白的问题。

"她还能活多久?"

哈拉格尔结结巴巴的,他说他不知道,他说上帝会决定的,或许穆赫塔尔医生能够判断,但他说不准。他没能得到同伊莉思单独待上几分钟的机会便离开了。

在一个凉爽的秋日午后,穆赫塔尔医生骑着一匹黑色的阿拉伯马来了,从波士顿来的一路上它都有很高的回头率。当他拿下褡裢的时候,伊莉思出来说,如果他愿意的话,他可以把那匹马交给她,放到牧场去,或者带到马厩里,看他喜欢。他选择了牧场,那里有着成荫的枫树和淙淙的小溪。他是一个瘦小而结实的男人,长着一张外来人的脸,湿润的黑色眼睛,鼻子如同鹰钩。伊莉思觉得他那黑黑的脸很令人害怕,甚至有些邪恶,他的声音有些粗哑,但却友好。她有点不情愿地带领他进入了房子。

他一走进大厅便嗅到了恶臭的空气,于是知道了他会发现什么。伊莉思首先将他带到碧娅特丽克丝常常招待访客的那间教室,为他奉上了一杯茶。他把他的褡裢放在那张巨大的松木桌上面。他问了伊莉思很多问题,要求她给他看碧娅特丽克丝弄脏了的床单,并非常仔细地查看了它们。他用那双闪闪发光的外来人的眼睛看着伊莉思。

"有没有别的人可以帮你?你很瘦,而且很疲倦。看护一个胃癌晚期的人是一件很累的事。我们必须为你寻求一些帮助。"伊莉思听到碧娅特丽克丝的疾病的名字十分震惊,而且她立刻明白这个诊断结果一定是性命攸关。接着他的问题来了,她从来没被问过这么多问题。他想要了解关于碧娅特丽克丝的一切,关于伊莉思,关于昆陶,还有整个家族,他们的境况,他们怎么会生活在这座房子里,他甚至还问了有关他们所吃的食物的事,并且当伊莉思对他说碧娅特丽克丝极其喜爱在烟囱中熏制的肉类时,他频频点头,就如同他已经猜到一样。这个男人问出无数问题,真是令人紧张不安。她看到他是怎样地环视那间教室。他们用的两只陶瓷杯子在那张宽大的木桌子上看起来很小且易碎。

佩诺布斯科特湾的房子一直以来都是奥特赫与碧娅特丽克丝的重要财产。但是奥特赫已经不在了,而她留了下来。如今,新来的人正用涂绘过的隔板在海湾四处建造更大的房子。夏尔·迪凯巨大的原木房子变成了腐烂的碍眼物,被白人移民们嘲笑为"木头棚屋"。当她最终卖掉了小片林地的立木砍伐权后,这座历经年月而变黑的房子显得更为光秃且衰朽。

随着树木的消失,碧娅特丽克丝看出房子正在衰败。屋顶和窗台的情况已经不容再等了,就在她生病之时,碧娅特丽克丝卖掉了她的林地中最后的那些大松树,以支付维修的费用。昆陶根本都没注意到这些缺陷——这是一座房子,一座巨大且无法移动的房子。

伊莉思带穆赫塔尔医生看了那位生病的女人的房间。在单扇窗下是一张桌子,堆满了碧娅特丽克丝一直以来在读的书,以前她还能把它们拿在手中来读,现在却无法拿起。他看了看那些书名,然后坐在床边的一张一条腿坏掉了的紫檀木椅子上。那个女人睡得不安稳,她的呼吸浅而急促,发着烧,瘦骨嶙峋。他神态自若地望着她。突然她呻吟一声,她的眼睛猛然睁开。

"我现在到地狱了吗?"她一边打量他一边低声说。

穆赫塔尔医生非常明白,是疼痛让她醒了过来,而她随即把他错认为魔鬼;于是他便说:"不,女士。您不在地狱,虽然看起来好像是这样。请允许我介绍一下我自己,让我们一起合作,看我能如何帮到您。但是就目前而言,我相信您承受的痛苦太多,让您无法进行一场清醒的谈话,所以我不如拿出一支镇静剂,它可以让您舒缓片刻。"

他走向他的褡裢,回来时拿着一个黑色的药水瓶和一把茶匙。

"请打开并服下它。"

"我会呕吐的。"她说。

"不,您不会的。您会平静下来,疼痛也会退去——至少在短时间内。打开它。"他看着她痛苦地喝下它,略带干呕。他扶她坐起来,直到疼痛开始减缓。

几分钟之后,碧娅特丽克丝开始感受到疼痛在缓解,她喘息着,望着穆赫塔尔医生。"哦,"她说,"哦,哦。哦,感觉多好啊。谢谢您。"

"疼痛还会回来的,但我们应尽一切所能同它作战。"

他查看了她的腿,对隆起的腹部肿块做了触诊,问她是否吃得下东西,吞咽困难的情况持续了多久,她是否会吐血,她的排便是否带黑色的颗粒状的血,是否时常透不过气。就在回答问题时,她再次睡着了,但呼吸深长。

她再次醒过来时,房间的光线已暗下来。穆赫塔尔医生仍坐在椅子上,他那张黑色的脸藏在阴影里,黑色的衣服同椅子靛蓝色的影子融为一体。碧娅特丽克丝的疼痛仍然被抑制,这让他非常高兴。

"我知道我的死期正在到来。"碧娅特丽克丝说,"我怎么了?疼痛很快便会回来吗,多长时间……"她的声音渐渐虚弱。

"你得了胃癌,但胃里也有很多液体,这我可以缓解,虽然它如同疼痛一样,也会回来的。这是一场战争,碧娅特丽克丝夫人,一场在目前阶段您无法赢得的战争。也许还有一个月,也许两个月。我会尽我所能来抑制疼痛。您是否允许我留在这儿？您的女儿伊莉思需要休息，而我必须近在咫尺以便照料您。不要担心，我带来的药剂多到足以让大象得到十年安抚。"

"我想死，"她说，"我想告别疼痛，告别这种生活。"但这并不完全是真的。在接下来的六个星期里，碧娅特丽克丝渐渐对穆赫塔尔医生发展出深深的情感，随着他们谈论书籍和思想，谈论那些想象过却从未亲眼见过的地方，谈论和平与安宁，谈论马——因为穆赫塔尔相当了解这类动物。对飞驰的骏马和绸缎般飘扬的马鬃的想象，让碧娅特丽克丝感到愉快。起初是医生讲话，而她听着，半睡着的样子，半死不活。镇痛的灵丹妙药变得没那么有效了，于是他试了另一种。昆陶时不时地走进来，但碧娅特丽克丝却无法带着爱意去看他；他对她也是一样。

她对穆赫塔尔医生说："我的父亲有一次告诉我，吞下危地马拉蜥蜴是这种病的一种治疗方法。"

"这是不可能的。危地马拉蜥蜴的稀缺与它的环境为它赢得了特效药的声誉。人们可能也会说独角兽的奶是一种特效药。这种病没有特效药。等它对我全部的药物都有抗性的时候，我会给你一种安眠的药剂，它总能为病人带来最后的解脱。"

他每天早上走进房间，打开窗户，弯曲的窗框会发出一声尖叫；然后他会给她那剂幸福魔药。碧娅特丽克丝从床上看着天空，看到一片单薄的云，如同蓝色绸缎上一块飞溅的奶油。在从疼痛中解放出来的几个小时里，她开始用嘶哑的嗓音同他谈话，在她的喉咙太疼而难以发声的情况下，有时会悄声耳语。

她倾诉了她孤独的童年，奥特赫那强迫症般的教导，没完没了的书，他还曾宣布当她十六岁的时候他将会送她到欧洲"镀金"，可能是去瑞士，那里很时尚。那是从来也没有发生的事，奥特赫的承诺一向如此。她说起杜克家族的敌意，他们在没能从她那里夺走奥特赫的大松木桌之后不承认她的存在。她对他讲述了昆陶以及他们共同度过的欢乐时光，她的孩子弗朗西斯-奥特赫和乔希姆，她讲述了托尼以及孙辈们，他们如今已经成年了，但是她时常又绕回奥特赫，以及他花费大量的时间训练她的拉丁文和希腊文,为她指定一些书来读,还有他对于理论和发明的议论。

"我现在明白了,"她说,"他所有的教育都是一场实验。"书和指令一直都是他的实验,试图把她变成一位博学多识的白人,就像他自己一样。在他离开她去往莱顿之后,这些指令仍在持续,成箱的书籍,纸张,充满了建议和命令的长信。然而她渐渐明白,她自己并不是一个被爱的小孩——她对于奥特赫来说只不过是一个附属品,用来实践他关于智力发展方面的设想。她在某种意义上没有成功地变成一个"开化的野蛮人",所以独自一人留在佩诺布斯科特湾的房子里。等到这种孤独变成了一种巨大的沮丧,她开始寻找一个可以帮她成为一个印第安人的人。昆陶和她一起前来劈伐木头,然后留在这儿好多年。他们一起生了孩子。

"但是,"她伤感地说,"我无法成为一个印第安人。"

"当然不能。"穆赫塔尔医生说,"他们有一整个世界的手势、符号和精神,必须从出生之时起便开始吸收领会。你不能指望自己领会那些意思,除非完整地度过那种人生。"

她对穆赫塔尔医生解释说,她不会表达爱意,除了以教学和分发书籍的形式,作为爱的载体。等到医生最终听得疲倦了,他站起来去他楼上的房间过夜,熄灭了蜡烛,她请求他将窗帘和窗保持打开的状态。门轻轻地关上了,她可以看到月亮,像是带血丝的蛋黄,滚动在天空这巨大的蛋壳之中。

在她生命的最后几个星期里,碧娅特丽克丝产生了幻觉,她被悬在一个装满水的巨碗里。起初,那些水不像空气般容易呼吸,但是逐渐地,由于她胃里的水挤压着她的肺,那些水开始变得像放久了的蜂蜜一样黏稠。那个碗很像她用来混合生面团的那个黄色陶瓷碗。她不时地浮出水面,可以远远地看到它苍白的轮廓。有些日子,那碗水澄澈而柔和;还有一些时候,喷射着强烈的橘红色水流,疼痛遍布全身。水下的暴风雨肆虐,然后她试着抬起腿来,以保护她阵痛的肠子不受到那闪电般的袭击。

穆赫塔尔医生尝试了很多种方法来使碧娅特丽克丝的衰弱过程

变得更好受一点。弗朗西斯-奥特赫的房子仅在一英里之外,他每天都来,为病房带来香脂树的枝,这样一来,森林的辛香便可以涤净空气。他带来了刺柏浆果,穆赫塔尔医生将它们碾碎;它们那种不带甜味的苦涩香气使碧娅特丽克丝露出微笑,那是一种面部扭曲的微笑,不过她尽力了。她在这种沁人心脾的芳香中死去了。度过了五十二年的奇异人生,在临终时坠入爱河。

伊莉思站在窗前哭泣。弗朗西斯-奥特赫对她说:"我会去乔希姆的营地,告诉他这个消息。也许他知道安布瓦兹在哪里干活,也许他还知道吉诺在哪儿。他们没对你说他们的营地吗?"

"吉诺寄来一封信,问我们是否全都安好,但我抽不出时间答复他。他说他正在为一位叫做马尔尚的加拿大人工作。在北方。安布瓦兹我不知道。"

昆陶让自己变得冷酷无情,以抵御失去碧娅特丽克丝的痛苦。他已经失去了托尼,他已经失去了马兰。他还失去了碧娅特丽克丝。他也丢失了自我。他把痛苦的感受变成一种否定,他对他自己说他与碧娅特丽克丝在一起的岁月是一种生命的浪费。她不是一个印第安人,而是一个有着印第安人身体却受到过多教育的白人女人。和她在一起的那些年月,他变得虚弱而无力。不过他知道他可以重新获得他所失去的力量,因为他仍自觉年轻,虽然并没有年轻到足以跳舞,也没有多么力大无穷。

他会前往北方,那里差不多仍是一片原始森林。他想起当他的族人们还未居住在海岸边时,居住在森林中的那种生活方式;他想到了阿希尔——他的父亲,曾经身上背着一头死去的熊站立着,那头熊肯定有四百磅重。他——昆陶,背不动成年的熊,但是他可以按照过去的方式去生活,哪怕森林中的树木如今只不过是原料——白人的原料。白人看着树木,所看到的唯一价值只是拿它们来建造扁平的、樊笼般的房子,或者船。昆陶想要重新认识树木,就像从前的人们对它们的认识一样。

碧娅特丽克丝生病前的那一年,他杀死了一头驼鹿——对于那些懂得如何找到它们的人来说,这里还是有一些驼鹿的。他用它为自己做了一件名副其实的米克马克式上衣。他从未放弃上油的莫卡辛而改穿白人式的鞋子。他有河狸皮斗篷和鹿皮裹腿，它们十分柔韧，而且行走于灌木丛中时不会发出声音。如今，碧娅特丽克丝死去了，他将前往北方的森林，他将建造一个可供两人居住的营地，就像他为他的客户所做的那样；但是这次不会有客户。他会把所有的东西都准备成两人份的——衣服，睡袍；他不会带上白人的铁锅，那会破坏这个营地的魔力。他会烹制两人份的食物，为一位不期而至的陌生人提供菜肴。他一度相信碧娅特丽克丝就是他命中注定的那个人，而她自己肯定也曾经相信，他于她也一样。

他修补了他的碗，并制作了新的箭。他将生活在丛林中，直到那位冥冥之中的人出现；他知道，起初它会像树叶颤动的影子那样虚无，渐渐地它会变得更为凝固，总有一天，那个人会接受他额外准备的那套衣服，站在他的面前，像一棵树那样确切而真实。他们将会一起打猎，彼此亲密陪伴，而昆陶将会分享他这位新朋友拥有的魔力。他会重新变得强壮。他会重新变成一个米克马克男人。

40

伐木人和流送工

到了十七岁,吉诺·塞尔那张时常微笑的脸一下子变得既有趣又放荡,脸颊饱满,眼窝很深。他的头发很浓密,像一头熊的毛皮般富有弹性;他的嘴巴很薄,嘴角弯曲着,一张脸带着水貂似的热切表情。他同祖父昆陶一样行动敏捷。不光是女孩和女人想要坐在他的身边,就连成年男子也会多看他几眼,目光中带着某种别样的意味。

在一个破旧的佩诺布斯科特营地里当了一年的清路帮工之后,他被西蒙·马尔尚雇为伐木工和流送工。这个营地坐落在一条汇入佩诺布斯科特河主河道的支流边。马尔尚是一位承包商,接管了一片生长着年岁已久的巨大树木的林地,大多数木材商认为那些树太大了,而且分布在一片沟渠遍布的山脊上,十分麻烦,不太值得砍伐。

"不,"马尔尚说,"我要说的是,这是一个漫长的工程——花上两个季度来砍伐那些老树。接下来我们或许能取回那些大家伙,要是我们弄出一条冰道的话。世界上最大的原木,沿着一条冰道令人愉快地朝我们滚来。那看起来会相当壮观的。"

马尔尚最初起家时似乎一穷二白,像一棵剥掉了树皮、刮削得仅剩强韧纤维的榆树。他那钩形的眼睛闪着光。他的脖子附近有一圈从胸口冒上来的粗糙毛发。他是一个顽固的缅因男人,一路与命运搏击着从底层走上来,而且依然在战斗着。

对上帝极其敬畏的马尔尚不允许在营地中使用神圣的字眼来骂人。"你知道,如果有人那样去咒骂,会遭到报应的。"他讲述了几十个那样诅咒的人的故事作为例证,他们无一例外都被碾成肉酱、淹死、冻死、五马分尸、戳死和油烹。每个伐木工都听说过这类的事。

因此马尔尚的营地中充斥着变了发音的咒骂,"该使的","见狗去吧"。吉诺则保持着神圣的安静。

和大部分的营地一样,马尔尚的这个营地看起来也是临时性的。露天厨房被挤在棚屋的最北端。下坡立着一个潦草简陋的牛棚。总有一群红上衣的伐木工们来了又去,去了又来,那些是来自北方的人和沿海渔民——爱尔兰人,新斯科舍人,加拿大省人,少数一些法裔加拿大人,圣弗朗西斯的印第安人,帕萨马科迪人和米克马克人,还有来自爱德华王子岛的人们,有时还会有个来自陌生海岸的人。总是有两三个为逃避一文不名的农民生活而前来的魁北克人。缅因和魁北克之间的边界因水道而扭曲,于是人们自由地越过那条并不明朗的界线——你认为它在哪里它就在哪里。

在伐木营中,他们就像是因斧头而相聚的兄弟们一样。某种过度的骄傲与危险的劳作使他们紧密连接在一起。天没亮便起身,啃着冷冷的腌肉,咽着煮开的茶水,带着他们打磨好的斧头和私下的想法走到砍伐地。他们在快要天黑时走回棚屋,吃下更多腌肉和稀薄的豆子粥,然后进入沉沉的昏睡,直到厨师杂工那只沉默的山猫用尖叫声把他们唤醒——黑压压一片,看不清东西而无法砍伐,直到第一缕微弱的阳光降临。他们站在寂静而无情的寒冷之中,在他们的外套下方,斧刃塞到腋窝间暖着,以免钢刃冻结;他们等待着阳光,如此寒冷,以至于他们能感觉到眉毛变重,还有鼻孔内结了冰霜的鼻毛。

没有睡铺,只有微湿的、带着烟草汁和到处是残羹剩饭的肮脏地板;沿墙放置着一张油腻的毯子,用来盖这一排染上虱子的人。晚上他们能听到蛀木虫啃噬原木的声音。如果雨水斜着落进屋内,浸湿了毯子,那么他们的身体需要花一个星期来暖它,才能使之重新变得干燥。

在春季的流送之后,大部分人把他们拿到的工资挥霍在最近的城镇中的小木屋酒吧和妓院里,四处鬼混,直到某个伐木承包商来寻找干体力活儿的人。这项破坏性劳作的召唤正适合他们——没有机会干别的活儿,也没什么可失去的,除了他们的生命;然而他们如此年轻,所以不朽,而且倘若动作迅捷,安全便有保障。有几个人全年都为马尔尚干活儿,冬天砍伐树木,春天流送原木,整个夏天都待在他的锯木厂里锯木头。吉诺在第一年里砍伐和流送原木；他尝试过锯木厂，但是历经几天的木屑粉尘和噪音之后，他便回家了——回到他们家那座大房子里，大吃鳗鱼和新鲜的蔬菜，尽情享受碧娅特丽克丝和昆陶的照料；之后踏着秋霜回到营地。

正如大多数的伐木营老板一样，马尔尚把印第安人和混血的梅蒂斯人与河上流送想当然地联系在一起。印第安人对于长原木来说是最好的流送工。他说，他们快速反应的能力和天生的平衡感，使他们在移动的原木上十分灵活。"那些家伙是在独木舟里出生的豪猪。"马尔尚说。马尔尚把自己描述为百分之五十是法国人，百分之五十是马莱西特人①，百分之五十是佩诺布斯科特人，百分之五十是苏格兰人；而作为这样一个百分之二百的男人，他天生拥有驾驭平底船的高超技艺。每年春季的流送时节，大部分伐木工都回到他们的农场，留下马尔尚与印第安人负责河上工作，打理河水上那张由互相碰撞且极易交错成一团的原木所构成的巨毯。

从干活儿的第一个季度起，吉诺便已适应了这种生活。在棚屋的北端，厨师皮特和他的帮手帕尼特烹制了猪肉、炸玉米糊块与黄眼豆、土豆、面包、煮牛肉和芜菁泥。所有的东西吉诺都吃得津津有味。傍晚时分，在人们回来之前，厨师摆出一大碗水，里面放着一只长柄勺。每个人嘴里都嚼着烟草，喝完水之后又把那只长柄勺放回碗里。一层薄薄的烟草味的唾液在那个碗的表面蔓延开来。吉诺仅从那只长柄勺喝过一次水，然后便削出了一只木头罐，用它装满清洁的溪水。

"怎么，"帕尼特语带威胁地说，"公共的水对一个肮脏的印第安人来说不够好吗？你非要喝你自己的特别的水？"

"不喝烟草味儿的。"

"不喝就不喝！"帕尼特怒气冲冲地说，"免得你染上寄生虫。"然后便没再多说什么。不过第二天吉诺早餐的那盘豆子里出现了一团

---

① 居住于加拿大新不伦瑞克省的圣约翰河谷和美国缅因州东北部的一支美洲土著人。

咀嚼过的烟草,而且咖啡中也带着烟草和比烟草还糟的味道。他放着没动他的盘子,示意那位厨师杂工到外面来。

"你觉得你能怎么样,印第安人?"帕尼特一边说,一边踮起脚跳动着,以提醒吉诺他在酒馆后巷中打架可是出了名的。不过他的示威只得到了一个回应——吉诺活动了一下膝盖,然后原地起跳,一脚踹在帕尼特的胸口;在那名厨师杂工倒地后,吉诺毫不迟疑地踢他,对他从头到脚又踢又踩。

所有这一切发生得太安静了,伐木工们觉得上了当,失去了观看精彩打斗的机会,但是厨师长详述了具体细节,而吉诺发现自己有了额外的活动空间。他枕着斧头睡觉——放在那张卷起来的水貂皮下面,他和他的朋友弗朗斯韦把它当作枕头。

夜晚时分,劳工们坐在长椅上凝望篝火,胳膊撑在大腿上,双手晃来晃去;他们嚼食烟草并抽着烟,闲谈之间,过往的人生画面随着说出口的故事而活灵活现起来,仿佛蛹破蝶舞。一个新队伍来到一间棚屋中的第一个晚上,是非常谨慎的。人们互相估量着——他们来自哪里,谁带来了一把小提琴或者一只口琴,哪个家伙是个令人难以忍受的傻瓜,有没有哪个人脑袋里有新的歌曲,哪些人擅长讲故事,谁最滑稽,其他人曾在哪些河边干过活儿,他们每个人以前在森林里干活时见过什么。其中有五六个唱歌不错的人,还有一个肌肉发达的小个子蒙塔格尼人,大家只知道他叫弗朗斯韦,长着孩童般羸弱的脖子,他那充满忧伤的高音引起了他们所有人的注意。弗朗斯韦和吉诺从见到对方的第一天开始就形影不离了。弗朗斯韦知道大多数人从未听到过的歌曲,比如《棚屋男孩兰迪》。而当他唱《罗伊的妻子》时,他把部分歌词改成一些表达色欲和受伤的自尊心的词语。那些嗓音沙哑和只能发出低吼的人静静听着。他是一个砍枝人和流送工,麻利而灵活。当他磨他的斧头时,他那双黑色的眼睛闪耀着专注的光芒。在干活儿的时候他时常唱着歌——都是些老歌曲,时不时自己也编一些新歌,赞美河上的英雄,或者讲述意外事故,甚至是厨师做的较有新意的菜肴——比如用西梅干制作的樱桃派。

在十一月底,冬天凛冽地降临了。在沉默无言的晚餐之后,一些人直接躺倒睡觉,不过大部分人坐在那里,将目光投向篝火。

一个四十多岁的前水手,少了一条眉毛,是帐篷中知道怎么签自己名字的四个人当中的一位。他宣称自己年轻一些的时候,曾经乘过五十艘船航行在遥远的海洋上,还讲述了他在开启手拿斧头的生涯之前,曾见到过大象和带锁链的奴隶。

萨什是他们当中最矮小的一个人。他经常用单调的声音讲述他的家乡和很多已不在世的亲戚,大部分都是溺水而死的。"接着第二个春天,希思在河岸上滑了一跤,然后淹死了。"萨什说,"溺亡是我们家族史的一部分。"

"你会是下一个的。"有个人小声地说,吉诺耸了耸肩。如今这就要发生了。

山姆·基欧和他的两个儿子——泰德和"臭汤姆",在每年冬天离开他们的农场来到森林里,赚点实实在在的钱。山姆把耗时费力的农活儿留给了儿子们,而他自己带着他的狗在森林中四处搜寻,并声称第一年他在他的土地上射杀了九十五头鹿和十八只熊,诱捕了十一只狼、六只山猫和一只"极大的那种狐狸"。他是营地里仇视印第安人的几个人之一,吉诺离他远远的。

他的儿子泰德把星期天用来寻找云杉胶和木瘤。一个纹理杂乱的木瘤能在城里换来五十分钱,用它做出的优质槌头永远也不会开裂。在一周的辛苦工作之后,星期六的晚上弟弟汤姆还能精力充沛地在一片黑暗当中设置陷阱,并在第二天下午再去查看。他的气味比营地中的任何人都更臭,一种源自他陷阱当中的动物身上的令人不快的麝香气味。

有个干活儿时不作声的人是奥普·德恩·奥尔,他离群索居,独自住在牛棚的后面,在那里他摆了一张稻草床。那儿有公牛与他相伴。在一天结束的时候,他把冰霜从它们毛茸茸的腿上拣下来,然后拿他用疗愈性的药草、熊的油脂和碾碎的赭红颜料混合制成的搽剂来为它们按摩。任何人都能从半英里之外认出他那些红腿的动物。

他们所有人都知道,水上的活儿是最危险的;沿岸那些不计其数的木头十字架就是证据。这就是为什么营地老板总把水上的活儿交给印第安人。"每次木头流送结束之后沿着河边走走,你就会发现漂在回水处的印第安人尸体。那些人溺水的姿势同白人一样。"

疝气、扭伤、断掉的胳膊和腿、粉碎的膝盖骨,都是这个工作的一部分;血肉模糊的死亡可能会发生在每一个人的身上,哪怕是用夸张的举止来藐视死亡的人也不例外。年轻人打扮得有型有款,而且自己也知道这一点;他们穿着将将过膝的裤子和红色上衣,戴着时髦的帽子,招摇过市。"短暂的一生和一首悲伤的歌"——拜尔斯这样说,因为萨什的脚被卡在集材场滚落的原木之间并随之跌入水中,追随家族其他成员的脚步在水中溺亡了。他们在第二天取回了他的尸体,将他装入两个面粉桶,埋葬了他。

"我猜他现在有足够的饼干屑吃了。"拜尔斯说。因为萨什狼吞虎咽地吃饼干的速度是出了名的。当他们把他的腿塞入第一个桶内时,面粉如雨点般从桶板纷纷洒落在他那湿淋淋的裤子上,与他被压毁的腿所渗出的鲜血勾混在一起。弗朗斯韦唱了一首悼念的歌,他的声音孤寂地飘落;那不只是为萨什而吟唱,也是在为他们所有人而哀歌。

砍伐过后,马尔尚对他的水上流送工进行了分类。最为重要的是死水区的人,他们用二十英尺长的长杆叉像放牧人一样驱赶如倔强奶牛般的木头。大部分的人与搁浅的木头缠斗时使用一种特别的长杆,把手的末端带有会移动的捕钩,可产生足够的杠杆作用力来移动原木。他们一整天都在奔跑、跳跃,驾驭着颠簸的原木,他们移动得如此快,看起来就像在湍流的河上跳舞,不断变换姿势以保持平衡,即使在流速湍急的水中也是这样。"你。"马尔尚指着吉诺说,并用大拇指示意着平底船的方向。

黑色的河水上点缀着融冰,散布河道的礁石如同新开采的煤矿般闪耀着光芒。流水泛着泡沫,翻腾着,一块礁石的前方是无尽的波浪,其后则形成一片静止的菱形水纹,过去在那样的地方会有大鲑鱼静静栖居,那些日子里,河水中尚未漂浮着几百万根上下摇摆、互相碰撞的原木。

整个白天,直到夜晚,他们的腿上挂满了水蛭,流送工们避开原木,力求上岸,河岸的污泥像猪圈里的一样深,让一个已经筋疲力尽的男人无法蹬稳。在冰冷河水中干活儿的日子导致了冻疮,浮肿而起泡的双腿发红又瘙痒,一些人因为这种疼痛而无法坐在火边。

然而,虽然他们辛苦劳动,河里的原木还是有两次堆叠交错在一起,木头上下浮动着,越堆越高,构成了一个巨大的浮木结,堵塞了河流;河水开始后退,淹到了土地上。农民们跑到岸边,大喊说他们的干草场被糟蹋了。二十个人向第一次的浮木堵塞发起进攻,他们撬动那些似乎团抱得愈发紧凑的原木,使之分离。几分钟变成了几个小时,突然间这堆混乱的木头发出一阵颤动,于是这些人像松鼠般跑向岸边,回头看他们刚逃开的地方——几千根原木往下游射去,速度越来越快,此起彼伏,随着急速的水流发出嘶嘶声,仿佛好几英亩的松树林漂流在河上。不过第二次的堵塞是致命的,而且他们全都亲眼目睹了。

这一天十分阴暗,天空是深灰色的。马尔尚希望下雨,下一场痛快的大雨,使水位上升。雨水迟迟不下,而麻烦恰恰在他们认为会有问题的地方发生了。一块仿佛"世界脊骨"般的花岗岩岩架,延伸过大半的河水,又没入地下,留下一个仅有十几公尺的开口,接着又从河的另一侧再次升起。原木不得不从中间的窄道通过。那块暗礁在高水位的地方不是问题,原木可以从容地从它的上方滑过。在低水位处,它的诀窍在于让技艺较高的人拿着长杆叉站在两侧准备就绪,同时派更多的人在平底船里,引领原木进入那狭窄的通道。吉诺·塞尔在三只平底船当中的一只里。在下游,他看到詹姆斯·凯彻姆和弗朗斯韦站在齐膝深的水中,把离散的木头聚拢。那有序前进的原木行列减慢了,几乎停止下来,同时在上游密切观察的人们捅着那些使原木聚成一团的麻烦制造者。在岸上,汤姆·基欧看到一根略微有些弯曲了的原木,足有四十英尺长,正挤入一堆木头之中。

"看看那个,那根不好的木头,你看到了吗?"他说。

正当他说话的同时,上游的那几个人把几十根原木猛地推入速度更快的水流之中,这些原木吞没了那根会制造麻烦的原木。

"该死!"汤姆·基欧说,现在他顾不上马尔尚关于诅咒的那些规定了。大批的原木一下子同时到达了那处岩架,其中便有那根弯曲的长木头,此时它正卡在岩架上方。其他原木开始在那根他们叫作"老歪树"的木头上堆积起来,如同羊儿费力地穿过灌木丛,以躲开一群狼。

"全体人员就绪!包括厨师!"有人大喊。

原木在彼此上方越堆越高,仿佛巨人背负的一大捆小麦,覆盖在那处岩架上,迫使弗朗斯韦和詹姆斯·凯彻姆退向岸边。那些木头堆叠得如此之高,顶端有几根圆木开始自己滚落到中央的水流里。

老板马尔尚正在岸边懊恼地看着这一切,他跳着大喊:"到上面去,把它们从上面往下滚!"不过他没注意到底部那根弯曲的原木才是关键,正是它使那堆木头的主要结构保持原位。十几个人爬到高处,开始把木头向下滚动到水流中。不过中部的阻塞完全未受影响,于是新的木头继续堆积。弗朗斯韦放下他的长杆叉,跑去拿他的斧头。他冲马尔尚大喊,但马尔尚没有听到——"那堆东西下面有一根木头是关键,该死的要命的狗娘养的弯曲的关键!"他紧握着斧头,朝着岩架上那处堵塞跑去,进入底部那堆垒起的木头内部,发现了那根形状扭曲的堵塞制造者。它卡在六七根躯干粗大的原木当中,他示意詹姆斯·凯彻姆来帮他一起把这个麻烦给砍掉。

"马尔尚!"拜尔斯大喊着,以使声音盖过河水的咆哮,"有一根关键原木卡在岩架上。"马尔尚点点头。顶部有几个人下到底下来,开始撬动原木。弗朗斯韦和凯彻姆一路朝下砍伐,一直到达那根制造问题的原木面前,然后开始砍入它那扭曲的弯节处。破裂的声音从中传来,于是凯彻姆大喊:"快跑!"话音刚落便开始做出行动。可是弗朗斯韦抬起手臂,朝那根弯曲的倒霉木头挥了最后一斧。它断裂了,堵塞的浮木颤抖着,并立刻开始移动。木头大量地从边缘喷涌而出。吉诺在那处拥堵上游的平底船内,他看到一根三十英尺长的原木直立起来,在释放了的木堆顶端,然后像一支下落的箭那样俯冲下来,径直击中了弗朗斯韦的背部中心。岸上的人们都能听到这记重击的声响。弗朗斯韦像一张纸般向后折叠,脚后跟掠过了耳朵,现在的他如同研磨杵下的一团新鲜的肉。吉诺张大嘴巴想要尖叫,可他的喉咙麻痹了。在那一刻,他的童年结束了。

这天的工作日一直持续到日落之后,漫长的夏日光线缓慢地让位给黑暗,吉诺怅然若失,啜泣得透不过气,他爬到平底船的下方,躺在弗朗斯韦的空位旁边。他没有睡觉,只是一直哭泣和来回翻滚。这只是无数个不眠之夜中的第一晚。他试着用劳作来使自己忘掉这个悲伤的事件。他带着一种确信的态度速度很快地砍伐树木,这使他很难与人搭档。他常常自愿加入春季的流送,河上来来往往的人都能认出他那脚下灵活、流畅自如的风格。"吉诺!"他们对他喊,"吉诺·塞尔。"并向他招手。

他又为马尔尚工作了两年,然后就像他的哥哥们一样,在不同营地和不同河流间辗转。他在夏天时回家,为碧娅特丽克丝和昆陶砍伐冬日的木柴——八十捆柴,以使房子保持暖和,有时候也为住在附近的弗朗西斯-奥特赫砍柴。当乔希姆和安布瓦兹在那里的时候,做这件事的感觉是很好的,他们以团结的合作方式锯着、砍着,并劈开木柴。他和昆陶以及弗朗西斯-奥特赫的小儿子爱德华·奥特赫一起捕鱼。有一次碧娅特丽克丝准备了野餐,是用滚烫的炭火烤制的鸡肉和土豆。还有一年昆陶和碧娅特丽克丝去了泥滩地,回来时带着一蒲式耳桶的蛤蜊,昆陶用米克马克人的方式烹饪它们,上面覆盖了海草。吉诺帮伊莉思把滚烫的大锅从火上端下来,同时她在腌制供冬天食用的蔬菜和水果,闪闪发亮的紫色甜菜待在地窖架子上那几个玻璃制的囚笼内,在一罐罐五彩缤纷的蓝莓、豌豆、扁豆、苹果酱、腌制的蛋,以及切成一半一半的梨的旁边。一天早上,终于受够了居家生活的他,打包起他的火鸡,动身前往班戈去找雇人的工头。若是乔希姆或安布瓦兹在家的话,那么离家的渴望是会传染的,于是他们会一同到远方去。有时候他们一起被雇用,工头们争抢着要他们。塞尔家的兄弟是森林里最棒的人手,他们已经声名远播了。

只有意外、受伤、野火和奇怪事件发生时,才能为流逝的单调岁月带来一些不同。随后,在新世纪到来的前后,出于一些不明的原因,他们又开始在不同的营地干活儿。吉诺再一次加入了马尔尚,不过他并非有意这么做,只因他到达班戈晚了,而最好的营地名额已满。马尔尚的营地就像从前一样简陋而原始,不过他正在阿勒加什流域砍伐,吉诺从未去过那里。那些树木是余留的白松中最好的,而他很想知道马尔尚是怎样把如此上等的林地弄到手的。他睡在一条平底船的下面,而不是在工棚里,想念着弗朗斯韦和他们年轻时的日子。若是他还活着,两人都已将近三十个冬天大,他们如今会是怎样的呢?当他睡在一条船下面的时候,他总是会想着弗朗斯韦。

有人用一种沙哑的声音喊着他的名字。

"吉诺!吉诺!快醒来!"他的心狂跳着。他刚刚一直在做着和他有关的梦。来人不是弗朗斯韦,也不可能再是弗朗斯韦了;那是弗朗西斯-奥特赫,他左手提着一盏灯,另一只手晃动着吉诺的膝盖。

"起来!跟我来,现在。"

"什么?怎么了?"

"母亲死了。昆陶想让你来。我跟马尔尚说过了。他诅咒我'上天入地'——他好像不是很擅长骂人呢。乔希姆骑马去通知安布瓦兹了。你快来。现在!"

碧娅特丽克丝被埋葬在奥特赫从前在屋后布置的一小片土地里。法官在葬礼之后直接宣读了遗嘱,因为家属们都在旁边。碧娅特丽克丝把房子、家具连同地产留给了伊莉思,以对她的照料表达感激,并作为在她还是少女的时候将她送进一场痛苦的婚姻的补偿。她把所有的书都留给了穆赫塔尔医生。她在缅因北部所拥有的神秘的松树林,大约四万英亩的地产,归她的两个儿子弗朗西斯-奥特赫和乔希姆所有。至于昆陶,她为他留下了他们养的五匹马当中的两匹;一条红色的英国羊毛毯,那是他一直喜欢的;还有一封信。他打开并读了那封只有几句话的信,发出一阵短促的笑声,然后沉默无语。碧娅特丽克丝又一次让他笑了,也又一次地让他困惑。他说他会回加拿大去。吉诺和安布瓦兹每个人收到了一个小小的包裹。安布瓦兹抽出那张纸,发现是一幅小小的水彩画,那是碧娅特丽克丝所绘的伊莉思、安布瓦兹自己还有吉诺,他们正坐在苹果树下的一张长椅上。对此他仅有非常模糊的记忆——很久以前,她曾让他们坐成一排,并在她的红色速写本内画了一幅画。他从来没见到过这幅画。包裹内还有一只小小的鹿皮短袜,里面装有五枚金币。他擦干眼泪,把他所继承的遗产小心地放在胸前的口袋里;他说他将到新罕布什尔去流送木头，那边的活儿才刚刚开始。吉诺打开自己的那个包裹——里面是一匹似曾相识的填充玩具马，四英寸高，那是在托尼把他们带到那里的第二天，碧娅特丽克丝亲手为他做的。他同样也有一只装了金币的鹿皮小袋子。一页折起的信纸上，她用抖动的手在上面写道："记住我。"怎么可能把她忘却呢？

那天晚上，安布瓦兹对吉诺说："七月底，你来我的营地，我们谈谈要去往哪里。我有一些主意。不过首先去找马尔尚，要回你的酬劳。我看得出你有一些苦恼的事，不光是因为母亲的死——最好来这边干活儿。"

马尔尚说："我什么都不该付给你。你在我最困难的时候弃我而去，所以就像那天午夜一样只管滚开吧。"不过他还是把工钱付给了吉诺，于是吉诺发现自己的口袋里有将近两百块钱，此外还有碧娅特丽克丝的金币。然而他的心中依然在为失去碧娅特丽克丝而悲伤。他爱着她，自从她把他抱到椅子上，并叫他"甜心派"的那天起就一直爱着她。他一直都很喜欢那匹填充玩具马，喜欢它那纱线马鬃和彩绘的眼睛，他曾把它弄丢了，而如今他仿佛是把他的童年再次捧在手里。他把它同他的另一件珍贵纪念物放在一起——弗朗斯韦的小歌曲本，上面为很多首歌分别写下了两三个提示词。这样他便可以感受到碧娅特丽克丝的温暖，也可以听到他钟爱的弗朗斯韦的歌声。

在佩诺布斯科特的房子那里的最后一天，他在他的背篓内装满了衣服、一把弯刀、打火石、备用的莫卡辛鞋，仿佛打算进行一次漫长的旅行。他最后一次走进了那间厨房。伊莉思正坐在桌子旁边，写着一张家务活儿清单。她抬起头来看着他。

"你什么时候再回来？"她问。

"我不知道。我说不准。我会干一段时间的活儿，或许去找安布瓦兹，或许回北方去。或许去找祖父昆陶？我不知道。"

砍倒树木仿佛是他的止痛药。新英格兰的森林中回荡着砍伐的声音。一大群人把被风刮倒的树木砍去树枝并拖到河边。锯木厂夜以继日地工作，木材的巨量供应带来了新的移民，并引发了史无前例的建设热潮。

又一年过去了,然后又是一年。吉诺数了数他超过三十个冬天的年月。是时候去找安布瓦兹了,如果现在他还在那个新不伦瑞克营地的话。

41

加蒂诺营地

　　新不伦瑞克的营地空寂无人,只有一位忧伤的退役伐木工,他头上缠着绷带,脸上结着痂,正坐在厨房的台阶上剥土豆皮。"喔,人们总对我说我是幸运的。他们说我还能坐在这里剥土豆皮是幸运的。我一大半儿的牙没了,看见没?"他露出空荡荡的发紫的牙床,"在流送途中,一根原木夺去了我的半张脸,血流得像是捣毁的大坝。他们给了我一个伙夫的差事,不过我希望到了秋天我会重新好起来。"

　　"在找我的哥哥,安布瓦兹·塞尔。"

　　"是,我能看出来——你同安布瓦兹一样,有一张印第安人的面孔。我曾看见他背着那个印第安式的旧背篓从工棚里走出来,我知道他去做自己想做的事了。他说过要用我们砍伐的东西在森林里建造一个棚屋。他喜欢去那里,不过我想不出那里有什么可喜欢的——只是一大片沼泽。来,喝点茶吧。每天的这个时候我都会喝点茶。我名叫米克拉。乔·米克拉。"正如很多在大部分时间里都独处的人一样,他一开始说话便停不下来。他们走进了露天厨房。吉诺注意到用布盖起来的那堆正在发酵的面包,便对着这位伙夫扬了扬眉毛。

　　"是的,有一个帮工队伍在沼泽地干活儿,不过没有伐木工。喏,给你看我们之前砍伐的地方。"他用手指蘸了蘸茶水,在桌子上画了一副湿漉漉的地图,标记出一片老伐木场,在那里或许可以找到安布瓦兹,"他不可能错过那样的砍伐地。我猜安布瓦兹选了沼泽旁边一个不错的地点,获得了不少蚊子的青睐。我很高兴可以离开那个地方。"

他找到了安布瓦兹,在为时三日的沼泽地砍伐即将结束的时候,安布瓦兹正俯着身子削着什么。在他的一旁,吉诺看到一排修整过的树根。

"我在找出这些东西。"安布瓦兹说着,示意着那排树根,"这是老珀利·帕尔默的成果。他不在乎我要拿走这些树膝——反正所有的树桩全归他。"

吉诺想,也许安布瓦兹在发神经。他转移了这个话题,问起关于昆陶的事。

"祖父昆陶?在她被安葬之后,他卷起行囊去了北方。回加拿大了。回到他从前的地方。这是我知道的最后的消息。也许他会给伊莉思写信?"

"她在波士顿,同她的丈夫——那个哈拉格尔医生在一起。"

"那么谁住在那座房子里?"

"我不知道。弗朗西斯-奥特赫如今在照管它。也许伊莉思把它卖掉了?没有人告诉过我。"

他们在一阵沉默当中,想着昆陶,想象着一位老人走向北方的森林。他们有一种共同的感觉——羡慕。

"弟弟,"安布瓦兹说,"我手上有活儿,我们可以一起做。"

"什么活儿?不是当清路帮工吧?跟马尔尚说了我在十一月回去。要是可能的话。"

"不是当帮工。我在……我在流送之后同朴茨茅斯船坞那儿的一些伐木工谈过了。我听说他们愿意为那些玩意儿付个好价钱。"他冲他的树根部队挥挥手,"在砍伐地干活儿时,我看到这片沼泽里满是落叶松。他们想要造船用的木材,膝根。用他们的话来说,'轮船是在森林里建成的'。"

吉诺看了看那排成一行的膝根。落叶松坚硬得像钢铁一样,其坚实而扭曲的根部纤维备受珍视。

"我们就做这个一小段时间,好吗?等马尔尚那里开始的时候,你再去找他。冬天,我继续伐木。"

"我觉得可以。这片树沼上的落叶松和杜松长得不错吗?"

安布瓦兹说,取走那些树膝的最佳时间是这一年的晚些时候,等到它们不再流淌树液。在夏天做这项活儿有点太黏糊糊的了。"不过现在它已经干燥得挺不错了。我认为我们可以一直做这件事,直到霜冻时节。到时候回到伐木营去。"

他们在较为合适的落叶松根部附近四处挖掘。当他们发现一个弯度很不错的根,他们便把泥土清除,将它从树上砍下大约两英尺的长度,然后继续去砍主根。那棵树摇摇欲坠地晃动,倒了下来;他们削下了足足五英尺长的残根。

"现在我们有了一个膝根了。"安布瓦兹说。接着他向吉诺展示如何测量并标线,如何砍削以便在末端制造一个九十度的直角,在内侧做出一条流畅的弧线,使背面和底部流畅而平整。

吉诺不太喜欢在沼泽中翻掘树膝,他也不想回到马尔尚那里。他的感觉与昆陶一样——他必须逃离。

"哥哥,"他对安布瓦兹说,"我们去西部吧。我一直听说西边有大片的森林。我不想去弄这些落叶松的膝根。"

安布瓦斯抬头望着树顶。"好的。"他说。

吉诺醒来时,天还黑着。棚屋的外面似乎有什么东西——不,那是一个人。他伸出手碰了碰安布瓦兹,通过他紧绷的肩膀,他明白安布瓦兹也听到了那种异样的声音,而且已醒了过来。吉诺悄无声息地坐了起来。他的斧头就在门帘附近。他慢慢伸出手去拿它,突然有个声音说:"在很久很久以前,有三个小孩,在森林里迷路了……"

"乔希姆!"安布瓦兹大喊,"你这个白痴!差点儿对你开枪。"

"如果你真有枪的话。"吉诺一边说,一边摸索着寻找蜡烛。乔希姆在外面搭起了一堆火,安布瓦兹把水壶装满。他们坐在火堆前,兄弟们穿着有污渍的衬衫,戴着被火星溅出小孔的帽子。在第一缕阳光之下,乔希姆——他们在辈分上的叔叔和年龄上的兄长,看到了那些落叶松的树膝。

"这是男人该干的活儿吗?"

"不,我们现在是旅者和猎人了。我们将去往西部的森林,宾夕法尼亚,俄亥俄,我们不知道要走多远。昆陶说那片森林一直延伸到世界的尽头。我们就去那里。"吉诺说。安布瓦兹点点头:"这就是我们的计划。"

乔希姆笑了:"那不是你们的计划。那是我的计划。我一点儿也不在乎那片我本应和弗朗西斯-奥特赫共有的林地。他很高兴地听到我说,'全归你了,兄弟。'我惦记着你们——你们是我的侄子,也可以说是我的弟弟。你们最好和我一起,不过我马上要出发了。今天就走。这就是我的计划。"

这个决定使他们的生活同劳作密切结合。他们往北穿过森林,身后留下一大片砍倒和断裂的树木,林地变成了玉米地和牧场。他们渴望去茂密而狂野的森林所在的地方。乔希姆说,他曾听说北方的加蒂诺地带有一个木材公司。

"有一个波士顿的人去了那里。他有三个营地,将原木用筏子运往下游的蒙特利尔。我提议到北方去。"

对于他们来说,一个重要的词语是——北方。他们属于北方,他们将去往北方。

十天之后,他们走到了三河城,在那里他们发现了一些顺河而下的阿尔衮琴人,准备去比蒙特利尔更远的地方,直到大河,也就是渥太华河。旅者们很多都是女人和孩子,由一位高大的、面孔黝黑而严肃的男人守护着;他们很高兴陆上搬运的时候又多了三位身强力壮的男人帮忙,使得大家能赶在严寒到来前继续前行。早上已经开始有霜出现了。

当他们停下来度过第一个夜晚时,一群女孩子围住了吉诺。其中几个女孩异常美丽。阿尔衮琴人对乔希姆说,她们当中有几个是奥达瓦人,正在前往曼尼图林岛的途中;其他奥达瓦人生活在那里。很久以前,他们曾全部生活在那个大岛屿上,然而白人的疾病来袭,幸存者们把他们的村庄全部烧光,还有一些人迁移到三河城。如今他们正返回家园,因为那些疾病已经消失了。他们将把行程稍作中断,在"初次见面之地"——蒙特利尔停留几天。坐在另一条独木舟中的乔希姆朝一个女孩凝视了很长时间,然后才转过头来向那些人询问一些有关加蒂诺的问题。那个神情严肃的男人说,没错,那是真的——白人们已经把那条河附近的松树砍伐一空。他们正在制作一种每一面都十分平滑的圆材——非常奇怪。

吉诺不喜欢渥太华河,它太富有欺骗性了——接连好几英里都流畅无阻,让人放松警惕,随后突然之间进入翻腾动荡的湍流。他觉察到了它心怀恶意。在岸边,瀑布下方那些如小灌木丛般林立的木头十字架,显示了这是一条死亡之河。他俯下身去拿桨。

到了"初次见面之地",一个最可爱的奥达瓦女孩递给吉诺一片蕨叶,那是她趁独木舟掠过一片较为靠近青翠岩壁的地方时匆忙拔下来的。划桨的人们未多逗留,而是大声说了再见,道了别,然后同塞尔们一起努力向渥太华河上游进发。

他们停在了肖迪耶瀑布下方,那个神情严肃的男人告诉乔希姆,朝上游方向步行两日便可到达伐木营。或者也可以与他们一起前往曼尼图林,去过一种远离白人行迹的美好生活。他说他们自己现在将原路返回,去接三河城的一群奥达瓦人,然后继续沿河而上,经陆上搬运到达尼皮辛湖,从法兰西河下游进发再继续到达曼尼图林。"再过两三个星期。"他说。

"你们是好人。"乔希姆说。他目送着他们的独木舟离开,"现在——兄弟们,我们步行。"

在瀑布周围的小径上,他们经过了两群正在谈论展开木材生意的白人。其中一群人的首领有一头银白色的头发,很壮实,一张深红色的面孔。

乔希姆问他为什么要在如此远离家乡的地方冒险,他说:"哪有为什么——英国需要木材。"那人转身就走,同时补充说,他没有时间浪费在跟野蛮人闲聊上。第二群人相对更为友好,他们的首领说:"你不知道吗?英国人对木材求之若渴。松树大部分都流入了新英格兰,所以木材商们来到这片渥太华地区。长满大松树的新地带。在这里发一大笔财。"

正是由于同这些白人的偶遇,他们才得知自己不是印第安人,而是混血儿,正如一位英国企业主不无轻蔑地把他们叫做"梅蒂斯人"。在缅因,他们的白人移民邻居们十分确信他们正从地球上逐渐消亡。没错,乔希姆对弟弟们说,他们确实正在消亡,不过不是像白人们猜测的那样被疾病带走,或者在忧伤中日渐衰亡;而是因为被白人族群吸收同化——只要看看两人的姐姐伊莉思便知道了。"她的孩子们几乎已经是白人了。"因为她嫁给了哈拉格尔医生,也就是最先为碧娅特丽克丝做检查的那个爱尔兰人。在加蒂诺这地方,塞尔们是一种不同的族群,既不是米克马克人,也不是另一种,而且肯定不是两者兼有。

"如果一定要归类的话,"乔希姆说,"我们是伐木人。"

锯木厂用地的勘察者,还有林地测评员——那些寻找上好松林地块的人,已经把小径踏成一条宽阔的大路。松树仍然是所有人的心仪之物。来自东部的小企业主们一路赶来,购入大片的土地和采伐权,在溪流边筑起水坝,以便为他们的锯木厂提供动力。大笔的钱流向那些拥有良好的信用和人脉的人——拥有一位能把大量加工好的木材弄到英国市场售卖的联络人至关重要。其中一位最重要的人物是威廉姆·斯库格戈,一个马萨诸塞人,他曾在独立战争中与英国人对抗,而如今却宣称自己对此感到懊悔。

"伐木营多的是。"乔希姆说。他们听说了很多伐木作业小分队分布在渥太华河沿岸,以及它的各个支流——北方的黑河、迪穆瓦纳河、库隆日河、加蒂诺河、鲁日河和列夫尔河;南方的里多河、马达沃斯卡河、佩特瓦瓦河、马特瓦河、博纳谢尔河。强有力的水流使森林水源膨胀成巨大洪流,汇入奔腾的圣劳伦斯河;所有的山谷都遍布着巨大的松树。

塞尔兄弟们受雇于威廉姆·斯库格戈。他派他们前往加蒂诺山上的一个伐木营。在塞尔们到达那里之前,他们打定主意要讨厌营地,讨厌营地里的人们,而且讨厌斯库格戈。不过斯库格戈雇了一个非同寻常的厨师——"钻石"鲍伯,之所以得到这样的外号,是因为他脖子上有一处文身而且手指上有一枚闪闪发光的戒指。他能用驯鹿的腰腿肉烹饪出精美的菜肴,不过他也明白伐木人的强壮体魄全靠豆子和饼干,所以他大量提供那些食物。

斯库格戈和他最大的儿子卡图往返于加蒂诺、蒙特利尔和魁北克,这三个地方都有属于他们的房子;他们用甜言蜜语从木材船运商那里哄来付钱的承诺,让那些人购买尚未砍伐的——而且大多数情况下未曾亲眼见到过的松木。

加蒂诺的森林十分喧闹,回荡着斧头的挥击声和原木倒下时猛然的噼啪声,回荡着大声喊出的警告和命令。樵夫们砍伐那些巨大的松树,不过每一个地块上仅有少数适合切割。其余的留在地上等待腐烂。吉诺不喜欢好几个小时弯着腰给树木刻下记号提供给切割工人。他更喜欢干砍树的活儿。安布瓦兹的胳膊更长,他不介意在树上刻标记;而乔希姆则是一个很适合手握沉重宽斧的极好的切割工,他把木材修整得平顺光滑,与粉笔线做出的标记相差无几。浪费现象非常严重——每一根切好的原木都有百分之二十五被丢弃;不合适的原木沮丧地躺在地上,到处都是砍断的树枝、一堆堆的树皮和小山般的碎木片。不过,方形的木料更容易被制成木筏,而且装载到船上运往英国时不会四处滚动。反正有那么多的树木,所以又有什么关系呢?缅因人习惯了浪费,这是很平常的,不过发生在这里的事情远超出他们以往之所见。切割工们的宽斧制造出的废料和碎片有齐膝深。

到了这个冬日的尾声,斯库格戈家获得的切好的木料足以构成两排大木筏了。较大的木筏由五十垛原木组成,属于老威廉姆;小一点的那排木筏是儿子卡图的。两排木筏在较为流畅的水流中行驶得很顺利,然而到了瀑布附近便会四分五裂。对此没别的办法,只能把木筏拆开,然后让原木垛一个个地通过,再全部重新组装到一起。吉诺常常回想起佩诺布斯科特河的流送,想起一根根自由自在的原木涌动在充满活力的春季潮水里。不过当然了,木筏不会像自由流动的原木那样制造致命的堵塞。

当两排木筏到达蒙特利尔的时候,他们找不到一个可以停泊的地方。斯库格戈事先未对这笨重不便的一大堆木头做出任何安排。在樵夫和流送者们看来,斯库格戈的手指似乎在他们的工钱上逗留良久,最后不情愿地向他们付清了酬劳。小酒馆里有传言说,他在出售木材方面遇到了一点麻烦。

威廉姆的二儿子布莱德·斯库格戈在加蒂诺更远处的地方运营着一间伐木棚屋。塞尔们转到了这位儿子的棚屋,很高兴能做与圆材有关的活儿。没了钻石鲍伯的食物真是太糟糕了,不过这种遗憾事之情很快便消退了,因为他们听说,那位大名鼎鼎的厨师已抛下老斯库格戈去了蒙特利尔,在那儿开了一家牡蛎餐厅。这位小斯库格戈那低沉而沙哑的嗓音对于这条河畔的伐木工人来说再熟悉不过了;他不但鄙视这家用木筏运送木头的靠不住的公司,而且还看不起他父亲不去获得准许和许可证便进行砍伐的愚昧之举。在他宣布打算为国内的公司制作木材而不是为了出口之后,他很快便为自己弄到了一张砍伐执照。

"你以为你在做什么?"老头儿冲着跟他作对的孩子大喊。

"等战争结束之后,会有成千上万的移民来到这片地区。他们会需要木板和木瓦来建造房子。"他自言自语地加了一句,"可不是王国政府不付报酬便夺去的那种该死的方形军舰木材。"

"年轻的先生,你真是个鲁莽的傻瓜。战争总是会有的,对方木的需求也总是会有。如果你相信那些想象中的人会来这种粗野的地方定居,那你肯定会输得很惨的。等到贫穷把你打败的时候,你可别来向我求援。"

"你也不要带着你的方木来求我帮助,让我给你介绍买主。"他的儿子用他那粗哑的声音说。

布莱德·斯库格戈的锯木厂运行了一整个夏天,然而到了干燥的九月底,它被卷入了一场快速蔓延的野火之中,烧成了灰烬。这位雄心勃勃的儿子拒绝面对生意垮掉的事实,他奔赴魁北克借钱以便重新建厂。"或许我不太懂方木,"他说,"不过我知道怎样赚钱。"

移民们确实来了,随着他们的到来,还出现了很多其他事物——

桥梁,闪电速度的砍伐,在最难应付的瀑布安置滑道以运送成垛的原木,开拓水渠以绕开猛烈的水流,巨大的新村落,公墓,面粉厂,邮政业务。它们使原始森林如潮水般向后退却。文明涌入了森林。

在斯库格戈遭遇了那场大火之后,塞尔们继续转往其他营地。每一季都有来自缅因的松树砍伐者们到来,时不时会遇到他们认识的人。吉诺在菲舍尔-赫尔登伐木场的第一天,当他朝一群伐木人身后那些标上记号的大树走去时,他认出了乔·马特尔那轻松活泼的熟悉的步伐;乔是他很久以前在马尔尚那间位于佩诺布斯科特河的伐木营认识的,和弗朗斯韦同一时期。

"乔!"他喊,"乔·马特尔,你在这里做什么?"

马特尔转过身来,黑色的胡子仿佛松鸡的环状羽毛。露出一排闪亮的牙齿,马特尔快乐地欢呼起来。

"吉诺·塞尔!吉诺。你在这里?"他停下来等待吉诺走到他的身边,然后两人一起向前走。

"我见过四五个佩诺布斯科特人在这片加拿大的森林。现在缅因的形势不太好,你知道。白松全用尽了。如今都在砍伐云杉和阔叶树了。不过这片地方——"他朝富饶的加蒂诺挥了挥手,"这儿看起来有不错的机会,对吗?"他说马尔尚已经破产了,如今正在加蒂诺的某个地方挥着斧子拼命干活儿,跟他们其他人并无不同。汤姆·基欧死了,头被一根飞来的原木给撞飞了。那天晚上在晚饭之后,他们接着谈论从前的日子;彼时他们是佩诺布斯科特河的流送工,那些在泡沫之上起舞的日子,是世上最美好的时光。"我们留下了我们的印迹,老天做证。"

接下来的那个冬天,风很大,极易发生不妙的意外。一个人的斧锤从手柄上飞脱出去,飞了二十英尺远,削去了一个年轻伐木人的脸。悬在树木间的断树枝——俗称"寡妇制造者",导致了三人伤亡;其中两人当场死亡,第三个人伤残得太严重,他永远也不能干活儿了。两名造材工切到了自己的脚,直到骨头;人们一晚接一晚唠叨着需要更为结实的靴子。他们大部分的人仍然穿着长及小腿肚的沉重的麋鹿皮莫卡辛鞋。一把斧头砍断它就像切开一块浸满糖浆的松饼般容易。

塞尔兄弟们和马特尔在星期六晚上进行了一次远足,用安布瓦兹的话来说,是到附近的村落"喝点酒和看看傻瓜";而在吉诺看来,是去"和女孩子们聊天"。他来只是为了喝酒和有人陪伴。他如是说。在那个村庄的两个妓院里,女孩们对吉诺关怀备至;若是安布瓦兹和乔希姆单独前往的话,她们时常会问:"吉诺呢?"

"她们到底看上了他什么?"马特尔说。吉诺只是吉诺而已——一个不错的流送工,性格随和,但从漂浮的原木跳下来后再没有什么特别之处。他不能唱歌,不会拉小提琴,也不怎么擅长踢踏舞。肯定是因为他的笑容,还有他喜爱诙谐逗乐,因为即便其他人都面色沉郁,吉诺也总是一副心情愉快的样子,而且他确实有兴趣倾听女孩们的抱怨。

"时至今日,他比世界上任何一个人都更了解女人。"乔希姆对马特尔说,"他对她们的喋喋不休已经耐心聆听很多年了。我猜缅因有一半的小家伙都出自吉诺。"马特尔想起弗朗斯韦;关于这番话他仅扬了扬眉毛,什么也没有说。

几个冬天之后,在渥太华流域,他们又开始切割方木了,这次是在哈罗德·霍尼的营地。工棚内挤满了肮脏而邋遢的人们,其强壮程度超出现代人的理解范围。棚内时常四面透风,烟雾弥漫。夜晚时分,不停朝树木挥舞斧头的人们筋疲力尽,此时对于他们而言,这间地板上光秃秃的简陋小屋便是最奢侈的享受。

白昼变得更长了,春天的气息荡漾在他们的唇齿之间。木头流送还有几个星期就要开始了。在一天的劳作结束时,霍尼来到了他们的棚屋。

"好吧,小伙子们,我得说我有一些坏消息。木材的市场行情已经跌至新低。斯库格戈拿走了加拿大的全部生意。我卖不掉我们滚木坡上的那些原木。我破产了,只能回缅因去重新受雇于人。我没办法付给你们任何人薪水,不过欢迎你们拿走木头,如果你们拿得动的话。"他脸上带着笑,看起来却很难过。他们对此毫无办法,只能整理行装,和其余成员一起往下游走。

吉诺是他们当中唯一有点钱的人。塞尔们一致同意用它在蒙特利尔大吃一顿,之后再决定到底是回缅因,还是留在渥太华河谷。

"缅因仍然在砍伐树木——水松没有了,不过那里还有红松、云杉和阔叶树。那里有活儿干。大量的工作正在涌现。还有一些远途的原木流送。"

"让我们到西边去,"安布瓦兹喃喃地说,"不是回到佩诺布斯科特和那里——那里所有的一切。"他们知道他指的是什么——碧娅特丽克丝的坟墓,那座老房子,他们相识的伐木人,结痂的树木和满目疮痍的森林,逝者们飘荡的幽灵。马特尔说,若是他们去西边的话,他会与他们同去。

在蒙特利尔,他们偶然来到了"金松"——一家破烂肮脏的妓院,不过它对于伐木人和毛皮商人来说已经足够好了——更不要说梅蒂斯人和"野蛮人"了。他们说好了随后到"翼王"酒馆会合,酒馆的经营者不但卖酒,而且还出租大仓库中可过夜的床铺。

"金松"的焦点是一根支撑天花板的直立原木,它雕刻成阴茎的样子,并油漆成与"金"字相应的黄色。不供应食物,只有一种烈性的发酵苹果酒,鸨母乔金用不同的名字来向不同的客人介绍它——"法国苹果酒""拿破仑白兰地",或者简单称为"烈酒"。当他们走进去的时候,房间里十分拥挤。长长一排椅子靠墙排列,"商品"就坐在那些椅子上面。其中有强壮结实、脸颊通红的爱尔兰女孩,几位蓝眼睛、皮肤如牛奶般的英国金发女郎,一个风情万种的犹太女人,几个说法语的农场女孩,在"特惠区"还有几位土著女人。马特尔开玩笑地问吉诺想不想找张椅子坐在那些女孩身边,随后便开始和一位从魁北克来的女孩聊了起来,问了她一些关于她的家庭的蠢问题。鸨母乔金认识吉诺,她拽了拽他上衣的袖子。

"到这儿来。"她一边说,一边将他领到了一间昏暗的凹室,"来,试试这个。"她从一只黑色瓶子里往一个小小的玻璃杯中倒了一些酒,然后把它递给他,"来,喝下它。这是货真价实的东西。白兰地。拿破仑白兰地。来过一位重要的客人,这是他落下的。"吉诺喝下了那杯火辣的玩意儿,他想,倘若拿破仑平时都喝这种东西,那么他应该活不了很久了。他笑了,捏了捏鸨母乔金变得绯红的脸颊,然后回到了那一排女孩旁边。

"吉诺,快看!"乔希姆一边说,一边冲一个女人努着嘴;她正俯着身子,躲开男人们的视线,"看看那个人是谁?"

"不知道。是谁?"

"她就是独木舟里的那个女孩,在我们来这里的路上。很久以前的事了。那个奥达瓦人。那个递给你一根蕨叶的女孩。"

他仔细端详了那个身影。她躲成那个样子,谁能认出来呢。蕨叶,什么蕨叶?什么人能在六年还是八年之后记得起,某条独木舟里的某个女孩儿长得是什么样子?乔希姆。乔希姆可以记得起。吉诺向她走去,对她说:"你好,漂亮女孩。"她抬起了头。她说:"吉诺?"她的眼睛里有泪水闪烁。他觉得她很瘦,看起来快要饿死了。他早已经不记得她,但她却还记得他。"一切都会慢慢好起来的,不要哭。"他走回乔希姆身边;乔希姆呼吸急促。

"不记得了。"他说。

"那个女孩怎么到这儿来的?"他问鸨母乔金。

"你觉得还能是怎么来的?有个男人带她进来,把她留在了这里。商人,毛皮商。她麻烦极了,这个女孩,没什么好处。又抓又咬。我得早点想办法把她甩掉。"

当他再次朝她望过去的时候,乔希姆已经把那女孩带到了一张桌子旁边,恳切地跟她说话,问些问题,然后把脖子伸向前方,仿佛想要听到哪怕最微弱的轻声低语。突然间,吉诺对这个地方感到恶心。他能感觉到喝下的低劣威士忌在他的胃里翻腾。

站在门口,他再次回头看。那个女孩的目光越过乔希姆,望向吉诺,带着恳求的神情。乔希姆把自己的头靠得同她的很近,与此同时他仍然在说着话。

"她没有听进他所说的任何一个字。"吉诺喃喃说。然后他记起来所有的钱都在自己身上。他重新回到鸨母乔金身边,把钱塞到她手里。

"我为我的兄弟们,还有我们的朋友马特尔付账。他们随后应该来'翼王'会合。他们知道的,不过还是再提醒他们一声吧。"

他沿着铺了木板的行人道行走。他想着乔希姆,想着那个女孩。他还是无法回想起她。至于独木舟里的时光,他仅记得起乔希姆那坚实而明亮的目光,他当时猜测那是在投向所有的女孩——一种专注的凝视,久久不断。不过现在看来,他当时一定只是在看那个女孩。他有点为乔希姆感到难过。

到了早上,安布瓦兹和马特尔正在"翼王"的外面等着他。
"乔希姆人呢?"他有点头痛,而且他看得出他们也有点不舒服。
安布瓦兹摇了摇头。一阵长久的沉默。"该泡茶喝了。"他终于说。
"乔希姆在哪儿?"
"他带那个女孩走了。老鸨像野猫那样尖叫着说她不能走,他得付钱;他身上一点钱也没有,不过却给了她某样东西——或许他在口袋里找到了一些钱,先前放在里面却不记得了。总之她看到后便立刻像只河蚌那样闭上了嘴。乔希姆让我们告诉你,他带着那个女孩去曼尼图林了;他说我们最好等着他,他会回来的。"
"在哪儿等?我们没有地方可以待着等他。我们没有钱。"
"干活儿!——这里有的是锯木厂。你知道的,把原木搬到锯木厂里去。把贮水池的木头分类。诸如此类的活儿。如果你熟知木头和水,想要什么活儿便有的是,对不对?"

他说的没错。他们全都在锯木厂找到了活儿,"翼王"那位斗鸡眼且没有牙齿的老板曾是一位伐木人和流送工;他说他们想留下多久都可以,只要他们付得出钱。他们付得出,不过安布瓦兹和马特尔开始喝酒,把钱很快消耗光。安布瓦兹说他一点儿也不在乎,他喜欢喝威士忌。吉诺也喜欢喝威士忌,而且不知道曼尼图林离这里有多远,他希望乔希姆可以快点回来,这样他们便可以从城里离开,回到伐木营那种清醒的生活方式。

两个多月以后,吉诺走进翼王的仓库房,看到乔希姆在那儿,正躺在他的床上,眼睛闭着。乔希姆坐了起来。

"什么事让你花了这么长的时间才回来?"吉诺说。

"弟弟,我的生活发生了很大的改变。我不再伐木了。我要永远和那个女孩一起在曼尼图林岛生活,放弃白人的生活方式,放弃白人式的劳作。那个女孩,我的妻子。我来是想告诉你,现在我要回到她身边去了。"

"你就像昆陶一样,完全被女人摆布。"吉诺说,"你说话的方式也不同了。看来花了不少时间和那个曼尼图林女孩待在一起。"

"我跟她在一起很合适,生活在森林里,远离散发臭味的男人和土地的创伤——这正是我想要的。"

吉诺觉得他长得很像碧娅特丽克丝,尤其是那双浅色的眼睛。"我懂。"他说。

"这是一种你不会懂的快乐。"乔希姆生硬地说。他们沉默无语地坐在那里很长时间。然后乔希姆再次开口了。

"我希望你同我一起走。虽然我知道你不会这么做,但我希望如此。我们现在没那么年轻了。你会感到幸福——吃着白鲑,看看那里的人过着美好的生活,不像我们在伐木场时按照白人那种错误的方式生活。如果有一天你到曼尼图林来,便会知道我所说的是真的。"

"我当然会去,乔希姆,去拜访你,看望你的孩子。可是你现在所做的事让我感到害怕。也许我希望做出这种疯狂行径的人是我。"

乔希姆发出一阵大笑:"你!你会丢下斧头?不,我不这么认为。不过我想给你讲讲我从那个地带往南划船一整天所看到的东西。弟弟,我亲眼见到了这世界上生长的最大的白松。曼尼图林人告诉我,那片松树林非常大,用英国人的说法,可能有一千英里。那是他们的森林,他们在其中穿行;那里有他们的河流,他们在其上航行——因为他们是买卖人,而且好几代以来都是如此。他们是从未忘却传统生活方式的好人。你千万不要对任何白人说起这片松树林,因为那样便会有候鸽那么多的白人前往那里,把它全部砍倒。永远不要对任何人提起它。永远。"

他不会对任何人提起它——尽管如此那些人还是会来的。

几个星期之后,吉诺、安布瓦兹和马特尔回到缅因。在他们去班戈找活儿干之前,他们回了一趟佩诺布斯科特湾。乔希姆有一件上衣穿起来太小了,他想把它送给他的侄子,也就是弗朗西斯-奥特赫的儿子——爱德华·奥特赫。他现在一定快要成年了。

第六部

"财富是个不折不扣的婊子"

1808 — 1826

42

镶饰的桌子

詹姆斯·杜克船长五十岁出头,高深莫测,黑色的头发,有几分帅气。他常用一副冷静而苛刻的姿态,来掩盖对自身一无是处的认知。异想天开地,他从一种病态的自怨自艾,突然间转变为极度自律,并强硬地加诸他的船员们。不出意外的话,他面前闪烁不定的未来只会是一连串的失望。

在一年一度的全天候醉酒活动上(为庆祝他那不幸的生日),他总会絮絮叨叨地讲述他悲惨的人生,在十岁的时候,他怎样被丢到一艘英国轮船上,当一名海军候补少尉,"就如同一条没人要的小狗,被拴在森林中的一棵小树上,留在那儿任野兽撕咬。"即便是他被任命,也只是因为他的祖父老尼克劳斯·杜克写信给更为年长的德雷德-皮考克,恳求他帮忙举荐。职位获准之后不到一星期,尼克劳斯·杜克和那位与他同辈的老人便先后死去了,他没办法再依赖他们。不过詹姆斯·杜克还是挺过来了——经历过一次又一次的被无视,默默忍受那些来自有势力、拥有大量土地的家庭,或者贵族成员的候选人优先升官晋级之后,他还是挺过来了。

在考核方面他的表现马马虎虎,之后作为一名"合格的海军候补少尉"停滞不前了好几年。不过拿破仑战争让他迅速地越过任期,晋升为一名船长。他一直留在这个职位,直到在他五十一岁那年收到一封来自波士顿的堂弟弗里格雷斯·杜克的信,询问他是否考虑出任杜克父子公司董事会的董事,以填补因他父亲塞德利的死而产生的空缺。

父亲去世了,这个消息让詹姆斯很是吃惊。他已经很多年都没有收到过他本人发来的讯息,也没有从别人那里听说同他有关的消息。他从未收到过一封信,或一份纪念品,也从未受到一次拜访。他觉得,即便塞德利在他的遗嘱中为他留下了什么的话,那数额也一定少得像一种耻辱,比如说就一个先令什么的,或是言辞激烈的申斥——因为是他造成了他的第一任妻子,即詹姆斯母亲的死亡。他早就知道父亲为什么恨他。

随着时间一天天地过去,他开始考虑出任家族木材公司董事的这个想法。詹姆斯从未从杜克家族得到过除了五十英镑年金之外的任何东西。若是他接受了,就得做出让步,他就得重新变回一个美国人。他将会给又脏又乱的杜克父子公司董事会带去一点英国式的变化,而这可能便是他们邀请他加入的原因。他能想象那些公司会议的情景——一张有疤痕的橡木长桌,六七个粗野的乡下人没精打采地坐在松木长椅上开会,一杯杯加了朗姆酒的家酿啤酒,还有微醺时所说出的下流话——他可从没幻想杜克家族会是什么道德行为方面的楷模。

他还没来得及起草一份冷静的信函来回绝它,又一封信来了,来自波士顿的法律事务所,带着休·特朗布尔律师的签名。那是在十二月的下旬,白日短暂而阴暗,英国一年中最为糟糕的时光。特朗布尔律师请求他前来特朗布尔和滕卓尔事务所,希望他在条件允许的情况下尽快启程,以便获悉某件于他有利的事;随函附上一百英镑作为他前往波士顿的旅费(付款者是杜克父子公司)。"某件对你有利的事"很少发生在他的身上,因此他当下就决定接受弗里格雷斯的董事会职位提议并永久移居波士顿。"有利"意味着不只是一个先令!他安排了相关事宜,订好了前往波士顿的船票。

西部福音号上挤满了驶往宾夕法尼亚去建立乌托邦的德国移民,这些人彼此无休止地争执着关于那即将到来的人间天堂的具体细节。为了离他们远点,詹姆斯·杜克白天长时间待在他的船舱里,走出来只为了吸几口寒冷的空气,或与欧几里得·甘恩船长一同用餐和饮酒;这位船长年纪甚至比他还要大,不过级别与他相同。他们吃着烤鸡,悉数了在航海岁月当中共同认识的熟人。随着葡萄酒在醒酒器内的液面逐渐下降,他们谈论着退休的和残疾了的朋友。"理查德·摩尔船长,他是我认识的最能干的海员之一,后来却不得不开了一家鲱鱼摊。杜克船长,您是个幸运的人,能同一个富有的家庭有亲属关系。我们当中的一些人一旦离开大海,便只能在海岸边过着悲惨的生活——卖鱼,或者赶一辆货运马车。我自己不会指望能得到一份收入丰厚的闲职,但我真心希望自己能在不得不推着手推车售卖贻贝之前,早一点葬身大海。"

"听到理查德·摩尔船长落得如此下场真令人吃惊。不过,甘恩船长,我确信会有比贩售贝壳类生物更令人开心的未来在等着您。您不是擅长制作那种吸引人的小桌子吗?"

"那只不过是我的一项消遣,你知道,我可从来没用它赚过钱。"

"那您也许应该试试用它去赚钱——人人都喜欢小桌子,就比如这一张。"他一边说,一边指着船长的其中一件手工艺品;那是一张乌木边桌,镶饰着一艘以海象牙雕制成的满帆的船,"任何一个水手家庭都会很高兴拥有这样一件漂亮家具的。"

"等你上岸的时候一定要带上它!我会再做一张的,不过你应该带上这个,作为对你的海上岁月以及这次航行的纪念品。我坚持要你带上它。看啊,它带有一个秘密的抽屉,你可以在这里存放你的情书。哈!"

一周一次,其他上等客人也会与船长同桌用餐;有一次,一位女性加入进来——波西·布兰顿夫人,一位深色头发的女士,个子相当高,比餐桌前所坐的绅士们还要高,然而她大部分的时间只是坐在桌前沉默无语,只有在被极力敦促时才开口说话。她在对一位亲戚进行长期拜访之后,现在正在回家的途中,她将重新回到她的丈夫温斯洛普·布兰顿身边;他是一位长老会牧师,因编写了一本道德箴言的书而知名。另一位乘客托马斯·戈特对她表示了过度的关注。詹姆斯懂得戈特为什么奉承她;因为她的眼睛黑如玛瑙,睫毛浓密。当布兰顿夫人说她曾参观过杜莎夫人在莱森戏院的展览,看过那些以犯罪和罪犯为主题创作的蜡制珍奇物品时,戈特乞求她讲述那些令人反感的细节。这位女士表示拒绝,她说在很多件展品面前,她都把目

317

光移向一旁。

"我不明白,身为较为温和的性别中的一员——哪怕是一个德国人或者法国人——为何会倾心于这样一种令人不愉快的表现方式?"她一边说着,一边切着她盘中的肉,"我知道她最初习得这项技艺是为家族葬礼的花环制作蜡花。"说完这些她便不再讲话。

地平线在远方倾斜着,在海上的日子慢慢流逝。接近陆地时,他们看到几十艘逐渐出现的船——由木头构成的庞然大物,桅索如同乐器的弦一般精致而繁复,闪烁着原盐的微光。波士顿的港口太过拥堵,他们便在离码头二十分钟航程的地方投下了一艘接驳艇。

詹姆斯把他的大箱子——那是一件磨损了的棕色行李——放置在甲板上。他没看到承诺中的那张镶有嵌饰的小桌子,它没有被一同放在那些准备送上岸的箱子和包裹旁边;他在舰桥上找到了甘恩船长。

"我想我应该再次感谢您赠送那张小桌子给我。"他说。

在他看来,甘恩船长似乎显露出了一丝冷漠。"啊。"他回应道。

"先生,我十分期待在我的新居内观赏它。"

"哦。"

"我应该自己去把它拿到甲板上来吗?"

"哈!你,伍德罗!"他冲一位水手吼道,"去帮这位绅士把我客舱里的那张小桌子搬到甲板上来。"毫无疑问,"绅士"这个词的语气包含了一丝嘲讽。詹姆斯·杜克猜想,甘恩船长其实是一个悭吝的人,只是那晚在马德拉葡萄酒的作用下暂时变得慷慨而已。

他和二十几个乘客一起挤在那艘接驳艇里,从口音听得出他们是波士顿人。由于急着上岸,他们焦躁不宁,前后递送着包裹。一位肥胖的妇人站起身来,想要接住一只小箱子。它的重量出乎了她的意料,于是她摇晃了一下,试图托住它,随后却一声尖叫跌入了冬日的海湾。她喘息着,抓住了船舷边缘,然而她的体重使得另外两个人也翻落水中。杜克船长向一个惊慌失措的男人伸出了手,然而那条小艇的一侧开始缓慢但无法抗拒地向上倾斜,又使得十一二个人吼叫着,紧紧抓住船的边缘落入水中。詹姆斯·杜克喘息着(因为他不会游泳),用手臂划着水,试图到达船边。他的手碰到了船舷,虽然他几乎无法感觉得到;随后他又沉了下去,因为那位胖妇人的一只胳膊正环绕着他的脖子。他摆脱了这个"劫持者",用最本能的动作冲出水面,呼吸到了甜丝丝的空气。某样东西攥住了他的头发,并把他拽到船舷的一侧;某样东西抓住了他大衣的后部,而且毫不放松地拖动着他。终于,他被拖上了船,越过船舷,跌落在船底;他抬起头来看他的救命恩人:一个头戴黑色系带帽子的女人,正用她那双富有光泽的黑色眸子紧张而关切地注视着他——那正是布兰顿夫人;她展现了比两个男人还要大的力气。

喋喋不休地说着"谢谢",并承诺在几天之后拜访他的救命恩人,詹姆斯·杜克在二月的第一天回到了家乡。在一片湿漉漉的霜冻之中,他设法找到了一辆马车带他到松树旅馆。在等他的箱子到达的那段时间里,他尽可能近地靠壁炉站着,喝着滚烫的茶。那只大箱子终于被抬到了他的房间,他哆哆嗦嗦地穿上了他最暖和的衣服——羊毛,更多羊毛,上好的英国羊毛。

波士顿寒冷异常,雪每天下得有一两英寸厚,这种情况持续了一个星期,直到所有的一切都被白色覆盖——从屋顶,到马车。世界变得寂静无声,雪还在下。在他到达的两天之后,伴随着一阵阵的头痛,詹姆斯·杜克步行前往特朗布尔和滕卓尔事务所办公室,途中不小心在冰冷的鹅卵石上滑了一跤。

一位文员带他进来并为他取走了帽子,还用略带吃惊的眼神飞快地瞥了他两眼,接着又恢复为一种习惯性的漠不关心的神情,这一面无表情的神态表示,他已把面前的人归类为一个不重要人物。辩护律师休·特朗布尔见到他的瞬间也是同样的反应,嘴巴吃惊地张开,然后又闭上。突然间,律师布满皱纹的脸绽放出一个笑容。他可能是个英国人,詹姆斯想,因为他穿着时髦的双排扣大衣,衣服上带有引人注目的翻领。带着欢迎的笑意,特朗布尔请詹姆斯在噼啪作响的壁炉边的一张椅子上舒服地坐下来。那位文员端来了玻璃杯装的热朗姆棕榈酒。

"您真让我惊讶极了！您太像您已故的父亲了,简直不可思议。"特朗布尔把他的那杯朗姆酒一饮而尽,然后对着窗户挥手;从那里可以望见,飞舞的雪花几乎盖满了街道和街对面的房屋。"您是否相信,我曾从这个窗户射死过鹿?"他问,"当然,那是很久以前的事,如今鹿已经非常稀少了。现在,先生,"他说,"来谈谈正经事吧。"于是在接下来的一小时内,他详述了塞德利·杜克遗嘱的具体细节。

带着些许困惑,詹姆斯·杜克兴高采烈地回到松树旅馆,口袋里装着沉甸甸的钥匙。一言以蔽之,塞德利·杜克对自己长久的怨愤感到后悔,并把他那丰厚地产的一半留给了詹姆斯,包括他在特里蒙特街北边的宅子连同六英亩园地,一座果园,二十英亩的新鲜草地,一个可容纳十二匹马的马厩,两辆马车和六对与之相配的马,近乎两百万英亩的缅因森林(这些是查尔斯·杜克的老朋友福尔热龙遗赠给塞德利的),一批印第安古董收藏,一条鳄鱼标本,八个银质的大平盘,二十四个白镴盘子,一把玳瑁手柄的小刀,一间有八十四本书的书房,装在两个橡木桶里的葡萄牙绿酒,八桶朗姆酒,两件带有田园风光刺绣的马甲背心,五张土耳其地毯,满满六个仓库的木材,二十七英亩的盐沼,几艘船的部分所有权,几间钾肥制造厂,一间木瓦工厂,俄亥俄的林地,银行账户以及股票。还有很多他回想不起来的其他财产。

特朗布尔律师十分享受悉数宣读遗嘱所列物品的感觉:"用人们会留在那座房子里,而且他们希望您能够留下他们。您或许记得,您的父亲管那座庄园叫做'黑天鹅'庄园,也用那种鸟儿装点他的池塘。六十多年以前那里全是粗犷而阴郁的森林,如今我们却可以看到漂亮的庄园。我建议您留下那些仆人,因为他们十分了解那个地方的特质和优点,他们可以使您迁居波士顿的生活更为愉快。"

詹姆斯坐在那里,瞠目结舌;对于他听到的遗嘱宣读,他仍感到难以置信。

"我和特朗布尔夫人希望您能赏脸同我们一起用餐——在一周之后怎么样?您的一些堂亲也会参加的,我们想也许您会希望在公司之外的地方同他们见个面。"

"先生,"詹姆斯说,"先生……"

他的头剧烈地疼痛,喉咙中仿佛有火在灼烧;他在松树旅馆静卧了四天,就那样昏沉地躺在那里,在梦中经历着那摆在他面前的喜悦人生。一旦恢复健康,他便会立刻搬进那座房子,然后去拜会温斯洛普·布兰顿,带着一份像样的礼物,好好向布兰顿夫人表达谢意。不过,他对自己被一个女人从水中救出来感到窘迫。应该是他救她才对。另外,他是应该待在那里等着特朗布尔的宴会,还是应该即刻拜访他的堂弟弗里格雷斯·杜克?——他对詹姆斯的这笔意外之财肯定早就知情。毫无疑问,他会试图把这笔财产哄骗到他自己以及杜克家族其他成员的名下,或者至少弄到这家摇摇欲坠的公司的金库里去——这帮粗野的乡下人很可能已经把公司搞得乌烟瘴气。或许塞德利·杜克从前一直是这堆烂泥滩中的一朵清莲。

他指引着他所雇用的马车夫前往他父亲的房子——如今已经是他的房子了。他们到达了一座用玫瑰色砖块盖的房子,有一扇黑色的亮漆大门,窗户上有三角楣饰。他数了数它的八根烟囱。一位灰色头发、穿着一件灰色的麻毛混织连衣裙的女人打开了门;看到他时,她的眼睛一下子睁大了,随即请他进来。她行了个屈膝礼,然后用一种英国口音以欢迎式的口吻说,她是塔布乔伊太太,"是塞德利先生的管家,先生。现在听您差遣。我们全都十分欢迎您。"

当踏入门厅的时候,刹那之间他仿佛被带回他的童年,如同坐在一个秋千上,突然之间被人猛地向上推了一把。他熟悉这座房子的每一个角落。这里有一段繁复的桃花心木楼梯,一直向上延伸到阴暗的上层大厅;那里铺着一张熠熠生辉的地毯,还有那里——那个可怕的衣帽架,有十英尺高,它是父亲极端专制的象征。这件家具,连同那块污渍斑斑的梳妆镜,以及挂帽钩和斗篷支架,共同构成了这座房子的礼仪卫兵。每天塞德利回到家的时候,他都会把他的雨伞放置到带钩的支架上,将他黑色的高帽子悬放在挂帽钩上,把他厚厚的大衣挂在另一个支架上,经过这样的仪式之后,脱去了城市外表的他才算是回到这个叫作"家"的世界。接着他会走进他的书房喝威士忌,直到女仆摇铃请他享用晚餐。年幼时詹姆斯和塞德利共坐在一张十六英尺的餐桌两端,用餐期间二人相对无言。他将记忆从身上抖落。

在大厅里,塔布乔伊太太身后站着六七位用人。他想要记住他们的名字,但却是枉费工夫。那个没长胡子、露齿而笑的男孩是汤姆;还有厨师,路易莎。两个男人把他的箱子和甘恩船长的那张小桌子带到大厅里。塔布乔伊太太说:"我想您肯定希望看看这座房子,接着享用一些茶点,然后一直休息到晚餐时分?请跟我来,先生。"

"也许您会想要住在您已故的父亲的房间,对吗,詹姆斯先生?"在询问的同时,她打开了一扇沉重的桃花心木大门。这个房间非常大,窗户也非常大,外面的景色是一片粗壮挺拔的橡树。

塔布乔伊太太说:"请原谅我这样说太过随意,詹姆斯先生,不过您长得真像我那位已故的雇主。"

"是的,特朗布尔先生也这么说。但我不知该如何回应。自童年时代之后,我就没有见过您已故的雇主杜克先生——也就是我父亲了。所以我对您所言的相像没有任何概念。"那张巨大的床是桃花心木的,上面有一个带流苏的绿色篷盖,床柱雕刻成海豚和美人鱼的形状。他察觉到一丝淡去的雪茄烟的气息,还有羊毛、皮革上光剂和马具的气味。当他俯向床边,观察枕套上的字母组合图案时,一股馊臭恶心的气味从床垫上泛出来。

"这种弹簧毛毡床垫几年时间就得更换一次。"看到他翕动鼻翼,塔布乔伊太太说。

"我很高兴您提到了这一点,塔布乔伊太太。"他说,"我们是不是应该把这些旧床垫全都烧掉,然后用最好的新床垫来替换?"

在这座房子的三楼,他们走进了一个房间;他立刻便喜欢上了那里。它面积不太大,但却有一个巨大的壁炉。壁炉前方放着两张惹人喜爱的靠背椅,放有色泽稍褪的红色织锦缎软垫。他欣赏了它在光线下愈显柔和的颜色,突然间想起了那张带有象牙雕刻图案的桌子,也就是甘恩船长不情愿地送给他的那张小桌子。

"塔布乔伊太太,能不能让那个男孩立刻把放在玄关的小桌子搬上来?"

"当然可以。我会处理的。"她说。于是她便优雅地离开了房间,走下阴暗而寂静的楼梯。

他独自一人检视着那个房间。这里的家具是蔷薇木的,而不是桃花心木;床柱没有花纹,既没有篷盖,也没有雕刻的海豚。他喜欢地板上那张明亮的土耳其地毯;随后他打开了一个小橱柜——它是空的,他也很高兴它是空的。盥洗台的上方悬挂着一面巨大而有些起雾的镜子,他看到了镜中的自己:一个男人的模糊影像,那个人看起来果敢而有主见,绝对不再是一个无足轻重的人了。从那扇窗户望出去,越过一片橡树林,可望见远处一片带状的、波光粼粼的大海——那是从他父亲的房间看不到的。

他听到他们上楼来了。塔布乔伊太太走了进来,后面跟着露齿而笑的汤姆;汤姆正拖着那张桌子,看起来多少有点吃力,虽然桌子很小。当然,乌木是很重的,象牙同样也很重。

"放在这儿。"詹姆斯对男孩说;男孩站在那儿喘着粗气,雪白的手指紧握着桌子。他指着壁炉前的那片地方,在两张靠背椅之间。那张桌子完全合适。这儿就是他的新房间了。

43

判断失误

    造访马厩是一次令人兴奋的体验。他可以选择一辆敞篷马车，或者一辆轻便的双轮马车；脸颊胖嘟嘟的马童比利对他说，马车房里还有其他四种交通工具，包括一驾绿色的雪橇和一辆非常漂亮的马车。阳光很好，他选择了那辆敞篷马车；它的表面涂着灰色的瓷漆，配件是银制的。比利说："塞德利先生特别为这辆马车买了这些灰色颜料。"然后便开始给它们上挽具。马车夫威尔·廷走了进来，正把胳膊往制服夹克里塞。他既唠叨又谄媚，不停地在詹姆斯身边绕着圈子说"是的，先生"，就如同往刚犁好的土壤上面撒上一把把的种子。

    当他们行驶到大道上，他指出一些地标性建筑和著名地点，那些是最主要的商人和重要人士的企业与房子。他又接着讲述塞德利先生的喜好，于是詹姆斯开始通过他的马车夫的印象来了解自己的父亲。

    温斯洛普·布兰顿家住在威廉斯巷内的一个小别墅里，附近有两个小酒馆和一家宗教类书店。那里没有供马车停留的空间，于是威尔·廷说，他会在路对面的"自由鳕鱼"的院子里等待。

    詹姆斯沿着紧实的泥土小路朝大门走去，手中拿着他为布兰顿夫人准备的礼物——一个银质的盘子（包裹在一块平纹细布内）；他听到房子中传来令人难以置信的声音——沉重的闷击声，还有一声尖厉的哭喊。

    "上帝啊，他在打她！"他在台阶前停下脚步，犹豫不决地站在那里;他是应该离开,改日再来拜访,还是去敲开门,接着或许与一位怒不可遏的丈夫交战?去救一位曾经救过他性命的女人难道不应是他的责任吗?没错,是这样的!于是他开始轻快地敲门。一阵嘶哑的尖叫。他再次敲门。房子安静了下来。很长时间以后,正当他要转身离开之时,门打开了。布兰顿夫人站在台阶上,有点喘不过气,胸口上下起伏着。

"杜克先生!很高兴见到您。进来,快请进。"

他看着她,看不出她被虐待的迹象,除了她急促的呼吸和一只耳朵前那蓬乱的黑色鬈发。她那双漂亮的眼睛的瞳孔扩大开来。他跟随她进入一间凌乱的起居室,一张八角形的桌子上堆满了打开的书。房间里有一个塞满了白镴制品的餐具柜,五扇门,一排明亮的玻璃窗。

"杜克先生,您要喝茶吗?"

"非常愿意。"他说,同时将他的礼物放在一张横档断裂了的松木椅上。

"我很快就来。我们没有用人,所以我要自己准备所有的东西。"她大步走出房间,他坐在那里环顾四周。那个书架正面的玻璃门后方,收藏着很多位布道者潦草书写的阐释性论文。他看着堆在八角桌上的几本打开的书的纸页。全都是冗长的布道,还有一张几乎写满字的大页纸以及笔和墨水,表明这座房子的主人布兰顿牧师正在为他即将到来的布道东抄西抄。詹姆斯听到远处轻微的响声:一声炉盖的响动,一种叮当的声音,还有附近的一种非常诡秘的低声呻吟。他走到窗边向外看了看;正当他要重新坐下时,从其中一扇门的后面传来窸窣的走动声。他转过身。那扇门是微微打开的,从门缝里,他看到一个四十岁左右的男人的一张粗犷的、汗湿的脸,淡黄色的头发没有光泽且汗涔涔的,流血的双唇之间正呢喃着什么;听到渐行渐近的茶碟撞击声时,那人便立刻躲开了。

"我来啦!"布兰顿夫人欢快地喊,端着托盘进入了房间。她四下观望,但是没有找到能够放置它的地方。

"先托住它一小会儿,好吗?"她一边说,一边把那个托盘塞到他的手里。他接过了它,心中充满了好奇。她有力的胳膊把那张八角桌上的布道书一下子扫落下去,任它们掉在地板上。她把托盘从惊讶无比的他手中拿走。

"好了。别管那些破书了——不过是布兰顿先生的工作。他有一间非常好的书房,但却更愿意用这些书霸占着茶桌。他说是因为这里的光线更好,但我想他只不过是在故意惹人恼火。在两个夏天之前他被闪电击中了,从那天起就开始有点难以相处。"她那双大大的黑眼睛如此专注地望着他,他开始结结巴巴,无力思考了。

"我也知道有些人——水手们——其他人——被……被闪电击中。你知道,如果闪电没有让他们身亡,也完全没有受伤,那么它便会令他们心智失常——常常都是如此,在很大程度上。一些人恢复了健康,一些人永远没有。一些人。"然后他继续说着,讲述了几件由闪电所引起的精神错乱的案例。

"我担心在布兰顿先生身上所发生的就是这种情况。他的精神官能如此混乱,我一直担心他会对他自己造成某种致命的伤害。他做布道工作都很困难。夜晚在街头游荡。"她拿出一盘胡桃蛋糕,他取了一块。她用一种委屈的口吻说:"这些胡桃是我和我父亲上一季时一同采摘的。我挑出了上百颗胡桃肉,把它们储存起来供冬天使用。如果布兰顿先生稍微多赚一点钱的话,我们可能就有钱雇一名园丁,加上一位厨房的帮佣,让他们来采集坚果。省吃俭用这件事实在太令人厌烦了。我可不是生下来就过这种日子的。小时候在英国我母亲的姑妈家做客时,我完全被宠坏了。她的丈夫是一位布商,在他们的乡村屋舍内,所有的东西都是最上乘的。他们在城里也有一座房子,在伦敦。我希望您也能见到它——一件不折不扣的珍宝。"然后又是来自乌亮眼珠的凝视。

"布兰顿先生——牧师没办法陪您去吗?"

"完全不能。他有一小群信徒,他对他们负有责任。而且,他的行为有些难以预料,所以我想还是不要把他带入交际场合比较好。我不在的时候,一位女邻居可以照看他。"

他单刀直入地说:"当您在准备茶水的时候,我想我看到了布兰顿先生,我猜想是他。他正在门口偷窃——不,偷窥。"詹姆斯说。他带着一些窘迫指出,"他看起来有些……不受控制,是吗?"事实上,他觉得布兰顿先生看起来醉得像头猪。

"我不怀疑这一点。"她说,"他时常都有点不受控制。当他发作的时候,最好不要去理会他的喧闹。"

对此他们似乎无话可说。她的眼睛低垂下来。一阵长长的沉默。他察觉到她在聆听屋子后面的响动。他观察了她的脸,试图从她鼻子上找出一点瑕疵,来对抗她迷人的黑眼睛的诱惑力量——她的鼻子太长了,而嘴巴又薄又宽。

因为想不出更多的话题——在揭示出那位有问题的丈夫之后,再拿出天气来讲有点太迟了。詹姆斯·杜克突然间开始口若悬河地讲述他那笔巨额财产的有关细节,以及当接到来自他疏远已久的父亲所馈赠的那笔巨额遗产时他有多么惊讶和欣喜。

"你知道,"他说,"我年纪很小的时候,就被送出家门,去当一名海军军官。多年来我们从未通信。我母亲在生我的时候去世了,父亲一直都将此归咎于我。不过,我还是幸存下来,如今情况好起来了。"

布兰顿夫人的注意力完全放在了他的身上,她说:"多么幸运的结果啊!我们所有人都梦想着一位富有的亲戚会往我们身上抛撒金币和豪宅,但是您是我所知道的第一个人,能真正拥有这种巨大转变。那么请问您现在打算做些什么呢——从此以后过着幸福的生活?您的夫人是否欣喜若狂?"

"我将会参与到家族公司的事务中去——杜克父子公司。不过参与的程度我还不是十分确定。至于另外一个问题:我没有妻子。我一直都是个单身汉。"

"真的吗?"布兰顿夫人喊道,"您刚才是说杜克父子公司吗——那个大型木材公司?"她的眼前出现了大片的森林。

"是的。它是家族生意,而我正要加入。他们一直让我去董事会工作——我父亲也这么说过。但事实上我有些莫名的紧张,因为我对木材生意所知甚少。"

"我亲爱的杜克先生!或许我可以帮到您。我是菲尼亚斯·布雷利的女儿,他拥有布雷利木材承包公司,在新不伦瑞克。他在缅因有不少生意。我还小的时候,曾协助父亲做一些文书工作。我对这行生意有些了解,我会把我懂得的事告诉您。在那之后我们必须为您找到一位妻子。"

接下来的一周,詹姆斯再次拜访了布兰顿家。布兰顿夫人请他进来。

布兰顿先生没有出现。布兰顿夫人说他"因为又发作了而被关在房间"。他得知她的名字是波西。她笑了,在他说话的时候,她看着他的嘴唇,向他问起他那些亲戚的近况以及杜克家族的生意;她就一件深蓝色披肩和一件玫红色羊绒衫询问他的意见;然后她从角落的橱柜里拿出了一沓写得密密麻麻的纸页,用裁缝使用的那种大头针装订在一起,上面详述了她父亲的木材承包生意的结构与流程——其父作为一名林地测评员所做的工作,最廉价的木材营地,去哪儿找最好的人手(佩诺布斯科特人,在班戈找到的)。他觉得他从来没遇到过如此聪明而美好的女人,并把这一想法告诉了她。他心中默默地想,不光是她那双眼睛漂亮极了,而且她还如天鹅般优雅,嗓音如白鸽般柔美。忽闪着她那双美丽的眼睛,她一下子脸红了,从脖子直到耳根;她请求他下星期再次光临——到那个时候他就应该已经读完她那些有关木材生意的潦草笔记了。她将回答他的问题,甚至会给他来一场测验,如果他觉得这么做有所助益的话。不过在那之前,特朗布尔的宴会时间到了——第二天晚上七点。他总算要见到杜克家族的堂兄弟们了。

那是一个寒冷而有风的晚上,飘着小小的雪花。春天是永远不会来了吗?他在还差一分钟到七点的时候抵达了特朗布尔的房子,在近乎黑暗之中看着砖墙建筑的影子。一个穿着黑色制服的黑人为他打开了门。在同一时间,堂兄弟们和他们的妻子也乘着他们的马车到达了。他们互报了名字并在前厅中相互致意,特朗布尔敦促他们进入客厅,噼啪作响的壁炉正荡漾出阵阵暖意。一个秃顶而高大的人身穿一件精致的法式刺绣的西服背心站在炉火旁边,手中握着一个玻璃杯。这是法律事务所的那位合伙人,乔赛亚·滕卓尔,他紧握了詹姆斯的手,口中散发着白兰地的气息,他说:"非常像,真的很像。"

堂弟弗里格雷斯·杜克又矮又胖,呼吸之间带着类似哮喘的鼾声。弗里格雷斯的哥哥爱德华是一个结实的大块头,像他的父亲乔治·皮克林·杜克一样。这两人的外表都不像詹姆斯想象中的乡下土包子。弗里格雷斯的妻子莱诺尔是一个皮肤白皙的美人儿,烟熏妆,亚麻色的发髻;像她这样的女人在任何聚会场合都能够吸引众人的目光。詹姆斯震惊不已。这么一个肥胖的小个子男人怎会娶到这样一位美艳动人的妻子?相较而言,爱德华的妻子莉迪亚则是更为普通的类型,棕色的发辫缠绕在头上,开口说话前会习惯性地清清嗓子。

他们全都不停地将目光投向詹姆斯,最后弗里格雷斯终于说:"请原谅我们这样盯着您看个没完,但您长得和塞德利相像到不可思议。这就像他六个月之前离开,找到了青春之泉,然后在今晚重新加入我们一样。"

詹姆斯并不喜欢他们频繁地描述他父亲如何像模具一般塑造了他的长相,不管他们所说的可能是怎样的事实。一个女仆为男士们端来了热腾腾的托迪酒,并为女士们取来了一杯杯雪利酒。他们谈论着违反时令的寒冷天气。

"非常不寻常,这个冬天还逗留不去。"特朗布尔夫人说道。

"啊,詹姆斯。"莱诺尔说,"你在波士顿会变得更坚忍的。英国的美妙天气已经离你而去了,在这里我们必须裹在皮草里才能活下去。在冬天或者一个像这样的春天到室外去,通常都是一种冒险。"

乔赛亚·滕卓尔讲述了在他的童年时期降临的一场巨大的暴风雪。"雪下了五天,当它停下来的时候,雪一直堆到三层楼房的屋檐。十五个人用了三天才把我们从房子里弄出来。"

这次晚餐的时间很长,但是关于杜克父子公司以及生意上的事,一个字都没被提起。

最后上来的是一份以白兰地的蓝色火苗为点缀的英式布丁;等它只剩下一些碎屑时,女士们撤往特朗布尔夫人的起居室,男士们则前往书房,享用一些雪茄和进口的干邑。

"我请求您告诉我更多关于家族的事,"詹姆斯说,"我记得有很多亲戚。他们中间没有一些人参与到家族生意当中来吗?"

爱德华叹了口气:"时光对我们的家族并不友好。我们失去了几乎整整一代人。你的伯父皮特在访问弗吉尼亚时染上了霍乱,那是……很多年前的一个非常炎热的夏天,他没能从这场疾病中挺过来。他被埋葬在那里。姑妈佩兴斯·戴克伯特受到精神衰竭的折磨,最后在睡梦中过世了。她的三个女儿仍同丈夫们以及家人一起住在城里,在以后的聚会里你应该会见到她们。她们的丈夫没一个——哦,我应该忍住不去形容他们的丈夫。佩兴斯的外孙赛勒斯是一个非常聪明的年轻人,在公司方面展现出了潜质。我们雇用了他。到了一定的时候,他会爬上成功的阶梯的。在我们六月份的会议上,你会见到他。塞德利的第二个家庭,同你有一半血缘关系的兄弟姐妹们,都搬到了费城。最年长的莫里,是塞德利除你之外唯一的儿子,我想我们可以说他是你的半个弟弟;他在一家银行工作,我真希望他留在了波士顿,因为他在木材行当是个相当不错的好手。"

"没有其他我应当认识的堂兄弟或亲戚了吗?"

"你的叔祖父——老奥特赫·迪凯回了阿姆斯特丹,或者莱顿,并生活在那里。他仍从公司中抽取薪俸,直到最后。但如今他已经不在了。他的混血女儿骇人听闻地同一个印第安人同居,在奥特赫的那座位于佩诺布斯科特湾的房子里。他们生了一个部队的印第安孩子。我们对他们所知甚少。我已经提过了赛勒斯·亨普斯特德。我们还有伦纳特·福赫尔,你的姑祖母多尔彻·迪凯唯一的儿子。所以,你知道,现在到了你来为公司扩充新想法和财富的时候了。"

一周又一周过去了,詹姆斯时常拜访布兰顿夫人。他们已经成为很好的朋友。这个时候若是再假装他前来是为了拜访这夫妇两人的话,那就太愚蠢了。布兰顿先生总是在癫痫发作的状态,詹姆斯从没有真正地见过他,除了在他第一次到访时那人瞥来的狂乱目光。

他聚精会神地读完了布兰顿夫人关于她父亲的木材生意的笔记,逐字逐句。"仍然有很多东西我不是很明白,"他说,"比如说,我到处都听说缅因是获取最佳松树的最好地方,但是我对于缅因所知甚少,或者说一无所知。"

"没什么比这个更容易的了。缅因现在还不是一个州,但肯定很快会成为州的。它有辽阔的版图和茂密的森林,尤其是富有价值的白松。缅因分布着上千个湖与池塘,像是一片满是洞眼的酵母面包,那里有巨大的河流,每一条河都有上百条支流。我能向你说出它们中的一些名字,下一次你来时我会画一张地图,可以展示出最好的水道——安德罗斯科金,肯纳贝克,圣乔治,圣约翰还有阿拉加希,以及最好的——佩诺布斯科特河。缅因所有的河流都有数不清的小溪汇聚过来,不过你只能在春季涨潮时节利用堤坝才能让原木顺其漂流而下。"她如此热切地望着他,那目光令他几乎无法思考,竭力想问出一些合理的问题。

一天下午,他来到了如今他已非常熟悉的客厅,看到她坐在一张桌子旁边,面前是一沓账单和账目。她的脸上带着泪痕;她擦去泪水,把笔扔在一旁,冲进厨房去沏茶。他瞄了一眼那些账目——天哪,她是靠什么生活的啊?布兰顿家一点钱也没有。这样一个聪明漂亮的女人,要躲在某个阴暗的后厨亲自沏茶吗?虽然他还从未进入过这座房子的其他任何房间,但还是动身前往厨房。他会帮助她的。该死!他一定得帮助她。

她正往炉灶里添柴火。厨房里一股积滞的味道,湿答答的皂石洗碗槽明显排污不畅,残渣剩饭与酸抹布散发出难闻气息。她转过身来,因听到脚步声而皱起眉头;然而当她看到来者是詹姆斯的时候,她的眉头立刻舒展开来,转为一种犹自带泪的笑容。

"啊!我以为……"

他知道她以为什么,她以为那是时常发病的布兰顿先生来到了跟前——极可能还抽搐着,呕吐着,在他那肮脏的裤子里小便。

"我亲爱的,"他一边说,一边捉起她的手,"这样的日子你一天也不应该再忍受。我会立刻雇一个女人来这里帮你。现在别管什么茶水了,让我们到客厅去,谈谈一些必须去做的事。"因为他已经打算好,为她付掉那些令人心烦的过期账单;他已经打算好,要把布兰顿先生安置到一家精神病院;他还已经打算好更多要做的事。他有钱,他会把它用到该用的地方;他能够得到他想要的任何东西,而他想要的就是波西·布兰顿。

她坦白承认,她把他送给她的银质餐盘拿去典当了,用于付掉一些账单以及购买食物。他极为震惊,不过也非常高兴他有能力把这一情况纠正过来。在他离开那座房子两个小时之后,他已经将一些想要的改变付诸行动。

"请进,先生。"迪尔太太——新的厨师,同时也兼任女佣——为他打开了门。客厅的桌子闪烁着蜡的光泽,窗台摆着盛放于水罐中的褪色柳。他能闻到从远处的厨房传来的令人愉快的味道,迪尔太太说那是大黄布丁卷,"今年最早的大黄"。既然他现在已拥有某种权利,他便走进了迪尔太太创造烹饪奇迹的香气扑鼻的厨房。新的炉灶闪闪发光,皂石水槽不再发出臭味。

"好极了,迪尔太太。你同……同布兰顿先生之间有没有什么麻烦?"

"没有,先生。我为他准备了面包、黄油和热牛奶,胡德森医生说它们对于精神失常的人来说很有益。布兰顿太太把它带给他,并把空盘子取了回来。"她走近一些悄声说,"但是我必须把剩余的带骨肉锁起来,因为他非常想要吃肉。"

"我希望我们不久之后便会为这个问题找到一个解决方案。我今天早上也见了胡德森医生。等我和布兰顿太太讨论医生有何发现的时候,能否请你把茶送到客厅?"

"再加上一些干苹果派吗?"她一边说,一边用下巴示意。

"再加一些派。"他表示赞同,因为大黄卷可能会有点酸。

"我亲爱的,"他对波西·布兰顿说,同时将手在那碟冒着热气的苹果派上空挥动着,"我今天早上同胡德森医生谈了一会儿。他有两种意见。他觉得布兰顿先生有一天可能会恢复理智。他认为新鲜的空气对他会有很好处,一个能够散步和锻炼的地方也同样如此。要达到这一目的,他建议您将布兰顿先生送到一户农场人家,并得到农家的照料。他们会很高兴得到额外的钱,会使他保持干净清洁,让他处在新鲜的空气之中。他心里已经有了一位理想的人选,一个农夫,名叫杰里迈亚·汤顿,住在城外大约五英里的地方,是个安静平和的男人。他的妻子是一个非常慷慨的女人,非常令人愉快而且寡言少语。他们有两三个孩子。他们会很欢迎布兰顿先生,并把他安置得很舒服的。这听起来是不是一个不错的办法呢?"

"哦,是的,是的。不过您说胡德森先生有两种意见。"

"是的。确实如此。他还说,万一布兰顿先生在那位农夫的照料之下没有好起来,或是他变得发狂的话,那么可能会安排他到威廉斯堡去,在弗吉尼亚,有一家精神失常与错乱人士公立医院。那是个了不起的机构,波士顿也该建造一家。我们这里时常能看到疯子和低能儿在郊野闲逛,可在威廉斯堡,那样的人会被留在专门的地方并接受治疗。照看人员使用全身沐浴、各种药物、放血疗法以及一些药膏对他们进行治疗。他们有专门用于锻炼的院子。"

"这听起来很不错。不过首先让我们把他送到那位农夫那里吧。我们是不是应该把他那些布道用的书也送过去?他可能会继续读读写写。这件事在早些日子,被闪电击中前,对于他来说非常重要。"

"我会问问胡德森医生的。他确实提到过彻底休息并保持安静,不过或许书是没问题的。派很美味,是不是?你对迪尔太太满意吗?"

"我太满意了。还有布利特太太,我对她也很满意。她是一个很不错的管家。您对我真好,我非常感激。"她用那双黑色的大眼睛望着他。

但是第二天再次拜访时他说,书不能送过去;书可能会引起大脑发热,即便对没被闪电击中的人来说也是如此。医生本人会在下个星期一带布兰顿先生到农场去。医生的账单躺在他胸前口袋里,詹姆斯听到那片写有数字的纸张发出清脆声响。为了摆脱布兰顿这个可怜虫,这一点小钱算不了什么。

44

纪念品

　　春天终于在六月初来临了,接二连三的温暖天气,排水沟中流淌着融化的雪水,人们行走在路上,面带微笑,双腿宛若新生。鸟儿在枝头穿梭着,泥土的味道让人晕眩。波西·布兰顿在她那座翻修一新的房子里,把窗户打开,因为詹姆斯·杜克很快便会来喝下午茶。然而他却迟迟未来。她又一次走到窗边,向下方的街道望去,希望看到他那辆双轮马车平稳地行驶而来。茶桌上放着一个用蓝色纸张包好的小小盒子。一枚极小的标签上有"詹姆斯·杜克留念"字样。他会觉得这么做太过冒昧吧?他肯定很快便会离开,留它在桌子上不予理睬。他会把迪尔太太和布利特太太打发走。账单也会重新堆积起来。

　　为什么他还不来?她的恩主生病了吗,还是遇到了什么意外事故?若只是一次寻常的迟到,他肯定会派一位信差过来的。难道是他无意间已经发现了它——这个小纪念品?她来回踱着步。日光开始变得暗淡,接近黄昏时分的寒意开始涌入房间。她关上窗户,把布利特太太唤来。

　　"我很担心杜克先生因为某些原因迟到了。而且现在天变冷了。我认为需要在这个房间里生一小堆火。如果他短时间内没有到达的话,我必须派一名信差去问一问了。"

　　"我们可以派迪尔太太的儿子——那个慢性子现在还在厨房里,他一整天都在那里——把陈年的面粉和糖浆桶拿出去扔掉。"她的声音充满了嘲讽。

　　"是的,就派他去吧。好,我会写一张简短的便条。"

不过那堆火还没有燃起来,迪尔太太的儿子就已经回来了。

"他就在街角。我把您的便条给他了,不过他已经到大门口了。听到马的声音了吗?"

"非常抱歉我迟到了。"詹姆斯·杜克说,"我被耽搁了,因为胡德森医生在我快出门前来拜访我。简而言之,他说布兰顿先生病了,由于某种同精神错乱无关的原因。他持续不断地咳嗽,而且没办法咽下任何东西。他瘦得厉害,而且很虚弱。为了不让那位农夫的妻子做额外的活儿,我雇了一个日班护士来帮忙,因为他在他房间的床上,无法起身。胡德森医生每日订购两枚鸡蛋,打入热牛奶内,再加上一勺朗姆酒;他说他或许能够在温暖的天气里恢复健康,但或许不能。我们只有等待。"

她充满了解脱的感觉。布兰顿先生能够慷慨辞世,是她内心深处最大的愿望。这件事改变了整个下午。他们二人都无声地坐着,心事重重,每个人都想着布兰顿先生的事儿。现在她不能把礼物交给詹姆斯·杜克。这不是个合适的时间。她找到一个机会便把那件礼物藏进了袖子,未被对方发现。于是他们坐在那里喝着茶,几乎没怎么交谈,直到暮色渐深。

"我恐怕得离开了,"詹姆斯·杜克一边说,一边起身,"我希望……"不过,他所希望的是什么,却未曾说出口。

"我当然会想要见布兰顿先生……倘若病情危险的话。"她喃喃地说。

"胡德森医生说,若是他……若是病情变得十分严重,他会直接去找你。"他正说着,医生的马车驶入了街道,停在了房子前面。

"哦,老天啊。"布兰顿太太说。詹姆斯站在原地等待着,一阵欢喜攫住了他。

"夫人,胡德森医生来了。"布利特太太说着,打开了客厅的门,把医生请进来。

"再端一些茶来,布利特。"布兰顿夫人说。她看着医生。他的脸上没有明显表情,答案不甚明朗。

"胡德森医生,您一定要和我们一起喝茶。"她说;其实她刚才喝了太多茶,急于释放她那涨满的膀胱。"我去准备一下。"她轻快地大步走出房间。

詹姆斯·杜克看着他。"情况有什么变化吗?"他用一种很低的声音问。

"情况有变。"医生回答,但却没有交代更多,而是等待着布兰顿太太回来。夫人回来了,裙子在她有力的步伐下摆动着。

"请告诉我们,医生,布兰顿先生怎么样了?"她的声音平静而坚定。

"我很高兴地告诉您,他的情况好转了,健康得像头骆驼那样大饮大嚼,胃口好极了。他精神错乱的状况似乎也稳定了很多。我想他肯定是挺过了某种危机。他认出了我,询问了您的健康状况,还赞扬了农夫和他的妻子。他仍然反感牛奶和面包,不过一个星期左右之后我们或许能给他试试鸡胸肉。我想他可能很快便能回家了。当然那位日班护士也不再需要了。"他说到这个,冲詹姆斯点了点头,表示他可以省却这笔雇人的费用了。

波西由于震惊而陷入了长久的沉默。"啊!可是在这里我能照料他吗?这儿的空间太局促了,而且也没有乡村那种令人振奋的新鲜空气。如果他的精神错乱还没有完全治好的话,当然就更不可行了。"新的茶碟和一块蛋糕送了过来;波西·布兰顿为他斟上茶,那只手完全没有颤抖。"加糖吗? 好的,柠檬呢?"她把一只杯子递给了医生。

"我们要静待观望,看看他的情况是否继续好转。我允许他今晚睡在农舍的门廊上,以便从新鲜空气中获益。如果一周左右之后他变得更为强壮的话,我便认为他不会有什么麻烦了。我可以时常派护士来照看他,若您仍然有所迟疑的话。这是一个相当有意思的案例,如果他住在家里而不是遥远的乡村,我便能够继续跟进他的病情。您同意吗,杜克先生?"

"当然,"詹姆斯·杜克不情愿地说,"谁能不同意呢?"

在半点报时的钟声敲响之时,两位男士起身道别,一起走出了大门。詹姆斯用炙热的眼神望了布兰顿太太一眼,而她也万分懂得他的神情。她微笑并点头致意;当门一关,她便立刻跑进了她的房间,口中咕哝着污秽不堪的咒骂,一头扑向枕头。

在街上,当詹姆斯询问医生他是否可以拜访布兰顿先生时,暗淡的暮色之中很难看到医生的表情。

"或许一两天之后可以,不过我担心一个独自出现的陌生人可能会让他受惊,旧病复发。我目前也尚不准许布兰顿夫人前去拜访。他有一种奇怪的臆想,渐渐发展成了一种对她的恐惧,而且他声称——虽然这听起来有点荒谬——声称她总会伤害他。不过这种症状可能会随着他逐渐恢复理智而消失。我们早上一同前往农场怎么样?"

"如果我没有其他安排的话,这样便再好不过了。"詹姆斯·杜克说。不过没过很久,当月亮升起的时候,他走到马棚那里,为他的马装上马鞍,在愈发浓重的夜色中走上了出城的大道,向农场飞驰而去;布兰顿先生正躺在那儿,在睡梦中垂涎着烤牛排大餐。

45

错误叠加

　　平静的早晨突然被阵阵喧闹打破。农夫汤顿的小儿子威廉——一个相貌平平、满面污垢的男孩,骑着一匹未配马鞍的黑色耕马冲进了城里。他气喘吁吁地来到他已婚的姐姐夏洛特的家;她唤醒了她的丈夫索尔·弗里特。弗里特跑去地方法官乔纳斯·吉尔达的家,把整件事竹筒倒豆子般地讲了一遍。他音调时而跳得很高,时而又因为这件事的严肃性而低沉下来。法官把他那杯满满的咖啡放了下来。他把它推向一边,溅了一桌子。

　　索尔·弗里特急促地说:"夏洛特的弟弟!他从老房子跑到这儿来,告知老爸被发现死亡的消息!躺在门廊的地板上!看样子是被扼住脖子窒息死的!说他的脖子整个都扭曲了!颜色像大黄的柄一样!"

　　吉尔达夫人为她丈夫重新端上一杯咖啡;法官继续他的提问。索尔急切地回答:不,他不认为岳父时常跌倒。不,他的岳母睡在房间里。已经这样很多年了,在一次关于汤顿先生打鼾的争吵之后就分床睡了,他的鼾声能让房子的木头都摇晃起来。汤顿先生在好天气里睡在门廊上,冬天里睡在厨房的沙发床上。索尔·弗里特不知道谁可能会伤害汤顿先生,他是一个勤劳且无害的人,有时做一点铁匠的副业。他定时去教堂做礼拜,既不饮酒也不抽烟。他种植的芜菁备受好评。

　　地方法官派人去叫夏洛特·弗里特和她的弟弟威廉,也就是送去消息的男孩。夏洛特除了从弟弟威廉那儿听说的之外,一无所知。于是地方法官转向他。

"喔,伙计。我有一些问题要问。你是威廉·汤顿,杰里迈亚·汤顿的儿子,没错吧?好的,好的。现在回答我,昨晚有哪些家庭成员睡在房子里?"

"我的母亲,先生。我的姐姐阿比盖尔,我,还有汤……汤……汤姆。"他结结巴巴、含糊不清地说。

"谁是汤姆?"

"他是我的哥哥。"

"房子里有用人吗?"

"只有莎拉·惠特韦尔。她帮母亲洗衣服,星期天晚上祈祷之后回来,以便在星期一的早上随叫随到。她睡在母亲房间里的小床上。"

"昨晚,你的父亲有让任何流浪汉或者陌生人睡在谷仓里吗?"

"没有,先生,他从来不让他们睡在谷仓里。除非他们付钱。用新英格兰的钱支付。"

"那么昨天晚上有没有这样付钱留宿的陌生人在场呢?"

"只有布兰顿先生,法官大人。"

"谁是布兰顿先生?"

"他是一个牧师,先生,但是因为被闪电击中过,所以脑子有点疯癫。他的脸上有一道很大的疤。母亲照料他,杜克先生付钱给父亲。他和我们住在一起两个多月了。父亲把最好的前屋给他用。"

"谁是杜克先生?"

"我不知道,先生。不过父亲说他是个有钱人。他乘一辆有两匹灰马的马车。非常好的马。我觉得我昨晚听到那些马的声音了,但那只是丛林中的山鹑。"

"那么昨天晚上布兰顿先生在房子里?"

"是的,先生。胡德森医生说他情况好转,不久之后就可以回家了。他昨天感觉不错,而且他想要睡在后门的门廊,呼吸一些新鲜空气。爸说,他希望布兰顿先生能够继续留下,因为他是一个不错的寄宿者,而且那些钱真的对我们很有帮助。"

"那么布兰顿先生昨晚睡在后门的门廊了吗?"

"不,先生,他没有。因为父亲的床摆在那里,父亲说谁也别想让他离开他的睡床。"

"布兰顿先生喜欢您的父亲吗?"

"大部分时候。不过他后来说他实在受够了面包和牛奶,也就是我们给他吃的东西。老爸说,随便,不吃就饿着吧。布兰顿先生非常凶恶地瞪起眼睛。"

"布兰顿先生现在在哪里呢?"

"他正在帮母亲和汤姆把父亲抬出去。他是个强壮的大块头,同父亲一样。"

地方法官同与胡德森医生一起进来的两人意味深长地交换了眼神,然后对男孩说他可以走了。

"也许……"地方法官说,"也许我们应该看看布兰顿这个家伙。医生,您能为我们提供关于他的什么信息呢——他是病了还是健康的;他的病是什么性质;他强壮吗;他的性情如何;他对汤顿先生有什么怨恨吗?"

"他因为两年之前被闪电击中而留有后遗症;它一直以来肯定扰乱了他的理智——胡言乱语,混乱,且充满猜忌。不过昨天他显现出一些好转的迹象,而且说他希望快一点回家。"

"在您看来,医生,是否有可能这位牧师滋生了对汤顿先生的某种仇恨,为了面包和牛奶或者别的什么原因,以至于在夜晚的一次疯狂的发作中悄悄溜到他的身边扼死了他?"

"他时常使人望而生畏,这是没错,不过我从未听他说任何关于汤顿先生的坏话。除了面包和牛奶,那是基于我的命令提供的膳食。当然他可能因门廊上的床而被嫉妒的情绪所支配。我准许他睡在那里,不过男孩说汤顿先生拒绝配合。"

"他是否有可能,在脑子不正常的情况下,因为单调重复的膳食而怪罪于汤顿先生?还有被剥夺的门廊的床?"

"有可能——吧。"医生不情愿地说,"当然事情可能会这样发生。但是我不认为他足够强壮到勒死一个男人。"

"可是这不是众所周知吗,是不是——精神失常的人在发作的时候会表现出很大的力气?"

"有这种说法,没错。有很多奥秘都与精神失常有关。"

"那么你认为他是精神失常的了?"

"我知道他因为一次闪电而失常。他确实有时会发作癫痫并且闹脾气。但是我非常确信他正在康复,并且他的精神很快便会变得像你我一样健全。"

"'很快便会'不等于'已经'。而如果那里除了家庭成员和这位精神失常的布兰顿先生之外没有任何其他人,那么我要对您说,是他勒死了汤顿先生。先生们,我想请你们去一趟,并带布兰顿先生回来,他必须受审。"

布兰顿先生受到了监禁,他故态复萌,大声斥责,喋喋不休地诉说自己的无辜。他忠实的信众站在监狱之外守夜,唱着圣歌,并且后来也在法庭之外这么做;在一场快速的审问之后,他被判为有罪,而且确定了施以绞刑的日期。

46

商务会议

在整个炎热而潮湿的波士顿夏天里,詹姆斯·杜克都在追求波西·布雷利·布兰顿。他知道没有人会明白她对于他来说意味着什么。他在很小的时候就被送出家门,在升职时被人无视,长久以来都深陷贫穷,被生活打败。然而一切发生了多么大的改变。而这顶喜悦之冠上的红宝石,便是波西。他也清楚,他的那几位堂兄弟会因为两人之间的年龄差而大为震惊,因为他现在已经五十五岁了,而波西要小他二十岁。她时常去他那里做客。在凉爽的海风吹向内岸的晚上,他们在玫瑰园中散步,围绕日晷台走上一圈又一圈,谈论木材和情人同心结;她的丝绸连衣裙发出沙沙声,她那深邃的大眼睛低垂着。他们在那里散步,从玫瑰长出第一片叶子,到生出粉色的花蕾,再到花瓣微启,然后到满目盛放的花朵,再到花朵逐渐凋零,以及在风霜啮噬下变为褐色的叶子。他愿意为她做任何事,而且他也已经这么做了,无怨无悔。她对他别无所求,除了他的陪伴与交谈。他一辈子都被人忽视,她却对他所说的任何事都全神贯注。可是要得到波西是很困难的;而且只要布兰顿先生还活着(他已逃脱了绞刑),她便遥不可及。布兰顿牧师的会众当中不仅有两名成员同波士顿的重要家族有关系,而且布兰顿本人也是阿奇博尔德·布兰顿法官的侄子,这名法官在核心权力圈子的背后默默行动。法官认为他是一场邪恶婚姻以及一次闪电电击的无辜牺牲品,而他不会眼睁睁地看着这位不幸的亲戚作为谋杀犯被施以绞刑。

"我几乎能够理解上帝为什么要将这一折磨加之于他,"法官对胡德森医生说——经过短短的搜寻他便找到了这位医生,"城市已经变成了腐败和恶行的烂泥坑。我把这看作是上帝那惩罚性的复仇的一个征象。然而我还是不能相信我的侄子会由于不愉快的晚餐而犯下扼死这名农夫的罪行。他是一个性情温和的人。"

"也许有一种方法能让他避免……那种结局。"医生说,"我认为我们必须求助于威廉斯堡的权威人士——精神失常与错乱人士公立医院的专家。早前已有一些迹象表明他可能应该被送往那里。"法官大人名字的分量,布兰顿先生的信众的请愿,再加上医生认真书写的一篇关于这位罪犯的温和脾性的文章,为他在弗吉尼亚疗养院获得了一个房间。在其他精神错乱者的衬托之下,布兰顿先生很快便作为一个模范病人而崭露头角。

弗里格雷斯召集了杜克父子公司十月份的商务会议。像往常一样,詹姆斯感觉到了作为一名拥有投票权的董事会成员的重要性。他的着装很精心——棕褐色的羊毛马裤,窄窄的裤脚搭配浅口带扣鞋;棕黄色的马甲背心,带有黑色绲边;一件下摆裁成圆角的单排扣外套。他戴着塞德利的金表,并在链子上挂了波西·布雷利·布兰顿送的礼物:一个金质的怀表短链,附有她那只漂亮左眼的小幅画像,因为近来正流行这种私密的眼部绘画。这确实是个美丽物件,但它却有着某种紧紧盯视的感觉,并不全然令人愉快。他身旁的弗里格雷斯和爱德华看起来单调乏味,穿着他们老式的齐膝短裤和浅色丝绸长袜,后面还沾上了泥点。

弗里格雷斯介绍了伦纳特·福赫尔,一位面色苍白的男人,眼睛就像岩洞里的蜡烛。他在前两次会议时未能前来,因为当时他正在旅途中。他是多尔彻·迪凯唯一的孩子,也是詹姆斯·杜克那位铁石心肠的父亲塞德利·杜克的表弟。经过一段备受溺爱、接受了过多教育的人生之后,伦纳特最终来到了波士顿,结识了杜克家族的这些亲戚们。没有谁比他的着装更为整洁讲究;这一天,他穿着一条珍珠灰的马裤,脚踝上方四英寸处带有扣襻,底下是白色的丝绸长袜,他的鞋子完全是那种室内便鞋,每两星期更换一次。他让自己成了一位不可或缺的行走的活字典,对木材行业中具有影响力的人物、潮流和创新无所不知。爱德华悄悄对詹姆斯说,除了这些以外,他最大的价值在于能够灵活运用七种语言。伦纳特还有另外一面。每年当中的两个月时间,他都会脱下他的城市外衣,穿上厚重的工作裤和伐木靴走进丛林当中,有时候还带着一位印第安人向导。他说,那些时候他会钓鱼,以及访问分包商的伐木营。等他返回波士顿的时候,脸上带着不同寻常的快乐。

会议室很暖和,有壁炉,可以驱散秋日的寒冷。弗里格雷斯说:"我们开始吧。"一阵椅腿摩擦地板的声响和纸张的窸窣声。

"今年缅因的木头流送开始得太晚了,所有事情都延迟了,承包商们都等着下雨让河水上涨。"弗里格雷斯说,"我们从那些承包商那儿听说,他们度过的是个温和的冬天,不像我们这儿下着雪。微少的雪花让那些人不得不利用水坝,才能使那些木材沿着汇入主干道的溪水进入河流——耗费了大量的人力和时间。那个分包商想要他的酬劳。他别想拿到它了。我确实有一些上一年度的数字,那才值得庆贺。"

詹姆斯低声打断了他:"请原谅我的无知——我们在森林里雇了多少人?"

伦纳特·福赫尔回答他,那些数字就在他的嘴边:"今年雇了超过一千人,为期六到八个月。一个月十美元,加上提供住宿、膳食和工具。有一件看上去很荒谬的事情是:我们越来越需要雇用有名的厨师了,因为别的营地会凭借端出花样繁多的伙食而得到更好的劳力。伙食!"他非常喜欢这个俚语感十足的美国词,觉得自己对俚语的使用老练极了,"我们计算得出,每人每天的膳食要花掉二十美分,这是一笔很大的饮食供应。我们不得不雇用那些厨艺足以在优雅的餐厅中指挥厨房,但性格方面却有不少瑕疵的厨师。"

爱德华大声说:"不过提供食物还不是最大的花费。给牛吃的玉米和草料!干草几乎要二十美元一吨了,而我们去年消耗了超过五千吨。玉米是一美元一蒲式耳,那些牛在这个季度会吞掉四千蒲式耳。牛很贵,那些流送者们也贵——两万美元的花费。后面还有林地购买的费用和贿赂,尤其是在获取那些所谓的印第安人地块的时候,白痴的国会极力想通过《互不往来法案》来阻止我们得到它们。"

弗里格雷斯喃喃道:"还有哪个国家会是这样的——生意人必须得因为那些被政府纵容的凶残野蛮人费神?"

爱德华继续接着他之前的话说:"我们在勘测方面有很高的花费,此外,虽然我们大部分是在自己的林地上砍伐,而且拥有自己的锯木厂,在采伐权和锯木厂租金方面的花费很少,然而还有上百种其他方面的开支——斧头和工具、磨刀石、油、铁器、铁匠及他们的锻造厂,原木拦栅费和过闸费。"簿记员的笔在纸上拼命地写着,以跟上爱德华讲话的速度。

赛勒斯觉得詹姆斯看起来有点困惑,于是便说:"先生,拦栅费是指制作把原木拦截在一起的拦木栅的费用,而过闸费……"爱德华不喜欢被打断,于是傲慢地说:"赛勒斯,请把你的解释留到待会儿再说。我很确信詹姆斯懂得这些术语。我们今天所需要讨论的问题,首先是巨大的、最上等的白松的急剧减少;第二,偷木贼持续存在,侵入我们的地产并施行其他欺骗和不当行为。在小偷当中,制造木瓦和隔板的那些人是最无诚信的。那些小偷在公有的土地上行为更加恶劣,但在砍伐杜克公司的树木时也毫不犹豫。新不伦瑞克的伐木工是森林中的祸害。不管在哪儿,他们见木头就砍,之后带着它逃走。新不伦瑞克没有生机勃勃的农场,也没有充满活力的城镇。那里的居民是森林的蝗虫。我们把新不伦瑞克视为我们的敌人。"他停下来歇口气,回顾了一下自己所说的话,然后承认说,"这个问题可能会有所改善,前提是同加拿大之间的界限能够划分得一清二楚。"他说话有点结结巴巴的,因詹姆斯·杜克的在场而多少感到有些不自在——这个人长得也太像他独裁的父亲塞德利了,那人曾让爱德华的生活变得无比悲惨,忍受没完没了的唠叨和挑剔。詹姆斯佩戴的可怕的怀表挂链不时闪过那只吹毛求疵的眼睛,这让他紧张。

詹姆斯往椅背上靠去。他本打算在晚餐时告知这几位亲戚:寡妇波西·布兰顿已经接受了他的求婚,而且他们已经把结婚的日子选在了五月。当收到布兰顿先生在弗吉尼亚死于肺炎的消息后,他等待了一段合乎礼节的时间——二十四个小时,随后便立刻向她求了婚。她当场便接受了;他拥抱她,并试图用一个温柔的吻来明确这场婚约。她竟对他那平淡的轻吻回之以激情四射的狂热舌吻，这让他万分惊讶。后来——很久很久之后，当他回想这件事时，他把它解读为一种警示，一种他未曾留意、也不大可能去留意的警示。然而在此时此地，他的脑袋只顾着忧虑其他一些令人恐慌的场景：他那几位亲戚将会如何看待他要迎娶布雷利的女儿这件事；而布雷利本人恰好就是一个如假包换的新不伦瑞克伐木承包商。虽然他还尚未见到他未来的岳父大人，不过根据波西所告诉他的事情来看，他毫不怀疑布雷利先生正是那种会挥着斧头任意砍伐林木的人，对任何该死的界限都不予理睬。

詹姆斯凝望窗外，看到天空中有一个遥远的黑点，他已经慢慢学会辨识出那是一只北美候鸽。

赛勒斯大声说："我以为我们今天是要听听关于新市场的情况的——难道我误解了吗？"

"完全没有。"伦纳特说；他越过了发言的顺序，招来了爱德华的怒视。詹姆斯猜想，伦纳特太爱表达意见了，"我们每年都在运送越来越多的木材，而且不是从波士顿，而是从班戈。我们听说古巴想要糖类包装的纸盒。弗里格雷斯正和一位古巴的达官贵人通信，探讨这项生意的可能。西印度群岛急切地想要所有一切——木板，木瓦，隔板，桩柱和板条，山毛榉树皮，甚至一些硬木。甚至还有一些落叶松的树膝。我们发往西印度群岛的货量永远都不够，当然我们也会带回朗姆酒、糖和糖浆。欧洲的很多城市已经发现了木质铺路块的用处，而这类市场使我们能够让那些原本会浪费的木头派上用场。而且不止欧洲，还有查理斯敦、布宜诺斯艾利斯，是的，甚至还有澳大利亚。我还没有说到日渐增长的沿海贸易。"

"我们要偏离主题了。"弗里格雷斯说。

"正是，谢谢你，弗里格雷斯，那么明智地把我们拉回正题。"爱德华说，"好的，接着说。阿尔梅纽斯·布赖特施普雷歇——自从他父亲过世之后，他便成了我们的林地测评员；他被有关白驼鹿河支流处土地的虚假地图和虚假报告所欺骗，而我们才刚刚发现这一欺诈。据测量员的地图显示，林木沿着驼鹿河北部支流的河道茂密生长，然而事实证明溪流距离那片松树有好几英里。布赖特施普雷歇说他当时曾去当地查看过那些林木——距离现在有四年时间,然而那时候是冬天,而且在下雪。那个测量员坚持说,结冻的溪流就在他们脚底的积雪之下。而因为雪有齐腰深,阿尔梅纽斯无法全面地考察那些树木。他也承认了这一点。就这样,那份决定我们购买行为的报告呈示了一条很好的河流和上亿棵松树。但事实上那里只有一千四百万。而且河流非常远。我们花费了大笔的钱用来建造道路,以及雇用牛车队来把木材拖出来。现在的问题是我们是否应该继续留下布赖特施普雷歇担当我们的林地测评员。他犯了一个昂贵的错误。他不该过度依赖一位不诚实的测量员。"

弗里格雷斯叹了口气:"是的,我们可以解雇布赖特施普雷歇,但他是一个经验丰富且能力很强的林地测评员,而且已为我们服务很多年,为杜克父子公司赚了大量的钱。这几乎是唯一一次应由他负责的判断失误。我知道他内心为此而后悔。我建议我们同他进行一场严厉的谈话,但仍保留他的工作。"

"我同意,"伦纳特·福赫尔说,"判断一片尚未伐倒的森林的成本以及它的可得利润是一件困难的事,而且需要多年的观察经验。"他也注意到了那只不眨眼的怀表挂链,并感觉到了某种来源未知的存在感。

"你怎么看呢,赛勒斯?"

"哦,找几个擅长评判林地的人能有多难呢?布赖特施普雷歇肯定不是世界上唯一懂得考察树木的家伙。这种人多得像军队一样,难道森林中不是到处都有吗?"他满不在乎地往后靠住他的椅背,一条腿搭在另一条腿上,晃动着他的右脚。

爱德华又开口了:"确实是有,但大部分都是不诚实的无赖,他们递交松树质量的不实报告——当然说全部是好树,结果等到斧头砍上去的时候才发现都是些中空的树干。詹姆斯,你怎么认为?"

"如果他这么多年以来一直都是位忠诚雇员的话——他为我们工作多久了?"

"自从他还是个小孩起——在他父亲的监护之下,现在差不多三十出头。"

"三十年忠诚的服务之后,只出过一次判断失误,还是因为一位不诚实的测量员,在我看来,因为这个就让那个人离开有点太过火了。依我看,把他留下。"

"完全同意,"弗里格雷斯懒洋洋地说,"现在,让我们开始说说非法越界和非法入侵的问题,这些问题增长得太快了。我们已经张贴了警告通知,清楚写明非法侵入我们的林地将会引发诉讼。我们真希望有人注意到这些警告。"

他挥舞着一张纸,开始大声宣读:

> 兹通告:堆放在迪斯特里斯河十七号场地标有 D&S 记号的木料,乃波士顿杜克父子公司的财产。特此警告任何人不得擅自挪用,或将其移出目前所在位置,否则将被告上法庭。将采取相关措施查明违反本通告之人。

"完全是一纸空文。"爱德华说,"缅因的陪审团已经腐败到骨子里了。他们总做出有利于罪犯的判决,那些人全是他们的亲戚和同伙——每次都是这种情况。"

詹姆斯说:"是什么人敢这么目无法纪,砍伐你们的——我们的林木?"

"人人都这样!"爱德华气愤不已,唾沫飞溅,"他们大多数是出身卑贱的小人物,想找法子弄点钱花。但这样的人太多了。他们往往都是些野蛮而饥渴的家伙,行事肆无忌惮。他们同土地所有者作对,不到头破血流誓不罢休。就算我们抓到他们,把他们告上法庭,他们和他们的朋友半夜仍然偷偷溜回来继续砍树。移民、破产的生意人、木瓦制造商和锯隔板工人,那些人全都有可能是贼。夜晚的月光曾见证过多少上好的松树被砍倒。"

"不只是偷窃,"爱德华说,"他们的营火还严重破坏并烧毁了大量的木材。当中有些人故意在极好的林地边缘放火,然后密谋用极少的钱把整片价值昂贵的土地当作一片被烧毁的废弃地买下来。很多情况下,那些该死的移民们放火清理他们那可怜巴巴的小块土地,在干燥的时节,那些火苗会蔓延到我们的土地,吞噬我们的树林。"

赛勒斯拉了拉他的领带,试着总结当前形势:"真相是,先生们,缅因——还有新不伦瑞克的森林,到处都是无法无天的人。我们想要的是不存在这些人间蝗虫的处女林地。就像曾经的缅因一样。"

詹姆斯问,他的父亲曾经去过的俄亥俄的林地,是否正是这样一片未开采的伊甸园。

"不,那里的木材挺不错,但是没有那么多。仅仅具有几年的价值。我们必须深谋远虑,望向未来。我们听说过更远的西部有大片的森林,或许现在是时候来好好研究一下那些报告了。我曾多次建议我们同阿尔梅纽斯·布赖特施普雷歇见个面,并请他往西部走一趟。经过上次白驼鹿河北部支流的那场小过失之后,他难道不急于挽回自己的荣誉吗?"

"我们中派一个人和他一起去比较合理。"伦纳特·福赫尔说,"这么做能得到更为客观的报告。这有可能是一次很有价值的考察。"

"你说起来倒挺容易,伦纳特——你时常环游世界,然而我们中的大部分人都更愿意好好待在波士顿,处理账目和合约。也许就应该让你去。"福赫尔摇了摇头。

"我们不应该在离家更近些的地方找找看吗?我听说在宾夕法尼亚,沿着萨斯奎哈纳河与阿勒格尼河有一片广阔的白松王国。有人说,那些是世间生长的最棒的白松了。"赛勒斯说。

"啊,人们也是这么形容缅因的松树,还有新不伦瑞克的松树也一样。我们应该带着五十年之后的眼光,开始进行大笔购买了。"弗里格雷斯说。

"天知道。管它什么林地,只要能买到手,我们便把它们买过来,这就是我的意见。我对五十年之后的事情不感兴趣,因为完全没有忧虑的必要。森林是无限而永恒的。"爱德华说。

晚餐在罗尔斯码头的一家餐馆,内容十分简单——烤金鹀,鲑鱼和豆煮玉米,新鲜的豌豆。他们随意地聊天,从正式会议的约束当中放松下来。赛勒斯为詹姆斯详尽地解释了拦栅费和过闸费,然后继续谈起火灾。

"你知道,说起火灾,自然也可以包括我们自己所造成的破坏。我们的一位承包商在爱德华的命令下,在我们其中一片松树林中的几堆干草垛上放了火,那是偷伐树木的贼带进来喂养他们的牛的。火势蔓延开来,不但烧掉了那些干草垛,还烧掉了他们试图偷走的松树。所以你看,我们也能以牙还牙啊。"詹姆斯觉得这句总结的逻辑很有问题,不过他什么也没说。但他开始猜测赛勒斯是不是个蠢货。

"詹姆斯,"伦纳特·福赫尔说,"现在你已经了解,木材的利润几乎完全基于运输的成本。蒸汽船可以改变我们运送木材的方式。"

吞下满口的苹果布丁,爱德华大声说:"我们知道英国人正把蒸汽火车用在煤矿方面。蒸汽动力怎么可能不成功呢?弗里格雷斯,几年以后,或许我们会把铁路修入我们的旱地松树林,在那些没有河水流过的地方。蒸汽动力可能会对我们的生意有深远的影响。"

"爱德华,你是对的。"伦纳特说,"当今确实有种似乎会有了不起的事物出现的征兆,前方的景象一片繁荣辉煌。"

朗姆酒在桌上轮流传递,直到董事会成员们彼此之间谈话的嗓门儿越来越大,以至于远处餐桌上一位衣着华丽的男子询问酒馆主是否应该将他们赶到大街上去。

"那人是索顿斯托尔,"赛勒斯说,"那个老顽固。他老觉得他自己是波士顿最重要的人物。如果他想要安静,那就在他自己那陵墓一样的家里待着好了。"

午夜时分,詹姆斯摇摇晃晃地走到他的马车前,威尔·廷正在黑暗中坐着等候。半个小时的工夫,他已经回到他的书房,壁炉中余烬仍在闪着光。他在这里喝下最后一杯白兰地。随后他的头开始晕眩。詹姆斯·杜克上床睡觉了。

这一切似乎仅仅发生在女仆丽莉唤醒他的几分钟之前。

"先生,先生;布兰顿夫人正在楼下,她希望和您一起用早餐。"

"哦,我全心全意爱着的人,"詹姆斯说,"告诉她我几分钟后就下来。确保给她拿杯茶或咖啡或者……"

"好的先生。"

过了快四十分钟,他才来到早餐室;沐浴完毕,刮了脸,穿着干净的亚麻和黑色的羊绒套装,因为天气寒冷。

"我亲爱的,"他说,"是什么事让你这么早就来了?"

"哦,詹姆斯,我急着想听关于这次商务会议的一切细节。您知道我对于您的生意事务有着很大的兴趣。请您一定要告诉我关于您的亲戚们的一切,谁说了些什么,存在哪些问题,有哪些决定和策略,对未来有什么计划。"

他给一片热腾腾的饼干涂上了黄油,将它蘸入一碟蜂蜜,然后身体朝盘子前倾着咬下它,避免东西滴落在他的马甲背心上。他开始讲述。有一个人能如此专注地聆听他的叙述真是令人激动。她问了些聪明的问题,并询问了董事会各位成员的风格举止。

回到她的房子里,布兰顿夫人走到詹姆斯为她定制的一张小小的胡桃木书桌前,抽出了一个棕色的皮面笔记本,里面有大半本她杂乱写下的带有拼写错误的笔记。她开始记下这次商务会议的要点。她还特别记下了伦纳特·福赫尔的提议——杜克公司要在木材行业之外做些投资,尤其是繁荣兴旺的纺织厂,或者蔗糖的生产厂。

47

如坐针毡

詹姆斯·杜克之所以一再延迟举办婚礼的日期,除了确实担心堂兄弟们对他同一位新不伦瑞克的木材商联姻的反应,更是始于一场震惊,如同小提琴的一根断掉的弦。他的未来岳父跨在一匹步态蹒跚、一瘸一拐的马背上,在上午时分到达了他们家。那是一匹平日拿来运送木头的马,毛色暗淡无光。而谁又曾见过菲尼亚斯·布雷利拥有的这副尊容呢?他的头看起来仿佛是被一把宽斧从眉毛上方砍下,然后又将它们重新安在一起,留下一道水平的长疤。那道疤痕之下是两只煤炭般乌黑的眼睛,一只断得厉害的鼻子(毫无疑问标志着粗野),极薄的嘴唇张开着。他的左耳不见了,只有毛茸茸的耳洞留下。那人小心地从马背上下到地面,朝波西走去。他有力地拥抱了她一下,朝她的脸上四处亲吻;詹姆斯听到爆米花般的声音。然后他转向詹姆斯。

"好,"他说,"我来了。准备好了闹洞房,还有我们的盛大旅行。"波西已邀请她的父亲陪他们同往纽约,赴他们的蜜月之旅。她想要詹姆斯邀请弗里格雷斯·杜克和爱德华·杜克及他们的妻子们参加婚礼和庆祝宴会,但是他找到了很好的借口——爱德华要去旅行,而弗里格雷斯的妻子得了胸膜炎不得不躺在床上。他还给出了不去询问其他几位的绝佳理由。事实上,他还没有把他迫在眉睫的婚礼告知他们。现在还不是时候,不是时候——他拖延着。

"你肯定会喜欢我爸爸的,"她说,"而且他一直都想去纽约看看。我们在那个地方一个人都不认识,这么做也正好有个人做伴。"

而现在那一刻已经到来。再过仅仅几个小时,詹姆斯和波西就要同这个人一起坐进同一辆雇来的马车。由于不确定该如何欢迎这个家伙,詹姆斯悄悄看了看那匹马的马蹄,看起来有蹄叶炎的症状。难怪这头可怜的牲畜是跛的。

"我们把这匹马带到牧场去吧。"他说,"我看到它的蹄上有伤疮。在我们去纽约的旅途中,它可以休个假。"

"现在,伙计们,别把太多时间都浪费在说话上。"波西一边说,一边望向黄铜座钟,"我们十一点整就得到治安法官那儿。现在离那个时间只剩半个小时了。"

"不管蹄子上有没有疮,对我来说都一样,"菲尼亚斯·布雷利说,"它们全是驽马和劣马。我对马一向没什么偏爱。"

看得出来,詹姆斯想。他有点被这家伙奇怪的口气吓住了。

婚礼十分简短;而且正如詹姆斯所希望的那样,他那几位堂兄弟并不知情。在漫长的马车之旅中,那名父亲同他的女儿谈笑风生;坐在他们正对面的詹姆斯却蜷在角落,试着打盹。其父用手臂环绕着波西,还时不时啧啧有声地亲吻她。白日逐渐消退,暮色使马车内部变得黑暗,他们谈论着新生和逝亡的人,意外事故,乖离常理的怪事,狂暴的天气,有趣的事件,布雷利的雇工们所犯的过失。他们整个晚上都在讲话,说到很多名字和滑稽事件。拂晓刚过,马车便停下来更换马匹,布雷利看起来生机勃勃,他勤快地跑到旅店,带回一平底锅的淡咖啡和六个冷掉的水煮蛋。他吞下了咖啡锅里的大半内容,并吃下其中四个鸡蛋,把蛋壳从窗户丢出去。吃完餐食,恢复了精神,他开始了对詹姆斯的第一番言论。

"我猜你我之间会有很多木材方面的东西可以聊。我就知道我早晚会和一个大企业扯上关系的,而杜克父子公司无疑是最大的公司之一。在缅因拥有最上乘的松树林。我们无疑可以制造不少木砖木板,是吧?"然后他令人很不愉快地眨了眨眼,暗示他对杜克家族的林地讯息了如指掌。詹姆斯大惊失色。如何让这个人打消他的念头呢?他似乎想当然地认为,这场婚姻意味着他本人——菲尼亚斯·布雷利——如今是杜克父子公司的一位合伙人了。爱德华和弗里格雷斯若是发现这位带着长疤的新不伦瑞克人自认为是他们当中的一员,肯定会惊愕得一命呜呼。

等他们到达旅馆时,已经快要两点了。旅馆是一座漂亮的格鲁吉亚建筑,正面是优美的葡萄酒杯状的美洲榆树;过去红种人喜欢在开会时用它。他们迟到了很久,马蹄铁的声响和车轮的咔嗒声都无法盖过他们的对话。

菲尼亚斯·布雷利的房间在大厅另一头,离詹姆斯预订的漂亮套房有点距离,这让他松了一口气,因为布雷利已尾随他们上了楼,跟在那些扛箱子的人后面。他检视了他们的房间,看起来像是想要和他们一起住。总算走了,詹姆斯想,这人总算去了他自己的房间,边走边大声说着,一小时后他们一定要在榆树下碰面,展开他们在纽约的探险。

"终于能独自拥有你了。"他对波西呢喃着,把她轻轻抱在怀里。

"是啊!父亲是不是一个极好的同伴?他可以讲上千个笑话。"

"他头上的那道长疤是怎么回事?"

"你得问他本人。他很少提到它。"

詹姆斯知道自己永远也不会开口去问那个人;他努力让自己凑合着面对有那个男人陪伴的一周。不过他不管怎样得想办法向布雷利解释,与波西结婚并不等于把她父亲的名字放在杜克父子公司合伙人的名单上。这一天剩下的时间里,只要醒着,他便一直在纠结如何把要说的话说出口而不冒犯到那个人。他们沿着热闹的大街漫步良久,那里的马粪直到脚踝那么高;他们躲开了几十头猪,穿过一个据说是奴隶贩卖所的站台,疾步走过臭烘烘的牛圈和屠宰场,空置的土地上高高地堆放着动物粪便。詹姆斯祈祷不会下雨,别让他们在流动的大便中蹚行。时常有忙碌的人们给马套上挽具,装载和卸下马车。街上挤满了马匹——公共马车的马,肉铺的马,面包车的马,运送牛奶的马,送邮件的马;在道路边上他们还看到死掉的和快要死去的马。这些可怖的景象并没有破坏他们的胃口。他们在著名的"红色奶牛"酒馆享用了烤熊肉(尝起来非常像猪肉)和芜菁泥。侍者说他们有一道不寻常的美食——来自巴哈马的凤梨刚刚到货,他们不想尝一只吗？他们要了。成群的苍蝇如同活的水晶吊灯般盘旋在他们的餐桌上方，不过有周到的服务生站在旁边挥动着赶蝇棒，他们就这样品尝了它。

那只凤梨被削好并切片，盛放在浅蓝色的盘子上，它的熟成刚好，醇美且芬芳。他们和苍蝇争抢这一美味食物，但几乎不可能避免有那种狂乱着嗡嗡作响的虫子在口的恶心感觉。那只凤梨不见了，账单也付掉了，他们开始返回"四棵榆树"旅馆。他们一路上经过了几家吵闹的酒馆，唱歌声、震天响的鼓声以及女士的尖叫声表明那儿似乎有某种粗俗的娱乐。在他们旅馆的门口，菲尼亚斯·布雷利停下了脚步。"我想我要再散一个小时的步——那只凤梨让我坐立不安。明早见。"他道了别，然后向一条小路走去。

新婚之夜对于詹姆斯·杜克来说是一次极端的体验。他知道他被赋予何种期望，甚至无比期待着，但是他无论如何也没有准备好那头母老虎一跃而起跳到他的身上，扯开他的裤子，直接攥住他的阴茎；他也完全没准备好她又咬又抓，塞入并蠕动，撕扯他的衣服以及她自己的，更没有准备好那些扭动和喘息。整整一晚，波西没让他停下来过。在拂晓即将来临时，他才昏沉入睡，身体充满前几个钟头的经历所带来的震撼。

他在阳光之中醒了过来，战战兢兢地下了床。波西四仰八叉地躺在那里，打着呼噜。詹姆斯轻手轻脚地洗了澡，穿好衣服，然后走下楼到了小客厅；那里有咖啡、茶、热巧克力，放在一个餐边柜上。他为自己取了一盘仍热着的饼干，上面涂了黄油和草莓酱；他拿起杯子和盘子走到一张靠近窗户的餐桌，凝视着外面摇摆的榆树枝。

"你在这儿啊！"菲尼亚斯·布雷利大喊着走进安静的房间；他大步走到咖啡壶边，为自己倒了一杯满得快要溢出的咖啡。他坐在詹姆斯的对面，眼睛滴溜溜地检视着詹姆斯。他看到了红色的吻痕，看到了青一块紫一块的咬印，他手背上那些抓挠的印迹，还有他肿起来的嘴唇和耳垂。

"给了你非同一般的体验，有没有？她像头活力四射的小老虎，是不是？她所知道的一切都是我教给她的，而她做出来——棒极了。青出于蓝而胜于蓝啊！我猜你比那个老牧师布兰顿更能吃得消。"他挤眉弄眼。

詹姆斯感到血管中的血变成了泥浆。看在上帝的分上，菲尼亚斯·布雷利到底是什么意思？他向他女儿传授了性爱的技艺？想一想就让他感到不寒而栗。一个父亲竟会……！詹姆斯感到胃在翻涌；虽然他知道这类情况可能发生，大部分发生在边远的蛮荒地区，没有太多人陪伴的地方。他什么也说不出口，但是布雷利转而开始自顾自地说起同他们告别之后他在前一晚的见闻，让詹姆斯如释重负。他说他碰到了一个丰腴的金发"山鹑"，并"好好地干了一把"，还讲述了他吞下的酒水。最后詹姆斯终于起身告辞，他说他去给波西拿一杯晨间咖啡，作为离开的借口。

"哈！是的，我完全明白'晨间咖啡'是怎么一回事。"布雷利自鸣得意地笑着，舔着嘴唇，眨巴着眼睛。

詹姆斯·杜克很愿意在接下来的三十年内都弃绝性爱，可是他被困住了。事实上，波西对晨间咖啡的解读差不多和她父亲是一样的，她扯过詹姆斯的西装背心，试图再次把他弄回床上。他看着她。一想到那个刀疤脸的老怪物曾经占有过她，他便觉得恶心；他转身离开。她双手像钳子般牢牢握住了他的手腕，猛地将他拽过来。他倒在了床上，她随即便像蚂蚁爬上甜腻的蜂巢上般占满他的身体。可他的脑袋无法摆脱这幅污浊的图景：菲尼亚斯·布雷利那个带有刀疤的脑袋，曾挤在女儿的两腿之间。

"不！"他大叫一声，从床上跳开。波西跟在他身后，挥舞着手臂，猩猩般的牙齿暴露无遗。她一口气把他揍到动弹不得，然后把他丢在角落。

"你最好稍微放聪明点，"她从雪白的牙齿间迸出这句话，"我可不想再要一个像棉花糖那样懦弱的丈夫。"

"而我也不想要一个暴力倾向的妻子。"詹姆斯口中说着，努力拿出点儿曾经的海军军官风范，"我们得把这一切谈个明白。"他相信理性沟通，尽管这件事太不合常理了。

詹姆斯·杜克和波西·杜克两人一起出去,在詹姆斯激烈的要求下,撇下了菲尼亚斯·布雷利。"我们必须得单独谈谈——必须得这样。"经过三个半钟头的询问,吞吞吐吐的回答,发脾气,飙眼泪,冷嘲热讽和表达伤心与失望之后,他们达成了一种折衷方案:波西独住她自己的套房;她和詹姆斯两人在他去婚床之前要事先说好;如果她邀请其他人(未特别指名)他不会问任何问题;她不会再使用暴力达到她的目的;他们会尝试从此以后过着幸福的生活,虽然看上去非常有难度;等他们回到波士顿一周之后,菲尼亚斯·布雷利必须得找到他自己的住处,不然就滚回新不伦瑞克去。在最后一点上,詹姆斯丝毫不让步,并承诺为布雷利购买房子出一笔钱。他用一种近乎威胁的声音说,除此之外唯一的选择便是离婚。不过他并没有开口问波西童年时与老布雷利的关系。而她,也没有过问他深夜造访汤顿农场的事。

布雷利似乎很高兴拥有自己的住房,并立刻开始在邻近的街区看房子,因为他不想回到新不伦瑞克。

"这地方充满生机。我喜欢生机。蒙德维尔安静得像一匹死马。太安静了。安静得要冒烟了。"

四天之内他便找到了半英里之外的一间小小的石屋,带有一个花园和可容纳两匹马的马厩。詹姆斯愉快地向业主付了钱;他想,布雷利不会再来烦扰了。

几星期之后,吃早餐时,波西用一种令人愉快而安抚性的语气说:"星期五我要为你的堂兄弟以及其他亲戚们举办一场餐宴。我写了一份菜单,会和塔布乔伊夫人和厨师洽谈一下,看她们是否能做出我精心选择的菜肴,以及我们是否得为那个夜晚另请一位女佣。我们该进行点儿社交活动了。另外,我也希望有一个机会可以穿我在纽约量身定做的红色丝绸礼服。昨天才邮寄到的——几近完美地合身。"她微笑着,非常轻柔地抚摸着他的手,如同在说:"看,我是多么的贤淑正派啊。"

詹姆斯感觉到一阵战栗和畏惧。他还没有向堂兄弟们告知他的婚姻,也不知道他们会怎样看待它。谢天谢地,那个老色鬼会待在他的石头房子里。他飞快地思考着。他不会让弗里格雷斯和爱德华到场才发现这个事实；他会给每个人写一封轻描淡写的信，告知他们自己终于步入了婚姻的殿堂。

"我想我们迟早都得这么做的。无论如何也要向前迈步。"

波西匆匆离开了房间，心中满是打算和计划。

48

詹姆斯大感意外

整座房子都被卷入一场布置餐宴的飓风之中。塔布乔伊夫人另外雇了两名女孩。她们擦拭了银器,在加了醋的水中洗涤了最好的盘子,并用亚麻布将它们擦干,把玻璃器皿上的指印抹除。厨师的帮工把最好的生咖啡豆烘烤并研磨,把大块的糖捣成小堆的晶粒。塔布乔伊夫人让其中一个女孩把葡萄干的籽去除,并让另一个女孩把胡桃番瓜的瓤从外壳中挖出来。詹姆斯和威尔·廷去远处的树林里采集绿色松枝用作装饰,因为现在已是十二月。波西忙于将要演奏的弦乐四重奏——某支音调很高的曲子。在那个重要无比的星期五到来的两天之前,许多人到达了厨房门口,送来一桶一桶的鹌鸟、鸽子和鸭子,六只野生火鸡,两条野鹿火腿。厨师的帮工从早上忙到很晚,拔鸟毛,把它们储存到冷藏柜里。杂货商送来了姜黄根、柠檬、肉豆蔻、多香果、温室培养的比利时菊苣。星期五当天送来了龙虾和甘美的牡蛎,二者都是很受欢迎的,因为它们正变得越来越稀少。

"我的天,"詹姆斯说,"这么多东西足够喂饱一支军队了。"

"我们可不希望显得穷酸,是不是?"波西说,"你能否带杰森看看饮料够不够喝?"杰森是新来的男管家。

"这已经办好了。"詹姆斯说。他整个星期都在监管大瓶小瓶的酒以及醒酒器,"我们的客人会对我们准备了这么多的酒感到惊讶,甚至惊喜的。"

宴会时间到了,杰森把第一对客人领进门来——律师休·特朗布尔和他的夫人。

"我的天啊,詹姆斯,您得到了一位多美丽的妻子,为自己做了一件怎样的好事啊。"特朗布尔先生喃喃道,同时环顾着温暖的房间,打量着波西身上的红色丝绸礼服,餐具柜上的醒酒器,上百支闪耀的蜂蜡烛火,刚从厨房端出的一大平盘热气腾腾的龙虾馅饼,"一切看上去多么棒啊,比您那位备受尊敬的父亲办婚宴时的气氛要喜庆多了。当然,他不是一个喜爱社交的人。我很高兴您勇于冒险。"詹姆斯为特朗布尔夫人取来一杯陈年的赫雷斯葡萄酒,照料她在壁炉旁坐下。波西穿着她那件来自纽约的裙装,拉过一张椅子坐在她旁边,通过向她寻求意见来讨好她——这些蘑菇色的天鹅绒窗帘,是不是该换成酒红色的?或者海蓝色?

随着其他宾客的到来,大门外一阵忙乱:弗里格雷斯和莱诺尔向前走来,带着微笑,朝着新娘走去;然而波西脸上却只挤出一副克制的礼节性笑容,打量着亚麻色头发的莱诺尔的装扮——简单的银灰色高腰长裙,光滑细腻的颈部环绕着一串美丽的大珍珠。

"真是一条漂亮的裙子,"波西说,"它出自纽约吗?"

"哦,不是。巴黎。我每年秋天都去购买新款服装。"

爱德华和莉迪亚走了进来,同伦纳特·福赫尔以及赛勒斯·亨普斯特德一起,他们两个都没结过婚,虽然有流言称赛勒斯有一位来自有色种族的情人。不过他们并非没有宴会的同伴,赛勒斯带来了一位有着稚嫩面孔的远房表妹——莎拉·克罗斯,而伦纳特则带了他会计师的遗孀——玛莎·斯古特。詹姆斯瞥了一眼赛勒斯身后的某个人,他惊惧地看到那人正是他的岳父,穿着起皱且带有污点的衣服,他身上那条带条纹的裤子是最糟糕的那种有无数褶皱的款式,那裤子如此肥大,足以掩盖他那个硕大的肚腩,连同里面的一肚子坏水;外套也同样是条纹的,而且还是高领。当他正在思索如何介绍他们时,爱德华转向那个人,然后用彼此相熟的口吻说:"布雷利先生,让我去为您拿一杯朗姆酒,这样我们就可以继续谈话了。"显然他们是在走道上遇见并互相做了介绍。

这两个人在整个晚上大部分时间里都坐在一起,喝酒,吃东西,如亲密的朋友般彼此交谈。詹姆斯怀疑布雷利先生还没有透露他与新不伦瑞克的紧密联系。必须立刻这么做,不管结果会令人多么不愉快,于是他观察着机会,满怀愤怒地看着这个忙不迭地在爱德华的眼皮底下捞取好处的冒牌货。这两人并肩坐在餐桌前,拿手指蘸了红酒,往锦缎桌布上画着图表。爱德华坐在波西的右侧,在同她父亲的热忱对话的空当,他愉快地和她说话,直视她那充满光泽的眼睛;詹姆斯带着一丝厌恶在心里想——真像个害相思病的年轻人。他从未见过爱德华如此开朗外向,充满了笑容和魅力。

"喔,爱德华,"詹姆斯大声地说,"我看到您和布雷利先生拥有共同关注的话题。"

"确实如此。"爱德华说,"我必须说,我很吃惊也很愉快,今晚能在这里遇见一位木材贸易知识如此渊博的绅士。对我来说,能够知悉一位新不伦瑞克木材商的观点尤为有趣。"到处都是笑意盈盈,尤其是波西那张饱满的红唇。詹姆斯看到她一只手滑到了桌子下面,看到爱德华的表情吃了一惊,一张脸瞬间变得玫瑰般绯红。弗里格雷斯也注意到了,用手中的勺子轻敲着门牙。

"美丽的秋日天气。"爱德华轻声对身边那位老色鬼说;对方对这一错误的季节描述眨了眨眼睛,然后回答说,确实如此。

晚些时候,当女士们到波西位于楼上的会客室享用中国茶和奶油蛋糕时,爱德华把詹姆斯拉到一边:"我认为如果请布雷利先生加入董事会的话会是一个很好的举措。他对我们来说价值不可估量,因为他这个人非常实际,而且对木材窃贼态度强硬。我喜欢这个人!而且他多多少少也和我们家族有关联了。而波西,这位迷人的女士,居然也了解并相当懂这行生意。一对不寻常的父女。"

啊,詹姆斯想,是的,不寻常得你可能都猜想不到!可是爱德华抓住了他的手,认真地说:"谢谢你,詹姆斯,谢谢你把我们聚集在一起。"于是一幅低劣肮脏的画面浮现于詹姆斯的脑海。

在那次晚宴之后的几星期里,爱德华越发频繁地来到这座房子里,与波西一起喝茶,询问她是否想去看看筑路工人们挖出的那些珍奇物件,想知道她能否就一件他想买给莉迪亚的礼物给他一些建议。似乎他们每天下午都在一起,不是在她的会客厅,就是一起外出骑马。很多时候菲尼亚斯·布雷利也和他们一起。到底多么频繁,詹姆斯一点也不关心。

在接下来的十年里,波西把自己重新塑造为一位高雅而时髦的女主人,用金钱堆积出来的那种美人儿;杜克家举办的晚宴变得愈发出名,总是有异国风味的菜肴、稀有的花卉、最为精美的银器和水晶,以及弦乐四重奏或知名歌手的娱乐表演,而且仅此一次——还有一个包着头巾的男人,躯干上缠绕着一条大蟒蛇。"接下来你还想弄出些什么?"詹姆斯大吼。他鄙视低俗文化,"一个拿着手摇弦琴的意大利人?一头训练过的熊,耳朵上镀了金?你弄的这些把戏完美地反映了你的新不伦瑞克出身。"不过,发脾气是少有的,因为这对夫妻之间已达到了某种均衡——不会有呵斥和愤怒,除非被极端事件挑起,比如一个裹着包头巾缠着大蟒蛇的男人。

在一八二五年,某种近乎奇迹的东西进入了他们的生活——波西认为它就是一个奇迹,因为她已经五十一岁了。这段婚姻变得愈发平和,因为拉维妮亚——他们唯一的孩子出生了,在他们并未期待拥有孩子的时候。詹姆斯为他的女儿而心醉神迷。仅仅看一眼婴儿那浓密的黑头发和他自己的,同婴儿的祖父塞德利一模一样的特征,他便已很确信她是他的小宝贝;她会得到他无尽的爱。

成为母亲也唤醒了波西内心深处的某些感觉;而且她反对雇保姆,她说会亲自照料这个婴儿。她把没完没了的宴会和活跃的社交生活抛到一旁;那些曾是她的全部,然而她现在要成为一位神圣的母亲了,她甚至愿意走进厨房亲手为这个小女孩的面包涂上果酱。拉维妮亚非常聪明而且性格温柔,父亲母亲都爱她,而且不需要他们二人彼此相爱。这座房子的亲切氛围使那几位亲戚及他们的妻子成了府上常客,但菲尼亚斯·布雷利被禁止靠近这个孩子。"这么做有其原因。"波西说。遭受了几个月的坚决拒绝之后,他愠怒不已地回到了新不伦瑞克。

当拉维妮亚五岁的时候,波西同意请一位家庭教师——切斯小姐,她是一个结实的英国女人,有着银铃般的清澈嗓音,金色的头发编成辫子,在她的头顶盘绕成一团闪亮的发髻。同一年,詹姆斯为他的小女儿买了一匹驯顺的小马,那是他自己在扭曲的童年时代所梦寐以求的。

第七部

断掉的树枝

1825 — 1840

49

惊天大火

塞尔们在加蒂诺干活之后的一些年里,缅因从马萨诸塞州脱离出来,虽然有很多人以为缅因会同那个海湾之州进行一场全面的战争——一颗带着血红的火花划过天空的陨石已经预言了这一点,不过什么也没有发生。缅因变得到处都是人,不光有连续三天狂饮暴食的粗犷的伐木人,还有承包商和土地经纪人,以及渴望买入几块日渐减少的松树林地的波士顿人,他们同时也谈及云杉和落叶松,铁杉树皮和硬木。余留的松林地已很稀少而且偏远,不过其他品种的木材市场却日渐增长。人们的动力是砍伐茂密的森林并获得一份利润。大片的森林覆盖在每一处都被撕裂成小片的地块上,几十万英亩的树木变成了树墩和残桩。河岸由于砍伐而失去了原有的树荫,溪流暴露于酷热的阳光下。被淤泥阻塞的池塘和砾石遍布的滩涂拦住了鳟鱼。城镇里充斥着喧闹的酒馆、小餐馆、旅馆和娱乐场所,春夏季节时常伴随着原木轰隆的声响。锯木厂日以继夜地运转,锯子总是在维修当中,失火的危险无所不在。数不清的马车把切割好的木材拖运到码头。班戈标榜自己是世界木材运输的中心。

对发明和创造的疯狂爱好像一场尘暴般席卷了这个州。木瓦工厂使用小型的圆锯,人们断言圆锯马上就要代替老式的上下运动的锯子,甚至代替排锯。在肯达斯基戈的一间工厂里已经有了一把四十八英寸的圆锯,而在沃特维尔也有一把锯子,据说它一小时内能惊人地切割四千板尺的木材。蒸汽机正全面接管全世界。在波士顿,新型的煤气灯燃烧得犹如正午时分那般明亮。出现了太多的进步,让人无法一下子消化。安布瓦兹·塞尔和吉诺·塞尔并不喜欢这种情况;至于乔希姆,他还在遥远的曼尼图林。在佩诺布斯科特大部分已被砍伐过的土地上劳碌了一个季度之后,他们同一群群牢骚满腹的农夫和伐木人一起向北前往新不伦瑞克,去往苦行僧般寂静的老式森林营地;在那里他们发现了其他宽阔脸颊的米克马克人,正过着伐木工人那种混杂的生活。他们的族人如果没有白人的商品和食物就无法生活下去;他们不再狩猎或自己制作所需要的物品,而是通过工作换得酬劳。

吉诺能在不到一分钟的时间里砍倒一棵六英寸的小松树。小树一棵又一棵接连倒下。夹在白人的世界和他们自己那一知半解且行将消失的文化之间,他们两兄弟重新回归一种森林樵夫的生活。安布瓦兹太容易受朗姆酒的影响了。在伐木营里,他清醒冷静,思虑周详,然而当他们去往南边饕餮欢宴的时候,他便活脱脱成了一个"印第安醉鬼",浑身湿透地躺在泥泞的大街上,街头的男孩们觉得把点燃的碎屑塞进他的靴尖是一件极有趣的事。

有一年,正如人们会造访自己曾经的家园,吉诺回到了佩诺布斯科特湾。他一直走到迪凯的那座房子,只是为了看看。他什么感觉也没有。它破败而年久失修,屋顶的轮廓下陷了,两辆坏掉的马车立在院子里。然而有人住在里面——他能看到门廊下的狗。几张床单没精打采地挂在一根绳子上。伊莉思还住在里面吗?他在这座房子旁边来回走了好几次,却没办法让自己走到门口。不过这个村落附近如今有了两家商店,于是他走进其中一家去买烟草。

"住在河边那座原木老房子里的那些人?哈拉格尔医生,好几年前?"

那位上了年纪的店主有着胡桃木色的皮肤,瘦长的手指;他抬起头来看着他。

"他们确实曾经住在那里。五六年前搬到了波士顿。海湾边的居民们对于哈拉格尔来说太健康了,作为医生,他没法谋生。有孩子要养。"

"很多的孩子吗?"

"她可是个印第安人啊,所以你想想看会发生……"他打住了,因为他意识到正在同他聊天的这个人很可能会因他差一点要说出口的内容而感到冒犯。而且他自己本人也有一些隔了没几代人的印第安人祖先。他眯起眼睛看着吉诺:"你是她的亲戚吗?"

"是。她是我的姐姐。我很久没见她了。"

"你到波士顿去,在那儿你可能会找到她。不知道如今住在那座房子里的是谁。我想伊莉思把它卖掉了,或是把它给了弗朗西斯·塞尔——那个富得流油又自命不凡的混蛋。问问他。他拥有它,把它租出去了。他住在锯木厂旁边的那座房子里。锯木厂的主人。如果他心情好的话,或许会愿意告诉你。"他想了一想,然后说,"不过如果伊莉思是你的姐姐的话,那么弗朗西斯就是你的兄弟了吧?——你最好自己去问他。"

然而吉诺才不在乎能不能见到弗朗西斯-奥特赫。若是小爱德华-奥特赫在家的话,到那个地方去或许还有点吸引力,不过那位店主已经说了,他的"侄子"正在某个地方的伐木营干活儿。吉诺不打算去波士顿。他回到了米拉米契的森林里。但他不回米克马克了。还是待在一间伐木营里比较好。

这是一个干燥的冬天,还算寒冷,不过相比从前的冬季来说没有那么多雪。这使得在森林中干活儿更为容易,除了把原木送到河边这个步骤。他们晚上操作洒水车,以便制造出一条光滑的跑道。在伐木工们吃早餐的时候,驾驶员才开始吃他的晚饭,跟大家讲述他看到了猞猁,有一次还看到一只黑色山猫,它的眼睛里倒映着鹅黄的月光,片刻之后便如掐灭的烛火般不见影踪。

他们把原木滚动到水量很少的河道中。原木都堆在砾石坝上,天气很热,把它们撬离原地费了好大的工夫。阳光不时闪过水面,让他们无法看见眼前的东西,当他们走进树林里,树荫间也跳动着绿色的光斑。

"作孽啊,这简直像是晒干草的季节。热死了!"

流送的一半木材都一路沿河搁浅,只能等到大雨落下或者第二年春季的漂流,于是农夫们回到他们的农庄,口中抱怨着:"这才不过是六月,我从没见过如此不合时令的炎热。而且干燥极了。"很少有种子抽枝发芽。那些好不容易送出枝条的植物,也因为没有雨水而萎缩了。水井干枯了。女人们从大约一英寸深的溪流中铲水,用于浇灌她们的菜园。然而漫长而酷热的八月继续烈日炎炎,植物依然萎靡不振,奄奄一息。到了九月,土豆作物也伏倒下来,玉米秆如同褪色的纸张,预示了一个饥荒的冬天。即便最不虔诚的人也开始默默祈祷,抬起头凝望着单调乏味的天空。

唯一能继续进行的农活儿就是清出更多的空地。劳动是一切烦恼的解药。而这是干渴的劳作。这些粗犷的法国和英国农夫们本身就是那些烧毁耕地之人的后代,而如今的他们看不到有什么理由改变。燃烧本身也是农作的一部分——几个月的砍伐所留下来的大量树枝,一堆堆的枯叶朽木,以及水分耗尽的沼泽中干枯的灯芯草。清伐林地最简单的方法就是给它放上一把火,随后把黑色的树桩连根挖出。在那个噼啪作响的干燥秋天,枯死的杂草化为飞尘,烧焦的青草在脚下碎裂声声,上百位移民与往日一样放着清伐森林的大火。

在营地里,清路帮工们正在为冬季的砍伐修路。他们大部分都抽着烟斗,这种时候把焦烟丝磕在地面上总会引起一小堆快速蔓延的火。这个习惯也是为了让火燃起来。放火是在所难免的。更多的森林正在因此而变矮,这一想法让移民们感到兴奋。

到了十月初的时候,空气中已是烟雾霭霭的紫罗兰色,充满了热度,如此潮湿以至于被汗水浸透的上衣无法变干。每个人都行动迟缓,并因皮疹和汗水蜇痒而暴躁不已。伐木工们从萎靡的溪流中取饮数加仑的水,他们那冒着热气的头发扁塌塌地垂着。夜间没有凉爽的微风,他们躺在充满异味的床铺上,祈祷着炎热稍作停歇。

在十月的第七天,祈雨者们的虔诚开始收到一些回应。来自西方的干燥空气越过了一层无形的分界线,与滞闷而潮湿的空气交锋。风的降临开始造成一些极为可怕的后果——如同不计其数的风箱般将氧气不断吹向那些原本不成气候的小火堆。

安布瓦兹和他们来自佩诺布斯科特河的老朋友乔·马特尔,一起受雇于内皮西古特的一个伐木分包商。安布瓦兹似乎每一次离开营地之后都得往巴蒂博格的监狱报个到。在南方几英里之外的米拉米契,吉诺正同有一半米克马克血统的乔·瓦克斯,以及斯万尼——一个脖子粗短的砍枝人,一起为独臂的老卢·格林砍伐。

　　吉诺的小分队在棚屋上游方向的两英里之外,在那里一块已标出界限的土地上,刚开始一场精彩的表演。他们正在砍伐的地带足够平坦,但是西边和西南方向陡峭的山坡和难以到达的山谷那边,满布巨大的林木、倒木和茂密的下层灌木丛。在那个早晨,斯万尼把他的烟斗放在一截老树桩上,等他重新拿起烟斗的时候,那截树桩已经无声地闷燃起来。四面八方都有少量的烟雾在袅袅上升,总有一些地方在起着火。于是他们任由那截树桩燃烧,只要他们想点燃一只新烟斗,他们便会把一块干燥的碎木片放在闷燃之处,即刻得到可用的明火;然而突然从西南方向袭来了一阵风,使得这截树桩在几秒钟之内猛烈地燃烧起来,他们吃惊地站着,不知所措,目睹它上升为一片柱状的冲天火焰。就在这个时候,他们听到了某种声音——遥远的雷声,然后是一阵轰鸣,像是轰隆隆的原木从滚木坡上落下。那声音持续不停,而且越来越响。

　　"什么玩意儿?"斯万尼说。风变得更大了,使得树桩的熊熊火焰弯向地面。火势立刻蔓延开来,如同溅落的水,流淌得到处都是。他们能看到西南方向隆起的黑烟。余烬和烟灰从头顶上方掠过。乔·瓦克斯指向南方;于是吉诺看到了一幅永远也不会忘记的景象。在长满松树的山脊之后,满山的烟雾喷涌而出,一片亮光在山脊后面越来越强,映出森林顶部锯齿状的剪影。呼啸的声音无比巨大,他们方才恐惧万分地领悟到,这是一场风与火合奏的音乐盛会。伴随着一阵仿佛从地狱发出的刺耳咆哮,整个五英里长的山脊全是一片橘色的火流,径直蹿向松树上方。大量的火焰挣脱那道最主要的火流,冲向天空。燃烧的树枝和木炭如冰雹般纷纷砸向他们。流动的火焰蜿蜒盘绕在他们本打算砍伐的树木上。不远处的一棵松树爆炸了。这场越来越近的大灾难形成的噪音以及狂风的呼啸让他们的耳朵都要聋了。树木爆裂开来。在那个巨大的熔炉里,什么东西也不会剩下。

"朝河边跑!"有人大喊,"快!"那条河在棚屋的半英里之外。这是一段长长的路途,火焰跟他们赛跑,咆哮着,轰响着,灼热的火星越过他们,每次都抢得先机。就仿佛是被一头贪婪饥饿、无所不能的野兽追逐着,吉诺惊惧不已。他看到乔·瓦克斯的头发着火了,那个男人却毫无察觉,只顾着跑啊,跑啊。他们跌跌撞撞的,几欲跌倒,总算经过了那间棚屋和它那冒着炊烟的屋顶。厨师维克多·古切正站在门口,手中握着一支长长的叉子。

"到河边去!"斯万尼冲他尖叫,然后继续向前跑。可那位厨师只是僵直地站着,一动不动,他的目光呆呆地望着迎面跑来的人们身后那跃动的熊熊火焰。吉诺看到厨师动弹不得,于是急忙转向,朝他跑去,一把将那人从棚屋门口拽开,同时对他大喊:"快跑!快跑!跑啊!跑啊!"

他们跳进了厨师时常捕鱼的池塘。水是暖的,但其深度足够让他们浸没全身,浮上来,然后再次浸没。赶车人同他的牛一起在池塘里,和几头鹿、一只山猫和一头黑色的熊崽共享着那处地方。厨师也到了,手中还紧紧攥着他的长叉子,他油腻的围裙冒着烟。

"棚屋着火了!"他嚷嚷着,接着跳了进去。

乔·瓦克斯用手摸了摸头,他的头部被烧得很严重,起了水泡。被烟尘玷污的河水流过他的脸和脖子。他疼痛得抽泣起来:"烧死我了,差点就烧死我了。"

大火越过了温度愈来愈高的河流,浅滩颤抖着。风力转向了,火焰贪婪地吞噬着眼前的景色。夜幕降临,池塘被令人毛骨悚然的火焰照亮。快到清晨时分,当这个可怕日子的第一缕阳光降临之时,风力减弱了,吉诺看到灰烬在空中打着旋,凌乱飞舞。池塘里满是死去的鱼。厨师仍然握着他那支长叉子,蹲在浅滩上,正在熊崽旁边低声对那头动物说着什么。乔·瓦克斯面部朝下漂浮着,他的头顶起了一个巨大的红色水泡,仿佛一个缎面靠垫。斯万尼不知在哪里。吉诺想试着呼唤他,但他的喉咙肿得厉害,发不出声音。他掬了一点河水,超然地注意到自己的双手和胳膊因长时间的浸泡而起了很深的褶皱,红肿且带着烧伤的痕迹。虽然他的双腿似乎僵硬得出奇,但他仍然蹚着河水朝乔·瓦克斯走去,摇了摇他的肩膀。不妙,他已经死了。那头熊崽突然间爬出了池塘,咆哮着,开始朝燃烧过的土地挪动,灰烬在它湿漉漉的毛皮上越积越多;它朝着从山坡上蹒跚地走下来的一团恐怖的影子跑去,那是一头半瞎的母熊,她身上大部分的毛皮被烧光了,露出被烤焦的表皮。它从那头熊崽身边走过,继续笨拙地朝河水挪去,然后摔了进去,半立半卧,开始不停地喝水、喝水、喝水。

赶车人、吉诺和维克多·古切走出河水,踏上了去往弗雷德里克顿的漫漫长路。他们才拖着脚前进了半英里,吉诺便意识到自己的腿被烧伤了。他被烧焦的裤子大部分都不见了,在它们消失的地方,羊毛布料同灼伤的皮肤血肉模糊地融为一体。在河水里他几乎没有感觉到疼痛,然而在露天,满带沙砾的灰烬吹拂着暴露的伤口,阵阵疼痛如波浪般席卷而来。他的耐力已经消耗殆尽了。他倒下了。

他赤身裸体地躺在一张蒲席上。抬眼望去,桦树皮倾斜着向上延伸,直到一簇木杆的末端以及一个发黑的烟孔。他回想了很长时间。他很长时间后才意识到发生了什么,因为他的意识时有时无。有生之年里他第一次来到一间印第安棚屋的内部。他一个人在这里。他的眼睛很疼,不过他能看到东西。他可以闻到某种东西甜甜的气息,隐约有种熟悉的感觉,它似乎曾出现于他记忆的边缘。他的腿发痒,而且疼得难以忍受;他的思绪飘忽不定,然后又停止了。当他再次醒来时,光线十分柔和。现在是黄昏了。他可以闻到蜂蜜的气味,甚至能尝到它。他试图将他的手伸向嘴边,可是他的手臂非常虚弱。它落回原处,毫无生气地躺着。他的腿痒极了,而且他口渴得要命。他再一次睡着了,半梦半醒中,他感觉到某种甜蜜而美妙的东西滴入了他疼痛的嘴巴。

风的声音使他醒了过来。这是灰白的晨曦时分。他慢慢记起了那场大火的零星片段,那可怕的燃烧,他的双腿,维克多·古切手中拿着叉子,乔·瓦克斯头上肿起的穹顶般的红色水泡。他试图挪动他的腿,但是它们不知何故动弹不得。他闻到了蜜糖的味道。还有湿地边缘那种甜美的芬芳。

371

一个声音开始讲话了,不过他听不懂所说的内容。他觉得说话者应该是一个米克马克人,但他已经忘记了太多的词语,所以无法判断。一只手臂扶他坐了起来;一个杯子放在了他的嘴边。里面的液体味道清爽,带着松树树脂的气息,令疼痛减缓;他喝下它之后,一种深深的困倦感把他征服,他又一次飘入黑暗之中,不过没有那么快,所以他可以闻到而且几乎感觉到有人把蜂蜜滴落在他的腿上。

很长一段时间之后——好几天或者好几个星期,他也不知道——他摆脱了药物带来的迟钝状态;他看到一个米克马克男人的宽阔的脸,看起来已是中年,也许比自己稍微大几岁。他内双的眼睛里带有一种熟知苦难为何物的男人所拥有的自我保护式的冷静。

"我在什么地方?你是谁?"他低声说。

"因纽特人?会说米克马克语吗?"那人说。

"不,只会几个词。"

"法语呢?"

"一、二、三、四——就这些。"

"喔。"那人很长时间都未发一言,随后带着一种听天由命的悲哀语气,他开始使用英语讲话,"这里是印第安镇。舒贝纳卡迪的旁边。人们把你带来这里,绑得像只火鸡。腿烧伤了。我的名字,吉姆·西利布瓦。帮助烧伤的人。我有一次也被烧伤了,孩童时跌入火里。知道疼痛。如今烧伤的人都到这儿来——米克马克人,易洛魁人,甚至白人。有些人渐渐好转。有些人死了。烧伤很严重的,会死掉。你的不太坏。我想有一天能走路。"

吉诺以前曾听说过舒贝纳卡迪这个名字,而且知道它在新斯科舍,属于米克马克旧版图的一部分。他是怎样从新不伦瑞克来到这地方的?谁带他来的呢?是那个厨师——维克①·古切吗?他说"有一天能走路"是什么意思?他当然能走路,一旦恢复了体力,他会再次在原木上跳舞的。他曾经多次受伤,他总是痊愈得很快。他想要了解关于那场大火的事。

"大火……"他只能说得出这些。

---

① 维克多的昵称。

"非常非常大的火灾。新不伦瑞克。全都烧光了。"又是一段长长的沉默,然后吉姆·西利布瓦叹了一口气。

"也许明天我们开始清洁腿部,两条都是。看见你的腿动了。现在把药喝下。睡觉。睡觉对烧伤有好处。"

在接下来的几天里,吉诺得知,吉姆·西利布瓦是一位有名的烧伤治疗者,人们从很远的地方来找他,带着被热油烫伤的小孩,从壁炉里拖出来的醉汉,被困在着火的棚屋内的伐木人,在熊熊火焰的谷仓中被烤得半熟的农夫,如今他还照料五位来自那场米拉米契大火的伤患。这间棚屋,连同其他三间和它很相像的,都是专门的治疗所。吉姆·西利布瓦的儿子比图帮忙照料烧伤的病患。

"烧伤的疼痛会延续很长时间。很长的时间。"

他说他另外两个儿子花很长的时间四处漫游,寻找有蜜蜂的树,因为蜂蜜对于治疗灼伤来说极其重要。"使用大量蜂蜜。"他不为他所提供的服务收费,虽然他很贫穷。

"造物主说,灵魂之所。黑袍子说,兄弟,帮人,做好事。"他说着简单的句子,对于自己说英语感到很不安。

吉诺慢慢地了解到,印第安镇的人很多都过着穷困而悲惨的生活,贫穷到没有足够的食物。过去的狩猎地带和猎物全都荡然无存,盛产鲑鱼的河流中堵满了原木、树皮和锯木厂里的锯末。西利布瓦说,如今他的族人们在谈论着改变米克马克的生活方式,谈论着像白人那样种植菜园,这样至少能拥有食物。

"我们的酋长到伦敦去,和国王谈话。询问怎样打理菜园。我们从来不懂这些。我们尝试。"

现如今米克马克人正在欣然接受更多白人式的行为吗?吉诺突然想到了安布瓦兹,他那位玩世不恭的兄长,所有的白人文化当中他最喜欢的东西是酒馆——如果他一定得从中喜欢点儿什么的话。还有马特尔——他们的好伙伴乔·马特尔情况如何?那场火灾蔓延到巴蒂博格了吗?晚上吉姆·西利布瓦来了之后,吉诺向他打听有关信息。

"有人能告诉我有关那场火灾的事吗?你说它把整个新不伦瑞克全部烧光了?不可能烧掉整个新不伦瑞克。很大的地方,很多的

373

河流。"他说着这番话,还蹦出了几个法语词。

"我听说是全烧毁了。我找人问问。然后告诉你。也许去找那个把你带来的人。"

第二天,西利布瓦轻轻地为他擦除腿上的蜂蜜。他把吉诺翻过来,让他侧身躺着;他说,右腿后侧的伤是最糟糕的。

"你会留下大的伤疤,我想。"

这句话对吉诺来说并无特别的意义。伤疤是再寻常不过的事,伤疤又不会杀死人。伤疤是幸存的证据。然而随着几个星期几个月过去,他慢慢发觉了它们的残酷。正是那些伤疤让他成了一个行走的活死人,因为他右腿后侧的伤疤令人疼痛地收缩在一起,使他几乎无法走路。他努力尝试行走,做出的也无非是伴随着巨痛的蹒跚,而且仅能勉强走上几步。那道伤疤使他的腿定格在一种极不自然的姿态。

整个冬天,他都躺在那间棚屋中度过。在他复原的初期,吉姆·西利布瓦查看了那些正在愈合的发痒的伤口,他连说带打手势地解释道,伤口还太"幼嫩",不能施用他的特殊按摩,那种按摩可以令它变得柔软一些,更具柔韧性。比图将会做这件事——这正是他的技能。他将使用吉姆·西利布瓦配制的一种特别的药膏,用七种具有疗愈效果的药草、根、树皮和针叶混合调制。他还用河狸油脂与白云杉的树胶配制了另一种很好的药膏。还有一些有益的汤剂和茶,他可以教吉诺使用上好的原料自己制作。因为那道伤疤如今已成为他的主人,它一辈子都会需要他去侍奉和照料。那场大火已成为他最重要的人生节点。他很清楚地知道,任何事——任何事,都不会再同往日一样。

有一天,坐在那间治疗棚外面的一张特制的椅子上,他有了一位访客。一位四肢瘦长的白人大步地从小路走来。吉诺不知道这人是谁,但却无比憎恨他那健全的双腿。那个人在他面前停下了脚步。

"还记得我吗?维克·古切,本来姓戈蒂埃,但是人们叫我古切。我们在大火里,后来在河里,记得吗?和卢·格林一起把你带到这里来。用一匹老黑马,拖着一辆该死的马车。他身上起火了,你知道。大部分的人手都被火烧伤。不过卢听说了这个印第安人——吉姆·西利布瓦,他是烧伤治疗者。反正我不管怎样都得离开新不伦瑞克,那地方烧得一片乌黑而且发臭,所以我们把你带到这里来了。卢·格林的整只右耳朵全烧光了,西利布瓦帮他处理得好好的。当然,他那只耳朵是没有了,只剩下一点点皮,不过他完全康复了,能四处走动。觉得这个人也能把你治好。是你使劲让我往河边跑的。我本打算待在那间木屋里,因为我以为火不会把它烧光的,可是你跑过来,浑身是火地冲我大声喊'快跑啊!快跑啊!'我改变了主意。这就是为什么现在我还活着,而且几乎没被灼伤。还记得那头浑身着火的母熊吗?她就在那里死掉了,那头小熊崽一直试图吃奶。那场火真糟透了。"

"上帝啊,"吉诺说,"我想知道有关那场火灾的情况。范围有多大,人们怎么说?我有一个哥哥,安布瓦兹,在巴蒂博格一带干活。"

"情况糟糕透顶,那地方。大火蔓延到那儿,把它烧了个干净。人们说有三百万英亩上好的林地被烧毁了。城镇、房子、监狱、伐木营、锯木厂。大半个弗雷德里克顿被烧毁了。"

"安布瓦兹和乔·马特尔,"吉诺说,"哦,我的哥哥,我的朋友。那场火不会让他们丧生了吧?"

"肯定是的。超过一百个人送了命。"

吉诺哽咽得说不出话。古切等他平复。他叹了口气,以表达对吉诺亲人的哀伤,然后轻声说:"我们很幸运活了下来。尤其是我。你的腿恢复得怎么样了?"

吉诺抽动了鼻子,然后像一个把难过的事抛诸脑后并继续前行的人那样,他用一种冷酷而悲愤的声音说:"很慢。西利布瓦说需要很长的时间。这条伤疤拖住了我的腿,让我不能很好地走路。做不了什么事。"他拍了拍右腿的一侧,示意它是伤势最严重的腿。

"哦,我来是要问问你,你想不想回到西部去,到加蒂诺干活儿?"

吉诺的脑中仍然想着安布瓦兹,无法停下来;他摇了摇头。"我刚才对你说过,我现在什么事也做不了。而且我也没有衣服,除了西利布瓦从牧师那里拿给我的。什么活儿也干不了。我现在再也没有机会去森林中干活儿了。"

"该死！你还能做饭,不是吗？这几乎成了一条定律——人们若在森林中受伤了,就去做饭。"

"我什么菜也不会做,除了鱼。没办法站很长时间,只能两三分钟。我告诉你吧,烧伤让我的腿很难活动。我不知道我该怎么活下去。我想离开这里。西利布瓦,其他所有人,都是很好的人,可是这里是一个艰难的地方——饥饿,贫穷,没有钱,没活儿可做,不能打猎,什么也没有。我不再属于这里了,而且或许也从来都没属于过。如果可能的话,我想去找我的另一位哥哥,在曼尼图林,让他知道发生了什么,或许我能找到一些解决办法。"

"该死的！吉诺,我会把你从这地方带出去,去曼尼图林——倘若那就是你想要去的地方。你救了我的性命。我是不会忘掉这一点的。"

"首先我必须康复起来。西利布瓦说还要两三个月,这个秋天,我也许就能走路了。能走一些路。我得走一些路,才能让我的行动更利落。现在我是瘸的。"

"这样吧,你让西利布瓦把你治疗得再好一点,然后我再过来接你。我想想,现在才要到六月,流送已经开始了,我十月时回来怎么样,看看你恢复的情况？也许你那时就好多了,我们到时候再做决定。"

他离开了。吉诺想,古切是一个好人,虽然在那场大火之前他从未注意过这个人。他又一次为安布瓦兹而哭泣——他的哥哥,一个爱喝酒的人,一个憧憬着旧时光的梦想家,一个他还没来得及了解的人,如今却永远地离开了他。安布瓦兹厌恶砍伐森林,但他仍旧这么做了,因为当他们走进一片全新的森林时,他感觉到自己进入了一片昔日的世界。安布瓦兹,一个靠喝威士忌而从现实中逃离的人。

比图·西利布瓦——吉姆的儿子,他让吉诺看到除了施以温柔的按摩和软化性的药膏之外,还有更多可以做的事。他巧妙地移动那条因伤疤牵制而不易弯曲的腿,虽然疼痛,但却能使缩紧的伤疤逐渐伸开;他十分小心地移动那条腿,以免撕裂僵硬的组织。于是到九月份,几乎在那场大火的一年之后,吉诺可以缓慢地跛足行进了。那条腿疼得可怕,那种疼与其他任何疼痛都不同,持久而刺痛,红肿且疼得揪心,而且他能看得出那道伤疤如何让他的腿处于一种拉力之下。有一天他对吉姆·西利布瓦说:"你若是在这个地方切一道——在我看来它能让这条腿更舒展一些。那道伤疤就像一条绳索束缚着我。就在那个特别厚的地方切一点点。怎么样?"但是吉姆·西利布瓦不想这样切一刀。所以吉诺在森林里毫无用处,其他重活儿也不能干。他没有钱,所有的一切都在那场大火中失去了,也许等古切回来的时候,他将不得不对他说自己没办法和他一起走。他将不得不一辈子待在这个印第安小城里,直到他死——带着贫穷,饥饿,以及那条跛腿一起死去。他看得到那样的人生就清楚地摆在他的面前。不过他又试着同比图·西利布瓦说这件事,他说,一点点的切口或许就能让那道伤疤少一些麻烦。比图想了想,认为他是对的。

"我们可以这么做。我有一把很好的小刀,老式的,黑色石头它非常锋利。"于是他第二天来了,带着一小块极好的略带倾斜度的黑曜石薄片,用它割开了一条切口并抹上愈合的药膏,他用一块鳗鱼皮固定,以使那条腿更为舒展。一周以后,吉诺便可以蹒跚着四处走动了,吉姆·西利布瓦承认那处切口是有用的。"不过对于一些人,这么做没有用。你是幸运的。"

"哦,没错,我很幸运。"吉诺说。

当维克·古切在十月份回来找他的时候,吉诺对他说想要去波士顿,想要寻找伊莉思,看望他的外甥女和外甥。接下来他还想去找曼尼图林岛的乔希姆,见见侄女和侄子。他已经从那场火灾为时一年的考验中挺过来了。他想要孩子。

古切看着他,抿起了嘴:"你想要孩子?大部分人要孩子是先结婚,然后做那种事。为你自己找到一个女人,并同她结婚。该死!我已经结了两次婚,有几个孩子在班戈,还有两个在沃特维尔。为什么我一直工作呢——为了把我赚的所有钱都寄给他们。你认识很多的女人——我以前见过你一次同四个女人闲聊。选出一个来。"

吉诺知道,一次前往波士顿的旅程是很蠢的。他没有钱,他不知道在一个人头攒动的城市里该从哪里开始寻找伊莉思。而且古切说,他答应过把吉诺弄到曼尼图林,关于这一点他似乎承诺过头了。他很感激他救了自己的性命,不过他希望能有一点点时间来享受它。

"你提起了孩子,这触动了我想去看看我那几个孩子的愿望,重新做名好父亲。不过我会多加留意,看看是否能找到你可以做的活儿。我知道你可以学习烹饪,受雇于一所伐木营。只不过是豆子和猪肉,没什么。容易得很。见鬼,这样的活儿我干了很多年了。从没有人因为吃了豆子和猪肉而死掉。"

吉诺不想当厨师。当强壮的男人们在充满芬芳的森林里伐木除枝的时候,自己却得待在窝棚里围着烧饭的炉灶转悠?——不。他从维克·古切那儿借了一块钱,握了握他的手,感谢他的费心;他说等他找到活儿之后,他会把这钱还给他的。

他带着那一块钱来到了他能找到的第一家酒馆。

"威士忌。"虽然他更喜欢朗姆酒,可威士忌是最便宜的。他花了二十美分,买了一瓶最廉价的。这是在那场火灾发生之后他的第一次豪饮。在他喝酒的同时,疼痛渐渐退去,突然之间他感觉很好,甚至觉得很快乐。他自顾自地露出傻乎乎的笑容,又往他的杯子里倒上更多的酒。

"能分点儿给我吗?"他的旁边有个人说。那是一个体格强壮的家伙,穿着羊毛裤子,长着结茧的双手和一张瘦长的灰白色脸孔。从外表上看来,他是个伐木工人。

"拿好杯子,"吉诺说,"酒来了。"他很大方地为那个人倒酒。他得知这个人是雷索尔夫·史密斯,有一部分帕萨马科迪族血统,曾在佩诺布斯科特当一名流送工,对那儿的河流地带相当熟悉。他的腿也是跛的,两条腿都在一次滚木坡事故中折断了。"整堆木头差点把我砸扁,滚落到我的腿上,我能看到其中一根木头朝我滚来然后砸到了我。把我的腿像棍子那样给弄折了,如今伸不直了。下雨天尤其疼得厉害。"

吉诺对他讲述了那场席卷了整个新不伦瑞克的米拉米契大火,讲了安布瓦兹和马特尔在大火中丧生,还有他自己的腿是怎样变跛的。接下来的一个小时里全都在讲述森林大火、安布瓦兹、马特尔、伤患者。他们一起喝完了那瓶酒,吉诺又买了一瓶。很长时间之后,他们陷入了沉默。然后史密斯说:"你在找活儿干吗?"

"在找,可是我再也不能干伐木的活儿了。"

"我也是,不过我听说了一件事。在马萨诸塞还是别的某个地方,有伐木人正在开设一间斧子工厂,制造不计其数的斧头。他们想找一些了解斧子的人。反正我是这样听说的。你当樵夫很长时间了,你了解斧子。"

"就如同我了解树木一样,"吉诺说,"各式各样的斧子。我一辈子都在用它们,从我还是个孩子时起,我手里就握着一把斧子了。"

"让我们到那里去吧,看看能不能为自己找一份活儿干。见鬼!我们会好好地喝一场,享受大把好时光。"他们说好第二天中午在这家酒馆门口碰面。

50

变调人生

艾尔伯特·伯恩先生把他那张孩子气的脸向前伸,那是一张吉诺见过的皮肤最白的脸,冰蓝色的眼睛无比深邃,嘴巴一直噘着。他看起来就像一个干瘪消瘦的孩子,但说话的声音却响亮得不太相称。他把右手的两根手指伸入他的怀表袋里,注视着吉诺;吉诺不断转换着身体的重心,在办公室的拘束中感到很不自在。

"对斧子你有哪些了解?你之前制作过斧子吗?"他用一种低沉的声音问了问题。

"一把也没做过。砍松树时用坏过很多把斧头,在佩诺布斯科特和加蒂诺。砍了二十年的树。知道差劲的斧头是什么样的,用过不少。"说出这么一串话,已让他精疲力竭。

"那么,吉诺·塞尔先生,你说这一把是好斧头,还是坏斧头?"娃娃脸的伯恩先生转过身来,从他办公桌上拿起了一把崭新的斧头,斧柄朝前将它递给了吉诺。等从被称作"先生"的震惊中回过神来后,吉诺掂了掂它的分量,从各个角度端详它,向下看了看斧柄,拿近它仔细地看,查看焊接缝(并没有看到),用大拇指沿着斧刃边缘小心地抚摸。他略微挥动了一下它。"你有树或者原木吗?"他说,"在我发表意见之前最好先试用一下。"因为他知道——这是一次测试。

他们走出室外,来到清晨的新鲜空气中,薄雾正从河上升起。两只乌鸦在朦胧不清的对岸亲热地哇哇叫着。伯恩先生指着岸边的一棵栗树,直径大约十英寸。吉诺一瘸一拐地走过去,站好姿势,挥动斧子。它砍了下去,木屑飞溅。这是一棵年幼的树,不值得去砍伐。它不像硬度较低的松树那样容易屈服,不过他几分钟的工夫就把它放倒在地；而且他想，若是他还有一丝靠砍伐谋生的念头，他可以立刻打消这个念头了——他现在动作变得很迟缓，而且每一次的挥击都为他那条带伤疤的腿带来剧烈的疼痛。

"很好的斧子，"他说，"质量好。"

"是的。我和我所培养的手下都致力于制作最佳的斧子。质量就是一切，任何一个为我工作的人都必须发誓维护这些斧子日益增长的声誉。这把是佩诺布斯科特式的样品。让我来问你一个问题。我猜，你是一个印第安人？"一声轻微的"叮"从他西装背心的口袋中传了出来。

啊，吉诺想，他只雇用白人。"我是米克马克人。来自新斯科舍。有人说家族在很久以前有一位法国人。祖父的祖父，塞尔。"他几乎要转身离开了。现在还有时间在酒馆里找到雷索尔夫·史密斯，然后喝他个酩酊大醉。不过他又补充说："我过去的大部分时间都在缅因度过。"

伯恩开口了，他的话语飘动在迷雾之中："我十分看重印第安人。我知道英国新移民对他们做了很多不讲道义的事，在我的生活当中，总会试图弥补那些不当行为。我一直都认为，如果你的族人当初反抗了第一批探险者，那么你们如今还生活在森林里采集坚果。我一直都力图以我自己的方式补救那些不讲道义的做法，只要我有机会。"在他说这些的同时，他漫步走回他的办公室，放慢自己的脚步来配合吉诺跛行的步伐，"因为这个缘故，我会雇用一些印第安人。我发现印第安人在机械的改造和发明方面有一种天生的才能。我的领班乔瑟夫·道格先生就是一个例子。"说到这里，他的嘴角泛起了一丝骄傲。

吉诺站在那里不发一言。他还从来没有听过哪个白人讲出这类话。他也并不是很喜欢。

当他们到达门口的时候，伯恩先生从他的口袋里拿出一块金表，按下了一个按钮，它悦耳地响了起来，报出了最近的整点时间。阳光在愈发稀薄的迷雾间找到了一个开口，那块表立刻变得熠熠生辉。"吉诺·塞尔先生，你将会学习锻造和回火的工序。我需要掌握那些技巧的好手。还有打磨和锉削——我们会让你试试这个部分。如果你学习斧头制造的各个方面,对你对我都有好处。你觉得怎么样——可以?好的。我会雇用你,希望你把活儿做漂亮,因为我知道,在你掌握要点前我会一直损失金钱。到那个人身边去吧,他是我的工头道格先生。拿水手的话来说——他会教你一些诀窍。"他朝一位驼背的混血梅蒂斯人点了点头;那人正站在门厅内,露齿而笑。看起来不超过三十岁。

吉诺点了点头,可内心却在颤抖。他被雇用了!竟然这么容易。

"易洛魁-塞内卡人。"乔·道格回答了吉诺没问出口的问题,"来吧。"于是他们疾步走出门外,穿过了庭院;道格指出了伯恩先生的一排建筑。"他是个公正的人,"道格说,"不管你听到别人怎么评价。"他们走进锻铁车间,一个充满锻火和锤击声的房间,人们在这里切割灼热的铸铁物件,"你觉得我会受雇于其他任何人吗?不,先生。哈哈,伯恩先生说我是他的赫菲斯托斯,虽然我还没有为他锻造出什么闪电长矛。"

"那么你有两位标致的少女协助你吗?"吉诺问,他努力回想着碧娅特丽克丝曾讲述的关于希腊诸神的故事。乔·道格高兴地笑了起来:"哈!你是个受过教育的印第安人,是不是?不过它并没有为你带来什么好处,嗯?告诉你,可不是只有吉诺·塞尔会读书。"言下之意是他自己也识字。吉诺看到一个沉着脸的工人拿起一根金属条,将它放在一块铁砧上。在他使它保持原位的同时,另一个工人用锤子和冷凿为它刻下标记,之后弄断了那根铁条。"那些底样只是个开始,它们将被制成斧头。"道格说,"一个人若是精益求精的话,一天之内可以制作八把斧头。倘若他不那么认真,一天可能做上十把十二把。"

他们继续向前走,进入喧嚣之中。吉诺过去从未见过夹板落锤,在这里他一下子见到了六台,它们不知疲倦地展现着它们笨重的力量,使得石板地面都震颤起来。

"这些大家伙每一台都由单独的水轮提供动力。"道格对吉诺大声吼道。

在研磨车间,他们踏入一片令人窒息的轰鸣声中,时不时夹杂着工人们的轻声咳嗽，那些人一整天都待在这里呼吸着充满铁屑的空气。一排直径有六到八英尺的石轮沿着一面墙排成一列，它们的旋转发出一种嘶哑而潮湿的低鸣，人们握着新制好的斧子在飞速运转的石轮上方弯着腰。

"接下来——那边是工人的住所。"当他们走到外面后，道格恢复了他平时的音量，"你到那儿去，他们会带你去你自己的房间。你有任何事想要知道，尽管问我。"

吉诺开始学习身为斧头制造者所需的技巧以及微妙的判断标准。在锻造房中，昔日他在河上流送时面对诡谲的河水和翻滚的木头时的那种快速反应能力，转化为准确识别灼热金属在形状和颜色上的渐变，以及快速而灵巧地翻转接连锤击之下的斧头。在这轰鸣的高温之中，所有动作都仿佛置身梦境地穿行于满室的地狱之火。那灼热的煤床仿佛是一场小型的米拉米契大火，狂烈的飓风吹袭着，听从风箱的指令。房间内那些鬼魂般的影子不是富有胆量和技艺的工匠，而是迷人的魔鬼，诱惑他走入他们那被诅咒的秘境。

他的导师道格讲述了自己的过往："我是怎样离开约克州北部的易洛魁地带的？喔，聪明的白人拿走了我们的土地。易洛魁人却不这样想。把它给卖掉了，不过我们太蠢了，以为它还是我们的。白人给了威士忌，给了小礼物——这样便得到了我们的狩猎之地。那片土地是他们的了。他们说：'印第安人，放弃你们这些人的生活方式吧；印第安人，开化点吧。'于是我到这儿来了，想变得文明开化，想找活儿干。那个铁匠伯恩先生，对我挺好的，他看到我来到河边，我试图捕捉青蛙——因为饿了。他为我安排了住处，教我学做一名铁匠。你也许会觉得伯恩先生苛求无尽，永远没有满意的时候，但他的确制作出极佳的斧子。很好的铁匠。他做的斧子好极了。"

这很难令人相信，因为伯恩先生看起来是那么矮小，看起来像个孩子。不过后来，吉诺开始悄悄地端详黑色西装之下的那具小小的身体，那双小手。他被那张娃娃脸给欺骗了。那人体格矮小，但却十分强壮；小小的两只手布满老茧，非常结实。

他不由自主地被夹板落锤吸引。锻工在某种意义上也得像个艺术家,用钳子夹着炽热的斧头不断变换它的位置,以打造完美的形状,而且速度必须也得快。最令人紧张的是回火程序,它需要经验和很好的眼力。休·博思——年纪五十多岁,个子很高,身体由于脊椎侧弯症而偏向一侧;他把一把新打造好的斧头加热,然后丢进一大桶水里。

"斧头这么脆硬,你在第一次用它的时候刃部会断裂。"博思说,"所以你得进行回火,懂吗?"他冲吉诺眨了眨眼,然后让斧子重新回到熔炉里,再次高温加热;他又用一把锉刀打磨了它。"注意看刃部边缘的颜色。"吉诺看到颜色从浅浅的黄色变成橘色,然后变成深橘红色,再到棕色。它又重新被浸回水中。

"它会一直变成蓝色,不过棕色的时候可以得到我们想要的斧头。好啦,现在它已经准备好了。"

时光不知不觉地流逝,几个月很快变成了几年;这时伯恩先生才终于满意——吉诺制作的斧子能经受成千上万次的沉重挥击。

这是他人生中最为丰富而奇异的一段,因为他感觉到自己不再是吉诺·塞尔,而是另外一个人,一个混杂的生命体,置身于一个不太真实的空间。伯恩先生对他很感兴趣。工厂里有不少出色的印第安人,而他眼里却只看到了吉诺——这个表情鲜活、嘴角带着微笑、长相比实际年龄要年轻的小伙子。

有一天,当伯恩先生需要去波士顿一趟时,他叫吉诺跟他一同前往。

两人单独坐在马车里,最初的一个小时里谁都没有开口说话,随后伯恩先生诚恳地说:"我希望你能懂得制斧生意所有错综复杂的事宜。我着手对印第安人进行机械和制造相关技能方面的教育,比如你这样的人。然而对于一门生意来说,还涉及更多的东西。你的族人越快离开森林,转而从事有用的贸易,林地便能越快变得文明和丰饶。当然这并不是说这么做一直都只有好处——并非如此。我希望你能了解斧头制造生意方面的事。你必须学会同有身份的人结交。"他拿出他的怀表,按下了按钮。那块怀表发出报时的音韵。

"有一些问题和麻烦让我半夜里睡不着觉——竞争对手制作劣质的产品,涂绘得像一把伯恩公司制作的斧头;工人们抱怨他们的酬劳不够,有些人煽风点火,有些人是其他制斧公司的间谍。现在你该学习为人处世以及如何跟商人们谈话了。"吉诺想要说,他不想和商人们谈话,他更喜欢与锻炉相伴,在那个地方,人们在席卷的噪音下打着手势同彼此交流,就同锯木厂里的工人们一样。他更喜欢——好吧,他并不清楚自己到底更喜欢什么,他只是想要离伯恩先生那热心的关注远一点。

不过,虽然伯恩先生时时自夸他对土著居民的古道热肠,但他并没有爱屋及乌地去关心他们曾经栖居的森林和海岸线。因为对于伯恩先生来说,只有当树木全都消失不见,土地全被房子挤满,土壤得到翻耕并种植了欧洲作物之后,那些地方才算得上一种真实的存在。

在返回的旅途中,很突然地——仿佛那些词语已经在他的脑海里构思很久了一样,他对吉诺说:"我和父亲一起从苏格兰来到费城。我的母亲在我还只是一个婴儿时便去世了。我们来到这个地方的两天之后,父亲也去世了,染上了船上的某种瘟疫。于是我成了孤儿,无依无靠……"他没有继续说下去。

几个月之后,在前往班戈的途中,他们两人又一次单独坐在一辆散发尿味的马车里。仿佛若不在摇摇晃晃的情境里便不能讲述他的过往一样,伯恩先生继续讲述他的历史:"至于我年轻时候的事,突然之间我只身一人置身于一个陌生的城市,起初我向过路的人乞讨面包,然后是钱币,后来我偶然遇见一些男孩,他们就同我一样,无家可归。我们组成了一个合伙盗窃的小团体,偷走小鸡,劫掠菜地。作为消遣,我们在驿站、蹄铁摊和铁匠铺附近闲逛,那些地方对于所有男孩来说都很有意思。有一天,我碰巧一个人,看着其中一位铁匠干活儿,那人看了看我,然后对我说:'拉动风箱,伙计,我的帮手跑掉了。'我拉了风箱。在那天结束的时候,他对我说我被雇用了。我装满回火用的水槽,拉风箱,打杂跑腿,学习方柄凿、模锻、固定器、夹钳和铁镐的最佳用途,还有二十多种锤子、五十多种钳子、穿孔器和錾子。那位铁匠朱达·比特,当他看到我很感兴趣时,开始教我有关锻炉和铁砧的奥秘。即便锻造行业也有它的英雄,而比特先生便是这样一位。他向我灌输了一种对黑色金属的热爱。我清楚地记得我制作好第一把锛斧的那一天。"

脑袋中牢记着这些散落的话语,吉诺觉察到一个可能:伯恩先生喜欢他,因为他也曾是一位贫穷的孤儿和移民,所以从吉诺的处境看到了他自己。吉诺觉得乔·道格获得垂青或许可以这样解释,而他自己的却很难理解。或许伯恩先生把他看作一块生铁,需要锻造和锤击,以便成为一件上乘的工具?他的雇主从口袋中掏出了那块金表,对着它微笑:"我的传家宝。"

马车停了下来,另有三位旅行者上了车,不过伯恩先生非常兴奋,他压低声音继续讲述,还以为他所说的内容只传入了吉诺的耳朵。他的口中带着很强的薄荷气味,来自他放在口袋中的那种糖果。

"比特先生施恩于我,邀请我作为合伙人加入他的铁匠铺。我们会有一块新的招牌——比特和伯恩,听上去很不错,是不是?"这时他注意到马车里的所有人都很感兴趣地望着他。于是他闭上了嘴。

不过等他们到了那家简陋的旅馆时,伯恩先生回到他的话题上:"正如我刚才所讲的那样,比特先生向我提供了一种合作关系。我接受了。然而还没有等到这项事宜安排妥当,比特先生却在从铁匠铺回家的路上被一个驾车一路狂奔的醉汉马车夫给撞倒了。那间铁匠铺根据继承法传到一个愚蠢的侄子手中,那个家伙连铁砧和案板都分不清楚,于是我又一次失去所有,孤身一人,无依无靠。"

"我环顾四周,想发现还有什么事可以做。我看到了广阔的森林,看到成千上万的人们有建造房屋和谷仓的巨大需求,于是我决定就做斧头。我认识到了这个机会,而且我发誓只做最好的斧头。"

在热甜酒的作用之下,吉诺忍不住问:"为什么您会眷顾我呢,伯恩先生?我真的不明白。"一阵很长时间的沉默,接着伯恩先生的情绪被激发起来,他叹了口气然后开始说话。

"当我看到我的种族对土著居民如此不讲道义时,我暗暗发誓要鼓励年轻的印第安人从事一份职业。这就是基督徒待人的方式。若不是我成了一名铁匠,我可能会被吸引到异教徒中,做个传教士。我希望你能成为有史以来第一位印第安商人,商人在你所生活的当今社会里是重要的一部分。你经常拜访你的族人吗?如果不是的话,你应该去这样做,因为可能有很多了不起的商机等待你去发现。我想我已经教过你如何看出这些机会了。"吉诺的内心颤动了。

休·博思——那位锻铁工,渐渐成了吉诺的朋友;吉诺开始每个星期六晚上到他家玩西洋跳棋。博思的家人生活在一间很大的木屋里,距离工厂一英里远。博思夫人是一位有着小麦色头发和宽大臀部的漂亮女人,经常因为又怀孕了而变得臃肿。她时常围着铸铁的炉灶转,是个了不起的厨娘。不过吉诺喜欢的是孩子们,因为博思家是个大家庭,最大的是明妮,十六岁了,最小的是新生婴儿,刚满一岁;当中还有其他八个小孩。

明妮身材娇小,黑头发,黑眼睛,她遗传了休·博思的脊椎侧弯,不得不每个月拜访马拉德医生,进行痛苦的伸展训练。在医生的"拉伸室"里,她除去腰部以上的所有衣服,因为医生必须得观察她的脊柱;步入一个巨大的三脚架下方,他在那里把她安置到一个由束带和软垫组成的复杂系统当中——他自己的发明。她被大幅度地拉伸开来,整个人几乎被举入空中,马拉德医生调整拉力,迫使她的脊椎变得更直。她对吉诺说,一开始她对半裸地站在医生面前感到羞耻,然而他对任何事都不关心,除了她脊椎的曲线,于是她也不再因窘迫而脸红。每一次的治疗之后,明妮都被送回家中,因这一折磨而疲倦不堪。吉诺了解拉伸那些桀骜不驯的肌肉和组织是多么疼痛,有时候他大声读书给她听,同时她躺在厨房的沙发床上,将床罩一直拉到她那小巧的下巴下面。她不是一个漂亮女孩,但天性善良,尽管受到疼痛的折磨。她对吉诺的同情报之以日渐增长的爱意,而这件事逃不过休·博思的眼睛。在很长的一段时间里都没人说什么,他渐渐习惯了明妮和吉诺在一起的想法,尽管二人在年岁上有不小的差距。

有一天马拉德医生说,明妮的情况已经大为改善,他将准许她在拉伸练习之间休息两个月;家里宣布要庆祝一番。休·博思给她钱去买衣服的布料。在那个星期天,她穿着新的连衣裙出现了,让吉诺眼睛睁得大大的。那条连衣裙的颜色和以前碧娅特丽克丝的礼服一样,是极漂亮的蓝色,而且它是丝绸的。

休·博思把吉诺带到牛舍旁边,那里存放着他那些成罐的烈性苹果酒。

"我说,吉诺,你知道明妮喜欢你喜欢得不得了。"

"我也喜欢她。"他慌张不安。

"喔,那么就没什么问题了——我们办婚礼吧。"一个月之后他们结婚了,就在博思家的前屋。明妮穿着她那条蓝色的丝绸连衣裙,在这场简短的婚礼当中,在场的所有人既能听见屋内的誓词,又能听见屋外的人们正费力地抬着原木,为这对新婚夫妇在休·博思的牧场角落里搭建小木屋。明妮想起了她还是个小女孩的时候曾经玩过的那个花朵的游戏——揪下一朵雏菊的花瓣,看看她会嫁给谁:有钱人、穷人、乞丐、小偷、医生、律师、印第安酋长。真准,只不过不是个酋长。

他和明妮的第一对小孩诞生了——安布瓦兹和亚伦,双胞胎兄弟,长得更像昆陶,而不那么像休·博思;此时对于吉诺来说,他与别的男人没有什么不同了,而且他几乎能领会一度不可思议的奥秘。这不会长久。

明妮是一位神经质的母亲,她每天检查孩子们的体态,看是否有脊椎侧弯的迹象。安布瓦兹和亚伦刚刚开始走路,她便把他们带到马拉德医生那里,不过他没检查到孩子们有身体畸形的征象。"当然,亲爱的,它随时可能在以后的生活中显现出来,即便是专家的眼睛有时也看不出来,"他谦逊地眨了眨眼睛,"直到它已经发展到一定程度。我们应当密切关注孩子们的情况。每六个月带他们来会诊一次,如果它真的发生的话,我们应当尽早发现,并对任何出现的畸形进行矫正。至于你自己,我本希望生育会有助于你如此勇敢地忍受的拉伸环节,然而看上去并非如此。它已经变成了忍受而不是治疗。"确实如此；明妮向左侧弯得越来越厉害，她在桌前的姿势无疑是歪斜的。她那件挂在门旁边的木头挂钩上的旧夹克的左肩部分低垂下来。她很担心，担心所有一切——担心她的父亲在不停运作的落锤下砸到手，担心吉诺会无端消失（因为他时常和伯恩先生为了生意上的事离开），担心疾病或者传染病会把所有她爱的人都带走。很多个夜晚，她浑身颤抖地从梦中醒来，梦见她的孩子们被带狂犬病的狗撕咬，向她伸出哀求的小手，她使出浑身的力气，却因受制于她那扭曲的背部，没办法够到他们的手，只能无力地听着他们可怜的哭喊。

　　休·博思时常为孩子们制作一些游戏物件，某个冬天，他做了一个滑雪用的玩意儿，在玻璃般平滑的白桦木板底部嵌了一根根精制钢条，算是一架平底长雪橇。他们用来滑雪橇的斜坡底部长着一排云杉幼树，对于这片街区的孩子们来说，在夏日是一个备受喜爱的休闲胜地，因为那些小树之间的狭窄通道就像一片曲折繁杂的迷宫，那些绿莹莹的幽暗通道，十分适合玩"我是间谍"的游戏，玩起吵闹纷乱的"大灰狼和小白羊"来也很不错。吉诺有时加入他们一起玩这个游戏，他们这几只小羊蹦蹦跳跳地穿过那些通道，而吉诺则是可怕的嗥叫着的狼。在冬天里，那片积雪覆盖的斜坡成了大家的滑雪场。在安布瓦兹和亚伦六岁时的那个冬天，一场反常的暴风雨让一位名叫山姆·威瑟斯的淘气邻家男孩有了一个主意——往已经上冻的山坡上洒更多的水，让它尽可能地结冰。急剧的温度大跳水使斜坡变成了一片全无路迹的冰场。山姆·威瑟斯宣称要为自己制造的冰负责，于是第一个从坡上滑下。滑板急速地转弯和腾跃，山姆因为了不起的成功而兴奋地尖叫起来。"我！下一个我来！"三个男孩一起挤到那块木板上，进行第二次的滑行。山姆坐在最后面，紧挨着的是亚伦，安布瓦兹坐在最前面。重量的增加使它的速度更快，行进时也没那么摇晃。这条长雪橇没办法被操控，它义无反顾地冲向那片云杉树丛，木板底部的钢条发出吱吱的声响，而冰面每一处细微的褶皱都发出一种咔嗒声，充分显示出它的速度有多快。完全无法避开那些尖尖的树顶；他们那架毫无遮挡的雪橇跃入了刺人的树丛，仿佛一颗坠落的流星。

明妮听到了亚伦的尖叫和山姆·威瑟斯带着哭腔的吼叫,因为他知道自己少不了要挨一顿鞭子。她穿着围裙就跑了出去,一只鞋子掉在雪地里。来到那片结冰的斜坡上,她看到男孩们陷在云杉里,她看到满脸是血的亚伦手脚着地向她爬过来,看到山姆·威瑟斯挣扎着在树枝间陷得更深,看到安布瓦兹一动不动。她滑了一跤然后跌倒了,只能爬着来到他的身边。

安布瓦兹面朝右边躺在那里,被某个孩子在夏天游戏时留在树丛中的一根干树枝刺穿了脖子,鲜血搏动的喷泉已慢慢变成涓涓细流。她发出一声响彻丛林的尖叫。

在小安布瓦兹死后,吉诺变得神情凝重而严肃。因为白天不在家,同伯恩先生在一起,他那天晚上直到很晚,直到他们的马车回来的时候,才得知这件事。那个时候,明妮和亚伦已经陷入一种听天由命般的平静。三岁大的双胞胎卢伊和兰西睡着了,对此一无所知,漠不关心。吉诺走出家门,在外面走了一整晚,伴随着一阵阵咒骂和哽咽的哭声,快要天明才回到房子里。

当他浑身发冷,精疲力竭地走进家门时,明妮正在习惯性地沏着早茶。他们一起坐在漆成蓝色的厨房餐桌前,双手紧紧握在一起,仿佛所有开不了口的话语都能够通过紧扣的十指而彼此传递。壁炉中映出的火光让他们脸上的泪水变成了红色。这座房子好几天都郁郁寡欢,直到卢伊和兰西再次开始大声欢笑和跑动。

失去小安布瓦兹这件事再次唤醒了吉诺对于亲人的渴望,于是他决定去寻找伊莉思和乔希姆。他先是写了一封谨慎而痛苦的信,给弗朗西斯-奥特赫,因为他知道至少他还生活在佩诺布斯科特湾,而且他肯定这个可以算得上半个哥哥的人会知道伊莉思和哈拉格尔医生在哪里。他焦虑不安地送出了这封信,怀疑自己不会收到回复。好笑的是,回信来得很快。

亲爱的吉诺,

收到你的信,我的喜悦难以用语言表达。母亲所教的课程你没有忘记,这真让我高兴。我们一直以来都很想知道你经历了怎样的冒险,信中你描述的那场可怕的米拉米契大火,你所受的伤,我们的兄弟安布瓦兹的死以及你痛失幼子的消息,真是令人不忍卒读。不过看起来你似乎交上了好运,全因你的恩人艾尔伯特·伯恩先生。你选了一位妻子,而且拥有好几个孩子,也是十分幸运的事。

你想要知道伊莉思的下落,我能满足这个愿望。她和哈拉格尔医生在波士顿有一处住所。地址详见下方。他们最小的儿子汉弗莱患有一种不寻常的疾病,他身上的肌肉不知何故会转变成骨头。几位博学的医生到他们的房子那里为其检查并开处方,然而他的病并未得到真正的改善。那个可怜的孩子在身体全部变得同石头一样僵硬之前可能也不会存活多久了。如果你打算去看望伊莉思的话,我敢肯定她会开心得尖叫起来的。波士顿距离你并没有那么远(佩诺布斯科特也一样,而且随时欢迎你来)。

至于乔希姆,你讲述了你同他在蒙特利尔道别,这是我对他近况仅有的了解。我感觉很难过,因为他从来都不曾给我写信,虽然我和他是亲兄弟。我不时发作肋膜炎,还有令人虚弱的头痛,不过我想人若是上了年纪,就难免会有这一类的病。

这封信我就写到这里为止了,因为我想在下一批邮件中寄出。我希望我们很快便能再次相见,交换见闻;或者至少,我们之间还可以继续通信。

你爱意无限的半个哥哥,弗朗西斯-奥特赫·塞尔
佩诺布斯科特湾,缅因

收到信之后,伊莉思便时时浮现于吉诺的脑海。两个星期之后是一个阳光灿烂的四月天,空气中充满了不合时令的夏日温暖,马儿们十分享受生命本身的快乐,不时昂起它们的脑袋,望向湛蓝的天空。他踏上了波士顿的版图,并徒步开始了他的搜寻。他没有写信告知她,他觉得一次出乎意料的拜访会更好,或许能为伊莉思的生活带来少许戏剧性。他花了半天时间问路,最终找到了哈拉格尔家那座两层楼的朴素砖房。房子的南边一侧有一层隔板,一块招牌上写

着:哈拉格尔医生,医学博士。

伊莉思亲自打开了那扇红色的前门。她已经变成了一个中年女子,间杂灰白的黑色头发梳作一个结。然而她的眼睛中仍然有从前那种顽皮的闪烁,而且依然有着与塞尔家族的所有人一样的特征——微笑时的嘴角曲线和尖尖的牙齿。

她一下子就认出了他:"吉诺,你是我的弟弟吉诺。"他们用力地拥抱彼此,接着伊莉思开始哭泣,"哦,我等了那么久都没收到关于你的一点点消息。弗朗西斯-奥特赫写信给我说他收到了你的一封信,信中问了我们的情况。跟我来,亲爱的弟弟,来和我一起待上一会儿。之后我们到房子里面去。"她把他拉到一个侧院,从一个很老的陶土烤炉里拿出了六条香气四溢的小麦面包,把它们用一块平纹细布包裹起来,然后拿到厨房。

"好啦,吉诺,你必须得告诉我所有的一切。"他跟着她走过一条昏暗的走廊,石膏墙上挂着牡鹿在山间溪塘边饮水的画像,然后进入一个闷不通风的客厅,那里有一面遍布污点的长镜,他被自己映在其中的身影吓到了。一个面色苍白、无精打采的男孩正躺在一张小床上打盹,看起来十一二岁的年纪,一本闭合的书卧在他的胸口。

"这是我的儿子汉弗莱。"伊莉思一边说,一边俯下身来亲吻男孩的头发。那个孩子睁开了眼睛,然后望向吉诺。

"这是你的舅舅吉诺。"伊莉思说。

"啊……"男孩说,然后闭上了眼睛。

"到厨房里来吧,吉诺,我去沏一壶茶。"伊莉思说,"或者咖啡,若是你喜欢的话。现在差不多是医生要进来喝一杯提神饮料的时候了。他见到你会很高兴的。"

然而等医生进来的时候,看上去似乎并没有那么高兴,仅是简单生硬地握了握手便坐到桌边,对着他的那杯茶吹冷气。

"这么说,你还是把我们给找出来了。"他说话的语气像是一位被抓获的罪犯。

"我觉得,已经过去了这么多年,为了我们的孩子们,我们能够重新保持联络会是件好事。"他对他们讲述了那场米拉米契的大火,讲述了安布瓦兹在那场火灾中丧生,不过并没有提起他进了城中监狱或者醉酒的事。他还对他们讲述了明妮和他的孩子们,以及小安布瓦兹的意外事故。直到他讲到伯恩先生的仁慈以及他多年以来的恩惠时,哈拉格尔医生才放松下来。吉诺猜他本来以为自己会问他借一笔钱,因此他很高兴听到吉诺经济独立,足以养活一位妻子和四个——不,三个孩子。当医生回到他的诊所之后,吉诺的这次到访才变得更为愉快,他同伊莉思互相讲述过往的故事,轮流问着"你记得吗……"之类的话,计划着七月四日独立日的一次家庭聚会,讲述远房的米克马克亲戚的一些家长里短,因为塞尔家族有不计其数的成员在新斯科舍,全都是勒内·塞尔的后裔——就是那位开启了他们家族历史的法国人,虽然他们对他所知甚少。伊莉思还记得他们当中的几位,而吉诺一个也不认识。

"我们甚至还听说了一些有关我们的祖父昆陶的事,你能相信吗?他回到了从前生活的地方,如今那里全是英国移民,除了一个被他们叫做'法国城'的地方,以及另一个被他们称作'迪金斯'的地方。那里曾经是米克马克人生活的地方,那些早已离开的人。如今那里没剩很多了,据说连一百个都不到。于是他娶了一个米克马克女人并生了更多的孩子。没错,那个老人,你能相信吗?"

他们笑了。然后谈话转移到了他们的孩子上。伊莉思的大儿子斯凯里(哈拉格尔取的名字),非常聪明,喜爱阅读,善于思考而且求知欲很强。"他想要去那所达特茅斯的学校,"她说,"因为,你知道,他至少有一部分米克马克的血统,而且据说他们对印第安学者有兴趣,所以这件事可以实现。我不知道是不是能行,但是医生希望这样。这感觉很奇怪吧?从我们很小的时候生活在贸易站,到现在,我们的生活有了巨大的改变,吉诺。也许乔希姆也是?如果安布瓦兹还活着的话……"

吉诺想,就算安布瓦兹还活着,他也会被一辆货运马车撞倒,不省人事地躺在路中央。不过他没有说出口。

短短几小时的亲情开始淡去,当这一情绪终于消逝,天空已经布满乌云。马车驶过一片暴风雨,夹杂着无休止的哭号,几声雷电的巨响,一阵瓢泼大雨,接着便进入一阵令人窒息的寂静,直到整个过程又一次朝他们席卷而来。洁净的空气带着寒意,他认为天会放晴的,然而间歇的雨水开始夹杂着冰雹,后来下了雪,这充满夏日气息的一天以奇怪的方式收了尾。吉诺回忆着这次拜访,还有躺在小床上的那个无精打采的男孩。他想着自己的小儿子安布瓦兹,他永远也不可能成长到十二岁了;而他刚痊愈不久的旧伤又开始隐隐作痛。

51

茂密森林

明妮发誓不会再生更多的孩子。他们太脆弱,太宝贵了。她无法再次承受心脏被如此猛烈地扯碎。她说自己过去时常听说一句古老的谚语:"生活是充满泪水的山谷。"如今它被证明是多么真实。在吉诺所有的孩子当中,安布瓦兹是尤其受到疼爱的,吉诺把他当作自己葬身大火的哥哥安布瓦兹的投胎转世。吉诺满心愧疚地知道,他对亚伦爱得太少。如今他发誓弥补这缺失的父爱,从那一刻起,他和明妮将给亚伦大量的爱与关注。

明妮唠叨地对吉诺说她再也不要和他睡在一起了——不知何故,他感觉到她把安布瓦兹的死怪罪于自己;吉诺对这冗长的发言反应漠然,带着一件他在加蒂诺时用过的穿旧了的野牛皮睡袍来到房子的后门廊,无论夏天还是冬天都睡在那里。孩子们任何时候去找他都可以,只要他们想,不过他可不是那种上了年岁、充满爱意的傻乎乎的父亲。他的目光和他整个人都是如此冷漠,只有对亚伦除外;因此他看不到明妮的衰弱,看不到她是怎样在那件细条纹的连衣裙里变得越来越矮小,也听不到她常有的带痰的咳嗽。在安布瓦兹死后的两年里,随着脊椎愈发弯曲,她整个人变得瘦削憔悴。她疼得猛扯自己的头发以转移自己的注意力。烹饪的饭菜越来越难吃,孩子们肮脏褴褛的衣服也渐渐穿不下了。吉诺每周做一大锅豌豆粥,让孩子们自己盛自己吃,直到有一次他发现卢伊笑嘻嘻地把手中一些不知是什么,但肯定很脏的东西丢进锅里。从那以后他雇用了邻近的一位寡妇——乔伊芙·伍德朗夫人,来把儿子们喂饱并照看明妮。

"我当然会很高兴照顾可怜的明妮以及孩子们。我会做一些汤,让明妮恢复健康,并为小伙子们做点牛肉和马铃薯。还会带一些我们井里的水过来,因为大家都知道那是这个镇上最好的水。不会有比优质的水更好的止渴饮品了。伍德朗先生时常都为我们自己井中的水感到自豪。"

那个冬天结束得很突然,像一根绷断的绳索,骤来的炎热和泛滥的溪水使得臭菘草一天生长三英寸。乌鸦开始应季到来,雄鸟们展开它们的翅膀来炫耀长长的前翅,将尾部的羽毛变成扇形,它们黑色的眼珠闪着光,雌乌鸦们在旁边的栖木上冷静观望,用挑剔的目光从四面八方打量着这场表演。在一个星期六的早晨,休·博思挂着手杖迈着沉重的步伐前来,在他女儿的床边坐了几个小时。当吉诺从工厂回到家中的时候,明妮正在睡觉。休·博思从椅子里站了起来,一下子把吉诺拉进客厅。

"吉诺,明妮病了,病得非常厉害。你请医生来过吗?"

"我没有——不,我不知道情况这么糟糕。我觉得她只是身体不舒服,不过……我一早就请了伍德朗夫人过来照顾她。"

"一早!依我看她就要不久于人世了。我来请医生。"然后他便出门而去,对吉诺毫不客气。

请来的医生不是马拉德医生,而是一位油头粉面的老绅士,戴着一条滴上了猪油的丝质领巾。他说她是肺结核。肺结核晚期。没有什么能做的了,不过他们可以试试用生鸡蛋加白兰地,同热乎乎的牛肉汤交替服用。他主动提出为这个女人进行放血治疗,但是吉诺不允许这么做。他希望他认识一个米克马克治疗师,用米克马克的方式来治疗,就像传说中他的曾祖母那样。

他以为自己深深的悲伤终于耗尽,然而时间却带来了更糟糕的东西。一天早晨,伍德朗夫人匆匆忙忙跑进塞尔家的厨房,带着一大罐她那种有名的井水,同时自己也从一个大玻璃杯中大口地喝着,又给明妮喝了一些。当吉诺在中午时分走进门时,他发现这位寡妇邻居整个人的皮肤变成惊悚的青色,她撑在桌前,双手紧握着桌沿。她用一种可怕的表情看着他,然后不时因为严重的上吐下泻而弯下腰来。原因毫无疑问——霍乱已经在纽约四处肆虐,如今正侵入一些较小的城镇。

"放过我们吧!"吉诺说着,跑入了明妮的房间。然而这疾病蔓延的第一站便是那里,明妮已快要死掉,手指和脚趾因痉挛而紧紧攥在一起。他们的双胞胎卢伊和兰西还活着,但是就在他们的父亲站在旁边注视着他们的时候死掉了。一切竟会发生得这么快。

"亚伦。亚伦!"他大喊,不过这个男孩不在房子里面。他在柴房里发现了他,正看着一本童话书。他说他从早上就在那里了,早餐吃了一片昨晚剩的火腿。不,他没有喝伍德朗夫人带来的水。他说他感觉还不错。而且他的状况看起来也不错。

他们一起走到休·博思的房子。"休,霍乱来了,"吉诺说,"它带走了他们的性命。只有我和亚伦活了下来。"这个高大的男人咒骂了他们两人,然后陷入了崩溃,将脸深深埋入双手。他看起来不太好。博思夫人又怀着孕,她得了一种看起来很像是霍乱的病而躺在床上,年纪最小的孩子也生病了。伍德朗夫人在去往明妮那里之前也为他们带来了一些美味的井水。休·博思活了下来,然而博思夫人和三个最小的孩子在这一天都死掉了。

葬礼之后,几个星期过去了,一小时一小时如此漫长,让人觉得度日如年。休·博思和吉诺彼此憎恨了几个月,直到他们在立起七个新刻好的石碑时在公墓相遇,带着无尽的悲伤和好如初。纪念碑上只有逝者的名字和日期,以及"霍乱"二字。

他们说好,吉诺和亚伦可以和休·博思一起生活,睡在干草堆,帮忙照顾幸存下来的孩子们,直到博思夫人的姐姐能从康涅狄格州的丹博里过来。吉诺发誓他会把亚伦留在身边,保证他的安全,直到他长大成人。然而总是有一些新的事情要担心,比如亚伦好几次都说,他想要去新斯科舍,认识他的米克马克族亲戚。他想要当一个印第安人。等到乌鸦的巢中挤满幼嫩的小鸟时,霍乱瘟疫总算停止了,于是吉诺和亚伦回到他们那座如今变得静悄悄的房子。

对于吉诺来说,工作是排遣情绪的良药。他花很长的时间同伯恩先生待在一起。伯恩先生如今已经是个皱巴巴且驼背的老头,但仍制订着雄心勃勃的计划,而且有着与老人不太相符的充沛能量。他谈起开一间手锯制造厂。他还谈起办一家轧钢工厂,制造他自己的钢材。任何事都能激起他那活跃的想象力。

虽然斧头仍然是伯恩先生的最爱,不过他开始想要征服新的领地。他整夜整夜地不睡觉,在他那本因为弄湿而膨胀开来的地图集(它曾跌入浴缸,不得不用熨斗把纸张一页页烘干)中环游世界,还常阅读外国的报纸。

"我认为,最佳的进取之道是在海外建立一间斧头制造厂。"伯恩先生经过了一年的考虑之后说,"树木在全世界生长,每个地方的人都需要房子和建筑,他们需要斧子。我的人生一直致力于为人们的利益而清伐森林。我研究过那些人口迅速增长的国家——那里有大量的树木,并且极其需要斧头。这个名单并不长,不过在我迈出第一步之前,我会先考虑你的意见。"

吉诺把一只手放在那本地图集上,等待对方宣读。伯恩先生这份古怪的名单提及了挪威、俄罗斯、爪哇、新西兰和巴西。吉诺说:"为什么不到我们国家西部的森林去呢?据说那儿的森林广阔得难以测量,从俄亥俄往西一直到那片土地的尽头。"伯恩先生对这些话完全不予理会。

"若是当地居民说英语,就更容易迅速地建立工厂,这个标准便把名单上的四个国家给排除了,留给我们的目标只有新西兰。"

"新西兰的人说英语吗?"

"政府人士和管理者们说英语。那个地方隶属于英国,所以他们确实说英语。新西兰土著人叽里咕噜地说某种他们自己的语言,不过很多人也学过英语。"

"可是那里有树吗?"吉诺问。在他的想象中,新西兰大部分都是沙漠和盐湖。他对那个国家的地理位置仅有非常模糊的概念——或许在印度附近。

伯恩先生坐在椅子里朝后靠。他微笑了,那是一个知晓某个大秘密的人会拥有的那种微笑。

"是的。他们有树。尤其是他们独有的'贝壳杉',一些行家把它形容为地球上最完美的树木,确实是巨大无比的树木,长得非常高大,所有的树枝全部聚在顶端,处理起来十分方便。这些树的木头一点瑕疵也没有,重量很轻,无味,颜色是令人愉快的金色,非常容易雕刻成形,结实而耐用。据我所知,那里刚刚兴起买卖质量不佳的斧头,通过一个傲慢骄横的澳大利亚商人,他曾经是一名囚犯,如今在新西兰工作。在我做决定之前,我打算前往新西兰,亲眼看看那些森林。据了解木材的人们说,它们是世界上的奇迹之一。你一定要陪我一道去。我已经安排好了航程。我们将在两周之后出发,在我们离开期间乔瑟夫·道格先生将会管理工厂。这件事他完全能胜任。"

吉诺张开嘴想要说些什么;然后他查阅了那本地图集。那里很远,非常远——它是一个狭长的国家,位于世界的底部。

"我……伯恩先生,我已经发誓让亚伦一直待在身边,直到他成年为止。您知道我悲伤的过往,先生。他是我仅剩的全部了。"

"太简单了。告诉他去整理好他的行李箱。让他和我们一起来。旅途中有个魁梧的男孩是很有用的。"

然而亚伦只是摇了摇头,随即便陷入一阵长长的沉默。接连好几天他都没有回应吉诺的百般催促与乞求。他冷漠地微笑着,仿佛他的想法太高深而不能同他的父亲分享。

"父亲,我不想去海上。我所渴望的是去新斯科舍,找到我们的亲人,不管那里还有塞尔家的什么亲属。我想要了解那种生活。"

"那么你最好向西到曼尼图林岛,去找你的叔叔乔希姆。他完全恢复了过去的生活方式。"

"但那不是米克马克的!"

"不,因为米克马克的传统方式已经不存在了。而且因为他爱那个奥达瓦女孩,我跟你讲过很多次了。若是你希望了解过去我们的族人在森林中生活的方式,那么你得去找乔希姆。不过你要独自进行那样的旅途还太年轻了。和我们一起,到这个新西兰去,然后等我们回来以后我会和你一起去曼尼图林岛,我们会去找乔希姆。"不过他私下里想,或许白人的生活方式的阴影如今已经蔓延得更远,甚至也到达了曼尼图林岛和奥达瓦。

亚伦听完了他所讲的一切。去找乔希姆似乎不是最好的选择,仅凭一个名字和一个地点。然而无论如何,横跨那片海洋都不是他的选择。他写了一封短信,把它别在了吉诺的黑色外套上。

> 亲爱的父亲。我不去新西兰。我去新斯科舍,然后去找乔希姆叔叔。等我回来的时候,你可以听我讲我经历的好故事。

他相信古老的米克马克生活方式——不管它们是怎样的——都不可能完完全全消失;他开始往北方前行,满怀希冀。

吉诺写信给伊莉思说,他即将和伯恩先生一起横跨海洋。在此期间他可能会发生任何事,因为他的腿有伤残,而且也不再年轻;他想让她知道他的行迹。他也写了亚伦拒绝和他一起去的事。"我会给你写信的。"他许诺道。在他将要离开的前两天,他收到来自伊莉思的一封长长的回信,对于他将前往新西兰的消息,她很不快乐。"似乎所有人都要去远方,斯凯里做了和亚伦一样的事,我觉得恐怕我们得允许男孩们按照他们自己的意愿行事,哪怕知道世界可能多残酷地对待他们。"她描述了斯凯里和哈拉格尔医生之间令人心烦意乱的场面。

> 斯凯里从那所达特茅斯学院回到了家,非常伤心。你怎么了斯凯里,你回到家重返爱你的人身边不觉得高兴吗,你安静得有点不太寻常,医生说。亲爱的吉诺,我从厨房拿来了野鹿肉馅饼,那是斯凯里最喜欢的食物。我猜想,他不快乐是在为汉弗莱感到难过,你知道的,我们所有人都为他难过,然而医生已经很多次对我们讲过,那种结果迟早会来的,我们所能做的只是尽量让他愉快地度过时日无多的生命。斯凯里说,这一点我和你一样已经知道很多年了。那么你到底是为了什么不高兴,因为学校里的事吗?医生非常大声地说,可是斯凯里什么也不愿说。医生说,学校里发生了一些事情,是不是这样?斯凯里看起来难过极了,他说,他们想让我们进那所学校是因为我们流着印第安人的血,他们想让我们当传教士。所有人都得当传教士,回到我们的部落传播福音,我还从来没有去过一个

部落,我也不想对谁传教,我想去学习法律,但是他们说,唯一可供印第安人学习的课程就是神学和布道,所以去那所学校上学对我一点儿用处也没有。斯凯里说,父亲,相比之下,我更希望您允许我跟随福斯特法官学习法律,我希望您去问问他。我没法儿这么做,吉诺!对医生来说,这不是一个令人愉快的请求,因为他曾为福斯特法官的女儿劳拉·露丝治疗肺结核,然而她死了,他向法官解释说病情太严重了,没什么能挽救她的性命。然而法官却把他的悲伤变成对医生的仇恨。因此他不能够开口询问这件事。于是斯凯里离开了家,他说他要到加拿大去寻找他的部落。他很生气地离开了家。

另外:请原谅我忘记了如何像碧娅特丽克丝教我们的那样写信。

52

贝壳杉

吉诺感觉自己仿佛一棵被伐倒的松树,猛然被投入了另一个世界。伦敦并不是他预想中的更大的波士顿,而是一片沸腾的混乱——小偷;眼睛浑浊且腿有伤病的马匹;泥泞遍布的街道,每条街道上都有马的尸体;排泄物和煤烟的臭味;烧焦的卷心菜的味道;还能意想不到地瞥见丝绸和异域风情的羽毛。在这地方,交叉路口上的清道夫手拿扫帚为行人扫出一条路。伯恩先生已在一个破败而幽静的街区租下了一个月的房子,距离那座巨大的码头和忙碌不停的船只一英里远。伯恩先生的房间十分令人愉快,带有一间客厅,卧室的特色是雕花桃心木床架,四围的床帐轻微地发霉。吉诺位于隔壁的房间小且阴暗,不过伯恩先生很有风度地邀请他分享他的客厅。

"来吧,吉诺·塞尔先生,"在他们上岸之后的第一个早晨,伯恩先生说,"让我们在这个世界上最棒的城市中散个步吧。我会带你看这个城市所有的奇迹。让我们到码头那儿去。"

他们离开了衰败的格鲁吉亚式住所的大道,来到一条满是五金商店的大街,到处是红色的金属和随意堆放的煤炭。吉诺看到一个家庭——衣衫褴褛的成年人和他们的那群肮脏而消瘦的孩子们,这景象让他望而生畏。"很可能是因圈地运动而被迫离开乡村土地的难民。"伯恩先生评论道。几百名工人四处奔走——筑路工人和码头工人,铺设卵石的工人摆放着石头,拿着煤灰色扫帚的清道夫们把成桶的垃圾倾倒在河里。他们听到附近的欢呼和喊叫。

"这片喧闹是什么情况?"伯恩先生说,"让我们去看看。"转了个弯,他们来到两个正在打架的人跟前,四五十个人在一旁呐喊围观。

吉诺评论说,英国人似乎跟喝醉酒的伐木工人一样喜欢斗殴。

"我们是一个好斗的民族。"伯恩先生不无喜悦地观摩了一会儿。他们继续往前走。报纸小贩把他们的售卖物品直接伸到路人脸前;一个仓库的一侧贴了十几张海报,其中一幅上面写着几个大字:"移民新西兰"。

"啊,爱德华·韦克菲尔德先生,新西兰公司的幕后绅士,一个极聪明的英国人。"伯恩先生说,"关于殖民他有非常好的见解。他对坚强的英国工人和小生意人的境遇感同身受,对名流贵族也一样。他知道无序地移民有违明晰的推理和科学的方法,正如美洲殖民地那里所发生的情况。他有关系统性殖民的计划令人钦佩,因为那样的话,社会阶层从一开始便得以完美地分布。倘若当初英国在美国殖民地和加拿大这样做的话,如今那些国家便不会被那些愚蠢顽固的家伙统治。"他看了看他的表,然后说,"游览观光已经够了。让我们抓紧时间吧。我还有一个会议。"

伯恩先生的主要顾问是一名来自某个新教教派的传教士——爱德华·托伦斯·雷恩博罗牧师,那人长着一个厚实的下巴,它因浓密胡须而发青,宽阔的面庞上长着一张宽大的嘴巴,满口浅绿色的牙齿。他那深沉的男低音使他那副专横跋扈的外表更加完整,不过他尽量把声音控制在较轻的音调上,而且还露出了微笑。

会议的参加者当中有十几位旅者。一个高额头的家伙推测着从伦敦到新西兰可能需要航行多长时间。"取决于天气和上帝的眷顾,可能仅需五个月——也可能得耗费比这长得多的时间。"一位传教士说;那人下巴有垂肉,一再往自己的酒杯内添着葡萄酒,"第一站的停泊港将是杰克逊港,这个囚犯殖民地也将是前往新西兰的起始港。那条囚犯运送船会继续前往岛上载走一批桅杆,然后才掉头返航英国。那些树木质量是极佳的。"

伯恩先生的一个通信员给他寄来了一封信,上面说毛利居民是这个地球上最凶猛的野蛮人,嗜血成性的食人狂,而且最近他们内部卷入了一场连续不断的战争。他们的脸上刺满了丑陋的螺旋和圆点。至于衣服,他们穿着用植物做成的东西。

包括雷恩博罗在内，这群人当中共有七位传教士。另外一名传教士伯克斯奥先生长着一张年轻的、少女般的脸，他直接同伯恩先生说："我听到的说法可不一样——我听说毛利人是十分聪明的族群，甚至是通灵之人，受黑暗王子的支配。他们渴求和平。"雷恩博罗先生更愿意独享自己同伯恩先生之间的友谊，他对这位冷不丁插话的入侵者感到非常厌恶，于是在他们享用完一位传教士的妻子所准备的晚餐——猪颊肉和皱巴巴的土豆——之后，他将嘴靠近工厂主的耳边："亲爱的伯恩先生，我会让您了解从澳大利亚前往新西兰的航程的消息；即便在我们谈话的同时，住宿的安排也在进行当中。"坐在桌子对面的吉诺请求他的关注："先生，伯恩先生，我希望能返回波士顿。我并不那么想去见那些野人。"然而伯恩先生却满怀热情地想要同食人族们见面。"谢谢您，雷恩博罗牧师。"他说。接着他转向吉诺，用低沉而严肃的声音说："我真心怀疑他们是不是真的吃人肉。这只不过是无数水手传说当中的一个。你也真是的，在所有人当中你的看法最不公正。我完全相信他们只是想保护他们的土地，免于落入那些将要不公平地夺取它的人们手中。若是善意地对待那些人，到了一定的时候他们会发现，白人的一些发明能使他们的生活变得多么愉快。"

节俭的传教士们时常乘坐运送犯人的轮船来旅行，虽然吉诺反对，他还是和伯恩先生一起搭乘了"双重冰雹号"。晕船使得不少乘客难受地弯下腰来，然而雷恩博罗先生却不受影响，依然从容地享用着他早餐的培根。吉诺从来没见过有谁像他这样忙碌，因为这位传教士从早上第一缕阳光到夜晚灯灭时分都在四处奔走。伯克斯奥先生重新变回他的朋友，跟在他的后面，手中拿着小小的黄色笔记本。

在甲板下方，危险的重罪犯们戴着锁链蜷缩在狭窄的室内，英国十分高兴地把这些罪犯从它更为优质的人口当中抹除。

航程中的一切让吉诺精疲力竭——颠簸的甲板，过于热心的传教士，海洋那单调无尽的景色，海平线平坦得好似一块锯开的木板。每一个地方，那无边无际的海水都在表明，这里不是大西洋，不是那片曾为吉诺的生活赋予那种永恒气息的地方。即便是在缅因的伐木营里,某些风雨如晦的日子都能为远在一百英里之外的他送来那种咸咸的味道。它是那样严苛,冷漠,充满敌意,厌恶人类,礁石环绕,还时常闪烁着冷酷的暴风雨——对于他,对于所有的米克马克人,它才是唯一真实的海洋;仿佛一条回流的鳟鱼,他渴望回到它的怀抱。

当澳大利亚最终进入视线,如同横卧在世界尽头的一条巨大的香肠,他怀疑自己怎么可能忍受继续航行至新西兰。他很想掉头返回波士顿,但想到同样漫长的航程,以及没有船费——因为伯恩先生自从他们离开波士顿起就没有付过他薪水——他只好默不作声。他注定要和这位斧头制造商继续他们的冒险。

杰克逊港的气味不一样,而且很陌生,一种有些干燥的烘烤气息,像烤焦的咖啡和燃烧的树枝。

陌生的树木之间有鸟儿穿梭,它们有着令人惊异的颜色,色彩斑斓而且吵闹得厉害,冠羽和翅膀如同炽烈的天使,犹如从梦境中飞出的幽灵。然而,旅者们逗留在这片殖民地上等待出发的那一个月里,不论他们何时走在户外,他们都能看到比任何梦魇还要惊人的生物——四处跳跃的浑身毛皮的动物,尾巴如同船舵;脖子鼓胀的蜥蜴发出令人厌恶的喘息;各种各样据说带有剧毒的蜘蛛。

在杰克逊港,那位传教士与一个来澳大利亚贩卖新西兰亚麻的毛利人商定,由他向传教士以及伯恩先生教授他的语言。很快伯恩先生便开始大肆卖弄刚刚学到的毛利词语——神圣、独木舟、女人、一点点、鼻子,沾沾自喜地以为已经掌握了一口流利的波利尼西亚语。

吉诺十分沮丧地发现,同样是这条将他们从英国带来的令人厌恶的"双重冰雹号",如今将把他们带去新西兰。船上有几个毛利人,伯恩先生用他自认为是他们的那种语言来同他们说话。精力旺盛的雷恩博罗先生有更好的运气,无论何时他看到一个毛利人有凝望大海的空闲,他便开始试图改变对方的信仰。吉诺很惊讶地看到他们居然很有兴趣聆听,甚至提问。至于吉诺,这些土著立刻把他视为伯恩先生的一个差劲的仆人,无视了他。

他们沿着一条河上行,驶过一片沟渠遍布的残桩之地,旅程便在一块忙碌的定居地终止了。最主要的建筑位于码头附近,那是一位贸易商的巨大仓库。这个仓库旁边有一家船用杂货铺,装饰有一个旧船舵作为招牌。一侧附建了两间简陋的小棚。较大的那一间上面挂了一个招牌,写着"新西兰公司"。新西兰白人贸易商以及政府人员的房子林立在山坡上阶梯状排布的街道上。远处一片遮挡的树木后面是毛利人的村庄,四周用木杆围成篱笆。再远处的地方隐约显现出一堆不可思议的蕨类、树木、蔓生植物,散发着异域风情的芳香。一片清新的世界。

"很快就会有一位翻译加入您的,伯恩先生。恕我失陪,因为我准备去看看我们布道所的选址。"雷恩博罗先生说。

伯恩先生和吉诺等着那位翻译,一个苏格兰人——约翰·格拉普尔,他们能看到他正从那条陡峭的小路上走下来。格拉普尔小心翼翼地走着,吉诺猜他担心在那条险峻的小道上跌跤。他来到他们身边,同时,一条毛利式的独木舟悠然靠近河岸,一个肌肉健壮的土著人跳了出来,走向他们。他们一起来到一片树林下。

"那么,"格拉普尔说,露出他那绯红色的脸和火红的鼻子,"这位酋长不会说英语,所以我将为您进行翻译。"伯恩先生听到约翰·格拉普尔带着苏格兰小舌音说英语的时候,便立刻喜欢上了这个人,然后两人交谈了一刻钟,不知怎的推断出两人有某种远房亲戚关系,最后才转向那个毛利土著人;那个人站在原地等待着他们,结实的胳膊交叉在胸前。伯恩先生卖弄了他掌握的一些毛利词,不可思议地,这位棕色脸庞上绘满卷曲和斑点状的文身并裹着一件长达脚踝的柔软亚麻披风的土著人,竟然听懂了其中一些打了折扣的词语。起初两人似乎对彼此印象良好。酋长想知道伯恩先生来这里是不是要买亚麻。不是。那么海豹皮呢?不是。圆材?不是。那么是想要什么?

伯恩先生丢开他那有限的词汇,让约翰·格拉普尔来进行翻译,同时他自己试图描述斧头的制作,以及关于他建造一个工厂的计划。他用一根树枝在土地上画出了图像,表示一把斧头,放在锻炉上,还有一台模糊的夹板落锤。为了更进一步地阐释,伯恩先生取出了他装在旅行包里的一把佩诺布斯科特式斧头的样品,把它递给了这位酋长。

酋长的眼睛大睁,带着喜悦之光,他仔细查看了那把斧头的质量与妙处。伯恩先生意识到的时候已经太晚了——这人已认为这是赠给他的一件礼物,而不是用于展示的商品。

"好吧。没关系,我还有其他的。"他自言自语地咕哝道。

"你还有其他的?"那位酋长突然间用流利的英文问道。

"我要祝贺你那么快便掌握了我们的语言。至于斧头嘛,没错,我还有其他的,不过它们只是用于展示的。我希望能在这里制造它们,一旦我们在新西兰确定了一处优质的铁矿资源。我是美国一间斧头工厂的主人。我希望在这里也建立一间。"一群人围在他们的身边,伸长脖子去看那把斧头。

"这些人到底怎么了?"伯恩先生低声对约翰·格拉普尔说,"你会以为他们之前从没见过斧头。"

"我认为事实可能正是如此。"格拉普尔说。

酋长喜悦地笑了。

"哦,我的朋友,"他对伯恩先生说,"这太好了。很好,很好。跟我来。我们希望举行一场仪式和盛宴——欢迎你和你的工厂。"他说着这些,眼睛瞟向吉诺。

"先生,"吉诺悄声说,"我觉得,他似乎认为我就是工厂。他把工厂理解为某种仆人。或者说,奴隶。"因为他估计这个毛利人拥有奴隶。

"哦,乱说什么啊!你不了解情况,吉诺·塞尔先生。他和我完全合拍。他能听懂一切。"伯恩先生习惯性地从口袋里拿出他那块不停运转的怀表。他还未完成这个动作,那群人就同时倒吸一口冷气并向后退,一副大惊失色的表情。他们彼此之间咕哝着"神啊"。伯恩先生看着约翰·格拉普尔,希望他能做些解释。

"嗯,嗯。"格拉普尔作出一种古怪的表情。他把他的苏格兰口音丢开一旁,换成平常的英语,"他们把你的表想象成了一个恶魔,他们说他们听得到它心跳的声音。"听到这种天真的猜想后,伯恩先生露出了微笑,他按下了触发报时的按钮,增加气氛的紧张感。一种轻柔的"叮,叮"声从表内传出。人群中有个人大声嚷嚷着什么。

"那个人说什么?"伯恩先生问。

"他说魔鬼想要挣脱出它的牢狱。"格拉普尔说,"我建议您把您的表收起来,先生,因为毛利人对于这类器械有强烈的感受。几年前一条捕鲸船在这里停泊,为了补充储备水和运走圆材。笨手笨脚的船长不小心把他的表掉进了海港,在接下来的几个星期里,几种致命的疾病和灾难降临到人们身上。他们把遭遇的麻烦全部归因于潜伏在他们港口之下的那个邪灵。"

然而伯恩先生决定展示他作为白人的力量。眉头紧蹙,他摇晃着他的怀表,用冷酷无情的语气对它说话,仿佛教训着一个不听话的孩子,然后才把它放回他的口袋;口袋里的它似乎又一次急切地向它的主人哀叫,乞求得到释放。人群屏住呼吸,后退得更远。

伯恩先生低声向格拉普尔询问酋长是从哪里学到英语的;格拉普尔说,很可能是因为他曾经当过水手——在一艘美国捕鲸船上,或者捕海豹船。一种藏而不露的天性使他掩藏了他的知识,从而获得好处。伯恩先生对酋长微笑。他留意了一下他脸上的刺青图案,以便以后再次认出他来。

"那么,先生,"他说,"你平时更经常钓鱼,还是打仗?"

"有时候钓鱼,有时候打仗。"

"哈!那么你觉得我的生活是怎样的?"

"你四处旅行?"

伯恩先生缓慢而大声地对酋长说话,就像一个人在面对外国人时会做的那样;还因为他们头顶上方树枝间的鸟儿盖过了他们的声音。"不,我很少旅行。我生活在美国,而且正如我说过的,我制造最好的斧子。就像这一把。"他指了指酋长仍握在手中的那把佩诺布斯科特式的斧子。伯恩先生伸开了手,前后摆动一下手指,示意酋长他想把斧头要回来。毛利人看着伯恩先生,突然眼神一变,带着那把斧头逃走了。

"回来!"伯恩先生大喊,"你这个无赖!立刻把它还回来。"然而那人已经消失在蕨类植物之中。

"您太莽撞了,伯恩先生。"约翰·格拉普尔说,"金属工具在这里备受珍视。"他笑了,那种苏格兰口音又加重了。他声音甜如蜜糖地说,"他以为您把它当作一个礼物送给了他。您不如来我的家,我们可以喝一小杯威士忌并且聊聊天。让我们离开这片吵个没完的地方。"确实,鸟儿们正无比激烈地进行着它们的雄辩大会。

吉诺和伯恩先生在一位已在此地立足的传教士的一间小屋里吃饭并睡觉。屋子四壁生长着葫芦类的植物,它们的触须延伸到屋顶,点缀其间的壁虎忙着捕捉昆虫,在它们之间发出簌簌声响。"等到雷恩博罗先生的布道所建好以后,我们会换房子住;或者等我为工厂选好一个场址并盖起我们的第一间住所。不过当前我们必须接受树下的这个小小客房,作为我们临时的家。"伯恩先生说。

"有人提到我的名字了吗,我没听错吧?"传教士的声音传过来;他走进这间黄昏中的小木屋,带着笑容,哼着一首赞美诗,"我对布道所的选址很满意。它坐落于一处不太陡峭的悬崖,俯瞰港口,而且有一条欢快的小溪流经那里,水质极佳。我们已经开始动手建造了。在我离开之前,五十个甚至更多的毛利人正在砍伐巨大的杆柱,把它们用葡萄藤捆一起——一种奇怪但十分有效的建造方式。"

在第二个周末的时候,这位传教士已成为贸易商奥赖恩·帕尔默的一位合伙人;帕尔默是个缅因男人,几年前乘一艘捕海豹船来到了新西兰,并且不打算回到松林地,在那种地方,树木在冬日的夜晚会因寒冷而爆炸。

吉诺在拂晓之前便在鸟儿婉转的啼鸣中起了床,管风琴般的音符袅袅不绝,缓慢而从容,仿佛那只小鸟正深沉地思考着该乐章的作曲。低音与和声似乎在表达着悲伤与听天由命。遥远的一只鸟儿自森林的深处回应着,它们忧郁的啼鸣交织在一起。他左顾右盼,试图找到声音的制造者——那只长着羽毛的小东西,竟能唱出如此富有感染力的音乐。接着他看到了它——一只蓝灰色的大鸟,它的翅膀张开又合拢,尾巴摆成扇形。它露出一张黑色的面孔,而且它的颚骨下方悬着两片蓝色的垂肉。那只鸟把脖子弯成弓形,张开它那强有力的弧形的喙,婉转地啼叫着:……嘤……嗡……昂……昂……啾啾!……嘤。

来到户外,吉诺穿过一片树林爬上了山脊;那些松树林与缅因、新不伦瑞克和安大略省的如此不同,也不同于他在其他地方之所见。他从来未曾想象过这样的风景。他在那里察觉到古老的气息,但却不知道自己正穿行于世界上存活着的最古老的森林当中,侵蚀性的冰川从未冲刷过的那片地方,也没有遍地的哺乳动物放牧于此。在伦敦那工业化的丑陋还记忆犹新之时,新西兰的美丽强有力地触动了他。这是一个跳动着生命力与色彩的新鲜世界,树上满是藤蔓、附生植物、绯红的花朵,以及从一簇簇微小兰花喷涌出的令人晕眩的芳香,藤类植物将森林编织为一体,红色绒毛状的铁心木——这是一个因地理上的隔离而远离尘嚣的世外桃源。他有一种自己不该出现在这里的感觉,因为它或许是传教士们开玩笑时曾提到的神圣地带中的一个。地面被长满繁茂树木的溪谷分割。每一座溪谷的底部都流淌着一条清澈的小溪。细流涓涓淌过树根。鸟儿如果实般挤在树枝之间,树顶因它们的活动而颤抖着。他将会认识很多鸟类,以及很多树木——罗汉松、山毛榉、鸡毛松、芮木泪柏、穗花罗汉松和锈色罗汉松,麦卢卡和卡奴卡,巨大的贝壳杉和尼考棕榈树。他来到一片与世隔绝的长满贝壳杉的土地,它们巨大的灰色树干仿佛巨型大象的腿,他摸了摸树皮,抬头看那些在笔直而巨大的树干顶端聚成一簇的树枝。他似乎感觉到树木退缩了一下,于是撤回了他的手。

由于渴望看清这片崭新森林的每一个部分,他离开了小路,往下走入溪谷中。多多少少有如一场梦魇,他无知地触摸了一片闪闪发亮的树叶,然后感受到一种灼烧般的强烈疼痛。仔细查看这棵小树的树叶——这是一棵荨麻树,他可以看到它银色的绒毛。唉,此地不是真正的天堂。而且还有蚊子。一阵焦虑突然向他袭涌而来,他感到自己必须快点儿离开这座溪谷。他的双脚缠在蔓生植物和粗犷的葡萄藤之间,置身于藤类植物所构成的迷宫里。不可思议的混杂的植物——青草、藤蔓、树木、灌木挤作一团,形成巨大的结。他的衣服由于长期暴露于日光和盐分之下而略有腐坏,并在他重新向上攀爬时开始破裂;他在泥泞的斜坡上滑跤,满心希望能够再次找到那条小路，他的裤子被锐利的草叶撕成条缕。

在他的上方，溪谷的前方，是一片古老的紫甘薯田，在最近几年里它重新变为欧洲蕨。八九个女人和女孩正在从挖掘蕨根的劳作中稍事休息，旁边放着她们那种被叫做"ko"的棍棒。那些蕨根大多数有十到十二英寸长，丰硕而沉重，堆成很大一堆。"那是什么声音？"一个小女孩问着，侧耳倾听，警惕着一切异乎寻常的事。所有人都聆听着——是的，断裂的树枝和纷乱滑落的土壤，下方溪谷中的某种剧烈动静。他们在惊慌不安中几欲起身，准备好要逃走。那种声响变得更近了，紧接着某种可怕的生物冒出头，径直朝他们奔来。

吉诺身上沾满泥点，喘息着，浑身发痒；他爬出了溪谷。他染血的衣服褴褛地挂在身上，他的头发乱蓬蓬的，带着汗珠。让他开心的是，他看到女人们被她们那些成堆的蕨根围绕。他无力抵抗。在他的一生里，女孩们都喜爱他的陪伴。可是这一次，当他朝她们跑来，微笑着，张开双臂，等待着她们的欢迎，她们却四散而逃，仿佛是在逃离某种无法言喻的恐惧，一些人还由于害怕而尖叫着。他冲她们喊道："回来啊，我不会伤害你们的！"可她们已消失于视线之外。曾经那个总是带着微笑、脸上写满愉快的吉诺已人间蒸发，取而代之的是一位上了年纪的老人，已然品尝过悲伤和艰难的味道；而此时此刻，他还懂得了被人拒绝的痛苦滋味。

伯恩先生在地上摊开了一块垫子，双腿交叉坐在上面，饮着茶，吃着烤甘薯和水果。吉诺用一种气恼的咕哝回应了他亲热的问候。

"我多希望我们当初有远见地带来了几袋咖啡。茶也不错，但它到底不是咖啡。"吉诺一言未发，但是他知道伯恩先生的苏格兰"表兄弟"——约翰·格拉普尔，拥有一家出售咖啡的店铺。他曾经闻到过它，缭绕于新西兰白人的房子后方的森林小路上。

几天之后，吉诺正用一根借来的针缝补他扯破的衣服，伯恩先生正在他的灵感笔记本里草草书写着，那位酋长穿着他那色彩丰富的亚麻斗篷再次出现了。

"哦，尊贵的先生，"他用一种诱哄的声音说，"你有很多把斧

411

头吗？"

"我有五十把，装在一个板条箱里。"伯恩先生说着，放下手中的笔，冲着放置板条箱的那间小木屋摆了摆手，"不过仅供展示。就像我说过的那样，我希望在这儿成立一间斧头工厂。传授给毛利人如何制作质量上乘的斧子是我的心愿。我感觉到这里对此有巨大的需求。"

"你想要看看用来建造工厂的好地方吗？你跟我走。"他示意着一条通往灌木丛的歪斜小路。

"那个地方有流动的小溪吗？"

"哦是的。水多的是。"

伯恩先生微笑了，转向吉诺，然后说："你看，很容易让这个男人对我的主意感兴趣。我打赌他知道建工厂的好位置。"

"伯恩先生，这不可能。贸易商说这里整个国家都没有铁矿石，还取笑你。你无法在没有金属的情况下制作斧子。"

"我想我比你更清楚我能做什么、不能做什么，吉诺·塞尔先生。这里并不是没有铁矿，只是它还没被找到。"那个披着斗篷的毛利人正站在小屋的外面，沿着小路倒退着走，并朝伯恩先生示意。

"我不会和他一起去的。"吉诺用一种很低的声音说，"他可能有一些恶意的计划。"

"胡说八道！我会很安全的。他十分友好。吉诺·塞尔先生，身为一个野蛮人，你可是有点胆小啊。你不了解这些人，也不知道如何在一个新环境中为自己树立声誉。"他继续讲下去，因为他已经听到女人们从这位东倒西歪地走出溪谷的可怕陌生人身边惊慌逃离。传教士的飞地上都在议论这件事，"这就是为什么白人总是能够获得成功。他们知道如何发号施令。他将是我招募到的第一位工人。只消一年的工夫，他就能够操作夹板落锤了。这么说并不会让我得到一丝快意，但事实就是——经过这么多年，结果是你让我失望了。"伯恩先生离开了小屋，跟随他那位心情急切的向导走上了小路。

走了一公里再多一点之后，那条小路变得模糊，然后消失了，可是酋长继续向前走,跟随着一条布满银蕨的道路,它银色的那一面翻了过来(伯恩先生是看不到的)。另有两个毛利人悄无声息地跟在这位斧头企业家的后面,他如此专注于观察那些巨大的树干,所以他并没有注意到后面的人。无比巨大的树木,地球的巨人,浅灰色柱形物像欧洲的房子一样宽。谁能够相信有这样一种大而无限呢?就凭一把斧头有可能把这样的庞然大物砍倒吗?它们能否……

他激动不已,向酋长喊道:"告诉我,这些是贝壳杉吗?"

"贝壳杉。"那人说着,转过身来,并向伯恩先生身后的某个人使了个眼色。但是伯恩先生因这些不可思议的树木而如此地震惊,以至于他丝毫没有察觉到这两个悄然上前砍破了他的脑袋的人。而他最后的一点支离破碎的想法是,或许是其中一棵巨大的贝壳杉倒下来砸到了他。

"快!"酋长对他其中一位同伴说着,拔出一把磨得很锋利的黑曜石小刀,"你跑回去拿走那些斧子。然后回到这里,帮助我搬走这些肉。"他还没有切下四肢,他小心翼翼地从伯恩先生的口袋里取出了那块奎尔怀表。那"魔鬼"的心脏在跳动,跳动!

"我们知道怎么对付你。"酋长说着,把那个邪恶的东西放在一片巨大的树叶上,并用另一片有保护作用的神奇树叶覆盖在它上面,同时他继续切割尸体。当晚他把那块表丢进了火里,并念了咒语,而且他很满意所有与会者都声称,他们亲眼看到那恶魔哭叫着挥动它瘦长的胳膊,最后消亡了。

两天以后,伯恩先生还没有回来,这让吉诺感觉到有些不安,不过这位任性的老人一向都是我行我素,他很可能会从他的冒险之中取得某种成就。他毫无疑问是在寻找铁矿。吉诺像是他的囚徒,被困在这地方;他很想找到一条驶往波士顿的船,靠干活儿支付返程的费用,不过他并不熟悉水手这一行。他将离开伯恩先生,因为他知道一间位于南海的斧头工厂是不大可能实现的。而且他听说的一切都表明,新西兰没有金属矿——采矿者和开发者有不少,可是没有矿藏。即便是有巨大的矿脉,他也已同斧头制造没什么关系了。他只想要回到他熟悉的地方,不管那里留下了什么。狂野的新西兰森林

413

已经以一种不可思议的方式打动了他,然而它茂盛而狂暴的植物,它的陌生感,以及它那原始的傲慢,都让他感觉厌恶。要摆脱这个地方,他必须先到杰克逊港,除非有条美国捕鲸船驶入霍基昂加港口。伯恩先生不能扣下他。不管那个老人是去是留,他都会离开。他正策划着他的逃离,雷恩博罗先生大步走进了小屋,气喘吁吁;他的眼睛眯了起来。

"伯恩先生在哪里?"他的声音很响,颇有穿透力;吉诺看到很多人站在小屋外面聆听并注视着。

"我不知道。他几天之前和一个穿着草衣斗篷的土著人一起动身离开了,不顾我的忠告。"

"你的忠告!你算什么人,一个仆人,能给伯恩先生什么忠告!他和哪个土著人一起走的?"

"我不知道,先生,只知道是个土著人,很多文身,而且穿着一件斗篷。"

"我谨通知你,先生——"说出这个词时他的声音带着一种讥讽,"——他的下落非常令人担忧。有人认为他遭遇了不幸,而其中最有嫌疑的人不是某个穿草衣斗篷的神秘土著,而是你——他的仆人!你早先曾在附近的山岭鬼鬼祟祟地游荡,查看处理你主人尸体的最佳地点。"

"这不是实情!"吉诺说,"你只需问问格拉普尔先生。他认识那个土著,而且一开始就是他把伯恩先生介绍给那个人的。"

"真可惜。约翰·格拉普尔目前在杰克逊港,有事要在那里待上一个月。你必须被拘留在这间屋子里,直到他回来。我会安排食物,叫人带给你,不过——你,塞尔,如今是我们的犯人了,你陈述的情况有待考证。我们会安排警卫阻止任何逃跑的尝试。"

回到他的布道所,雷恩博罗先生往墨水瓶中加入新鲜的墨水,选了一根钢制的笔尖,写了一封信。

雷恩博罗牧师,给马萨诸塞,伯恩制斧公司乔瑟夫·道格先生,

先生,我联系您是因为您的雇主艾尔伯特·伯恩先生的一些情况;在此前的八个月当中,我曾有幸同他一起旅行。我们十分尊重彼此,事实上,我可以说我们成了亲密的朋友。在过去几

天里,一个令人担忧的情况出现了,我觉得我必须让您知情。伯恩先生由他的仆人吉诺·塞尔陪同——那是一个深色皮肤的男人,他花了很多时间探索森林,还曾经从一片灌木丛后面突然出现在一些本地土著面前,朝他们尖叫,把他们吓了一跳。我满怀忧虑地这样写——我担心他在森林中的探险可能带有某种邪恶的动机。三天之前,伯恩先生完全从我们的飞地失踪了,而且从那之后就再也没有被人见到过。不到一个小时之前,我查问了塞尔先生对伯恩先生的下落有何了解。他坚持说,他的雇主同一个穿草衣斗篷的土著人一起离开了。由于许多人确实穿草衣斗篷,所以没有办法辨别这一陈述的真实性,除了塞尔声称的见证者,那人是这一带备受尊敬的翻译——约翰·格拉普尔先生,很不巧他目前有事,有好几个星期不在,因而无法核实塞尔的陈述。我冒昧地把塞尔监禁在他所住的房子内直到格拉普尔先生回来,以便我们弄清楚这件事的真相。我还保管了伯恩先生的钱箱,因为我怀疑它就是伯恩先生失踪的原因,也是塞尔到树林里探查的动机。他还称伯恩先生欠他钱,这进一步印证了我的怀疑。

若是伯恩先生已经遭遇不幸,那么我可以向您确保,在各个方面,我都可以作为一位朋友以及**精神导师**来代表他。在这个国家我有很大的影响力,而且可以安排把他的财产送返波士顿,并且确保那位仆人塞尔受到英国式的审判——因为新西兰最近被母国兼并了。我可以监管可能引发的任何法律事务。据我所知,他在这片殖民地上并没有遗嘱,不过或许您比我更了解是否有这样一份文件存在。

如果我们得知同此事有关的任何消息,我会即刻通知您。

您诚挚的,
爱德华·托伦斯·雷恩博罗牧师,
教堂布道所,新西兰

监禁在那间小木屋里,吉诺的日子显得十分漫长,一位传教士的妻子为他带来了烤番薯和鱼。她从来没有对他说过话,他若问出一

个问题,她便疾步跑开。他常常想着这一点——在新西兰这里,他所看见的每一个女人都从他身边跑开,回避着他。四个强有力的毛利人警卫在外面闲逛,以防他逃跑;其中两个人刮着几块深绿色的石头,另外两个人在彼此谈笑。有些日子里他站在门口,另一些日子他坐在游廊上,听着垂耳鸦的鸣叫,不过他的目光总是望向港口。从门口他看得到不远的地方有一块冒出地面的岩层,上方有五六棵古老的波胡图卡瓦树,那绯红的花朵将整个世界映得一片火红。他更愿意看到的是一艘船。如果有一艘来自美洲的船停入港口,他会冒着任何风险到达它那里。可是只有英国的轮船到达这里,装载贝壳杉的圆材。每一天他都将视线越过那几棵波胡图卡瓦树,扫掠海面以寻找船只。有一天早晨,他看到尽头处的那棵最古老的树倒下了。当他凝视的时候,他的目光捕捉到了闪光的斧子,看见两个白人在攻击那几棵树。在倒下的同时,每棵树都向上扬起一团火红的花朵,如同醒目的惊叹号。到了傍晚时分,它们已全部倒下;他不再望向那个方向。

过了一个多月之后,格拉普尔先生才爬上山,再次回到他的房子,身后几乎立刻跟来了传教士的其中几位。那几位神职人员在大约一刻钟之后走下泥泞而陡峭的山坡。但是直到黄昏时分,雷恩博罗先生才同他的好友伯克斯奥先生一起来到客房,两人看起来都没什么好心情。

"我有责任说,约翰·格拉普尔已从杰克逊港回来了。他确实证实了你讲述的那位穿草衣斗篷的土著人的存在,不过他说他不认识那个人。那人是一个来自其他地方的酋长,不知怎么听说了伯恩先生,并想要结识他。他可能是一位少见的坏毛利人。没有办法知道他是谁,鉴于在这里无人知晓他的名字和住处。"

伯克斯奥一口气说:"所以没有理由把你扣留在这儿了。你可以走了。"

"这真是好极了。"吉诺·塞尔说,"我想回到我的国家。我请求您从伯恩先生的钱箱里将我的薪水付给我。自从我们一年多之前离开波士顿时起,他就没有支付我一分钱了。"

雷恩博罗先生扭动了一下他的肩膀,就像他的外套没穿好一样。

他朝小木屋中张望,仿佛在寻找那个钱箱。"先生,你要知道,我——我们——没办法做这样的事。伯恩先生放在保险箱里的钱属于他本人,如果他确实没有回来的话,它将被交付给他的继承人和家人——我很怀疑你是否是其中的一员。不管怎样,它应该由我好好保管,以免你无法抵制诱惑而擅自取用。"

"可我没钱付返程的船费。"

"我建议你重新拿起斧头。伯恩先生说你曾是一位出色的伐木人。你可以一路赚钱,打哪里来便回哪里去。为了不让你有不愉快的感觉,我想告诉你,在同帕尔默先生谈话之后,我知晓了那里有适合你的伐木工作。帕尔默先生在贝壳杉树林中拥有几个海岸站和关联的伐木营。你可以在明天离开。"

是的,看起来他必须这么做,去那儿干活,积攒他的薪水直到他买得起船票;如今他已经老了,不过他那条有伤疤的腿多年来已经好多了,他感觉自己可以再次挥舞斧头。除了这个他还能做什么呢?而且他会远离那群传教士和他们专横的命令。

53

树丛中

在班德海岸站,吉诺看到一些毛利人把敌人带文身的头颅作为珍奇物件售给白人船员,这场面弄得他心神不宁。他突然想起昆陶,想象他冲着这令人毛骨悚然的景象大笑的样子——昆陶总是笑着对待所有令人生畏的事物,仿佛它们没有什么大不了。吉诺走开了,有点害怕自己会在这些物品当中看到伯恩先生那白发苍苍的脑袋。他走进贸易商的商店看看展示的货物———匹匹鲜亮的棉布、木制长笛、铃鼓、纽扣和一卷卷有十二种奇妙颜色的线轴。在这个地方可以买到一些珍贵的针,有大量的帽子可供选择——没错,还能买到劣质的斧子。一个毛利人头一次会怯生生地走进来,站在商店的中间,然后慢慢地转圈,非常慢,以便看到所有一切,眼花缭乱,被许多奇特而不知其用途的物件激起拥有的渴望。被关押在小木屋期间,吉诺无意间听到传教士们说,悉尼的商人正在北部地区所有的优良港口建起大量海岸站——在霍基昂加,在科罗曼德,在任何拥有深海和可用木材的地方。"让这闭塞的地方开放起来。"他们赞同地说。

几英里之外,那些小站不但是伐木营,也是贸易站,出售亚麻、圆材和木料。不同的公司吸引欧洲人前来——船用杂货商、仓库、锯木厂和小型船坞。他们撇开林立的商店,用伐木营开始了舞台上的下一场表演,在后方留下一片片闷燃的树桩和齐肩高的废料。这场猛烈袭击的对象一开始是白松,然后是贝壳杉,砍伐无休无止。在一些地方,人们可以在地毯般遍地都是的倒木上行走上好几天。接着,那巨大的乱堆被付之一炬——用最快的方式清伐森林,连同那些灌木、葡萄藤、鸟类、昆虫、果实、蝙蝠、附生植物、树枝、蕨类和枯枝落叶层。

新来的人们并不关心要不要了解这个陌生的新地带,只是去拿走任何能够产生收益的东西。他们只知道他们知道的东西。森林就在那里任其摆布。

商人帕尔默有两个伐木营——"小番薯"和"大番薯",以附近毛利人的甘薯种植园而命名。他的仓库和营地所在的土地很大一部分曾属于他妻子部落的成员。他聪明而诡计多端,是一位能言善道而有说服力的人,他善于把人们拉往符合他自己利益的方向,如同厨师摆弄平底锅里的肉块那般自如。

即便只是临时待一阵子,吉诺也从未见过一个像"小番薯"这样脆弱而且全是乌合之众的营地。那间被视作工棚的住处无非是有着前部开口的栋木帐篷,大量毛茸茸的尼考棕榈树叶子堆盖成了屋顶。

吉诺在新西兰看到的几乎每一个混血小孩,长得都像这片树丛的工头沃迪·贝克,此人黑黝黝的,浅色的眼睛,招风耳,而且麻利迅速——不管是伸手接东西,还是拿着他的皮鞭打人的时候。"小番薯"的林区队伍是很小的,不超过二十名樵夫——包括前水手、曾经的囚犯、爱尔兰人、英国移民、毛利人。其中一半的人从来没有在森林中工作过。

晚餐是一道名叫"库克船长"的菜,蒸制的猪肉来自曾被库克船长释放的猪所繁殖的后代,加上每人一条面包。吉诺希望找到一个懂得伐木工作的伙伴;如果他运气再好些的话,找到一个懂得如何砍伐贝壳杉的伙伴,因为他估计,想要砍倒这些巨大的树木除了挥舞斧头之外,还需要学习更多的东西。他们首先要砍伐的那些年幼的"里克尔"应该是很容易的,但是他刚产生这种想法便发觉,除了围绕那些棕色庞然大物的边缘一点点砍入之外,没有别的办法。它们确实是太巨大了。他听说过毛利人砍倒它们的方法——砍入一棵树的内部,在切口处生起一堆火并控制它,直到那棵树被从中间烧穿。这是一个差劲的方法,因为燃烧会让木头变硬,导致没有任何锯木厂能锯开这样一根原木。至于怎样把原木弄到河岸边的锯木厂,他希望有比在他被拘禁时期从布道所小木屋门口所目睹的情景更好的办法。

那是一天早晨,他抽着烟斗,注视着近海岸的一小群喷水的鲸鱼;他听到远远传来一阵富有节奏性的吟唱,是那种一唱一和的吟唱,比如船员在转动绞盘起锚时用到的那种水手号子。至少有八十个毛利人从森林中冒了出来,拖着一根用缆索捆绑的巨大的贝壳杉圆材。一名肌肉发达的工头站在那根用花朵和羽毛装饰的原木上,就是他在大声喊出那勉励的歌咏,拖动木材的人深深吸气,张开他们的嘴巴,并在他们用力拉动的同时吼出一声回应。那根巨大的圆材在滚道上向前移动了几英尺。随着拖木材的人们一次又一次地回应发号施令的人,那根巨大的桅杆木终于被往下移到了船上。

有一天吉诺同一个名叫阿拉纳·帕尔默的一起干活儿,他是半个毛利人,说英语,带着一种熟悉的缅因口音,同他自己的非常相像。他很年轻,不超过二十岁,而且身体强壮;他说:"我从很小的时候就在贝壳杉树林里干活儿了。"当吉诺告诉他,自己是一个来自缅因的佩诺布斯科特人时,阿拉纳笑了:"贸易商奥赖恩·帕尔默是我的父亲。他很多年前从缅因来到这里,追捕海豹。他们的时代没有很多的白人。所以我说,我也有一部分是缅因人。他时不时会谈起他以前在那里的生活。你以后有时间来和他聊天。他喜欢谈论缅因,走到船里,说,有人从缅因来吗?有时候有,他便会把他们留到很晚,狂饮着朗姆酒,聊天,聊天,不停聊天,让那些家伙喝个大醉。"

吉诺好几年都没有听说关于缅因的事,他很高兴现在听到阿拉纳用他承袭的口音讲述这些。阿拉纳给吉诺展示了怎样用欧洲蕨填充巨大的袋子,做成一张床垫。他的新伙伴说,更好的是得到一块羊毛内衬——没有什么比它更舒服了。

他们决定一起干活儿,共用其中一个有茅草屋顶的帐篷。在睡着之前,吉诺期待着把那些蕨类植物替换成羊毛。

他不再是曾经那个自己,不再是他最后一次砍伐树木时的那个男人了。他那条伤疤遍布的腿在清晨支撑着他;在工作日结束时,它灼烧且疼痛得难以忍受,而且几乎无法承受他的体重。他的年纪对于伐木来说太老了。

"你的腿怎么了?"阿拉纳问,吉诺对他讲述了米拉米契的那场火灾；它差点烧死他，并且烧死了他的哥哥安布瓦兹。能够和让他有好感的人谈话，对于他来说是很大的慰藉。有很长、很长时间他都没有获得过友谊的快乐了。他和阿拉纳一起去见他的父亲奥赖恩·帕尔默，那位缅因来的商人。白头发的老流氓发起了一场关于他在缅因的早年生活的谈话，一个关于为什么他永远不能再回去的复杂的长故事，跟他杀死了一个有钱人的一匹马有关。

用斧头砍倒一棵围长相当于一座乡村教会的树所需花费的劳力是巨大的。树丛里的人们试了各种方式，在边缘处切削了好几个星期，直到树干开始变得像一支铅笔。又削又劈，直到剩余的部分能用一把锯子搞定。或者在活着的大树内部砍出一处宽敞的空间，宽敞到足够在里面挥舞一把斧头，这对于这种好木材是一种巨大的浪费。他们建造平台，以便把它们抬升到每一棵贝壳杉底部成堆的碎片残骸的上方。仅仅砍倒一棵巨大的树木，就要花费几个星期。只用斧头不够，商人订购了十英尺长的伐木锯用于这项活计——每四排锯齿中有一排双齿。当这些伐木锯到来后，贝壳杉开始上百棵地倒下。"这么做才像样。"其中一个樵夫舒特考克说。在岸边，靠近码头的地方，帕尔默的蒸汽动力锯木厂在咆哮着，这是特别为处理贝壳杉而配备的，它日复一日地吐出世界上最让人梦寐以求的木材。上百个毛利人拖动这巨大的原木到这些锯木厂里，通过一寸一寸地把它们从溪谷里向上拖出来，把它们从山脊下方陡峭的斜坡上放下来。他们无法足够快地按帕尔默的需求把它们弄来，帕尔默开始谈到从澳大利亚弄一些阉牛了。"昆士兰，"他说，"那里是购买壮硕牲畜的好地方。"

星期六的晚上，阿拉纳回家到他父亲那里，把他干活儿穿的肮脏衣服换成干净的，再次投入他母亲的大宗族当中，吃他最喜欢的菜，再次成为一个毛利人。吉诺待在营地里，洗涤和修补他唯一的一件衣服——一条帆布裤子，膝盖以下全扯掉了。

一个星期天的晚上，阿拉纳回来，带来了一道家中的美味菜肴——一篮子鳗鱼，包裹在青亚麻叶子里，用煤炭烤熟。"我们用了一整天修理我们的鳗鱼堰。一些移民拔起了所有引诱鳗鱼进入鳗鱼笼的麦芦卡木桩。"吃着一口口美味多汁的鳗鱼肉,他们谈论着鱼堰、网还有鳗鱼笼,不同的制作鱼堰的良方。"米克马克人用河石制作鱼堰,"吉诺说着,在地面上排布着鹅卵石,"需要花费大量的注意力,河水会移动它们。"阿拉纳解释了灌木丛和蕨类植物怎样能够在麦芦卡木桩之间形成一道结实的栅栏,然后洋洋洒洒地讲述了一个结实而漂亮的鳗鱼笼多么重要,而且是对鳗鱼的一种敬意。

对于吉诺来说,砍伐他的第一棵巨型贝壳杉是痛苦的。他必须用斧头和灌丛镰刀,加上草锄和鹤嘴锄,清除树周围那小山般的残骸。然后得花三天时间劈砍,最终得到一个足够大的"房间",让他可以爬上去,进入那棵树的内部,以一种扭曲半蹲的姿势挥舞斧头。终于,真正意义上的砍伐开始了。他撑过了第一个小时,不过他腿部的疼痛很严重,非常严重。到了中午,他像螃蟹一样挪动到"伐木洞窟"的边缘,以便回到地面并喝上一些凉茶。他并没有感觉到饿。他跳了下来,然后他感觉到膝盖里有什么东西折断了。当他试图站直的时候,那条受过重伤的腿折了起来。他没法将它伸直,接着又摔倒了,那只膝盖撞到了鹤嘴锄的尖头。阿拉纳看到他倒了下来,于是大步跑过去,看着从吉诺的裤子里渗出来的血。"我们会把它处理好。"他说,"你会没事的。"他砍下了一棵叉状的树苗,做成一根临时的拐杖,扶受伤的吉诺站起来。吉诺站着,因为他无法再坐下来,他喝着一夸脱温热的茶水,靠在那棵被他砍残的贝壳杉上喘息着。他把头靠在这棵老树的灰色树皮上,悄声低语:"这一次是你赢了。"

"你现在不能干活儿。"阿拉纳说着,搀扶他回到工棚,脱下他的裤子,看着仍然从青紫且肿胀的伤口渗血的膝盖。那只膝盖看起来平得十分奇怪。他从厨师那儿取来了水,从他另外的一件上衣上撕下一小块布,用它擦拭了那处伤口,留吉诺独自躺在那里;整个下午,他都试图找到一个姿势让自己疼得没那么厉害。

那里没有医生。平时总是帕尔默进行必要的诊治,或者埋葬。阿拉纳在第二天把他带来了,商人帕尔默看着吉诺的膝盖——它变了形,韧带撕裂,髌骨向上移动到大腿;鹤嘴锄留下的伤又红又肿。

"老天哪，"他说，"你最好躺着。缅因的男人痊愈得非常快，所以让我们再看看吧。"他注意到吉诺日渐灰白的头发——这个人在新西兰变老了。他亲自去了商店，拿到两瓶富含鸦片的成药——西登哈姆氏鸦片酊和杜佛氏散。"因为他现在不是孩子了——上了年纪的家伙，你不会恢复得太快的。"当他不在的时候，阿拉纳把手放在吉诺灼热的脸颊上，靠过去，对着他的耳朵说："休息，休息。"

吉诺在麻醉剂带来的梦境中进进出出，在工棚里躺了一个星期，感染的伤口挣脱了麻醉剂的控制，朝着胜利一路疾驰。因为发烧而面色发红，喘息着，他没有认出阿拉纳，而是喊出了弗朗斯韦的名字。阿拉纳和帕尔默注视着那条腿，一大片的黑色水疱。阿拉纳叹了口气。

阿拉纳和夏特考克埋葬了吉诺，在干草田的边缘，靠近河水，在两年前他们曾经砍伐贝壳杉幼树"里克尔"的地方。在往墓地上添最后一铲土之前，天开始下雨了。他们沿着陡峭的没有树的斜坡向上往回走，随着雨水的增加，泥土纷纷脱落。这是一场扫平一切的巨大的暴风雨的开始，释放出不可思议的湍流。山间溪流，连同其他疾速的水流，从山上倾泻下来，携带着石块、砍倒的幼树、圆木、砾石、壤土，以及那间破旧的露天厨房，还掘起了躺在坟墓下方的吉诺，把他的尸体冲进了太平洋。

在一个狂野的冬天之后，旧的一年瑟瑟发抖地结束于暴风雨中，但是清新的春天早晨再次到来，粉笔画一般，明媚而平静，当雷恩博罗先生吸入清甜的空气时，感到很愉快。他让门大开着，但希望不会有人来打扰。如果他在一个小时之内写完所有信件，他将会有自由的下午，在他的储藏室里计数并且排列几捆亚麻，但是他还没有写好半页，便听到泥土路上的脚步声，一个人影走进了他明亮的工作室。另一个人也跟着进来。他觉得他再没见过比面前站的这两位双臂交叉注视着他的家伙更丑的人了。其中一个人黑黝黝的，是一个上了年纪的驼背，长着黑曜石般的眼睛和美洲印第安人那种扁平的脸。另一个人身上的印第安特征甚至更明显，身体瘦而结实。他那张冷笑的嘴显示出，他既不喜欢英国人，也不喜欢传教士。对于雷恩博罗先生来说,冷笑的嘴和拧起的眉毛是一种极不友善的性格表露。

"怎么了?"传教士用粗鲁无礼的声音说。通常他使用这种语气像掸去灰尘一样赶走浪费他时间的人。

"乔·道格。"驼背的那个男人说着,同时在他的口袋里摸索着,然后展开一封雷恩博罗先生在好几年以前亲笔写的信。那张纸弄上了污点,破破烂烂,其中一角几乎快要掉了,"我是伯恩先生斧子制造业务的工头和代理经理。你的信到了我这里。伯恩先生如今回来了吗?我的询问仍然没有得到答复。"

"哦,他——没有,他——他从来没有回来过。我们非常确信他被诱骗并杀死了,被一个毛利人的叛徒——非常确定,可怜的伯恩先生已经死了。非常确定。"

"你如此确信的根据是什么?"

"哦,"雷恩博罗先生虚张声势地说,"哦,因为有人——我无权透露名字……有人知道他被杀死了。被杀死,而且很有可能……"他的声音低沉下来,"以异教徒的某种风俗,被吃掉了。"

道格的脸扭曲了一下,摇了摇头,就如同驱赶一只前来侵犯的汗蜂:"我们会为你的言论找到证据,先生。人们不会毫无缘由地'消失了',人们不会毫无缘由地'被吃掉了'。"

"在新西兰这种事可能会发生的。伯恩先生非常任性,全无戒心地和一个他毫不了解的土著人走到了森林里。狡诈是毛利人天性中的一部分。"

"我想请你找出你所说的了解内情的人。"乔瑟夫·道格说,"很多事都悬在那里有待确认。还有,他的钱箱怎么样了,它在你这儿吗?"

"我把它存放在了一个安全的地方,在我卧室的壁橱里。我马上去把它拿来。"这些词语在他的舌尖跳跃,就如同一段时常练习的祷告词。

这个缺乏同情心的印第安人把他的拳头握紧又松开,然后生气地大声说:"吉诺·塞尔在哪里?我希望见到吉诺。"

雷恩博罗先生也有一个希望——希望他立刻被送到一个荒无人烟的小岛。如果他从未写过那封信的话,这些人便会永远待在他们那可悲的满是叛乱者和暴发户的土地上了。

"他……他也死了。"

道格——那个驼背的人,原本正在眺望港口,听到这个他转过身来,用一种狂暴的声音说:"什么!吉诺死了?不可能!绝对不会。怎么死的?什么时候?"

"去年,在……在……我忘了是几月了。"

"他怎么会死?还是说,他也'消失'了?"

"他死于疾病。血液毒素。他在丛林里干活儿,弄伤了脚。也可能是腿。他的朋友阿拉纳·帕尔默和他在一起,毫无疑问他能告知你所有的细节。"

乔瑟夫·道格用一种低沉的声音说:"可能你不知道,吉诺·塞尔可不是你所揣度的那样是伯恩先生的'仆人'——他深受伯恩先生的喜爱,而且被看作是一个朋友和一个生意上的合作伙伴。还有,伯恩先生在遗嘱中把所有心血和财产都留给了他,包括他位于马萨诸塞的那间斧头工厂。如果他真的已经死了的话,而且吉诺也同样已经死了,那么伯恩先生的遗产可能会转移到吉诺的财产中,然后传到吉诺的儿子亚伦手里。我有责任把所有的细节带给无法进行这一漫长旅程的亚伦·塞尔。"

"我也是塞尔家族的成员,"那位皮肤黝黑的印第安人说,"我是艾蒂安·塞尔——吉诺·塞尔的一个叔叔,虽然他比我年长很多岁。我们来接他,带他回到他的祖国。如果你所说的是真的,那么我们必须带走他的骨头,让他回到他出生的土地上。这是很重要的。"

"我说不出他的墓地在哪儿。"雷恩博罗先生说。他看到了一条脱身之路,"我只能建议你去找阿拉纳·帕尔默,他是这里的商人奥赖恩·帕尔默先生的儿子中的一个。他是吉诺·塞尔的朋友,而且我认为正是他安葬了吉诺——具体在哪里我并不清楚。所以,先生们,愿你们有美好的一天,并且祝你们好运,发现你们想要知道的东西。"

"钱箱,先生。"乔瑟夫·道格说,"在我离开这个地方之前,我要把它拿到手。我相信你没有从这笔钱中顺便捞点儿什么吧?"一片乌云掠过了太阳,从敞开的门照入的阳光短暂地变暗。

"先生,您竟然敢暗示我是一个贼?"雷恩博罗先生气得鼓胀起来。"先生"这个词从他咬紧的牙齿间挤了出来。

"哦,雷恩皮篓先生,我看您勉强称得上是一名神职人员,而就我的经验来看,各种各样的牧师、传教士、神职人员和教会执事,似乎都觉得擅自挪用那些落入他们手中的款项是理所当然的,他们拿那些钱进一步扩大他们的影响,以及控制当地事务——还有,建造新教堂,若是已经有了教堂就增加侧翼,给祭坛镀层金以及诸如此类所谓的善行,特别是改进牧师的私人住宅或者葡萄酒窖。"

"我要让你知道我一分钱也没动过。"传教士撒谎说。事实上,他从伯恩先生的钱中挪用了一百多英镑,建造了他存放亚麻纱束的那个贮藏室。

"要判断是一件很简单的事,"乔·道格说,"因为我知道伯恩先生那个钱箱里的最后一笔钱。我有他的月度账目,一直到三年前,也就是和他终止通信的时候。他在记录开销方面一丝不苟。在我们离开之前,我会检查钱箱中的内容,以及他可能留下的任何文件。而你要提供他已经死亡的证明。"

他们离开了,留传教士一人啃着他的指甲。阳光又像早前一样注满了房间。

奥赖恩·帕尔默正靠在大门旁边的柜台前,凹陷的太阳穴上覆盖着一绺红褐色的头发,冷酷的蓝眼睛睁得大大的。艾蒂安凝视着他那张古怪的脸——他那肥厚而饱满的下颌从耳垂的下方便鼓胀起来,直到那粗壮的脖子。"我的儿子?哪个儿子?我有十几个孩子,全是好孩子,不过当然了,我不知道他们每个人具体在哪儿。大部分时间他们都同他们母亲的族人在一起。"这是个好天气,天上的云朵在头顶上空像成群的羊儿那样掠过。这位贸易商心情十分放松,他打量着这两个人。

"您的儿子阿拉纳·帕尔默,先生,"艾蒂安用一种严肃的声音说;通常他会对果断自信的白人使用这种声音,"我们听说他认识我的侄子吉诺·塞尔。"

"哦,他确实认识。"奥赖恩叹了口气,沉思良久,"我确定阿拉纳现在还在做贝壳杉的活儿。"他用一只长长的指甲剔了剔牙,"是的,他确实认识吉诺,我们全都认识他。他刚到这儿来的时候,用恶作剧把女人们吓坏了。所以一些人不喜欢他。他死于一种有毒的创伤——对此我们无能为力。想要截肢已经太迟了,而且这里没有白人医生——只有我,不过我并不喜欢把人的肢体切下来。"经过这番热身之后,他变得更健谈了,他那灵活的嘴唇露出一位自命不凡的男人那种得意的笑,"我敢说,他不年轻也不够强壮,一开始就不适合去砍伐贝壳杉,但那个传教士偏让他去做这件事,这样他才能赚到他回家的船费。他尽力了。砍伐贝壳杉需要强壮的年轻人,"他说,"他没那么年轻,还跛得厉害,不过他很懂得如何使用斧头。你能看得出来。他说他是一个佩诺布斯科特人,或许很久以前他是的。然而那些日子已经过去了,你知道的——我们现在用圆锯和训练过的阉牛。而现在阉牛……"

他已经准备好要跟他们讲讲他的革新妙招,即进口阉牛到新西兰——因为不管在任何谈话当中,这位商人都必须加进一点能让自己显得很重要的东西;不过他正想继续滔滔不绝地讲述的时候,从这两人的站姿中,以及那两双眼睛咄咄逼人的目光里,他感觉到一种不寻常的东西,这让他闭上了嘴。他转而告诉他们,乘坐蒸汽船往北行驶两个港口,参照他在一块破烂的货箱板条上草草画下的地图,步行前往"大番薯"营地,那里的樵夫和锯木工正在砍伐贝壳杉。他祝他们好运。"我猜你们会想要把在这里的事务很快处理完毕,因为'活力号'下周就要出发前往杰克逊港了。这些日子我们这里没有那么多船,因为鲸鱼都不见了。搭乘'活力号',回到你们自己的土地去吧。"

艾蒂安开口说话了:"我们才刚刚到这里。很长很长的旅途。我们在这片新土地上看到了一些东西,不会那么快离开。这地方和科塔各姆库克非常不一样。"视线越过那片砍伐殆尽的山坡,他凝望着远处隆起的森林线,那些树桩大得让他难以相信自己的眼睛。

"阿拉纳可以带你们看——他的母亲是毛利人。毛利人有非常多的神圣地带,你们最好别去打搅那样的地方。"接着商人用手掌在喉边做了个抹脖子的动作。

427

平静的早晨已经发生了变化,接连不断的云朵为眼前的景致投上断断续续的阴影。当他们找到阿拉纳时他正在干活;同很多毛利人一样,他英俊且体格强壮,腿部肌肉十分发达。他没有太多奥赖恩·帕尔默的外表特征,除了稍显过大的下巴。他长长的头发纷乱地松垂着。他听完他们的讲述,对他们说:"跟我来。"他带领他们穿过那片树桩,来到了一个古怪的地方——一个巨大的贝壳杉树桩,外周遍布刃痕,还有它被砍下的那些巨大而苍白的树枝。他跳到那平坦的树桩上,它有一间谷仓的地板那么大;他示意他们也上来。"这就是吉诺死前砍伐的那棵贝壳杉的树桩,砍它的时候他那条有伤的腿折断了。那些便是他留下的痕迹。"他一边说,一边指着树木外圈留下的那些斧痕。艾蒂安抚摸了那正在变灰的木头,旧日的斧痕还留在这里,那是吉诺存在过的印记。

他转移了话题,开始谈起这些奇异的巨大树木的特质,它们无结节的完美树身引诱了无数伐木人——他本人也曾在缅因和新斯科舍砍伐过树木,但从未见过任何像它们这样的树。阿拉纳说它们是一种松树。

"很多人说,贝壳杉是世界上最好的木头。"阿拉纳说。他们沉默无语地抽了一阵烟斗。艾蒂安说:"关于吉诺在这里的日子,你有没有什么能告诉我们的?"

"他想要回到你们那里去,但却不能。因为他没有钱。除此之外他还能做什么呢? 也做买卖? ——我父亲不会允许的。做个厨师? ——或许吧。不过他了解斧头,懂得怎样把树砍倒,哪怕是世上最大的树。他能非常娴熟地使用斧头。某个星期天他做了把椅子,全用他那把斧头。我想他在这里应该是很孤独的,没人可以说话,除了我和几个樵夫。他说他从没有打算来这里,然而那个伯恩先生非让他这么做。他不想砍伐贝壳杉,他说它们是有魔力的树,而且我们也这样相信。我不记得他曾跟我讲过他叔叔的事。"他斜着眼睛看艾蒂安,仿佛他是从天上掉下来的一样。

"他不可能跟你讲,因为他自己也不知道我的存在,明白吗? 他的祖父,也就是我的父亲——昆陶,在很久以前离开了佩诺布斯科特湾,回到了他在舒贝纳卡迪河附近的米克马克族人那里。在那个白人女人之后,昆陶又有过两个妻子,其中一个便是我的母亲。移民们压迫我们,苏格兰人毁坏了我们的鳗鱼梁,烧掉了我们的棚屋。"提到鳗鱼时,阿拉纳点了点头——它们是他同吉诺相连的纽带,"政府把我们的保留地给了那些火红头发的苏格兰人,所以昆陶带领我们穿过河水,到了科塔各姆库克——白人管那里叫纽芬兰;那儿有很好的鳗鱼河,非常好的鱼,还有一些米克马克人。对于我们来说它是很好的,因为白人不会走入那地方的一些原始地带。但我们却那样做了,而如今我们生活得很好。我们来这里是要带吉诺跟我们回去。亚伦已经在那里两年了。他去了波士顿。我们找他;我们找不到他,没能让他和我们一起来这里。"

乔瑟夫·道格在这段详述期间一直都保持沉默;后来他轻声问,白人们是否在拥入那样一片富饶的地方。"是的,"艾蒂安说,"不过它仅仅对于我们米克马克人而言才是富饶的。对于那些想要得到一些东西用来赚钱的白人来说,这里不是一个前景光明的地方。他们来这里不是盖房子,而是猎杀驯鹿和捕鱼。这些白人来找昆陶,让他把他们带往适合捕鱼的地方。那样做不会带来什么伤害的。"

乔·道格翻了个白眼,断然说:"把白人带入你们生活的地带是危险的。不论道路有多么荒僻,他们都会记得它,并且很快就开始觊觎它。"

艾蒂安说:"我们按照我们米克马克人的方式来生活。那也是我们想要赋予吉诺的。"看着阿拉纳,他转移了话题,"那个贸易商说你是吉诺的朋友。也许你能为我们讲讲他所生活的这个地方。也许你愿意让我们看你和你母亲的族人如何生活。我们想了解这些。"

阿拉纳沉默了好长时间,然后说:"我们到林区里面,还有我的姐姐卡笏——赫·卡诺希·可米洛米洛,她的视力好得如同一只善于发现小虫的鸟儿。仅凭她的感官她便能了解森林。"

他们的远足在某天晴朗而明亮的日出时分开始了,这正是鸟儿筑巢的时节。他们一行五人,不光有阿拉纳的姐姐——肩上立着宠物鹦鹉的卡笏,同他们一起的还有他们的表妹艾赫;她肌肉结实,行动快得宛如一只海豚,正如她的名字所代表的意思。艾赫那多卷的头发看起来充满活力，极富动感，每缕头发都仿佛是一棵藤蔓植物的卷须，想要触及某个支撑物。卡笏的宠物卡卡挥动着它红色的羽翼，只要有心情便随时发出叫声，而且经常这样；在乔·道格听起来，那叫声就像是有人在把谷仓侧面的木板扯掉似的。

阿拉纳和卡笏试着讲解他们生活的地方（这么做似乎略带无奈，因为它无法解释，只有生活在那里才能明白）；他们说，所有的土地都由毛利人部落和宗族所拥有，他们把森林完好地为鸟儿保留下来，而且十分审慎地砍伐树木。艾赫打断了他们，激动地说，有些部落的酋长很贪婪，把亲戚的土地卖给在新西兰公司的白人。他们往前走着，卡笏指着一些扭曲多节的波胡图卡瓦树，说它们是很稀有的。最为纯净的泉水从地面汩汩流出。他们能看到远处的森林隆起着，仿佛巨大的波浪。

他们走进卡笏被称作"神之森林"的地方，空气变得凝滞而沉闷。在他们头顶上方，西风搅乱着树顶，不时有一些鸟儿飞起并啼叫着。他们安静地往前走着，卡笏指出了那些最高的树木，它们形成了一个高高的顶篷笼罩在森林上空，下方的树木十分稀疏。铁心木的生长方式让乔·道格大为震惊——它的生命开始于其他树木位于高处的树枝，随着它的生长，它从它的宿主那里吸取生命力，并向下送出自己的根茎，直至它们接触地面，缠绕在一起形成一株扭曲的树干，直到原本的宿主变成这棵铁心木的一部分。

快到中午的时候，看得见的一小片天空中布满乌云，卡笏说，他们可能会经历一场快速移动的暴风雨。话还没有说完，他们便已听到雨水向他们倾泻下来，掉落在他们头顶上方的树叶上；不过那些彼此交错的树顶如此密集，雨水一滴也没有落到他们身上。

随着暴风雨渐渐远去，他们走出了树林，从一块高处的岩石上，他们看到层峦叠嶂的群山散发着雾气。艾赫说，那是大地之母帕巴图阿努库在为天父努伊叹息，在天地初始之时，他们紧紧地胶合在一起，一种充满爱意的媾和，使他们的神子的世界一片黑暗。她讲述说，孩子们决定使他们的父母分开，从而让光线进来，于是泰安——森林之神——使用树木来将他们分离。她向艾蒂安询问米克马克人的故事，他依稀记得几个不太完整的故事，但却保持了沉默，因为相比她所讲述的有诸多位神的毛利人的世界,他的故事会显得十分逊色而贫瘠。米克马克人遗失了他们的精神世界,取而代之的是传教士们的上帝。

当他们经过巨树荨麻旁时,艾赫拉了拉乔·道格的袖子,指点着告诉他,那是一种危险的植物,带有一种有毒的刺:"他们讲过一个白人海员的故事,他在黑夜之中从他的船上逃走了。他跑进了一片森林,那里有很多巨树荨麻,他在黑暗里跌到了它们当中,大声呼叫。然而巨树荨麻并没有放过他,最后他死于它的蜇伤。"不久之后,她捉到了某种东西,把它递给了艾蒂安:"给你这只小东西,我们管它叫'傻瓜脸的小虫'。"他大笑着,把它从手中放走。

他们所看到、听到或闻到的所有东西,都与毛利人的神以及他们那种充满报复心的狂热生活有关,这令艾蒂安印象深刻。他向自己保证,等他回到科塔各姆库克之后,他一定会找到一些老人,向他们请教祖先们的故事。他凝望着下方的海洋,它正透过树木闪耀着光芒,他感觉到它似乎也正回望着他。他在科塔各姆库克的时候,大西洋从未曾用它那水汪汪的眼睛注视过他。这算是一种预兆吗?

在新月来临之时,乔·道格和艾蒂安·塞尔在船上以做工抵船费的方式到达了杰克逊港,经过漫长的等待,搭上一艘驶往伦敦的船,又继续前往波士顿。"我们必须找到亚伦。"艾蒂安说。

第八部

光荣岁月

1836 — 1870

54

植物财富

在这个八月初的清晨,詹姆斯仔细梳理了月度家庭账目,计算波西的花销。自从他们结婚开始,他一直给她一份自由支配但却严苛的家用;这件事在他们婚姻的早期,曾是他对她唯一的优越感。她发现他严格得过分——超出限额哪怕一分钱,下个月的额度便减半。如今他变得没那么在意了,而且自从拉维妮亚出生以来(在他们压抑的婚姻关系持续了很长时间以后),波西已经改变了很多,将她所有的浮华和夸耀统统抛诸脑后。她那充满爱意的关怀如波涛般源源不断地滋养着拉维妮亚,而且波及詹姆斯、他的堂兄弟们以及他们的妻子,甚至家里的用人——除了菲尼亚斯·布雷利,他被放逐到新不伦瑞克,远远离开婴儿拉维妮亚。波西在每天晚上为她读《知更鸟的传说》中的故事和诗歌;拉维妮亚渐渐对这种"绯红色胸脯的虔诚小鸟"产生了一种温柔的情愫。

詹姆斯合上了账簿。波西在花销方面已经变得近乎节俭了。至于他自己,除了他的雪茄、送给拉维妮亚的礼物、像样的波尔特葡萄酒,以及偶然才会买一件的西装马甲之外,他基本上不花什么钱——马匹除外。他刚刚买了一匹漂亮的栗色汉诺威坐骑"特罗斯特尔";而现在他决定同他那位上了年纪的马夫威尔·廷聊上半个小时,进行一场男人之间的关于马匹的谈话。正在他要起身去往马厩时,他的新管家进来通报说:"福赫尔先生想要见您,先生。"

"请让他进来,让他进来。"詹姆斯说。因为伦纳特·福赫尔已经成为一位特别的朋友。"伦纳特,你一定是刚从你的年度短途旅行中回来?"他有点吃惊。站在面前的不是以往那个衣着优雅的伦纳特。他穿着一条工人穿的那种深色的粗布斜纹裤子,一件灰色的羊毛背心和厚重的靴子。靴跟上满是泥。

"是的。而且非常有趣,詹姆斯。"伦纳特说,"请原谅我这副样子出现在这里。我收集了太多的信息,所以直接就来找你了。关于我的旅程,我想知道你是否有一点时间跟我谈谈。就在上个星期,我被迫考虑了公司的未来。我看到前方有我们必须努力避开的隐患。不过也有一个可以让我们扩张版图的机会,如果我们奋发图强的话。从目前来看,跟爱德华或者其他人谈论这些是没用的。"

"在我们谈话的同时,你想到庭院里四处走走吗?现在天气还没有热到难以忍受的程度。"

"在户外走走更好,"伦纳特说,"我现在的模样实在太邋遢了。"

他们闲散地穿过庭院,走过葡萄藤架下方,藤架上挂着一簇簇没有成熟的果实。他们经过了几何形状的花圃,十分俗艳花哨。波西很喜欢天竺葵、鼠尾草、矮牵牛和蒲包花那明快的颜色,然而詹姆斯更喜欢玫瑰——因为它至少有点儿香味。花圃目前还是新鲜玩意儿,看起来很像廉价的东方地毯。

伦纳特走路的速度太快了,不是詹姆斯喜欢的节奏。终于,詹姆斯在一条靠近玫瑰的石凳上坐下了,说:"伦纳特,停一停,告诉我是什么事在困扰着你。"

伦纳特没有回来坐下,而是前后来回走动着,把要讲的话颠三倒四地说了出来:"詹姆斯,我认为我们现在必须急迫地考虑未来以及我们的森林资产。我们有几年生意很不好,而且你和我都清楚,我们在新英格兰或者纽约州都没剩多少好地块了。松树全被砍伐光了。我知道你要说,我们不是还有俄亥俄的林地吗?也就是你父亲很多年前买下的土地。那次的购买是我今天前来找你的催化剂。在我今年的林地之旅中,我去看了那片俄亥俄地产,眼前的景象令我灰心丧气。它早已不再是你父亲当年劝说我们购买的那片松树林了。在他那个时代,经过大片的白松林地的只有印第安人和毛皮商人,然而如今移民们大量去往那里——大部分来自北欧。十八个月前,有几千人一起到达;他们烧毁并砍伐那里几乎所有的树木,把它们全改造成农场。你能想象吗?最上等的白松全被堆积起来然后烧毁。什么也没有留下。而且还有更多的人在蜂拥前来。"

"我的天哪,"詹姆斯说,"那可是有几千英亩啊。"

"是的,我们应该让一位禁止非法入侵的代理人留在那里看守的。可是森林里空无一人,除了树木,便是那些蝗虫般拥来的移民,他们相信那片地方没有主人,可以任意索取。它已不复存在。"

"我想阿尔梅纽斯·布赖特施普雷歇应该对那些地产进行年度考察的。"

"我们定好了每两年进行一次,因为那是一场漫长而艰辛的旅途,况且他还有别的职责。你的父亲去往那里时,不得不横穿大黑沼泽,那是行走于北美洲最为可怖的障碍之一。如今有了新的道路和伊利运河,使情况有了很大的改善。布赖特施普雷歇计划今年去那里——然而太晚了。移民们太多了,他们在一年多一点的时间内,已经把那几千英亩森林夷为平地。"

"这真让人难以置信。"

"詹姆斯,你是否见过掠食的猛禽,在一两天之内便能把一头倒下的鹿啄得只剩骨架?"

"当然见过。"

"想象一下那些移民就是人类当中的掠食型鸟类,"伦纳特说,"以放火为手段,四处掠夺的猛禽。他们烧毁了我们大片的树木。你肯定也在报纸上读到过,荒野中的空地在两个月之内就变成拥有超过一百座房屋的城镇。"

詹姆斯感觉到,曾经熟悉的疼痛又开始攫住他的肠子;这让他想起了波西大闹脾气的日子。"但肯定仍有大量的森林在其他地方。我们可以去寻找其他森林。我曾听说,我们所在的大洲拥有无与伦比的广阔森林,是世界上为数最多的。"

"没错。肯定仍有人迹罕至且不为人知的森林存在。正是这个引发了我如下观点——我们需要找到这些森林,并尽可能快地把我们的伐木人员弄到那里去。否则的话,整个欧洲都会拥向那里,烧毁并伐光所有的一切。一些欧洲国家针对随意砍伐树木有法律和禁令,而如今,对那些规则恼火不已的不听话的农民来到了我们这里,他们从那些敕令中解放出来,为自己的破坏能力感到欣喜若狂。他们同此前地球上曾经出现过的任何人都不一样,就像是品尝过鲜血味道的老虎。而且像老虎一样,他们把对土地的狂热渴望传给他们的子子孙孙,让那些人继续秉持这样的信条:不论从这片丰饶之地索取任何东西,都是他们与生俱来的权利。"他把手中的雪茄屁股丢到地上,"我建议你和我进行一场寻找新森林的勘察。我们确实不再年轻了,詹姆斯,但我们都仍然硬朗强壮。在我的旅程中,没有去过比俄亥俄州的那些土地更为遥远的地方。但是当我在俄亥俄的时候,我听说密歇根领地的北部有松树。很多很多的白松。"

詹姆斯坐着一边抽烟一边思考:"是的,我在想我们以往那种行为方式——买入新英格兰或纽约州的土地和采伐权,接着便去砍伐,对在哪里能找到下一片新的森林一无所知——这种行事风格在未来会让我们公司垮掉的。如今的竞争者比以往任何时候都多,而且我们已经了解到,我们附近的林地都不是永恒的。树木生长得太慢了——这并不是什么新鲜事,我们在会议上就已经对这个问题反复探讨多次。但是爱德华和弗里格雷斯对考察之事迟疑不决,他们总是推迟我们,劝我们等待,出于我完全不理解的原因。我回想起几年前的那次会议,赛勒斯提到宾夕法尼亚那里有绝佳的机会,但爱德华却说,现在不行,现在不行!紧接着我们的竞争对手便把那些地方全吞了下来。"

"是时候开始行动了。现在轮到我们来先人一步了。如果我们能够说服赛勒斯的话,我们便可以在投票中战胜爱德华和弗里格雷斯。事情已经到了这种地步了。他们是胆小鬼。自从莉迪亚去世之后,爱德华便只同他的管家和几只猫交流了。"这句话显然并非实情,因为爱德华是一个热情洋溢的三位一体论者,而弗里格雷斯痴迷于一位论并涉猎"新高等批判",两兄弟之间时常展开火药味十足的讨论,而且往往演化成一场吼叫比赛。

詹姆斯在想,他和伦纳特并不比那几位哥哥小很多岁;他们全都老了,虽然他自己并没有感觉到衰老。而且伦纳特的精神好极了。毫无疑问,爱德华和弗里格雷斯会感觉自身的状态完全能运营生意。杜克家族的血脉总是长寿的。

"詹姆斯,他们正在让公司停滞不前。怎么样,你愿意和我一起到密歇根领地去一趟吗？甚至更远的地方，如果我们愿意的话。几个水手之间的无心闲谈引起了我的兴趣，他们曾在西海岸干过海獭毛皮交易的活儿——而且还见到了茂盛的森林。我很想亲眼去看一看，毕竟水手懂什么森林呢？"

"那可是非常遥远啊。几乎要到日本了。"

"我们现在讨论的是未来，詹姆斯，未来！我们决不能无所作为地同这些机会失之交臂。"

"那么布赖特施普雷歇呢？他和我们一起来吗？"詹姆斯不明白膝下并无子女的伦纳特为何会如此执着地心系未来。

"我觉得布赖特施普雷歇是不可或缺的。只有他才能最好地判断立木的板尺数量。"

"伦纳特，我和你一起去。还有布赖特施普雷歇。你觉得什么时候出发比较好？"

"我目前有几件重要的事需要立刻处理。首先，我必须去见赛勒斯，接着立刻召开一场董事会议。我必须争取布赖特施普雷歇，并在两星期之内说服爱德华和弗里格雷斯——这项考察对于公司生死攸关。"他住了口，在芬芳的大马士革布鲁塞尔玫瑰附近踱步，又转过身来，用手指轻轻弹了一下少女胭脂玫瑰，"旅途的第一程乘坐马车和火车，这一部分我相当熟悉。最令人厌烦的是乘坐运河船去奥斯威格的那一段。船上可带一本厚书来读。这是最无聊的部分了。乘坐火车前往布法罗，最后坐蒸汽船到达底特律。技术的进步减轻了旅行者的负担。每当我想到可怜的塞德利陷在齐膝深的泥里……"

詹姆斯并没有专心聆听他父亲在蚊虫遍布的上百英里沼泽地上的艰辛跋涉，而是在仔细考虑这次旅途当中他应该在行李中放点什么。雪茄，他想，这是最重要的东西。印第安人同他一样极喜爱古巴的烟草，但那些人却很难得到它，所以他打算小心地裹上几百根雪茄，装满两个马褡裢。"可是比底特律更远的地方有交通工具吗？若是有，会让我很吃惊的。"他们朝着庄园的尽头走去，那里以经年久远的橡树为标志，上面挤满了叽叽喳喳的松鼠。

"没有，不过蒸汽船、公路和铁路每个星期都在延伸得更远。从底特律开始,再往前都将是未知领域。带些结实的衣服,供离开陆地的几周艰苦生活中使用。还有枪和弹药。只有一件事我确信无疑——我们必须前往比俄亥俄更远的地方。"

到了橡树附近,詹姆斯捡起一根掉落的树枝,像枪一样用它瞄准;松鼠们四散而逃。这两位朋友握了握手。两人都有一种紧迫感,感觉到北美的森林不是被放火烧掉,就是被当柴火用尽,而且成群结队的移民正在夺走所有一切。詹姆斯想,伦纳特·福赫尔已经把目光投向无树可伐的未来,而且决定有所行动了。这么做有一定的危险性,不过他想起了刘易斯和克拉克,他们三十年前便已成功地到达了遥远的太平洋并平安返回了。

当他们第二天见面的时候,伦纳特·福赫尔已变得衣装整齐,看起来很愉快:"我可以算得上运气好,因为赛勒斯如今住在波士顿。我们谈过了,他会站在我们这边反对爱德华和弗里格雷斯,如果事情真的到了那种地步的话。而且密歇根领地有一幅邮政地图,我弄到了一份有点破旧的复本。它上面标明了邮路和驿路,不过那已是二十年前的智慧结晶了。听说有一条很多人走过的印第安小路,我觉得它会更有用,很适合骑马从底特律去往芝加哥那个小城。朝西的那条名叫索克的崎岖小路有很多分支,我觉得我们若能找到一条向北的支路,便可以骑马或者步行找到那片有名的森林。那些大湖沿岸随时都可能有印第安人向导和划桨人冒出来——很久以前那里的毛皮贸易曾十分兴旺。本地土著为了几瓶烈酒什么事都愿意做。"

"弗里格雷斯和爱德华如果有那么容易搞定就好了。"

"给爱德华的宠物买些猫薄荷作为礼物,他会笑对我们的。"这倒是真的。自从他的妻子莉迪亚因不断加剧的哮喘而过世之后,爱德华便十分溺爱莉迪亚那两只虎斑猫卡西米和沃恩。

于是,在一个九月的清晨,一片毛毛细雨当中,伦纳特·福赫尔、詹姆斯·杜克和阿尔梅纽斯·布赖特施普雷歇(还带着他的猎犬汉斯·卡尔·冯·卡洛维茨)坐进他们雇来的马车,向西北方进发。伦纳特在马车底板上放了一篮烤鸡和啤酒。汉斯·卡尔·冯·卡洛维茨跑在马车旁边。"它可能会腿酸的。"伦纳特说。那条狗听到这句话,跑得更快了。

他们在底特律买了马,骑着马进入了阔叶林。在底特律已经远远在他们后方时,伦纳特说:"我曾听说,一百年以前莫特·凯迪拉克先生觉得底特律这个城市和它的周边是如此美丽,因此可以理所当然地叫它北美洲的人间天堂。"

他们身处人迹罕至的地带,而詹姆斯因绿荫的幽暗而感到不安。这里没有地标,只有树;没有明朗开阔的天空,只有风中沙沙作响的树冠天篷。他的感觉就像有时他在海边的感觉一样,置身于一片茫茫无际的浩瀚中,所产生的那种闪闪发光的、幻觉般的感觉。然而不像任风摆布的航海旅途,索克人的小路是明显的,那是一条古老的小路,由沉重的乳齿象开辟出来,当来自亚洲大草原的人们发现它时已经年代久远了。

在一片溪谷,他们向下看到了一条蜿蜒的河道,里面都是干石头。

"移民们在附近的一个迹象。"布赖特施普雷歇指着干涸的河道说。又过了四分之一英里,他们经过了一片砍伐殆尽、受到侵蚀的山坡。当他们来到一片大约二十英亩的满是树桩的空地,他们听得到斧头的挥击声,并且闻得到烟味;三个人正在砍伐树木并排成长堆,供冬季燃烧之用。毗邻的一块已经烧过的土地露出焦土和有裂缝的石头。

那个移民朝他们走来,肌肉发达的臂膀摆动着;詹姆斯估计他应该在四十到六十岁之间。他的头发垂到肩膀,苍白而无神的眼睛凝望着他们。

"你们往哪儿去?"

"西边。往西去。"伦纳特回答说,"我是伦纳特·福赫尔。"

那个移民从头到脚打量着他们。他壮硕的儿子们来到附近,紧盯着几位陌生人,下巴很放松。

"你们,莫尼,卡尔玛。回去砍树,快!"父亲快速而严厉地说。他的目光重新转到詹姆斯身上,望了望他的马,他的靴子,又眯起眼

441

睛来更仔细地端详他的脸,"看上去你或许是什么政府人员?"

詹姆斯什么也没说。那位父亲的视线又在阿尔梅纽斯·布赖特施普雷歇的脸上逡巡良久,并张开了嘴巴;当布赖特施普雷歇以同样的方式打量他时,他的嘴巴闭上了。"我们继续走吧。"阿尔梅纽斯对伦纳特和詹姆斯说,并带着某种强调的语气。他们话不多说,呼唤了他们的马便立刻离开了那里。

他们静默无声地骑了半英里,突然之间,阿尔梅纽斯示意他们到丛林里去,沿一个斜坡下去,到一片沼泽地里。在一条河狸坝的尽头,柳树、灌木丛和幼树苗全都被啮齿动物清除一空,形成一片空旷地带,可以很好地望见池塘和他们身后的小路。

"在马匹旁边待着,保持安静而且不要抽烟。"他小声说道,"那个老家伙意味着麻烦,我现在要过去看看他和他那几个笨蛋儿子是否正沿着小路蹑手蹑脚地跟过来。汉斯·卡尔·冯·卡洛维茨,快来!"一会儿工夫,他和那条狗已经不见了。詹姆斯和伦纳特等待着,池塘的表面、河狸坝、马匹,还有他们的脸,都被落日涂上了一层蜂蜜般的颜色。白日即将结束,蚊子越来越多。"我得抽一支雪茄。"詹姆斯用一种很低的声音说。"最好不要,"伦纳特悄悄地说,"据说有些移民会杀死旅行者,拿走他们的钱财和货物,还有他们的马。你刚才看到那个老家伙把我们浑身打量了个遍吧?用他的眼睛想要记住我们?"

"我猜他们把阿尔梅纽斯抓起来了?或许他不会回来了?"詹姆斯小声说。

"船到桥头自然直。"

詹姆斯拿出一小瓶薄荷油,大肆涂抹以驱赶蚊子,然后靠着一根长满苔藓但潮湿的云杉木睡着了。某种东西发出的声音把他给吵醒了。他瞬间变得比这辈子任何时候都更要清醒。某种东西——某个人就在他们的附近,不是轻手轻脚地小心移动,而是任凭那些枝条哗哗作响,脚步毫不在意地踏在泥地之间。

"阿尔梅纽斯,"詹姆斯非常轻声地说,"是你吗?"

"哞——"那东西悠然回答道;它无声地走进沼泽,而在余下的整个夜晚,他们可以听到这头驼鹿扯起水草时的滴水声。詹姆斯在伦纳特舒缓的鼾声中打着盹。拂晓时寒冷的雾气中,当那匹黄色的马儿轻轻发出嘶声,两人都猛然警醒。

"有人来了。"伦纳特小声地说。两匹马朝着同一方向竖起耳朵,紧接着又继续怡然自得地扯咬某种蓝莓灌木。"肯定是布赖特施普雷歇。它们熟知他的脚步。"他们等待着。沼泽的迷雾呈现出一种温和的颜色,表明新的白日将是晴朗的一天。詹姆斯在他的马鞍袋里摸索着,找到了波士顿切达奶酪,并把它切成两半。正当他要把它放在唇边的时候,某种可怕的啪啦声让他吓了一跳,奶酪掉进了腐殖土里;他大声喊:"该死的!"那是一只河狸,它看到阿尔梅纽斯·布赖特施普雷歇和他的狗时惊慌失措,在它的河狸坝上猛然移动,发出危险到来的信号。汉斯·卡尔·冯·卡洛维茨对着水中泛开的波纹,摆出一副要扑过去的架势。池塘深处的河狸们拍打着尾巴。布赖特施普雷歇从河狸坝上下来,走到马匹跟前,拍着每一匹马的鼻子。他对伦纳特和詹姆斯露齿而笑,掀开他的外套,给他们看一个棉布袋子。他从袋子中拿出一长条培根,半打鸡蛋,带斑纹的苹果,还有温热的饼干。

"好男人,"他说,"名字是安东·海因里希。他确实在那条路上,不过不是带着邪恶的意图跟踪我们,而是想要邀请我们到他们的木屋过夜。我没有足够的时间在树林完全变暗前回来找你们,所以我和他一道去了。他是一个德国人,曾经是个缅因的农民。我们只说德语——你们不会喜欢的。不用英语。他们给我吃了一顿丰盛的晚餐,让我睡在谷仓里的一张稻草床上。这是他的妻子克里斯蒂娜给我们的早餐。好像有八个孩子,早餐丰盛极了,是的,有很多吃的喝的。善良的好人。"

"可别忘了怎么说英语。"詹姆斯说。

"是的,抱歉。他从寡妇克里斯蒂娜手中买下了那处农场,那时它的第一位主人死于热病。安东以前在缅因拥有一处农场,但是它的土壤没法保持。它不可能持久,因为他们把土壤的活力燃烧殆尽,然后年复一年地试图在灰烬里种植庄稼。森林花了上千年形成的土壤,四五年就完蛋了。"他咬了一口苹果,接着说,"不过你们再怎么小心也不为过。有很多移民——形形色色的移民。"

伦纳特自言自语:"有很多旅行者——形形色色的旅行者。"因为他看到了阿尔梅纽斯裤管上的血迹。不过他不打算就此追问。

那条小路带他们穿过一片长满厚厚的欧洲蕨的林中空地,边缘分布着红松和铁杉,不时还有白松。下午晚些时分,他们又到了一片森林里;在一片混合着落叶树和针叶树,还长有蕨类和地衣的森林当中,布赖特施普雷歇指出了白桦和白杨树林,以及零星分布的白松,它们比其他树木更高。第二天早晨,他们爬上一座面南的山脊时,布赖特施普雷歇抓起一把干燥的沙质壤土,然后说:"现在我们来到由白松统治的世界了。"可另一侧的铁杉比白松更多,那条路用交错混杂的路径好好戏弄了他们一把。哪条是索克人的小路呢?哪条不知名的小路通往生长着茂密白松的地方呢?

"我们得试试不同的道路。"布赖特施普雷歇说,"让我们从这条北边的分支开始。"在他们跋涉前行的时候,彼此争夺生存空间的年轻铁杉和阔叶树拍打着他们,更狭窄的小径也插了进来;伦纳特说那些是狩猎用的小路。詹姆斯不知道它们当中有没有一条能通往他们正在寻觅的东西。到了第二天中午,他们已被众多的无名小路弄得迷惑不已。

"我觉得很奇怪,我们没有看到一个印第安人。"布赖特施普雷歇说,"如果我们遇见印第安人的话,我们可以问他们在哪儿找得到白松。我认为我们必须回到主路上,在那儿等着,直到一群印第安人经过。"

他们扎营并原地等待;两天之后,一个有六名齐佩瓦人的狩猎小分队停了下来,用英语讨要"烟草",因为他们看到詹姆斯在抽他的晨间雪茄。"给烟草。"最小的齐佩瓦人——一个差不多十岁的男孩说。其他人也重复了这句神奇的话;于是布赖特施普雷歇用某种混杂的通用语言对他们说,詹姆斯会给他们烟草,前提是他们指出正确的通向很多巨大白松的道路。他指向小路五十英尺之外的一棵大树做例子;它那暴露在外的根部蔓延开来,如同巨大的手指。他们七嘴八舌,同时开口,并全部指向同一个方向——掉转头,回底特律的方向。队伍里一位较为年长的人折下一根树枝,在柔软的泥土中画了一幅地图。"它,底特律。"他说。他又画了五条从底特律延伸出来的小路。"索克。"他说,指着其中一条西南方向的道路。"圣乔。"他说,指着他们当前所在的小路。布赖特施普雷歇在先前的交叉路口选择了右手边的小路,使他们偏离了索克小路,那条路无论如何都是不对的。"萨吉诺。"他指着一条西北方向的路说。"西厄沃希。"他说着,用树枝戳向另一条。"麦基诺。"西厄沃希和萨吉诺连接到麦基诺以及另外两条重要的小路。他们离开底特律时应该选择西厄沃希,或者萨吉诺,而不是索克。

"我们得回到底特律吗?"伦纳特问。阿尔梅纽斯提出了这个问题,于是那个齐佩瓦人激动地说了一通。

阿尔梅纽斯说:"他说,有一条小岔道,能让我们回到西厄沃希。麦基诺与西厄沃希相交。但是我们不走麦基诺路,而是继续朝前走,走到休伦湖岸边的一条路上。他管它叫湖岸边小路。"那名齐佩瓦人自愿带领他们去那条能把他们带到西厄沃希的小岔路,他们没再说什么便迈开大步出发了。

"我和他们一起去,给道路做好标记,再回来找你们。"布赖特施普雷歇说。在他们快要消失于视线之外时,那些印第安人突然停了下来,窃窃私语,接着最小的那个回头看了看詹姆斯。"烟草!烟草现在!"詹姆斯将手探入他的大背包,拿出了十二根古巴雪茄——每人两根。当他准备用一种略带夸耀的姿态把它们递给齐佩瓦人时,布赖特施普雷歇突然说:"他们会待在这里和我们一起抽的,所以不如把它们给我,等他们指明了那条连接作用的小路以后,我再给他们烟草,然后回来找你们。"他向印第安人们解释了这个,于是他们再次出发。布赖特施普雷歇迈开双腿跟上他们。又是一次漫长的等待。詹姆斯和伦纳特,连同他们的马。等了又等。

"我猜他们把阿尔梅纽斯杀死了?"下午时分詹姆斯说,"他们可能这样做然后拿走了雪茄。他离开的时间太长了。"

"原路返回是需要时间的。阿尔梅纽斯不是说差不多有八英里吗?我敢保证至少得八英里。不过我不明白为什么我们不能全都同那些人一起走。这样的话就人数来说危险性更小。而且这样可以节约时间,因为我们不管怎么说都得去那里。在我们等着的时候,让我

445

抽一根你剩下的雪茄吧。"

"当然。雪茄对于搜寻白松这件事相当有用,对吧?"

布赖特施普雷歇在黄昏之前回来了。还没等他开口说些什么,历经长时间的消磨而变得怒火中烧的伦纳特说:"我们应该全部和你们一起去的!如果当时这么做了,我们现在就已经在那条路上了。我们损失了时间!从现在起我们不再干坐着原地等待,而让你朝前跑了。你听明白我的意思了吗,布赖特施普雷歇先生?"

"我明白。您当然是对的,不过我担心的是,那可能是一个诡计;距离詹姆斯的雪茄那样近,可能引发他们采取不好的行动。事实上他们是脾气挺好的,拿到那些古巴烟草高兴极了。刚到道路会合处他们便立刻坐下来抽了。"

"距离那儿有多远?"詹姆斯问。经过漫长的等待,他已经麻木了。

"不超过九英里,骑马两小时之内。他们说接下来可能需要步行五六天,我想我们或许用三天就够了,因为我们有马。它连接的那条小路看起来没那么糟糕。有点儿杂草丛生。我们可以现在便出发去那里,如果你愿意的话;或者休息到早上。你决定。"他对伦纳特·福赫尔说。

"马上!等待实在令人厌倦。就我本人来说,我非常急于找到那些松树。"

布赖特施普雷歇对那条小路的用时估算是不充分的。第一英里相对来讲还较为开阔,然而紧接着他们便到了洼地,不得不穿过密集的蔓生植物,他们只好从马背上下来,牵着他们那几匹备受折磨的牲畜。"没有多少印第安人走这条小路。"布赖特施普雷歇说,"大自然正在渐渐收回这条路。"

等他们总算停下来过夜,并为他们的马匹在受伤的腿上涂好油脂,他说:"那个齐佩瓦人对我说,他们前往那片松树林时,通常走水路,乘独木舟去。这对于我们来说是个好消息,因为这意味着森林在一条河的旁边,或者湖畔。密歇根到处是湖和河流。这完全是一个为木材生意而诞生的地方。"

当他们到达西厄沃希的时候,他们没有走错路;那是一条挺不错的小路,经过很多旅行者踩踏,变得适合行走。越往前走小路就变得越高,一直延伸到森林里。这是怎样的森林啊!硕大的白松四处都是,愈发茂密。当他们朝着东北方向曲线前行,而那条萨吉诺路从他们的右方切入之时,他们已置身于他们当中任何一个人见过的最上等的松树林。这里全是巨大的树木,直径有四五英尺,一层层树枝像是巨型宝塔的绿色檐边,那纹理细密的珍贵木头足有一百五十英尺高,甚至达到两百英尺或更高;把它们漂向下游不难,也便于从海湾和池塘中取回。

他们早早地搭起了一个帐篷,布赖特施普雷歇在白天四处奔走,观察、测量、计算、标记、不停地标记。他回来了,坐在火堆边的一根原木上。他有些颤抖,吃着最后一块快要变酸的鹿肉。

"怎么样?"伦纳特说,"你认为如何?"

"我在方圆十英亩的地块上走动,并做了一些计算。"他用大拇指朝着树木指了指,"经由测量,这里每英亩大约有两万五千板尺的木材。"

"这不可能是正确的,"詹姆斯说,"你一定算错了。"

"我自己也不相信,所以我测了两次。这还只是保守的估计。我这辈子还没见过一片像这样的森林,完全不知道还有这样的东西存在。这肯定是世界上最大的白松林。现在我们必须试着去掌握它的范围。这些非凡的树木可能仅有几百英亩,也可能有更多。"

事实上它有更多。一英里接着一英里,愈发茂密;世界上最大且最直的松树。"上帝啊,"伦纳特抬起头看着天空的云朵,"我们感谢您,赐予我们这光辉的财富。"

那天晚上,他们当中没有一个人睡得着觉;布赖特施普雷歇没等第一缕阳光出现便已起床,生了一堆火,煮起了咖啡,丢弃垃圾。他们喝着那滚烫的黑色液体,整理好物品,一旦光线足够看清前路便立刻出发了。一天又一天,他们连步行带骑马,穿过了这片神奇的森林。他们到达了在休伦湖岸的一处巨大的港湾,然而那些松树依然无边无际。

"这件事到目前为止已经远远超出了我们的期待,"伦纳特说,"我们必须去做的事情如下:首先,我们必须到土地登记处,开始尽一切可能买入这片森林的土地。我们必须建立一个总部,不管是在底特律,还是在别的什么我不知道的地方。我们还必须赶回波士顿,对董事会说明我们的发现。阿尔梅纽斯继续搜寻,继续勘察并评分。这里的木材够我们加工几百年。然而我们有那么多事情必须着手去做,因此一年之内——或许两年,都还不能开始砍伐,在此期间需要打好基础。我们将为你雇一些助手。"他对布赖特施普雷歇说,"必须得有人和土地局打交道。得让赛勒斯来帮忙。我们必须联系我们的市场。阿尔巴尼或许可以作为一个很好的航运点,因为它拥有运河终点站。它关乎我们好几代人的未来,就在这里!"他说着,将他的靴子在掉落的厚厚的松针上跺了几下,"它能成就杜克父子公司。再也没有比我们找到的东西更好的发现了。"他喋喋不休。

"上帝啊!"詹姆斯说,"一千个人花上一千年也砍不光这里所有的松树。我们会找到人手。我们会雇来一千个人。"

阿尔梅纽斯·布赖特施普雷歇凝视着篝火,一言不发。他不是第一次看到杜克父子公司贪得无厌的饥渴感了,他们的野心如此之大,几乎要扫荡整个大洲。而他正在帮助他们实现这件事。他厌恶美国人那些砍伐殆尽的掠夺行径,厌恶他们不珍惜有价值的好木头,他们那种疯狂的浪费,他们破坏土壤,导致沟渠遍布和水土流失,他们毁坏森林而完全不考虑未来——伐木商认为供应是无止境的,总是会有另外一片森林的。对于杜克父子公司来说,劫掠在最开始便是它的一大动力,但是有了这里的发现之后,这可能会成为公司的引擎。

他本人并没有因自己发现了辉煌的财富而变得富有。在他为杜克公司工作的这些年里,他从他所勘察的土地中分得的比例少得可怜——这里二十英亩,那里一平方英里,两英亩的山顶林地,五十英亩的美洲落叶松沼泽。小片的地块过于分散,连想要转手卖出都很困难,比起他辛勤的付出,这点回报实在微不足道。如果他想要这些大棵的密歇根松树中的任何一点,他都得秘密谋划才能获取它。这个想法令他感到困扰。

詹姆斯·杜克和伦纳特·福赫尔像平时那样,在展开毯子睡觉之前抽一支雪茄;像往常一样,阿尔梅纽斯收集满怀的木头,把汉斯·卡尔·冯·卡洛维茨叫到他跟前,揉着它的耳朵,躺在火堆边。使它整夜保持兴奋是他的职责。

伦纳特小声地说:"詹姆斯,我想问你一个微妙的问题。我会非常看重你坦率的答复。"

"可以。你要问什么问题?"

"你是否——请坦率回答——你是否……你是否完全信任阿尔梅纽斯呢?"詹姆斯考虑了很长时间。虽然白天很兴奋,而且这个问题很严肃,但是伦纳特等到快要睡着了,詹姆斯才终于接着说:"我没有理由不信任阿尔梅纽斯。"

"我也是。"伦纳特说,"这只是这片广阔而富饶的松树森林本身使人滋生的怀疑和担忧。它太大了,我的大脑几乎无法完全消化它。"

55

永不餍足

他们回到波士顿的时候,是十月的一个晴朗的黎明,秋日的树叶正一片火红。詹姆斯直接回到他的家中。等他再次走出来时,已换上了干净的亚麻织物和一件胡桃棕色的长礼服;他看着波西,对她说:"亲爱的,我回来了。"

"哦,詹姆斯。你们找到你们所期待的东西了吗?"

"我们确实是找到了好木材。困难的是把它弄出来。"

"这不是我们一贯的麻烦吗?我清楚地记得新不伦瑞克和缅因那边运出木材的策略。"

"这次的情况有些不一样。拉维妮亚怎么样?她什么时候出发去英国?"拉维妮亚去年被送到伦敦的一所女子学校。

"谢谢您对此表现出兴趣,先生。"波西尖刻地说,"我保证十分感激。事实上,我们在这件事上有一些争执。她不想回那所学校——具体原因我说不出来,除了她的倔脾气。她没有挑学校的毛病,不过她谩骂数学老师,还管他叫'蠢材'。"

"毫无疑问。她在数字和抽象概念方面一直都反应很快。"

"起初我反对这些空泛的抱怨,不过今天早上我开始考虑,或许把她留在这里并雇一些家庭教师是最好的安排。"

"我非常赞成。"詹姆斯说,"她太敏感了,不适合英国的学校。"他想到了自己在那里度过的不开心的童年。

"她还年轻,不过,确保她认识来自最好家族的年轻男子,对她和我们都有好处。在英国,我担心她会成为那些掘金者的猎物。"

"很可能是这样。英国那个地方到处都是古老的家族,他们除了名气和破房烂屋之外一无所有。一个有钱的美国女孩儿正合他们的心意。这种事我经常见到。没错,把她留在这里会更好。"

"好的,我们达成了一致意见。我该开始在波士顿找一间不错的女子学校了?或者一位家庭教师?"

不过詹姆斯已经沿着楼梯下去,走进了新英格兰的早晨。

"依然是那个自私的混蛋。"波西说。

伦纳特和詹姆斯试图通过激情澎湃的描述使董事会热血沸腾,他们讲述了密歇根那些非凡的松树;巨大的河流和小溪,全都与休伦湖、密歇根湖或苏必利尔湖相连接;底特律位处休伦湖和伊利湖之间的海峡这一战略性的地理位置;道路扩展,伊利运河连接到阿尔巴尼并一直延伸到纽约市。然而爱德华和弗里格雷斯无动于衷地坐在那里。赛勒斯·亨普斯特德不停地点头附和:是的,没错,是这样。

伦纳特说:"我们都知道,对于木材生意的利润,把原木从森林里运出来并送到锯木厂是最关键的。"詹姆斯起身打开了一扇窗户,让宜人的空气进入室内。

"啊,"爱德华尖酸地说,"多美好的一幅图景。可要到哪儿去找伐木工人?你谈及的可是一个人烟稀少的地带。或者,你是想教印第安人如何使用斧子?"

"我们有一些最好的樵夫的确是出生于棚屋的印第安人。但这无关紧要。白人正像春天北飞的大雁一样成群地进入密歇根南部。那儿的人口正在激增。你听说过'密歇根狂热症'的说法吗?它指的就是这股狂潮。我很有信心我们能够吸引到一些人去森林中工作。新来的人中有很多是缅因人——他们嗅到了树木的气味。我们会发布广告的。只要有我们所看到的那类树木,人们便会为了它们而前往。不过我们首先必须购得土地,并且建造我们的锯木厂。詹姆斯马上就要回底特律土地登记处尽可能地买下土地——如果董事会同意的话。政府的价格是每八十英亩一百美元,每一平方英里八百美元。"

"你说'我们',不过詹姆斯可没有杜克父子公司的财政大权。"

詹姆斯直言不讳:"由于我和伦纳特感觉到马上行动是至关重

要的,我已答应用我自己的钱来购买土地。我会把它们转卖给公司,每英亩另加二十五美分。"

作为在座最年长之人和董事会主席,爱德华掌管公司的经济大权(弗里格雷斯只是名义上的财务主管),他草草在纸上计算一番,然后说:"这样一来是九百六十美元一平方英里。詹姆斯可赚得一小笔可观的利润。"

"我认为这么做很公平,鉴于我有现成的资金——而且若是我没弄错的话,杜克父子公司是没有那么多现金的。如果要进行大规模的购买,我们就得将纽约和新英格兰的一部分资产变现才行,对不对?"

"当然,不过我不明白这个风风火火、急急忙忙的阵势是为什么。"爱德华打断说。

弗里格雷斯也发出了一种不满的声音;伦纳特虽然很想对着这些老家伙的脸大喊大叫,但他还是克制住了自己的情绪,用一种平静而愉快的声音说:"布赖特施普雷歇算出了一个保守的数字——每英亩两万五千板尺。木材价格是每一千板尺四美元,公司每英亩能净得一百美元,或者每平方英里六万四千美元。杜克父子公司每平方英里可净得六万四千美元,而只需为此支付九百六十美元!"

"我从未听说过如此之高的单英亩产量,"爱德华一边说,一边用手指敲着桌子,"这不可能是正确数字。"他怒视着开启的窗户,如同他要关上那片湛蓝的天空。

"布赖特施普雷歇计算测量了一遍又一遍,以确保无误。这是史无前例的。然而那些树木就在那里。我们在那儿待了两个多星期,看着它们,抚摸它们,在它们当中行走。你无法想象这片巨大的上等松树林有多么广阔。"伦纳特说话的口气仿佛他谈话的对象是危险的白痴。

"毫无疑问会有大量竞争对手拥入。"

"还没有开始拥入。我们是第一个。"伦纳特说着,毫不压抑他语气中的胜利感,"这是一次麻烦而劳累的旅程,不会有太多人愿意这么做的。"

"那就更没有理由那么仓促了。"爱德华说。

"想想宾夕法尼亚吧。"赛勒斯说。他曾亲眼目睹公司丧失了一个有丰厚回报的机会。

这场会议持续的时间比杜克父子公司历史上的任何一次都长,而且第二天继续进行,他们争执不休,讨论在底特律成立一个新总部的优势和困难,以及只让家族成员安坐在波士顿去遥控运营一家扩大规模后的公司是多么不可能。明媚的好天气仍在延续,于是因日复一日的会议而困在办公室里让人觉得是一种受罪。

"我们肯定得雇用家族以外的人。"弗里格雷斯说,"外人!这可违背了杜克父子公司的方针。"

"情况正是如此。"伦纳特说,"而且我们必须立刻着手雇人。我们需要更多的林地测评员。森林太广阔了,布赖特施普雷歇一个人远远不够,我们必须尽可能搜罗到任何有经验的人。其他木材商人很快便会嗅到那些密歇根松树的气息。会有一场争夺战的。"

"这里的办公室也需要更多的雇员;底特律也需要更多人来负责土地购买的后续事宜、地图、分包商、我们的市场、变化不定的木材价格、船只和运输——所有的一切。所有的一切!我们必须尽快在底特律建造一座办公大楼和一些房子。"

"我们别往前冲得太快。"弗里格雷斯抱怨着。

"詹姆斯,"伦纳特说——在这场会议过程中,他不知不觉地转换到了能够安排公司事务的重要位置上,"你最快什么时候能返回底特律,着手购买布赖特施普雷歇在我们的冒险之旅中所勘测过的土地?"

"很快。大概十天之后吧。我有一些事务需要安排一下,还要准备存款证明以及款项的担保。"

"我每天都做噩梦,梦见闯入者抢在我们前面得到了那些土地。我们得立即购买。我们随时可以靠信用赊购——这能够加速收购进程。"

"杜克父子公司从来没有赊购过。"爱德华严厉地说,"我们总付现金,而这是我们的习惯备受好评的原因。这是我们的标志。"

"如果我们开始购买镇区的话,采购量这么大,我们可能会需要靠赊购来推进。"伦纳特说,"会有那么一天的。"

一周以后,詹姆斯再次前往西方。在底特律,他在政府土地登记处附近租了房子。他同一位像感冒糖浆那样不温不火的职员打交道,经过三天的紧张工作,杜克父子公司拥有了布赖特施普雷歇在他们上次的探索之旅中勘察过的所有土地——十万英亩。他买下了三块城市土地,并雇了木匠开始建造一座办公楼和三所房子。他回到了波士顿,等待土地持有证。布赖特施普雷歇留在密歇根继续勘测,标注林地片区和整个镇区。

"我们应该不经现场查看便买下镇区。"伦纳特说,"我们知道那些上好的林木就在那里。派林地测评员在购买前仔细查验每英亩的林地并非必要步骤。"

爱德华和弗里格雷斯几乎要跳起来了。"什么!万一买到一钱不值的沼泽地怎么办,或者峭壁和灰岩坑?或者除了野草或孱弱小树什么也没有的烂地方?"

"这些密歇根土地的天然属性是不会离松树太远的。如果我们不去现场而直接从土地局的地图上进行购买,可以大大减轻焦虑。"伦纳特的声音由于说话太多而变得沙哑。可是这两名杜克家族最年长的成员激动得面红耳赤,而赛勒斯也莫名其妙地转而站在他们那一边,所以伦纳特最终放弃了这个想法。

十二月的时候,布赖特施普雷歇回来了。这一天非常冷。他走上杜克公司老办公楼逼仄的楼梯,走进董事会的会议室做他的报告。听到第一个数字的时候,赛勒斯倒抽了一口冷气。估算出的板尺数量大到让他们几乎无法理解。

"那里全都是没被砍伐过的立木。我没发现有其他林地测评员出没的迹象,不过我确实在小路上见到过一个政府土地测量员以及他的测链员。他说如今有很多这样的测量员在密歇根领地工作,南方的测量员做土地分区的工作,北方的在林地中大致画出镇区。他说其中一些早期的测量员远不是什么专家,而且由于他们经验不足,所以密歇根有两条基线。我们第一次旅程中看到的那些林地,我不知道詹姆斯先生买下了多少。我听说土地登记处有一些纵容和不正当交易的行径,不过我觉得底特律的人总的来说还算诚实。"

赛勒斯大声说:"你先前考察过的那些土地,詹姆斯·杜克先生若然不是已全部买下,至少也购得了绝大部分。而现在我们也必须买入你刚刚为我们标记好的这些。我们的行动还不够迅速——这里没有批评你的出色工作的意思,阿尔梅纽斯,不过我们需要更多的林地测评员。如果你有任何可以推荐的名字,那么现在是时候提出来了。"

他没有现成的名字。

在他们离开会议室的时候,伦纳特把赛勒斯拉向一边,说:"我们需要你来协助詹姆斯进行购买。门罗镇还有另外一个密歇根土地局,我想我们最好也充分利用它,以免潜在的竞争者怀疑杜克父子公司正在买下整个密歇根。如今我们已把一些新英格兰的资产变现,所以有钱做这件事。我希望你能考虑一下,如果我们想要大量持有,信用赊购是多么重要。相比未来的丰厚回报,即时的投资只是很小的数额。到目前为止我们才刚刚开始。在密歇根有好几百万英亩的松树林,西边和南边的邻接地带可能也是如此。你可以带着布赖特施普雷歇刚刚为我们提供的坐标,到门罗去开始买地。现在请跟我来,我把债券给你。用尽可能快的速度去买入吧。"

阿尔梅纽斯·布赖特施普雷歇离开了过于闷热的办公室,走路回家,享受着即将到来的暴风雨的气息。在他那座小小的房子里,斯特恩夫人用他最喜欢的一种柠檬牛奶甜酒欢迎他回家。在厨房的地板上放着一大袋累积的邮件。他吞掉了牛奶甜酒和四只烤鸽子,然后一觉睡了十六个小时。

第二天早上他开始处理那些邮件。圣诞节即将到来,布赖特施普雷歇老家的亲戚们为他送来了诚挚的问候和礼物——蛋糕和血肠,一小桶优质的德国泡菜,罐装的坚果和蜜饯水果;他的祖母芙蕾达还为送来的鹅肉写了一张烤制方法的说明。血肠让他很是开心,在他打开其余的信之前,他派斯特恩夫人去买一些上好的黑面包。

那盘切片的血肠和面包连同拇指大小的一点芥末摆在旁边,他一封一封地读着那些信。血肠不见了,面包吃完了,只剩下一抹芥末酱时，他读到了他的堂弟迪特尔·布赖特施普雷歇写来的信。迪特尔的童年过得很苦——他的父母在汝拉度假时，死于一场不合时令的暴风雪和大雪崩。成了孤儿的他被严厉的祖母像母亲般抚养成人。阿尔梅纽斯几乎能看到迪特尔站在他的面前，高高的个子，一双醋栗般的眼睛。他曾私下师从萨克森的海因里希·冯·科塔，如今在恩斯特-奥古斯特·冯·罗特施泰因伯爵的庄园从事树木维护的工作。他在信中写道，这座庄园最为显著的特征是有一大片森林。阿尔梅纽斯不无嫉妒地哼了一声，读着迪特尔的描述：他在森林里观察到的昆虫的名录以及它们如何影响不同物种的树木，温度日记和降雨量测量，边界种植，一片小灌木丛实验。不过阿尔梅纽斯看过太多原始的美洲森林，这略微减弱了他对于森林管理的热情。一个人怎可能去控制如此奇异而复杂的新世界森林呢？

几天之后，他才能够开始回复他堂弟的信；他写下的段落带有如此多的不满，以至于他一次又一次地把信纸揉作一团扔到地上。毫无希望，没有办法清楚描述北美洲当前的形势，这里的人们摒弃森林学这门历史久远的技艺，他只从书本上和他父亲教给他的课程，以及他自己的一些观察而对这门技艺有小部分的了解。他必须让迪特尔到这里来，亲眼看看密歇根的森林——那片巨大却无辜的森林就那样完整地立在那里，而一场大屠戮即将开始。他们会有怎样的谈话呢？他快速地书写，没有重读写下的信便把它寄出去了。

三月的时候他收到了回复。迪特尔准备开始这一旅途。阿尔梅纽斯读完才明白，他这位堂弟此时应当正在海上，如果天气不错的话，将会在两星期之内到达。

身边带着他的爱犬——汉斯·卡尔·冯·卡洛维茨，他站在码头上凝望着已进船坞的汉莎号，就像半个小时以来他所做的那样。乘客们沿着横栏排成行，急不可耐地想下船。他试图去寻找迪特尔的脸——应该是个头最高的人之一，不过没找到他。在潮水般涌动的乘客之中他也没有看到他。一只手搭在了他的肩膀上，让他大吃一惊，同时一个熟悉的声音用德语说："你好吗，梅纽斯？"

"啊！你吓了我一跳。我正找你呢。"

"是的,我看到你朝这边望了。我把我的帽子取下来了。这儿真冷。"

"是的。美国的春天就是这样。快来,快来,我们很快就能到我的房子了。"

"你有你自己的房子？这是你的狗？"他拍了拍汉斯·卡尔的头。

"是的,这是汉斯·卡尔·冯·卡洛维茨,我去哪儿它就跟到哪儿；至于房子,它是我父母的,我不经常住在里面,因为我大部分的时间都在森林里,计算林木板尺。就像我在信中提到的那样。"

"完美的名字。所以这只善于观察的家伙一直都在你的身旁,是不是？"

"是的,是的。总是这样。尤其是在寒冷的晚上——啊,迪特尔,我无法表达你能来我有多高兴,我现在有足够的空闲带你看所有的东西。"

"我一直都想看看有名的北美洲森林,而那位伯爵——他是我的远房表兄,虽然他不情愿我离开,但在时间上却给得十分慷慨——因为你的信。我把它拿给他看了。'把所有的全看一遍,'他说,'倘若你为我发现了好的投资机会的话,立刻写信回来。'"

"啊,他就像杜克家族的那些人一样。就像美国人一样。"

"我不这么认为。"迪特尔说,笑了起来,那凸显的喉结上升又下落,那双醋栗色的眼睛试图马上就把一切尽收眼底,"他因几年前的农民暴乱遭受了不少损失。他们抵制他对森林的控制,抵制相关的法律。他们厌恶那些管理之下的林地。"

"一旦你从旅途的劳累中恢复过来,我们便立刻向密歇根进发。不过首先我要把你介绍给杜克家族以及伦纳特·福赫尔。明天早上我们去杜克公司的办公室。"

"亲爱的堂兄,在我喝这些热乎乎的烈酒和水让身体暖和起来的同时,你可以跟我讲讲所有关于杜克家族的事,他们想要攫走地球上所有森林的计划,他们那些邪恶的小把戏。"

半个小时之后,两位堂兄弟吃完了斯特恩夫人做的炖猪脚和泡菜,在富兰克林炉前舒服地坐下,抽着烟斗,有装满波尔特酒的醒酒器相伴,谈论着杜克家族和林业,室外的风围绕在房子四周尖叫不止。

爱德华·杜克不怎么喜欢迪特尔·布赖特施普雷歇。事后他对弗里格雷斯抱怨:"哦,他看起来就像是伊卡博德·克兰①,一个瘦高个儿的呆子。他盯着别人看的样子是多么无礼啊!"

"没错,不过阿尔梅纽斯说他是德国某个大庄园的一位护林员。他管理着一大片森林。他或许会对我们有用。"

"看在老天的分上,他到底怎样去'管理'一片森林?"爱德华不屑一顾,"把它们全砍下来!那才是管理森林。去告诉那个伊卡博德,带着他的管理学回德国去吧。对我们一点儿用也没有。"

詹姆斯坐在早餐桌前,面前摆着他惯常的一盘吐司和蜂蜜罐。当拉维妮亚走进来的时候,他露出微笑。她已经从一个闷闷不乐的小孩变成了一个年轻女子,最大的魅力便是浑身洋溢的年轻活力。从窗边走过的时候,一缕阳光投射在她芥末色的羊毛裙上。

"我亲爱的拉维妮亚,"他说,"你看起来好极了。衣着整洁而优雅。你愿意同我一起吃早餐,并告诉我你所有的秘密吗?"

"我没有秘密。"拉维妮亚说着,面色变得绯红,眼泪突然泛出眼眶,流下她的脸颊。

"天啊,女儿,我并没有要打探的意思。我只是想让你感觉亲切。自从我回来之后,我都很少见到你,我很珍惜有你陪伴的每一个小时。"

然而拉维妮亚开始用她的手帕捂着脸大声哭泣。仿佛过了很长时间她才停下来,詹姆斯觉得在女儿哭泣的时候自己却吃着吐司似乎有点太无礼了。于是他等待着。

"爸爸,"她一边说,一边擦拭着眼泪,"我确实有秘密……"她又

---

① 美国作家华盛顿·欧文所著小说《沉睡谷传奇》中的人物,名字可能取自历史上的真实人物——一位同名的美军上校。

哭了。

"看在上帝的分上，孩子，到底是什么事？告诉我吧。来，先吃一块吐司。"他往一片冷掉的吐司上抹上黄油，敷上一层蜂蜜，把那片滴滴答答的面包递给拉维妮亚。她接了过来，拿着它的那只手却伸得远远的，仿佛它是一条有毒的蛇。她又把它重新放回他的盘子边上。

"它往下滴蜂蜜。"她说完，然后毫无理由地对着詹姆斯大笑起来，望着他面前那厚厚一摞冷掉的吐司——全世界的人都知道，他喜欢的是热气腾腾、口感松脆的吐司。

"没错，这正是蜂蜜的一个众所周知的特点——它会往下滴。你喜欢吃没抹蜂蜜的吐司吗？"

"是的。"她拿起吐司，把它放在一个盘子上，走到餐具柜那里，往那片吐司上打了一颗水波蛋，把盘子重新端回餐桌上，拿起刀叉开始吃她的早餐。詹姆斯注意到，水波蛋也有东西滴落，可能比蜂蜜流得还快。在他们一起吃东西的时候，他们处于一种朋友般互相理解的氛围当中。

"爸爸，"拉维妮亚说，"我确实有一个秘密。"

"是的，我想你会有的。人人都有秘密。你的是什么？"

"我想我的秘密可能会吓到你。"

"哦，你可以试试看，我亲爱的女孩，试试看。已经很多年没有什么能让我吃惊的事了，我急不可耐地想要再次体验这种感觉。"

"你真是傻得可爱。"她有一点点胖，有着带有凹痕的手和丰腴的下巴。

"一点也不。傻瓜时间结束了。现在我重新变回你崇拜不已的父亲，我想知道你是否有什么愿望，不管是多么不值一提的愿望，我都愿意为你达成。你所要做的不过是开口说出来。"

"好极了。是这样的——我不是想要自杀。也不是想要出柜，找个情人，或者结婚。"她深吸了一口气，"我想要学做木材生意。"

他的手晃动了一下，咖啡洒了出来。哪怕她说她想学杀猪，也不会比这个更让他吃惊。

"可是——我亲爱的女孩，没有女人会参与木材生意。它从头到尾都是男人的事情。如果你是个男孩子的话,我们或许能让你到一个伐木营里待上一季度,这样你便能了解有关的活儿,然而我没法想象一个女孩子——一个年轻女人,能在木材行当担当什么职责。我确实没办法想象。你考虑过你作为一个'女木材商'能做些什么吗?"想到这个词语所引出的荒谬场景,他笑了起来。她没有回之以笑容,而是紧绷着小脸。

"母亲曾经协助过她父亲经营他的木材生意。她学习了很多东西,而且进行了充分的运用。她说她甚至还帮助过你——在你当初结束指挥舰生涯而开始进入这一行当的时候。爸爸,我知道我会很擅长这门生意的。我的数学非常好。我能计算板尺和测量结果。我还擅长撰写文件和文件分类。我对财务很有兴趣,还有兴趣了解银行和贷款,信贷和资产,价格制定以及影响价格的因素。我知道我能做一些很有价值的事。而且我不会结婚的。妈妈总是不停地唠叨关于结婚的事,但我就算离家出走也不会结婚的。关于这件事,我是非常认真的。我心中所想的没有别的事。为什么我不能在杜克父子公司里做点什么事呢?我知道你们会请簿记员——我可以当个簿记员。通过这种方式,我能学到很多东西。你说过公司正准备在底特律设立几个新的办公室。我要成为其中一名成员。我会的!"现在的她看起来很像波西,眼睛中闪烁着危险的光,胸部上下起伏着。

在那短短一瞬间,詹姆斯思考着一位木材购买商可能会如何回应这样一种情况。上帝啊,他想,上帝啊,我能做些什么,我能说些什么呢?他吃完了最后一片吐司——此刻它已经很难吃了,冷掉了,而且因溅出的咖啡而有点软塌塌的。

"拉维妮亚。请给我几天时间来考虑你出人意表的请求。我会很认真地考虑能做些什么样的安排。"

机会来得比他想象的还要快。伦纳特在一个五月的早上顺便拜访,请求詹姆斯和他一起前往办公室。"我们的底特律办公室有几位簿记员职位的申请者,甚至还有两名来自新罕布什尔的林地测评员。他们当中有一位向西最远只到过俄亥俄州!簿记员是另一个问题。那些人大部分只勉强识字,至于运算能力——可能会让你吹口哨的。"

"关于簿记员一职,我有一位颇不寻常的申请人。"詹姆斯说,"让我去拿我的帽子,在路上我会讲给你听。"

阿尔梅纽斯觉得他的堂弟迪特尔·布赖特施普雷歇是他所认识的除汉斯·卡尔·冯·卡洛维茨之外最好的旅伴。他们的大背包已打包就绪,他们也准备好去面对荒野森林。阿尔梅纽斯带了烟草,不是古巴的雪茄,而是深色沥青般的绳状物。迪特尔拿上了他那支沉重的.60口径的德国"猎兵"来复枪,阿尔梅纽斯带了一支全新的.50口径的平原步枪,带有河狸尾式贴腮——迪特尔十分垂涎这支枪,所以在他们出发之前,他也从密苏里州的造枪匠那里订购了一支一样的。

"这将是我此次旅程的纪念品。"他说。

"你还会有其他纪念品的。"

前往密歇根的旅途对于阿尔梅纽斯来说已相当熟悉,但对于迪特尔来说却无比震撼和神奇。在伊利运河上的船以每小时四英里的速度航行,令人难以忍受地心烦。在晴朗的日子里,他们沿着纤道向前跑,有时候是为了看看乡村的景致。他们有很多时间谈话。

"问题在于,"阿尔梅纽斯说,"这里完全缺乏森林管理相关的知识。美国人不懂防护林,他们从没听说过疏伐或者修剪它们,他们无法相信土壤或水同森林有任何关系。至于树篱——那是什么玩意?他们不相信树篱有什么作用。还有小灌木林。森林学方面最基本的理念就像中国人那样。"

"他们肯定会有一些关于土壤侵蚀的意识吧——当这种情况出现的时候,总会让人很痛心。"

"完全没有。他们接受它,把它看成世界上的某种自然法则。而且,虽然城市里的烟雾让他们窒息,他们并没有将它与森林那纯净的空气联想在一起。'为什么靠近森林的空气干净而清新,而城市里的却不这样呢?'一个人也许会这么问。但得到的回答却是:因为上帝让它这样。这里的森林如此广阔,美国人无法看到它们的尽头。因此他们没兴趣维护它们。"

"你的雇主们没看到维护森林可能带来的经济利益吗?你们从

461

未重新造林吗?"

"没有。他们甚至也不在砍伐殆尽的广阔土地上留下一些母种树。一场暴雨或大雪来临,土壤便开始像熔化的金子一样从山体流下。如果我对杜克家族成员们谈及任何常识——为了未来,应该对他们砍伐过的林地进行保护和修复,他们便会惊讶不已地看着我,好像我疯了一样。好吧,也许我是疯了。他们追求的是把北美洲所有的森林全部破坏,而我讨厌自己像刽子手一样协助他们。"

"真是令人悲哀。这里砍伐林木的最紧急的用途是什么?房子,我猜是。"

"铁路枕木。我认为铁路公司应该管理专有的森林,种植用于制造枕木的树木。然而他们并没有这样做。他们砍倒野生的森林,以高昂的费用运送木材。作冶炼用途的炭炉用掉了数不胜数的树木。此外,在漫长而严寒的冬日,每一户家庭要消耗近一百捆木柴。这里的壁炉大得足够烤一整头牛。不过火炉也越来越受欢迎。而说到火——我的上帝!森林时常都会起火,但不是能够控制的火——移民们将广阔的林地付之一炬,为农场和房子清空土地。随后因对变得贫瘠的土壤感到失望,他们继续向西迁移,一直往西,又在别的地方做同样的事。能清楚地描述土壤特性的美国农民百中无一。印第安人能比那些移民更好地管理森林。他们很善于观察水文、天气、所有动物及生长中的万物。而且他们能克制住贪婪砍伐的欲望。他们利用很多种树木的很多部分,用于制作不同的工具和药物,同过去的德国农民不乏相似之处。"

"我猜你不会回德国了。"迪特尔说。

"迪特尔,我出生在这个国家,虽然这并不是我自己所选择的。这个国家的人民中,每一位移民都争先恐后地想要比他身边的人更肤浅和无知——学习被认为是可耻的——不过我已经习惯这一点了。改变它会是很困难的。此外,当今的德国也不是我心中的那个德国了。"

"我不知道。"迪特尔说。

"我想看看接下来会发生什么事。我一直都对此充满兴趣。"

在底特律,他们花了一天时间四处行走,经过了一座侧面由木板构成的小建筑,上面有一块招牌,写着"密歇根土地总局"。

"我们进去看看吧。"迪特尔说,"我想知道这里的记录员是个什么样的人。"

那人高高的,因缺少日晒而皮肤苍白,他的眼睛颜色很浅,脸上也没有表情。他以嘴角抽动了一下当作微笑欢迎了他们。"我能为你们做些什么?今天购买土地吗?买一些城镇地块?"他盯着阿尔梅纽斯看。

"不,今天不买。几个星期之后有可能。我们只是先摸摸情况。"他说。

"我觉得我以前见过你。"那人说,"是在詹姆斯·杜克先生的公司里吗?"

"有可能。"

"是的,我想他应该说过,你是他的林地测评员。"

"以前是的。"阿尔梅纽斯说。

"现在不是了吗?"那人几乎有点高兴地说。

"不,我目前还是,不过我现在是休假期间。这是我的堂弟迪特尔·布赖特施普雷歇,他是来拜访我的。他在德国工作,是护林员。我们打算去看看林地。"

"是的,"那人说,"这里是森林生长的理想地方,没错。"一阵沉默之后,那个转而凝视窗外的男人几乎呓语般地说,其中一位联邦政府调查员以及他的链测员前一天曾经到访过,"这些日子里,有几十个调查员在测量密歇根森林。还有一些像你这样的人前来获取林地所有权。"

"那些调查员目前在哪里工作?"

"规划镇区。在杜克先生所购土地的西北方。他们说,再往北一些的地方,木材商的前景甚至会更丰饶。我心中思忖,要是我有足够的钱,或许我也买个四十。职员的薪酬是很少的,你知道,虽然这份工作很稳定。"

"愿您梦想成真。"阿尔梅纽斯说,看上去满面春风。他十分友善地对面前的人讲话。他记得詹姆斯·杜克对这个人的态度像对仆人,总是不耐烦地说:"快点儿吧,伙计。我们可没有一整天的时间。"然后还要求他字迹端正地誊写文件,"而不是像一只乌鸦用脚爪蘸了墨水在纸上乱挠的一样"。

"那些人正沿着河岸测量吗?"迪特尔看着柜台上的地图问。那人点了点头:"沿着河岸,内陆,沿着河流,几乎到达了麦基诺——一片极其广阔的地区——全部是松树林。"阿尔梅纽斯本来想问更多问题,不过有一个人走进来抱怨底特律过去属于法国人的那些狭长地块。"就像该死的面条。"他说,"长长的、瘦巴巴的面条。我想拿回我的钱。"

"非常感谢。"阿尔梅纽斯对那位职员说,"我们可能明天再回来,同您谈谈。"

"我很期待。"

他们离开那里,回到了他们的寄宿处。"我无法理解全部的对话。"迪特尔说,"什么叫'买个四十的'?他是在向我们提供与测量有关的重要信息吗?"

"四十,四分之一平方英里的四分之———也就是四十英亩。他当然是在向我们提供重要的信息——而且,我相信,他也在索取贿赂。或许我们可以稍微修改一下我们的行程。我很愿意去看看他提到的北方林地。"

"我也很愿意去看看它。也许你不会一直当林地测评员,为杜克父子公司工作。让我们在这个荒僻的地带找点晚餐来吃。等到明天再同那位职员谈一谈,然后出发去看看那些不可思议的松树。"

第二天,他们骑着两匹雇来的马开始了他们的行程,其中一匹黄色的马是阿尔梅纽斯过往的行程中骑过的。"在道路交会处,我们会经过通往杜克购置的林地的路,然后往北走。堂弟,我提到过我们会经过一片树桩农场,它属于一位无能的农场主——安东·海因里希,他已经耗尽了两个农场,而且很快就要毁掉第三个。他有一个很漂亮的女儿。你听说过农场主女儿们的故事吗?没错,那些故事是真的。我跟这女孩发生过关系,不过那次非常的……我很难说。也许我们可以再次在那个地方停一下。"

于是迪特尔发现了他的堂兄不为人知的一面。他没有想到他提到贿赂时的口气竟然如此随意,因为在他们第二天回到土地局的时候,那名职员挑明了说,他提供的关于遥远北方的松树的信息,应该得到报偿。阿尔梅纽斯对他说,倘若他们在那里发现了繁茂的林木,他们回来时肯定会在他那里稍作停留,做出一些安排。他的堂兄已经成了一个不折不扣的美国人了。

农场主海因里希的那座原木房子进入了视野。两个笨蛋儿子之一莫尼正在劈开填充炉子的木柴。另一个笨蛋儿子卡尔玛正把它们堆放在倾斜的门廊上。他们越走越近,莫尼突然把手中的斧头猛地甩到砧板上,然后向里面跑去,喊着:"妈!妈!"一个女人走了出来,有两个小孩儿紧紧攥着她的裙角。迪特尔觉得她看起来像是一只谷仓猫。她刚才一直待在洗衣盆旁边,双手仿佛湿漉漉的树根。

"你好,克里丝蒂娜夫人,"阿尔梅纽斯兴奋不已地说,"安东今天在家吗?"

那女人发出一声喊叫,把她的围裙解下来扔在自己头上,然后摇晃着走进了房子。阿尔梅纽斯和迪特尔彼此对望。莫尼慢慢蹭过来,站在那里,双手握紧又松开。

"出了什么事?你的父亲怎么了?安东——他在这里吗?"这时阿尔梅纽斯看到了安东的女儿,她正拉着另外两个小孩的手。他朝她走去,她则一直向后退。

莫尼张开嘴巴想说话,仿佛他有一些话要说,但不知该如何开始。阿尔梅纽斯看着卡尔玛。

"这是怎么回事?告诉我!"他记起这两个傻儿子会讲几个英文词,还有几个德语词。

"父亲……"卡尔玛努力地说,然后又说,"父亲。"

"怎么了?"阿尔梅纽斯鼓励他。

"坏掉了。"莫尼说。

最后,是那个女孩把发生的离奇事件讲述给他们,同时与他们保持着一定的距离。她的眼睛只看着迪特尔,用很低的声音同他说话。若是阿尔梅纽斯朝她的方向多走一步,她便向后退一步。她说她的父亲一直在砍伐树木,跟莫尼和卡尔玛一起。父亲的动作没那么快。

一棵大树倒下了,把他压在地上动弹不得。他大喊着来人。莫尼和卡尔玛来到他的跟前。他们两个很强壮。他们抓住那棵树的平头一端,开始拖动。他们把一整棵树横着从他的身体上拉过,伴随着他歇斯底里的喊叫。莫尼一直在傻乎乎地笑着听她讲述,听到这时,他马上模仿了父亲饱含痛苦的叫声。

"那他现在人在哪里?"阿尔梅纽斯问。

"他没能活下来。在他们拖动那棵树的时候,树枝把他的肚皮扯破了,里面的东西全流了出来。"

"坏掉了。"莫尼说。

"完蛋了。"卡尔玛用清晰的英语说。

"让我们离开这个地方吧。"迪特尔小声地说。他不喜欢莫尼和卡尔玛,而那个女孩很明显在极力避开阿尔梅纽斯。这一家人看起来都不太正常。一个想法闪过了他的脑海——他的这位堂兄做过一些无赖事。果真如此吗?

他们一言未发,直到天黑下来,阿尔梅纽斯生起了一堆火。

他说:"我从来没听说过竟会有那样愚蠢的事——从来没有。他们原本可以劈掉树枝,然后把树从他身上抬起来。他们也可以把树冠和平头端砍得更小一些。也可以一个人把它撬起来,同时另一个人把他从树下拖出来。他们也可以操作一台吊车。"

迪特尔喃喃地说:"有时候,人们或许厌倦了没完没了地砍树。"

在接下来的十天里,他们从巨大的松树之间走过。迪特尔变得相当寡言少语。偶尔他会刮去掉落的松针,检查腐叶层之下的土壤。

"你看到了吗?"阿尔梅纽斯说。他们二人渺小地站在松树的王国里,惊奇不已。

"我看到了。"迪特尔回应道,仿佛是在说婚礼誓词。

在爱德华·杜克那间桃心木风格的办公室里,边桌上放了一个盛着白兰地的醒酒瓶。爱德华正在翻看厚厚一沓调查报告文件,把它们放在一张挺括的萨吉诺湾海岸线地图上;地图新画不久,用深褐色的墨汁绘制了整齐的网格线来标记杜克父子公司的地块。现在他已经渐渐相信,这场了不起的探索和发现完全是在他的敦促之下达成的。

"你好,赛勒斯。为你的职位变动做好准备了吗?"赛勒斯将是底特律办公室的领导人。满满一货车的办公桌和椅子,一箱箱的文件、墨水瓶、笔,以及其他办公用品,在两星期前就已经向西进发了;三位新雇用的职员负责监管这一行程并卸下包裹。第四个职员——拉维妮亚·杜克,将暂时留在波士顿办公室,为爱德华、弗里格雷斯及詹姆斯工作一年,给他们的密歇根木料筹备市场。爱德华并没有因此震惊——拉维妮亚是血亲。她比爱德华印象中的任何雇员都要聪明。她能为混乱带来秩序。

"我有一些东西需要让你看看。"赛勒斯说。他展开另一张地图,把它铺在爱德华的桌子上,然后递给他一沓新的调查信息。

爱德华注视着它,没发现任何值得注意的东西。

"这是什么呢?"他说,"它看起来像是更往北方的一些地块——詹姆斯扩大了购地的范围吗?我不觉得我们已经准备好做这件事。我们已经扩张得有点过分了,我们在投入更多资源之前需要先看看收益如何……"随后他终于注意到了那页调查文件最上方的一个名字。

"这是什么?恩斯特-奥古斯特·冯·罗特施泰因伯爵?一个竞争对手吗?"

"确实如此。再仔细看看。"

爱德华仔细审视。这些北方林地的购买者叫作 RBB 木材公司。"他们是谁?缅因人吗?他们是怎么得知消息的?"

"RBB 代表罗特施泰因、布赖特施普雷歇和布赖特施普雷歇。我们先前的林地测评员已经变成了一位可怕的竞争对手。你或许还记得他的那位堂弟,普鲁士某处庄园森林的管理人?"

"伊卡博德·克兰。我记得他,记得相当清楚。一个令人不快的家伙。"

"那个令人不快的家伙和恩斯特-奥古斯特·冯·罗特施泰因伯爵有亲戚关系。伯爵富得流油,他们所持的产业几乎要和我们持平了。"

"我早就知道!我早就知道!我从来没信任过布赖特施普雷歇。那个小人!狡猾的蛇!可恨的背叛者!"

"伦纳特这个时候偏偏不在,真是太糟糕了。不过我会去詹姆斯家一趟,让他了解这件事。"拉维妮亚从门后听到了所有一切,她朝家跑去,在赛勒斯到达前便到了詹姆斯的身边。

"爸爸!有人背叛!"她大声喊,"布赖特施普雷歇和他的堂弟还有一个有钱人买下了二十五万英亩的密歇根松树林。现在他们是我们的敌人了。"于是,一场较量开始了。

56

拉维妮亚

爱德华,胖胖的老爱德华,在妻子莉迪亚去世之后的这些年来,他已变成了一个超级美食家;他决定举办一场家庭宴会,庆祝密歇根州首批砍伐获得丰厚回报。

"每个人都得来,当然赛勒斯和詹姆斯没办法来,因为他们目前在底特律。我们的菜单上将有大量的龙虾,烹制它们的方式将留给厨师来决定,还有列日酱汁佐鹬鸟肉,以及一只以榛果增添香味的纽波特黑火鸡——这是个惊喜,然后是一份英式烤牛肉搭配俄罗斯色拉。还有厨师想要给我们吃的其他任何东西。至于葡萄酒我会和弗里格雷斯商量。"他发出老人家的那种刺耳的"嘿嘿嘿"的笑声,与此同时拉维妮亚写着邀请函。这是杜克父子公司的商务活动,毋庸置疑,这间公司完全有财力把波士顿市集的货摊搜刮一空,那里总是堆满了市集猎人丰盛的战利品,一点小钱便能买到一对禽鸟:鸽子、火鸡、棕林鸫和知更鸟、鹦类、不计其数的鸭子、天鹅和大雁,甚至是猫头鹰——据说尝起来味道像鸡肉。

拉维妮亚请求不出席宴会。菜单上的鹬鸟肯定是知更鸟,她不能忍受看着它们躺在平盘里被烤炙。"你知道的,爱德华叔叔,我不能待在有猫的房子里。我的眼睛会肿胀灼痛,我几乎没办法呼吸。而且我会晕眩。我从小时候起就是这样的,母亲从不允许我们的房子里有猫,这一点我很感激她。"

"哦,得了!"爱德华说,"特拉梅夫人会把它们放到外面的花园里,它们不会烦你的。"跟他解释是没有用的——就算猫不在场,一座有猫生活的房子里也充斥着看不见的有毒残留物,来自它们的呼吸,它们的毛发。"您不记得上一次我尝试在您家中用餐的情形了吗?我病得不得不叫人抬我回家。"那是一次很不愉快的记忆——她胸口那揪心的憋闷,她痛苦的喘息。

然而爱德华只是生硬地说:"我很遗憾你对猫没有一点你对鸟儿的情感。"

那场大火灾里仅有四条生命幸免于难——两只猫;家庭厨师特拉梅夫人,还有特意为这场宴会而雇用的厨师拉利伯特。洗碗工碰巧提早跑了出来,坐在花园里吃着一只木质平盘里的残羹剩饭。在清理了一半的厨房里,特拉梅夫人正同厨师拉利伯特一起享用着剩余的鸟肉和一杯冰凉的莱茵白葡萄酒,她听到相邻的宴会厅传来一声吼叫。她起身打开了门。一片火苗腾跃而出,从她的裙边到帽子全被烤焦了。厨师对火可不陌生,他抓起她的胳膊,带着她朝外跑去,在那里他们和用人们会合在一起。厨房门的开启使得一阵含氧的空气涌入了房子,他们听到了楼上的尖叫声,那里的餐宴已经结束,换成了波尔特酒和胡桃肉。一个身影从楼上的窗口短暂地浮现——特拉梅夫人觉得那可能是伦纳特·福赫尔,片刻之后,那个影子便向后跌入了那片玫红色的光焰之中。

事后,等她受伤的喉咙可以发出声音了,她轻轻地说,那天晚上她两次把猫从空无一人的宴会厅餐桌上赶下来。她打算同拉利伯特厨师吃完他们自己的晚餐并喝一杯恢复精力的酒之后再去清理那张桌子。她猜想可能是猫打翻了餐具柜上的蜡烛。它们时常在那个柜子上顽皮地打闹。

"杜克夫人在世的时候,从不允许猫待在宴会厅。"她一边说,一边哭泣,"可是当她辞世之后,杜克先生如此宠爱卡西米和沃恩,它们想做什么都可以,他甚至允许它们睡在自己的床上,虽然众所周知猫在晚上会吸走你的元气。"

詹姆斯·杜克和赛勒斯·亨普斯特德一听说那场灾难性的宴会的消息,就立刻动身前往波士顿。爱德华和弗里格雷斯已经非常老了,两人都已迈入九十,可是波西和伦纳特还时值壮年。

詹姆斯慢慢地说话,以免引发他的头痛;他发现拉维妮亚正在波西的房间里整理她的衣服,她把它们装进一只很大的柳条提篮里。

"爸爸!我真高兴你来了。"拉维妮亚说,"事情糟糕极了,糟透了。不管什么时候都有人打电话来,表达他们的悲痛。很多人以为你也在那场火灾里,同妈妈一起。我不得不无数遍地重复说你当时不在。我不知道如果没有特拉梅夫人的话我会怎么办。"

"我可怜的孩子。你经历了怎样的考验!告诉我,你打算对那些衣服做些什么,它们对你来说有用吗?"他不认为会有用,因为波西生前强壮而丰满。他的头疼得厉害。

"修女们会派人来拿衣服的。它们将会被分发给穷人。我会保留妈妈的珠宝和冬天的斗篷。"詹姆斯觉得很少有贫穷女人会觉得波西的丝绸衣服穿起来舒适,不过转念一想,自己又知道什么呢?这对她们而言说不定是一副兴奋剂。他将手放在一件翠鸟蓝色的晨袍上,波西时常穿着它。她华丽的鹳毛围颈,皮草暖手筒,还有那双鞋头带有小颗玻璃珠的缎面拖鞋……他能想象出某个邋遢的妇女正试图把她粗硬的脚塞进那双鞋子里。

"我留下了她无比挚爱的那件深红色舞会礼服——作为她葬礼时的衣服。"想到他妻子那烧焦的尸体裹在一件红色绸缎衣服里的画面,詹姆斯内心不寒而栗,但是他却对拉维妮亚强作笑容。"你的性格里有一种远远超出你年纪的力量,对此我要向你表达敬意。"他过一会儿需要躺下来,并在额头上压一块冰凉的敷布。

詹姆斯缓缓地吸气又吐气,直起身来:"来,亲爱的女儿,让我们到书房去,列出一张必做事项清单。我们吃一盘吐司,再做出一些同未来有关的决定。我们必须共同协作——就你和我——一起生活下去。"

他因为一种如老虎钳般渐渐收紧的头痛而步履踉跄。

"爸爸,你没事吧?"

"没事,没事——这只是我的一次头痛——我的祖母梅西时常头痛发作。"

"我叫坎宁汉医生来吧?"

"不,我好好睡上一晚应该就会没事了。"他多渴望深吸一口鸦片酒的味道啊。

不过当他们走进书房的时候,拉维妮亚说:"爸爸,我觉得妈妈的衣服送给穷人不太合适,有点太精美了。我有个主意,我们或许可以把它们卖掉。您允许我来试试看吗?"

"把它们卖给谁呢?我同意它们品质上乘,随随便便送给那些不懂得欣赏它们价值的人太可惜了。然而会有谁来买它们呢?我希望你所想的不是拿这种事去打扰她的朋友们。"他听到自己的语气急躁而刻薄。

"不。我在想或许我可以去找她的裁缝师,纽约的艾格莱特太太和波士顿的布劳恩太太。这两人都对她的衣橱了如指掌——事实上,她的衣服很多都出自这二人之手。而且她们各自拥有一份优质客人名单,其中或许会有人欣赏那些漂亮的服装并购买几件。妈妈把它们保持得十分干净,将它们放置在防止飞蛾的雪松衣橱里,或者放入抽屉和木箱,远离破坏性的阳光。它们就像新的一样。"

詹姆斯深深地折服于他女儿的商业敏锐性,以及她对衣橱冷静而理性的观察;他说她已获得了他的许可。就算她刚才说她想去煮卷心菜他也会同意的。因为他现在只想躺下来。

"几天以后我去纽约,同艾格莱特太太谈一谈。"

这位裁缝太太是个高个子的女人,有着卷曲的黑头发,她那张方形的脸上施了很厚的粉。"亲爱的拉维妮亚,"女裁缝说,"我对你失去亲人感到惋惜。"她停顿了十几秒钟表达哀悼之情,"你的母亲很会穿衣打扮,拥有的都是最时尚的服饰,虽然这次情形多少有些令人不安,不过我想有很多衣服我都有办法处置。有一位客人嫁给了一位冉冉上升的政治家,而且身形同杜克夫人差不多,或许稍微矮上一英寸;她对晚礼服有不少需求。她总是在问是否有'便宜一点点'的衣服——当然了,我从来没有那种东西。做一件精美华丽的服饰是要花上很多时间的。如今这种情形或许能够完美地满足这位客人的要求。现在,请允许我冒昧地问,她的那些裘皮和斗篷打算作何处理?她有一件极其精美的黄色缎面晚礼服斗篷,褶边有玻璃管珠作装饰。十分令人垂涎。"

第二位裁缝,波士顿的布劳恩太太,更热切地急于获得波西的那些精美华服,她的帽子和手套、羽毛围脖,甚至是购自巴黎的丝绸内衣,以及磨损度最小的鞋子。

几星期之后,早餐桌旁,詹姆斯读着他的报纸,拉维妮亚拆着她的信。"爸爸!这正是我现在无比需要的小小喜悦。它来自布劳恩太太。通过处理妈妈的衣服我们净得了两千美元。我们要不要把它投资到密歇根的松林地上?它能为我们增加几平方英里的土地。"

詹姆斯已经不止一次地认为他的女儿在生意上有不寻常的精明眼光。今天又是一次。她有一种充满进取的性格,而且一向如此。假如她是个男人的话,她肯定会站在每一场商业纷争的旋涡地带,用她那种无所畏惧的风格——加速!进取!他想起了她在童年时代的那匹小马。波西曾每个星期给她一小笔零用钱,不过她必须得自己"挣"到它,通过遵从缝纫、烹饪、音乐(钢琴)方面的指令;她必须自己整理床铺,还得为波西跑腿。

"可是这种事情厨师的儿子也能做,整理床铺的事交给女管家不就行了吗?"娇生惯养的拉维妮亚如是说。

"没错,但我想让你来做这些事。如果你能从自身经历而了解到其他人为了谋生必须做怎样的事,那么你会成为一个更好的人,能更好地去理解他人。我可用不着软弱无能的女人。在你的人生中你可能会需要独立自主,因为女人太经常被占便宜了——没人比我更了解这一点了。"然而当拉维妮亚催促她讲述更多细节的时候,她只是说:"还是算了,你不需要知道。我只是不想让你在期盼破灭的时候陷入绝望。总有一天你会感谢我的。"

那个夏天,在一个八月的早晨,小拉维妮亚带着一只鼓囊囊的红钱包来到早餐桌前。她把它打开,倒出了总共二十七美元的硬币。"这是从妈妈每星期以及在我生日时所给的钱当中存下来的。我想买一匹马。"

詹姆斯的眼睛里泛起骄傲的泪花。他望了波西一眼,摇着他的头,惊奇得难以言喻:"亲爱的孩子,这个星期五我会带你去马匹市场,到时你可以看看二十七美元可以买到什么样的马。"

晨间时分的星期五,马市不是十分拥挤。詹姆斯和拉维妮亚四处走动,查看马匹。詹姆斯列出优良马匹的特征,告诫拉维妮亚不要单凭皮毛的颜色或者眼睛的明亮度而进行选择。

"我们要找的是一个强壮而较短的马背,一个漂亮的肌肉发达的臀部,笔直的腿,哦,还有上百件需要注意的小事。还有牙齿。掌握辨认一匹好马的本领要花上几年的时间——就像在一艘船上学习拉绳索。而且现在我要预先提醒你,你的二十七美元可买不起一匹纯血马。"

詹姆斯提议了其中两匹:一匹是灰色的田纳西走马,脸上有一道白;一匹是三岁大的漂亮的黑色摩根母马。拉维妮亚对两匹马都很喜欢,无法做出决定。灰色走马的主人坚决要价五十美元;摩根马的主人罗宾逊先生是一位上了年纪的农场主,有着银色的胡须和红苹果般的面颊,他要价三十五美元。不过他冲拉维妮亚眨了眨眼,然后两人一起走到栅栏边讨价还价,因为詹姆斯已经决定不会介入。

拉维妮亚跑回他的身边,抓住他的手:"爸爸,它是在佛蒙特州出生的。他们管它叫'小黑',但我以后要叫它黑罗宾。我们达成了一个协议:在那二十七美元之外,如果我们可以现在马上回家,取来我的长尾小鹦鹉——格林盖齐,连同它的笼子和盘子,罗宾逊先生便会接受它。"詹姆斯可以感觉到,在她的心里,那个男人的名字也起了很大作用——"知更鸟的儿子"①只可能是一个好人,而且由于他的名字使他同小鸟联系在一起,那么他应该也会善待格林盖齐——这只全新英格兰最宝贵的长尾鹦鹉。他无声地为拉维妮亚的性格而感谢波西。而且由于波西已经不在人世,她过往的所有缺点都已被忘却,他无比感激他掉入波士顿港的那个幸运日。不过在拉维妮亚跨上这匹刚刚属于她的母马的同时,他仅仅说:"我怀疑格林盖齐不会喜欢佛蒙特州的冬天。"

---

① 罗宾逊(Robinson)名字中的 Robin 即为知更鸟之意。

"罗宾逊先生说,它会住在厨房里,靠近火炉,而且如果冬天非常寒冷的话,罗宾逊太太会为它织羊毛背心和绑腿的。"

在这场大型葬礼的几周之后,一封表达吊唁之情的信到达了波士顿,来自阿尔梅纽斯·布赖特施普雷歇;他在附言当中说,若是詹姆斯和赛勒斯需要援助的话,他和迪特尔会很乐意以任何方式提供帮助。拉维妮亚认为这封信冒昧而无礼,但詹姆斯相信它是一片好心,而且还说,就杜克父子公司当前的处境而言,冒犯其他木材公司并不是个明智的选择。"我们可说不准未来会怎么样。事实上,别的木材商人正在开始买入密歇根松林的地块。他们当中很多人来自缅因。拉维妮亚,我想现在终于是时候把我们所有的经营业务向西转移了。"他说着,拿一块面包皮蘸了一下他的热可可。

"底特律那里有没有过得去的社交生活?还是仍然困在一片荒野当中?"

"哦,底特律还可以,它不像波士顿这样,但它的人口正日益增长,而且对于我们当前的生意来说十分便利。我们在那里有一家十分可靠的企业,而且湖水能提供运输,虽然那里的水域复杂而危险,几乎像海洋一样危机四伏,但却没那么多盐分——据说人溺亡的速度会更快。至于社交——这方面可不怎么样。如你所说,它仍然困在一片荒野里。"

"爸爸,我们有没有很多钱?"

"真实情况是,我们确实有很大一笔钱,尽管最近几年购买了那么多的林地。为什么问起这个?你在考虑某项大额支出吗?"

"是的。要是有钱,我希望把这座房子——"她把手臂挥过头顶,画了一圈,"——复制到底特律,连屋顶的每一块石板都要。或许它会是底特律的第一座宅邸。若是我们住在和原来一样的房间里,会不会让我们感到熟悉和安心?我可以写下亚麻用品清单,特拉梅夫人可以列出厨房用具,盘子和银器什么的。我们可以订购那些东西。"

詹姆斯感到一阵恐惧的战栗掠过——因为复制塞德利在波士顿的住宅会花很多钱。不过他负担得起这笔开销,而且如今有什么更

475

好的方法使用从密歇根松树那里得到的钱呢？此外他还有爱德华和弗里格雷斯留下的诸多遗产，甚至还有伦纳特的。他未作迟疑。"好的。我们可以做这件事。我会联系一位建筑师。我们甚至可以添加一些装饰，比如浴缸。更大的马厩和全新的马车装备。一间小礼拜堂，献给你的母亲。不过我要拒绝一样东西——那个巨大的桃心木衣帽架不会同我们一起去底特律。"

"我们必须有地方让人们挂他们的帽子，放他们的雨伞。"

"我们会有另外一个的，一个优雅而简单的衣帽架，上面不要雕刻的麋鹿和狩猎号角。"他们一个星期都在讨论这座新房子。特拉梅夫人加入了这一讨论，热切地提供了一份希望改进的清单——一个更大的食品柜；一个清洁银器用的管家室；增加两名女佣；一个葡萄酒伺酒间，带有通往酒窖的专有楼梯；安装水管，取代厨房的贮水池。

但是老威尔·廷说什么也不同意："我就不去底特律了。我生在波士顿，也会留在波士顿。我为您的父亲干了一辈子的活儿，然后为您；就在这间马厩里，所以我就待在这里。"

"可是只要时候到了我们便会把这些全都卖掉的。"詹姆斯说，"您可能得面对一个新住进来的家庭。万一您不喜欢他们呢？"

"那可轮不到我喜欢或不喜欢。不管怎样我都得和睦相处。"老家伙说完这句话，这场谈话便在这里打住了。詹姆斯很失望，他仍然希望能说服对方。或许威尔没意识到，那些马匹也会一起去底特律的。

规划这座新房子成了拉维妮亚的一项餐后作业。晚餐之后，一沓纸张和锋利的铅笔，还有墙纸的样品，凌乱地铺满了那张红木餐桌。詹姆斯多年前已在底特律选好一处山顶屋址，面向南方，可一览无余地观赏圣克莱尔湖的怡人风光，圣克莱尔湖就是因面积小而无法跻身"大湖"之列的那处湖泊。他为女儿画了一幅速写——土地的后方和两侧有森林三面环绕，开口处正对着那片无比湛蓝的湖水，以及远处朦胧隐约的安大略湖。

"这座房子会使得黑天鹅庄园相形见绌。"拉维妮亚说。

"哦，我们的新房子可不会有什么黑天鹅。"詹姆斯说，"不管怎样,把水景部分留给景观设计师决定吧,不过我们得先找到这样一个人才行。我们或许得派人到英格兰去找,那里有很多这类的人。我们的国家太年轻了,还没有发展出这类光鲜的行业。要依照我们的心意来建造这所房子得花上好几年时间,所以现在我们不得不先忍受某处较为朴素的住所。我在两年前建造的公司住房可以凑合着住。"他感觉到头疼正悄然袭来,起初是脖颈处的一种微弱的疼痛,渐渐会演化为一种搏动着的巨大痛苦。他决心再找一位能帮助他的医生。

如果说这件事可算是晚间消遣,那么对于拉维妮亚来说,白日光阴则用于学习,还有阅读邮车送来的报纸和政府公告,写信以及询问来访客人关于新的发明和科技进步的新闻。这些新闻大多涉及各种各样未来的铁路筹建者的探索性主张;短途的地方铁路正如雨后春笋般在东部城市涌现,而且毫无疑问,一条横贯大陆的铁路迟早都会修建起来,不过对是铺设一条中北部还是南部线路的问题有很激烈的争执。詹姆斯和拉维妮亚都支持修建一条北方路线。"在他们铺下第一根钢轨之前还得再等上二十年。"詹姆斯说。他的心思全在另一件发明上,"你读到过有关电报实验的事吗,没有?据说电报可以让人们长距离传送消息,只要用一根铜线传输它的脉冲。想想吧。倘若这一技术果真实现的话,那么要是底特律也接通了那种铜线,我给波士顿的某个人发送即时消息,这个消息在几分钟之内就可以被读取。不过到目前为止,它还仅在英格兰试验。"

拉维妮亚为这一想法着迷不已,文字沿着铜线传送,仿佛鸭子游过窄窄的河口。听上去几乎是一个虚构的故事。詹姆斯点燃了他的雪茄,猛吸了一口,随即又很快把它熄灭,因为它诱发了他的头痛,接着他说:"你觉得有彩色玻璃天花板的圆形大厅作为入口怎么样?"不过对于圆形大厅的对话他已经心不在焉了。一个新的医生——一位神经学家,会在八点钟带着一个治疗装置到访。

詹姆斯头上戴着普特南公司的头戴式电极,他希望静电最终可以战胜他的头痛,但却被工作淹没。新房子的设计工作仅能断断续续地引起他的兴趣。随着伦纳特的离世,应付分包商、新雇用的林地测评员和检尺员,审阅他们关于林木板尺数量的报告,管理伐木营及其预期产量、实际产量,他们的锯木厂以及对新设备的需求,还有锯木技术的新发展,委托造船厂制造平底船,以便把锯好的木材运送到阿尔巴尼的代理商那里,这些工作全都落在了他一个人身上。赛勒斯也无法处理伦纳特的工作,因为他正忙于复杂的订货部门。他私底下认识每一位船舶买手,每一位木材商。不,赛勒斯无法担当伦纳特的工作,也没人能代替他那装满公司历史和木材知识的脑袋。不过有个人倒可以试试。

"拉维妮亚,"他喊道,"你可以到这里来一下吗?"他解释说,得有人去处理当前生产工作中的具体事项。他们可以从家族以外雇人,而且可能没过多久之后就要这么做,然而进行即刻的处理至关重要。如果她愿意临时担当伦纳特的一部分工作——当然,不包括考察那一部分,而是日常的公司事务。他知道这对于她来说会很困难——她只是一个女人,她会受到每一位木材承包商的排斥。杜克父子公司如今在密歇根有两个承包商在运作,每一处距离底特律都有超过一天的骑程。还有五个申请承包冬季伐木作业的人需要面试。伦纳特可以晃悠悠地走进一个营地,吃那里的猪肉和豆子,同干活儿的男人们互开玩笑,了解砍伐工作进展得如何。不过詹姆斯不会要求拉维妮亚前往各个营地。作为替代,他会要求承包商们到底特律来,向她做报告。

"为什么我不应该去呢?"她说。

"因为你是个女孩——女人。无此先例。这样是不可能的。"

"爸爸,这并不是不可能。这么做或许不是惯例,但我会让它变成一个惯例的。我坚持如此。如果我不了解那些承包商,并亲眼看看那里的伐木营运营得如何,那么我便没有办法判断那些人的价值,也不清楚砍伐的情况。你和伦纳特都曾对我说,我在学习公司的生意方面做得很好。这是很必要的一步。如果可以的话,我甚至愿意受雇去砍伐树木,因为这样我能更好地了解这项工作。我会尽快访问营地的,我们搬到底特律之后我便开始做这件事。"

"拉维妮亚,这只是暂时的。我正在为伦纳特的工作寻找一位固定的代替者。"

到动身的时候了。十六辆马车的日常用品和亚麻织物已用板条箱打包好并船运过去。拉维妮亚将身体从马车中探出来,望着她童年时代的家园。我将走进一种新的生活,她想,我会成功的。

在底特律,赛勒斯和他的妻子克拉拉用一餐油腻的猪肉和土豆的家庭宴会欢迎了他们。克拉拉引以为傲的是餐厅里那盏精致繁复的大吊灯,它有上千根水晶棱柱。詹姆斯几乎没怎么吃。他旅途中一路都在断断续续地发烧,吃了那顿烤猪肉的晚餐之后他在床上躺了五天。克拉拉和拉维妮亚从直觉上就彼此看不顺眼。克拉拉来自一个有地位的波士顿家庭——斯波蒂斯伍德法官便是她的父亲;她是那种"理想型的女人",喜欢忸怩作态地假笑,目光闪躲,对赛勒斯极尽温顺忠诚;而赛勒斯只需要傲慢地瘫坐着,摆出一副颐指气使的神态。她以其收藏的丝绸颈巾和披肩而闻名。孩子们与机器人无异,如啁啾的小鸟般回答着"是的,妈妈","是的,爸爸",还行着屈膝礼,而且安静少语。晚餐之后,所有宾客必须到音乐房去,在挤迫的椅子上忍受一个小时,听克拉拉演奏脚踏式风琴,演奏以痛失亲人为主题的哀伤歌曲供他们欣赏。

杜克父子公司在底特律的三座公司屋舍远不如黑天鹅庄园。赛勒斯和他的家人住在中间的那座房子,房前的庭院里有两丛狂风吹拂的玫瑰,他们管这里叫做"玫瑰屋舍"。詹姆斯带着一名男仆和一位厨师,住进了朝东的那座。拉维妮亚得到了西边的房子,她觉得它粗陋极了,不过二楼的房间可以饱览湖景和水上往来的船只。"我要了解每一艘船,"她说,"我要弄来一副望远镜,好好地研究它们。"

底层用于仆人们的房间、厨房、餐厅和会客室。波士顿的女用人露比·斯迈思自己有一个房间,她对目前的形势嗤之以鼻;特拉梅夫人搬入另外一间,她的新厨房只有少数最基本的烹饪设备。她对那个巨大的铸铁炉灶毫无抱怨,对热水贮水箱也不发怨言,还有那个木柴箱,每天早上由杜克家族的全能雇员罗伯特·尼伯恩填得满满的。他们的计划是非常简朴地在这里住上几年,直到他们的新宅邸竣工。

看在倾心打造的新房子的分儿上,那位势利的女用人才答应留下来做事。詹姆斯找到了一位纽约的建筑师——利福德·L.兰迪,他细细研究黑天鹅庄园,直到了解了要复制到底特律的房子去的每一处特征。他还有不少改进的主意,并把它们写在信中每天寄送过来,让詹姆斯恼怒不已。

"我们必须集中精力在这里把生意确立起来,"詹姆斯说,"新房子的事情就交给兰迪和他的助手吧。我已经把我们讨论过的所有建议都给了他,他需要把它们体现在设计中。这件事让他去做就行了。全权委托给他——钱有的是,他还可以从我们的爱罗锯木厂尽情取用上乘的密歇根松树,想要多少有多少。"刚想到锯木厂,詹姆斯便立刻觉得一次参观或许能对他的女儿拉维妮亚有指导作用。

"明天我带你到咱们的锯木厂去。你必须懂得这门生意的每个部分,而锯木厂是它的核心。最近的一间是爱罗锯木厂,它不是我所希望的样子——所以我们订购了新锯子和新设备。"

在拉维妮亚看来,锯木厂是一个散漫而破败的奇异地方,好几英亩的区域内晾晒着成堆的木材,它们之间有挤迫的通道。这间锯木厂位于一条很不错的河流旁边,筑有水坝的水池产生的动力足以运行一个上射式水轮和同一框架内的两把上下运行式的沉重的锯子。不过当他们到达时那里一片沉寂,一个男孩走出来说,他的父亲去了码头附近的一个货主那里,买一把替换的锯子。"老锯子大部分的齿都坏掉了。"

"那我们去另一间锯木厂看看吧。"詹姆斯说。普什锯木厂在河流上游一英里之外,得名于它的工头——乔·布沙尔,他是锯木工兼水轮车木匠,更广为人知的名字是乔·普什。当拉维妮亚走过门廊,走进一片轰鸣当中时,普什停掉了正在运作的锯子——一把直锯加上一把双钢片的框锯。他急忙来到詹姆斯身边,用余光瞄着拉维妮亚:"杜克先生,我不知道您要来。"

"人生就是这样,乔——时不时都有惊喜。我正带我的女儿参观我们企业的各个部分。继续忙你的,把它们重新启动吧——她想要熟悉锯木过程。她在公司里担任了一个职位。"

普什扳开了控制杆,随着湿答答的水哗啦啦倾倒在外部的水轮上,直锯开始慢慢地噬穿原木,带着某种仿佛鼻腔中发出的硬朗声音。一阵锯木屑如雨般落到下方,空气里逐渐充满松树、泥土和灼热金属的气息。拉维妮亚看到木工跑车是如何被一根缆索拉向前方,而木材末端的另一个机轮又把木工跑车带回远处。两个磨边工人把刚切割好的木板放在原木上部,乔·普什把设备归位,准备好下一次的切割,于是锯子再次开始啃噬,为经过的木板去除树皮的边沿,人们把它们搬到外面,摞成一堆。贮木池的工人又把另一根原木送上坡道。

"虽然挺慢的,但它能把活儿搞定。"乔·普什说着,指向外面一座座由木板堆积而成的神坛。他们在噪声和尘屑之中四处走动,注视着贮木池中的工人把原木推到坡道的底部。在锯木厂里,十几个人正使用框锯把小而弯曲的原木截成大块的木柴,将它们堆放在晾晒木头的棚屋内。

"从木头废料中得到的一点不错的额外收入。"詹姆斯说。他指向一堆小山般的木头说,"拉维妮亚,留意一下前部底端的横档。它确保木材斜面的堆放安全,并让雨水和雪向下流。堆筑一个稳当的木堆是一门艺术。"

"它变干需要多长时间?"

木材堆放工开口了:"你说堆在这里的松木吗?一英寸的木板差不多需要一年,厚木板的话最好两三年,或者更久。"

"是的。"詹姆斯说,"当然,我们想要尽快把它投放到市场上,所以我们用干燥棚,它非常有助于把你想要售出的木材尽早准备好,比如这里的工人在风干木柴时所使用的这种。我们在就地风干木材方面的一个问题是,当砍伐结束,人员转往另一个地方时,锯木厂也通常被拆除和运输。偷木材的贼会自行取走等待风干而无人照看的木材堆,所以我们通常会雇一个伐木营男孩,或者一个伤员,或者一个不像他那么强壮的老人,留在那里,直到我们自己运走那些木材。"

木材堆放工咕哝道:"这就是为什么有些伐木工——可不是我——说,最好把原木转移到一间固定的锯木厂,一直有人看守。"

他们走到锯木厂的后面,拉维妮亚瞥见一堆不知名的东西,尖叫起来,双手捂住眼睛。

"老天啊!布沙尔先生,过来看看,你来解释一下这个……这个恐怖景象。"詹姆斯大喊道。

乔·普什连忙跑来,他不知道他们看见了什么东西,是一具尸体还是一块损毁严重的木板;然后他笑了。"这就是小伙子们上星期弄到的那堆蛇。这里的青蛙成群结队,会有蛇大老远地从十英里之外跑过来吃它们。"上千条巨大的肌肉发达的蛇堆得有六英尺那么高,此刻已开始腐烂,发出一种令人难以忘怀的臭气。

"最好是把它们扔到河里吧,乔,不然你们还会招来十几头熊的。"

"已经射杀两头了。不过当然,我们会把这些玩意儿丢掉的。"

回去的路上,拉维妮亚问詹姆斯他们的锯木厂里为什么没有圆锯:"我好像读到过或是听人说,圆锯切割得要快得多,因为它们能连续工作,不需要调整复位。"

"哦,你说得非常对。我们已经订购了,不过一下子做好所有的事并没有那么容易。我们是从乔·普什手中买下这间锯木厂的,当时它已经在运作中了,如今我们又雇用了乔。密歇根的森林里很快便会有几百间锯木厂的,如果情况发展得同缅因相似的话。一旦我们购买的装备到货,这些老旧的框锯装备会被卖掉,替换成圆形锯片。我很愿意在恰当的位置安装涡轮机,以便获得额外的动力,有模有样地切割木头。当前的设备一天只能够制造出大约三千板尺,伐木营的小伙子砍树的速度如此之快,锯木厂根本跟不上他们的节奏——产业链条中最弱的便是锯木环节。我想为每一片伐木场地安一间可移动的锯木厂,只要那里方便,这样就可以运输木材,而不仅仅是原木。这些锯木厂应该跟上伐木营的节奏,紧跟我们的伐木进程就地切割。不过城镇或者城市附近的固定的锯木厂,除了能阻止窃贼之外,还有一些优势。我和伦纳特曾讨论过为我们的公司增添一个加工厂,可以把木板打磨得平滑,甚至再添一个蒸木头的烤炉,用来制作楼梯护栏之类的东西。"

赛勒斯强烈反对拉维妮亚访问伐木营的计划,当她坚持写信给伐木承包商——霍布尔·皮特森和弗农·罗比——通知他们她即将前往视察时,他说虽然他忙得不得了,不过他会把工作先放在一边,作为她的保护人同她一道去。"你不能一个人去。"他说,"你太年轻,而且太……太有女人味了。你就是不能一个人去。"

拉维妮亚的脸变得绯红:"赛勒斯叔叔,我可不像你说的这样。我会去的。我会骑我的黑罗宾。它会护送我安全到达。我知道我能胜任这件事。"

然而詹姆斯赞成赛勒斯的意见:"不仅仅是路线的问题。森林里到处都是粗鲁的人。可能会有男人对你……伤害你,还有叛党和下流的家伙,以及离群的印第安人。必须得有个人陪你一起去——一个男人。一定得这样,我是认真的,拉维妮亚。等你再长大一些或许是另一种情况,可是现在不行。没有争论余地。这次旅途十分艰苦。你不熟悉路线,你不会在荒野中生火,遇到凶猛的野兽或者凶残的人,你没办法保护你自己。这里离不开赛勒斯,所以我会找一个了解森林而且可靠的男人同你一起去。"

他就寻找一个合适的旅行同伴兼保护人的事情询问了底特律的马夫保罗·罗克。第二天下午,罗克推荐了他的大儿子安德烈·罗克,他是一个很有能力的猎手,熟悉森林,而且在拉维妮亚打算访问的两个伐木营里都工作过。他会说法语和一些印第安语。詹姆斯和那个小伙子见了面,他比他的父亲要高,非常羞怯和忸怩。不过他毫不费力地回答了詹姆斯向他提出的所有问题。没错,这次旅程的最佳方式是骑马。他的父亲——马夫保罗,可以提供马厩里最好的马匹。它们十分习惯森林的小路,所以会比波士顿的马匹要更合适,不管后者如何备受珍视。他会烹制他们两人的所有餐食并摆好奉上,他会给马匹梳洗并喂食,准备铺盖和毯子,指出他们经过的任何当地地标。他会用他的生命去保护拉维妮亚。他会做到他所能做的最好。

这是在十月初,寒冷的森林里刚刚积起第一寸雪。马匹的呼吸,还有他们自己的呼吸都冒着蒸汽。那些巨大的树木的行列无穷无尽,这唤醒了拉维妮亚内心的一种全新感知,一种强大的对所有权的感知——这些是她的树,她一声令下,便能让这些巨树倒在地上,被钢锯吞食。她目光带着嘲弄,打量着它们巨大的形体。她的树——好吧,她、詹姆斯和赛勒斯的树。还有在其中休憩的鸟儿——全是她的鸟,还有她的松鼠和豪猪;都是她的。

在一日将尽之时,安德烈搭建起一间小棚屋,在屋前生起一堆火,他们各自的毯子在屋子两端,中间以堆起的行囊和马鞍分隔。还没等他擦拭完马腿,她便已经睡着了。不过她在夜间醒了过来,感觉到这个年轻小伙子正从身后拥抱着她,他的气息呼在她的脖颈上,一只手搭在她的左胸。

"你在干什么啊!"她气势汹汹地说。

安德烈·罗克一言未发,他的呼吸平缓而均匀。她因为愤怒而浑身僵硬,一动不动地躺着;她渐渐意识到他睡着了,不是在谋划强奸,而是已沉沉入睡。他是否觉得自己这么做是在保护她,抑或他在自己家里也这样亲密地同其余的兄弟姐妹们睡在一起呢?到了早上她会同他解释,不同性别的大人们躺在一起是不成体统的,除非他们结了婚。随后她自己也睡着了。到了早上,安德烈在不远处生火,汲水煮茶,从一条面包上切下厚片,喂马。他看起来还是他惯有的那种羞涩、安静的样子,为她递上一杯热腾腾的白毫红茶。关于他出现在她的毯子之下这件事,他只字未提,虽然她几次想要开口去问,但不知怎的,她什么也没说出口。这次经历中最令人烦恼的部分是他睡得那么沉,当她说话的时候他本该醒来才对。假使敌人或捕食的野兽偷偷向他们溜过来呢?当狼在啃咬她的胳膊的时候,他会继续惬意地睡下去的吧。而且若是火在凌晨时分便已熄灭了呢——像他这样睡得那么沉的人是不能起来把它重新添满的。或许他其实是在假装睡觉。这些可能性全都形成对他的负面印象。不过仍然有几个晚上,两人这样子睡在一起似乎是一种再寻常不过的方式;当树枝在黑暗里发出噼啪声响,猫头鹰啼哭个不停的时候,她也很高兴有他的温暖和亲密相伴。而他总是在拂晓时分便已起身干活儿。

他们在上午到达了弗农·罗比的营地,万里无云的天空,太阳无比明亮。阳光反射在河面上,闪耀得让人眼睛难受。他们来到一片除了沿湖地带之外全被森林包围着的林中空地,拉维妮亚目光所及之处是一片壮观的树桩。周围一个人也没有。他们走进一间门上挂着"办公室"标牌的小棚屋。里面空荡荡的。

"喂——!"安德烈大喊,却只收到一只松鸦的啼叫作为回应。炊烟正从一间原木小屋的烟囱管中冒出。一扇门是半开着的,于是拉维妮亚推门而入。一个男人正在摆放白铁皮盘子,他把它们沿着一张很长很长的桌子随意地丢放,发出如此响亮的咔嗒声,以至于没听到她在说话。她再次尝试。

"先生。先生!"

他转过身来看到了他们,发出了一声尖叫,怀中的盘子落了一地。拉维妮亚冲过去想要帮忙把它们捡起来,不过那个男人示意她离他远点:"你想干什么?你是什么人?"

"我想见罗比先生。我是拉维妮亚·杜克,我给他寄过一封信,说过我要来看伐木场。"

"哦,老天啊!他在外面,同小伙子们在一起。"他指向那些树桩,"大约在湖水上游方向两英里。我的老天!他不知道你要来这儿。"

"我写了一封信。"

"他没读它。他没收到什么信。"

拉维妮亚被惹恼了。很明显这是在演戏。"请你去把他叫回来。现在就去。"

"不行!我是厨师。他们很快就来吃饭。要是吃的没摆在桌子上他们会抓狂的。"

"现在就去。马上!否则我就把你从你的岗位开除。"

那个可怜的男人走了出去。

"我们不如坐下等他们。"拉维妮亚对安德烈说,"或许我最好还是看看他在煮什么饭菜。"那是一大锅炖菜。小面包正在发酵,但还不能放到烤箱里。大半张桌子都摆满了调味瓶。拉维妮亚不是那种袖手旁观的性格,她搅动了那锅快要开始粘锅底的炖菜。她往火中添了几根树枝,然后打开烤箱的门以判断温度。它的热度足以开始烤面包了。他们等待着。面包发酵好了。拉维妮亚把烤盘放进烤箱,并留意了一下她的小怀表上显示的时间。正当她把烤成棕褐色的面包取出来时,厨师冲了进来,胸口剧烈地起伏着。他先是看到了热腾腾的面包,然后转身去看炖菜,拉维妮亚已经把那口锅推到了炉子后面,那里热度低一些。"我已经搅动过它了。"她说。

"好的,好的。非常好。"

弗农·罗比在几分钟之后走了进来。他是一位个头矮小但体格粗壮的男人,戴着一只眼罩,脸上有窄窄的疤痕。他什么话也不说,仅是盯着她看,然后转向安德烈。

"她来这里做什么?"

"杜克先生派她来的。她是他的女儿。她来是要见见你,看看伐木场。"

"一个女人!这可不是女人的活儿。"他转向拉维妮亚,"最好收拾好你的东西,小姐,然后赶紧走吧。福赫尔先生去哪里了?伦纳特·福赫尔,我们为杜克干活儿时总是他和我们打交道。"

"我给你写过一封信,罗比先生,信中向你解释过,我的叔叔伦纳特·福赫尔去年死于一场火灾。如今由我来承担他的一部分职责。了解为杜克父子公司伐木的工人便是那些职责的其中一项。这位男士是安德烈·罗克先生,他是陪同我一起来的。伦纳特叔叔已经不在了,不管你有什么看法,我都会取代他的职位。你起初或许会觉得我什么也不懂,不过我希望我们慢慢会彼此了解,并且能够进行坦率而诚实的对话。也许你可以告诉我情形如何。这看上去是一片广阔的伐木场。我想要看看集材场,并且听听你关于春季流送的计划。我想知道你所遇到的或者预计会出现的问题,无论是什么类型的问题都可以。我来并不是想要横加干涉,而是想看看我们在春天可能会遇到哪些情况——这正是伦纳特叔叔想从你这里了解到的。而且我也有权解雇或留用你,取决于我所了解到的情况。"

罗比深深吸了一口气。然后又是一口。"遵命,小姐。"他站在那里,像一头被驯化的熊。他看了看安德烈,企图重获他的控制权。"我记得你——去年你照料过我的马,对吧?"

"对啊。"安德烈用一种侮慢的语气回答。可怜的罗比无计可施。

她想要看看劳动中的伐木工。罗比摇了摇头表示不赞同,但他们仍然沿着结冰打滑的道路边缘走到了一片山坡,工人们正在那里砍伐,巨大的声响向他们回荡过来。一棵树倒了下来,斧工们走到它旁边,劈除枝干,切去树顶。伐木工们偷偷向拉维妮亚投去目光。他们呼出的热气形成了白色的雾。空气中充满浓郁的松树气息。人们用一根链条套住原木的末端,想方设法把它弄到一块雪橇板上。有个人的脚底滑了一下,她听到一阵压低声音的诅咒。

一个戴着红色毛线帽的男人从嘴角小声对同伴们说:"看到那个女人了吗?她就是那个有钱人的女儿,享有特权的大小姐,一时兴起,想来这里看一眼给她老爸干活儿的傻瓜们,就像参观动物园一样,你们瞧,老杜克拥有这里的一切。他的财产全都是从政府那里不花钱得到的,多丰厚的一份礼物,偷走平民的林地,然后砍伐它们赚了大钱。"

"省省吧,待会儿再说这个。"

"别担心,我会的。我会告诉你们这些人是怎样获得权势和合法权利的,他们制定法律,把所有值钱的东西——树木、黄铜,所有东西——全都留给他们自己。脚踏实地干活儿的人们什么也没有得到,除了岁数渐长。"

拉维妮亚没有听到他讲述的内容,不过历经在英国那间女子学校的一年之后,她变得敏感得足以察觉最为微妙的讥笑,还有那耸起的背部和抬起的下巴。她感觉到了他的厌恶。不知道你在搞什么鬼,但我很乐意奉陪,她想。于是她也不时往他的方向看,目光总能与他那双不甚友善的小眼睛相遇。

"再问你一个问题,罗比先生,那个人是谁——戴着红帽子的那个樵夫?"他一下子就明白她所指的人是谁了。

"嗯,他自称'响尾蛇'。"

"我想请你把他解雇。"

"杜克小姐,他虽然有点喜欢乱讲话,不过他是个挺好的伐木工。"

"解雇他,罗比先生,今天就这样做。"

马匹们把原木从砍伐地拉到集材场,拉维妮亚很惊讶地看到一个年纪比她要小的年轻女子——或者说是一个女孩,走向前来,拿着一把打烙印用的锤子,往原木的末端猛然敲入杜克公司 D&S 的标记。

"那女孩是谁?"她问罗比先生。

"那是安热莉克,厨师的女儿。"

"她在这么多粗暴的男人当中,他难道不担心她的安全吗?"

弗农·罗比这一天当中第一次笑了,一阵响亮而富有活力的大笑。"不会的!她有七个兄弟在这里伐木。看到没?他,那边的那个人,还有那一个……"他一一指着,"没有人会去打扰她的——如果他们想要活命的话。而且她自己同男人一样强壮。她还有那把锤子。她可以揍断那人的胳膊。"

在她计算圆材的数目和尺寸的时候,有一件新的事情涌上心头。拉维妮亚决心学习木材检尺。你说你有五百根原木,其平均直径是三十七英寸,这种描述是没有用的。那堆原木能让你得到多少英尺一英寸厚的木板呢?你怎样考量树皮、锯缝,以及原木逐渐变窄这些因素?她还想要学会木材检尺所需要用到的数学。她知道有一些现成的原木材积表已把所有这些变量都考虑在内,使得检尺员至少能大略估算出单棵树木能产出的木板数量。如何学习这项技能呢?她真希望布赖特施普雷歇仍然在为他们家族做事——他曾经是一位很强的检尺员。有一次伦纳特曾提到过一个牧师成了俄亥俄州某地的一所女子学校的校长,此人正在制作一份详细的数学指南,用于估算立木的板尺数量。她从自身生活经历中了解到的一个道理是:没有什么事能被精确地掌握。没有人能制定出对每棵树都适用的完美法则,也没人能够预测到一只猫在什么时候会打翻一支蜡烛。在她年纪还小的时候,在去往英国的路上,她便已决定,绝对不要惊慌失措,即便是遇到最棘手、最意外的事件。她或许会对那位牧师进行一次拜访,求他向她示范木材检尺的技艺,虽然女子学校似乎并不是进行这项指导的合适场所。不过或许并非如此,而且,由于安热莉克和她的锤子,拉维妮亚脑海中产生了一幅有趣的画面——一组年轻女子向森林进发,手中拿着她们的检尺杆。下午时分,天色接近黄昏的时候,他们和弗农·罗比告了别。拉维妮亚握了握他的手,承诺——还是威胁?——说,等到春天她还会再来的,等到流送的季节,流送原木,流送她的原木到锯木厂。罗比领会到了她对所有权的不经意的表达。他很识相地微笑着,说他会很期盼她在春天时前来。随着他们渐渐消失于丛林之中,他冲那个戴红帽子的男人点头示意。他不知道拉维妮亚是如何从整个队伍当中选出这个麻烦制造者的,不过她是对的,她不知何故拥有一种评判男人的本能。"响尾蛇"时常煽动小伙子们争取更高的工资,更短的工时,以及特别的食物。"你,响尾蛇!"他喊道,"打包好你的行李开路吧。你离开的时候到了。那位小姐不喜欢你的样子。"

访问霍布尔·皮特森的营地却没有这般顺利。皮特森厌恶女人,他认为女人都没有大脑,非常落后,他拒绝同她说话,并且当她提出问题时,他只把讽刺性的答复大声讲给安德烈·罗克。他的营地肮脏极了,地面散落着木头片、扯烂的破布、一块褴褛的牛皮,苍蝇萦绕在几只破烂的木桶上,还有坏掉的斧柄、生锈的金属线、磨损的锯条、弃置的靴子。等待变干的木材堆看起来参差不齐,一头凹陷进去。当他们从营地骑马离开的时候,其间一直沉默不语的安德烈随着她的视线望过去,然后开口说:"那些木板干燥得不均衡。"拉维妮亚把这一切都记录在她那个小小的红色笔记本里,那个红色笔记本在伐木营那儿渐渐变得臭名昭著,因为出自拉维妮亚的一次不良报告意味着承包商再也不能为杜克父子公司工作了,正像皮特森在春季流送结束之后所发现的那样。

在返回的旅途中,有一个晚上安德烈彻夜未眠。一场暴风雨整个下午都在地平线上逡巡。他们早早便搭起帐篷,晚餐是不太够吃的新英格兰式的"炒玉米粉"——玉米烤焦之后研磨成粉末,掺热水食用。它能够填饱肚子,可是没有味道。当夜幕垂落之时,暴风雨也来了。闪电不停歇地噼啪作响,猛烈的雨水浇熄了火堆。有安德烈坐在身边,拉维妮亚试着入睡,可没料到狂怒的风把他们的小棚屋撕扯得四分五裂。他们可以听到森林中树木倒下的声音,甚至还能在时有时无的蓝色闪光中看到它们的倒下。没有了棚屋的庇护,两个人在几分钟之内便浑身湿透了。当闪电在不远处劈开了一棵巨大的松树时,安德烈用他湿答答的胳膊把拉维妮亚紧紧抱住,仿佛想要为她挡住任何倒下的树木的冲击。两小时过去了,雨水才渐渐减弱并突然停止,被一股冰冷的风向东南方推动。安德烈站起身来,在黑暗中摸索他早先放在旁边的一根原木,并用斧子使其露出干燥的内部。他接下来在打火匣和炭布上花了半个小时,发现这么做没法成功的时候,他在原木上面放了一点点弹药。火花引燃了,原木表面出现了一小簇火焰。他用一根刨成松毛状的枯枝和一根小树枝让它着得更旺,然后拉出了他藏在他们的包裹下面的干柴棒。直到那时拉维妮亚才记起她父亲在他们出发之前曾塞给她一个小小的康格里夫火柴盒。第二天早上,她把那个小盒子找出来,然后打开了它;她拿出其中一根小棍棒并试着在一块木片上摩擦它,当它明亮地燃起来时,她完全惊呆了。她把那个盒子递给安德烈,他检视了一下那些火柴,皱了皱眉,又把它递还给她。他更喜欢火镰和火花。一个星期之后,在她底特律的家中,她认识到火柴是很危险的。

当时她正誊写着旅途中所做的笔记,与此同时露比在整理她带回的旅行袋。她听到一阵轻微的噪声和一个憋回去的词,然后听到了这位不幸的女用人发出的一声尖叫——女用人不小心把康格里夫盒掉在地上,还踩在了其中一根撒出来的小木棍上,它立刻便点燃了她棉质的裙子。拉维妮亚一把抓起洗面盆旁边的大水壶,把里面的东西泼到着火的裙子上,大声唤特拉梅太太取一桶水来,她把女用人一下推到地板上,踩踏那仍然在燃烧的织物,燎焦了她自己的羊毛裙子的卷边。

"黄油,"特拉梅夫人说,"黄油能减轻疼痛。"说完她跑回厨房。尽管敷了黄油,露比双手和脖子上的烧伤处仍然无比疼痛。詹姆斯叫来了一位外科医生,那人对胡乱使用黄油的做法嗤之以鼻,使用一种他自己制作的药膏来替代,而且在处方中开了剂量丰富的鸦片用于镇痛。烧伤痊愈了,不过露比对鸦片的依赖也增加了,于是几个月之后,詹姆斯把这位落下疤痕且药物上瘾的女用人送回了波士顿,并给了她一笔丰厚的补贴。拉维妮亚雇了一位当地女孩代替她。

学习木材检尺不一定非得到俄亥俄去。拉维妮亚放下自尊心,写信给阿尔梅纽斯·布赖特施普雷歇,说明了她想要做的事,并询问如何学习这一知识。布赖特施普雷歇两兄弟都在他们的门罗办公室,刚刚考察完河边的茂盛林地回来。阿尔梅纽斯觉得太好笑了,他大笑不已,把信拿给迪特尔看。

"杜克父子公司是我们最主要的竞争对手——它还是把名字改成杜克'父女公司'算了,因为公司已经没有所谓的儿子,除了赛勒斯·亨普斯特德家年纪尚小的男孩。詹姆斯老了,看起来这个拉维妮亚,一个黄毛丫头,将会在公司里担任一个职位。我想我们可能很快就会把他们吞并。"

不过迪特尔觉得写下这封信肯定需要很大的勇气:"勇气她是有的。不知道她是否聪明。你认识这个拉维妮亚吗?"

"我从没有见过她。我仅仅知道她的存在。真是太可笑了,一个女人想学材积测定!不过是一个有钱小姐转瞬即逝的兴趣,这项工作她只是听说过,但完全不了解其中原因或者具体程序。"他把那封信揉作一团,扔进了壁炉旁边的木柴箱里。是迪特尔把它从木柴箱里扯出来,并在第二天亲自回复了那封信,在信中他说,倘若她能来门罗待上一个星期的话,他可以亲自辅导。

"我希望你掌握一些数学方面的知识,"他写道,"很少有女人懂数学,不过熟悉数字对于估算原木的材积来说至关重要。我很乐意指导你这项技艺的基本原理,假若它对你口味的话,你还可以进阶到更高难度的课题上。"他以为她不会再回信,因为他使这项工作听起来令人不快而且极有难度。可是她回信了,随信提供了一份她可以来门罗造访的具体日期的清单,同时向他保证:她既不畏惧几何也不害怕数学,而且尤其喜欢微积分,超过所有的一切——虽然这并不是真的。

57

头痛的治愈

　　对于詹姆斯来说，生活在底特律有一项非常令人困扰的不足——他的葡萄酒窖仍在波士顿的房子里；底特律的威士忌多如河流，但却连一家葡萄酒商店也没有。他心里一直盘算着将他的酒窖存货船运过来，然而一想到有多少瓶好酒会因此而搅起沉淀，又要花上很多年才能沉降下来，他便心惊胆战。安排打包和船运所花费的时间越长，他便愈加渴求装在落满灰尘的深色酒瓶中的那些上等的马德拉白葡萄酒，以及静静躺在酒架上的波尔多红葡萄酒。他的嘴巴流口水了。没有葡萄酒的晚餐索然无味。没有比坐在壁炉边用一杯波尔特酒和一支雪茄来结束一天更为愉快的方式了。

　　詹姆斯和拉维妮亚决定轮流在对方的住所一起吃晚餐。这一晚轮到在詹姆斯的住处。他们谈论着一些生意上的事，享用了烤鹿肉佐焗苹果为主菜的晚餐，还有土豆舒芙蕾；晚餐过后，两人来到书房，手中各拿着一杯威士忌，詹姆斯说："拉维妮亚，我决定回波士顿，安排把我的葡萄酒装箱运来。我不在的时候——我大概会离开六个星期左右——我打算让一位木匠往这里的酒窖内装一些酒架。我当然会住在黑天鹅，不过可能会在外面吃饭，拜访我的裁缝师和银行家。咦，我的眼镜……哦，在这儿。"他把他那副夹鼻眼镜的细绳挂在脖子上，"我同赛勒斯谈过了，他说，当我不在时，你想要的任何东西他都会帮你搞定的。"赛勒斯的听力正变得越来越差，这意味着想要向他说明任何事情都得用力地喊叫。

　　"我肯定会一切顺利的，爸爸，我也会盼着你回来，到时候或许我们一起喝杯香槟？"

"哦,到时想办个香槟盛典都没问题。"詹姆斯说,"你和我,还有赛勒斯和克拉拉。我回来时会带来关于波士顿的所有新闻,还有葡萄酒。如果有什么我能为你带的东西,可以列给我一张小小的清单。让我为你选一条新裙子怎么样——一条颜色鲜艳的裙子?"

"书,爸爸,给我带一些新书吧。我只想要这个。"而且,拉维妮亚想,等你回来时,我就已经学会木材检尺了。

可是就在他要离开的两天前,他大步闯入了拉维妮亚的房间,还带着一丝愠怒。她请他到那间小会客厅里,那儿有深绿色的天鹅绒窗帘,营造出一种森林般的幽暗感觉;金色的流苏闪着柔和的光。她坐在一张椅子上,双脚交叉着;他大步地踱来踱去:"女儿,我刚刚有了一个不愉快的发现。我不想这么说,但那个无赖安德烈·罗克,他以后无论如何也不能再陪你去任何旅途了。"

"我能问问为什么吗?"拉维妮亚说,"我一直都觉得他非常亲切随和。"

"可不是吗!"詹姆斯冷笑道,继续在地毯上咚咚地走来走去。

"哦,快坐下,爸爸,坐下。您心平气和地告诉我,他究竟做了什么事?怎么了,为什么?"

詹姆斯在一张王座般的巨大椅子边缘坐下:"为什么?还是算了!这种事可不是能说给一个小女孩听的。"

她坐直了,双脚平放在地板上,摆出一副好斗的姿态:"请允许我提醒您,我已经不再是个'小女孩'了,我几乎是一个成年人了——而且还拥有男人般的头脑,正如您曾好几次对我评价的那样。我可不受风言风语的影响,也没那么脆弱。我要求知道您出于什么原因禁止我由他陪伴和保护。"她乌黑的眼睛闪着光,红红的嘴唇不高兴地噘了起来。

现在他真的被激怒了。"非常好,既然你觉得你自己世俗经验那么丰富,那我就告诉你吧,安德烈·罗克让他的妹妹怀孕了。不能把女人托付给他。有种男人就是这样子的。"他想到了他自己那位好色的老岳父,"我不想让他再跟你一起旅行。"他等待着她震惊的叫声。

谁料拉维妮亚十分冷静地说:"我想这大概是因为所有孩子都睡在同一张床上。"

"你怎么会知道这个的?"他重新站了起来。

"没什么,我瞎猜的。"

"给你一条忠告,拉维妮亚小姐。臆测通向巨大的错误。永远不要臆测,绝对。"但真正让他害怕的是,拉维妮亚或许也继承了一些波西已摒弃的旧习性,而那位马夫的儿子会嗅出它的气息,然后为他送来一个非婚生的孙子。

"我非常同意,确定性比最高明的臆测还要好。"拉维妮亚说,"我会照您说的去做。"然后她为他奉上了茶。

回到波士顿的那座老房子,詹姆斯被它破败的状况所震惊。熟悉的房子里充满霉味和寒意,带着一种疲倦的模样;它内部的家具,尤其是那个衣帽架,看上去过时得可怕。房间看起来又糟又破。他觉得他们的新房子不应该去复制它的每一个细节,而应该趁这个黑天鹅庄园还能好好地立在这儿,赶快把它卖掉,在底特律有一个新的开始。他在波士顿期间会和建筑师谈谈,并取消完全复制的计划——等他回到湖滨地带时,直接把既成事实告诉拉维妮亚就行了。

普伦蒂斯先生——詹姆斯多年来的葡萄酒商——能够再次见到自己第二好的客户,感到十分兴奋。这位酒商脸庞红红的,有很多垂肉;穿一件配有蝴蝶领结的新款低领衬衫,上方裸露出一片肌肉松弛的粉红色脖子。詹姆斯觉得这个人应该一直穿高领,能体面地遮盖住他的脖子。商人展开双手,仿佛想要邀请詹姆斯跳舞。他说:"我很高兴再次见到您,杜克先生。您是要回来了吗?哦,只是短期拜访,嘖。我能为您提供什么帮助呢?您想要了解一下新到的葡萄酒吗?我有一些非常好的德国莱茵白葡萄酒。乐意为您效劳,先生。"他做出如同鞠躬的动作。葡萄酒店铺内没有任何改变,还是过去那种满是灰尘和霉菌的气味;普伦蒂斯先生也是那副老样子,口中不停,连连点头。

"普伦蒂斯先生,您看起来很不错,我相信您的生意做得也不错。确实,我只是短期逗留。虽然我很愿意顺便看一下莱茵白葡萄酒,不过我来这里其实是为了另外一件事。我想把我的酒窖打包装箱,运送到我在底特律的新居。不过我担心破损和晃动对于瓶内的东西是一场浩劫,除非这件事进行得非常小心。怎样做才最好呢,您能给我一些建议吗?"

"杜克先生,去折腾那几百瓶上等的好酒,把它们装箱,让它们在横跨大陆的途中彼此碰撞,很大一部分都会被糟蹋的。那将是一种不折不扣的罪过。为何不同我做笔交易呢?从你的酒窖转运到我的店铺不算一段很长的路途。作为交换,我会给你更多的陈年马德拉葡萄酒,或者其他你想要的任何葡萄酒——以小酒桶和橡木桶盛装,能够承受漫长旅途而不受损害。"

"这似乎是个合理的举措。那么我们就这么做吧。"他们谈了一会儿之后,酒商突然问起弗里格雷斯酒窖的情况——它是被卖掉了,还是传到了某位家庭成员的手中。

"它传到了我的手里。"詹姆斯说,"弗里格雷斯在遗嘱中把它留给了爱德华,不过爱德华的财产最终归了我。我从未想起过弗里格雷斯的酒窖,不过我一直都听说它非常棒。"他的眼神不时瞟向那些酒瓶。他盼着一顿美妙的晚餐——有葡萄酒,有很多很多的葡萄酒。

"它非常棒!我得说,那可是非常好的酒窖,波士顿最好的酒窖之一。"他咳嗽了一下,"若是你打算把它脱手的话,我会很有兴趣购买的。我可绝对不会考虑让那些稀有的葡萄酒经受任何旅途的折腾。"

"哦,"詹姆斯说,"我不知道他有哪些葡萄酒。不过在我家中有一套钥匙。我们要不要明天早上碰个面,看看那里都有些什么?"

"没什么比这更让我开心了。"普伦蒂斯先生说着,突然打了个喷嚏。

"我们十点钟在这里碰面好吗?"

"好极了。现在,杜克先生,您想要同我一起喝杯阿芒提拉多葡萄酒吗?"

"我很愿意。"詹姆斯说,"它会让我很愉快的。我经常感觉一阵阵乏力。"

"您确定不更想喝一杯热托迪酒吗?"

"不,不,阿芒提拉多酒正是我渴望的。还有,请把您提到的莱茵白葡萄酒也送六瓶到黑天鹅庄园去——我在这里停留期间总得有点喝的东西,虽然我肯定也会对我自己的酒窖发起进攻。"

"我建议您这么做。"普伦蒂斯说,"如果您拥有特别的酒,此次拜访便是享用它们的绝佳时机。现在,请到品尝室来尽情挑选吧。"

詹姆斯觉得回到波士顿真好。而且,他对自己说,今晚会有一顿美妙无比的晚餐。

第二天早上他感觉一阵头痛,于是便用一大杯香槟以及他一年当中喝到过的最香醇的咖啡把它驱走。咖啡是他从毕列斯咖啡馆拿的,那里就连侍者都没变——还是老亨利,他下巴上那颗粉瘤当然也还在,他还叫出了詹姆斯的名字并欢迎他。那是一个凛冽而有霜的早晨,雇来的那匹马儿生气勃勃。他一直骑到了葡萄酒商店,普伦蒂斯先生笑眯眯的红润脸庞从窗内浮现。门开了,葡萄酒商带着一只算盘和一个笔记本跳出屋外。

"我听说弗里格雷斯·杜克先生有一本酒窖笔记;我想我可以用这个来算算有多少瓶——"他把那只算盘高高举到空中,"——并且记下一些笔记。"他兴冲冲的。

在詹姆斯看来,自己仿佛从来未离开过波士顿一样,马蹄哒哒响着,街道如此熟悉。"空气真清新。"他说。他的头痛早已不见踪影。他感觉非常好。海边的空气肯定比湖水的水汽健康多了,"嘿呦!"

"往后还会更凉快的。黄历上说这个冬天会很冷的。我猜密歇根的冬天比这里宜人?"

"我可不这样认为。"詹姆斯说,"绝对不会。"

在弗里格雷斯的房子里,所有的东西都蒙上了一层灰尘。地板上有很多的脚印。家具也没有用床单保护起来。房子里冷得要命。

"就在几个月之前,我向他的管家付了一年的薪水,让他留下来并照看这个地方,直到我们能做出一些安排。"詹姆斯说,"看样子,我没离开多久他便溜走了。那家伙的名字叫什么来着?——埃克斯,我想。我会过问这件事的。该死,我会叫人逮到他的。算了,先别管他。我们去找一只提灯和一些蜡烛,然后到下面的酒窖去吧。"

通往酒窖的门是半开着的,当他们踏着宽宽的楼梯向下走时,詹姆斯注意到台阶上有大块的熟石膏和泥块,墙上还有凿过的印记。

"我不喜欢这里的样子。"他一边说着,一边用脚尖示意石膏的尘屑。普伦蒂斯先生发出一阵啧啧声。他猜到了他们会有什么发现——他以前见到过一次类似的情况。

酒架上空空如也,放置木桶的托架也空荡荡的,各种架子翻倒在地。破碎的玻璃在他们提灯的照射之下闪着光,空气中散发着一种带有葡萄酒气息的恶臭。弗里格雷斯的酒窖已被人洗劫一空。

他们转过身来,不约而同地说:"那个管家!"紧接着,詹姆斯惊讶地看到普伦蒂斯那双小眼睛里竟然泛起了泪花。他的喉结在臃肿的脖子内起伏着。

詹姆斯骑马把普伦蒂斯送了回去,然后到新成立的警察局讲述了弗里格雷斯酒窖的葡萄酒丢失的事情。有两个让詹姆斯觉得很笨的人同他一起到了现场,查看了混乱不堪的酒窖。他们指出了餐具柜上的灰尘中的圆圈,那些地方曾立着银制的布菲炉以及其他装饰品。五分钟的工夫他们便下了结论,断言这是由外来移民所组成的犯罪团伙犯下的。"那些人成千上万地到波士顿来。"其中一个人说。詹姆斯觉得说这话的那个人本身长得就很像是个外来移民。

"但是那个管家……"他说话,但无人理睬。他们走了出去。他不知所以地走入书房,从桌子上拿起了几本老版的《伯顿绅士杂志》——至少还留下了一些可以读的东西。

他回到了普伦蒂斯那里,做好了安排——用他大部分的瓶装葡萄酒,换取桶装的马德拉葡萄酒,以便用马车运送到阿尔巴尼,然后经由运河和湖上轮船运送到底特律。

"至少我们还能做这些事。"不过他看到这位酒商仍然在为失去弗里格雷斯的酒窖而悲痛不已。将詹姆斯的葡萄酒转移过来或许不失为一种安慰。

"那个贼犯下了严重的罪过。我敢保证那个猪脑袋根本不清楚他们弄到的是什么。我多年以来一直听说,弗里格雷斯拥有一些伊甘酒庄的苏玳酒,来自托马斯·杰弗逊的私人酒窖——那些是一七

497

八四年份的佳酿。我还听说他有一瓶一七九二年份的马德拉葡萄酒。马德拉绝对是陈年葡萄酒中真正的王子,这种酒陈放五十年后是最佳状态。一七九二年份的这种酒现在应该刚刚开始成熟。若是打开一瓶上好的陈酿,它让整个房间充满如此浓郁而深邃的芬芳……"他说到一半突然停住,转过身去,背向灯光。

接管黑天鹅庄园的葡萄酒窖的工作正式开始了。普伦蒂斯将那些瓶装葡萄酒打包并运送到他的商店时采取的那种慢得要命的烂方法,使詹姆斯的回程延迟了将近十天。烈日炎炎的秋日渐渐退去,盖伊·福克斯日①第二天的清晨下起了十一月的雨——波士顿人仍把这个节日叫做教皇日;雨水浇灭了最后一处闷燃中的篝火。一两天后,在大西洋上呼啸的暴风雨的前锋摇撼着他从前的卧室窗外的橡木,衰朽的树叶纷纷落地。

房屋经纪人前来拜访了。之前他已经送来一封信,说他代表一位有影响的波士顿人,希望同杜克先生谈谈这处房产的购买事宜。詹姆斯知道那人是新英格兰密西西比土地公司的一名股东的儿子,这个公司几十年前曾享有超过一百万美元的有争议性的国会经费。如今,继承了这笔意外之财的儿子出价九万美元来购买黑天鹅庄园和它的土地。詹姆斯假装不太情愿,只是被他们说服才不得不同这处地产告别,包括房子和房子里所有的东西(除了他那张有嵌饰的小桌子,它会随他一起到底特律去),从而得到了一笔多得多的钱。第二天,他把爱德华的房子、弗里格雷斯的被洗劫一空的宅邸,甚至伦纳特·福赫尔的那座联邦风格的漂亮砖房,统统交到那位房产经纪人的手里。距离感恩节还有一星期的时候,他开始了返程之旅。他的葡萄酒会紧跟其后。

在"自由之树号"轮船的特等舱里,他阅读了最新一期的《伯顿绅士杂志》,并因一个故事而心神不安。故事叫做《厄舍古厦的倒

---

① 指11月5日,在英国又被称为"篝火之夜",因为在1605年11月5日,盖伊·福克斯计划炸毁英国国会大厦,并以失败告终。

塌》，它的开头段落令他不愉快地联想起他堂兄那座被劫掠的房子。他喉咙很痛。他染上了感冒。得感冒最为糟糕的场合，莫过于被困在冬日伊利湖上的一艘轮船里的时候。他的旅行箱内有一本他给拉维妮亚带的《尼古拉斯·尼克尔贝》。他可以读读这本书。于是，这场冗长乏味又寒冷的旅途的最后一程，开启于"斯奎尔先生"这个角色，他的荒诞行径令詹姆斯瞠目结舌，这家伙对于偷走满满一酒窖的葡萄酒这种事肯定不会有丝毫犹豫。

他感觉不大对劲，但过了很久才明白过来。他自身的海上经验早已在结束大西洋上的航海岁月之时就搁置一旁，不过他还是觉察到了内海拍击节奏的改变，还有轮船越来越颠簸的反应。他知道：五大湖区，尤其是伊利湖，都可位列世界上最为诡谲的流域，而且冬季的暴风雨摧毁起船只就像人们踩躏野花那样容易。杜克父子公司去年冬天损失了两条木材运输船，沿岸居民欣喜若狂地把朝他们漂来的木板取走，不费吹灰之力，只需要俯身把它们捡起来。他继续阅读，但却感到了寒冷。当他起身来找他的厚外套时，轮船猛烈的颠簸使他几乎要跌倒了。此刻他可以听得到船的呻吟——当它从如山高的巨浪间回旋而过，它的每一块木材都扭曲着。他穿上了一件外套，戴上帽子和厚厚的手套，来到甲板上。

一阵猛烈的风吹落了浪尖上的泡沫。这是一场狂风，而且——上帝啊，简直冷得要命！他呼吸到的第一口凛冽的空气，唤醒了他头痛的旧疾；他的头仿佛被一块石头击中。他亲眼目睹所有的东西都开始结冰——沿着栏杆，甲板上，每一根绳索上，舱口盖上凝结了厚重的深蓝色冰块，大概有好几吨。他着迷地注视着他的外套正面形成一层亮晶晶的冰。他感觉到他的眉毛变重了。他的立足之处似乎不太安全。乘客们从各自的舱房出来，看这艘船在酷烈的寒冷中怎样地喘息不已；一个肥胖的男人立刻便跌倒了，并且一路滑过甲板，不过他很幸运地紧紧抓住了底部栏杆。那个人无法重新站起来；船身每晃动一下，他的脚都朝着船外的万丈深渊摇摆。詹姆斯看到那人的腿上开始大块地凝起冰块。詹姆斯能够得到他吗？不能。他想找绳子；他看到一盘绳索，但它冻结成很大的一团冰块。乘客们紧紧抓着他们能摸到的任何东西。詹姆斯想知道他是否能重回他的客舱,于是试着走了一小步,没敢放开他抓在手中的栏杆。他的脚下打滑,于是他放弃了这个想法。人们现在开始大声尖叫,喊着"救命,救命"。他一辈子都未感受过如此的寒冷。他流出的鼻涕形成两根冰锥,悬在鼻孔。栏杆下方的那个倒下的胖男人,突然如射出的炮弹般跌入伊利湖。整条船被封印在一英尺厚的冰棺里,在起伏的波浪里颠簸着,翻滚着——越来越慢,越来越低。为什么船员不在冰块刚开始形成的时候便将它们铲下来?詹姆斯想要问,但是他的嘴巴冻得说不出那些话语。透过大片下落的浪花,他觉得他看到了附近的陆地,不会超过一英里远。他们正在开往一个当地的港湾,或者至少是一片岛屿的背风处,这让他感到了振奋。他会活下去的——他以前可经历过更糟糕的事。风推动着绝望无助的"自由之树号"继续向前,在距离一片荒僻的、满是树桩的陆地四分之一英里远的地方,它撞入了浪花汹涌的礁石。他知道,他永远也喝不到那些该死的马德拉葡萄酒了;不过,他感觉到曾让他饱受折磨的头痛逐渐变成一根萎缩的骨针,这让他产生了一丝奇异的胜利感。

赛勒斯第一个从轮船主那里得知了这个消息,然后去找拉维妮亚。

"我们必须到那儿去,"她说,"我们一刻也不能等。这可是我父亲。我们必须到他身边去。"他们用了两天的时间,历经这个世纪最为寒冷的天气,到达了沉船附近的湖岸。赛勒斯被拉维妮亚的焦虑、她那坐立不安的甩头,还有她的哭泣弄得疲倦不堪。严寒一直在持续,整片伊利湖岸隆起结冰而成的水晶穹窿。在形成了闪耀冰柱的树桩之间,他们发现了三十几具冻僵的尸体;在一英里之外干活的伐木工们被召集过来,把它们放置在那里。船上的乘客们冻僵了,姿态分明,就像血液凝固于他们的血管中的时刻一样。很多人的手弯曲着,那是它们最终抓住绳索或栏杆的姿态,脸上的表情定格在最后一刻,或是挣扎,或是放弃。穿着结冰的制服的船长,硬邦邦的手中攥着一块冰表。他们发现了詹姆斯,他凝固的眼睛望着天空,紧闭的嘴巴薄得像一道裂缝。拉维妮亚摸了摸他洁白的面颊。她看着赛勒斯。他做出一种无可奈何的姿态,说:"我们会在天堂里见到他。"一些伐木工正试着拯救仍在汹涌浪花里翻滚的最后一点索具和圆材。拉维妮亚对一个男人喊叫,那人圆滚滚的后背和斜塌塌的肩膀感觉有点熟悉。

"罗比先生?哦,真的是您,罗比先生。您可以帮我一个很大的忙,我会为此付您酬劳。我的父亲詹姆斯·杜克躺在那些尸体之中。我必须把他带到底特律,好安葬他。您愿意帮助我吗?"那人看着她,她雪白的脸上挂着凝结的泪痕,像是被车辙弄脏的积雪。

"什么?詹姆斯·杜克先生?您的父亲?哦,老天啊,上帝!杜克小姐,我会的。我们会尽可能快地把他弄出来。我不为此收钱。"

"我永远也不会忘记您的善举。"她说。

现在她只身一人了,除了赛勒斯和克拉拉,不过他们对她没那么重要。她曾经历过孤独——在她憎恶无比的那所英国学校里。如今,随着詹姆斯被安葬在埃利奥特山的公墓,波西被葬在波士顿,叔叔们又已全都死去,她又品尝到同样的孤独滋味。她躺在床上,试着放慢呼吸。她吸气呼气,再次吸气呼气,接下来几乎听到了世界上最为悲伤的声音,那是钢琴在空荡荡的房间中弹奏所传来的遥远的音符:2-3-4-5……"妈妈。妈妈!"

几小时以后,她在黑暗中醒来,心脏疾速地跳动着,咸咸的脸庞粘在浸透泪水的丝绸枕套上。为什么她之前从没想过这件事呢?她并不是孤独的。有一个人会保护她,关心她。虽然他只是个普通的男人,她却感觉到他有种高贵的品格,不论别人是怎么议论他的。她从床上跳起来,点起油灯,开始写信。她的笔用力写了一页又一页,墨汁四溅;等她停下来的时候,已是天色乳白的黎明。她折起纸页,包上信封,封好它,然后写上地址。她感到完成了一件很重要的事,知道她已拯救了自己。她无比困倦地爬回了冰凉的床铺,然后睡着了。

她在中午时分起了床,吃了一块水煮鸡胸肉。她把那封信带到邮局,看着它被送出。现在的她只有等待了。可她并不感觉焦虑。他是不会辜负她的。

日子一天天地过去了,拉维妮亚开始焦躁不安。已经过了十天了,没有任何回应。她迫使自己全心投入公司事务,可是有一个事实愈发明显:她无法独自一人运营杜克父子公司。

她安排了同爱德华·派伊进行一次会面。詹姆斯当初把派伊——公司的会计师、司库和薪资主管——带到底特律来,并为他在杜克公司办公室附近安排了一处住所。派伊先生面色苍白,有着拳曲的黑色头发和胡须;他沉默寡言,很负责任,是那种典型的理想雇员。但是他习惯于指出杜克父子公司的不足之处,这一点让拉维妮亚不是很喜欢。他把她介绍给一位来底特律出差的芝加哥律师克莱顿·贾斯珀·弗伦斯。不到两周的时间,弗伦斯已经变得不可或缺。他建议她把公司移到芝加哥,因为比起底特律,芝加哥的地理位置要好得多——它是整个国家的中心,它正在变成一个重要的城市。他建议她注册法人公司,并提名一些董事会的董事。

"确实有很多企业都注册法人公司。因为那样的话,公司选择做任何事当中,如果有些行为引发了诉讼的话,攻击不会落到你或者某一位特定的董事身上,而是公司;而公司是一个东西,而不是人。这是一种法律上的保障,你知道的。而且这是一种你可以筹集资本来购买昂贵林地的方式。你的投资人承担有限的责任,这就是说,他们面临的损失不会超出他们所投资的钱。法人公司对于这个国家的生意大有裨益——公司和各州有联系,而不是中央政府——如果你在一个州内不满意,而另一个州的机会看起来更好,你便可以去那里。这是我们美国企业精神的生命线。我们没有专制的国王和暴君,把我们碾入贫困。我们可以尽情地发明、制造、努力工作,然后保留我们的劳动果实。"

"但是我父亲说,法人公司往往是垄断组织,它们会给合伙企业和独资企业带来灾难性的危害。他提到东印度公司作为一个例子。"

"那又不是一家美国机构。你也要记得,它是由皇家特许成立的,受英国政府的'保护'——同时也受它的控制。至于法人公司,美国人所真正担心的事情是它们可能会获得过大的权力。我们对于权力总是有某种厌恶情绪,即便同时也在钦慕着它。而且我还相信,大公司之间的竞争会让这种疑虑失去意义。"

她确实看到了他所描述的情况,她认为自己理解了情势。是时候来改组杜克父子公司了。此外,每一天她都在等待着她于深夜之时写下的那封痛苦书信的答复。

弗伦斯和派伊弥足珍贵,不过她还需要一位助手,一位可以行使秘书职责的人,处理文件,管理公司设备,监督其他雇员,接待访客并处理商务来电。她往《民主自由新闻和密歇根邮讯报》上投放了一个小广告,寻找一位有条理和责任心的女人。

广告只有两份回应。第一个人是一位瘦骨嶙峋的十八岁女孩,疯狂地想要逃离她父亲的树桩农场。她常常低头弯腰,有时带着害羞,有时出于直率。她紧张地咬着手指上流血的死皮;看起来除了她那想要逃离农场生活的强烈欲望之外,她似乎没有太多的品质与任职条件相符。"我可以读。我可以写。我可以学习!"当拉维妮亚问她有什么技能的时候,她这样说。

"我欣赏你的精神,不过这可能还不够,海因里希小姐。我会把你的名字记在我的笔记本上,如果未来有合适的职位空缺,会有人通知你的。"

第二位申请者是一位铁锈色头发的中年寡妇,叫作安纳格·邓肯,瘦瘦的,手指细长。她声音很低沉,而且很温和。

"我曾在格拉斯哥的一家帽子制造公司工作,直到我遇到我的丈夫阿拉斯代尔·邓肯。之后我就待在家里了。我们结婚了,而他想要到新世界来,靠当优质木材的供应商来维持生活。他知道什么样的木材是令人渴求的。我们去了纽约。但是他的咳嗽——他好几年来都有一些咳嗽,不严重——这种咳嗽变得非常频繁,而且带血。一位医生说他得了肺炎,应该到干燥的山地气候去。但是他的老板说,在前往大山之前,他必须去一趟底特律,考察某片漂亮纯净的松树林,所以我们就来了,而他在我们上岸的两个星期之后便去世了。他永远也没能到山地去。"

她相貌平平,没有钱,穿的也着实是破旧的衣服。然而她在那家制帽公司工作的经历赋予了她价值,于是拉维妮亚雇用了她。她又派人找来那位树桩农场主的女儿,让她协助安纳格。"你强烈的学习意愿将会受到我的考验。你被雇用了。你将有五美元一个月的薪酬,若是做得好便还有机会得到更多。我们会在接下来的几个月里搬到芝加哥去。明天早上七点向邓肯夫人报到,她会给你布置任务的。我期待你努力而准确无误地工作。"

现在,我必须搞定赛勒斯了,她想。因为她十分渴望把他赶出公司。他那种大惊小怪、盛气凌人的作风,还有他那迟钝的听力,不是公司所需要的。她对自己的能力有完全的自信,况且还有弗伦斯和派伊的协助与支持。而那封信仍然没有任何回音。

等到那封答复的信件真的到来时,内容与她的期待相差甚远,以至于她几乎无法理解她在读的东西。她一遍又一遍地逐字阅读,觉得自己肯定理解错了。可是再明确不过了,这是一个拒绝:"……您慷慨但不寻常的提议……我更愿意保留我自己的姓氏……自己选择我的配偶……在世界上挣得自己的一席之地。"这位安德烈·罗克先生还厚着脸皮祝她幸福。

她崩溃了,又是咆哮又是尖叫;她扔衣服,摔家具,把书从窗口摔出去,喊着那些她未曾想到自己会说的污言秽语,最终啜泣着一头栽到凌乱不堪的床上。

楼下的特拉梅夫人和新来的女仆艾伯塔·斯诺听到了动静。

"到底是什么让她这么苦恼?"艾伯塔说。

"我猜她是在为她父亲而悲伤。"特拉梅夫人说。

"那可不是什么悲伤,那是愤怒。一种发狂的愤怒。"

"悲伤有它不同的表现形式。"特拉梅夫人说。

第二天早上,一袭黑衣的拉维妮亚走下了楼,非常安静地来到了早餐桌前,喝了三杯咖啡,吃了吐司和一个苹果。

"特拉梅夫人,我今天要去杜克公司办公室。我会在中午回家,到时候想要一些简单的食物作为午餐——你手头能准备的任何东西。另外,请让尼伯恩先生修理一下我卧室的窗户。我昨天遇到了点难题,不过今天完全好了。"她对自己说,昨晚那个时刻,是她人生当中最后一次的情感外露。从现在起,她将收起一切的同情心和同理心,将它视为软弱的证据。她不会再为任何人浪费情感。

赛勒斯走进办公室,抽着一根詹姆斯的雪茄(葬礼之后,他从詹姆斯的办公桌上拿走了一整盒)。他站在那儿盯着邓肯夫人;她正坐在桌边,穿着一条黑色的浅领羊毛连衣裙,十分整洁。

"你是谁啊?"他的语气十分无礼。

"安纳格·邓肯。杜克小姐雇我当办公室经理。请问您是……?"

"哈?哈?"他最终明白了什么意思,"办公室经理?可没人问过我的意见。她人呢?"

邓肯夫人冲着拉维妮亚的门点点头:"我能为您通报一声吗,先生?"

"什么?哈!真是愚蠢透顶。"

见到拉维妮亚,赛勒斯立刻便发作了:"谁给你权限去雇用那个女人的?"

拉维妮亚冲着他那半聋的耳朵大喊:"董事会的所有成员都已不在世了,除了你和我。我做事不需要任何人的批准。我是杜克父子公司的领导者,是詹姆斯·杜克的财产与商业权益的继承人,我会做我认为有必要做的任何事情。"

"喔,您的表述真是够直白的,女士。"

"现在,关于你在这间公司中的位置——你最好离开这儿。"赛勒斯肯定会面色通红,大吵大闹,制造难堪场面。但他的反应出乎了她的意料。

"拉维妮亚,我也觉得应该进行一些改变了。好几年来,我都想拥有一间我自己的木材经纪公司。我同几间木材公司有联系,不是只有杜克父子公司。而且每一天都有十几家新的木材公司在森林中运作。当然,我会希望杜克父子公司成为我宝贵的客户。"外面房间中的安纳格·邓肯把这些话听得一清二楚。

拉维妮亚笑了:"赛勒斯,祝贺你。我打算把公司转移到芝加哥,并把它的名字改为杜克木业和木材公司——反正现在已经不存在什么'儿子'了。"赛勒斯想要说些什么,但拉维妮亚把食指放在唇边,指着通往外间办公室的门。她拿起她的笔来,开始写道:"底特律无法容纳公司的成长。中心转移。芝加哥比较理想。在两年内人口翻倍,森林,湖泊,河流,便于运送原木。加利纳和芝加哥联合铁路公司。铁路以及更多的建筑。伊利诺伊州-密歇根运河通往密西西比。"她等他读完这些,然后对着他毛发很重的耳朵叫喊:"随着铁路通往没有河流的地方,生意的流向正从南北转为东西方向。芝加哥是商业中心。任何生意都不能无视这一点。"

"哈!"赛勒斯说,关于芝加哥形势的这番翔实阐述令他印象深刻,"嘿,说得没错。"整个国家,整个世界的人们,都觉察到芝加哥欣欣向荣的气息,它将是本世纪最受人瞩目的城市,而且已经成为一个中央枢纽,每个人都带着一种共同的饥渴感,来到这里攫取,不停攫取。芝加哥充满原始的贪婪和战斗,可能会成为世界上最为重要的商业城市。他决定立刻把他自己的公司转移到芝加哥。

拉维妮亚再次写道:"董事会会议,你正式离开。不过请继续留在杜克木业的董事会。我们可能会注册法人公司。"

他读完她写的这些,严肃而惊讶地望了她一眼,然后说:"在很多州内,立法机构会限制法人公司的行为。"

"就密歇根的立法机构而言,杜克木业的形势是有利的。"赛勒斯什么也没有说,于是她把他的沉默当作一种默契,"我真心希望你开始你的新生意,不带任何讥讽意味。布赖特施普雷歇兄弟也是你的客户之一吗?"

"这类事情是我心里清楚,但不能说出来的。哈哈。"他或许应该把它写在墙上。

一年之后,她已居住在芝加哥的一座湖畔屋内,有一个内嵌玻璃的铜制小穹顶,但是特拉梅夫人已经不在了,她患上了水肿病,它让她的腿无论在大小、形状和颜色方面,都膨胀得像是波士顿海港中的海豹。她突然倒在地板上死掉了,当时她正在捏面团准备做面包。新请来的厨师阿格尼丝·巴尔克劳普足够出色。老尼伯恩负责修理坏掉的东西,照料马匹和院落,他会在每个星期六的晚上喝醉并大声吼叫。拉维妮亚有了一个同伴——古茜·布雷利,她是波西在新不伦瑞克的一位远房堂亲,想办法来到了芝加哥。她看起来有点像波西,嗓音和口音也同她十分相像。她成了一位正式的支持者、心理咨询师、有益的批评者和跑腿能手。她还处理家庭事务,人人都害怕她那可怕的新不伦瑞克方言。她时常自在而随意地解释说,在芝加哥没什么能和她那新不伦瑞克式的美德相比。

新的董事会议室有一面完美的石膏墙,带有七扇面朝密歇根湖的窗户,拉维妮亚、律师弗伦斯和会计师派伊在那里讨论了公司职位的合适候选人。安纳格·邓肯把一个热气腾腾的咖啡壶和一盘曲奇与蛋糕放在窗下的那张长桌上。虽然詹姆斯在那次致命的东方之旅前已雇用了四名新的林地测评员及助手,但是他们仍然需要更多。布赖特施普雷歇兄弟正在用信贷买入广阔的林地——他们已经领先了。得有人接手伦纳特过去的工作。

"以我目前的情况,我没办法一边担任公司的负责人,一边管理林地测评员、伐木工和锯木厂。"拉维妮亚轻轻拍打着一沓文件。弗伦斯咬了一口松脆的柠檬曲奇。派伊先生做着笔记。"你想要一个生产经理。"他说。她点点头。"请让我推荐诺亚·拉德勒姆——这个缅因男人熟悉所有的事情,从豆子到护舷费。他有间歇性发作的癫痫症,所以无法在森林里当一名林木承包商,不过他拥有关于整个运营过程的丰富知识,能够很好地和别人一起工作,并且有能力选择优秀的人来执行他做不到的事。"

"我下星期能和他见见面吗?他在这一带吗?"

"他目前正在为布赖特施普雷歇兄弟工作,但是我清楚他并不喜欢他们奇怪的行事风格。要我联系他吗?"

"是的,请联系他。还有运输方面——我们是否需要一些可靠的人来监督我们的运输工具,那些木筏、平底船、货车、有轨车,还有轮船?我们是不是应该造我们自己的平底船?"

"杜克小姐,"弗伦斯说,"无论哪个环节,只要你能把中间人去掉,你就能获利。减少你的产品在带给你收入之前必须历经的经手次数。你的公司最好能在自己的造船厂里建造自己的轮船和平底船。"拉维妮亚把这些记录下来,不过同时产生了一个想法。弗伦斯起身,走向放曲奇的盘子。他拿起两块带有柠檬糖霜的曲奇。

派伊再次开口:"即使小小的举措都能让你的盈亏底线大有不同。还有个问题,你在伐木营那边开了商店吗?就是斧工们可以买衣服、烟草和其他必需品的地方?"

"没有。这不是承包商们该管的事吗?"

弗伦斯插话了:"啊,我也正是这么想的。你必须直接雇用营地监管者并管理你自己的工作人员。撇开那些承包商。"

派伊继续说:"是的,撇开那些承包商,运营杜克木业自己的人手,并派作风强硬的领薪水的人监管他们。为营地用最低的工资雇最好的厨师。给所有的营地都引入商店,货物可以有裤子、靴子和袜子,刀和斧子,背带裤,还有糖果、烟草,甚至再来些报纸、蜡烛、梳子什么的,诸如此类。用最低的价格弄到这些玩意儿。如果你希望的话,我可以当采购员。然后你要价比城里的那些商人高上一点,你得到的利润可以抵消你在工资开支上的很大一部分。"

她点了点头。她把他的建议诠释为"在工资上花的钱越少越好,然后把你的货物卖给那些工人,卖得越贵越好,只要他们能负担得起"。工棚里的那些男人们会觉得在伐木营这么偏僻的地方有一间商店是一件好事。她的脑海里翻腾着各种想法。她说:"我曾经读到过一家宾夕法尼亚的木材公司,它从砍伐地点到锯木厂铺了一段短途铁路,一个小小的蒸汽引擎拖动着车厢。我们也可以学他们做同样的事。这样可以摆脱暴虐无常的河水,正是因为它,我们现在只能砍伐靠近水路的树木。那些最令人渴求的木材远离河流,被认为太麻烦而不适合砍伐。不过当然,修建一条铁路昂贵得可怕。"

"想要赚钱首先得花钱。不要害怕变革——它正是财富的增长点。"弗伦斯狼吞虎咽地吃完了那些柠檬曲奇,正开始向蜜糖曲奇发动进攻。

"我还读到过,还是这家公司,在砍伐地点就地加工,再把处理好的木材直接用铁路运往市场。我们需要建造我们自己的铁路。"她犹豫了一下,然后说,"提到缅因让我有所思考。我相信我们仍然需要有个可靠的人在缅因管理我们的利益。我父亲计划卖掉我们在那里的林地,因为白松几乎被砍伐光了,不过他还没能卖出那片地方便去世了,所以现在我在想,除了松树之外其他木材或许也有市场?那里生长有云杉、铁杉,不过也有很多硬木——山毛榉、槭树、胡桃木、橡树。这些木材可能拥有我们尚未知晓的价值。我想我们应该继续持有那片土地,并为其他种类的木材考察潜在市场。密歇根的土地上也有很多除松树之外的其他树木。"

"杜克小姐,"弗伦斯律师说,"你的商业敏感度比大部分的男人还强。"

"我父亲也曾这样告诉过我。还有伦纳特叔叔。"

"不过我还有一个建议。"他轻轻拂去西装背心上的碎屑。

他眯着眼睛严肃地望着她。她感觉到了——这不是个游戏,不是一时的兴致或心血来潮。他把她视作有同等智慧的人。

"怎么了?"

"尽你所能地买入芝加哥城市地产,然后长期持有。你不用对它做任何事,随着时间的流逝,它会膨胀并翻倍,三倍,将小钱变成大笔钞票。当我第一次来到这里的时候,花上一两美元便能买入中心位置的一英亩土地。现在城市中心四分之一英亩的土地要一千五百美元。这样的事曾在纽约发生过,也会在芝加哥这里发生。这会是巨额财富的源头,对于那些拥有土地、按兵不动、持续占有的人。是的,是的,我知道你要说什么,你公司大部分的钱都困在森林里。很好。当树林被砍伐之后,把那些土地卖给移民。但是大笔的钱就在你的脚下,不费吹灰之力,除了原始购买的开支之外什么也不用做。城市的土地。记住我的话。"

"我记住了,很认真地记住了。"

派伊先生从笔记上抬起头来,并建议谈了这么久之后去特里蒙特饭店吃晚餐。出门时,弗伦斯律师在安纳格·邓肯的桌前停留了一下。"你是一个了不起的女人,邓肯夫人。"他说,"一个了不起的办公室经理,而且还是个很好的点心师。"安纳格脸红了,把头低了下来。拉维妮亚觉得她因为律师的关注而受宠若惊有点愚蠢。

吃着羊排和烤土豆,他们谈论着地产、城市地块和街区,弗伦斯说,他会把拉维妮亚介绍给一个了解行情且精明的地产经纪人。她点点头,但她的脑袋里仍然充满拓展她的王国的想法,她若有所思地说:"我们也可以放眼海外——哦,我所指的不是欧洲同它那疲惫不堪的古老土地——欧洲不是我们的原料产地,而是我们的市场——然而还有其他国家,我们所不了解的地带。现在不了解,但未来的几年会有所了解。在遥远的地方生长着怎样妙不可言的林地呢?"在东边很远的地方,树叶腐殖土和黑色森林壤土的深处,长眠于地下的夏尔·迪凯可以瞑目了。

她现在认识到一件事:唯一真正的安全感便是钱。非常好。拉维妮亚·杜克,这个富有且很有能力的女商人,将用金钱建造起一道防护墙。不到十年的时间里,杜克木业已经有了一位总经理及助理,一个销售经理,几十个林地测评员,三十个伐木营,几英里的森林铁轨,还有一辆以詹姆斯命名的蒸汽机车。它拥有平底船和轮船,以及它们的工作人员,锯木厂和加工厂,两家使用硬木来生产的家具厂,还有街区和土地,芝加哥市中心的上等地块。它有弗伦斯名单上的一长串律师,他们像弹奏班卓琴一样操控着立法机关、参议员和众议员。芝加哥覆盖城市的十条铁路像两只手伸长的手指。拉维妮亚买入的两片土地,是在夏天用一万两千美元买入的,六个月之后市值已经超过两万美元。她尽可能多地买下了她能买的土地。她知道弗伦斯律师自己也正在为他自己买下他能买到的任何土地。芝加哥的人口从两万膨胀到了快十万人,在那短短几年里。

她经常望着密歇根湖上的船运交通,注意到每个月帆船都越来越少,蒸汽船越来越多。她培养了一些新闻记者,他们赞美杜克木业是为人们提供工作的慈善的企业,在道德方面毫无瑕疵,拉维妮亚是一位罕有的、有进取心的商业女性。偶尔的公益之举——比如一次乐队演奏或者一笔七月四日国庆节烟火的捐款,都能引发充满激情的长长诗句。她敦促编辑们赞美棚屋工人的男子气概和刚毅,为斧工们灌输信念——他们能够经受极端的风险,忍受最令人绝望的条件,因为他们是英雄般强健而有魅力的家伙。同样的作料也加在移民们身上,直到第三代,他们深信他们是"先锋",而且能够挺过危险和困境。她想,伐木工和边境移民可以靠骄傲和信念生活,而不是钱,他们相信自己刀枪不入。她得知,小小的姿态能够获得巨大的商誉。当她听说其中一个伐木营里的棚屋男孩在某个星期天玩"三只老猫"的游戏时,她宣布每个星期六中午起杜克伐木营里停止干活,下午的时间可用于棒球之类的休闲活动,但任何娱乐活动都不能出现在星期天——它是神圣的休息日。因为这一点,她被奉为一位既虔诚又爱运动的现代女性,并被邀请去霍博肯出席尼克博克队的棒球比赛。

在晚餐活动之后,她经常坐在她的紫檀木桌前,按照一种从波西那里承袭的习惯,把她能记起的对话内容尽可能多地写在一个绿皮笔记本里。她列出计划,低价买下纵帆船,去除桅杆和索具,再把它们改造成运送木材的平底船。

但是她和政治人士与律师共进的晚餐还要更有趣,而时下热门的话题——奴隶制、"自由土地"以及领土扩张——从来没有引发如此激烈的争论。一个非常有名的参议员,民主制度的捍卫者,十分乐于演讲,并把她的餐桌当作讲台:"不管住在哪个州或者哪片领地上的人们,他们生而有权作出决定。一片领地是否能够允许奴隶制进入它的疆界轮不到政府来决定。"他没有提起,他的妻子拥有一个棉花种植园,有一百个奴隶,他自己作为那里的经理接受来自它的收入。"人民的意志"这个短语常常挂在他的嘴边,他是指白人的意志,因为他的另外一面旗帜是:"宪法是由白人制定,且为白人而制定。"毕竟,除了白人还有谁呢?

"对极了,对极了。"人们在餐桌上积极响应。

人们拥入这个国家——在二十年间,几乎有一百万爱尔兰人,五十万德国人。他们来自全世界各个地方,德国人、加拿大人、英国人、爱尔兰人、法国人、挪威人、瑞典人。整个世界都听说了这片富有的大陆,拥有消耗不尽的森林覆盖,它的土壤中充满了奶酪般的腐殖物,有珍贵金属的矿脉,鱼和猎物的数量超出人们的理解范围,几亿英亩的空地等待被人占有,还有一个频频示意的慷慨的政府,太过着迷于它自己的民主形象,以至于难以应付精明的商人,他们的人民几百年来都靠着他们的智慧生存。一切就在那里,等人来拿——这是一生难得的好机会,而且不会再来。

对一些人来说,它从没有来过:有的伐木工,他廉价的靴子在春季的流送中分崩离析;还有人不认为生猪肉就一点树皮甜汁就是人间美味;一个因伐木意外而六个月卧床不起的人,躺在床上动弹不得,他的妻子接待在房子里待不到二十分钟的"寄宿者";一个因干旱而倾家荡产的堪萨斯家庭,靠吃郊狼来填饱肚子活下去。在芝加哥快速增长的贫民窟里,肮脏的小屋用破烂木头和腐烂的皮革盖起,聚集在牲畜围栏、锯木厂和皮革工厂附近,受到污染的有毒的水环绕着它们。

58

锁闭的房间

　　拉维妮亚穿好了紧身衣和她这一天的装束：一件绿色的丝绸上衣，搭配一条裙撑外有垂褶的精美华丽的裙子。她的脖子上有一圈蕾丝的褶边。在穹顶开启的户外平台上，大风就像被困在湖面与天际间的一只抓狂的、腾跃的野猫。在颤动的地平线上，她远远地看到两艘船；然而当她拿着看歌剧用的小望远镜朝南眺望城市时，她看不到什么贫民窟。她再次转向北方，眯着眼看那些轮船。风扯动着她堆在头顶的黑色头发。穷人总是有的，穷人不过是那些没有野心让自己过上更好生活的人。世界上到处是可怕的问题，然而解决那些问题可不是她的要务。她努力辨认远处蒸汽船的细节。她需要一台大型望远镜。尽管她已有优越的地位，还是有她自己的难题：啃噬人心的孤独（古茜·布雷利与其说是一位同伴，不如说是个橱柜），令人疲倦的商业谈判，居心叵测的竞争对手，还有继承人的问题。如今女人拥有财产也受法律认可，但她必须得决定谁将继承杜克木业公司，还有大量的林地产权，锯木厂以及铁路的股份。风吹乱了她的头发。她将着散乱的发束，走进室内，把那副歌剧望远镜放在门口那张大理石台面的桌子上。她无法将这个念头赶出脑海。必须是一个拥有杜克家族血统的继承人。而那个人不会是古茜。她突然冒出了一种很快便烟消云散的想法——一个无家可归的人前来砍树，其生命的意义不过是手握一把斧子流淌几年的汗水。虽然那些人整个冬天都待在森林里，但他们似乎全都生了很多的孩子。他们没有关于继承人的烦恼，也没有信誉或人品方面的忧虑。

　　"我的上帝。"她对着更衣室那面银框的镜子说，"他们是怎么忍受这种生活的?"她的头发被吹得乱七八糟。不过,所谓他们是谁,他们必须得忍受的是什么,她却尚不明了。人们总是谈论幸福,然而到底什么才是幸福?所有的一切归根到底有没有意义?波西从未有过这类疑问,詹姆斯也是如此——他只会为最陈腐平庸的麻烦事而心烦。可是拉维妮亚不一样。她可能会因任何事而盛怒。对于那些没能迅速回应她的要求的人,她性急易怒。若是他们无法跟得上发展的步伐,那就让他们滚到一边去。詹姆斯曾经教给她,获得成功是最重要的事。当然,问题和障碍也是无休止的,光是决定她可以向谁提供信贷就能把脑袋累坏,而且她几乎有点嫉妒克拉拉那样的女人,仅靠丈夫来指引就可以。在詹姆斯的时代里,荣誉和承诺占据统治地位,然而如今有那么多无赖,以至于做生意的唯一安全的方式便是靠钱和合约。谢天谢地,有了塔潘商业征信事务所,它提供了个体商人的资产报告。她信赖他们精明的判断。不良债权可能会使最大的公司倒下。还有孩子的问题——这个问题不就是她不满的根源吗?或许不是,因为她不喜欢看到怀孕的女人,而这些女人似乎无处不在,尤其是乡村小路的沿途。农妇就像锯木厂那么多,她打了个寒战,走上楼梯与古茜一起喝茶。

"你的头发!"古茜大叫,她那双苍白的大手紧扣着,"我是不是该取一些薰衣草油来把你凌乱的头发打理归位?"

"感谢你,古茜,这正是我需要的。不过我更愿意用大马士革玫瑰油。薰衣草太容易让人想起床单了。"

古茜一会儿工夫便回来了,带来玻璃瓶装的有香味的精油和一根羽毛。"每次去小穹顶,你都应该戴上一块头巾。"她用和缓的语气说。她知道拉维妮亚懒得这样做。

继承人的问题开始烦扰拉维妮亚的睡眠,与此同时,赛勒斯和他的家人,以及不分贵贱的很多其他芝加哥人,都患上了伤寒。赛勒斯在肠穿孔的巨大痛苦之下死去了。孩子们一个接一个地离世,最后是克拉拉,她悲伤无助以致精神失常,用一条结实的贝壳粉色头巾打了一个结,把一张椅子放在餐厅的桌子上,然后踏了上去,在那盏她钟爱的水晶灯上吊死了自己。

那个冬天,拉维妮亚也生了很多场病,忍受着肠绞痛和皮疹。她从来没喜欢过克拉拉,不过却很想念她,也想念可怜的赛勒斯。在这些痛苦带来的压力之下,她开始仔细研究杜克家族的文件以寻找可能的继承人,并向在外国出生的系谱学家咨询。她发现很少有美国人对祖先溯源有兴趣,因为他们很骄傲自己不受过去的束缚——除非他们有一位声名显赫的早期家族成员,倘若如此,他们便会把他像一面旗帜那样扬扬得意地挥舞招摇。她回想了一下她的亲属。塞德利·杜克在他第二次婚姻里所生的孩子已经全部离世,没有疑问。伦纳特·福赫尔从未结过婚。爱德华和弗里格雷斯也都无子嗣。

"你知道,"她对弗伦斯先生说,"一个明确但很令人不快的事实是,我是杜克家族最后一名幸存的成员。"

"胡说,拉维妮亚。肯定还存在继承人的。你必须雇人去搜寻他们。"他的语气很不耐烦,仿佛还有许多许多的远房亲戚,像堆积如山的木柴一样摞在附近的某个洞穴里,等待着被人发现。但是她仍然持有疑问。系谱学家们可以找到任何继承人吗,不管对方也生活在如今已成为美利坚合众国的这片地方,还是远在荷兰?她找了两位专家,波士顿的塞克斯特斯·伯拉德,以及费城的R.R.泰特拉齐尼。两人都管理一家书店,追溯家族谱系能够轻松打发没有客人的漫长时间。

拉维妮亚邀请这两个人分别来芝加哥进行一次面谈。第一个到达拉维妮亚家中共进晚餐并面谈的是塞克斯特斯·伯拉德。看到他那条老式的方格图案的裤子,拉维妮亚觉得他至少有六十岁了。不过他拿着一根优质的手杖,带有金色的球形把手,它的造型看起来像是蛇发女妖的头。

古茜和弗伦斯先生与他们一起用餐,他们围绕伯拉德先生的旅途(困难重重)的话题寒暄了一会儿,比如列车长对他讲述的在横跨平原向西而行时发生过的恐怖故事——他说引擎产生的火花时常会点燃干草,当火车穿过一片火焰的海洋时,乘客们在他们的椅子里瑟瑟发抖。他说,有一次,火车在穿越时不幸被火焰困住,乘客们被烤得像脆皮乳鸽。"印第安人来了,把他们全吃了,就像我们吃烤肉叉上的牛。我觉得我算幸运,最可怕的冒险只是在俄亥俄和印第安纳领地遇到过粗鲁野蛮的土著人。"

"真是一个令人不安的故事——倘若它是真的。"弗伦斯先生说,"不过我恐怕得说,那位列车长只不过在跟您开玩笑,布洛克先生。"

"是伯拉德,先生,它才是我的名字。"客人打断说,"而且我确信他对我讲的是真的,因为他给我看了从《哈泼斯》杂志上剪下来的插图和评述,他时常把它放在胸前的口袋,拿出来供乘客们玩味。"他眯眼看着弗伦斯;他不怎么喜欢这个家伙。

晚餐之后,古茜去了楼上,拉维妮亚、弗伦斯律师和伯拉德先生走进书房,为他提供杜克家族文件的副本,并讨论系谱学家的雇佣条款。

"荷兰是当然要去的,但不去法国吗?"伯拉德问,"我大致查看了一下,您提供的文件显示,您的祖先夏尔·迪凯来自法国。事实上,来自巴黎。这没错吧?"

拉维妮亚感觉脖子上有种灼热的瘙痒,因为那里有一种时常出现的令人不悦的斑点:"是的,当然了,法国。我差点忘了。不过我们一直都把荷兰视作我们的出身之地——是伦纳特·福赫尔叔叔让我们形成了这个看法。我们的祖先夏尔·迪凯在某种意义上一直都是个神秘的人。我得知的是他在荒原里无端消失了。不过也去巴黎搜寻一下吧。谁知道您会有什么发现呢?我在想,或许您应该开始一次为时六个月的搜寻。当然了,我们会支付您的旅行开销,并且提供一笔款项。此外,倘若有必要进行更多的旅行,到那时我们再讨论。"

"而且别忘了留下发票,哪怕是最小笔的采购。"弗伦斯律师说,"这才是应有的方式。"于是伯拉德先生准备启程了。他把拉维妮亚视作托马斯·艾默里的《约翰·班克尔的生活意见》中那些有学识的女性角色的更为苍白、年长、朴素,且更富现代气息的复制品。伯拉德先生关闭了他的书店,乘船前往法国去追寻迪凯的亲属,他的小旅行箱内装满了便条纸、语法书和词典。他可以阅读法语,但是不会说,他打算把他的问题写下来。

泰特拉齐尼在一星期之后也到达了,他看起来更为年轻,长着狂乱的红色胡子,戴着铜铅合金框架的眼镜。他的衣装比伯拉德更加时髦,穿着一件胸前有漂亮褶皱的翻领衬衫,一条很宽的丝绸领带从一枚沉重的图章戒指中穿过,外面是丝绒西装背心,还有——没错吧?——哦,没错,黑色的天鹅绒裤子。晚餐是羊肉和煮土豆。泰特拉齐尼若有所思地看着他的盘子,而且几次望向厨房的门,然而并没有肥硕的整只烤鸟或者太平洋牡蛎从那里端出来。古茜患了黏膜炎,正在她的房间里小口地喝着一点小牛肉汁。弗伦斯律师切着他盘中的羊肉,听泰特拉齐尼滔滔不绝地讲述着令他兴奋不已的旅途——有几分巧合的是,他在旅程当中听人讲了与伯拉德同样的故事,同样一片燃烧的大草原。吃着干桃子馅饼,弗伦斯律师的目光与拉维妮亚的相遇,他冲她点点头,然后开口告辞。

"我恐怕得离开了。我明天要出庭,最好为辩论养精蓄锐。很高兴见到您,泰特拉齐尼先生,祝您的调查顺利。"他说完,鞠躬并离开了。

拉维妮亚和泰特拉齐尼一起去书房喝波尔特酒,她交给他一包厚重的家族文件,大部分由安纳格·邓肯和海因里希小姐抄写。泰特拉齐尼的手指在纸页间翻阅了好几分钟,其间嘴巴一直没有停下来过。他向拉维妮亚询问太多问题了。是她雇用了他,所以他为什么不去做好他的工作,而是一直拿与名字有关的问题来烦她呢?这些古老的家族档案和信件当然就足够了——倘若他能闭上嘴认真读读它们,而不是说个没完。

"我没法回答你。"这是她第四次说这句话了,这次他向她询问家族在阿姆斯特丹的亲戚及所有祖先的名单、他们目前的地址和企业,"我想他们可能全都不在世了。真相如何应该由你去查明。"她实在有点厌烦了他。

"是的,不过名字会让我找到当今的一代人。这是我们做这一行的方式。我必须有个可以着手的地方。"他说这些话的同时,仰着他的下巴。她指了指他手中那一摞誊写好的家族文件。泰特拉齐尼终于肯自己读了;他大声读了两个小时,最后从福赫尔的荷兰语通信中选出了几十个名字。一个月之后,他带着他的那份名单乘船起航了,还带着拉维妮亚的介绍信,以备不时之需,用来获得夏尔·迪凯和科涅莉娅·鲁斯可能在世的任何亲人的相关信息。

泰特拉齐尼默默提醒自己，要特别记得查看夏尔·迪凯的儿子奥特赫的履历，那个人后来好像成了美洲印第安人研究方面的一位博学的专家。且不论他是否真的成为学者，他好像的确曾经在莱顿以及他经常活动的其他地方同某人姘居。他是否曾在美国居住过几年呢？他想不出可能会在哪些地方。不过在拉维妮亚提供的文件当中，时常提起一张迪凯所有的、杜克父子公司索要的"大松木办公桌"，不过无论是那张桌子还是迪凯本人的具体地点都未被提及。泰特拉齐尼推测二者都曾经位于波士顿某处，不过旧版的城市电话簿中并没有列出名叫奥特赫·迪凯的人。当他再次细读寥寥无几的家族史时，发现了一份用圆头长针别在一起的署名为贝尔纳·杜克的文件在这三页字迹褪色的纸上，有短短两句关于祖先曾经航海到中国的文字吸引了泰特拉齐尼的注意。"哦，哦！"他对自己说，"假如在阿姆斯特丹找不到任何人，那么也许可能会有姓迪凯的人住在北京，不过想要分清'叶'和'杨'什么的大概挺难的。"他想象着若是向杜克小姐汇报，她目前唯一在世的亲戚及家族继承人是个卖面条的中国人，会是怎样一种滑稽的景象。

对于杜克公司和布赖特施普雷歇公司，以及其他较为次要的木材商们来说，生意很不错。密西西比和密苏里河沿岸不知餍足的市场大声呼求着原木，几乎要毁掉了阿尔巴尼和布法罗。打算从事农业的移民潮涌上了大草原——强壮的男人带着他们臃肿的妻子和遍布淤青的孩子们——所有人都需要房子和谷仓，需要贮仓和马厩、家具和木瓦、板条和尖木桩、铁路和邮局。往返大草原的新铁轨为他们运来木材，并把他们的肉牛和猪送往芝加哥，在那个地方，战争以及承诺年度家畜分销的印第安条约的履行，意味着大片牲畜围场的涌现。无论对木板、木杆、篱笆还是围栏，全都有狂热的需求。而若是它们每隔两三年便全被烧毁一次的话，森林里还有更多的树木——无穷无尽的树木。

在与南方交战期间，杜克公司董事会的董事成员中纳入了弗伦斯律师;会计师派伊先生;戴维·尼尔,报纸《芝加哥前进报》的拥有者;安纳格·邓肯,办公室经理;诺亚·拉德勒姆,他负责监管伐木现场和锯木厂;另一个缅因人格拉佛·琼斯,负责原木和木料的运输;还有两名富有的木业巨头西奥多·京克斯和阿克瑟尔·考斯,两人都是杜克木业的大股东。京克斯和考斯都在拉维妮亚房子邻近的土地上建造了宅邸。三个人共享一座公园——三十英亩的林地,就在他们毗邻的房屋所在的湖畔。拉维妮亚习惯在黄昏时分在安静的小径上散步,有时候她会遇到阿克瑟尔·考斯和他的西班牙猎犬。

"晚上好,拉维妮亚。"考斯会这么说,同时微微鞠躬,"天气不错。"

"是的,非常好,阿克瑟尔。"

考斯六十多岁,头发花白,一张脸柔软而红润。正是他提议建造一座公园。他收集绘画作品,有艺术方面的爱好。他从森林中看到了财富,还有美好;而这在拉维妮亚看来就如同她喜爱走在树荫遮蔽的小路上一样难以言喻。至于艺术,他喜爱的绘画是雄鹿从森林池塘喝水,落寞的印第安人在如镜子般的湖面上划着独木舟。拉维妮亚则更喜欢展现狩猎胜利的大幅油画以及细致呈现城市全景的版画,不过她最感兴趣的图形还是关于统计数据的商业性图表。考斯尽管上了年纪且生活方式与常人迥异,但他仍向拉维妮亚求过婚,正如其他一些男人曾做过的那样。他们想要她的钱和产业,她清楚这一点。西奥多·京克斯是更加不修边幅的类型,而且坊间有一些关于他嗜赌的流言,他也曾做了同样的事。她并没有因为两人的求婚而反感他们。这两个人她都挺喜欢,他们也都是可靠的董事会成员,在木业生意方面有着扎实的知识。当考斯提议建造这座公园时,三人很容易便达成了一致,不过她注意到当考斯说起对那些有价值的松树进行"隔离"时,京克斯脸上露出的表情。

"那些松树可以赚很大一笔钱。"京克斯说。

"哦,没错,不过最好还是留下一些树木,让我们能随时想起早年曾拥有的富饶时光。没人希望与一片遍布树桩的土地为邻。"考斯总是用一种高尚的口吻发表此类意见,气得京克斯急躁地来回踱步,低声咒骂。"除了农民。"他信心不足地回应道。他对此无可奈何；拉维妮亚和考斯仅仅是在容忍他。不过他的情绪从另一种想法中得到了缓解——总有一天那些松树也会倒下来的，正如所有松树的宿命。

派伊、弗伦斯和拉维妮亚构成了杜克木业公司的核心。他们之间不进行任何形式的寒暄，所有的谈话永远围绕着生意。几年前出现的电报对于商业世界和铁路而言，仿佛一壶水倾入一口沸腾的油锅。国会确保了联合太平洋和太平洋中央铁路的经费——在平地上铺建一英里的轨道有一万六千美元，而贯通多山地区的铁道每英里有双倍经费，还包括一条横贯整个大陆的四十英里宽的通道。这种机会可赚到真金白银，那是杜克公司不敢想象也无从染指的巨大财富。不过还是有一些聊可安慰的事。整个国家的中心在歇斯底里地扩张。由于联邦军需要建造堡垒和战俘营，杜克公司的木材交运量扩大为原来的四倍。芝加哥的商人们满心欢喜地用粗制滥造的战争物资骗取政府的钱财，从罐装牛肉到步兵便帽，全都以很高的价钱提供。拉维妮亚、考斯和京克斯也都毫不犹豫地大量使用变形和有结的木材，同时在账单上开出上等木材的价格。

"若是能用更少的钱得到它，为什么要多给钱呢？"弗伦斯说。他完全不在乎陈旧而过时的理想主义，甚至鄙视詹姆斯·杜克在能够一文不花地获得林地的情况下花钱购买同样的土地："政府又无法证明那些占用土地的人不是出于善意。"他们利用了土地总局的优先购买法案，法案允许移民们占用土地，随后以每四分之一平方英里——即一百六十英亩1.25美元的低廉价格购买它。杜克公司派出林地测评员，选取林木最佳地块，雇人占用土地并完成定居的流程，随后把所有权契据转让给弗伦斯。一群土地抢占掮客的诞生使得这些不道德的行径变本加厉。贿赂联邦土地交易处也不是什么罕有的事。十九世纪六十年代出台的《宅地法案》对于杜克公司来说简直是甘美的礼物，他们雇用了做伪证的"移民"，那些人在林地上露营几天，用几块木板钉起一间弱不禁风的棚屋，就叫做"房子"，在木板之间堆上两只空空如也的威士忌酒瓶，就成了"窗户"，鞋跟在泥土里随便踩上几下，便造出一口"井"，然后据此索要一片宅地。其他人带着一间有窗户、屋顶和地板的玩具屋前往目标土地，把它随手往地上一放,便到土地管理局宣称拥有一间"十四乘十六"的房子,然而并没有提及它的计量单位是英寸而不是英尺。甚至还有一些人,把能获得认可的最小的"房子"放在雪橇上,拖着它为五花八门的出资人四处奔走,假装它是一间可以居住的小木屋。杜克公司正是用这样的方式买下了大量土地,冲进去砍掉那里的树木,随后放弃宅地使用权。无人反对——他们不过是一些谋求进取的聪明的美国商人,所做的也不过是些商人要做的事。没人能靠走上七英里把多收的一便士交还给顾客而致富。还有上百间小型的木材公司,在结结实实地上了几堂"人生课"以后,急不可耐地想要把靠同样手段获取的东西转卖给杜克公司;那些课程包括被不认识的人枪击,时常遭遇的锯木厂失火,大规模的木材偷窃。这类遭遇让继续这场购地游戏开始得不偿失。

这些事情没有一项在董事会会议上讨论过——但做生意就是这样。塔潘征信报告中把詹姆斯·杜克称为"一流人士。富有的家庭,良好的商业行为。金子般的品质。"杜克公司的董事会更关心一些琐碎的主题,比如继续为他们所有的锯木厂配备蒸汽动力的圆锯,以及如何处置占地越来越多的锯木灰。诺亚·拉德勒姆的脸刮得很干净,仅留一小撮尖尖的山羊胡子;他说:"那些大型的圆锯切割得真他妈快——原谅我的用语,不过它们无法保持稳固。运行起来会摇晃。你几乎无法观察到这一点,然而那种该死的晃动会浪费公司的钱,因为它会形成一条又大又宽的切口。我所了解到的一个事实是,每切割一千板尺我们便会在锯木灰上损失超过三百美元。问题在于那些锯子的钢材不够好。太多上好的钢材被用在铁轨和枪支上面,所以我们没法买到好锯子。你的木灰堆比卡塔哈丁山还要高。当然我们可以把它烧掉,给锅炉提供动力,可是……"

拉维妮亚打断了他:"别为了一点锯木灰而寝食不安,拉德勒姆先生。关于这一点我们目前没什么好方法,除了烧掉它们,或者丢到河里。密歇根的树木如此丰富,我们没必要节约。"

"可是,"拉德勒姆先生说,他决定要强辩到底,"我们不得不把最大的树木留在森林里。那些锯子锯到它们直径的一半就再也不能前进分毫。需要更大的锯子,可是那些锯子越大,晃动得也越厉害。"

拉维妮亚低头看她手中的文件,飞快地看了一眼安纳格·邓肯——正是她提供了这些报告上的数字,然后说:"都一样,单单是我们的埃弗里锯木厂这一年就会砍伐三百万板尺,远远超过去年。我们仍然有几间水动力的老式锯木厂,使用上下运动的锯子,我们越快把圆锯和蒸汽引擎弄到那些地方越好。这才是我们当前的主要目标,不管什么晃动不晃动的。我提议看看新型的双联圆锯,可适用于更大型的原木。"

"做得很好,安纳格。"弗伦斯律师用一种故意让大家都能听见的悄悄话对这位办公室经理说,并对她报以微笑。

政府对木材的需求却没有丝毫的动摇,而杜克木业在战争期间的好年份里大获其利。当战争在春天结束的时候,派伊先生几乎是一脸难过的样子,再加上接下来林肯的遇刺。但是南方需要重建,木材需求的呼声从未如此响亮。

"在南方有很多丰饶的森林,"西奥多·京克斯说,"更靠近需求市场。我建议我们买下一些南方的林地,并让我们的伐木小组着手作业。如果董事会同意的话,我可以去做一番勘察。"这个提议很不错,于是,京克斯和拉德勒姆先生带着毡制旅行袋内整齐打包的衣服,在一个星期之后出发去考察南方的树木。

发明创造之火在整个国家燃烧,安纳格·邓肯每天早上拖来的邮件篮里满是关于创新的新想法和新机会。那些信件有如此之多,而且要花费很长时间才能理解那些复杂的说明和表格,所以派伊先生建议杜克公司雇用一位受过良好教育的人去评估那些提案,甚至董事会也可以安排一次同那些发明家的会面。在这样的一场会议中,对木材行业做出新改进或者发明出新机器的那些人或许能展示出一些比例模型或者图形和表格。董事会可以和那些发明家们谈一谈。

"这项建议听起来大有可为。"拉维妮亚说,"若有什么有价值的东西出现,杜克木业公司可以给出一个合理的价格来获得权利,然后为它申请专利。让我们把日期定在夏天,到时候旅行便不会那么费力。公司可以为发明家们提供免费住宿,在五大湖酒店——不过仅限二十个人。我相信那里的宴会大厅或许是进行这些展示的理想之地。这件事肯定会很有意思的。"

第二年春天在底特律,往东二百五十英里之外的地方,迪特尔·布赖特施普雷歇从《芝加哥前进报》上剪下了篇幅半页的广告,它号召发明家们申请参加杜克木业的夏季展览。能有机会身处一群脑中全是机械和机器的人当中,这件事的诱惑力令人难以抵抗。发明家们没有给布赖特施普雷歇公司写信。他对拉维妮亚持有某种敬意,而且清楚地记得多年前她对木材检尺基础知识的学习速度有多么快;他怀疑她从来没有运用过那些知识——像她这样的人怎会需要亲自去做这类事呢?她有的是能胜任的员工,其中还有好几个是从布赖特施普雷歇公司挖走的。他写信给她,询问自己能否出席这场展览,不是作为一个发明家,也不是作为一位竞争对手,而是作为一个朋友,一个对这一活动感兴趣的朋友。他提出自己将分担这次活动的相关费用。他不认为她会拒绝他。确实,她十分热情地回了信,回绝了他出钱的提议,并邀请他在这场聚会之前的星期五晚上和她一起共进晚餐。

这是他们把布赖特施普雷歇公司并入杜克木业的机会,她想。杜克公司就此进行了一次史上最长而且最富有激情的会议,之后董事会建议向布赖特施普雷歇公司提出一次收购提议。一个布赖特施普雷歇伐木公司的价值抵得上十间小型个体伐木商,那些人可能砍伐五十英亩林地便会洗手不干。不过拉维妮亚却觉得提出一种合作伙伴关系或许是更好的策略。尽管他们有一些怪异的想法,比如砍伐过后对满是树桩的土地进行重新种植,但布赖特施普雷歇公司却享有以公平的方式对待伐木工以及贸易商的良好声誉。而且在阿尔梅纽斯还活着的时候,他们公司是很成功的。他们还享有作风诚实的佳誉,虽然太过诚实可能会阻碍公司前进的步伐,但仍然有很多人相信这是一项美德。这一伙伴关系无疑会给时常因冷酷无情、不择手段而饱受其他木材商诟病的杜克木业增添几分光彩。拉维妮亚依然十分感激迪特尔当初愿意教她读取斯克里布纳—道尔刻度尺的数据,并将它用在原木测量上。她也很好奇阿尔梅纽斯在两年之前死亡的有关流言。不过迪特尔会愿意告诉他吗？他看起来总是那么冷漠。所以他主动请求参加发明家们的聚会似乎是件幸运的事。

两位南北战争的老兵——帕克·布雷斯和胡德森·范·迪普，都来自佐治亚州的切诺基县，两人都是木匠，在南方脱离联邦之前他们就是朋友了，他们为了南方而战，直到他们在希洛被抓，随后被塞进芝加哥臭名昭著的道格拉斯战俘营。他们在那污秽的畜栏中幸存了下来，那里没有任何医疗，没有洁净的水管或者盥洗盆，患坏血病的囚犯们麻木不仁地坐在那里。布雷斯和范·迪普用一根金属线和压扁的罐头盒捉老鼠为食，才活了下来。为了保持神志清醒，他们自己玩起一种木匠游戏：通过互相交流和在泥地中画出图形，他们建造了一座假想的房子，从地基一直建到风向标。

肮脏的北方佬提出了几个选择：作为战俘回到南方；宣誓效忠并入伍美国陆军和海军；宣誓，并被送往北方做劳工；或者宣誓，然后返回家乡，倘若他们的家乡位于联邦军范围之内。布雷斯和范·迪普蔑视所有的这些选项。然而有一天，两人出现了坏血病的症状，于是范·迪普说："我要去说出他们那该死的誓词，加入他们该死的军队，结束这种该死的日子。打算离开这个鬼地方了。不会有什么比现在更糟糕了，去了那儿或许我还能得到一点给人吃的东西。受够了生吃该死的老鼠。"两人都宣了誓。这两位新晋的北方佬被派往得克萨斯同印第安人打仗。范·迪普从未想到世界上竟会有如此干燥酷热的地方。阳光如同镀金一般一下子涌上来，天空瞬间变成正午般的单调白昼；当夜幕降临，一切慢慢变得昏暗模糊的同时，空气中仍悸动着白日累积的热量。布雷斯被印第安人的箭射倒在地，在沙尘中躺了九个小时，听着一架尖叫着的红尾战斗机划过白炽的天空；不过范·迪普一点儿没有受伤。退伍之后，他们回到佐治亚州短短一段时间，战后重建的景象让他们畏缩不前；他们发现自己的家人避开他们，管他们叫叛徒。

于是他们一起回到了芝加哥，这个城市在大幅扩张，非常需要木匠。几百人希望房子在一夕之间建好。在难得清闲下来的一星期里，范·迪普说："帕克，我们别等到下一份工作到来时才有所行动。

我们可以预先做好一摞门和窗。我不知道我们得建造什么样的房子,但我敢保证房子需要窗户和一扇门。"后来他们又在预先制造的物品清单中添加了橱柜和楼梯,甚至还提前做好一些可以拖到建造地点去的墙壁。这种做法大大加快了完成一座房子的速度。正是这种预先制作的习惯为他们带来了一位合伙人和一个更宏大的创意。

一个闷热潮湿的早上——只有芝加哥的夏日才会有的天气,一个棱角分明的男人穿着一件皱巴巴的亚麻西装走进了他们的工地,站在那儿看着那里储放的一摞摞制作完毕的窗户和楼梯。

"早上好。我是否有幸同范·迪普和布雷斯问声好?"

"不能保证这有多荣幸,不过我们两个就是。"范·迪普说,"请问您是哪位?"

"查尔斯·芒斯特·威德。先生,我是一名建筑师。我有合同要建造一条街上的十座房子,我想要找到好木匠,而且可以很快地把活儿干完。你们干活儿的速度是出了名的。目前你们正在忙着什么建造项目吗?"他示意着那些额外制作的窗户和台阶。

"目前没有什么活儿。这些窗框和楼梯是我们提前做好的,以便节约时间。门和窗框,食品贮藏柜,诸如此类的东西。"

当威德得知此时此刻他的面前就有几座现成的房子躺在那里,只需要被人组装起来,他当场就雇用了这两个人。这次工程的愉快程度像是猫咪玩羽毛。

在威德的房子全部完工的一个星期之后,他们再次见面了,建筑师近乎欣喜若狂地产生了一个新想法——他明白了他们这种预先制造的方法可以走多远。"哦,用这种方式你能建造出一个城镇。你可以设计十几种不同的房子,让人们选择一个他们喜欢的,你可以把一座甚至更多的房子包装起来,用船把它们运送到任何通铁路的地方。"他的嗓音高得快要失声了。

"我们也很清楚哪些地方的人会需要它。"布雷利说,"就是那些大草原上的人们。没有树,没有森林,但他们得有房子住。他们当中有一些人建造脏兮兮的房子,满是虫子和蛇。他们想要谷仓,他们想要教堂。我猜他们会愿意买一间完整打包的房子,买下立刻就可以用。可是问题在于要制造那么多整套包装的房子需要很多的钱。"

"而我们没有这些钱。"范·迪普说。

"校舍。"建筑师大声喊着,前后挥动着他的手臂,"商店和法院。他们需要城镇,而用这种办法就可以为他们提供一个城镇。"

"我们可以把各个部分打包起来,用船或者铁路运输。做一些适合塞进农用拖车的大木箱。"

"是的,是的。我可以设计不同的模型,让客人选择他们想要的。你们听我说!我有一些用于投资的钱。我想要和你们一起做——如果你们愿意的话。"他们很愿意,于是三人当场便组成了范·迪普、布雷斯和威德公司,并把他们的公司命名为"草原之家"。

自从拉维妮亚雇用两名系谱学家调查继承人已经过了一年。又一个秋天临近。这时她收到了一封来自 R.R. 泰特拉齐尼的信,信中说他"发现了一些您可能会感兴趣的信息",并希望进行一次会面。拉维妮亚提议了夏末的某天,就在杜克公司那场发明家的展览之前。公平起见,她也给塞克斯特斯·伯拉德写了一封信,询问他那边有什么发现。她很惊讶地收到伯拉德的侄子汤姆·伯拉德回复的一封信,说伯拉德先生从国外回来时身体状况很差,不久之后便去世了。而汤姆——也就是他本人——接管了那家书店,他将转交叔叔为拉维妮亚收集的文件。这些文件在她与泰特拉齐尼的会面之前便寄到了;通过阅读拉维妮亚得知,伯拉德在提纲中的每一个调查对象最终都通向一条死胡同。夏尔·迪凯在巴黎没有留下任何有记录的线索,而且伯拉德认为任何能确定他原来家人名字的文件似乎都在法国大革命中被烧毁了。至于荷兰方面,伦纳特·福赫尔是最后一位存留的亲戚。

R.R. 泰特拉齐尼准时到达了。他红色的胡须修剪得很干净,眼镜换成了一副金丝夹鼻眼镜。他带来了两个皮包。安纳格为他端来一杯咖啡,把它放在他的手肘边。他拿出文件,开始进行关于他的旅途和发现的冗长讲述。安纳格·邓肯坐在旁边,做着一些笔记。拉维妮亚越来越不耐烦地听着他所讲的内容。为什么他就不能直接说重点呢?

"泰特拉齐尼先生,请允许我直截了当地问您——您是否找到了杜克家族的后裔?"

"事实上我找到了。不过我恐怕您知道他们的身份以后不会高兴的。"他清了清嗓子,露齿一笑,延迟即将到来的最有趣的时刻,"我不知道您对您的家谱有多少了解。长话短说吧。夏尔·迪凯收养了三个儿子——从阿姆斯特丹的一间孤儿院收养了尼克劳斯和扬,又从拉罗谢尔的街头收养了第三个儿子贝尔纳。在那个时代,收养行为不算是一件非常正式的事,不过他对待那几个男孩就像是对亲生的儿子,而且也把他的私人财产均等地留给他们。您可能知道,您是尼克劳斯的后代,他娶了梅西,并同她生了三个孩子——佩兴斯、皮特和塞德利,最后一位便是您的祖父。换句话说,您血管里流的血同迪凯一点关系也没有,而完全源于那位被收养的儿子尼克劳斯。"他喝了一大口咖啡,看到拉维妮亚的脸一下子红了。

"回来说说夏尔·迪凯。在收养了几个儿子以后,他的荷兰妻子科涅莉娅·鲁斯为他生了两个法律认可的亲生儿女——奥特赫·迪凯和多尔彻·迪凯。多尔彻的儿子伦纳特·福赫尔终身未婚,这条线索随着他的离世便走到了尽头;而奥特赫·迪凯在缅因的佩诺布斯科特湾生活了几年,并同一位印第安女人姘居。印第安女人为他生了一个女儿,碧娅特丽克丝·迪凯;奥特赫在这位混血女儿身上倾注了过多的关注与教育。但后来他搬去了莱顿,女儿仍留在缅因。她最终回归到土著人的那种生活方式;而且我基本可以确定,她嫁给了一位名叫昆陶·塞尔的混血儿,他是米克马克印第安人同一位法裔农民的后代。"拉维妮亚的咖啡杯在碟子上发出抖动的碰撞声。

"看上去,碧娅特丽克丝·迪凯和昆陶·塞尔两人合法结婚,生了两个儿子——乔希姆·塞尔和弗朗西斯-奥特赫·塞尔。夏尔·迪凯唯一尚存的后代,是乔希姆和弗朗西斯-奥特赫的孙辈们。至于那些后裔具体的名字和居住地,我还没有完成我的调查。这要牵涉到前往加拿大以及联系残余的印第安人部落。我首先需要了解您的意愿才会继续这项工作。不过,我得先告诉您,这些人将是夏尔·迪凯的合法继承人——若是把血缘关系视作唯一评判标准的话。我个人认为,受领养的子嗣的后裔比起那些身份尚不明确的印第安人,在家族财富的继承权上更为有利。毕竟我们都知道,已占有财产之人在诉讼中十诉九胜。给您。全都写在我的报告里了。"他用一种几乎放肆无礼的态度递给她一沓文件,他的语气表明,那些不知名的印第安人在法律上有权索求杜克帝国的产业。

她坐在那里沉默良久,然后平静而流畅地说:"我认为您不需要去打扰加拿大相关人士的生活了。我们将考虑结束这次调查。"她瞥了安纳格一眼,真希望自己刚才让她离场了。她看到安纳格正在皱着眉头愤怒地望着R.R.泰特拉齐尼。忠诚的好安纳格,拉维妮亚想。她会保持沉默的。

泰特拉齐尼刚一离开,拉维妮亚便把这份报告丢到了废纸篓里。

"我还是把这个丢到火炉里吧。"安纳格说着,把废纸篓拿到了前厅,在那里她把火炉的门弄出响声,却小心地把泰特拉齐尼的那份报告收在物品柜的最里面,在她的雨披下面。

五大湖酒店的老板西蒙·德里麦尔有着金色头发,相貌英俊,他为自己的酒店住满客人而兴奋不已,同时又为宴会厅的地板上可能会弄出划痕而忧心忡忡。当几个贴着"草原之家"标签的巨大板条箱运到现场时,德里麦尔问明其中的内容,然后叫人把它们卸在南边的草坪上。

"我可不能在宴会厅里放建筑物。"他说,"这样做会划伤地板的。我们得一直让地板保持完美无损的状态,让它适合缎子鞋底的拖鞋,这是至关重要的。舞会是我们最主要的收入。"

"您知道的,在没有舞会的时节,年度展览将是一项获利丰厚的收入来源。"派伊先生说。他是这次展览的负责人。

"啊,也许吧。"德里麦尔笑了,他希望不要发生这样的情况。他很喜欢舞会,喜欢它的音乐,宾客的香水,喜欢它洋溢的兴奋和美,喜欢那些漂亮的礼服和一张张光芒四射的脸庞。

"没关系,"派伊先生缓和气氛,"反正这件不寻常的展示品不管怎样都得在外面进行。"

这一天结束的时候,每个人都疲倦不堪。弗伦斯律师提出送安纳格回家,因为"正好和我顺路"。

"感谢您的好意,先生。"安纳格喃喃地说,然后去收拾她的包和随身物品,同时准备一些小小花招。

古茜·布雷利通常都和拉维妮亚一起吃饭,即便是有别人在的时候也是如此。可当她听说迪特尔·布赖特施普雷歇要来吃晚饭时,她说她要把晚饭带到房间里一个人吃。

"没有这个必要,古茜。和我们一起吃吧,没什么要紧的。我只是出于礼貌必须邀请他。"

"不,我非常了解这类事情是如何发生的,亲爱的拉维妮亚。也许你本来只是想要谈生意。是我自己想选择在较为隐秘的地方用餐。我很少能安安静静吃一顿不用承担义务的晚餐,所以在房间里吃饭对我来说实际上是一种恩惠。"拉维妮亚认为她是对的。如果她不需要把古茜考虑进来的话,那么同迪特尔的谈话也更容易一些。

"迪特尔·布赖特施普雷歇先生到了。"女仆莉比说。
"带他进来。"拉维妮亚穿着她标志性的黑色裙装,坐在客厅壁炉前的一张深红色的天鹅绒沙发上,让自己定下心来应付这一会面。虽然她通常都不缺乏谈话技巧,但她仍想不出该怎样提出合作伙伴关系的邀约。她应该事先写封信说明的。

"迪特尔·布赖特施普雷歇,欢迎。好久不见。"她并不记得他的肩膀这样宽阔,身材这样高大。他的金发的光泽从太阳穴处开始变得暗淡起来。他那双非常大的眼睛,那张笑意盈盈的脸,在她看来非常直率而友好。她一下子就觉得手足无措,希望这个晚上快点结束。

"没错,亲爱的杜克小姐,好久不见了。"他说起话来几乎没什么德国口音,同时送上一把干枯的花束,由秋麒麟草、山柳菊、过季的野蔷薇和帕那色斯草构成,"如果它生长在热带的话,一定会是珍稀植物的。"他说。他眼中看到的是一位中年女子,有着宽大的臀部,体态丰满,穿着一条合身的黑色连衣裙,但却有着掌管大量金钱的人所具有的那种很强的存在感。

"迪特尔,请叫我拉维妮亚。感谢您的花束——虽然是野花,但是十分漂亮,而且此时此刻我更喜欢天然的东西,而不是矫饰的人工艺术。您要喝一杯葡萄酒吗?还是更想喝烈酒?"一旦他离开,她立刻就会把那束野草丢掉的。

"事实上我更喜欢喝威士忌——如果你有的话。"

"如果我有的话?它正是我最喜欢的。这是我从父亲那里继承来的偏好。"她走到餐具柜边,倒上了两杯陈年肯塔基波旁酒。他们坐在火炉前,起初二人都不发一言,不时朝对方投去揣测的目光。

"哦,"拉维妮亚率先开口,努力打破沉默,"今年您的生意还算好吗?"

"是的,非常好,尽管我们的'知更鸟之巢'锯木厂再一次遭受了火灾。就算警告了上百次,那个锯工还是会把燃烧着的焦烟丝敲到锯木灰里。不过制造火灾的源头已经消除了,虽然挺悲伤的——那家伙自己也在这场火灾里丧生了。"

"真是不幸,"拉维妮亚说,"我们也同样有锯木厂因为火灾而遭受损失。"又是一阵沉默长久地延伸开来。拉维妮亚想到了关于总统选举的话题,不过所有人都知道格兰特将军会胜出的。她决定用另一个话题代替。她问:"您经常旅行吗?到东部的城市?或是德国?"

"一年一次,去纽约或者波士顿。甚至可能是费城,有一次还去了加利福尼亚,去调查我堂兄的不幸事故。"喔,这似乎是询问相关话题的良机,可是她不能这么快便扯上关于阿尔梅纽斯的问题。她不想让自己看起来那么急于打听。

"这么说,您有一间锯木厂名叫'知更鸟之巢'?"

"是的,每年都会有一只知更鸟在锯子上方的一根椽子上筑巢。我不知道是不是同一只。这让那位爱抽烟斗的锯工十分担忧,他非常害怕雏鸟会从巢中掉出来落到锯子上。"

拉维妮亚的一只手紧攥起来:"哦,我希望这种事没有真的发生过。"

"没发生过。那间锯木厂从建立以来已经生出几十只知更鸟了。"

"锯木厂似乎不会持久。总是会有各种飞来横祸。"

"你说的一点没错。"他把椅子拉近一些。他很喜欢谈论锯木厂遭遇的无妄之灾,而且他在密歇根的森林里目睹过不少此类的情况,"大部分麻烦是完全可以避免的,然而人们非常不小心,而且我觉得锯木工人是其中最漫不经心的,虽然厂主和工头也可能造成巨大的破坏。举个例子——"他热心地凝视着她,"——希望我叙述这些不幸事件不会让您感觉厌烦。"

这是另一个询问有关阿尔梅纽斯的流言的好机会,不过她再一次忍住了,而是回答说:"迪特尔,您不会让我觉得厌烦的,我请求您继续说。不过首先请允许我把您的杯子重新添满。好了,请继续吧。"

"一个缅因的木材商对我讲述了他离开那里来到密歇根的原因。在缅因他有一间锯木厂。他把他的锯木厂建在一座长满松树的陡峭山坡的坡底,紧邻河水的边缘。他的计划是砍掉那些松树,为原木制造一个滑梯,让它们可以直接滚来送到锯木厂,再把木材装载到停在前方的轮船上,这是一串非常流畅且极具连续性的操作,而且执行的结果正如他的预期。然而他并不清楚当一座山上的树木被砍光之后会发生什么事呢。"

拉维妮亚不明白他说的话是什么意思。

"当树木被砍伐殆尽之后,一座山会发生什么事呢?"

"春天来了,所有的一切都开始融化。他对我讲述说,他当时正站在附近的一小块土地上,看着他的锯木厂中的那些锯子全速工作。突然他看到整个光秃秃的山体如同一只山猫般蜷缩在一起,滑坡的泥土猛冲下来。它埋葬了整间锯木厂和里面的工人,并让等待装运的轮船沉没在水中。它在港口制造了令人惊骇的大浪。一路畅通无阻,没有任何东西能挡住它的去路。一堆巨大而潮湿的泥土和树桩。"

"我一点儿也不知道竟然会发生这样的事。"拉维妮亚说,"我真欣赏您关于这些凶险灾难的渊博知识。我一定要给我们的锯工发一份公告——绝对不要把锯木厂建在山坡的坡底。"

"是的,不过更好的做法或许是让树木留在它们原来的地方。树根可以留住地面的土壤。树枝可以为土壤提供遮蔽,免于受到大雨的冲刷。"

"拉维妮亚小姐,"莉比站在门口说,"厨师说晚餐准备好了。"

"谢谢你,莉比。迪特尔,我们进去吧?"

不知怎的,他们没法停下关于灾难的谈话,吃着烤羊排和炸土豆,他们从山体滑坡谈到了火灾,又到失事的船舶,发疯的厨师,自杀的樵夫,林中意外事故,甚至一次肆无忌惮的薪水抢劫。现在可以询问有关阿尔梅纽斯的事了吗?还是问另一个更重要的问题?不行。

"迪特尔,我听说您买下了一大片砍伐殆尽的土地。这是真的吗?"

"是的。这种土地几乎不用花什么钱就能得到,而它为我带来别样的快乐——重新种植它,使它再次成为有价值的优质森林。"

"然而肯定得花上很多年它才能被砍伐,得花上很多年它才能拥有价值。"

"当然了。但是在欧洲,人们更严肃地考虑过去和未来。我们几百年来一直在管理森林资源,思虑未来是一种根深蒂固的习惯。美国人思考问题从不超过三年——去年、今年和明年。我想我大概会保留我从前的方式。我会很高兴知道等我离世之后它会长成一片森林。"

"非常值得称道,我可以肯定。"她说,"你是在哪里找到你种植的那些树苗的?"

"我们栽培它们。布赖特施普雷歇公司几年之前启动了一片松树苗圃。我们雇用印第安人在春天和夏天为我们栽种。惯于砍树的白人伐木工们鄙视这类工作。然而印第安人对自然和时间有更深的理解,所以有机会的话我们便雇用他们。"

拉维妮亚觉得,那些印第安人喜欢的更可能是有酬劳的工作,而不是为了未来而种植森林。

"您对于森林的关注是很有名的。而且我还听说,您的伐木营有数不清的小型工棚,四个人共用一间,而不是一间长长的可以安置上百人的大房子?"

"是的,对我来讲,更多的私人空间可以让人得到更为彻底的休息。这些小伙子的工作十分耗费体力,舒适一点的环境会让他们感觉愉快的。"

她忍住没有说,布赖特施普雷歇公司的许多伐木工如今转移到杜克公司拥挤的工棚,因为粗糙的居住条件对于他们的韧性是很好的挑战。他们鄙视轻松和舒适。不过此时说这种话肯定不太妥当。

拉维妮亚坐立不宁。她应该快点讲出董事会的提议。而且若是他同意的话,她大可以毫不掩饰地询问关于阿尔梅纽斯的事。他们已经回顾了各式各样的灾难,而她早已错失了问清这件事的机会。随后甜点端了上来——填满奶油的长条泡芙,表面浸了一层巧克力,末端有一小撮裹了糖霜的草莓——这个时候,他们对彼此已感到很舒服,而她几乎开始享受他的陪伴了。

"您想在公园里散个步,然后再回来喝点咖啡和利口酒吗?"拉维妮亚问。那个时候她再把问题拿出来问他。

"是什么样的公园呢?"

"是一座小小的森林公园,我和两个邻居一起造的。"她说,"在夏天的晚上,那里是非常令人愉快的,而且现在天色还亮,我们可以享受最后的暮光。"

他们走进了森林,从一棵巨大的银槭树下方经过,那些长柄的树叶露出它们银色的底面。迪特尔被迷住了。"喔,拉维妮亚,你保留了这片漂亮的小森林。我要赞美你。"他引用乌兰德的诗,"世上最甜美的喜悦/发现于青翠幽深的森林。"他想,或许她并没有完全迷失在对金钱的贪欲之中。

公园里有十英亩形形色色的硬木,在它的东端有二十英亩原始状态的古老白松,那是几十年前被杜克木业砍伐过的广阔海岸林木的残留物。一条没有下层灌木的小路从树林中蜿蜒穿过,当他们通过一座原木小桥时,他可以看到一条小溪向坡下流淌,进入一个夕阳照耀下的池塘,晚间的昆虫在最后的日光下鳞羽发光。他们走到松林边,恰好看到最后一抹浓浓的橘色渐渐消失在一片阴暗当中。

他们身后响起了知更鸟在这一天里最后的鸣叫声。大风搅动着松树的顶端,然而他们的耳中只听得到那银铃般的婉转啼鸣,那声音仿佛在鼓舞他们"要开心"。

"它们在告诉我们要开心,要快乐。"拉维妮亚说着,陷入深深的回忆——儿时的她躺在波西的丝绸枕头上,听着她用沙哑低沉的声音,读着善良的红胸知更鸟的故事。

"不知你是否了解,当我们砍伐知更鸟的树木时,它们会受到多么大的伤害。"迪特尔说,"我们夺走了它们的树木,它们才不得不在旋转中的锯子上方筑巢。"

"哦,天啊,"拉维妮亚说,"我从来没有从这方面考虑过。为什么它们不飞到其他树上去呢?"

"它们可以飞到别的树上,确实如此。然而巢穴却不能随之移走,于是当雏鸟刚刚要长羽毛的时候,伐木人便过来砍倒了树木,新生雏鸟们从窝内摔到地上。"他停下来,因为他看到讲到这些真的让她无比难过,"亲爱的拉维妮亚,"他说,"您对知更鸟真是有很深的感情。"他有了一个特别的发现。

"我知道。"说这句话时她的鼻音有点重,努力忍着不要大哭出来,"我是那么爱它们。您知不知道,如果一个人死在森林里,知更鸟会飞到他的身边,收集树叶,把它们盖在上面……"她的眼泪流淌了下来。他该怎么办?迪特尔小心翼翼地把他的手放在拉维妮亚的肩上,她把脸贴在他的衬衫上,两人站在琥珀色的晚霞里,知更鸟在他们周围啼叫着,恳请他们开心点吧,开心点吧,看在上帝的分上。开心起来吧。

她并不打算接受他的温情,即便她十分渴求。她不喜欢他衬衫的气味,也不喜欢自己表现出脆弱,于是她挣脱了他的怀抱。他看着她,什么也没有说,他们继续走路,彼此之间保持着相当的距离,朝着房子往回走——白兰地,还有咖啡,薄如纸的瓷杯中装着黑色液体,直到一小勺奶油化为一团漩涡。

迪特尔·布赖特施普雷歇发现她是一个巨大的谜题。她就像长年锁闭的密室,里面是任何城堡中都可能会有的神秘物品。他放下手中的白兰地杯子,张开嘴巴想要就森林公园中所发生的事说点什么,但她却很突然地打断了:"迪特尔·布赖特施普雷歇,有件事我想要问你。我和董事会想要向你提供与杜克公司之间的合伙关系,我们很看重你的知识,我们希望你在双方都同意的条件的基础上加入我们,董事会……我和董事会……我们讨论过这件事,我们希望你,我,我……莉比!"不等他的回应,她便向女仆大喊,"送迪特尔·布赖特施普雷歇先生出去。"她摇摇摆摆地站在那里,然后急促而含糊地说,"让我们明天在这里谈谈,迪特尔,在展览结束之后。你可以在那个时候告诉我你的答案,你的感受——我度过了一个愉快的夜晚。到时我们可以聊聊发明家们,谈谈关于董事会的所有细节,我会很看重你的意见。"接着她冲出了房间。没有任何解释,她从他身边跑开了。

他站在那里,瞠目结舌。虽然他拥有处变不惊的定力,完全足以追在她身后喊——他,也很享受这个美好的夜晚,不过这样做似乎有点像从门锁窥视那间上锁的秘密房间。"看来今晚我是睡不着了。"他对自己说,"该死的!"

第二天早上,她便恢复了那份泰然自若。虽然拉维妮亚很后悔她脆弱的哭泣,不过不管怎样她还是说出了她要说的话。现在她只需要等待他的回应。她也准备好面对他的拒绝。

在展览上,她注意到迪特尔·布赖特施普雷歇在开门一小时之后走了进来。安纳格·邓肯在交头接耳的人群中走动,端着一大托盘的杯子;海因里希小姐拿着咖啡壶,跟在她的后面。

戴维·尼尔为他的报纸做着笔记,拉维妮亚想,也可能他是塔潘的一个匿名间谍,负责撰写关于商人性格的报告。诺亚·拉德勒姆和格拉佛·琼斯似乎在专心听一位体格敦实的家伙讲话,那人手中拿着一大罐黏稠的松焦油质的东西。西奥多·京克斯和阿克瑟尔·考斯已经吩咐酒店老板德里麦尔先生把衣帽间改造成一个布置了桌椅的临时办公室,于是他们像重要人物般坐在那里,把发明家们一位一位叫进来,向他们发问。她看到迪特尔·布赖特施普雷歇走近弗伦斯和派伊。他们向彼此致意,朝外面走去,同时仍在交谈。弗伦斯看着拉维妮亚,扬了扬眉毛。他是什么意思?她不清楚。她应该跟在他们后面吗?还是等着?然而她却走到一位头发稀疏、穿着一件布满褶皱的亚麻上衣的男士身边,那人正和另外两个男人一起站在门边。

"我是拉维妮亚·杜克。"她说,"您带了什么东西来参展吗?"他刚刚报出他的名字,她便想起了他那封信——威德,那位建筑师,他十分健谈,开始向她解释他们的"草原之家"。他示意她到外面来,指着一个模型说:"这是一间预建房屋按照四分之一大小缩建的模型,我们的'草原之家一号'。它的一个小小的展示设计是,昨天让你们看到它的箱子。今天为您展示的是房屋本身。您昨天看到那些箱子了吗?"

"可惜,我没看到。"她说。

"喔,这间房子全部扁平地包装在昨天的那些大箱子里。全部。"拉维妮亚觉得他的意思是,她没去看那些打包好的箱子真是一个愚蠢的错误。

不过她确实看到了那座随时可用的微缩版双层房屋正立在草坪上,整齐、廉价、极具吸引力,细致到连风向标和避雷针都已经制作完备。

"它们在那儿!"威德一边说,一边指着排列在草坪上的空荡荡的板条箱,"那些大箱子。每个箱子的大小都适合放置在一辆农用拖车上。这座房子昨天就在那些大箱子里面。"她端详着这个房屋模型。虽然它看起来很迷人,不过她脑袋里的第一个念头是——这东西如何适用于杜克木业公司。

"没错,"威德说,"还有另外三个模型,以后会有更多。"他满怀期待地站在那里,仿佛等着有人来恭喜他。

"威德先生,"拉维妮亚说,"我现在完全了解它了。不过请您跟我讲讲您打算如何推销它们。"威德先生热切到几乎手舞足蹈地开始回答这个问题。

"大草原上的人们需要房子,可是没有树。而农民不是木匠,所以第一场暴风雨之后他们的住所全变成了一堆树枝。如果你试图办一个农场,可能头上的屋顶还没有盖好,就已经一命呜呼了。但任何人都能做到把一间由我们制造的房子组装起来,即使是一个农民。"他冲德里麦尔先生望了一眼;他正站在附近的一棵山毛榉下面,看着酒店的员工摆好野餐的桌子,"这个模型,做成原尺寸大小的'草原之家一号',价格是四百五十美元,包含铁路运输的费用。两个人花上差不多十四天便能把它组装在一起。我和我的生意伙伴们希望杜克公司能给我们提供木材和投资。"

"啊,"拉维妮亚说,"不过关于铁路运输的费用,您是怎么计算的?如果草原上想要这些房子的话,它们必须连接上铁路。"

"芝加哥的铁路正在蓬勃发展,而且巨大的横贯铁路就快要完工了——据说不到一年。支线将通过腹地通达各个方向。铁路正在到来。在交叉地带安置些你们的人手吧。很快你就会需要他们了。"

中午时分,五大湖酒店供应了露天的野外午餐,在山毛榉的树荫之下摆放了切片火腿、炸鸡、奶酪馅料鸡蛋和馅饼。拉维妮亚拿起一只鸡腿,来到山毛榉远处的长椅上。

"谢谢您。"他的声音对她而言已经十分熟悉了。她抬起头,看着迪特尔·布赖特施普雷歇,"我同您的律师和会计师谈过了。我暂定接受您的提议。还需要花时间来弄清细节,比如我可能会在这样一种合作伙伴关系中扮演什么角色,怎样做可能是最好的。我认为布赖特施普雷歇公司应该停掉木材运营——或许直接把它们卖给杜克——但被砍伐完毕的土地依然归我持有,我想要继续保留它们,以便能继续我的重新造林项目。"

"哦,哦,迪特尔。我真高兴。"她站起来,用她拿过鸡肉的带油的手握住他的手指,然后立刻抽走,面色通红;那只啃咬过的鸡腿掉到了地上,蚂蚁很快冲上来发起突袭。"今天的晚餐以后,"她说,"我们可以在那座公园中散步。"因为她见到过他有多么喜爱那片小小的森林。

"哦,好的,那地方让我流连忘返。"

第二个晚上更为轻松。两人谈话的氛围如同多年老友——或许他们的确是的,拉维妮亚想。他们评论了这些发明家。迪特尔不喜欢用马钱子碱对木材滑道进行润滑的想法。"你爱你的知更鸟。"他说,"我有我的大棕熊。"他们一致认为大板条箱装的房子是个聪明的主意,而且它肯定会成功的。拉维妮亚喜欢那小小的房屋模型。

"这个就当作我们送您的礼物吧。"威德说。距离展览结束只剩一个小时的时候,拉维妮亚把它放在她的公园中那棵巨大的银槭树下面。它伫立在那里,仿佛等待着小人国的访客,也许是小精灵。也可能是孩子们——她曾读过兰姆的《梦中的孩子们》,一开始她带着某种痛苦阅读,随后又开始嫌恶自己的反应。她很快便压下了这种愚蠢的软弱念头。

这次发明家聚会的几天之后,杜克木业股份公司(因为拉维妮亚已按照弗伦斯的建议开始注册法人企业)成立了一个被命名为"草原之家事业部"的子公司,它将处理这项生意的方方面面,包括将货物运输到大草原,以及供应所有风干并加工好的木材和楼梯栏杆、转动纺锤、蒸汽塑形的栏杆柱,以及预建房屋的装饰性物件。范·迪普、布雷斯和威德将会指导施工建造,而且将作为雇员得到杜克公司支付的薪水。而威德所希望的全面伙伴关系,董事会并不是特别喜欢。

"我们比您更擅长这个企业的商业运作。"弗伦斯说,"我们的提议是一份十年的合同,高额的薪水,包装好的房屋带来的收入分成,它们能保证你们享有稳定和财富。十年之后,我们可以讨论更新条款。"

晚餐时分,拉维妮亚请求迪特尔讲一讲阿尔梅纽斯·布赖特施普雷歇的不幸遭遇。迪特尔叹了口气。

"若果这样太令你痛苦的话,可以不用告诉我。"她说。

"这是挺令人痛苦的,不过也提供了很多教训。你知道的,阿尔梅纽斯天性急躁。他总是急于获得成功,急于冒很大的风险。比起人们在加利福尼亚发现黄金时他所展现出的激情,我们的生意根本不值一提。他变得像疯子一样。不管我说什么,都不可能阻止他装好他的小旅行箱,去往加利福尼亚。他在那里待了一年半之后,我才总算收到一封来自他的信件。从旧金山寄来的。他说他收集天然金块赚了不少钱,正在等着坐船去新奥尔良。从那里他可以一路经由密西西比,到芝加哥,再到达底特律。我一直等待着,然而后来,在两个月之后,我收到了一个信封,里面空空如也,除了一张简报,上面写着'木材大王受到致命重伤'——指的是阿尔梅纽斯。不知是哪个人送来了这个骇人听闻的消息。于是我去了旧金山,经过大量的询问之后了解到这是一个真实而悲伤的事实:阿尔梅纽斯真的已经死了。我能否麻烦您再给我来点葡萄酒呢,拉维妮亚?"

"当然可以。"她倒上了酒,"继续讲啊。究竟发生了什么事?"

"他把他那些珍贵的天然金块拿出来炫耀,自吹自擂并显摆它们。最终,在酒馆背后的一条小巷里有两个人上前搭讪他,他被打晕,被枪击和抢劫,然后留在那里等死。不过他没有死,一些好心的人把他带进了酒馆。他们把他放在里屋的一张桌子上,去叫医生。我听说,当时旧金山有几百名医生——当然,那些人是来寻找金矿的;和我谈话的那个人,是个认识阿尔梅纽斯的家伙,因为他们两人住同一家酒店——正是他给我寄来了那张简报,他说很多医生来到他身边挤作一团,抢着为他提供治疗。我不知道他们到底是想要一笔丰厚的治疗费,还是因为——像那张报纸报道的那样,阿尔梅纽斯被认为是一位木材大王,治愈他的伤患可以为医生带来金钱和名誉。那位成功把他抢到手的医生首先剪开他的上衣。那颗子弹射进了他的胸膛,穿过了左肺。他当时在大量地流血。医生仔细查看,然后把伤口切得更开,看看受伤的范围可能有多大。他把一块海绵放在裂开的伤口上止血,随后缝合了切口。阿尔梅纽斯被带到了他住的酒店,送回了他的房间。他四天之后死掉了,由于严重的感染——我很确信,是因为那块未取走的海绵。"

"真是太可怕了。"拉维妮亚说,"太可怕,太可怕了。可怜的阿尔梅纽斯。哦,我真是难过。"

"是的,那也是我自己人生当中最为黑暗的时刻之一。在我看来,阿尔梅纽斯是被那位医生谋杀的。我们的木材生意非常好,但我那位可怜的堂兄抛开了所有美好的一切,就为了追逐几粒小小的金子,跑到遥远的荒山野岭,丢了自己的性命。"

他们安静地坐着,直到莉比进来擦桌子;当女仆看到他们二人一同坐在暮色中时,倒抽了一口气:"抱歉,小姐,我还以为您在外面。"

"不,没有。不过我想或许我们会去外面的。迪特尔,您要和我在森林里走走吗?"

"当然了,拉维妮亚。"

迪特尔由内而外散发着一种平静的自信。有他陪伴,让她有种被保护的感觉。太阳落山了,天空仍然充满如蜜桃和碾碎草莓般色泽的光芒。他们经过那间从展会搬到这里的小小的房子时,迪特尔笑了。树木之下,空气静止而封闭,小只的黑色蚊子慵懒地从地面上飞起来。风姿绰约的松树下几乎是一片黑暗,一种深邃海洋般忧郁的绿色。远处传来一阵隆隆雷声。迪特尔看到拉维妮亚穿着她的黑色裙子,她黑色的头发融化在阴影里,焦点集中在她那张白皙而紧张的脸庞上。一段卡图卢斯的诗浮上了他的心头,他口中喃喃道:"连绵的山峦,繁茂的森林……"

他挽起她的胳膊,二人慢慢地散步。

"拉维妮亚,你为什么没有结婚呢?"

他唐突而直接的问题让她吃了一惊。她发出一种无力的声音,仿佛打开柜橱时"吱扭"地响了一声,然后说:"哦……我还没有遇到一个让我往婚姻上考虑的人。我在友谊上十分精挑细选,恐怕如此。您呢?"一道闪电从天空中飞快划过。

"我差不多也一样。"他说,"我太挑剔了,对一些特质过于苛求,但我却从未在哪位女士身上见到过。"

"是一些什么样的特质呢,布赖特施普雷歇先生?"

"好吧——优雅,漂亮,才智过人,分得清红葡萄酒和白葡萄酒,喜欢知更鸟——还有,最罕有的特质,知道如何测定立木材积。"

她突然爆发出一阵大笑,他也开始笑个不停;两人站在黑暗中快乐地大喊,直到一只受惊的猫头鹰突然从他们头顶上方无声地飞过。

他的笑终于停了下来。"拉维妮亚,"他说,"我们结婚好吗?"

"我觉得这是一个非常好的问题。"她说,"我想我们最好去做这件事。"

突然之间,雷雨云已来到他们的头上,不停地释放雷电。动脉般的闪电一直追他们到房子前面,就在他们气喘吁吁地冲进门时,第一颗硕大的雨滴掉落下来。还有哪个女人曾经历这样的求婚吗?拉维妮亚想。她既受到惊吓,又兴奋不已。现在,现在她所有未问出的问题都将得到答案。

她鲁莽地冲到这段最直截了当的强烈爱情当中,这样的爱情可以让人承受所有一切,而且有时会让一位刚刚做好终身不婚准备的独身女子感到折磨。她全副身心都投入这段感情当中。她的心灼热地燃烧着,就如同她从未真正地活过,直到迪特尔走进她的生命。自从詹姆斯去世之后,她还从未同另一个人建立亲密的关系,然而如今她却对迪特尔·布赖特施普雷歇燃起了热情之火——这也令她对所有的人和事产生了新的热情。

他们计划在这个月之内结婚,但是首先要处理的是与职责和生意有关的各种深奥细节,还有租赁事宜和事先排好的工作。而且迪特尔也需要到新英格兰去一趟,见一位他非常欣赏的人。"这个人——乔治·马什——是佛蒙特州的一个农场主,是我发现的第一个认识到这个国家的森林面临着极大威胁的美国人。我最希望的事是和你结婚,其次便是和这位极富洞察力且智商超群的人谈话。不久之前我们已经做好了我去拜访他的安排,去看看地上遍布的废料,就因为未经思考地砍伐名贵的槭树和橡木,只为了微不足道的钾肥和草木灰收入。我们计划了一次小小的新英格兰森林之旅,那里的树木已经被砍伐一百年了,我们要去看看后果如何。我必须做这件事,我亲爱的。"拉维妮亚因未婚夫对剥蚀殆尽的森林如此有兴趣而感到好笑。

弗伦斯律师和派伊先生去了底特律,去见迪特尔公司的经理莫里斯·摩斯比恩,以拟定将布赖特施普雷歇公司纳入杜克林业公司的最合理的方式。"实际上,"摩斯比恩说,"公司的名字最好改为:杜克和布赖特施普雷歇公司。"董事会上讨论了上百个细节。很奇怪的是,迪特尔·布赖特施普雷歇似乎对与森林相关的商业事务不感兴趣,而且对把它完全交付给杜克林业公司感到如释重负。这能使他有时间来发展他的经营计划,扩展他的松树苗圃,并且考察一下硬木——它们如此丰富,人们却对其知之甚少。他觉得或许他会写一篇关于槭树科植物的论文,因为槭树让他很有兴趣。

几天之后,精疲力竭、眼睛发红的派伊先生和弗伦斯律师坐在摇晃的马车上,看着路边的风景飞驰而过。他们抽着雪茄;弗伦斯带了一个银色扁酒壶,同派伊先生分享。"你对这次的……合并,不觉得有点不舒服吗?"他说。

"确实如此。"派伊先生说着,拧开银制瓶盖,喝了一大口威士忌,"我们的生意可能会发生方向性的改变。我为把布赖特施普雷歇公司变成一个合作伙伴而鼓掌,然而这两个人的婚事可能会为我们做事情的方式带来不利的转变。他可能会劝她接受他对于森林的那种保守的想法,而我们的收入将会下跌,正如当时他的堂兄离开布赖特施普雷歇公司之后他们的收入下跌一样。"

弗伦斯律师说了一句如此难听的粗话,以至于派伊先生不得不假装没有听到。

未婚夫答应两人婚后在拉维妮亚的房子里共同生活。"不过我得有一间阅读和思考用的书房。"迪特尔说,"若是再有一个小型的玻璃温室和实验室,那就别无所求了。一个独居了半辈子的男人是没办法一下子就放弃他习惯已久的生活方式的。"

"我一直都在考虑,"拉维妮亚说,"如果我们给房子添加一个侧翼就再好不过了。当前的空间安排不太适合一对结婚的夫妻。古茜可以用我先前的房间。不过我会很想念那间小穹顶的,我时常在那里观察轮船。"

"让我们在新的侧翼也建一间穹顶吧,我亲爱的女孩得能看到她喜爱的风景——密歇根湖上的那些航运轮船。"

"而你想把你的暖房安置在哪儿都可以。你去新英格兰的日子里,时间会过得很快的。在你离开的这段时间里,我可以监督新侧翼的建造,以及我们的生活区。我们会到国外去度蜜月吗?要做的事情实在太多了。"

他笑了:"蜜月!我们去哪里都可以,只要你想。这件事由你做主。我要把诸如此类所有事务的决定权统统交给你。不过你可以考虑一下是否想要看看地中海周围无约束地砍伐森林带来的后果。正是它促使其他国家开始产生森林的保护和管理意识。"他捉起她的一只手,突然间舔舐了她的手掌。

"迪特尔!"她大吃一惊,假装受到了冒犯并把手抽了回来,尽管他热乎乎的嘴巴为她带来一种奇怪的感受。不过在荒废的土地上度蜜月听起来似乎不是很诱人。

"拉维妮亚,我会尽我所能地让你感到快乐。我看到我们的未来,充满无尽的快乐。我会尽快完成这次新英格兰的访问。去往阿尔巴尼的旅程大部分通了火车,剩余路途可以租用马车或者搭乘当地修建的铁路。佛蒙特州依然充满乡村气息。我会写信给你的。在火车上我会写一封长长的信,到达之后再写一封,在我上床睡觉时再写一封,然后等到早上睡醒以后再……"

"我觉得你真是傻得可爱。"

她正站在从前的那间小穹顶里,望向远处驶过的船只,这时听到车轮碾过沙砾的声音;当她低头朝下看时,她看到一辆四轮马车在房子前面停了下来。派伊先生和一个她不认识的瘦高个子的男人从里面出来了。她听到敲门的声音,又听到莉比的声音,这时她还未产生任何不祥的预感,直到她来到楼梯的底部,看到那位素不相识的男人摘下帽子,露出剃过的黑乎乎的炮弹般的脑袋,看起来它就像是刚刚从产道冒出来一样,他那张长长的脸越往下越收窄,直到下巴尖。派伊先生说:"拉维妮亚,你一定得坐下来。这位是铁路局的阿凡尔索先生。拉维妮亚,出事故了……"她听他这么说,但完全没有理解,只是一直在听,在听。这种事曾经发生在詹姆斯的身上。不可能又一次发生。她看着阿凡尔索先生,看着他那张脸和他的头形,它们在她的记忆里留下的烙印,余生都无法抹却。她的心暂停跳动,阿凡尔索缓缓张开的嘴巴是她倒在地板上之前看到的最后一样东西。

"拉维妮亚,情况还不确定呢!"派伊先生大喊,"莉比,去拿水来!"他把水泼到拉维妮亚的脸上,摇晃她,拍打她的脸颊,"我们还不确定呢! 他确实在那列火车上,但我们还不知道他是否在那一节……那一节掉落的车厢里。"她只知道迪特尔在一列开往阿尔巴尼的火车上订了一个座位。她听到阿凡尔索先生说,在克利夫兰的东部,这辆火车疾驰着来到一座高高的栈桥上,最后一节车厢不知怎的脱轨了,同前面的部分分离开来,跌入下方的鸿沟。

"拉维妮亚!"派伊先生大喊,"阿凡尔索先生正在对我们说,大部分其他车厢的乘客都幸存下来,虽然有些人受了伤。我们必须等待消息,拉维妮亚——我们必须等待!还没有完全失去希望。还没确定是生是死。"

她呆呆地看着他,看着阿凡尔索。"还没有确定,对吗?"她问。

"没有确定。"阿凡尔索说,"我前来把你们带到事发地点,以便确认布赖特施普雷歇先生是否在……是否在获救名单当中。"

"情况还未确定!我会和您一起去的。我必须知道结果。莉比,莉比,我的披肩。我要去找迪特尔了!"

于是拉维妮亚明白了,爱情的来临伴随着高昂的代价。她攥着手,蜷缩在那列驶往事故现场的火车座位里。这是一段似曾相识的旅途,就像她和赛勒斯一起在树桩之间发现詹姆斯那具僵硬尸体的那次旅途一样。她又一次地朝着证明现代生活有多危险的事件奔去。命运不可能残酷到也要把迪特尔从她的生命中带走。

第二天拂晓之前,他们来到一片恐怖的景象面前,那里被闪烁的篝火和暗淡的灯笼照耀着,那节跌落的车厢仍然在栈桥下方的石头之间闷烧。焦黑的尸体躺在下方的溪水里,轨道沿途都是受伤的人们在呻吟着,叫喊着。救援的人在哪儿呢?眼前所见全是一片处理不善所带来的无效混乱。拉维妮亚、派伊先生和阿凡尔索在幸存者之间走动着,找寻迪特尔。她觉得一个蜷缩的身影那宽阔的肩膀有点像迪特尔的,不过那人把他那张皮开肉绽、流着血的脸转向了一旁。她看到他的一只耳朵被撕扯得快掉下来,垂落到下巴。他的鼻子是一团糨糊,肿胀而发黑的五官像一只煮过的猪头。她跌跌绊绊地朝下一个人走去。

"拉维妮亚!"从她身后传来哽咽粗哑的吼声。她转过身来。那个猪头般的男人嘴巴大张,滴着血沫,再次低沉嘶哑地说:"……维妮亚……"她呆呆地看着他,浑身发抖。派伊先生跑上前来,看了看那家伙的脸:"他是迪特尔!拉维妮亚。他是迪特尔·布赖特施普雷歇。"

古茜·布雷利在忙碌之中越发得心应手。她把照料迪特尔·布赖特施普雷歇的伤势当成了自己的任务。拉维妮亚房子里的客房变成了他的康复室,古茜则是他的私人护士。她不知疲倦地为他包扎伤口,更换绷带,给房间通风,给这位病人读几个小时的书,烹制有助康复的可口食物:燕麦粥、牛肉汁、撕碎的鸡胸肉、水波蛋,诸如此类。"睡吧,"她会这么说,"我会看护好你的,所以安心睡吧。"于是他便睡了。

有一天他问她是否能去那座小小的森林公园,为他带来一小根松枝;他觉得它的芬芳能让他精神振奋。

古茜首先去征求拉维妮亚的同意,因为有一种不成文的约定,那个公园仅供拉维妮亚、京克斯先生和考斯先生使用。

"当然可以,古茜。你尽可以随意在那片树林中漫步。一定记得给他多带回一些松树枝。"

古茜离开了超过一个小时,不过她每天都会回来,有时会为病房带来一根新鲜的树枝。

对于拉维妮亚来说,某种重要的事情发生了改变。爱情似乎从湍流的瀑布,转变为地下的沟渠。那个满是缝合的伤口、缠上了绷带、躺在枕头上的迪特尔,不再是过去那个能让她伏在胸前哭泣的迪特尔了。这个脆弱的男人不能保护她。他们二人的位置颠倒过来了。她对于金钱和成功的欲望重新占据了迪特尔的空缺——至少它们还是永恒的。

医生们说迪特尔·布赖特施普雷歇很可能会完全康复,然而当她走进病房,看到那张臃肿而没有血色的脸,她实在无法相信这样的说法。当她坐在他的身旁时,她轻微侧身,对着墙壁或者窗户说话。她无法平息那种她好不容易才摆脱的感觉——她感到孤独,被狼群包围,自从詹姆斯死亡时起她就饱受折磨,如今那似曾相识的感受又悄悄折回。

她一心扑向工作,把照料迪特尔的活儿全部丢给古茜;不过到了晚上,她会走进来,坐在他的旁边,眼睛看着墙壁,握住他的手,简要地讲述这一天生意上的事务——太多的细节可能会让他疲惫。虽然她的感觉已经不一样,但她仍然打算等他一旦康复便把婚礼完成。她非常喜欢这个人,她也想要一个丈夫。然而公司的生意从未如此引人入胜过——杜克公司首次打开了国外市场。

59

椴树叶

虽然经过那场事故之后拉维妮亚对他的关心更少了,迪特尔·布赖特施普雷歇还是陷入了危险的爱情旋涡。他无法逃脱。他已觉察他们的婚姻会是一种错误,但他陷入这突如其来的旋涡,无力抽身。他对拉维妮亚的某种未知的需要,让他痛苦不堪。他知道这是不理智的,也知道她的人生追求方向有违他本身的信念。她会摧毁他的。然而一个如鲠在喉的真相是——他希望被她摧毁。即便他永远也不会这样对她说,但是拉维妮亚让他感到自己仿佛回到了祖母身边——那是一位站得像尺般笔挺的德国女人,长着一张没有皱纹的脸和从中间分到两侧的黑头发;那个女人知道世间万物的答案,而且把家中擦拭得如同壁炉台上的黄铜座钟般闪闪发光。她那些严苛的规则,她的命令以及疼痛的惩罚,还有罕有却永远令人难忘的表扬,设定了拉维妮亚之于他的情感基调。于是他躺在床上,等待着她来到他的身边,陪伴他一段微不足道的时间,坐在那里,将脸转向一旁,谈论当日的生意和天气征象。

"我们那位很好的老会计师派伊先生因为健康状况而请求退休。他有些器官像被啃咬般疼痛,视力也不太好。安纳格向我保证说,她能把账目管理得像他那样好。"

"你最好为他举办一场小小的告别式——再加上一块金表,或者松果形状的怀表挂坠怎么样?公司政策对此是怎么规定的?"

"我想我们好像没有这方面的规定。我的父亲从来都不是一个情感细腻的人,而我的想法是希望每一位退休人士都能得到一块金币再加上握手致意。不过我认为你是对的。我们可以为派伊先生做一些贴心的安排,在董事会的会议室里准备一些点心。我会叫安纳格负责这件事。"

在外人看来,这类改变似乎是迪特尔·布赖特施普雷歇的标志,他是个让人觉得有点神秘的男人,但是自从他介入杜克林业公司的事务之后,外人都以为他才是公司各项交易的源头。拉维妮亚的性格和特质都被归功于他;他本人的盛名日渐增长,被公认是一位精明而快速出击的生意人。

在他百无聊赖的康复期间,为了逃避自己的负面情绪和想法,迪特尔开始写信给那些似乎对北美森林的消失感到忧虑的人,这类忧虑似乎越来越多地与一种模糊的民族身份认同感相联系,虽然他尚不确定这一点。如今很少有人把森林看作是具有压迫性的强大敌人了,有些人甚至还尊崇个别树木,尤其那些特别巨大或者地标性的树木。一位西马萨诸塞州的一神教牧师做了一系列关于树木的布道,那些布道后来作为薄薄的一卷书出版了,名叫《生命之树》。迪特尔也拿到了一本。最有感染力的是那篇关于黎巴嫩雪松的布道,那些曾为天使们提供荫蔽的巨大而黑暗的"上帝之树",却被所罗门王的十几万名斧工砍倒。该布道以一段恳求作为收尾:"雪松由于那些吃掉幼苗的贪婪羊群而濒临危机。维多利亚女王已亲自发放一笔款项,用于筑起一道墙,以保护那些树木免于山羊的侵害。"教堂会众捐了一大笔钱用以挽救黎巴嫩雪松,同时却继续在公有的林地上放牧他们自己的畜群。

迪特尔避开了玄奥的争论,但是他饶有兴趣地发现美国人对森林的情感从憎恶转变为某种近乎崇拜的情绪,那是一种他作为德国人在童年时代便体会过的感觉。在他父母死亡之后,他的祖母曾带他去看有名的黑德大椴树。

"这是一棵龙之树。"她一边紧张地低声说,一边用她那只戴满戒指的手示意他靠近。他们站在那棵长着木瘤的巨树之下,它那舒展的树干上布满了绿宝石般的苔藓,她说:"这棵尊贵而古老的树是一棵正义之树,而且它的意义不止于此。"她给他讲述了齐格弗里德的故事,不过为她自己的目的做了些调整和改变,齐格弗里德的皮肤像树皮一样硬,他在打败法夫尼尔——住在椴树里面的那条龙之后,获得了那粗糙的皮肤。使用龙血擦拭之后,齐格弗里德全身刀枪不入,他背部的一小块地方是唯一的弱点,因为在涂抹之时那里被一片椴树叶子遮住了。

"这棵树?那条龙就住在这棵椴树里?"迪特尔问。他天真的眼睛紧紧盯住树根间的黑色空洞,担心会有巨大的蛇类动物突然出现。

"没错,不过那是很久以前的事了。那条龙已经死了,多亏了齐格弗里德。现在你必须把你自己想象成齐格弗里德。你因妈妈和爸爸的死亡而感觉到的悲伤就是一条恶龙,你必须杀死这条悲伤之龙。你必须让自己变得更坚强,克服悲伤,形成一种意志力,让自己免于被肤浅的爱意操纵。那样便不会有什么东西能伤害你。"

然而拉维妮亚找到了他的那片椴树叶,并把它摘了下来。

他给那个佛蒙特州人写了很多信。马什是最好的那类农夫,因为他注意到在他身处的世界中所发生的一切——树枝的轻轻掉落,森林中腐叶土的深度,雨水是如何被困在树根之间,并被海绵般具有吸收性的苔藓和腐烂的树叶减缓了流速。他懂得当树木消失的时候,土壤会有怎样的遭遇;而池塘干涸之时,鸟儿如何变得销声匿迹。在他旅行的同时,他对比不同的地貌,形成全面的观点。迪特尔依然希望拜访他,通过这位农夫的眼睛看到未曾察觉的世界。随着他们往来信件的持续,他意识到乔治·珀金斯·马什远不仅是绿山的一位善于观察的农民,他是一位语言学家、国会议员、外交家、海外旅行家——他是这个年轻的国家像撒播的谷种般不断涌现的天才之一。

拉维妮亚房子的新侧翼将会在他们新西兰的蜜月之旅期间建好。等他们回来的时候,应该就能全部完工了。

"一大笔钱。"拉维妮亚对自己说。然而人就是得顾全表面,而迪特尔也一定得有他的书房和温室。她不再总穿黑色的衣服,而是购入新款时装——凸显轮廓的连衣裙,带有充满活力的小裙撑。而古茜这个总是一副居家打扮、头发灰白、多年来都将她的津贴存起来不肯花钱的女人,却突然开始穿着色彩鲜艳、带着华丽裙撑的裙子出现在大家面前。她的头发编成辫子并挽成花冠的样子,十分具有艺术感。

早餐时分,古茜往她的烤饼上浇着融化的黄油和枫糖浆:"拉维妮亚,好几天以来我都想要告诉你,可是……"

"什么事,古茜?"拉维妮亚在早上喜欢安静,但古茜的天性却并非如此。她瞥向这位远房亲戚,看着她那粉扑扑的脸和皱起的眉毛。古茜散发出一种淡淡的鸢尾根香气。

"我已经答应同阿克瑟尔·考斯先生结婚了。"

"可是你是怎么认识他的呢?"拉维妮亚惊讶极了。古茜的脸红红的,耸了耸肩膀。她和盘托出。有一天她走进森林公园,打算为迪特尔砍一些松树的嫩枝,彼时她偶然遇到带着爱犬漫步的考斯先生。他们聊了聊天,开始一起散步,接下来的几个月过去之后,他们成了每天散步的伙伴和亲密的朋友,最后终于订婚了。"他身边需要有个人。"古茜说。啊,拉维妮亚想,谁的身边不需要呢?

"我祝你幸福,亲爱的古茜。"口中虽这么说着,她在内心却立刻决定把遗嘱中原本要留给古茜的那份财产削减掉。

拉维妮亚一大早便去办公室,直到很晚才回来。要处理的事情实在太多了。每天都有两三个生意人前来拜访,而日常通信量更是大到安纳格·邓肯同海因里希小姐无法全部处理。安纳格在外表上已是一位富有而成功的商务女性,海因里希小姐却还是没什么变化,她仍然那么羞怯胆小,每当有陌生人前来便会躲在纸张供应室里。

"看在老天的分上,"安纳格说,"他们又不会咬你。不过是一些生意人而已。"

"我不喜欢威尔豪斯先生。他老看我。"

"不管什么人他都看。你也可以回看他呀,猫儿也有权看一眼国王啊。"弗伦斯律师曾为她带来一本有趣的书,叫《爱丽丝漫游仙境》。这句话让海因里希小姐哭了出来:"我不是猫!"

在一个芝加哥的大风天里,安纳格穿着一条修身的带有浅浅的下摆褶边的海军蓝裙子,来到了拉维妮亚的办公室,嘴里念念有词,演练着她打算要说的事。

"杜克小姐,公司的成功使得办公室增加了大量的工作。我觉得我们必须另外雇用两名簿记员。信件的数量非常多。我建议将海因里希小姐升职为副经理,派两个甚至三个新人去分类和处理信件——也就是她一直以来所做的事。"

拉维妮亚说:"你可以自由地登广告寻找并雇用新的办公室人手。我们必须得培训优秀人才。而且你知道的,我和迪特尔即将到国外待上将近两年的时间。我必须得定期了解运营情况的方方面面——通过详尽的每周电报。我相信一切都会运转良好的。这对你而言的确意味着更多的工作。至于海因里希小姐升职的事,请务必让她来我这里,我会和她谈谈。"

就在几天前,海因里希小姐——这位典型的"恐男症"老处女——紧张不已地来到了安纳格身边,卷着手中文件的边。

"邓肯夫人,按照您的吩咐,我重新查看了去年夏天的发明家聚会的提案,其中有一项特别令人感兴趣。不过我们没有对此方案有所发展。我在想杜克小姐是否会认为它有价值……"她的声音渐渐小到听不见了。

"是什么样的提案呢?"

"来自缅因州的名叫斯德尔普先生的提案。他因病未来参展,不过他正打算重新对它做点什么。他是一名废旧货商人,如今在缅因的马特瓦河拥有一间造纸厂。他过去只用旧衣料制造纸张,不过他说他已尝试过把一些木头捣成木浆,将那些木质纤维掺入旧布料里。据他说这相当成功。他还尝试了使用各种木浆来制造纸张。只使用木浆。不用布料。"

"听起来挺有意思的。我不知道有这项提案。除此之外还有更多的信息吗?"

"是的,他寄来了样品。木浆纸的样品。他说他做了很多实验,以便找到最好的木头和最佳的工序。他信中写到了亚硫酸盐和硫酸盐的加工流程——这两个词是什么意思?"

"我想我不知道。让我看看那些样品。"

安纳格·邓肯查看了那些纸张,她往其中几张上画了一些墨黑的字迹,又将那些纸弄弯和对折。她把所有的东西又都交还给海因里希小姐,然后坐在椅子上望向窗外,看着一片博物馆的建造工地。芝加哥有不少百万富翁,这座博物馆便是其中一位富翁赠送给这个城市的礼物。最后她叹了口气,转过身来,望着她的助手。这个可怜的家伙如此紧张,甚至都在发抖。

"海因里希小姐。我认为你最好把这份建议书带给杜克小姐,并告诉她是什么吸引了你的注意。或许去年它最开始被提出来的时候她并没有从头到尾读完一遍。我同意你的观点,这里面可能有一些有价值的东西。"她把她送到拉维妮亚的办公室门口,打开门,然后说,"杜克小姐,海因里希小姐来了。"

海因里希小姐像个雪人般一动不动地站在办公桌前的土耳其地毯上。拉维妮亚读完了提案,而且查看了那些样品:"很有意思。海因里希小姐,我要表扬你。你应该得到升职,还有加薪。"她的思绪不断向前跳跃。斯德尔普提到,小块的原木——从主干砍下来或者是无法使用的木材,可以用来做纸浆。使用废木料生产价格并不昂贵的纸张。她想,这么做或许能打开利润丰厚的新市场。这样的话,杜克和布赖特施普雷歇公司难道不能建造自己的造纸厂吗?"写一封信,海因里希小姐。"她说,"亲爱的斯德尔普先生,我今天读了您的建议书……"这个战略能把杜克和布赖特施普雷歇公司带入新的纪元。

结婚这件事对于拉维妮亚来说,有很多生意方面的有利因素。迪特尔成了公司的挂名首脑,同时由她继续进行实际的管理控制,用尽一切可能的手段打造雄伟的杜克帝国。迪特尔曾要求公司不要把砍伐一空的松林地卖给投机商,而是通过名为"林地保养"的独立事业部进行隔离和维护,将由他来监督、再种植和管理。它们是他保留下来、未与杜克公司合并的那一部分土地的扩充。于是,杜克和布赖特施普雷歇公司的声誉里染上了第一抹森林保护的色彩。

"这一天总会来临的。"迪特尔向董事会解释说,"虽然你可能很难相信——有一天木材会变得稀少,价值高得我们无法估算。你们已经看到木浆在纸张市场中的美好前景了,正如拉维妮亚和斯德尔普先生今天早上同我们阐述过的那样。长期持有杜克公司的缅因林地是明智的选择。如果我们能确保我们林地的延续,未来的财富便尽在掌握,无论对于木材还是纸张。或许彼时我们已不在人世,但是我们的努力却仍可获利丰厚。"没有人能质疑这一说法,因为他二十年前为当时的布赖特施普雷歇公司种植的一些土地如今已遍布茁壮的树木,而且在三四十年之后,它会毫无争议地成为价值不菲的林地。这迫使董事会使用新的方式思考,考虑未来十年几十年的图景,而不是短短几个月或几年。真是可怕。

杜克和布赖特施普雷歇公司往澳大利亚的悉尼运送它第一批最佳的松树。弗伦斯律师去旧金山和买主见面。买主是一个在澳大利亚做生意的英国人,名叫哈利·白乐思,他打算商谈一份为期十年的供应合同。白乐思想要密歇根松树,不过他说他还对贝壳杉买卖有兴趣。贝壳杉是什么鬼东西,弗伦斯想。

"我们在澳大利亚有一些这种木材,不过它们大部分生长在新西兰。我们有兴趣寻找一位木材生意的合伙人,在那个国家建起一些高效的伐木营。"他说话的同时,那姜黄色的山羊胡也上下起伏着。

"我明白了。"弗伦斯律师说。这是他头一回听到"高效"这个词这样用;他立刻便领会了其中含义,"杜克和布赖特施普雷歇公司当然对任何海外的林木来源都有兴趣。我们一直都关注新的木材供应。而'高效'二字正是我们的座右铭。不过新西兰方面有哪些企业呢?"

白乐思笑了:"我们可以安排一切相关事宜。我们已经搞定了那些树——我们已同合适的人签订了合同。在这些事上,他们总是指望来自澳大利亚和伦敦的建议和举措。不过当地的土著人并不是令人满意的工人。我们想要美国的伐木工人,要那些懂得使用斧头和锯子的伐木工。成品看起来是这样的。"他出示了四块小小的金色贝壳杉木板。

"啊。"弗伦斯感叹道。那些木板微微泛着光,仿佛阳光被关到它的每一个原子中。

"世界上最好的建屋原料。"白乐思说。

弗伦斯把那些样品带回了芝加哥；董事会成员传看着那些经过抛光后亮闪闪的、毫无瑕疵的木块。贝壳杉是一种松树，而当他们聆听了它是怎样无限地生长，树身巨大且直，高达一百英尺，所有的树枝都聚拢在顶部时，他们投票赞成对它进行更多的研究。"对于木材商人而言，它被誉为地球上最完美的树木。"弗伦斯说，"或者至少白乐思这个家伙是这么声称的。"

董事会成员里没有人对新西兰有太多了解。拉维妮亚想要见见白乐思，她希望在公司跳入未知领域前亲眼看看贝壳杉森林。或许它不过是另一片密歇根森林而已。于是这一旅程被安排妥当。迪特尔·布赖特施普雷歇恢复了健康，虽然留下了些许伤疤；这便成了他们的蜜月之旅，她将和他一起去悉尼同白乐思见上一面，然后继续前往奥克兰，亲眼看看科罗曼德半岛的贝壳杉。

在他们离开之前，拉维妮亚同弗伦斯律师及阿克瑟尔·考斯单独待了几个小时。

"弗伦斯先生，"她说，"我不仅仅把你视为我在财务方面的顾问和执行者，还把你当作一个朋友。我对你有完全的信任。当我和迪特尔不在的时候，我授权你作为律师来处理公司事务。如果你在任何事上有任何疑问，请咨询阿克瑟尔·考斯。"

"不要担心，亲爱的拉维妮亚。一切都会同你亲力亲为一样。"他露出了他的招牌微笑，一颗金牙熠熠生辉。他执起她的右手，握在手中，"我拿性命担保。"他说。

拉维妮亚和迪特尔两人在航行的第一周里都因为晕船而虚弱无力。船长（他所驾驶的船只由杜克和布赖特施普雷歇公司所有）建议的疗法都不起作用，直到这对夫妻从人们的闲话中收集到各种疗法。起作用的疗法来自一位中国厨师——饮用姜茶，外加每两个小时在甲板上散步。

"千万别到甲板下面去。"中国厨师说着，然后为这对虚弱无力的夫妻端来一大壶热气腾腾的姜茶。拉维妮亚喝了三杯加糖的茶，散步半个小时,眼睛望向海平线。迪特尔喝了一杯即奏效,到了晚餐时分,原本呕吐不止的两人已经恢复,能吃得下水煮牛肉和芜菁。这一共同的疾患不知何故使他们变得心心相印,即便是婚礼都没能让他们如此亲密。在这艘货舱内载满彼此摩擦的松树板的摇晃不止的轮船上,迪特尔和拉维妮亚开始了一场性爱的探险。发现拉维妮亚在狭窄的铺位上的反应变得多么热情而富于新意,迪特尔又惊又喜。船员们可以听到从他们的舱铺传来的笑声,以及偶尔的高喊。厨师声称这是姜茶的另一种有益健康的效果。

哈利·白乐思接他们下船:"啊,一次漫长的旅程,是不是?"他解释说,悉尼仍然是个襁褓中的城市,既潮湿又飘满灰尘;既拥挤却又空荡荡的;既盛气凌人,又矫揉造作。

"多有趣啊。"拉维妮亚说,"不过我目前最希望的是在没那么摇晃的地面上安顿下来。"

"没错,没错。住宿!你们知道,这儿的旅馆和客栈很少——在淘金热期间有不计其数的廉价客栈,很不适宜居住,我们为你们安排住在一个政府官员的家里,他目前在伦敦,直到年末才回来。我认为你们可以在那里舒服地住上几个星期,然后再坐船驶往新西兰。我安排了几次小型的宴会,见见一些木材生意人。"

安排好的几次宴会都非常相像,爱喝葡萄酒的英国商人希望达成交易,卖掉他们的木材。据拉维妮亚推断,这些人大部分来自新西兰,那里的伐木工正在大量砍伐树木。

"是的,"一个温暾的家伙用手帕轻轻拂过他的嘴唇,说,"运送木材的轮船拥挤在新西兰的海港,船上装满贝壳杉、罗汉松和芮木泪柏。我敢说它们大部分都从这里驶往新南威尔士,那地方正在拼命扩张——像魔鬼那样。"

"然而我们来这里是要为我们自己看看木材方面有什么机会。"拉维妮亚说。那人看着迪特尔,似乎希望他能请他的夫人闭嘴——一个女人可没有什么资格谈论木业或木材。他们无法屈尊与她讨论任何事,却无比尊重迪特尔的意见。他们的谈话停滞不前,拉维妮亚和迪特尔抓住机会在不冒犯大家的情况下说了晚安并离席。

"我希望新西兰的情况会好一些。"拉维妮亚说,"这些家伙是无足轻重的投机者,只在乎把他们的木板卖掉一两批。他们正在为新南威尔士供应建筑材料。那里是他们的市场。他们根本不懂真正的木材生意。"她把手臂挥舞成一个圆,把果蝠也包括进来,"这使我不得不质疑白乐思先生的能力。我希望在奥克兰不是同样的情况。"

"让我们先看看那些树吧。"迪特尔说。

在他们离开芝加哥之前,迪特尔安排好了租借一处奥克兰的私人住房,可供他们居住一个月——这是马什先生的建议。他们的联络人是一个名叫纳什利·奥弗尔的人,一个英国艺术家,他与政府签约绘制新西兰全景图。"他们是很不错的人,兴趣也同我们相契合。"马什写道,"不过我要提醒你们,他妻子的家族拥有奴隶,这是那儿的新政府打算废除的事。"当迪特尔把这个读给拉维妮亚听的时候,她做了个鬼脸,然后说:"奴隶!哦,我的天。"

这艘由带文身的毛利船员所驾驶的小船,在黄昏时分驶入了巨大的蓝色海港。"先好好休息一个晚上,明天再同奥弗尔先生见面,这样是不是更好?"迪特尔问。拉维妮亚点点头,她朝下方凝望着四周环绕的那些雕花的独木舟,其内乘坐的男女手中的船桨在闪耀。不过奥弗尔先生早已在码头上等待,那是一个衣着凌乱的高个子男人,有着红褐色的头发和清澈的蓝眼睛。

"很高兴见到你们,非常开心。"他喃喃说着,亲吻了拉维妮亚因海水盐分而皱裂的手,然后热情地与迪特尔握手,"我会将你们安置在蕨公馆。今晚在我家的餐厅安排了一场非常简单的宴会,这样我们便能大致拟出一个计划。我希望你们没有因旅途而特别疲惫?提前计划是非常重要的,因为短短的一个月远远不够带你们看完新西兰的所有奇观。"

他们直接去往他的家中,在一片满是树木的园林里。

"多么壮丽的景色。"拉维妮亚一边说,一边欣赏着被落日余晖晕染成赭色和紫罗兰色的海港。一个毛利族仆人——拉维妮亚猜可能是一名奴隶——带他们走进一个家具极少的房间,墙壁隐藏在阴影之中。烛光是它唯一的照明,这令迪特尔感到非常愉悦。他既不喜欢油灯,也不喜欢瓦斯灯。一张小小的圆桌已摆好,布置了三人座位。那名仆人送来了绿唇贻贝,斟上冰好的莱茵白葡萄酒。

"奥弗尔先生,非常美味——这令人想起德国葡萄酒。"迪特尔说。他想知道他们是怎样使它变凉的。他们这里有冰或者雪吗?他觉得没有。

"它正是一种德国葡萄酒——进口的,我们这儿所有的葡萄酒都是如此。我觉得这里的气候不适合葡萄园,不过有些人不这么想。我有二十箱波尔多葡萄酒,都是十年前运来的,让它们从旅程的颠簸当中恢复已经花了太长时间,但即便到今天仍无法饮用。有人对我说,红葡萄酒可能要花上二十年甚至更久。不过白葡萄酒也很不错,于是我渐渐对它们形成了一种偏好,或者至少我自己这么认为。来,为我们即将进行的旅程干杯。"他说完,端起了他的酒杯,对着拉维妮亚微笑。

贻贝的盘子不见了,取而代之的是一种使用布拉夫牡蛎制成的极其可口的派。

"明天你们可以休息并安顿下来。我觉得星期四的天气比较有利于我们驶往科罗曼德半岛,那边有马可载我们进入森林。半个世纪之前这里没人知道马,不过传教士把它们带了过来,而毛利人对它们喜爱极了。人人骑马。布赖特施普雷歇太太,我明白您特别想看看贝壳杉。您带骑马穿的衣服了吗?"他问拉维妮亚。

"没有。"拉维妮亚说,"我长大以后还没骑过马。我没有携带骑马装束的习惯。"

"我想我们能把它变成您的习惯。我的妻子骑马不用马鞍。而且必要的时候,您随时可以穿男人的裤子——这里的女人身处文明的边缘,并不追崇时尚。如果您是个性情乐观的人,我想不会有什么问题的。"

一想到一个英国女人骑在未配马鞍的马背上,拉维妮亚的兴趣便立刻被激发起来,试图想象这样一个女人会是什么样子——一个随心所欲的野丫头,一定是的。她自己该穿男人的裤子吗——主人说的是这个意思吗?

当奥弗尔夫人走进房间的时候,她紧紧闭起嘴巴,免得露出一副目瞪口呆的样子。纳什利·奥弗尔站了起来。迪特尔起身,微笑着。

那位正朝他们走来的女人个子高高的,体形匀称,体格优美。她下身穿着一件橙色的棉质裙装,边缘以羽毛装饰;上身是一件柔软的亚麻长上衣,裸露着一只肩膀。瀑布般的黑色长发直到腰间。她下巴上带有一个图案奇异的刺青,唇部文有一条精致的线,突出了优美的唇形。拉维妮亚震惊地意识到,她是个毛利人。

"欢迎,欢迎来到我们的国家。"她用一种完美的上流社会英文说着;她柔美的声音在句末降了下来。

"请允许我来介绍我的妻子阿赫若妮·奥弗尔。甜心,这是我们的客人拉维妮亚和迪特尔·布赖特施普雷歇夫妇,从星期四开始,我们将和他们一起在你的森林中旅行。"

"我太高兴了。"奥弗尔夫人说;她那柔美流动的嗓音,让迪特尔想起一只信鸽,"有非常多的东西要带你们看,而且我希望你们会爱上这片地方,就像我们一样。从我们共同的朋友马什先生那里,我们已对你们两位有所了解,我们是几年前在意大利和他相识的。"

天哪!又是马什先生。拉维妮亚想,这个人真是在我们的人生当中发挥着无形的作用。

宽阔的路渐渐升高,一直通往森林。阿赫若妮·奥弗尔又穿着她那橙色的裙子和亚麻上衣,双腿叉开骑在一匹焦虑不安地跳跃着、四处移动的栗色母马上。拉维妮亚骑在一匹温顺的花斑马上,感觉很受拘束,并因不良的骑姿而略感折磨。迪特尔骑着一匹四肢修长的阉马;奥弗尔先生骑着他的纯种奎尼,同两位女士并肩而行,谈论着马什先生。两个无鞍骑行的毛利人在前面——阿赫若妮的两位哥哥,他们转过身来,用良好的英文喊出他们的意见。一名仆人和一匹载满篮子的驮马跟在他们后面。

"你的英文说得非常好。"拉维妮亚对阿赫若妮说。

"是的,谢谢您。我以前在伦敦读书。"她说。

中午时分,在一棵粗壮结实的树附近,两位哥哥以一种炫耀的神态勒住了缰绳。"一棵巨朱蕉,"阿赫若妮说,"它所有的部分都可以吃,我们可以用它盖屋顶,制作我们的雨披。它能提供上好的药物。它的外形同别的树不一样,所以有时候我们种植它来标识重要的地方。让我们在这里停一下,在巨朱蕉的陪伴下吃午餐吧。"

道路继续上升,随后他们进入了一片新西兰罗汉松林,优雅的树木高耸入云,露出针状的尖刺和红色的浆果。

"我们尊敬这种树,远超过其他任何树。"阿赫若妮说着,用她善于表达的双手比着手势。

"甚至超过贝壳杉吗?"拉维妮亚问。

"是的。贝壳杉很重要,我们尊崇它;但是白人喜欢它胜过其他树。对于他们来说,它是理想的成材乔木。但是我们的生命和宗教更深地同罗汉松交织在一起。同贝壳杉一样,它也是一种巨大的酋长之树——还有芮木泪柏、鸡毛松和伞花铁心木。这些是我们的圣树。"

"它们有点让我想起紫杉。"迪特尔看着那些罗汉松说,"不过它们要高得多。确实非常高。"

"哦,是的。"奥弗尔先生说,"它们是毛利人和白人都倍加喜爱的树。毛利人喜欢用罗汉松来制作雕刻品、战用独木舟、房子,以及很多别的东西——甚至作为构架木材。它的果实众多且可口,树皮煎剂能够抑制发烧。白人喜欢它的防腐性。"

阿赫若妮带拉维妮亚走到一棵芮木泪柏旁,它有着下垂的长叶,仿佛堆叠的荷叶边。"这是我最喜欢的。"她说,"我爱芮木泪柏,不过木材商也喜欢。"她抚摸着一串垂坠的绿叶,"植物学家说它是一种松树,但是它不一样。它没有欧洲松树那样的松果,不过却有一种很好的浆果。鸮鹦鹉——听到它们的叫声了吗?——它们非常喜欢那些浆果。"

事实上,昨夜在蕨公馆的整个晚上,拉维妮亚都听到一种重击的闷响,仿佛某人在从树上扔炮弹。现在她再次听到了它。阿赫若妮告诉她,这是鸮鹦鹉求偶的声音;它是一种毛羽蓬松的胖鹦鹉,不会飞,大部分时间都在芮木泪柏间啄食果实。"它们通常只在晚上才发出这种声音,不过我想这只鸟儿或许十分热忱。"阿赫若妮拍了拍拉维妮亚的肩膀,带着一种忧伤的微笑说,"我必须得问您一件事。我有点为芮木泪柏担忧。我丈夫说您是一位地位显赫的女士,拥有一家木材公司;您来这里是带着砍伐的目的来考察树木。我希望您会喜爱我们的树木,而不要去砍伐它们。它们是我们的生命。我们需要这些树才能在这个地方快乐地生活。我为它而担心。我请求您不要砍伐它们好吗?"

拉维妮亚什么也没说,几分钟之后,阿赫若妮懂得了这沉默的含义,于是走回她的丈夫和哥哥们身边。在这一天余下的时光里,她只同他们待在一起,懒得再同拉维妮亚说上半句话。

迪特尔骑向前来问:"怎么回事?"他意识到事情有点不对劲。

"她不想让我们砍任何树。"拉维妮亚说,"她乞求我不要砍伐它们。我不知道要说什么。这里的树有那么多,它们不可能像她担心的那样被砍伐一空。"

"但愿如此吧。"迪特尔说,"我希望如此。"接着,他也陷入了沉默。

他们从芮木之间穿过,沿着一条绕着山坡的蜿蜒小路,走进一片树丛。拉维妮亚和迪特尔立刻便意识到这些就是贝壳杉,它们不可能是其他树木。极宽阔的灰色树干,所有树枝聚于顶部,仿佛被抢劫的受害者举起他们的手。不过这些庞然大物令人难以置信的尺寸让他们两人都无比震惊。

"我的上帝,"迪特尔说,"这简直就是古老传说中所描述的魔法森林啊。"他从马背上下来,把他的马系在灌木上,开始绕着一棵无比巨大的贝壳杉行走。他突然间变得很开心。"它们太大了,没法砍倒。"他对拉维妮亚说,"它们是砍不倒的。"

它们能被砍倒,拉维妮亚想,而且它们会被砍倒的。然而,就连她也有点被这些巨大而无声的树木触动了——它们是如此巨大,如此无助。

吃过晚餐,拉维妮亚试着去修补她们的友谊。"亲爱的奥弗尔夫人。"她说。

"别客气,叫我阿赫若妮。"

"那你也一定要叫我拉维妮亚。我想说的是,即便我来到这里看贝壳杉是带着砍伐的目的,但我的丈夫来这儿是因为他认为应当补种那些移走的树木。我们在想是否有可能种植贝壳杉的幼苗,可以为砍倒的每一棵大树新种植一棵,并在幼树生长和成熟过程中照料它们。"

阿赫若妮发出一阵轻轻的笑声:"贝壳杉的大树非常古老——历经几千年了。我们会带你看看杜塔莫侬的凯拉汝,它是最大的一棵。肯定得等过一百代人,才能让新种植的树苗生长到能够替代同样围长的一棵被伐倒的成熟贝壳杉。"

"人们必须对种子的力量抱有信心。"迪特尔说,"我们种植它们的同时也清楚,我们永远也不能看到它们长大成熟。但我们种植它们是为了世界的健康发展,而不是为了还未出生的人。"

纳什利·奥弗尔坐在椅子里略向前倾,他的脸紧张而兴奋:"这个……这个种植贝壳杉的想法,我非常喜欢它。我希望建造一个苗圃——我想应该有一个苗圃——开始种植幼树。我不太清楚它们是怎样繁殖的……"他看着他的妻子。

"它们有球果,球果携带种子。你见过很多次带翅膀的种子盘旋着降落到地面上,或者驭风而行,是不是?"

"是的。所以人们只需要收集那些种子并把它们放到土壤层中就可以了?"

迪特尔大声说:"若是收集没那么成熟的球果,在它们散布种子之前,可能会得到更好的结果。这样的种子应该是来自健康而有活力的年轻树木。我对贝壳杉种子的萌芽率一无所知,不过肯定会有差异。那些带翅膀的种子什么时候开始传播?"

"我认为是二月到三月。"阿赫若妮说,"秋天的时候,几个月之后。"

"我永远也无法习惯季节的颠倒。"拉维妮亚说。

"哦,这不难。"纳什利·奥弗尔说,"你自然而然便会适应的。"刚才两位客人一边吃着烤长尾鳕鱼佐红葱酱,一边喃喃低语时,他一直沉默着,"我打算清空我温室中的莴苣和绿豌豆,并在即将到来的二月收集贝壳杉种子。我要尝试种植贝壳杉幼树。"

"你将成为世界上第一个这么做的人,亲爱的纳什利。"阿赫若妮一边说,一边抚摸着他的手。

迪特尔诚挚地说:"奥弗尔先生,如果你要做这样一件事,请允许我祝贺你找到了一项很有价值的爱好。你会发现自己充满爱意地呵护你的树苗,一切为了它们的福祉。不过我恳求你不要放弃你原先的那些植物——如果可以的话,请一定专门为贝壳杉建造一间温室。为了让未来变得更好,我十分愿意为这样一项活动贡献力量。"

阿赫若妮对拉维妮亚说:"你还没有见过年幼时的贝壳杉——人们管它们叫'里克尔',它们的样子看起来和成熟的贝壳杉相当不同。高高瘦瘦,像是……像是发育之前的年轻女孩。它们有点让人觉得好笑。你们在这里的这段时间当中,我们会一起去看看所有年龄的贝壳杉。"

两个星期在对贝壳杉丛林的探险中度过。拉维妮亚买下了海岸线旁的一大片混合了芮木泪柏的贝壳杉树丛,并告诉阿赫若妮和纳什利夫妇,杜克和布赖特施普雷歇公司将会派人开始砍伐并加工那些树木。雇用合适的人、组装锯木厂的机器,并把所有的东西用船运送到奥克兰,都需要花时间。几年之内那片树林里的贝壳杉不会被砍伐的。那个女人叹了气;不过当拉维妮亚告诉她,杜克和布赖特施普雷歇公司将会付钱给奥弗尔先生,建立一片贝壳杉苗圃并维护它,在砍伐完毕之后种上新的幼苗时,她点了点头。

虽然阿克瑟尔·考斯了解拉维妮亚并和她一起工作了多年,可他还是选择将电报发给迪特尔,把芝加哥大火的消息告知于他;迪特尔走进卧室,拉维妮亚正坐在那里写着开销记录。

"亲爱的,我们这里有一封来自阿克瑟尔·考斯的电报。他说一场大火烧毁了半个城市,甚至波及商业区。许多人受伤,无家可归。它让很多人遭受折磨。"

拉维妮亚自己读了一遍那封电报。"我们损失了仓库——不过据阿克瑟尔说,另一方面,加工处理过的木材有大量订单需求。灰烬余温尚存,重建却已然开始。这便是著名的芝加哥精神。"她说,"不过他没有详细说明我们的损失。"

"我敢说完全搞清楚情况可能得花上几个星期。"

"他说弗伦斯先生出差了——他也不太确定律师去了哪里,所以没有来自他的意见。我非常希望得到他的意见。弗伦斯先生会给出一些数字的。有一件事是很清楚的,迪特尔,我们必须尽快回去。"拉维妮亚说,"芝加哥需要我们。不过我一想到回去的旅途就觉得难受。"

他们没等到贝壳杉球果成熟便离开了新西兰,不过纳什利·奥弗尔答应给迪特尔寄一蒲式耳球果,因为迪特尔决心了解这一植物的特性。"我们会写信的。"迪特尔说。拉维妮亚的心早已飞到芝加哥,想要回应那个城市对于木材的急切需求。

如果说从旧金山到悉尼的旅途让人很不舒服,那么返程的旅途则更糟。姜茶并没有对拉维妮亚起什么作用,在大部分时间里她都面色铁青地躺在她的铺位上。迪特尔敦促她来到甲板上,呼吸一些新鲜空气,她摇摇晃晃地走上来,却几乎立刻开始呕吐,然后晕倒了。最糟糕的状况似乎在旅途进行到一半时过去了,不过她仍然没怎么吃东西,除了面包和茶。

"等我们回到地面上,我会好一些的。"她呻吟道,"哦,这一天快过去吧。"

回到他们翻新后的房子,微风轻拂的时候,空气中仍然带着这座城市中烧焦木材的臭味。拉维妮亚只稍微好了一点点。她又呕吐又晕眩,无法欣赏他们的新侧翼和里面富丽堂皇的家具,以及取代原来的小穹顶的那个巨大阳台,从阳台上可以欣赏密歇根湖的广阔景色。迪特尔为他的温室和盆栽棚而欢欣不已,他很乐意一整天都穿着结满厚厚硬泥的靴子和一件长长的帆布围裙,只有到晚餐时才换衣服。拉维妮亚已经连早餐都吃不下了。

"你不能一直这个样子,真的。我非常为你担心。"迪特尔说,"我请了霍尼先生今天下午过来为你做检查,看他对于你的健康有何意见。如今这里的所有一切都如此美好,我多希望和你一起享受生活。我希望我们再次一起在森林中漫步,欣赏水上的月色。我希望你快好起来。"

可是拉维妮亚知道霍尼医生可能会说些什么。她未曾预料,但她知道一定是的。她一直等到医生完成他的诊断,然后在晚餐的桌子前,她吃着很少一点切丝的水煮鸡胸肉,把这一消息告诉了迪特尔。

"我要有孩子了。呕吐反应都会过去的。我会恢复健康的。不过我要成为一个母亲了,而你,要当爸爸了。"

迪特尔放下手中的叉子,望着她。他点了点头,不过什么也没有说。沉默了很长时间之后,他看着她,微微笑了一下,然后大声用德文说:"万岁!"女用人从厨房冲了进来,看到他们正对彼此微笑。回到厨房,女用人对厨师说:"迪特尔先生很高兴他又回家了。"

"我必须得找一位一流的保姆。"拉维妮亚说。

拉维妮亚第二天去了办公室,她感觉相当不错,甚至非常愉快。她即将体验成为一名母亲的奥秘。他们将要为人父母了。她感觉到自己终于即将成为一个完整的成年人了。

"早安,安纳格。"她说,"我要读一个小时的邮件。九点进来取信。"那些信件占用了她的整个早晨。其中有一封相当令人恼火——一名分包商写来了一张粗鲁无礼的短笺,要求提供一份史蒂克河伐木营地的勘察地图。

"这个家伙提要求的口气就像那片地产属于他一样。"拉维妮亚说。

"哦,那个我会处理的,拉维妮亚小姐。"安纳格说,"它不该放到您的信件里的。弗伦斯清楚这件事的来龙去脉。"

拉维妮亚以为生孩子会是场可怕的折磨,因为她已不再年轻,而且这是她的第一个小孩,不过她本该这么困难地生过半打孩子了。生产过程完成得又快又轻松。男孩很健康,外形毫无缺陷。拉维妮亚和迪特尔没完没了地谈论着小孩的名字。拉维妮亚起初建议用詹姆斯·杜克·布赖特施普雷歇,可迪特尔却做了个怪表情以示讨厌;接着她又建议用查尔斯·杜克·布赖特施普雷歇,把祖先的名字包含在内;迪特尔问为什么不用他父亲的名字——巴尔德伍夫,可是拉维妮亚默念了一遍,然后说:"巴尔德伍夫·杜克·布赖特施普雷歇？多拗口的名字啊，我们的小家伙太可怜了。"最终查尔斯·杜克这个名字获胜。迪特尔问自己，为何人类非要从祖先的窠臼里找个名字用到一位新生的婴儿身上，但他却想不出答案。

她很快便完全恢复了健康，查尔斯才十天大的时候她便回到了公司，但在此之前她先与处理她和迪特尔个人法律事务的那位年迈的律师见了面，把查尔斯·杜克·布赖特施普雷歇指定为她的个人财产与企业的继承人。如今一切都很理想，婴儿与公司的未来都得到了保障。

她更大的兴趣并不在婴儿身上，而在于旋切机。杜克和布赖特施普雷歇公司正在进入胶合板市场。白桦可以用在这里，虽然它长久以来都被当作一种杂木而被人藐视。她的工程师们正在实验由不同品种制成的木板层黏合在一起的胶合板。他们也在讨论一种有趣的新型木料——来自厄瓜多尔的轻木，它非常轻，而且坚固。她听着他们报告它那不可思议的重量强度比。问题在于轻木不构成整片森林，而是零星散布在湿漉漉的热带森林四处。找到那些树并把原木弄出来是困难之所在。她觉得它并不值得去花这么大的工夫，于是轻木砍伐计划便被束之高阁。

拉维妮亚回到办公室的那一天，迪特尔从护士那里抱走了婴儿，把他带到公园里，让他躺在一棵长出新叶的银槭树之下，自己在婴儿旁边躺下，用手肘撑起上半身。查尔斯抬头凝望着那片颤动的绿色，阳光的斑点时明时灭。迪特尔在猜想，小家伙能看到多少呢？是树叶清晰的形状，或仅仅是一团绿色的模糊的混乱？他把婴儿抱起来，看着他那张尖尖的小脸，看到他的眼睛专注地望着迪特尔的小胡子，同时脸上表情变得饶有兴趣。婴儿的胳膊慢慢扬了起来。

"你看，查尔斯，这是一棵树。你的人生与命运都将牵系于树木。你将会成为森林中人，同我并肩作战。"

一天早上，阿克瑟尔·考斯穿过森林，在早上六点钟到达布赖特施普雷歇家的厨房门口："早上好，巴尔克劳普夫人。拉维妮亚起床了吗？"

"醒了，我肯定，不过似乎没起床，也还没穿好衣服。我奉命在六点半准时送上她的咖啡壶。"拉维妮亚已经不再喝茶,改喝数杯浓浓的黑咖啡,佐以蜂蜜。

"如果你能为我加做一杯的话,我来为她送过去。这是一件最为紧急的事务,一次我必须立刻同她商谈的危机。"

就在那时,迪特尔走进厨房拿他的咖啡杯。他要把它带到盆栽棚那儿,开始他的晨间劳作。

"阿克瑟尔!什么事让你这么早出现在这里?森林里有树被人盗伐了?"

"某种意义上来说是这样。我前来向你和拉维妮亚传达一个不好的消息——弗伦斯先生不辞而别了。"巴尔克劳普夫人伸长了脖子,以便听得清楚些。

"不辞而别,什么意思?"

"意思是,他已经离开了这个城市和这片地区,前往不为人知的去处——或许是得克萨斯之类的地方,因为据说所有的潜逃者都会往那儿跑——口袋里带着杜克和布赖特施普雷歇公司的大笔资金。"房间里一片寂静。考斯深深吸了一口气,接着说,"还有安纳格·邓肯。她和他一起走了。"

"哦,哦,哦。"迪特尔说,"让我们上去找拉维妮亚。她一定会备受打击。"

第九部

杯中之影

1844—1960 年代

60

回头浪子

亚伦·塞尔,吉诺唯一幸存的儿子,多年来度过了艰难的岁月。吉诺和伯恩先生一起去新西兰期间,亚伦一路摸索着来到了米克马克,还找到了曾祖父昆陶的家族;在妻子碧娅特丽克丝去世之后,昆陶离开了佩诺布斯科特湾的房子,回到了新斯科舍,希望按照米克马克人以前的方式来生活。艾蒂安是昆陶的成年儿子,有二十六个冬天大;在艾蒂安看来,亚伦是一个盛气凌人的年轻人,全无传说中其父吉诺的那种欢乐而愉悦的特质。亚伦原本期待着某种富有仪式感的欢迎,体验被接纳的温暖;他原本希望能够解答自己到底是谁的谜团。他原本期待生命中的年轻女子。如今他已经在这里了,但他不知道他要做什么。他对于搭建鳗鱼梁一无所知,不知道蓝莓是不是魔法变的。他不会捕捉北美驯鹿或河狸。不过反正那里也没有什么河狸或驯鹿了。

"我在这里没有朋友——每个人都和我作对。"他用最为可怜的声音对艾蒂安说。

"你得去学习。跟我一起到河边来,我给你看我们怎样修补鱼梁。"可是亚伦无法把石头安放在一起,无法把木桩敲到合适的位置。

"我需要一支枪。"他说。可是任何没有钱的人都不会有枪的。

"你想要的太多了。"老昆陶——这位塞尔宗族的元老和大酋长说,"在这里你必须学会给予,而不是索取。"不过,在米克马克坐立不安地生活了两年之后,亚伦返回波士顿去找吉诺,可吉诺当时还在新西兰,后来他又在沿海地区四处漫游。

正是在沿海地区,有两个看起来很开朗的人同他搭话,邀请他去啤酒屋并买酒请他喝。后来在仅有的模糊不清的记忆中,他在这两位新朋友之间朝着靠岸的船只走去,但已经完全回想不起他是如何登上"埃尔西·琼斯号"的了。第二天早上,他在水手长的鞭子的疼痛抽打下醒了过来。

"起来,你这个印第安小臭乞丐。"他成了"埃尔西·琼斯号"上的新手,这艘船正满载圆材和桅杆等货物驶往伦敦。

"你不能这么做!我知道我拥有的权利。你不能违背我的意志而扣留我。"

"什么?碰到了一个爱犟嘴的家伙。你很喜欢说'权利''言论自由'之类的屁话是吗?我会让你知道你的'权利'是什么。你得守规矩,而规矩很严。"

水手长詹姆斯·克伦布尔当即便对这位张口闭口说什么"权利"的年轻的混血印第安人产生了强烈的反感,把他丢给船员们进行新手的日常训练——绳子、吊索、值班、各种令人眼花缭乱的船帆的名字与功能、滑车通索的运作方式,以及在太阳升起之前便已由擦拭甲板开始的日常职责。他们给他分派有致命危险的任务,让他在大风天和冰冷的雨中爬上联桅台侧支索,从下方大吼着令人困惑的指令,夹杂着一些糟糕的诨号,比如"吃癞蛤蟆的阉猫"和"下贱的都柏林佬",无休止地挑剔他作为菜鸟的错误。克伦布尔从未松开他手中的鞭子,每次亚伦刚刚开口想要说些什么时便猛地挥起它:"闭上你的臭嘴,你这个无可救药的傻瓜鸡粪块!否则我就让你的肠子在甲板上摊开晒太阳。"啪!

这场旅途糟糕透顶,不是一场接一场的暴风雨,就是滔天巨浪。巨大的海浪把甲板上堆放的圆材冲进了海里,闪电还击中了船的主桅。在颠簸不停的船上立起一根新桅杆的任务夺走了两名船员的生命,而亚伦觉得他自己很可能会是第三个。他躺在他的吊床上思索着,若是跳入那翻涌的海水中会是怎样的感觉,溺水而亡这件事需要多久时间。他询问了那些经验丰富的老手——他们一致认同在靠岸之前肯定会有第三位不幸殒命的人——听说了溺毙的全过程很短暂这一令人欣慰的消息。寒冷海水的刺激引发一两次呛水的喘息,一切很快便会结束,"然后你什么也感觉不到了"。在旅途当中,亚伦身体的强壮程度和他的知识都有了很大程度的增长,同样日渐增长的还有他对克伦布尔的仇恨。他对自己发誓,若是他得以幸存,等他们一上岸他便会在第一时间杀死这个人。不过当那一天终于到来,他的靴子刚碰到伦敦的码头,那名水手长便已消失得无影无踪了。

无数遍的询问,沿着发臭的伦敦雾气笼罩下的巨大码头疲倦不堪地行走,这样过了好几个星期之后,他才终于发现一艘轮船,他不在乎它是驶往加拿大还是波士顿。日复一日,酸雾如此浓厚,五英尺之外的人看起来如同鬼影幢幢。在那几个星期里,他开始感觉到自己不知怎的发生了变化,而且绝不是微小改变而已。身体方面他感觉好极了,强壮而警觉。他十九岁,已变得警惕而戒备,很容易读懂周围人们的肢体动作和面部表情。他想要回到昆陶的米克马克族群身边。"老昆陶到如今很可能已经不在人世了。"他大声对自己说。也许艾蒂安已经取代了他的位置,或者其他人当中的某个年轻人。他愿意再次尝试,带着一颗更为热切的心。他曾认为自己无论在任何情境之下都是个中心人物,然而这一想法如水中幻影,被那位水手长詹姆斯·克伦布尔搅浑,变得支离破碎。

一天下午在一个小酒馆,他听到两位水手粗俗地谈论着他们到了哈利法克斯将会做些什么。他向他们靠得更近一些,听着他们的对话,然后说:"去哈利法克斯吗?船上需要人手吗?"

他们审视着他,注视着他那双布满老茧的手,那条被柏油弄脏的帆布裤子。"'埃克塞尔号'明天早上起航。去同水手长谈谈吧。他整晚都在船上——康尼·宾尼。"

宾尼是一个长着红色络腮胡的脾气很好的家伙,来自缅因——缅因人在世界码头地图中的分布同麻绳一样常见。"喔,是的,驶往哈利法克斯,载着中国贸易的货物先去哈利法克斯,一批中国的盘子和一些陶瓷狗——至少人们管那些玩意儿叫狗,不过在我看来它们更像是蝌蚪,或者压舱的鹅卵石。你不会是新手吧?出过海吗?当过水手吗?"亚伦说,由于自己曾经在"埃尔西·琼斯号"上航行过,所以他不能算是特别新的新手。宾尼扬起了眉毛。

"这么说你参加过'克伦布尔小姐的新人水手学院'了?"

"是的,先生,我受到了严格的训练。而且活了下来。"

宾尼笑了。亚伦被雇为一等水手。经历了克伦布尔,康尼·宾尼相比之下似乎太随和了,总用令人愉快的声音发号施令。感觉有点不真实。轮船迎着轻快的西风驶往前方,一往无前;亚伦因返航回家而兴奋不已,情绪高昂,无论遥远的彼岸会有什么样的人生在等待他。

直接到达哈利法克斯能够省掉从波士顿开始的一段折磨人的陆路行程。他可以步行到达"咸湖",去那片内陆盐水湖岸边的米克马克人村落,需要两到三天的时间。他觉得他可以在那里找到米克马克人,将他带往科塔。而他长久以来忍住不去想的那个微不足道的小问题却又一次次啃噬他的脑袋:为什么他要回去过米克马克式的人生?他如今已经有一份职业了,他完全可以靠当水手维生。如果他需要的话,他随时可以回到大海,当他的水手——只要不是一艘捕鲸船。

陆地还没出现在视野里,他们就已远远闻到了它的味道——软木燃烧的烟和挂晒的鳕鱼,混杂着北大西洋的盐分那种熟悉的味道。一股喜悦之情涌遍全身,使得亚伦毫无缘由地傻笑起来。他拿到了他的酬劳,同宾尼握了握手。宾尼说:"如果下次你还想在'埃克塞尔号'上拥有一个铺位的话,我们会在四月或五月回到这里。又一次驶往中国。"

亚伦匆匆穿过哈利法克斯纷繁交错的街道,他的脑海里想象着可能发生的对话,解释自己为何又选择回来。当初他离开的时候,艾蒂安是很生气的。然而新的自我意识告诉他,他很高兴自己又回来了。他已经准备好去狩猎和修建鱼梁,也准备好了去捕鱼。他不再指望他的亲人们仅因为他来到了他们身边便接受他,或者仅仅因为他是吉诺的儿子。他的航海技术或许能有点用武之地。到时候他会知道自己能做什么的。

他记忆当中那些贯穿森林的小径,如今大都已变成清伐殆尽的空地,有一些村落和几处农场,还有移民们大片大片燃烧森林的那种再熟悉不过的景象。他遇见了两个白人小孩在沿着岸边赶牛。在与他擦肩而过的同时,他们便开始尖声喊着:"吃虫子的印第安脏鬼",并向他扔贝壳。凹凸不平的小路上再次出现了树木——新梢从矮树桩上抽枝生长。这是他五年前曾走过的小路,在他的父亲同伯恩先生一起离开之后。一家米克马克人给他提供了食物和一个可以睡觉的地方,告诉他塞尔家族的人全都去了科塔各姆库克;若是想要找他们,他应该去悉尼①——最靠东边的港口,然后冲着水的远处大声喊话。会有人过来的。他记得那个男人的名字叫乔·福诺。他想,再过一英里,他便会看到从前那间靠近小路的棚屋。他走了超过一英里的路,意识到他已经走过头了,于是他转过身来,在支离破碎的树丛之间努力张望。一段距离之外,他看到了一些棚杆。那里才是正确的地方。他走向它们。是的,它曾是一间棚屋,然而如今却仅剩一些饱经风霜的棚杆,底部散落着腐烂的兽皮与树皮。他们一定是搬到前方几英里外的米克马克村落去了。他加快了脚步。

到达村落后,他被那儿的景象吓坏了。破败不堪的棚屋坐落在粗糙的地面上,在一片乱七八糟的树枝和一块块光秃秃的裸土当中。他看到仅有一间棚屋上方有烟冒出。目光所及之处一条狗也没有,也没有人。他慢慢地朝着那间制造烟雾的棚屋走去,走到那里之前,他先经过了一堆杂乱的废弃的棚杆,没有树皮作为遮盖,而仅用树苗替代;他听到里面有个人在咳嗽,一阵哽塞的、带着干呕的咳嗽,听起来像是肺都快要被扯下来了一样。他朝入口处弯下了腰。"你好。有人在吗?"愚蠢的问题。那里面当然有人在,那人正发出一阵又一阵剧烈的咳嗽,咳嗽得快要死了。他朝黑暗之中望去,看到一团破衣烂布猛地向前一动,不停地咳嗽,不停地咳嗽。他越仔细观察,就看到越多的东西——里面还有其他的人,骨瘦如柴的手臂孱弱地扬了起来,仿佛想要把他挡开,一双红热的大眼睛死死地盯着他。一个婴儿一丝不挂地躺在地上,安静得让人害怕。他走到下一间棚屋那里,看到一个不省人事的男人躺在地上,瘦得只剩肋骨的胸腔微弱地起伏着,表明他还是个活人。他没有说话。再往前,在那间唯一冒烟的棚屋里,坐着一男一女,两人都瘦得可怜,不过都还能动,也能说话。

---

① 位于加拿大新斯科舍省布雷顿角岛的布雷顿角地区。

那个男人说出了两人的名字——路易斯·保罗和莎拉·保罗。

"发生了什么事?"亚伦问,同时也在奇怪自己是怎么了。他语带哽咽,几乎无法说话。他告诉他们,他想要找到去科塔各姆库克的路,他的家族成员生活在那里。但是这里,这个被毁灭的村庄发生了什么事?是什么击垮了这些人?乔·福诺同他的妻子在哪里?几年前他们曾对他那么好。无论这里发生了什么,它可能也已经降临到去往科塔各姆库克的塞尔族人身上。

"他们死了。每个人都生病,没有食物,不停地死去,死去。孩子们全都死了。米克马克人如今四处漫游,寻找食物,以泥土为食,没有木柴,白人们开枪,说那是他们的木柴。我们种植土豆园,但是太多雨水了。土豆全腐烂了。我们来到任何地方,试图建造棚屋,总有白人来纵火,还拿着棍棒。他们驱逐我们。没地方可去。有时好心的白人给我们食物、衣服。只能去找更多好心的白人。米克马克人边走边找,四处漫游。如今倒在地上然后死掉。"

亚伦知道,自从童年时代他的哥哥安布瓦兹死亡时起,他的心就早已变得冷漠,可如今在让他震惊不已的情境当中,他感到那颗心重新变得灼热起来。他身上没有食物,但有他的薪水。他伸手去摸他的钱,有一种想要把钱塞到他们手里的冲动,不过重新考虑了一下。他们太虚弱了,他想,去买食物对于他们来说可能有点难。可哪里是能买到食物的最近的地方呢?若是去哈利法克斯再回来,他得花上两天的时间。悉尼更近一些,他或许能在途中遇到一个愿意卖给他一些食物的白人农夫。"我会回来的,带着吃的。"他说完,便沿着小径一路跑去。

两英里之外,他看到一座移民的房子,带有一个大花园、一头奶牛和一群小鸡。他还没能走进大门,一个目光呆滞的高个子白人出现了,他的头发分作两边,如同一丛丛黑色的野草,他绕过房子的转角冲向前来。"从我的房子滚开!"他大声喊,"滚!该死的印第安人。"

他继续朝着悉尼走去,途经许多移民的房子和花园。当他再次尝试购买食物时,一个愤怒的男人冲他开了枪。他又试了一次。他走过一座小教堂的拐角处,来到了牧师的家,看到主妇双膝着地在给洋葱除杂草。

准备好了逃跑的姿势,他说:"女士,我想要买您的一些蔬菜,给路边一些快要饿死的可怜的印第安人吃。"

"哦,那些可怜的家伙。"她说,"让我去问一问牧师。"然后她走进了房子。当她再次走出来的时候,牧师和她一起出现了,他那发黄而苍老的面孔摆出一副严厉的表情。

"怎么了,谁快饿死了?印第安人,嗯?你不知道这种抱怨我听过多少次了,但是我们确实生活在一个红色人种逐渐从画面中消失,由充满活力的欧洲移民取而代之的时代。印第安人必须得学着工作,赚钱维持生计;种植菜地,存储收成对抗冬日。慈善与救济只不过在延迟无法避免的大势。"然后,他留意到亚伦的体态与表情的变化——这个白皮肤的年轻人看起来突然不再像一位好心肠的软弱的白人;一副凶残的印第安面孔浮现于他的脸庞,毫不掩饰地流露出杀戮的意图。他不禁后退了几步,"当然,我们确实也会提供帮助,即便明白这么做……是的,我们当然可以卖给你一些蔬菜。你想要什么,土豆?玛吉,为那些可怜的印第安人拔一些土豆和萝卜。"两人仓促地拽着一些茎叶,从土里拔出幼嫩的萝卜,把战利品堆在地上,让亚伦尽量拿。他把所有的东西塞满他的衬衫,温热的萝卜轻轻摩擦着他的肌肤。他将最后一颗土豆拿在手中,然后站起身来,说:"即便是这颗小土豆,对于那些人来说也性命攸关。"他递出他的钱。牧师一把便夺了过来——那人已从方才的惊吓中镇定下来,所以刚刚的那种和颜悦色也一去不返了。牧师说:"我要说,他们的性命得由上帝的意志说了算,而不是一颗土豆。"

亚伦没等他的话音落下,便已迈出了返回那些残败棚屋的脚步。在小路上,他看到一片接骨木灌木丛的下面有东西在动。他从路边的乱树枝堆中捡起了一根沉重的槭树枝。他靠得更近些,看到那是一只深受白人喜爱的小动物——家猫。它捕获了某样东西,看上去是一只鸟,他看到一只翅膀随着猫的啃咬而上下舞动着。手握那根槭树枝,亚伦朝它们移动得越来越近。那只漂亮的猫专注地残害着一只小山鹑——此时鸟儿的个头和生命力仍足以逃走。骄傲的猫不肯松开它的猎物。亚伦用树枝狠狠地给了它一下,就把它的头击扁了。他扭断了仍在挣扎中的小山鹑的脖子。"这是你们那位白人上帝的意志。"他冲那只猫喃喃说,提起它的两条后腿,又将山鹑塞进他鼓囊囊的衬衫,继续朝着路易斯·保罗和莎拉·保罗的棚屋走去。放下东西不久他便离开了,路易斯连忙生火,莎拉剥着猫皮。

第二天在悉尼,他看到五个米克马克女人一起坐在码头上。她们似乎很放松,而且心满意足,彼此开着玩笑。她们看上去很健康。这些女人当中,有一个人他几乎可以肯定是洛莎——彼得·塞尔的妻子;彼得是昆陶的儿子,是艾蒂安的哥哥。洛莎脸圆圆的,嘴唇鲜红,拿着一只篮子——其他人的手工制品全都卖了出去,她们责备她做出的东西如此拙劣,以至于没人想买它。她用他听不到的声音说了一句什么。她们都笑了。听到还有米克马克人能够拥有欢笑,让他感觉很好。

彼得·塞尔的捕鱼船就停靠在码头的另一端。

编织篮子的女人们开始上船,有说有笑的,仍在向彼此展示她们从商店买到的少量鲜艳的服饰和食物。亚伦思绪重重地跟在她们后面,脑中排演着如何恳求昆陶和艾蒂安去西边那片被毁坏的棚屋,救救那些濒临饿死的人,把他们带回科塔各姆库克。在他们离开悉尼的港口驶入灰暗海洋的时候,亚伦走到船头,面朝东方,任阵阵浪花拍打在他的脸上,凝视着远处的迷雾。为什么他要回来呢?到底什么东西改变了他,改变了那个曾经除了自己什么也不关心,而且只凭转瞬即逝的冲动行事的人?

渔船的所有者彼得·塞尔把他的儿子唤了过来。"阿利克,你来掌舵。我去跟那个回来的亚伦·塞尔聊两句。"他走上前来,站在亚伦身旁,望着东方;过了一小会儿,他小心地说:"这么说,你回这里来了。你长大了。"

"是的,我长大了。跟你一样。"

"我听说了吉诺的那个不幸的消息。非常令人难过。"

"什么不幸的消息?"

"艾蒂安没有找到你吗？那个乔·道格也没找到你？"

"没有人找到我。我一直都在海上，在一条船里。好几年都是。如今我刚刚回来。是制斧公司的乔·道格吗？他来这儿做什么？"

"来找你。伯恩先生一直没有回来，所以乔·道格想去弄清楚发生了什么事。他想让你跟他一道去，在波士顿找你，却从没能找到你。于是他到这儿来了。艾蒂安对他说：'我和你去。我去找吉诺。'他们去了新西兰，远得要命。从那儿回来以后，艾蒂安和乔·道格又在波士顿找你。后来艾蒂安回到这里，他说乔·道格可能会找到你。"

"他没有找到我。到底发生了什么事？"亚伦知道，那样兴师动众、长途跋涉地找他，很可能是因为吉诺已经死了。

"我只知道艾蒂安说吉诺死了，他那条有伤的腿出现了严重的问题。伯恩先生也死了，是被一个穿着草衣的男人杀死的。"

一阵长长的沉默。亚伦望着地平线。他感到撕心裂肺。他用力吸了一口气，看着彼得·塞尔。他说："我父亲的死并没有令我惊讶。他离开了那么多年。我非常悲痛。我希望我当初和他一起去了。我以前是一个糟糕透顶的傻瓜，或许现在的我仍是，不过我觉得我与以前不同了。"

"人是会变好的。"彼得·塞尔说。他们无声地站着，等帆张满，船便开始向东航行，"阿利克是我的儿子。"

"他是一个很好的水手。"亚伦说。

"是的。他只有十一个冬天大，不过他很熟悉船，也了解水。"一阵长长的沉默之后，彼得说，"有时候，好人起初是非常坏的。我曾经就是那么坏。等靠岸以后，我们可以聊一聊。"

当彼得的船到了码头边时，天色已黄昏。那些编篮子的女人带着她们的货物和钱争先恐后地上了岸，开始她们走路回家的漫漫长途。亚伦没有跟随她们离开，而是原地等待。几分钟之后，彼得出现了，点起他的烟斗，靠在栏杆上。他的儿子阿利克正在几英尺之外盘着一团绳索。

"你说你与以前不同了。"彼得说，"我，也改变了很多。以前我总是喝朗姆酒、葡萄酒、威士忌,全是些有害的玩意儿。喝酒然后打架。每天晚上都打架,然后白天接着打。那时候我还没有船。我致使一个人死亡。喝得醉醺醺的,把他揍得很厉害,砸破了他的脑袋。我试图把我自己的脑袋也砸破,却只导致头疼而已。若是我要继续活下去的话,就得改变。"阿利克走近他们,认真地聆听着,专注地望着自己的父亲。亚伦想知道彼得是否曾经对儿子讲过这个故事。看来没有。过了几分钟后,亚伦问:"昆陶还活着吗?"

"活着。他已经度过了太多个冬天了,多得数也数不清。没有足够大的数字去表示他度过多少个冬天。但他是我的父亲,而且他依然聪睿明智,可以引领我们。他如今不再狩猎了,不过他会讲述有关狩猎的故事。"

"让我们去找昆陶,艾蒂安,以及其他人。我想让艾蒂安告诉我有关我父亲死亡的所有情况。而且我自己也有很多的事想要对他们说。"

"你先去吧。我们随后就来。"彼得说。他把手放在了他儿子的肩头,"阿利克和我首先要把船清理完毕。你若好好照顾你的船,你的船也会好好照顾你。我和艾蒂安以及阿利克会一早出去捕鱼,用来庆祝一番。到时你想要一起来捕鱼吗?"

"是的。我想干这个活儿。我也想帮忙打扫这艘船。"

当亚伦走进棚屋时,老昆陶正在破晓时分愈发淡薄的黑暗之中浅浅地睡着。他醒了过来,瞪着眼,张大嘴巴聆听着,扬起双手来抚摸他的脸庞,发出一种如同受伤驼鹿般的哀鸣。"过来。"他一边说着,一边展开他筋络毕现的双臂,"来,请允许这位浑身被幸福缭绕的人来拥抱你吧。"他对正在笨拙地掀起兽皮门的妻子茉荻说,"把所有人叫来。这里有一位米克马克人的儿子回家了。准备食物。明天我们来好好庆祝。我们要尽情享乐!"

第二天,茉荻在河岸边搭起了火堆,并把她那口烹制食物用的大锅拖了出来。上午晚些时候,阿利克带着三条很大的鲭鱼回来,艾蒂安和彼得随后抵达,带着更多这种大而肥硕的鱼。艾蒂安拥抱了亚伦。亚伦曾在码头见到过的编织篮子的女人们也从她们的棚屋前来,帮忙准备这场丰盛的筵席。

亚伦坐在老昆陶旁边,试图解释他已经不同以前了,但这位老人仿佛驱赶苍蝇般摆了摆手。

"我能明白。"他说,"我已经感觉到了这一点。你来看着。"他拿起一个空木碗,舀入一长柄勺的水,又让茉荻从锅中取来一勺鲭鱼油,然后把它也加进了木碗。他用一根叉状的树枝轻快地搅着水和油,直到它飞快旋转,变成一种泛起泡沫的混合物。"水是白人。油是米克马克人。碗中是二者之混合——混血的梅蒂斯人。"他说,"白人和米克马克人。现在请好好看着。"他们全都注视着那个碗。闪光的鲭鱼油渐渐上升,漂浮在水的上层,"这便是我自身所发生的情况,在很久以前。我试过成为一个白人,然而我身体中的米克马克因子像油一样浮到了最上面。你身上的这种油也浮到了最上方。有时候我希望对于加拿大来说,米克马克的油会同水混合在一起,而最终油漂浮到最上面。有一天我们会重新拥有我们的家园。"他说,"不过我们会发生一点点改变——有更多的水分;而白人们则会增加一点油。"

亚伦和艾蒂安稍微走远了一点,坐在地上,让身体同大地接触,以获取一些力量。艾蒂安说:"我们在波士顿找你。从来没找到过。"

亚伦说:"我以前在这里的时候,看到老昆陶和塞尔家族的人自认为正在重新构建一个米克马克人的居住地,不过我不太理解;它让人感觉很不真实,就如你拿起一杯茶放在嘴边,却发现那些看起来像是茶的东西只不过是杯中的阴影。"

"你现在还这么感觉吗?"艾蒂安问。

"不。就算它们只是影子,我也已能饮用自如。而且我觉得它非常好喝。"

整个白天,一直到第二天晚上,他们都在彼此间传递着那支传统的发言杖,直至语速变慢;他们开始举出他们所面对的问题——食物,失去的领地,白人法律的残酷,独木舟制作高手的流失。突然间,一直在旁聆听的昆陶的年轻妻子——不久后即将临产的茉荻说："你们男人都很蠢。你们没看到最为重要的问题。我们这里需要女人。"一阵短短的沉默之后,艾蒂安说:"她说得对。我们需要更多的女人。我以为如果我们让这里变得美好,她们自然便会前来,然而并没有。为什么?"

"她们还没有听说我们会欢迎她们。"昆陶说,"在过去,女人拥有重要的地位,她们是重要的决策者。她们什么事都做,有些女人甚至像男人那样打猎。可是这么多年以来,米克马克族的男人们开始变得像白人一样,他们并不认为女人有价值。只有古老的米克马克传统才知道,女人和男人具有同等的价值。"

接着,亚伦说起了那个饱受蹂躏的村庄,棚屋里的那对夫妻,在饥饿中垂死的人们,他讲述了自己在那些棚屋里所看到的情景:"在唯一未受损的那间棚屋中的两人,名叫路易斯·保罗和莎拉·保罗。"

"他们年纪有多大?"艾蒂安问。

"挺老的,我想。"亚伦说。

彼得差点站起来:"挺老的?不,他们并不老。路易斯的年纪比我还小——稍微小一点点。我以前认识这个人。他是一个很会搭建鱼梁的人,没有谁比他更认真了。我们常叫他'鳗鱼人'。他还是一个捕鱼的好手。他若是来这里,我总是用我的船来载他。非常强壮的人,熟知浅滩和水流。他不可能超过三十个冬天大。我们必须到那儿去,找到他们,带他们到这儿来。明天就去。"

斯凯里·哈拉格尔——伊莉思·塞尔的儿子——曾去达特茅斯学院读了半年书,出于同亚伦相似的原因来到了昆陶的群体当中。他们年龄相仿,不过亚伦肌肉强健、孔武有力,而斯凯里却瘦小而紧张,几乎不怎么说话,感觉自己像是个局外人,而且他对昆陶心存畏惧,因为昆陶告诉他,他不能算得上一个真正的米克马克人,除非他杀死一头驼鹿。他不觉得自己身上有多少鲭鱼油。如今斯凯里拿出一个肮脏且有皱痕的信封:"我之前没有提起,但是我的母亲伊莉思·哈拉格尔想要在夏天进行一次拜访。自从我父亲死了,她就只身一人。她想要带来一位年轻的女人——凯瑟琳·弗卢特,一个纯种的米克马克女孩,她在很小的时候被父母带往波士顿。如今她的父母已经死于酗酒引起的疾病,那个女孩很不快乐。我母亲问我们是否能把她带到这里。她大约十四岁。她说波士顿还有其他迷惘的米克马克女孩。我们可以欢迎她们到这里来吗?"

"是的。"艾蒂安的声音充满兴奋,像一头热切的驼鹿,"告诉你的妈妈,让她把她能够找到的所有女孩都带来。我会亲力亲为,和她们每一个人结婚。"

两天之后,亚伦、艾蒂安、彼得和阿利克走回悉尼西边的那条小路,想要寻找亚伦曾经见过的那对濒临饿死的米克马克夫妇,并带他们前往科塔各姆库克。

"我很确信这就是路易斯·保罗和莎拉·保罗的棚屋所在的地方。"亚伦对其他人说;他们站在小路上,注视着五名白人正用两头牛拖着一辆原木拉车,还有十几个白人把砍下来的树枝垒成一堆待燃的柴垛。这里没有任何棚屋存在的迹象,然而在空地后方,一阵微弱的烟雾引起了艾蒂安的注意。"那边?"他说。于是他们朝那片平坦的圆圈状的灰烬走去。那几间棚屋全被烧光了。他们连路易斯·保罗和莎拉·保罗的影子都没有见到。

"嘿!"一个白人喊,"从那地方滚开。快!动作快点!"他拿起他那支靠在原木上的霰弹枪,对着他们大致瞄准了一下,扣下扳机。一颗子弹掠过了阿利克的耳朵,带着一种蜂鸟般的嗡嗡声。

"我们离开,"艾蒂安说,"我们马上走!"他愤怒地喊出了最后这句话;那个白人不喜欢他的语气,于是再次开枪了。

"啊!"艾蒂安喊着,他被一颗子弹击中了后背。

"我见过那些人,"后来艾蒂安说,与此同时,亚伦正把那颗子弹从他的后背剜出来,"他们不是移民。他们来到这里夺取他们能获得的任何土地,清伐它,烧掉它,他们想尽办法处理掉树木并把土地卖出。有的移民不想浪费自己的大好时间去砍树,便会买那些地。这是白人用来赚钱的一种方式。需要很多昆陶所说的那种油,才能让那些人改变。"他们继续朝悉尼前行。

"米克马克人现在难道不需要钱吗?"亚伦问,"你们怎样赚钱?"

"制桶,"艾蒂安说,"还没来得及带你看,不过我们制作木桶。白人买我们的桶。我们有一个制桶间——锻炉、橡木板、蒸锅、木工刨;需要的工具应有尽有,制作各种各样的木桶——大的、小的、小圆桶、大酒桶、洗衣桶。我们制作加拿大最好的桶。朱利安·库可曾在哈利法克斯的一间制桶铺工作过,他教给我们如何制作木桶、洗衣盆,诸如此类的东西。他来和我们一起生活了。"

伊莉思·哈拉格尔到达了,她如今成了寡妇,上了年纪,头发既白又蓬乱;她带着两个女孩——凯瑟琳·弗卢特和玛丽·安托瓦内特·奈文。斯凯里拥抱了他的母亲——在亚伦看来,他的这位表兄像个孩子般过于黏着自己的妈妈。他看上去可无法从水手长克伦布尔的魔爪下幸存下来。他朝伊莉思微笑,当她回之以微笑的时候,他看出她同吉诺长得很像。他看着另外两个女孩。玛丽·安托瓦内特有点咳嗽,举止时不时略显冷漠,不过更多的时候她会放声大笑。当伊莉思责备她的懒惰习气时,她用大笑和冒傻气的举止作为挡箭牌。玛丽·安托瓦内特对凯瑟琳·弗卢特说,她想要回波士顿去。她不认识任何植物,也学不会编篮子和缝纫,想要烹制的任何食物都会被烧焦。她是个不错的同伴,但仅此而已。更年轻些的男子们喜欢她,包括彼得的儿子阿利克·塞尔,大部分时间他都在围着她转。从她的行为举止中,亚伦看见了曾经的自己。

在这个夏末,在秋天的暴风雨开始之前,彼得和阿利克、亚伦、艾蒂安和他的三个儿子莫尔迪、詹姆斯和乔-保罗,往彼得的船上装满了木桶,带到波士顿去售卖,在那里它们可以卖出更好的价钱。他们在拂晓时起航了。凯瑟琳·弗卢特和伊莉思及玛丽·安托瓦内特共用一间棚屋;她说,玛丽很早就起床了。伊莉思听到便立刻明白,玛丽也坐上那艘船离开,回波士顿去了,在那里她肯定会染上饮酒的恶习,下场悲惨。

男人们满载着包裹和箱子走上了小路,那些全是冬日所需的供应——大袋大袋的土豆,蜡烛和火柴,为伊莉思和亚伦带的咖啡豆,为其他人带的大罐茶叶、针,以及几匹羊毛布料和棉布。玛丽·安托瓦内特·奈文就在他们当中,脸颊红扑扑的,笑着,还咳嗽着。

她说:"我在这儿呢。"她看着阿利克。凯瑟琳·弗卢特害羞而朴素,是一个非常安静的女孩,曾忍饥挨饿,被父母虐待;她坐在乔-保罗的旁边。他们在第一场雪来临之前结了婚。就连伊莉思也很意外地被人追求,她答应嫁给朱利安·库可,就是他在几年之前让大家开始制作木桶,彼时他还没有在一场林中事故中受伤。如今留给他的只有长久的迷惘,而且他已经没有办法做制桶车间里的活儿了,仅能坐在火炉旁编些鳗鱼笼。

昆陶死了,在一个千载难逢的美好天气里。十月的空气甜丝丝的,尽管他已气息微弱,这一切仍令他无比愉悦。起风了,他便说:"我们的风吹拂着我的皮肤。"一小块乌云出现在西边的天空,"我们的小云朵来到了我跟前。"几个小时过去了,小片的云朵形成了一片黑压压的云墙。一滴雨水掉落下来,又一滴,接着是很多的雨滴。昆陶便说:"我们的雨点打湿了我的脸。"他的族人们走到他的身边,他的影子映在他们的眼瞳里,他说:"现在……该说什么呢……"太阳又出来了,光辉的世界闪耀着光芒,沙沙声,液体流动的声音,条纹草叶的茎秆在起舞。那是什么声音,那是什么声音?是一根柔韧的树枝弹回原处。还有什么,还有什么?昆陶张开了嘴巴,什么也没有说,就让阳光照入他的身体。

61

发言杖

  在下一代人历经的几十年里,在与疾病相伴且充满警觉的与世隔绝的年月里,昆陶的族人作为一个大家族紧密地团结起来,不过他们也接纳了六七个家族以外的人。如今每个人都有了英文名字,因为古老的米克马克名字正在渐渐消退。亚伦和丽莎尔·杰可结了婚,她是新来者当中唯一的年轻女人。作为一个群体,他们避开白人,不过那些爱好捕鱼、打猎兼传教的家伙还是发现了他们。这些白人中的一些人只不过假装是猎人;他们的真正目的在于寻找木材和矿石,任何具有经济价值的东西。他们似乎不经意地提出要去有大树生长的地方。

  "他们以为我们不知道,他们是想要把那些树砍倒。"

  他们亟待解决的仍然是那个老问题——米克马克族的女人很少来到他们身边。想要找到合适的妻子,塞尔家族的男人们就得回到遗留在舒贝纳卡迪的族人身边,那些骨瘦如柴、无精打采,每天只是坐在那里盯着地上发呆的人。

  "你看到了吗?"一个白人移民对另一个说,"他们太懒惰了。若是他们挨饿,那就是因为他们不肯工作。不要为他们而浪费你的怜悯。不要给他们食物——这么做只是在为无可避免之事拖时间。"

  当艾蒂安听到这番话时,他说:"但是他们并不是懒惰,他们只是饿得太虚弱了。"

  从某一年开始,塞尔家族不再制作木桶了,因为白人通过制作更为便宜的木桶而把他们挤出了这一行当,那些木桶不如他们的牢固和结实,但价格更低,而且很显著的一点是,那些木桶的一侧印有雪白的花体字:"白缎带桶业"。昔日制作木桶的人们有的开始刻制曲棍球棒——使用一种名叫鹅耳枥的密实硬木,它那有沟纹的树枝看起来很像肌肉发达的手臂;然而几年之后,那家公司也不再属于他们,落入了一家白人拥有的制造公司手中。

在昆陶去世的几个月之后,另一位姓塞尔的没有妻子的男人也无意间加入了他们,那便是爱德华-奥特赫·塞尔——弗朗西斯-奥特赫的大儿子,而弗朗西斯本人是碧娅特丽克丝·迪凯与昆陶所生的两个儿子之一,所以说,他也是他们的荷兰祖先奥特赫·迪凯的孙子之一。

爱德华-奥特赫一直都接受迪凯式的教育,在其父的葬礼之后,他离开了佩诺布斯科特湾,在波士顿工作了几年,然后开始了长达数十年的漫游。当来到他的米克马克族亲戚那里时,他刚步入中年,为人相当古怪。他结结巴巴、混乱不清地说着一种旧式的米克马克语言,夹杂着一些语焉不详的术语和法国词。起初,没人知道他从哪儿学来旧式米克马克语,而且他在很长一段时间里都独守着这一秘密。每隔几个月,他便离开族群,去往某个地方,之后面色阴沉,颤巍巍地回来,有时还系着绷带,不过却带回一袋面粉或者谷物粗粉。

故事一点一点地讲了出来。他说,在他父亲死后,他曾在一间波士顿律师事务所做过代笔人,即文件抄写员,他因清晰可读的书写而被雇用,然后又被解雇了,因为拖沓和一些他未曾讲述的原因。"现在我要对你们说,"他说,"世界非常广阔。我曾经到处旅行,一直到西边的海洋。"爱德华-奥特赫慢慢地开始讲述。他讲述了大平原部落的那些娴熟的骑马者们经常被白人旅行家从移动的火车上射击,作为他们的一项消遣,就像他们射杀那些跑动中的动物——黑色波浪般的美洲野牛,布满无际天空的鸟群。在那广阔的大平原上,猎物如此丰饶,来自欧洲和英格兰的高贵的狩猎小队多得令人惊讶,他们带着狗和枪支、厨师以及特别的床与帐篷前往那里。他有时会从这些悲伤的故事上扯开,转而描述一些奇异的冒险故事,塞尔家族的人们更愿意听这些故事。

他这个人只是有一点奇怪,而且这种奇怪的感觉渐渐消散了。虽然他的皮肤是浅色的,但他的五官却同昆陶的十分相像。他说这是因为他母亲的父亲曾娶了一位米克马克族女人。"所以不管正面还是背面,怎么看我都是个米克马克人。"他边说边笑,还拍打着自己的裆部和后臀。正是他那位母亲般的米克马克祖母教他这一门古老的语言——从远处听起来没什么问题,但却难以理解。而且不需多久人们就发现爱德华-奥特赫每隔几个月就离开一次期间都做了些什么:他大肆饮酒,喝到跌跌撞撞、不省人事,然后非常安静而谦卑地回来,还仿佛忏悔般地带回一袋面粉。他将别人吸引到他身边的能力便是讲故事,讲述他横穿大陆、直达太平洋的旅途中曾经看到和做过的事。他讲到了一些西边海洋部落的名字——努特卡族、夸丘特尔族、特林吉特族、马考族。

塞尔家的人们很喜欢聆听生活在西海岸的那些可以作为他们的参照族群的人们正经历着怎样的故事。因为米克马克人几千年来都平静地生活在没有白人侵扰的大西洋边上,与此同时那些遥远的部落生活在太平洋;他们感到了一种对照性。他们聆听爱德华-奥特赫讲述那些命运同巨大的雪松相牵系的人们,以及用那些雪松制作的黑色独木舟,讲述他们是如何乘着那些独木舟追捕庞大的鲸鱼。他把他们共同使用的房子描述为大型建筑,有着高耸的横梁,装饰着雕刻的动物和彩绘的人脸,房子的前部还屹立着巨大的、绘制得很花哨的柱子,上面有乌鸦和熊的脑袋,如同一座座纪念碑。

大家几乎无法相信他口中的一些故事——那些人是怎样从活生生的树上劈下巨大的木板,他们是怎样通过熏蒸和弯曲平坦的木板来制作盒子,而无须切割木板。爱德华-奥特赫便拥有这样一只小小的曲木盒子,用它来装他的烟草;他们彼此传递着它,仔细地观察。它的一侧画有一张令人生畏的红色的脸,爱德华说那是一只老鹰。在他们认出那只鹰的同时,它使他们产生了一种感觉,仿佛窥探到某种奇特的精神力量。艾蒂安想要更多地了解那些人怎样建造巨大的房子。

"我希望我们也能建造那样的一座大房子,"艾蒂安的妻子阿丽说,"我们所有人都可以安全而和睦地在里面生活。"

彼得开口了:"那些生活在西海岸的人,他们是否过着不受白人侵犯的生活?"

爱德华-奥特赫犹豫了。他能理解他的亲戚们多么渴望听到世界上至少还有一个地方，在那里，部落式的生活仍然未遭破坏地延续着。

他叹了口气："同我们米克马克人一样，那些生活在海岸的人已经认识白人很长时间了。他们把海獭皮售卖给白人以换取制造工具用的金属。然后白人开始自己去捕捉那些海獭；他们总是拿走所有的东西，直到什么也不剩，海獭也同样变得十分稀少。那些人的生活被大大地改变了。白人的疾病也在摧毁他们，几乎同我们所遭遇的一样严重。疾病也随着他们进行毛皮交易的旅途，乘着他们自己那些漂亮的独木舟一同前来，因为他们时常进行大量的拜访和交易，带着货物在海岸上下游来回奔波，看望他们的朋友。最擅长制作独木舟的那些人已经死了，许多雕刻者和艺术家也面临同样的遭遇。仅仅几年的时间里，他们已经失去了太多的人，数也数不清。据说他们原来的世界在短短一代人的时间里便已不复存在了。"他身旁这些聆听者对于这种事再清楚不过了。他转换了话题，用了一些时间讲述生活在另一片海洋上的那些人如何不用斧头弄倒巨大的树木。

昆陶的族人——大部分都姓塞尔——回到了舒贝纳卡迪，那是一片古老的米克马克村庄所在地，在一八二〇年被指定为保留地；这不是因为它比别处更好。他们去了那里，不管白人允许他们拥有的土地是怎样毫无价值，不管那里多么拥挤而且充满种族主义的嘲讽，也不管过去曾发生的大屠杀，以及繁冗的政府规章。正如昆陶曾说的，他们必须同时生活在两个世界当中，他们去往那里，因为他们已把他们的古老家园藏匿心头，不管要历经多少年岁；藏匿于心，如同甲壳虫藏在落叶之下，如同蜷起的手掌心紧紧攥着一枚小小卵石，旧日的珍贵时光作为一种记忆被他们小心收藏。他们很寂寞，缺乏同类的陪伴，还有女人。而那里有一些女人。在公路和石头房子的现实表象之下，他们的眼睛却可以看到他们从前的那种倾斜的地面，看到他们的独木舟被拖上河岸，看到苍白的烟雾从绘有双曲线和蕨叶、V形图案、拱形框架和明快色彩装饰的棚屋顶部袅袅上升。然而他们无法对现实视而不见，那就是——没人再搭建什么棚屋了，而且白人移民已经在河边建造了不计其数的锯木厂,它们正在摧毁鳗鱼生活的最佳区域。在所有地方,为了填满那上千间锯木厂不知餍足的胃口,不计其数的树木倒了下来。

在一次圣安妮日的庆典之后,一些人试图划船横跨水域,回到昆陶生活的老地方,然而他们的独木舟被困在了一场暴风雨里,他们全都死了。每一年米克马克人都在变得更少,白人大笑着并带着满足感说,再过四十年他们将不复存在,就像比沃苏克人那样,彻底从地球上销声匿迹。米克马克人的数量有史以来从未这么少过,甚至才不到五百人;在白人到来之前,他们曾有超过十万人。那些人仍然紧紧依附于他们的故土,不过他们也时常漫游,寻找食物,寻找避难所,寻找峭壁当中的一道狭缝,希望那儿能通向他们那片被夺走的世外桃源。

艾蒂安严肃地说了很长的一段话。

"我们必须做点什么。我们的女人可以编织篮子,但我们男人得找到有报酬的工作,赚钱购买食物。人人都在说,去当教白人捕鱼的向导。然而那样做还是不够。"

"我宁愿指导那些人捕鱼,而不是打猎。"彼得说,"他们可没办法用钓鱼竿来伤害你。"

"除此之外,我们米克马克人唯一能做的便是和木头有关的工作。那儿有的是活儿干。"

那些白人林业巨头正在大量砍伐纽芬兰、新不伦瑞克、新斯科舍的森林。每一条河,每一条溪流,只要能筑起水坝,便有数百家锯木厂林立。塞尔家族的人们重新拿起了斧头;虽然境况艰难,他们仍然会在一起谈话,寻找解决他们困境的出路。艾蒂安建造了一间白人的那种原木小屋,并为他新生的儿子取名约瑟夫·豪·塞尔,以表示对那位印第安人事务局的公正无私的长官的敬意①。解释这件事花费了一些口舌。每个晚上,剩下的塞尔们总会聚在温暖的原木小屋内谈话,每个人都带着一些树枝作生火之用。在他们看来,那是一间封闭的、无法移动的、像盒子一样的小屋,不过比起粗糙的棚屋,它能

---

① 此处应指约瑟夫·豪(1804—1873),新斯科舍政治家和记者。

更好地保存热量,除非棚屋使用优质树皮、晒黑的兽皮以及合适的木杆而精心搭建。

"约瑟夫·豪是那些好心白人当中的一个。他观察并真正看到了我们的困境。"阿丽说,正是她羞赧地建议为婴儿取那个名字,"他试图帮助我们。他看到了我们处境危险,我们所有的土地被抢走,我们被从水边驱逐,再也不能搭造鳗鱼梁了。"

"没错。"艾蒂安也罕有地露出了一丝笑容,"他看到我们饥寒交迫,给我们衣服,还有毯子。他说现在我们得放弃我们的棚屋,因为树皮随着大树消失了。也没有兽皮去遮盖它,那些驯鹿和驼鹿都不见了。"

"建造一间白人的房子要用到的原木和木板倒是很充足,不过我们得去买。用白人的那种钱。"彼得说。他的脸紧紧地绷起来,形成一种冷酷的表情,"豪是一个白人。就算他对我们好,也只是为了得到某些东西——更多的土地——反正是想获取某种东西。这是我对于这件事的唯一看法。"

阿丽问了一个问题:"爱德华-奥特赫,你从佩诺布斯科特来,那边的情况更好吗?你在那里有亲人吗?那里已经有米克马克人了吗?"

"已经没有亲人在那里了。不,缅因人不喜欢米克马克人。在阿鲁斯图克县有一些米克马克人生活在那里。非常擅长编织篮子,不光是女人,男人们也会制作那样的大篮子。然而佩诺布斯科特呢,跟这里一样,树木全都消失了,白人获得了土地。我的父亲弗朗西斯-奥特赫·塞尔,拥有一间锯木厂——"他在这里停顿了一下,一阵欣羡的窃窃私语,"——不过在他去世之后,那间锯木厂被人付之一炬,里面所有的东西都烧光了,连同那座房子。我孑然一身,家人都不在世了。我一个人离开了,去了西部。在我离开期间,城镇把那块地产充当税款给没收了。我父亲从来不交税。他觉得,如果你拥有了一处地产,你就拥有了它。可是你并没有真正拥有它。你每年都得付钱给那个城镇,否则他们就把土地收走。"

人群中发出一阵不相信的嗡嗡声。"他们没收了他的土地。好吧,当时它已经是我的土地了,可是我不清楚关于税款的事。我当时不在那地方。等我回去的时候，它已经不是我的了，你知道。全没了。那些人嘲笑我，说：'印第安人，你在这儿不再拥有土地了。'"

"这里的白人也交那些税吗？"

"我想是的。但我不是特别确定。这是一种白人的行为方式——任何东西都必须得付钱，而且还不是一次性地付清，而是要付很多很多次。"

"我们可从未这般对待土地——拥有它，花钱购买它，然后交更多的税。"

"是的，这就是为什么米克马克人如今只有非常少的土地。白人们获得土地，还有文件作为持有的凭证。你们自己就能看到，如今白人的数量比米克马克人多一百倍。如果我们想要获得任何曾经属于我们的土地，我们就得用白人的方式，用文件来持有它。还有钱。想要学会那些英国法律，我们就得会读、会写、用英语。孩子们必须学会那些行文方式，若是他们要在这里生活的话。否则就只能坐以待毙。"

"不。就算我们有了满满一独木舟的钱，他们也不会让我们拥有原本属于我们自己的土地。这就是保护区存在的原因。"

一阵悄声议论。坐在后面的一位父亲说："这是真的。我们的人数那么少，他们很轻松便可以毁灭我们。开枪射击，只用一天的工夫，我们便会全部倒地而死。幻想他们有一天会回到他们原来的国家，不过是一场白日梦。他们永远也不会从我们的家园离开的。他们一直都会与我们同在。若是我们想要活下去，就得像他们一样。"

"看起来，对于印第安人来说在美国会更好过一些？"

"不，那里对我们来说并不比其他任何地方好过。不过在这里——舒贝纳卡迪附近，我认为更糟糕。这里的白人十分仇视我们。"

斯凯里·哈拉格尔拿起了发言杖："我知道如何读和写。我也懂一点法律。如果我能得到书籍和纸张，我可以教给孩子们以及任何想要学习读和写的人。不过这需要很长时间。就像学习打猎一样。"

"我也能帮忙。"伊莉思说。

爱德华-奥特赫清了清嗓子,柔和地说:"我也一样。然而我们的孩子们都到哪里去了?我只数出五个人。"接着他决定,他本人也会结婚。不过说起来简单,做起来却是另一回事。

斯凯里·哈拉格尔站了起来。他的眼睛又红又疲倦:"不只这些。不光孩子们必须得学习阅读,米克马克的男人们也必须去工作,挣得报酬。"

"工作!什么工作?"

"那些白人们不想做的工作,最累最难的工作。在森林里砍伐树木。为移民们劈木柴。为那些想方设法夺走我们更多土地的测量员们搬运东西。把我们狩猎的小路拓宽成便于白人马车通行的大路。到缅因去挖土豆。那里有更多的林木砍伐机会。我们可以做这个活儿。我们可以做这些事。他们不会把我们毁灭的。"

年轻人表示同意。他们会到那些伐木营去,讨些活儿干。

"在伐木营里至少我们会有饭吃。"彼得的儿子阿利克说。

"你不准去。"彼得说,"我的船离不开你。乘客。捕鱼。"

艾蒂安的大儿子莫尔迪拿过发言杖,他说:"我们可以带钱回来给每一个人。"

在那天晚上讨论结束的时候,不知是谁把那根发言杖丢进了火里——它只不过是一根棍子。这是任何一位塞尔家族成员曾握在手中的最后一根发言杖。发言杖是过时的老一套了。

阿利克什么也没有对彼得说,却在夜色之中悄悄溜走了。最终,有九位年轻人去往零星分布在新斯科舍、新不伦瑞克、缅因各地的伐木营。对他们来说,还是在伐木营里的生活比较简单。人的价值基于他们所能从事的工作。而对于爱德华-奥特赫来说,重要的是增加米克马克人的数量。他娶了一位年轻的妻子玛蒂尔,也做了实现目标所必须去做的事。劳伯特·塞尔,生于一八七七年,成为了爱德华-奥特赫一生拥有的六个孩子中的长子。

62

伐木家族

塞尔家族连续三代人都在森林中工作,从新斯科舍到新不伦瑞克,一直深入缅因——砍伐树木,剥树皮,制作拦木栅,从渠首调整拦木栅,流送原木,在锯木厂干活儿,铺排原木小道,劈砍薪材、造纸木材,以及矿坑用的支柱。随着欧洲民众大量拥向北美,尤其在第一次世界大战之后,伐木营成了多种语言的人们的组合:英国人、法国人、美国人、德国人、瑞典人、挪威人、少数来自格陵兰岛的人,"第一民族"的土著人①,甚至还有一两位因纽特人。受伤和死亡在东北地区的森林里是再寻常不过的事,不过从最早的伐木时期起,最危险的就是河上流送木材的工作,而直到这项劳作终结时为止,它一直都是被分派给印第安人的。印第安人——那些天生就该胜任在激烈的水流中工作的人。

"让我来告诉你一些事,先生。"当一位公司簿记员质疑伐木营老板的平底船和食物开销时,那个老板这样回应,"公司还想要它的原木吗?还想把它们弄到锯木厂去吗?——水便是一切。用水来运送原木,给锯木厂提供动力。他们若想把他们的木头好好地送进锯木厂,那么就别想着节约流送木材的花费,因为没有其他方法能把它们弄到那里。"他用大拇指朝河的方向指了指,那里有两个米克马克人和一个蒙塔格奈人正在漂浮的木头上舞蹈,手握长杆引导原木向前漂流,如同在牧放无声的羊群。

塞尔家族的伐木者们见证了带有钝端的斧子被替换为双刃斧,

---

① 指加拿大境内北极圈以南的主要土著民族。

双刃斧又为横切锯所取代,老式的上下运动的排锯输给了圆锯和双联圆锯机,后者又让位给巨大的钢刃长带锯——只要放到传送带上,就连月亮也会被它锯成两半的。他们看到沉稳可靠的牛被替换为伶俐的马匹,马匹随后又被难闻的辅助发动机和谢式齿轮传动机车取代。由于道路延伸到了远离水路的森林,喧闹的河上流送也被更受欢迎的卡车与道路运输所终结。伐木工们开始操作旋转、轰鸣、沸腾、击败一切的机器。塞尔家族的人们历经了无数的事故与死亡;他们从事的这份职业,必须高度警觉,并拥有特别的好运,才可能活得过七年。

西部地区的巨大树木对于瘦小的斧工们来说是很有难度的。要花上多年的时间才能学会如何对付那些大家伙们,学得慢的人还没来得及活到那个时候。然而技术将疯狂的幻想注入了那些实实在在的、轰鸣着、嘶叫着的机器,把这片大陆上最后一片古老的森林夷为平地。

发言杖被丢入火中以后,年轻男子们离开了那里,开始从事林中劳作。艾蒂安·塞尔和迈克·杰可试着密切注意他们的儿子,可是男孩们不喜欢家长们过度的关注,所以逃到更远的营地。迈克·杰可的儿子——十五个冬天大的布劳尼,还有他的弟弟波罗,一起在皇后郡的一个小团队里开始砍伐的工作。布劳尼对于使用斧头有一种与生俱来的本领。不砍树的时候,布劳尼和一个名叫埃尔托的年轻瑞典人一起,使用以旧马车的弹簧制作成的带有手柄并打磨过的剥皮刀来剥树皮。在他的第一次流送之旅中,布劳尼发现他很喜欢这项时常需要闪躲和跳跃的河上工作。他很快便能够弄清楚木头堵塞的几何结构,并很高兴能把它们拆开。有两次他跌落在翻腾的原木当中,不过他知道,比起奋力朝岸边游,更好的做法是随着那些木头一起往下游漂流。

然而,那片充满束缚的讨厌的保留地还是太近了,于是布劳尼和波罗继续去往更远的西边,在爱达荷州工作了一个冬天;在那个地方,利用性情乖戾又曲折的河水运送木材仍然是把原木运往锯木厂的方法。在春天,伐木营的一些人继续去往加利福尼亚、俄勒冈、华盛顿州,据说那里的树有三百英尺高。

有个外号叫"衬衫"的人对布劳尼说:"小家伙,关于那些树木,让我来给你上一课。第一位航行并到达岸边的缅因伐木人,看见一面有一百英里那么长的坚固的树墙,上面生长的绿色叶子耸入云霄。他不敢相信自己的眼睛,昏厥了过去。他没办法相信。没有人会相信。不过那是真的。而那里就是我要去的地方。"

第一次看到工作状态下的辅助发动机时,布劳尼和波罗大受惊吓。引擎被捆在几棵粗壮的树上,它的钢质拖木缆索松散而平静地躺在地上。五个人随意地站在引擎周围。从遥远的某处传来一个信号,拉杆者便扳开控制杆,于是辅助发动机开始活跃起来。他们注视着钢索卷桶转动起来,钢索本身也开始缠绕,越来越紧。引擎的吼声变得更大,然后从远处传来一阵树枝断裂的声音,一些远远的喊叫声,几分钟的工夫,那些噼啪作响的声音和震撼的锤击声变得更大了,然后突然之间一棵巨大的、三十英尺高的原木跃入天际,如同一只被斩首的鸡在生命的最后时刻狂热地扑棱着;它砸到了那些树桩上,如此用力以至于它们碎裂开来;那根原木反弹起来,直向着辅助发动机冲过来。"上帝啊!"布劳尼大声喊着,这景象正让拉杆者心花怒放——两名新手仓皇逃命,身后是这群发动机工人们的哄堂大笑。他们回头望去。那根可怕的原木已安静地躺倒在距离辅助发动机几英尺之外的地方。波罗未曾想到几个月之后他会被分配到负责蒸汽锅的人当中,而在开始干活一个小时后,他浑然不觉地站在一段松弛的钢索形成的弯环旁边,而钢索已经系在远处的一根原木上,仅仅在技工用生满老茧的手按下控制杆的几分钟之后,他被骤然拉紧的钢缆截去了左脚。

他的哥哥布劳尼和机修师把还在喷血的他抬到工棚去。二厨安德烈·马利特在营地任医生的职务。他把波罗的腿抬高并架到一堆木头废料上,将一块干净的碗布在化开的猪油中浸泡,然后用它把脚踝上方流血的残肢末端包扎起来,又给波罗开了充足的药用威士忌饮用以止痛,他说他会在晚餐后再来。他让布劳尼带回来一杯热乎乎的山鹑汤和半块浸过威士忌的蛋糕。由于这些食物,以及他们的母亲为了"以防万一"而给布劳尼的一些米克马克族的镇静剂——

美洲荠和枸兰的根,再加上震惊所带来的困倦,波罗就像一盏燃尽的油灯般睡着了。接下来是好几个星期的疼痛和威士忌,不过慢慢地他开始痊愈了。

"你留在这里,直到你能四处走动。不过到了那个时候我需要把你的铺位给一位工人用。"工头说。一名樵夫削出了一副拐杖给他。当他正在工棚内四处挪动的时候,安德烈·马利特走了进来:"嗨,年轻人,厨师长批准了——你可以在厨房里帮忙。"除了答应之外,他还能怎样呢?一年之后,他可以装着用原木削制而成的假肢小步疾跑了。他正在变成一名厨师,而且很可能终生都只能从事这样的工作了。然而接下来布劳尼的死让他受到了沉重打击,而且得由他来给家里写信,告知这一不幸的消息。

布劳尼一直都想当一名河上流送工,可是华盛顿这里的水上工作泛着咸咸的味道,需要在潮水中驱赶和围拢原木。因为他很年轻,所以便由他来当捆挂工——这是营地中最低层次的工作。几星期之后,在半悬式钢索集材营里,他发现了一个甚至比水上作业还需要胆量的活儿。他目睹了拿破仑·泰西埃——一个瘦小的法国人,穿着攀爬用的靴刺并且带满了锯子、斧头和绳索,在一棵很大的道格拉斯冷杉的树干上冲上十几英尺高,靴刺戳入树身,他若无其事地将他的绳环抛向一个更高的位置,然后再次跳跃着朝两百英尺高的树顶继续进发。在他向上爬的同时,他用那把长柄双刃斧把树枝砍得尽可能齐平,最终停在缆索下方三十英尺的地方。他的绳子牢牢固定在光秃的树干上,靴刺深深插在树干里,在这样的状态下,他挥动斧头把树顶削掉(和缅因松树的幼树差不多大);树顶翻倒下来,带着某种断裂声,嘶嘶的风从它的针叶之间穿过。只剩光秃秃的大树前后摇荡着,泰西埃还悬在上面。泰西埃发出一阵尖叫,像狂放不羁的骑手那样挥舞着一只手臂。接着他连蹭带滑,如此迅速地从树上下来,以至于他的身影一片模糊。回到地面上之后,他大口喝着凉茶,吃了一小把糖,然后重新回到树上装滑轮组——因为除了爬树之外,泰西埃还负责装配。当活儿干完,滑轮组和牵索安装就位,他们已经准备好移动这棵大家伙了。

布劳尼很羡慕这项高空工作,他也很想干这个活儿。他乞求工头让他试试看。工头是个地道的瑞典大块头儿,满口的烟草,他既不喜欢布劳尼也不喜欢波罗,因为他们是东海岸的人,而且还是混血儿。但是布劳尼不断请求,泰西埃最后也忍不住大声说,他应该让这个孩子试试,登树的人手并不充足。于是工头终于说:"去吧,波卡洪塔斯①。"

布劳尼穿上了泰西埃的马刺,扣上带子,把他的斧头缚在上面,把攀爬用的绳子绕树缠了一圈,他将靴刺踩入树身,试着像泰西埃那样向上移动,像泰西埃那样轻巧地挥抛绳环。越来越高,戳入靴刺,挥抛绳环,然后他到达了这棵树的第一节树枝。

正在树下指导他的泰西埃朝上方喊道:"别把你的绳子给砍断了。"人们时常可能会在错误的地方快速地挥上一斧,却发现砍断了自己的绳环——这是一生只能犯一次的错误。布劳尼继续向上冲,强有力地快速挥击着,羽毛般掉落的树枝划过皮肤,他却不以为意,接着往上,抛出绳环,砍去树枝,然后继续。

"够高了。"泰西埃大喊,"削掉它吧!"布劳尼削去了树顶。随着富有弹性的树干一起大幅度地前后回荡,是他所得的奖赏。他能眺望到远处的海洋。他身在世界之巅。

"非常棒!作为第一次攀爬,表现相当不错。"泰西埃说,"有点慢,不过你做得很好。"布劳尼无论多少次爬那些被选为集材杆的大树都不觉得厌烦,次数越多,他的速度也就越快,甚至想要超过泰西埃——最近泰西埃曾在刚刚削除完毕的树顶站立并摆了个造型,当时树木还在摇摆颤动。于是,在爬他人生中最后一棵树的时候,布劳尼想出了一个精彩的把戏。他向上爬着,和泰西埃一样灵活得好像松鼠,他将要表演一个特技,让这位留着八字胡的法国佬自愧不如。他打算把树顶砍掉,然后爬上去,倒立的同时吹口哨,然而就在枝叶繁茂的树顶奄奄一息地垂下,但仍藕断丝连之时,树干突然开裂了,布劳尼卡在裂缝之间,仿佛晒衣夹咬着一条茶巾。他的尖叫十分短促,因为气体从他被压瘪的肺部泄尽。泰西埃不得不再次爬上去完

---

① 历史上一位与英国移民结婚的北美印第安女子,在英国被视为"驯化的野蛮人"的代表。

成这项糟糕透顶的任务,砍去未完全削掉的树顶,但这一次是在死尸的下方,那双被尿液淋湿的靴子就在他的脸旁晃动着。布劳尼掉下来了,仍然夹在道格拉斯冷杉的狭缝之间,他们就那样把他埋葬了。

艾蒂安的儿子莫尔迪·塞尔,他的堂兄阿利克·塞尔,以及米乌斯家的两兄弟诺埃尔和约翰,他们一行人一起干活,从俄勒冈一直到夏洛特皇后群岛。虽然他们敏捷又柔韧,但在布劳尼死亡之后,没有人想要爬到高高的树上装配滑轮。莫尔迪连续五六个季度都一直当一名捆挂工。他时常要握住并拖动沉重的链条,双手硬得像是龙虾的钳子。他对于链条已习以为常,并不介意它的重量。他被弗兰诺伐木公司雇用,是一个由罗比·弗兰诺和格伦·弗兰诺所有的小型伐木散工队伍,不过他们距离一个小城镇仅有几英里,那儿能提供少许人生享乐。

这个队伍糟糕得要命。他来干活儿的第二个星期,另外三名捆挂工偷走了小分队运营者的铁链,然后趁着夜色溜走了。罗比·弗兰诺开着他那辆状况不佳的运木车下了山,让镇上的治安官追踪他们,再去购买新的链条。当他回来的时候,带回的却不是链条,而是几圈便宜的钢索和二手旧铁丝;他从酒吧里带回两名醉汉,代替那几个溜走的捆挂工。

"钢索用起来更轻便,更容易把它弄到原木下面。"格伦说,"用这些铁丝移动钢索。别去想什么铁链了。莫尔迪,你让这两个呆瓜看看该怎么做。他们不是出色的人选,不过他们是大活人,而且谁都能当捆挂工,你说对吧?"莫尔迪知道自己当时就该马上离开,但他没有那样做。他们把铁丝系到架空钢索上,辅助发动机把它往山上拉。有个人松开了铁丝,于是山下两名呆瓜的其中一位笨手笨脚地去抓其余的。莫尔迪把铁丝固定在另一根需要移动的钢索上。他给发动机操作工发了一个开始拖动的信号,接着他看到那个呆瓜并没有反应过来,反而站在钢索散布的弯环内——和波罗曾经犯过的错误一样。他朝那个醉汉临时工大喊,于是那人开始笨拙地跑着;然而那团乱糟糟的铁丝还在被拉动,它缠结,扭曲,绷得越来越紧,然后断裂了。它以可怕的力量抽打到莫尔迪的肚子上。那两个吓坏了的呆瓜搀他下山，回到工棚内；他躺在那里，口中满是鲜血，一直持续到那天晚上十点钟他死为止。他们当中唯一一个毫发无伤地从西海岸回到家人身边的人，是劳伯特·塞尔——爱德华-奥特赫最大的儿子；他一向都被训练得小心谨慎。他很高兴能同他的弟弟吉姆重新团聚，也很高兴找到一位妻子，承担身为人父和生活的责任。

人们可能会死在遥远的土地上，就像亚伦最大的儿子约翰那样，他在一九一七年死于大洋彼岸一条沟渠的泥污里，斜落的雨点便是他视线当中最后的迷雾。人们可能会死于家中，正如同年十二月的早晨两艘船在哈利法克斯的峡谷相撞，其中一艘装载着为欧洲的战争所准备的军需品和炸药，引发了世界上最大规模的爆炸和一场大海啸，摧毁了塔夫茨湾的米克马克村庄。那些受伤和溺亡的人当中就有劳伯特的弟弟吉姆·塞尔，还有他的四个孩子。

"我们去舒贝纳卡迪。"悲伤且惊吓过度的劳伯特对他怀孕的妻子南蒂说。于是他们朝内陆搬迁，去了保留地，不过他从未把那里看作是一个安全的避难所。在那里他们的生活找回了一定程度的平衡，虽然他们很穷。劳伯特为一家木材公司工作，得到用原木的形式支付的薪水，并用它们建造了一座有三个房间的房子。当他的儿子埃德加-吉姆·塞尔——被唤作埃加——出生的时候，他开始心怀忧虑，正如他自己的父亲爱德华-奥特赫也曾为他担忧一样。他不想让他的儿子们在森林里工作，也不想让他的女儿们为白种女人打扫房子。他不觉得寄宿学校有什么危险，虽然他并不喜欢那个带着笔和文件找上家门的男人；那人说，若是他不签署那些同意书，那么他的孩子们便会被福利社的人领走。他签字了。于是，当埃加十岁的时候，他和他最好的朋友约翰尼·斯蒂克在寄宿学校入学了，在那所学校里，米克马克族小孩们以及他们的文化和语言都遭遇了一场致命程度不亚于载有军需品的轮船的内爆，而且长达四十年。

"你会受到教育的，埃加。学会读和写是非常重要的。你会得到比砍树更好的工作。"他的父亲告诉他。劳伯特和南蒂每个月到学校看望他，拖着一篮子自家所做的美食——熏鳗鱼、南蒂的特制面包、沙丁鱼和黄蛋糕。牧师和修女和颜悦色地同他们讲话。劳伯特和南蒂非常骄傲于他们的儿子正在受教育,而正因为这种荣耀,加上身披黑衣的神职人员那虚伪的甜蜜笑容,埃加没办法对他们说出真相——他从来没有上过一节课,因为神父让他一整天都在学校的熔炉间里铲煤,在那里他只学会了阅读压力表;他也没办法对他们说,他被称作"懒惰的野蛮人",而且时常挨踢。有一次,在被肥胖的欧·胡皮牧师猛烈殴打之后,他的一只耳朵成了半聋,一条手臂断了而且经久不愈,这时埃加终于明白,他不是一位学生,而是一个奴隶。约翰尼·斯蒂克在他的旁边一起干活儿。约翰尼的家人从不来看望他,因为他们住得很远,于是约翰尼受到了牧师们的粗暴对待。他时常被叫去布林克牧师的房间。每个人都知道那意味着什么。布林克神父是一个多毛的气味难闻的男人,黑色的袍子盖住了他身体制造的所有异味;他总有某些不合常理的需要,而那些不满足它们的孩子们便可以等着必然到来的惩罚——挨揍,挨饿,隔离,羞辱,揪头发,用门砸手指,胳膊被扭到脱臼,挨脚踢并被当众羞辱,深夜在睡梦里被人摇醒,当面被吼,被有硫黄头的火柴灼烫——这样的折磨不只是几天,也不是几个星期或几个月,而是持续好几年。布林克牧师非常骄傲于自己从未遗漏任何一个曾拒绝过他的男孩。

埃加做了一个计划。他想让约翰尼和他一起行动,但却一直未能找到时机私下问他,于是他一个人从学校里溜走了。劳伯特和南蒂在家中被雷鸣般的敲门声吵醒。

"他在哪儿?你家那个脏臭的坏孩子逃走了。我们知道他在这儿。你们会因此而有大麻烦的。"他们把这座原木小屋翻了个底朝天,以寻找埃加,并且连续好几个月都时不时地再次回来查看,之后才终于放弃。劳伯特和南蒂痛苦万分,而且他们如今才开始听说关于那间学校的某些传闻。他们没能够保护他们自己的孩子不受伤害。他们不是唯一一对丧失亲人的父母。当坏消息传来称,他们的孩子"在长期的疾病之后"死亡了,很多父母默默接受了这一谎言。不知道埃加身上发生了什么事,这让南蒂陷入了一种长期的悲伤,把她送进了坟墓,留下劳伯特一人麻木地生活在一片黑暗里。对他而言,寄宿学校的邪恶作为和政府监管的缺失永远地玷污了任何以文明和礼仪自我标榜的英裔加拿大人。都只是空谈。然而,仍有少许希望的火花;在战争之后他娶了凯特·古戈。

没人知道劳伯特做了什么事,但是当保罗、艾丽斯和玛丽·梅去寄宿学校的时候,他们遭到了嘲笑和谩骂,但却没再挨过揍。

逃跑的埃加——夏尔·迪凯和勒内·塞尔的直系后代——饥肠辘辘,衣衫褴褛;他夜晚行路,白天睡觉。他脑袋里只有一个地方,就是南方。他不知道自己要去往何处,除了要远离加拿大。他被船只所吸引,藏匿在一艘驶往缅因州罗克兰市的渔船上,又在夜色之中从船上溜下来,继续步行。很多个星期他都沿着海岸线行走,乞讨食物,或是在经过农场的时候在那里干活,就这样慢慢地到达了巴恩斯特布尔;他乞求搭乘一艘前往马萨葡萄园岛的渔船,因为闻到了船上厨房间传来的炸鱼香味。渔夫们给了他厚厚一大块鳕鱼,于是他便决定永远为他们效命了。

在码头附近整日游荡的还有其他无家可归的男孩,那里是渔船入港的地方,那些孩子为渔夫们跑腿,帮忙把鱼搬下来。他们当中没有一个是米克马克人。埃加得到了他在船上第一份真正的工作,即学习拖捕鱼笼来捉石首鱼和牙鳕。吉夫·皮可船长本人有一半万帕诺亚格血统,他教埃加如何阅读少量文字,然而就像他所说的——看着这个孩子尝试写字,就像看着一只小狗试图弹钢琴。不管怎么说,埃加是一个干活儿心切的人,总是兴高采烈,每天早晨都充满希望地迎接美好的一天,正如有些逃犯或刑满释放的囚犯所感受到的那样。

埃加在皮可船长的船上长大成年,当这位老人退休,在他女儿的火炉旁边安坐,埃加签约受雇于更大的船只,在乔治海岸鳕鱼丰富的水域里干活。他把自己米克马克人的身份抛诸一旁,以混血儿自居。在他二十一岁的这一年之内,他志愿在美国军队服兵役,由于是外来居民而被拒绝;申请了公民资格;遇见、追求并娶了布伦达——一个万帕诺亚格女孩。

数年之后,和他的父亲劳伯特重新团聚之时,他说:"我一开始便对布伦达喜爱不已的事情是,她计算数字的速度有多么快——她对于数字反应灵敏,而且她既可以正着读,又可以倒着读。她曾经为卖鱼商干活儿。但我从他们手中把她抢走了。是的,我这样做了,这是我永恒的快乐。"但是他们的婚姻并不轻松;布伦达很有主见,而且会毫不怯懦地表达出来。

埃加决定掌握阅读能力,他给自己布置了每天浏览报纸的任务。他订阅了几份新斯科舍的报纸,包括《阿姆赫斯特日报》,还有《雅茅斯先驱报》,他由此了解到一些他曾抛诸脑后的事情,而且多年来他和布伦达总是一起谈论。她从未去过新斯科舍,但是她见过万帕诺亚格族所发生的事情。有时候哈利法克斯人会来到渔船上,埃加则邀请他们吃晚饭并询问新消息。用这种方式他们了解到,在两次战争之间,米克马克族的劳力到温尼伯去收割谷物,到缅因去摘苹果,做他们能找到的任何活儿。他们当码头工人,从船上清空并倾倒恶臭的压舱物。他们中有很多人生活在伐木营里,远离保留地,除了偶尔悄悄地看望妻子和孩子们。

"我知道这对他们传统的生活方式有怎样的改变。"布伦达说,"当男人们离开家园去工作,拯救族人语言的责任便落在了女人们的肩上。"但是看起来大部分女人都签署了文件,把孩子们送往寄宿学校,相信他们会受到在英语文化中生存所需要的教育。很少有父母知道具有种族灭绝倾向的修女和牧师们对他们的儿女施加的暴行。那些孩子们再也不会是纯粹的米克马克人了。

莫尔迪·塞尔的孙子们布莱斯·塞尔和路易斯·塞尔是使用链锯和重型机械的伐木工人;树木如同流水线上的产品。每一年土地上的人都在变得更少——那里是受伤和死亡之地;在机器的驾驶室中工作更为安全。他们分散在各地,距离保留地十分遥远。米乌斯兄弟和塞尔兄弟们更喜欢原条集材装置,他们中一些人在明尼苏达和威斯康辛工作,一些在缅因,一些人在不列颠哥伦比亚,或者华盛顿州和俄勒冈州。旧式的工棚营地已经不复存在。他们在白人式的房子中扶养他们的家庭,听收音机,在小餐馆吃饭,开车去工作,而且只在圣安妮日的时候才回新斯科舍。

他们知道他们祖父那一辈过的是怎样的生活。莫尔迪的其中一个孙子布莱斯·塞尔是一名娴熟的伐木归堆机操作工,他说:"那些老式营地?若是不给我钱,休想把我弄进任何一间老鼠横行的茅屋,待在那种偏僻的乡下鬼地方,无所事事,除了干活便是挖鼻孔。"他的弟弟路易斯驾驶抓钩式集材拖拉机,将布莱斯的一捆捆树木钩住,把它们拖到集材场,在那里它们经过打枝机除去所有的树枝。他不等着看原木被装入断木机,然后被切割成设定好的长度,也不想看它们被装载好并拖到纸浆厂去,而是匆忙回到布莱斯那里,摘一束新鲜的花茎。这是一份工作,能为他家的餐桌摆上食物,能支付他那辆皮卡小货车的钱,负担他和他的妻子阿斯特丽德的房子。塞尔家族的其他人有的在纸浆和造纸工厂找到了工作,有的进了三合板加工厂,还有人更进一步,迈入塑料王国——在醋酸纤维素工厂做事。

诺埃尔·米乌斯最小的儿子钱西·米乌斯为一家森林木屑生产公司工作。不过他对他的妻子雪莉说,在集材场制造木屑是对森林的劫掠。"如果你不把它们重新还原,土壤便会开始退化。应该在我们取走树木的地方做一些养分重置工作。你觉得公司会这样做吗?我不这么认为。"

"这真是很遗憾。"他的妻子心不在焉地说。

就仿佛想要平衡这种忽视一样,他在缅因的哥哥杰克逊运营一个旧式的马力运木的二人伐木小组——缓慢而艰苦的劳作,充沛的新鲜的空气和相当程度的危险。杰克逊砍伐树木,而他的邻居兼搭档桑尼·赫尔用他那些大个头儿的挽马将它们拖到集材场。他们能够从一些产业主那里得到稳定的活儿,那些产业主想要平稳的运作,不想把他们的土地弄得支离破碎。但是过了一个几乎无雪的冬天之后,桑尼·赫尔停工搬到了蒙大拿,而且活儿也变得非常少了,于是杰克逊回到学校,取得了森林学的理学学士学位,并继续攻读林木管理的硕士学位。他从未踏足过舒贝纳卡迪古老的米克马克保留地,虽然他知道那里有他的族人。他打算未来某天去做这件事,比如在圣安妮日之类的。对于他塞尔家族和米乌斯家族的亲戚们来说,圣安妮日有一种外人无法理解的价值。

"就算需要开三天的车,那也值得。"布莱斯·塞尔说,他正放松而舒适地坐在远房堂兄弟和年迈的姑妈们旁边,能够置身于米克马克人之中,哪怕仅一两天的时间也已心满意足。他的妻子阿斯特丽德——瑞典移民的孙女,从未和他一起去过。"这有点荒唐。"她说,"你开那么远的车程,说那些米克马克人是你的血亲。这不太像你会去做的事。"然而事实上它是的。

第十部

滑入黑暗

1886 — 2013

63

背叛

瘦巴巴的海因里希小姐仍然坐在公司的前台,自从几十年前公司几近崩溃的那段时期开始,接待室便没有过任何改变。她永远也不会忘记一切是如何变得糟糕的——经济萧条,建筑减少而木材的价格随之下跌。紧接着,就在木材生意有复苏苗头的时候,弗伦斯律师和安纳格·邓肯带着挪用的资金一起失踪了。那是这间木材公司最糟糕的时光。怎样的一场骚乱啊!拉维妮亚小姐请来了四位专门的会计师,几个黑眼睛的男人,留着黑色胡子。

"海因里希小姐,能不能把一八七三年的账簿给我们?能否提供董事会最近三年的会议记录?"上了岁数的派伊先生颤巍巍的,他从退休生活中被召回来,向会计师们解释一些做法。晚餐时分会计师们吃着牛排和煮土豆,私下聊着天——他们强烈怀疑年迈的派伊先生很可能在几十年前为整个阴谋做好了准备,并给自己准备好了安乐窝。

当会计师们完成了他们的工作,他们和迪特尔与拉维妮亚见了面。

"布赖特施普雷歇先生,布赖特施普雷歇夫人,从一开始,弗伦斯就拥有不寻常的权力,能够为杜克木业公司购置地产,以及出售。没有任何合约限制他代表公司进行收购的行为。然而他只是一名雇员,而不是一位合伙人或者股东。没有任何手段禁止他的不端行为,除了单纯的道德责任感。"

"我一直都相信他很忠诚,不管是对我个人,还是对这间公司。这一点我从未怀疑过。我把他当作一位朋友,而且信任他。我们做事完全是靠君子协定。我的父亲就是用这种方式运营公司的,而他从未受到过欺诈。"拉维妮亚倔强地说。

"但这一次你受骗了。弗伦斯暗中出售了公司的林地,好几货船的木材,还有仓库存货。"会计师暗含的语意是,挪用公款事件完全是她自己的错;以及,一个人口头上所说的什么也不算。

总会计师点了点头,然后说:"布赖特施普雷歇夫人,我可否建议您读读亚当·斯密?众所周知,人们只会按照受到的激励而行事。弗伦斯为了公司利益所做的法务工作,仅得到一份相当微薄的薪水。在今后的日子里,您在和芝加哥的律师打交道时请千万记住——人对人是狼。"

他们离开了杜克和布赖特施普雷歇公司;如今它仅剩一位瘦骨嶙峋的员工,和一个暗淡无光的未来。

公司一路跌跌绊绊,差点垮掉。这段时间对于整个国家来说都是艰难时期:股票和土地价格大跳水;各种各样的变化时时席卷着市场。人们不再对工作那么充满感激——劳工问题和罢工让很多公司都停滞不前,西北部的森林更是森林工人反叛的爆发地,那儿的人想要的是更高的报酬,而不是干着力气活儿却受穷。整个国家都处于一种暴躁而阴郁的氛围当中。拉维妮亚想要为自己和公司摆脱弗伦斯事件带来的阴影,她与其余的董事会成员投票废除了公司章程。"当杜克公司想为自己树立起重要木材公司的形象时,我们需要资本来修建运送木材的铁路、购买平底船和蒸汽船、修筑公路。然而所有的一切都改变了。从此以后我们公司回归单一所有权,虽然这么做只能在微薄的预算条件下运营。先不说别的,股份公司更适合运河、高速公路、铁路和银行,而不是木材行业——至少我们目前发现自己是这种情况。"一种遭受残忍欺骗的氛围充斥了整间董事会会议室。

"拉维妮亚,"当他们仔细查看杜克与布赖特施普雷歇公司摇摇欲坠的现状时,迪特尔说,"我们一定会渡过难关的。公司确实损失了很大的一笔财产,可是留下的还足够我们重新开始。"

拉维妮亚愤怒得几乎说不出话:"迪特尔,我的财富——我失去的财富,来自我们好几代人砍伐缅因和密歇根木材的致富机遇。近来已经没有如此富饶的林地存在了。弗伦斯抢走了我祖先的遗产。"不过她有些夸张了。弗伦斯并没有碰过她的私人财产,也没有卖掉她持有的如今价值几百万的芝加哥土地。他所窃取的是公司的资产。

"我亲爱的,请听我说。西北地区的森林甚至比缅因或者五大湖区的那些林地还要宏大。若是公司重新购得林地资产,几年内一切都会变好的。我们还能以前所未有的自由度专注于我们的森林保护政策。我们可以为杜克和布赖特施普雷歇公司博得一项新的荣誉,一个新的名声。"

可是拉维妮亚并未因这番话而得到安慰。尤其是一想到安纳格·邓肯的背信弃义,她心头便怒火中烧。"我曾经那么信任她。"她说,"她只是个一文不名的可怜虫,是我给了她一份工作,然而这就是她回报我的方式。我不明白她是如何落入弗伦斯的掌控的。"她的手握成拳头,然后又舒展开。

"拉维妮亚,你从未注意到吗——律师对她关怀备至:他称赞她的曲奇,为她带来小束的鲜花,时常对她送上微笑,还在漫长的会议之后开车送她回家。我相信她为他给予的关注而神魂颠倒。无论我还是你,都从没有夸奖过她——我们把她所做的一切都当作理所当然,这便让弗伦斯有机可乘。"他揉了揉他的下巴,"不过谁知道呢?或许他真的对她情有独钟。要知道,她是个挺漂亮的女人。"

"真的吗?"拉维妮亚激动地大喊,"我可不这么认为。不过我真希望这些年可以重新来过!我一定会在他的脖子上拴一条链子。她的脖子上也拴一条。不过我会雇平克顿侦探所去找这对犯罪者。我会把他们送进监狱的。"她让自己平静下来。除了继续往前走之外,没有别的办法,"而且你说得没错,迪特尔,西北部的森林是很富饶的,只要我们能到达那些更为偏远的地方。而且我们还有新西兰的那片贝壳杉森林。"

"你还记得我们对奥弗尔夫妇所承诺的事吗?不是在砍伐一空后溜之大吉,而是审慎地砍伐并重新种植。我现在很希望我实验种植的贝壳杉种子已经蓬勃生长,不过土壤条件仍然不容乐观。"

拉维妮亚无法抵挡她的天性,下达了砍伐所有贝壳杉的命令,一棵也不留下。这次砍伐将是她重新构筑财富的新起点。而且迪特尔说得没错,仍有很多财产余留下来。弗伦斯未曾染指三合板工厂和造纸厂,二者都如同干海绵般源源不断地吸来大笔金钱。他们会善加利用新科技的发展和工厂新设备。杜克与布赖特施普雷歇公司会存活下来的。

"我们的年度发明家博览会一定得继续。"拉维妮亚说。不过以前的那家五大湖酒店已经被烧毁了。拉维妮亚试图说服董事会,在公司地产上建造一个展厅能够吸引发明家,"装箱出售的房子的那项发明为我们赚进了几百万美元,谁知道在人人脑袋里都思考着如何改进原木机器的时代,我们又会有何斩获呢?让我们将京克斯先生的老房子及庭院当作中间点吧。参展者们在我们的小森林漫步时会感到愉悦的。"

但是申请参加杜克与布赖特施普雷歇公司博览会的发明家比以前少多了。那样的时代已经过去了。人们想要以自己的名字来为他们的想法申请专利。

迪特尔也感觉到,拥有无际森林的伐木业的黄金时代已经结束了。生活在东部的农民们砍伐和烧毁林木,耗尽数百万英亩的土壤,接着正拥入西部的林地中重复同样的行径,将大量上乘的树木堆成巨大的柴垛,然后付之一炬;等烧焦的土壤变得坚如岩石,过于贫瘠,除了杂草什么也长不了,他们便诅咒不已。

他熬过了这个世纪的最后四分之一,在这段时间里国会一次次庆祝自己颁布了一系列伐木法案——《林木种植法案》《林木砍伐法案》《林地和砂石地法案》,它们都旨在保护林地,可是全都有很多漏洞,比斯宾塞花体字在一页纸上形成的圆圈还多。"那些傻瓜到底是从哪儿冒出来的?他们对什么都视而不见!"迪特尔说,"最大的病症是浪费。大片的立木只有一小部分比例变成了木材,大部分都被烧毁或者丢弃了。我的上帝!"

"真是荒唐可笑。"迪特尔说,"这简直是犯罪。臭名昭著的'土地置换'条款允许任何人把林地'捐赠'为受保护的森林,换得其他地方等量的土地。木材商们爱死了这一'条款',它使他们能够用采伐一空的林地交换别处完好无损的大片森林。他们的行为方式真令我作呕,那些人将大批大批的说客派往华盛顿,以便确保一直有钱可赚。这便是所谓的美国式的自由。"在独自一人的早餐时光中,他接二连三地读到从地产商到立法机构的丑闻,不断发出恼怒不已的感慨。但他从未对拉维妮亚说起这些。因为他知道她也雇了说客。而且由于同她的连带关系,他自己也等于这样做了。

那两名携款潜逃的不法之徒似乎是逃往不同的方向。一个月又一个月,平克顿侦探所报告了有人曾在秘鲁、阿森斯(佐治亚州)、格拉斯哥和布宜诺斯艾利斯看见弗伦斯的传言,但都没有实实在在的证据。

"继续调查,继续。"拉维妮亚一边这样说,一边支付着每月高昂的侦探费。之后传来了消息,在瓦尔帕莱索的一间名叫"穆罗洛赫"的餐厅背后的一条小巷,弗伦斯被人发现横尸在那里,身上被捅了刀子且被洗劫一空。至于安纳格·邓肯,没有任何关于她的消息。她彻底消失在苏格兰的荒野之中,没有任何外来者敢于进入那样的地方。

一个狂风呼号的飘雨的清晨,女用人为拉维妮亚送来一壶热巧克力和切去硬边的吐司。拉维妮亚正在窗边,一边将身上那件玫瑰色的丝绸晨袍系上腰带,一边看着窗外泛起涟漪的深色湖水。

"早上好,夫人。又是一个坏天气。迪特尔先生抱怨患了黏膜炎。"

"那他最好待在家里。等我换好衣服之后,我去看看他。"

女仆把托盘放在那张小小的早餐桌上,倒入热巧克力,便离开了。拉维妮亚坐下来,拿起她的杯子喝了一小口,望向窗外斜斜的雨,然后突然昏倒在地,巧克力浸湿了她的大腿。当医生过来的时候,他说是心脏病,没人明白这类事为何会发生。有时候人们就这样死去。正如拉维妮亚。迪特尔的黏膜炎变成一种久不消退的胸膜炎,让他整整六个星期都动弹不得。不过他终于还是从病床上坐起

来了。他和石匠见了面;经过一些小修小改,她的墓碑上只有一句碑文:

> 呼唤红胸知更鸟
> 这里躺着一位朋友

她的遗嘱早在安纳格·邓肯和弗伦斯逃跑之前的一段时间就立好了,一直没有改动过。遗嘱提及的大量地产和财富早已不复存在,使得宣读它成为一件令听者难过的事,那些人本该变得富有,却发现自己的所得仅够体面地维持基本生活。她将最大的一部分财富留给了十一岁的查理,他直到四十岁才可以动用这笔财产——拉维妮亚认为那才算是到了一个理性对待金钱的年纪。遗嘱中还有一则奇怪的附言——若是有一位加拿大人前来索要杜克与布雷特施普雷歇公司的资产,请用一切可能的手段抵挡这个人,只要不违法。没人知道它是什么意思,然而它给那一整天留下了一道黑色的阴影。

迪特尔·布雷特施普雷歇的性情让人觉得他会安安分分地做一位鳏夫,然而他却出人意表地在拉维妮亚去世的一年之后再婚了。他的新娘是一位崇尚自然资源保护主义的木材商朋友的最小的女儿——芮拉·亨格。这位留着栗色长发的年轻小姐比迪特尔小三十岁;他对她极为殷勤小心,仿佛她是一只水晶高脚杯。她的笑声略带不安,全无拉维妮亚那种强健的活力和自信的风范。木材生意并不能引起她的兴趣,她想要的只是孩子;在他们结婚十八个月之后,她便生下了一个儿子——詹姆斯·巴尔德伍夫·布赖特施普雷歇。十几年之后女儿索菲亚·汉娜出生,然后便不再有别的孩子,因为芮拉一向娇弱且似水晶杯般易损,她的生命力开始衰落,随后因乳腺疾病而去世。这时索菲亚还没有学会走路,而詹姆斯·巴尔德伍夫还没进入青春期。至于查理,他很早以前便已经离开了这个家。

64

废材

　　再婚的时候,迪特尔卖掉了拉维妮亚的老房子,并委托伯恩罕建筑师事务所为他在名叫爱迪生公园的新兴周边小镇建造一座房子。它有着经典的外观,宅邸正面那些有序成对的窗户展示出一种泰然的氛围。它的内部却十分现代——为电灯设置了线路,还装有两条电话线。

　　迪特尔送查理去耶鲁学习森林学,在那里他上楼梯时一步跨越三级台阶,并驳斥他的教授。他对森林充满激情,但却很失望地发现学校对它并无同样的热情,那里所教授的全是"管理"森林的理念。他去了趟德国,亲眼目睹森林监管历时两百年的成果,但他被这些课程搅得烦躁不安,于是央求迪特尔和董事会准许他去旅行,通过观察来了解森林习性。他们就生活津贴的额度达成了一致,随后他开始了一场漫游之旅。

　　他看到了山毛榉丛林和鹅耳枥,寻找法国残留的栗树林,去了斯堪的纳维亚北方森林尚存的狭长地带,到了苏格兰零星分布的松树与白桦林地,还有爱尔兰和威尔士的桦木、橡树和桤木生长的犄角旮旯。正是不容易接近,使得那些树木得以保留。他航行前往澳大利亚,去看发生疯狂突变的桉树;在新西兰,他因杜克与布赖特施普雷歇公司对古老贝壳杉的恶意破坏而羞愧不已,他没用本名,而是使用了假名。在一场噩梦里,他不得不抬起那些倒下的巨木,重新安放到渗出树液的树桩上。但是终于有一天,迪特尔和董事会喊他回来,确定他的未来与公司之间的关系。

回到芝加哥,他在城市中游荡,看着新建的摩天大楼,吃着街头小贩卖的乱七八糟的食物。他对于森林的看法一片混乱。他所看的太多了,如今他认为人为管理森林是一种奴役自然的罪行。他的观点并不受人欢迎。他无能为力,只能等待时局的变化。

有一天早餐时,迪特尔吃着他亘古不变的烟熏三文鱼和两颗水波蛋,犹豫不决地说:"你的妹妹和弟弟下星期会来拜访。詹姆斯·巴尔德伍夫娶了一位非常漂亮的妻子——卡罗琳。他的律师事务所运营良好。你还没……"

"父亲,他们可不是我的妹妹和弟弟。"

迪特尔对他的打断佯装无事,继续往下说。

"……你还没见过卡罗琳。你最后一次在这里的时候,她正同她的妈妈在国外。她和詹姆斯·巴尔德伍夫生了一对双胞胎男孩——拉斐尔和克劳德。索菲亚在一月嫁给了安德鲁·哈基斯。可能我已经告诉过你这件事了吧?她还太年轻,我感觉他会让她稳定下来。顺便说一句,哈基斯读过耶鲁的林业学院,他从四五年前开始为我们工作。他复兴了我们的伐木业务,把我们带进了厄瓜多尔,砍伐轻木。还在那场大火之后,涉足了加利福尼亚州的红杉生意。他说服我们将俄勒冈和华盛顿州海岸的一大片原始森林全部买下。看样子公司正在重新得回它曾失去的财富。"

"你说的是哪场大火?"

"哦,那场旧金山的大火,在地震之后——它毁坏了铁路货棚往北2.5英里的所有建筑。据说它烧毁了半个城市。不管你当时在哪儿,你肯定在报纸上看到过关于它的报道吧?"

"不。我很少读报纸。"

"唯一幸存下来的建筑是那些用红杉建造的。没有什么能够更好地呈现它耐火的特性。人们要求——现在也要求——用红杉木料来进行重建。安德鲁接受了这个挑战。还没等灰烬冷却他已经派人手到森林里了,他们抓紧有光线的每一分钟干活儿。锯木厂一天二十四小时无止息地运行。"

查理模糊地记起了哈基斯,他也曾在耶鲁读森林课程,和当初自己在那里的短暂生活有交集。

"安德鲁野心勃勃,想要恢复布赖特施普雷歇公司原先的地位。他全身心投入到它的发展之中,千方百计,不择手段。"迪特尔不带讽刺意味地借用了库埃博士的那句名言,"每一天,每个方面,他努力变得越来越好。"

"父亲,你感觉这间木材公司现在怎么样?越来越好吗?"

"我支持它,因为在他们结束砍伐一年之后,我们开始重新种植。这是一个和谐的过程。"

"我无法想象你觉得有什么可以代替两千年的红杉——苏格兰红松幼苗?还有物种多样性怎么办?土壤流失呢?所有这些你曾经在乎的品质怎么办?你砍伐年岁已久的冷杉和雪松,然后种上松树?你提到了俄勒冈和华盛顿。"

"我想,和拉维妮亚一起生活这么多年以后,我变得实际了。所以,砍下任何生长在海岸沿线的。在崎岖地带的巨大木材还是未受破坏——我们若不在铁路和引擎方面花上一大笔钱,便休想把它们弄出来。"

"那么流域保护呢?水文会受到极大的影响。我到过崎岖地带。山脉众多,到处是陡峭的斜坡。我知道,不只是红杉,还有那些巨大的雪松,底部都可以膨胀出二十英尺,——你的斧工们可能必须得利用跳板,到达周长比底部少十英尺的地方。那一定是惊人的浪费。"

"嗯。我建议你同安德鲁谈谈这个。他是手握斧子的老大。"迪特尔笑着说。

"哦,老天。"查理脑中浮现出一个打扮得油头粉面的时髦男子,手中却握着一把斧子。

詹姆斯·巴尔德伍夫和卡罗琳到了。这位最年轻的儿子径直走向餐边柜,为自己调了一杯威士忌海波酒;他没有向其他任何人询问他们想喝什么——这类的事让迪特尔去做就好了,让他去为查理倒上雪利酒、威士忌、更多的威士忌。旧日那种熟悉的紧张氛围又一次浸满了整个房间。

索菲亚和安德鲁·哈基斯是这个家庭的完美展示品。安德鲁那

615

红润的脸庞,精致的五官,深邃的蓝色眼睛,修长又肌肉结实的体形,为他带来了极佳的优势。然而在他时尚的外表之下,迪特尔看到了一种饥饿感,让他想起淋在雨中的一条狗,望着主人在亮灯的窗内走来走去的样子。詹姆斯·巴尔德伍夫在那儿龇着牙齿,露出刻薄的笑容。他的妻子卡罗琳穿着一条时髦的丝绸连衣裙;索菲亚十分漂亮。还有查理,穿着他那身破旧的粗花呢西装和未擦亮的靴子。这就是他的孩子们,迪特尔想,他最亲爱的、糟糕透顶的孩子们。

"这么说,查尔斯,你来看我们了。"索菲亚说。她是某一种类型的美人,有着挺拔的体态和浅色的头发,相当漂亮的唇形修饰了她富有活力的面庞。

"你有什么意见吗?"他向前倾身,摆弄着手指。

"就算我有意见也无关紧要。"索菲亚说,"你高兴怎样就怎样。你一向如此。"她顿了一下,然后送出她的冷箭,"我是说,你到目前为止一直都是爱怎么样就怎么样。"

他们在餐桌边坐下,那里十分漂亮地摆放了一排斯波德盘子和切割水晶高脚杯。

迪特尔说:"你的房间还好吗,索菲亚?"

"非常令人愉快,爸爸。只要不起风的话。拐角处的房间里风声就像哨子一样。"

"嗯,是这样。它在角落,所以风在转向的时候会刮到它。"安德鲁说,"我倒觉得没什么。"

女仆端来一汤盘的胡萝卜汤,又热又辣。

谈话有一搭没一搭,先是对皮尔黎宣称自己到达过极地进行了一阵讨论,然后没了声息;接着又说到天气,谈论安德鲁那座由一个当地人用现代派理念建造的房子,谈论詹姆斯·巴尔德伍夫的新款福特T型车。

"我不知道为什么会有人想要每小时前进一百英里。"迪特尔说,"这太荒谬了。"

"父亲,如果你试着开一次汽车,我想你会看到它的好处。"

"什么,用脚压着一个突出的旋钮,火箭一样地往前跑?我觉得这个主意不怎么样。一个男人需要学习的是马术,需要手握缰绳。"

"关于驾驭马匹的技术,我们是可以聊一聊。"詹姆斯·巴尔德伍夫说。他是一位平庸的骑手,但却是一个热切的收藏家,"但是我对武器更感兴趣。我最近得到了两面祖鲁盾,据说是来自伊桑德瓦纳战役。"

谈话断断续续。詹姆斯·巴尔德伍夫问哈基斯:"你的新房子最大的特色是什么?"

"汽车,房子……我们的话题不应该是钱吗?"索菲亚用她那种完全不在乎得罪别人的语调说,"我很奇怪我们没有反复研究股票和债券的价值,以及对纽约银行的责难。"

"是的!关于这一点,"迪特尔说,他对这个话题非常满意,而且无比怀念这种索菲亚式的讽刺,"我建议为芝加哥举杯。我每一天都很高兴我们定居在这里,而不是纽约。只要看看上次的大恐慌就知道了。纽约动荡不安,银行和信托公司倒闭——那个在尼克博克信托公司的家伙。但是在芝加哥,我们有一间中央清算所和一位特别银行监管员,密切留意偿债能力。这是老摩根不得不设法挤进来'力挽狂澜'的时候。"

"有些人说,"詹姆斯·巴尔德伍夫说,"恐慌是自由市场在所难免的副作用。"

"还有一些人说,这类事件不是自由市场的错,而要怪肆无忌惮的个体和不受管制的行动,而唯一能避免周期性恐慌和财务失败的,是有一家由政府掌控的国家银行,就像大部分欧洲国家所做的那样。"

"我期待有一天能实现,虽然我怀疑我能够看到它。"迪特尔说。

吃着杏仁布丁,迪特尔说:"安德鲁,查理问我关于西海岸的业务——红杉和雪松。他想知道……"

"我希望我们可以好好享受一顿家庭聚餐,不谈什么树木和森林管理。"索菲亚打断他的话,她很失望关于钱的讨论转为了对远方的纽约大恐慌的评论。她很高兴听到公司的价值在增长,多亏了安德鲁的努力。既然是她俘获了安德鲁的心并把他引入了家族,那么由此可以得出,她是公司财富增长的源头。

"可是实在没有比谈论树木更好的话题了，"哈基斯插话道，"对于这个木材家族而言，谈论它就像谈论面包和黄油那样寻常。"

詹姆斯·巴尔德伍夫伸手去拿装了酒的醒酒器，为杯子里倒入葡萄酒，然后靠回他的椅子，直到它发出不太妙的嘎吱声。他说："不。只要有查理哥哥在，关于林地的讨论就会有人动怒。他懂得关于伐木和森林管理的一切，但是却不愿屈尊谈论，等到有人表达了错误的理解，他便冷不防抽出他的剑和手枪把我们干翻在地。"

哈基斯决定大笑——像一阵断断续续的吠叫。查理摸了摸鼻子，脚在地板上摇晃着；他说："詹姆斯·巴尔德伍夫，我十分感谢你深刻的洞察力。我完全理解为何你在酒吧会有那么好的表现。"

詹姆斯·巴尔德伍夫确实喝得相当多，他面色变得褐红，把他的餐巾往布丁上一丢，站了起来。

"詹姆斯·巴尔德伍夫，"迪特尔说，"你和查理不准制造事端。卡罗琳，说说你的宝宝们近来怎么样吧。"

她转过身，扬起眉毛，仿佛因这个问题而吃了一惊："哦？能怎么样呢，就那样吧。"

查理端详着卡罗琳·布赖特施普雷歇。她很有吸引力，甚至可以说漂亮，红润的浅褐色皮肤，略有些丰腴，有着灰色的眼睛，精明而犀利。她看着查理，略带微笑，并冲他眨了眨眼。

他感觉到一股欲望的电流。她有意地对他眨了眼睛。他立刻认定她是一个喜欢卖弄风情的人，并且想要看看她会放荡到什么程度。他开始幻想同她一起在床上会是怎样的光景。操詹姆斯·巴尔德伍夫的老婆将会是一种双重的快乐。他几乎想要也对她挤眉弄眼了。

但是他既没有谈论森林，也没有谈论旅行，即便有人把这样的问题推到他面前时也是如此。第二天他需要同迪特尔开会，解释他应该为公司资本作出怎样的贡献。毫无疑问，詹姆斯·巴尔德伍夫和索菲亚——两人都已经在董事会里——是迪特尔召他回来的主要原因。

湖面上的春风寒冷得不合时宜。查理低着头沿着大街一路疾行，他的两只大手各捂住一边冻得刺痛的耳朵。他在杜克大楼底部的入口门厅处逗留取暖,先不管即将同他父亲进行的讨论。

他爬上了楼梯——那么多级打蜡光亮的橡木台阶。他数了数有四十级。他们有一天会装上一部电梯吗?他走进了熟悉的办公室,在那里,年纪比红杉还大的海因里希小姐勇敢地朝他微笑。"请进来,查理先生。"她小声地说,"我会拿来一些咖啡。"

迪特尔就在他的桌前——只是张桌子,并不是严格意义上的办公桌。迪特尔对着桌子另一侧的椅子摆摆手。他光秃秃的头反射着早晨的阳光。查理想要知道他做了什么才会让它这么亮。迪特尔单刀直入了。

"我很高兴地说,我以前的很多关于森林保护与管理的想法现在已付诸实践。我很高兴在那些西部地区参议员的恶性事件之后,罗斯福成立了森林管理局,那些参议员以为他们会因为强行废止森林保护区而取得良好政绩,但这惹火了罗斯福,而且他隔出了很大一片森林。森林保护制度一直在修修补补——它从没有让韦尔豪泽①的步伐放慢。如今,他也是一个像弗里克②和摩根③那样的巨头了。多年以来我都在说,如果要保护林地的话,一定得由中央政府管理。我们正在往那个方向前进。"他提到了他的新偶像——伯恩哈德·费尔诺,康奈尔大学林业学院的领军人物;以及一个缅因人,奥斯汀·卡里,他努力想要使顽固的木材商和土地持有者领悟一些基本的自然法则。还有乔治·珀金斯·马什,他从前的美国理想。迪特尔说:"你认为你所看到的那些德国森林怎么样?你找了我们的亲戚,冯·罗特施泰因伯爵吗?"

"我确实找了那位亲戚——没成功。我被告知这个家族在一段时间以前全部死光了。"

迪特尔哼了一声。他本人就是至少有一位远方的家庭成员还健在的证据;而且当然,同样的血也流淌在他的孩子们的血管里。

"告诉我你关于森林有怎样的想法。"

"我看到很多很多人工种植的松树林,排列整齐。但我不把它

---

① 弗雷德里克·韦尔豪泽(1834—1914),美国大木材商。
② 亨利·克莱·弗里克(1849—1919),美国工业家、金融家。
③ 约翰·皮尔庞特·摩根(1837—1913),美国银行家。

们看作是森林。"

"确实如此。那么在你的想法中,什么才算是森林呢?"

查理缓慢地说:"我很确信,野生的自然林地是唯一真正的森林。它的整个氛围——环绕的空气,盘结交错的树根,不起眼的蕨类和地衣,昆虫和疾病,土壤和水,天气。所有的这些部分似乎一同演奏着一首壮丽而狂野的管弦乐。森林为自己而生长,不是为了人类的利益而生长,才是一片真正的森林。"他停了下来。

"我明白了,为了它自己。是的,当然,但那并不是人为管理下的土地——我们种植并照料树木,给持有者创造收益,向工人们提供毕生的工作,为自然爱好者提供阴凉和快乐。野生的森林无法被管理和控制。这就是为什么我们砍伐它们,由树木中获益,然后用树木来取代它们。用那种可以被控制的树木。你关于森林为自己而存在和生长的想法,不是现代生活的一部分。这是奥斯汀·卡里试图教授的东西——森林可以像作物那样被种植,产生丰厚利润,并且无止境地再生。一方面,他不得不说服那些总是想要砍伐的人们,他们把他的发言当作破坏他们生意的威胁手段。在另一边是和你没什么两样的人,他们看到森林的终结,河水的灾难,甚至气候的改变。他不得不说服他们,森林作物是保持稳定供应并控制土壤侵蚀的方式。"

他们听到了窗户玻璃上细粒冰雹的轻微声音。迪特尔眯起了眼睛。芝加哥有着漫长而严酷的冬日,这一个冬天是否有可能持续如此直至春天?这是可能的。查理似乎没有注意到冰雹,而是用他低沉的声音继续说。

"那些成排的松树在我看来没有什么优点。没有任何多样性,而且所吹嘘的效用完全是一种幻觉。那些一度由于各种原因而走进原始森林的农民呢?为什么我们认为他们没有权利像传统上那样继续亲近森林呢?"他注意到迪特尔办公室的一切东西上都有一层细尘——地球仪、书架、椅子的横档、窗台。迪特尔的头脑里也同样灰尘遍布。

"查理,你误会了我的意思。在美国,人们的思维模式便是带走全部。我请求重新种植对于他们来说仍然是一种怪异的想法。你可能是对的,说古老的野生森林危在旦夕,但不幸的是,这是一个政治问题。而且你错了,当你说德国的森林只是管理控制之下的人造林——在欧洲没有人像德国人这样对野生森林如此充满激情了。从你眼中我看到了日耳曼的性格,一部分浪漫,一部分叛逆。而且我希望你能明白,在那些你一无所知的人工森林里隐藏着复杂性。"

"你不能直接种植没有树皮的木板真是可惜。这是没用的,父亲——我已经见过我所见到的,不能接受把人工造林视作比原始森林更有益的东西。"他能看出迪特尔越来越烦躁不安,他光秃秃的脑袋闪耀着红光,嘴巴撇来撇去。

"那么你最好成为一名植物学家,"迪特尔吐出这个词,"继续你的冒险吧。"他起身离开了办公室。

查理等待着。迪特尔生气是很少见的,但他现在生气了。他的脾气不会持续多久的,也从来没有持续过很长时间。他会回来的。没过多久,查理便听到外屋的门打开了,听到迪特尔对海因里希小姐说了什么,并听到了她的回答。他走了进来,肩上带着正在融化的冰针。他冲查理点点头,拿出一瓶酒,从橱柜里拿出两个玻璃杯,为他自己和查理各倒了一杯。

"请原谅,查理。"他吞下一口威士忌,叹气道,"当我年轻的时候,我有一些想法和感受同你的很像,但是经过这么多年之后,我懂得了企业家精神在这个国家不会削弱。我们不能像野兽那样。我们是人类。我们生活的世界拥有它既定的方式,森林必须适应挥舞斧子的人类这股无法抗拒的潮流,而不是反过来。我渐渐相信,种植树木是森林的一种延续,虽然并不完美,但是比起光秃秃的树桩要好。我们把这类小块土地称作'森林',而且我们相信它们就是森林。而且,我从未想过德国的森林管理方式会不够优越。"

"父亲,这番话散发出十八世纪的臭味。这已经不合时宜了。还有一个事实是,砍伐太泛滥了。曾经的森林正在消失,而一旦它们不在了,我们就必须等待一千年甚至更久,才能看到与之相似的森林。然而不会有这么充裕的时间留给它们生长的。大部分野生的美国林地已经被蹂躏了。"

迪特尔被威士忌呛到了,发出一阵阵的咳嗽。当他缓过来的时候,已泪流满面;他转变了话题,说:"不如你给我讲讲旅行中都见到了什么?"

一片寂静。台灯发出嘶嘶的声音。窗户上一阵阵雨夹雪的拍打声。查理的脸上皱纹真多,多么疲倦,迪特尔想,他看起来要老于他三十五岁的年纪。

"你问我公司在新西兰的砍伐情况。在一个曾经生长着宏伟的贝壳杉的地方,我看见大片大片的荒地。那片滥伐地带和树脂地带看上去没什么两样,除了留下的树桩看起来更新。"

迪特尔战栗了。他与拉维妮亚见过的树脂地带是最为荒芜的地貌,一团泥泞,没有任何东西生长。湿地之上有巨大的洞穴,沼泽寸草不生,忙忙碌碌的人们用手挖着古老的树脂,用于改进颜料。

查理一直在讲述,当他停下来的时候,迪特尔问:"新英格兰怎么样?我的堂兄阿尔梅纽斯最初在那儿的森林中为詹姆斯·杜克巡逻。我自从在你出生一两年之后去拜访过马什先生,就再也没有到过那里。"

"哎呀,新英格兰北部全是光秃秃的山,因为铁路轨道和土壤侵蚀而变得伤痕累累。砍伐痕迹,烧焦的原木,数以百万计的树桩,无尽的被冲毁的路。我不知道鱼怎么能在新英格兰的水域里生活,除非它们能呼吸淤泥。每个夏天都有大火,河水仍然流送木头——可惜全是一些只能用于制造纸张和压合板的小树枝。"

迪特尔低声说:"全都是毁灭和破坏吗?你没有看到任何令人愉快而美丽的东西?"

"是的,我看到过。巴西拥有地球上最具多样性的森林。"自从查理回家,他的声音中第一次表达出激情,"最引人注目的特征是混合共生的物种,而不是大片的树林或者是占优势地位的树木的聚集。外国人时常惊奇不已。当他们回到自己的国家,就会看到他们的家乡是多么的贫瘠和荒芜。"

"我一直都支持多样性。"

"在热带,不仅仅在巴西,还有哥伦比亚、哥斯达黎加、委内瑞拉,在印度和马来西亚——森林里满是芒果、番石榴、百香果、杨桃、椰子、香蕉。那里的热带森林是我所见过的最了不起的森林。壮观的森林,但是如今却吸引拿着铅笔和计量尺的人,以及寻找用于出口的水果的人。牧民们砍伐和烧毁森林以开辟牧场。在那些地方是橡胶生意所使用的那种惩罚性的以劳抵债系统在驱动着经济。我从这种想法中得到慰藉——没有人可以真正伤害世界那颗巨大而结实的心脏。热带雨林如此巨大且丰饶,它挫败所有试图征服它的人。"

迪特尔感觉到他与查理的关系拉近了:"我很想看看这些森林。但是我要说,关于缅因和新罕布什尔的森林,还有密歇根的松树森林,我曾听到同样自鸣得意的评论——它们太大了,不可能受到无法逆转的伤害。但我看到它们倒下。没有什么巨大到不能倒下的东西。当人类到来的时候,它们全都倒下了。"

"我希望你是错的。亲爱的父亲,我必须回巴西,你能理解吗?我对于树木开花和结果的知识所知太少,它们让我充满好奇。有些似乎遵从看不见的季节规则,但其他的从发芽起就开花,直到它们死去。我想要在那个地方学习事物的规律。"他看着迪特尔,然后说,"热带森林的土壤是十分贫瘠的——森林的富饶都被包在生长于其中的树木中。这不是很有意思吗?"

迪特尔摇了摇头,然后问:"这种事情可能吗?"

"这是真的。而且在土壤层上面,是灌木和蕨类,还有小树,全部都依赖于能照到它们的一道道光线。它们不是各自独立的植物,而是大树的奴隶。更为奇怪的是那些附生植物,一整个世界的寄生植物生长在树上。那样的森林召唤着我。"

迪特尔听着,惊恐不已。查理对于野生森林的偏爱实在令人不安。这证明了他的大儿子是一个自甘下游的男人,注定要成为一个失败者。怎样能让他清醒呢?怎样能使他参与到公司事务中来?

"我会尽我个人所能来帮助你。"迪特尔说,"但是你似乎注定了要去观察,或许再写一本书?我看你不像会做一份平常的工作或者获得商业上的成功。"

"没有比四处游荡并观察树木的生命、记录它们的奇异之处更有趣也更可敬的工作了。"

"但不管怎样,是人都得工作——即便是你。"这话说得如此哀怨,于是他们两人都笑了。

"我需要一个真正的理由,父亲,如果我得从事任何工作的话。我可不是什么商务人士。而且我可能确实会写一本书。虽然我所知甚少,而且一生的时间就连学习哪怕是热带雨林里的一棵树都不够。我想要——我应该怎么形容呢?我想要发现原动力,野生森林的核心力量——我所有的兴趣都在于找到那至关重要的生命力。"

但是迪特尔觉得"原动力"和"生命力"听起来太像罗曼蒂克的"生命的意义"之类的探索。他产生了一种痛苦的想法——难道他没有察觉到查理身上的疯狂因子吗?"为什么不在这个冬天把所有一切好好考虑一下呢?留在这里找到你的方向,读些书,见其他对树木感兴趣的人。我们可以几个月之后再次谈谈。而且当然,我们希望你留在这里度过假期。"他决心理解并帮助他的大儿子,但是看起来这是一个艰难的任务;迪特尔感觉到自己太老了,在他自己的经验之林中迷失了。

所以查理在冬天和春天留了下来,同詹姆斯·巴尔德伍夫的太太卡罗琳玩一场关于诱惑的游戏;她时而颔首频频,时而拒人千里。他已决定要得到她,以报复他的异母弟弟詹姆斯——他父亲所偏爱的儿子,出一口心头恶气。

到了八月他仍在尝试,正值蒙大拿一九一〇年的大火发生之时,爱达荷州和华盛顿州东部在两天时间内有超过三百万英亩上乘的林地和居住区被烧毁,一场狂暴的树冠火蹿动跳跃了几百英里,那是一场前所未见的大火。新闻头条描述美国的远方腹地是在四十八小时内被毁灭的,这让整个国家为之震惊,因为人们相信,这个国家的野性精神存在于西部的巨大森林。而如今它们已经烧毁了。

迪特尔苦劝榆木脑袋的政治家和勉强识字的国会议员们赋予林务局更多的钱和更大的权力。他公开反对那位州长——居然说森林大火是一件好事,因为它们为移民们开拓了新地带;他诅咒那位来自火灾地区的国会议员,因为议员吼着:"为了造景一分钱都不给!"他养成了一种写信、发电报和打电话的习惯;他自愿新建松树和冷杉树苗的园圃,在令人难以忍受的烧焦的山上重新种植,阻止焦土滑坡。他试着引起他大儿子的兴趣。

"查理,这可以作为你的事业——帮那些毁掉的土地恢复活力。我今天晚上要在家里同詹姆斯·巴尔德伍夫和安德鲁见面,讨论挽救其中一些烧焦的林木的可能性。我希望你可以加入我们。"他没有想到查理会拒绝参加这场治愈遭难的森林的战役。

"这种事还会再发生的,"查理用不屑一顾的语气说,"直到那些粗人们把整个国家烧个精光。你正在恳求那些完全不在乎的人。至于挽救,这感觉实在有点像翻尸体的口袋。"他离开了,而且没有随手关上门。

查理受够了迪特尔无望的美国森林计划,也几乎要受够了鱼儿般难以把握的卡罗琳。她十分喜欢戏弄他,而这一点——他向自己保证——将是他得到她的关键。他会再做最后一次努力,然后便离开这里。他拨通了电话。

"我明天早上就要离开了。"他说。

"哦,查理,你要去哪里?要去爱达荷与蒙大拿的可怕大火那里吗?"

"不。那儿的火已经停了。我的兴趣将我引向热带。让我最后见你一次吧。你今晚愿意和我在花园里散步半个小时吗?"

"我或许会,如果你非常、非常乖的话。不能像以前那样淘气。"她笑了,一种她时常练习的笑,很久以前的一位情郎曾对她说那声音很像一条潺潺的小溪。

"但是你那么漂亮,我可无法保证。你对我有一种强大的影响力。最后为我做件事,拜托你穿上那条精致的绿裙子。"

"哦,我的普瓦雷①。你真是有时尚眼光。那是我拥有的最贵的一条裙子。"

"也是最漂亮的。"他殷勤地说。他很了解,那条裙子最有名的设计是里面不穿紧身胸衣。

他走进黑暗的花园,故意迟到了一会儿,月亮正在升起。他看到

---

① 保罗·普瓦雷(1879—1944),法国时尚设计大师。

她站在紫荆树旁边,黑暗中暗淡的心形树叶带着月光,她暗淡的裙子也一样。她看起来像一只月形天蚕蛾的蛹。流水般的月光似乎让他们的身体定住了,让影子显得有形,像石头一样坚固。

"你来了。"她一边说,一边发出那种潺潺小溪般的笑声。他立刻把她抓了过来,在她的脖子上轻轻咬了一下。

"哦,别这样!会留下印痕的!"

他又咬了她一下,这次更重了。

"停下来,查理。你出了什么毛病?"她试图把他推开,但是他才不管呢,今晚他不会陪她玩她那打情骂俏的游戏。他把她拉到花园的长椅边。他说了好一会儿甜言蜜语才让她放松下来,然后渐渐拉高她的绿裙子。他几乎神不知鬼不觉地、一点也不粗鲁地进入了她热热的身体内部,感受到它的弹性;正当他射出的一瞬间,他听到了詹姆斯·巴尔德伍夫的声音,那个声音说:"哦,查理!你来拜访真是太体贴了。"接着是一声巨大的撞击,他受损的大脑告诉他,那是月亮的闪电,很像是被一根祖鲁圆头棒全力抡了一下。

卡罗琳的尖叫把仆人们从房子里引了出来,他们把那根圆头棒从詹姆斯·巴尔德伍夫的手中拿下来;詹姆斯又从地上扯了一丛蔷薇,开始猛抽倒在地上的失去意识的躯体。小拉斐尔穿着他的睡衣,跑去找迪特尔;迪特尔到达的时候手中还抓着他的会议记录。

"詹姆斯·巴尔德伍夫,停手,立刻停手!快停止这愚蠢的行为!究竟是怎么回事?住手!你会把他打死的!"

"我就是要打死他!放开我!"

仆人们把查理抬到他的房间,两位医生在一个小时之内到达。普雷特医生检查了昏迷不醒的查理,说他伤得很严重。他可能会昏迷一阵子,也有可能永远昏迷,甚至没醒来便死掉。但是他清理并包扎了伤口,留下三位护士中的第一位来看护这名伤者。斯考特布尔医生为哭泣的卡罗琳做了检查,她被粗暴地蹂躏了,除此之外并未受伤。那条月亮绿色的裙子被扯破、弄脏了。"在床上休息几天,镇静下来。你必须把这段经历从脑袋里驱逐出去,用书和针线活儿转移一下注意力。"医生说着,侧眼偷看詹姆斯·巴尔德伍夫,他正瞪着那红红的眼睛。医生扶他下楼,给他倒了一杯威士忌,看着他咕咚一大口喝下了它。不到半个小时,詹姆斯·巴尔德伍夫就找到卡罗琳,怒冲冲地说,如果她那么喜欢被强奸,那么他会给她,他用力地抽她,然后骑在她身上。

第二天,詹姆斯·巴尔德伍夫被人发现在迪特尔的房子里,带着那根重新拿回的圆头棒正往楼上走,仆人们再次拿走了他的武器。迪特尔让查理搬进了医院,还在门口安排了一名护卫。他的一个儿子试图杀死另外一个,而且很显然,他会一直不停地尝试,直到他达成目的。性兴奋被激发的詹姆斯·巴尔德伍夫让卡罗琳整整一个星期都留在床上。

迪特尔去找他的第二个儿子:"詹姆斯·巴尔德伍夫,我知道他玷污了你的妻子,侮辱了你的荣誉。如果他能够恢复,他将离开家,在国外生活。但是我求你咽下你的愤怒。你很年轻,愤怒和杀人的欲望可能会腐坏你的心,毁掉你的整个生活。我已经失去一个儿子了,我没办法承受也失去你。我真的很在乎你,詹姆斯·巴尔德伍夫。而且你千万不要责怪卡罗琳。你必须去宽恕。"他拥抱了这个僵硬地站着的人,老泪溅落在他年轻儿子的肩头。但是詹姆斯·巴尔德伍夫只急于回到卡罗琳身边,去探索她身上他哥哥曾探索过的地方。他把他的父亲一把推开。

记忆渐渐开始渗入,那些一闪而过的扭曲的景象——扑倒在地,泥土的气息,月光。查理能起身并走到窗边的那一天终于到来。在初降的暮色里,他向外看。他想,要快,事不宜迟。夜晚寒凉,没有叶子的树露出了它们棱角分明的结构。当绷带脱落的时候,通过同时控制两面镜子,他可以看到一道凶残的深色伤疤,两侧生长了短簇的厚厚毛发。

"父亲,"他对迪特尔说——他终于再次认出了他,"我身上发生了什么事?"

"有一样很重的东西砸到了你的身上,在詹姆斯·巴尔德伍夫的花园里。"一个有安眠药粉残渣的玻璃杯立在床头柜上。

"在詹姆斯·巴尔德伍夫的花园里？为什么？"他在用手指转动着玻璃杯。

"我不知道对你瞒着这个信息有什么意义。你做了非常糟糕的事。你试图强奸……你强奸了卡罗琳，在花园里，詹姆斯·巴尔德伍夫当场发现了你。你亲弟弟的妻子！他打了你。"

"这听起来实在太令人痛苦了。我不记得这个。我觉得你一定是搞错了。"

迪特尔看着他。他是故意撒谎，还是他真的不记得了呢？他在说谎。更糟糕的是，迪特尔相信查理的心智不健全。他必须得离开了。

通过中间人，迪特尔为他买了一座小房子，在马瑙斯①——森林之城，野生的热带树木正在那里等待着他。那座房子和每月一笔为数不多的钱是他能为这个孩子所做的一切；很久之前他便曾在拉维妮亚的那棵银槭树下预言，这个孩子长大后会成为森林中人。

在亚马逊流域，查理发现自己如此渺小。他所做的事也不值一提。他看到蔓延生长的葡萄藤、树枝、嫩芽、幼苗，微润而滴着露水，到处迸发着活力。他清晰而毫无悔意地记起了强暴卡罗琳的事。森林时常伴随着啪嗒的轻响和沉闷的撞击声，每当树叶、细枝、花瓣、水果、枝杈和孱弱的老树向重力屈服。当从南极生成的被称作"极寒"的暴风来临之时，噪音增加了，树木和水果炸裂的声音混合着风在树冠之间的嘶嘶声。

分解作用似乎极其猛烈——叶片结构的崩溃，细胞的分解，坚实的木头液化为腐物，上面蠕动着充满活力的细菌和微生物，无止息地骚动着，并转化为能量。是的，还有昆虫和幼虫，蠕虫和啮齿动物，而且到处都是统治着热带的蚂蚁。他几乎懂得了，亚马逊那超出人们理解的富饶，是怎样使人类着魔般地带着疯狂的破坏欲去攫取，去撕裂。这样的森林是对人类的一种轻蔑，它站在那里得意地笑着，对改善人类生活的使命漠不关心。

---

① 巴西亚马逊州首府。

查理学习葡萄牙语进展很慢。他学会的第一句话是"你说英语吗?"但是得到的答案总是"我不明白",因此他试图掌握一些有用的词语。他在马瑙斯的第一周,绕着城镇、穿过城镇走了很远的路,他发现了一家葡萄牙的纸制品商店——一家书店,售卖用优质的法国纸张制作的进口笔记本。他买了几本。

从哪里开始呢?或许最好做一本树木品种的目录册。这件事做了两个星期之后,他意识到它超出了他的能力范围。树木的种类简直太多了。他并不认识它们,只能观察它们的习性。他跟随采胶工人的行动路线,那些可怜的人一辈子为债务所奴役,比奴隶好不了多少。他可怜他们,但是直到他循着一阵气味进入一小片丛林,并发现一具烧焦的尸体时,他才相信了那骇人听闻的传说,试图逃离的那些人会受到可怕的惩罚;他们被抓获、用可燃的乳胶绳子捆绑起来,并点燃。森林鼓励残暴和镇压。

家具制造商戴维·法贡德斯先生是他所认识的唯一一个能辨别他所收集到的树皮、花朵以及树枝的人。当查理问他那个老问题"你说英语吗",这个眼窝凹陷的男人回答说:"是的,会说一点。"

查理把一切都写在他的笔记本里。有很多种类的桃花心木、巴西花梨木、柚木、血木、异域斑木、重蚁木和轴独蕊、白胡桃木和非洲花梨、龙凤檀和李叶苏木、虫纹木和非洲樱桃木。还有好几百种叫不出名字的。他觉得如果他每个星期能为一棵树找到它的名字,画出它的大体轮廓,列出它的一些附生植物和攀缘藤蔓,便已经很幸运了。

"为什么你想要知道这个?"法贡德斯问。

"为了了解生长在这类森林里的树木。在我的家乡没有像这样的森林。"

但在越来越多的情况下,这位家具制造商举起双手说:"我不知道!"

在第一年的年末,查理给迪特尔寄了一个笔记本,他每年都做这件事,直到他知道了康拉德的事。没有收到任何回应,他便猜想迪特尔是不是放弃了他。然而事实上,迪特尔放弃了所有人。

65

遗产

查理离开芝加哥没过多久,迪特尔这棵老松树的身体便开始垮掉了。星期一中午,他没精打采地说:"加菲尔德太太,我要早点回家了。我有点头痛,我想我需要睡一个晚上。"加菲尔德太太在海因里希小姐退休的时候替代了她的位置,她同情地"呀"了一声,然后说:"我希望你明天会感觉好一些。"但是第二天早上头痛非常严重,而且脖子也很僵硬。这个星期结束时,他已经半瘫痪了,医生诊断是麻痹症。

"我以为只有小孩才会得小儿麻痹症。"索菲亚说。

"不,不,它可以在任何年龄发作。但是也让小孩离这座房子远一些。它会传染的。"

"呼吸困难。"迪特尔低低地说。病情更严重了。到星期六,肺炎让他送了命。

"我不在乎要付出多少代价,我们得找到他。"詹姆斯·巴尔德伍夫说,一边朝积满污垢的窗户大步走去,然后又走回来,"他是遗嘱里的重要继承人。情势已经够疯狂了。我们不知道他到底在哪里,这让事情更糟糕。我要去找一个私人侦探来调查他的去向。"

安德鲁·哈基斯发出一种几乎是大笑的声音:"你书读得太多了,詹姆斯·巴尔德伍夫。我很确信迪特尔有他的地址。你问过加菲尔德太太了吗?而且他很有可能在他立遗嘱的时候把地址给了格雷先生,对不对?"他拿起了电话并拨号,"加菲尔德太太,我们有查理·布赖特施普雷歇先生的地址吗?"

"有的,先生。它就在信件档案里。我这就去拿。"

"好的,很好。"詹姆斯·巴尔德伍夫说,"我们会让格雷先生从他的办公室派一个人,带着必要的文件。我也会附上一封我自己的信。"那封信已经在他的脑袋里构思多年,而现在他要把它写出来。

年轻的律师为去热带的旅程而兴奋不已(虽然在市场上看到卖死猴子的时候他很想回芝加哥),没花什么工夫,他就在那座泥泞遍布的河畔小城里找到了不修边幅、面黄肌瘦的查理·布赖特施普雷歇。他告诉查理,迪特尔已经不在人世,并交给他一个装有文件的信封。查理让这个年轻人回到他的旅馆,并说定同他见面一起吃晚餐。当他独自一人的时候,他读了那封律师函,又读了詹姆斯·巴尔德伍夫的那页亲笔信,摇摇头,掉了眼泪,然后又读了一遍。

詹姆斯·巴尔德伍夫的信是这么写的:

亲爱的查理,

我们两人都有太多感到后悔并需要和解的事。对于袭击你,我感到非常、非常抱歉。自那天晚上起,我遭受了良心的谴责。卡罗琳也是,她把一切的错都归因于自己。不过正如人们所说,乌云背后也会有一条银色的线——那条银线便是我们的儿子康拉德。我们爱他。我们的父亲迪特尔让我知道,心存怨恨是一种很大的罪恶。如果有一天你回芝加哥,你会得到你的家人充满爱意的接纳。

你的弟弟,詹姆斯·巴尔德伍夫·布赖特施普雷歇

"没人比我更感到抱歉了,詹姆斯·巴尔德伍夫。"查理对着这封信说。

几小时之后,他阅读了遗嘱的细节;在喝了半夸脱的白兰地之后,他从他的笔记本中扯下一张纸,然后拿起了笔。

"亲爱的先生。"他写信给格雷先生。他放弃了他从迪特尔那里所得的大部分资产。他在信中说,"我想将它让给我的弟弟詹姆斯·巴尔德伍夫·布赖特施普雷歇,以及他的夫人卡罗琳·布赖特

施普雷歇,出于他们所了解的原因。"

一个月以后,当迪特尔的遗嘱和查理的那封信被宣读之后,詹姆斯深吸了一口气。在丛林中生活多年的查理改变得如此之多。不过另一方面,他自己,同样,也改变了很多。

在巴西,接下来的七八年里,查理不再把他的笔记本寄给迪特尔,而是寄给那个男孩——康拉德·布赖特施普雷歇,通常夹带着一封信和某种滑稽的热带昆虫的速写。他的疟疾发作加剧了。他四十岁的生日来了,他母亲当初留给他的遗产可以动用了,然而他仍选择待在他的小房子里。他的工作便是一切——他不会离开它超过一个小时。坚韧不拔的精神已经深入他的骨髓。然而他只敢在森林中进行短途旅行,因为如果他走得更深,而疟疾让他倒下的话,那么他可能再也无法挣扎回到他的房子。疟疾的发作曾经两次导致癫痫,让他半死不活地躺在地板上。

他走进法贡德斯先生的商店,手中抓着一根黑色的树枝,上面带着七片叶子。他浑身颤抖着,病得太厉害而无法说话。他向法贡德斯先生伸出了他的树枝,对方已经有点像是他的朋友了。家具制造商接过颤抖的树枝,扭动一片叶子,在他的字典里查找。

"蛇纹木。和虫纹木不一样,但是看起来——非常相像。"

查理摇晃了一下,伸出手想要拿回他的树枝,然后跌倒在地板上,痉挛着。法贡德斯先生大为震惊,感到害怕,希望这个人得的不是传染病,他给医院打电话叫救护车。查理·杜克·布赖特施普雷歇——这位矛盾的集合体,一周之后在马瑙斯去世了,死于恶性疟原虫疟疾;去世前他写下了他的最后一页笔记:

> 在自然世界里,无论森林、河流、昆虫还是叶子,没有什么天生就是为了对人类有所用途。一切并无价值,完全可有可无,除非我们在它身上发现对我们自己有某些好处的地方——即便是最热忱的森林爱好者也会这样思考。人类如同君主般行事。他们决定万物的兴衰枯荣。我认为人类正逐渐演变为一个可怕的新物种,而我很抱歉自己也是其中一员。

最后一句话是他的遗嘱——一段潦草的字迹,要求把他这最后一本笔记送到康拉德那里,而他拥有的全部财产,连同他从拉维妮亚那儿继承的遗产,以及迪特尔的幼树苗圃,全都为小男孩办理了信托,直到他成长到二十一岁。

早先欧洲战争的几个月,对遥远的芝加哥并无太多影响。在一个又一个的国家卷入冲突的时候,美国人忙着他们自己的生活,并投票保持中立。詹姆斯·巴尔德伍夫和卡罗琳没有在想着战争,而是考虑着未来,并为拉斐尔、克劳德和康拉德选择学校——都是肯定会获得成功的帅气男孩。

詹姆斯·巴尔德伍夫拿起一页文件说:"这间印第安纳州的军事院校在教导年轻人的品格方面有很高的声誉。比东部的学校更近。我建议我们去印第安纳州旅行一次,去那里看看。"

詹姆斯为拉斐尔和克劳德在那间学校登记入学,还写下了康拉德的名字,为他预留一个名额——虽然他刚刚满九岁。在氯气的黄色迷雾遍布比利时的伊普尔时,詹姆斯·巴尔德伍夫和卡罗琳带着宣传手册和他们的参观印象回到了芝加哥。

"这正是我们所需要的。"安德鲁·哈基斯说,他刚刚从西班牙流感中恢复过来,这一流感让芝加哥人像小鸡一样死去。变革的巨浪拍打着许多国家的海岸——新近独立但却贫穷的国家,一度是强大的欧洲势力所拥有的殖民地,奋力想要加入全球性的混战。"这些国家所拥有的是原材料——森林、矿产和石油。我们如果不参与进去就是傻瓜,南美洲、亚洲——各种各样的硬木。这是我们的机会。"

詹姆斯·巴尔德伍夫有一天很好奇查理寄给康拉德的那些笔记本,他仔细翻了翻它们,发现里面满是关于热带树木品质的实用信息。他把它们拿给安德鲁看。

"爸爸,我想要回我的笔记本。"小康拉德说,相比汤姆·斯威夫特的故事,他发现那些布满尘垢、间杂着压扁的虫子和蚊子尸体的纸页读起来更有意思,既因为它晦涩的独创性,也因为这位伯伯虽然从未谋面,却把这些笔记本和幼树苗圃的生意全经由遗嘱赠予了他。

家族的公司——如今名叫布赖特施普雷歇-杜克公司,连同银行,其他木材团队,采矿业,咖啡、可可、香蕉和芒果的进口商等等,达成了一种联盟,成为新殖民主义的一部分。当对热带森林的大突击开始的时候,他们处于队伍的最前列,拿走他们可以拿走的一切。查理·布赖特施普雷歇的笔记本被用于劫掠他的森林。

十六岁的时候,夏天结束之后,在一个畜牧场——那里的工作被认为能够塑造性格且有益健康——康拉德生病了,头痛并发冷,关节疼痛,且有一种深深的疲倦感。他被确诊为波状热,那年秋天和冬天大部分的时间都待在床上。他开始恢复,春天时,医生建议他在新罕布什尔的大山中的一个酒店式疗养院休养三个月。在那里,他在某一天有了一次难以忘怀的经历,让他同森林永远地牵系在了一起。

他爱上了一个当地的女孩——莎莉·肖,餐厅的一位女服务员。大部分的访客在他们自己的房间里吃早餐,但是每天早上他都坐在他最喜爱的餐厅东边的窗户旁,她为他端来茶,还有疗养院有名的空心烤松饼。她用一种嘲弄的口气跟他聊着天气和早餐供应之类的话题,但当她拿着茶壶走到他的桌边,他总是感觉到一种说不出的快乐。她的手很小,但很灵巧,她的指甲涂了亮色,她的黑色直发修剪得短而时尚。非常红的唇膏勾勒出她花蕾形状的嘴唇。她卖弄风情。房间里很安静,除了门冲着厨房嗖地打开,以及银器轻柔的碰撞声。灰色的山坡呈现出一层淡绿色的霜,树叶的萌芽。当阳光照耀时,它们焕发出一种金绿色的光。康拉德的愿望脱口而出——她答应和他一起在山上散步吗?

"我想你肯定知道哪些地方最适合散步。"他说。

"嘿,可不是嘛。明天怎么样?我下午不用上班。"她已听说他是一个有钱人的儿子。

这一天的天气并不太好。沉沉浓雾笼罩着群山。然而下午时分,事情的走向是他未敢奢望的。他们沿着一条陡峭的小路往上走,当他们转向一片香蕨木时,一阵笨拙的亲吻,她尖声地笑了出来,两人在地上摔打并翻滚着。压碎的香蕨木散发的气息凝固了这一时刻。一场小雨下了起来。当他向她的身后望去,他看到一列完美的小白松树在湿湿的薄雾中闪闪发亮,充满生长的急切和生命力。银色的雨点斜斜下落,使它们的树脂气息变得更为浓郁。因为下雨,马尾辫淋湿了的女孩使劲拉他返回酒店,不过他很快乐。他的心有些被俘获了,不过不是被面前的女孩,而是被那些小小的松树。

在一九二九年的大崩盘之后,这个国家在经济大萧条以及愤怒的罢工工人的作用下摇摇摆摆。布赖特施普雷歇-杜克公司变得摇摇欲坠。康拉德如今已完成了学校教育,获得了一个毫无用处的学位;詹姆斯·巴尔德伍夫告诉他,若是他愿意的话,家族企业会雇用他,不过没有薪水。毕竟他不缺钱,而且布赖特施普雷歇-杜克公司正在经历艰难时期。拉斐尔正靠他具有吸引力的外貌在电影行业找工作,克劳德为一家专营西部牧场地产的不动产公司工作。自从罗斯福时代,畜牧业一直都很受那些仍持有财产的人士欢迎。

"让我考虑考虑,父亲。"康拉德说。然而他转而思考迪特尔从前的幼树苗圃生意。关于它有什么能采取的措施吗?它不如说是迪特尔的一个爱好,只有少数几个客户,但是很多年来,他保留了唯一的一个雇员——阿尔弗雷德·麦克兰来管理温室。或许是时候评估一下苗圃的价值,并且同麦克兰谈一谈了。

康拉德第一次来到其中一个温室时还非常年幼,是同父母和哥哥们一起访问。他记得长长的、湿漉漉的混凝土楼板,走廊处有软管和喷壶。有一个穿着黄色雨衣的男人。拉斐尔和克劳德沿着走廊跑下来,倾身看着尽头处的一个水族箱。康拉德跟在他们后面。当他望向黑暗的水中,他看到一些体形很大且行动迟缓的生物,它们是橘色的,带有奶牛般的黑白斑点。詹姆斯·巴尔德伍夫说那是锦鲤,一种鱼。

"为什么它们这么慢吞吞的?"拉斐尔问。

"因为它们已经看遍了水族箱里的一切,对它们来说没什么新鲜的。"詹姆斯·巴尔德伍夫回答,然后笑了。但是卡罗琳因为这个说法而很不安,要求捞起锦鲤,带到花园里的池塘中去。

"至少它们会生活得更好。"她说。然而两天之后,康拉德看到一双大蓝鹭在池塘的边上,当他走近些想要看看那些鱼儿们是否正在享受它们崭新的自由,那两只鸟儿飞了起来,身后留下橘色锦鲤的骨头。

温室几乎没有什么变化。阿尔·麦克兰没有穿黄色的雨衣,不过那些水管仍在湿漉漉的地板上摊开着,盘绕着。小时候来这里时,康拉德没有注意到树苗,但是现在他看到了——是云杉和松树。

他先看了账簿和客户名单,因为这个苗圃的生意规模虽小却很稳固。

"阿尔,看上去我们的客户主要是当地的公园和私有的景观公司。另外,只有云杉和松树的树苗吗?我看到几乎没有木材公司一类的客户。告诉我,你觉得我们的情况怎么样,而且就你看来它是否有哪些可以改进的地方。"

麦克兰惊讶于康拉德真的对此很有兴趣。他本以为康拉德会说要出售或者停掉这一业务。

"喔,你知道,我们一直在坚持。想要重新种植的木材商们只留下少数的种子树,让它们自生自灭。在这样的艰难时期,就算有人认为应该种植幼树也没钱做这件事。何况他们并非如此。不过一个来自惠好公司的人一两个月之前来过,问了一些问题——我们是如何建立的,我们从哪儿获得种子,诸如此类。我觉得他们可能正在计划开展他们自己的园圃业务。他们有钱做这件事——他们是木材行业里唯一在赚钱的人。"

"不过我的祖父迪特尔五十年前就在做这件事了。我在想难道我们的幼树苗圃就真的没有未来吗?"

"我也这么想。"麦克兰说。

他们聊着,步行穿过其他温室——一共有五个温室,全都经年已久且外形残旧。康拉德没花很长时间便发现,麦克兰对树苗繁殖、克隆、森林遗传学以及整地方面的新研究和知识一无所知,同康拉德自己一样。他正要接管一桩复杂而细节众多的生意,需要大量的知识,不管是对种植树苗而言,还是对培育树苗而言。

"我需要后退一步。"他对麦克兰说,"我不知道我需要了解什么。我必须去读林业学院。我想我们可以让温室继续经营下去,既然仍有客户需要我们来提供树苗,直到我的所学足够制定出一个新的全面计划。但有一件事是确定的——树苗是让森林存活的最佳方式。"

那天晚上,他列出了一张问题清单。未来的树苗购买者的需求会是什么?麦克兰一直在培育并出售"在任何地方都能活"的松树和云杉裸根苗,但是有证据表明,种植在粗糙的砍伐殆尽的场地上时,它们大部分都死掉了。整地会有所帮助,但是在当前时期,什么样的公司能够负担得起这么做所需要的劳力和机器设备呢?他竭力使他的思维立足于未来,那时候对于木材的需求会更为紧迫。木材商们会需要哪些品种,相关的疾病是什么,最佳种植地点是哪儿,而那些地方如何进行整地?自然界使森林更新换代的最为激烈的方式莫过于火。伐木工们可以复制这类场地,通过清伐森林和烧掉砍伐的枝叶。但是哪些品种在焚烧后的土地上表现最好呢?哪些会遭受杂草和野生植物的侵袭呢?

他就读于林业学院,在他学习的同时,他看到越来越多的困难。真正的症结在于木材行业。他将不得不说服木材公司和木材商们,他们的未来牵系于此;如果他们未来还想有树可伐的话,他们就必须得在树桩之间种植新的幼苗。他们将必须学着为几十年甚至上百年以后做打算。他们不能指望少数几棵野生树木在砍伐后的贫瘠土地上繁殖种子——经验表明其再生率低得可怜。一次又一次,在他询问过学校实验站以及进行过补种尝试的人相关的问题之后,他回到原来的那个难题上——整地是至关重要的,木材商们需要明白,做这项工作并为之付费是为了他们自己的利益。康拉德做了一个决定。布赖特施普雷歇公司将提供整地服务。

在林业学院里,他听说过有人曾经制作牛皮纸圆筒,把里面装满土壤并且在每个圆筒里面种上一颗种子。在种植于同样场地的情况下,这样的树苗生长情况比裸根的树苗生长得更好。但是用这种方法种植树苗切实可行吗?切实可行的操作需要实验。他需要为他的计划进行研究。而这需要投入成本。一平方英尺的苗圃能产出多少棵什么种类的树苗,需要花费多少时间和劳力进行怎样的维护?幼苗有没有最大或最小的限制?存在这样的限度范围吗?是的,总是会存在限度的——只是他必须把它们弄清楚。最后,树苗的定价是要带来一些利润,还是只求不亏就好?因为他已经倾向于慈善事业了,用伯父查理的遗产。

到一九三九年,他所了解的知识已经足够制定出一个长期计划。他建造了新的温室,开启了一个牵涉到十一种树木的幼苗实验。阿尔·麦克兰忙着带两个新人——佩德罗·瓦卡,一个年轻的墨西哥人,讲述奇幻但搞笑的故事;还有汉克·斯通,祖父母是德国移民,在第一次世界大战时,他们把名字从德国名字"斯坦恩"改成了"斯通"。有一座单独的建筑用作小型实验室,不过他还没有找到他需要的园艺研发员或者植物培植员。他挺喜欢埃尔茜·古德里安的,她是就读林业学院的为数不多的女生之一,并对植物遗传学有兴趣,不过她还有一年才从学校毕业。"一旦我得到了我的学位……"她这样说,暗示自己想要这份工作。她矮胖敦实,有着红红的脸颊和难看的小短腿,但她是一个真正的研究者。正是他想要的人。

战争再一次蔓延于纯净的空气中,也占据了墨迹斑斑的报纸。对于年长者们来说,这是对伴随他们成长的战争的延续,在时间长得足以孕育新一批作为牺牲品的年轻人之后,战争便重新沸腾了。一种模式正在形成——每隔二十五年左右,就有一场战争会让人类的世界步履蹒跚,人类的繁荣和萧条引向致命的极端。布赖特施普雷歇和杜克的后代世世代代都逃避了兵役,但是康拉德被征召了。拉斐尔和克劳德两人都结识了"对的人"。而康拉德只认识阿尔·麦克兰和几个森林学教授。培育幼树苗圃并不是一种关系重大的农业活动。

一九四五年他从南太平洋回来,面容和身体都受损、改变了,思维也随之变化,想法和信念也不一样了。当他再一次握起阿尔·麦克兰的手,从树苗温室里走过时,他觉得那一排排尖尖的、茁壮的、嫩绿色的小小松树,是他所见过的最美好的事物。

66

索菲亚的绝佳职位

　　三合板和纤维板的生意使布赖特施普雷歇-杜克公司得以存续。在第二次世界大战期间,他们进行了室内和室外硬质纤维墙板的实验,但是两年里采用不同方法都遇到了潮湿问题(其中一次不愉快的实验涉及海草和玉米壳浆),在此之后,他们放弃了这项产品,专注于他们的三合板生意——"布莱特板",用次等材料和森林火灾中抢救回来的木材制造。在战争之后的几年里,他们抓住了建屋热潮的尾巴,然而更大型的公司提供了更便宜的加拿大木材,让他们开始衰退,虽然由詹姆斯·巴尔德伍夫·布赖特施普雷歇和安德鲁·哈基斯这两位充满活力的男人所领导的极富生产力且业务繁忙的木制品公司的幻象仍然得以存续。两位公司领导人无论站在原木堆积而成的小山还是闪着光芒的旋转剥皮机旁边都十分上相。但是就像三合板一样,这些画面只是用漂亮的表层掩盖了不良的本质。

　　布赖特施普雷歇家族更年轻的一代不希望同自家的三合板公司有任何关系。除了迪特尔最小的孩子——索菲亚·汉娜·布赖特施普雷歇·哈基斯,她对自己在公司中的位置有自己的想法。她发现她的哥哥还有她的丈夫都愚钝得令人讨厌。

　　"安德鲁!我不明白为什么你和詹姆斯·巴尔德伍夫不让我进入公司。看在上帝的分上,现在是六十年代了,又不是中世纪黑暗时代。我连个职位都没有。"她是听着迪特尔讲述的故事长大的,故事中的拉维妮亚·杜克,即迪特尔的第一任妻子,简直是伊丽莎白一世的化身,她从年轻时起便开始掌控木材生意,对于仅轻微地意识到公司衰落的索菲亚来说,这似乎意味着她也应该拥有一个头衔。她的孩子们已经长大成人了,为什么她不能拥有自己的事业呢?

"你是公司的一名董事,你在董事会里。"安德鲁说,"很少有公司的董事会名单里有女人出现。你由此而对公司有影响力,你提出的意见会被重视。你还想要什么?"

"我想要一个职位。我想要一间办公室以及那个办公室的相关职责。"她用这副腔调喋喋不休了一年有余,直到哈基斯答应说他会和詹姆斯·巴尔德伍夫讨论一下这件事,因为作为公司总裁和大家长的詹姆斯才拥有决定权。不过她想不出来什么才是她想要的具体职位。

"她想要在事业上有所发展。"哈基斯沮丧地对他妻子的哥哥说,"你可能会觉得,她会平静下来的,因为现在她都已经当祖母了。然而与此相反,她就像轮船甲板上滚来滚去的一颗炮弹。她想要有一间办公室,想要把她的名字写在办公室的门上;她想要一部电话,也许还想要一个开支账户。然后她会把账户里的钱全花在买衣服上。"谈话间,他和詹姆斯·巴尔德伍夫正一起在谢尔曼奥克斯的"野天鹅"餐厅吃晚餐,詹姆斯·巴尔德伍夫切着他盘中的香煎奥斯卡小牛排,安德鲁·哈基斯则小心翼翼地拣食着一份佐以卡鲁瓦利口酒酱汁的去骨雉鸡。

"雉鸡味道怎么样?"詹姆斯·巴尔德伍夫问。

哈基斯做了个鬼脸:"别有风味。不过我觉得比起卡鲁瓦酱汁我更喜欢普通的肉汁。"他们沉默了几分钟,侍者优雅地为他们伺酒,把一种烈性的白葡萄酒斟满他们的酒杯。哈基斯贪婪地啜饮白葡萄酒,用它来祛除口中卡鲁瓦的味道。

"但是索菲亚做什么呢?"詹姆斯想要解决这一问题。

"我不知道。看在上帝的分上,她自己也不清楚。这是更年期——或者类似的——你知道她们是怎么回事。"哈基斯形容的是女人们的世界,情绪波动,反复无常,废话连篇,混乱无序。不过作为她的丈夫他也能够理解,她在她的人生中已经等待了很多年的时间,如今她终于提出了这件事,她是不会那么容易就被糊弄过去的。"我对她说公司并不是她所想象的那样固若金汤,坚如磐石。我告诉她我们还讨论过要不要把公司卖掉。她勃然大怒,说了一些——你们怎么能产生这种想法呢;无效的管理;懒散的作风——诸如此类的话。我想或许我们可以直接对她说,她必须得写一份正式的请求,详细描述出她想要承担的职责——让她清楚光有模糊不清的愿望是不会有结果的。我希望我们能找到点儿东西让她平静下来。"

詹姆斯·巴尔德伍夫朝墙边的甜品车投去目光。侍者看到他的目光掠过,于是立刻抓起两份甜品菜单递过来。"和艺术有关的事怎么样?她一直都对博物馆和音乐会感兴趣——她可以做点跟文化有关的事。或者市政类的,社区关系怎么样?"

"索菲亚觉得她有权利在公司里拥有一个职位。"

"她很聪明——我承认这一点。或许有点太聪明了。"安德鲁·哈基斯想起他妻子如何多年如一日地纠正他的穿着,如何像狙击手般指摘他讲话的方式,调整他摆出事实的方式。有时候他觉得自己不是同索菲亚结了婚,而是和詹姆斯·巴尔德伍夫。他们两个才是同一类人,说一种语言。"她已经不年轻了,不过我敢保证,若是向她指出这个事实,会引起维苏威火山爆发的。让我们等等,看她自己能否想出她想要做点什么。"哈基斯看到,甜品菜单上也有两种甜点使用了卡鲁瓦汁。他要了奶油硬糖派,但等它端上来时,连那枚小三角形蛋糕上都带有由那种口感沉郁的烈性甜酒勾勒成的繁复图案。他把它退了回去,说:"主厨一定有那家公司的股票。"

安德鲁·哈基斯对索菲亚说,詹姆斯·巴尔德伍夫想让她描述一下她想要的工作。

"好的,没问题。"她回答。随后她走上楼,来到她的衣橱边,把沉闷无趣的旧衣服挑拣出来;她将先进行一次纽约购物之旅,替换掉那些衣服,因为芝加哥没有真正出色的成衣店。至于她想要的具体职位,先不论它到底是什么——反正到时候会是她的。

去往纽约的飞机颠簸着在一团团云朵之上飞行,那片云图看上去就像堆满花椰菜的大托盘。到了下午,气流变得平缓起来。当他们向着黑暗飞行,接近东部的城市时,飞机下方的光束如同细细的长线般交错着,形成巨大的网,闪闪发光的城市在夜色中闪耀。

　　索菲亚下榻华尔道夫酒店,因为布赖特施普雷歇家族成员通常都住这儿。她从酒店房间给她的表亲阿尔西亚·埃文斯打电话——她嫁给了一个华尔街的股票经纪人。她可以和阿尔西亚一起逛街买东西,然后吃一顿华美的午餐。她家中的一位女佣接了电话。

　　"埃文斯太太不在家。他们在博卡。"

　　"哪里?"

　　"博卡。博卡拉顿。在佛罗里达。"

　　"哦。好的,请告诉她,她的表亲索菲亚打电话了。索菲亚·布赖特施普雷歇。芝加哥。"

　　享用了一顿纽约式的早午餐——咖啡和吐司,她去了邦维特·特勒百货公司,随后又去了萨克斯以及波道夫百货。她买了两件诺雷尔牌的衬衫式真丝连衣裙。她也试了西服套装,甚至长裤套装,不过不太喜欢它的效果。行程的最后一天,她再次思考了她在飞机上所想到的职位,随后激动地冲到亨利·班德尔百货,勇敢地试了两套可可·香奈儿套装。这两套衣服都贵得可怕,不过它们是最适合她的。她心中诅咒着价格,买下了它们。它们正是她想象中的一位时髦的商务女性会穿的衣服。她在脑中渐渐形成的这个职位,需要程式化的商务礼仪和讲究的着装;香奈儿套装是正确的选择。

　　她惊讶于自己的丈夫同哥哥有多么相像。他们两人几乎可以互换。她把她自己视为家族中最具才智的人——她订阅月度最佳书籍俱乐部的推荐书目,而且时常至少会把那些书的第一章读完。她喜欢历史,而且习惯浏览"老前辈"和"先锋杰克"所写的报纸专栏。在那场芝加哥大火之后,迪特尔曾经在芝加哥公立图书馆的董事会任职,那时芝加哥人正感动于英国知识界屈尊捐赠成箱的书籍,为新图书馆之用。迪特尔持续向图书馆捐钱,先是为把它从水塔那里搬离,然后则作为一项善举。正是这一记忆促成了她的想法。假如迪特尔还活着的话,他当然会把她想要的这个职位和办公室给她。

　　坐在返程的飞机上,她把整个旅途都花在描写工作职责上。坐在她邻座的女人注意到她在写着什么,于是羡慕不已地对她说:"您一定是位忙碌的职业女性。"

索菲亚说:"是的。刚从博卡出差回来。博卡拉顿。在佛罗里达。"

她把那张纸给了他的哥哥詹姆斯·巴尔德伍夫·布赖特施普雷歇——布赖特施普雷歇-杜克公司的总裁,而不是交给她的丈夫安德鲁——这个家伙肯定会图省事儿把它弄丢的,或者刻薄地嘲笑她。而她的哥哥则会看到它的价值。然后她要做的便是静候佳音。

安德鲁去和詹姆斯·巴尔德伍夫会面,一起在他们两人都常去的会员俱乐部吃午餐。詹姆斯露齿大笑,然后说:"真是好办极了。我们可以给她那份工作。"

"什么工作?"

"索菲亚。她想要的那个职位。今天早上我收到了她的信。我得说,那挺适合她的,而且可以让她同重要的商业交易保持距离。"

"什么情况?她可没有给我什么信。"

"也许她希望它是一个惊喜。别担心,她想当的只不过是公司史编写者。她想写一部关于布赖特施普雷歇-杜克公司历史的书。她想要过去的所有日志和往来信件,各种电报的副本,任何报纸——只要没被烧掉或扔掉。那些玩意儿在某个储藏室里有好几箱呢。她把那个房间连同那堆垃圾称作'布赖特施普雷歇-杜克公司档案室'。我很乐意在公司的一扇门上漆上她的名字和'档案研究'几个字——这正是她所期望的。"

"真见鬼。她一个字都没跟我说。真的有料可写吗?"

"哦,确实有。比如迪特尔,当然,还有拉维妮亚,再回溯到老查尔斯·杜克,公司的创始人:查尔斯·杜克——加拿大——荷兰。全部梳理一遍。是的,确实有很多过去曾发生而我们并不了解的事。必须承认,我本人也很有兴趣看看她能不能翻出一点儿有用的东西来。或许它们能作为一些不错的公关素材让我们做广告——你知道的,比如'可敬的老牌公司,拥有两百年历史的木制品行业领袖'。"

"哦,天哪。"安德鲁说。

公司楼里有几个未被使用的房间,任何一间都可以清理出来,用作索菲亚的办公室。她把它们都查看了一遍。有四间相连的房间,灰尘遍布,一度是弗伦斯律师的王国,望出去是一片开阔的湖景,它会是很不错的选择——一间接待室给她的秘书,靠里面的一间是她的私人办公室,两间用作会议室。它们将被腾空、清扫、重新涂刷。她打电话给她的儿子罗伯特。他最近刚刚成立了自己的事务所——哈基斯室内设计。

"罗伯特,我需要你的帮助。你最近很忙吗?"罗伯特当前其实只有唯一的一项委托——格林里·威利太太公寓的客房,这位客户同时也是他偷情的对象。他正在为需要支付的办公室租金而烦恼。他需要新的委托。他照例说了一通"让我看看我的日程表"和"我想大概能为你挤出时间",然后答应下来。

"这儿挺不错的,妈妈,是个可塑性很强的地方。你的改造意见不差,不过我建议把这面墙打通,"他指着两个会议室之间的分隔墙,"这样你可以得到一间非常大的办公室。把你原本选为办公室的房间当作会议室。而且我们还可以铺上地毯。你会很惊讶地发现地毯对于缓和会议室的气氛能有多么大的帮助。"

"我过去的五十年间又不是在山洞里度过的,罗伯特。我当然知道地毯。"不过她挺喜欢打造一间更大的办公室的想法。他们一起采购了用涂油柚木制造的丹麦风格的现代化办公室家具、羊毛地毯,以及一张很大的埃姆斯皮椅。

索菲亚入驻新办公室的这一天终于到来了。她开始解读一页页潦草的字迹和糟糕透顶的拼写,试着搞清楚与家族成员关系不甚明了的神秘人物。她雇了一位秘书,是个脸形像土豆一样的金发女郎,名叫黛布拉·斯特朗(公司秘书加菲尔德太太的侄女),她说她的上一份工作是在一家女性杂志社。黛布拉将那些文件以大致的时期分类,把它们放入整齐贴好标签的文件夹里。索菲亚的计划是讲述一家先驱企业的早期奋斗史,它通过辛勤劳动而大获成功,并继续拥有作为这个国家最悠久也最为成功的一家木材企业所享有的名誉和财富。

　　晦涩难辨，以及大量的法语，仿佛厚厚的地毯，让人无法理解这些文件的含义。查尔斯·杜克和夏尔·迪凯是同一个人吗？夏尔·迪凯的名字出现在由一位名叫德雷德-皮考克的人签署的文件上，好像是一张期票，期票上面迪凯的签名是一个×，这表明夏尔·迪凯是一个文盲——抑或目不识丁的人是德雷德-皮考克？然而后期的信件却出现了查尔斯·杜克的清晰签名。于是她确信德雷德-皮考克是目不识丁的——且不论这个家伙究竟是谁。对于她来说有太多的法语了。她雇了一名学生来翻译有难度的文件，不过她觉得过往交易和账户的清单实在冗长乏味，便把它们作为不相关的资料撇到一边。

　　经过一年的文件翻阅，一个故事的雏形开始浮现。查尔斯·杜克，一个贫穷的法国男孩，动身前往新世界，以摆脱他在法国农场中的严酷生活。一到北美洲，他就通过辛勤工作获得了一席之地，最终他用赚来的钱购置了林地并开了一间锯木厂。他和德雷德-皮考克的通信中断得很突然，不过在后来的一批资料里，他有将近四十封写给儿子们的信。它们读起来让人厌倦，因为信里写满了忠告和箴言，无法反映出查尔斯·杜克的任何性格特点，仅仅是在命令他的儿子们做他让他们去做的事。他似乎是个严肃的家伙，不过对他的孩子们非常溺爱。她直接忽略了詹姆斯·杜克，一个无聊透顶的榆木脑袋。至于拉维妮亚，唉！她留下了上百箱的商业信函和木材行业相关的笔记。迪特尔的第一任妻子的大部分书面叙述，索菲亚都不太能读懂，它们涉及相关发明、会议、从各种各样的森林砍伐所得到的板尺数量，以及运送到遥远目的地的板尺数量。这些资料足以说明，拉维妮亚是一位备受尊敬的女商人。而且也应该是一位因极度匆忙，疯狂书写，导致字迹无比潦草的人，索菲亚想。

　　她开始看一个被黛布拉·斯特朗注明"家谱？"标签的文件夹，里面包含一些撕碎且发黄的文件。这可能会有用的，她想。她把撕碎的纸页拼凑到一起。其中有一封来自费城的R.R.泰特拉齐尼的信，上面只是说，调查已基本完成，他在报告中已提出相关结论；若是拉维妮亚·杜克·布赖特施普雷歇希望继续跟进此事，并进一步调查出继承人的具体姓名和地址,那么她应当尽快与他联络,鉴于他手头还有其他工作。这份报告让索菲亚大感不解。什么继承人?

她给詹姆斯·巴尔德伍夫打了电话:"我发现了一些我不太明白的事情。这是一份来自一位私家侦探的报告,写给迪特尔的第一任妻子拉维妮亚·杜克。我希望你能看一下。我认为它是指有某些未知的继承人。不过从现有资料当中我无法得知他们是谁,以及继承了什么。"

"可能是封诈骗信。有人自称是遗产的继承人或者久未联络的亲戚,这种事并不少见。你能把它送到我这儿来吗?"

"我更愿意在这里把它拿给你看。你不如今天下午到我这里来读它?我们还可以喝上一杯并且聊聊天。去某个户外的地方,比如湖上——这个夏天实在太热了。我好几个月都没见到你了。"

67

一点小麻烦

这是布赖特施普雷歇-杜克公司最不寻常的一次会议,意见分歧如此之大,仿佛是从炎热的街边随便拉来的一些路人聚在一起谈生意。大家围坐在布赖特施普雷歇-杜克公司会议室的那张红木办公桌前。会议室南面的墙上挂着拉维妮亚·杜克的肖像,北面的墙上挂着迪特尔的。老旧的空调喘息着,就像它也在努力克服自己中暑的症状。办公桌上放着一盘奶油芝士三明治,面包蜷缩成一团,旁边是一沓从前那种印有"杜克木业"字样及斧头图案的餐巾纸。虽然室内涨满了八月的热气,但边桌上仍有一壶热咖啡在嘶嘶作响。

尽管天气炎热,索菲亚还是穿着灰色羊毛的香奈儿套装,对公司历史进行了一通杂乱无章的演说,将她劳动成果的副本分发给大家——那是一册十六页的公司史,皮面装订,压印着"布赖特施普雷歇-杜克公司,一个森林巨头的故事"字样。她等待着大家的祝贺,但詹姆斯·巴尔德伍夫已经把老泰特拉齐尼那份报告的事告知了大家,而他自己也花费数周时间努力调查,想要证明这是一个骗局,却最终事与愿违。公司的法律顾问黑泽尔顿·卡尔洛斯也在场。詹姆斯·巴尔德伍夫以一种略带尖酸的语调直接开始谈论这件麻烦事。

"泰特拉齐尼已去世很久了。他的儿子钱德勒·泰特拉齐尼继承了他的事务所,我同他进行了详谈。他是一个开业律师。"

非常了解父亲性格的拉斐尔嗅到了危险信号。若是詹姆斯尊敬泰特拉齐尼的话,他会直接使用"律师"这个称呼。"开业律师"这个词带有一层为了谋求利益而不择手段的意味。房间非常闷热,八月的太阳烤炙着脏兮兮的窗玻璃,阳光似乎找到了一种方式穿过那层透明的障碍物。

詹姆斯·巴尔德伍夫刺耳的声音继续讲述："坦率地说，我真希望我没有联系他。他主导泰特拉齐尼调查事务所的工作，专门追查失踪和未知的继承人。他接到我的电话感到十分惊讶，他说他会去找一找文件。两天之后他打电话回复，说他找到了相关的文件，而这项调查远未到达终点。我担心我的询问把他引向了这件几乎被遗忘的事，让他从中嗅到了钱的味道。我不无悔恨地这样说——我认为假如我没给他打电话的话，他永远都不会听说'布赖特施普雷歇'这个词。但是我们无法挽回已经发生的事。我从黑泽尔顿那里听说，泰特拉齐尼的团队以客户继承财产的一部分比例作为佣金，在我看来这意味着他很可能打算找到继承人，提出和他们签订合同。比如一份帮诉合同，很不幸——这在近来是合法的。拉维妮亚·杜克几十年前发起了这项调查。"他抬起头瞥了一眼她那幅肖像，仿佛现在的情况全怪她似的，"她这么做的原因尚不明确，本该有人提醒她别去吵醒那些沉睡的狗。泰特拉齐尼，也即是她所雇用的那个人，声称自己找到了杜克公司财富的合法继承人，事实上那些人的继承权比拉维妮亚本人的还更有效——如果仅以血缘关系作为评判标准的话。"

"这怎么可能呢？"索菲亚一边说，一边把《一个森林巨头的故事》的其余副本推到一旁，"这件事肯定没有任何意义。布赖特施普雷歇和杜克家族已经拥有这间公司好几个世代了！这早已被所有人接受，这广为人知。"她用一块餐巾轻轻在她的前额拍了几下，"空调完全不起作用啊。"

"我们可能会面临一场诉讼，如果那些继承人决定继续的话。"詹姆斯·巴尔德伍夫忧心忡忡地说。

"继续？他们已经开始行动了吗？"安德鲁·哈基斯站起身来，为自己倒上早餐以来的第六杯咖啡。咖啡让他手抖和心悸，他不得不在晚间喝些杜松子酒才能够平静下来，"你打算告诉我们这些所谓的继承人是谁吗？"

"不管你相不相信，他们是一些印第安人，远在加拿大。"

"哦，不！哦，不！"康拉德·布赖特施普雷歇突然大声说。他的脸变得面无血色,衬得他黑色的眉毛仿佛是用木炭画在前额上的一样,"那可能会导致公司分裂的。"詹姆斯·巴尔德伍夫很惊讶他竟会如此激动。他有什么好担心的呢?他的苗圃生意好得不得了,赚钱快得简直像他们在地窖里藏了一台印钞机。他的生意没有赤字,也没有贪婪的印第安人伸手索求。而且康拉德从不取走利润,而是一分不剩地继续投进他那该死的苗圃事业。他为之着魔。

克劳德·布赖特施普雷歇也注意到了康拉德的焦虑。他太自我了,他想。康拉德竟然认为布赖特施普雷歇-杜克公司的声誉完全建立在他那点儿苗圃生意上,而这个事业部甚至都不属于公司的一部分。在很年轻的时候,迪特尔和他的堂兄阿尔梅纽斯·布赖特施普雷歇一起建立了它,他把它当成一种兴趣,并且天真地认为它是一种创新性的生意。然而到了康拉德这里,却把它变得相当成功——且不论这个人有多么古怪和反常。这到底是怎么回事?

"分裂公司?我怀疑这一点。而且不管怎样,你的苗圃生意是相当独立的,一直都是如此。"

"当然了。不过,让我烦心的是,一些你不知道的人可以就这样走进来,拿走你辛辛苦苦建构多年的全部。一旦他们从你这里尝到了甜头,他们便不停索取,直到拿走一切。接着他们也会觊觎我的苗圃生意。他们会把布赖特施普雷歇这个名字夺走!"康拉德攥紧了拳头。

康拉德好像真的很不安,索菲亚想。她提出了一个建议:"我们就不能把这份报告撕掉,忘掉我们曾经见到过它吗?实际上在我看到它的时候,它已经被撕碎了。"

黑泽尔顿·卡尔洛斯笑了:"现在不行了。詹姆斯·巴尔德伍夫联系过泰特拉齐尼先生,两人还谈论过这份报告,所以泰特拉齐尼已经知道它了,而且他还知道詹姆斯·巴尔德伍夫以及你们所有人也同样知道这一点。你们不再对它的存在一无所知了。"

詹姆斯·巴尔德伍夫不屑地用手指弹了弹他面前那册《一个森林巨头的故事》。索菲亚攥起了拳头。

"我们可以卖掉公司,不是吗?"哈基斯问,"国际纸业公司为了收购我们已经花了一年。难道我们不应该接受他们的提议,把卖得的钱分掉,重新安排我们各自的生活吗?不管怎么说,我们这些活跃在公司里的人大部分也都到了快退休的年纪。对于我来说,这似乎是卖掉它的好时机。"

詹姆斯·巴尔德伍夫噘起嘴:"这个做法并不能阻止泰特拉齐尼以及那些所谓的继承人。即便我们卖掉公司,那些继承人也能对我们一个一个地进行狙击。"

索菲亚开始抽抽搭搭地哭了起来。

不过黑泽尔顿·卡尔洛斯问出了最重要的问题:"关于那些假定的继承人你们了解多少?"

"根据泰特拉齐尼写给拉维妮亚·杜克的那份报告,那些继承人是米克马克族印第安人。加拿大的印第安人。我们没有现在的后代的名字。"

"嗯,公司的文件里没有他们任何人的名字。"索菲亚说,"我怎么可能知道呢?我只看到什么佩诺布斯科特湾的房子里的大桌子。不知道它指的是什么。"

"事实上,"安德鲁·哈基斯无视她的话,说,"也可能他们的血脉已经断了呢。或许这个问题已经不是一个问题了?那份报告已经很老了。"

"也许。但是我们不确定。而且原初的那份报告发现,我们所熟知的杜克家族后裔——"他碰了碰他的那册《一个森林巨头的故事》,"——只是夏尔·迪凯收养的儿子们的后代。他在法律意义上唯一的儿子是奥特赫·迪凯,也就是碧娅特丽克丝的父亲。麻烦就出在这里。所以拉维妮亚本人并不拥有迪凯家族的血统。"詹姆斯·巴尔德伍夫的声音带着一丝胜利的感觉。

"在你们开始担心之前,"黑泽尔顿·卡尔洛斯说,他感觉到阵阵焦虑如波浪般向他席卷而来,"试着想想,可能泰特拉齐尼自己也不知道现今是否还有假定继承人存在。他将不得不做些调查工作,以便确定名字及诸如此类的事情。如果他确实找到了那些人,那么他还得说服他们,他们拥有一份值得追逐的财产。他可能成功地让他们同他签订一份合同,直到那个时候,事情才真正向前推进。若这些继承人是加拿大人的话,泰特拉齐尼搞定这件事便多了一层难度。

所有这些事情都需要花费时间和金钱,而那个开业律师在达成目标之前得自己承担所有的开销。然后他还得对付一家运营了好几个世纪的大公司,先是一直属于杜克家族,后来到了布赖特施普雷歇家族手中,众所周知的合法所有者和运营者,来经营一项近三百年的合法生意。即使他投入精力和金钱来寻找任何在世的继承人,泰特拉齐尼仍然只有最微乎其微的机会利用这件事搞出什么名堂。我本人会把这件事忘得一干二净,该干什么干什么,就像一直以来那样。"

会议室里一阵沉默,一种感激的沉默。安德鲁深吸一口气,然后说:"不过,既然我们已经讨论过出售公司了——国际纸业对此很有兴趣。树苗事业部除外。"他迅速地补上最后一句,因为康拉德已经几乎快要站起来了。

"但是那些继承人仍有可能会起诉我们,对吗?"他问道,语气僵硬而紧张。

"喔,是的。任何事都有可能。但是我不认为会有任何法庭把他们当一回事儿。"

"喔,我把他们当一回事儿。"康拉德说,"我觉得所有这一切非常令人心烦。"然后他冲出了会议室。

黑泽尔顿·卡尔洛斯看了看詹姆斯·巴尔德伍夫,又看了看索菲亚和安德鲁。"他似乎真的把这件事视作威胁。他反应过度了。"

克劳德说:"他自从经历过战争以后就没有正常过。这听起来可能有点牵强,不过我听说过战争经历可能有一些滞后的反应。"

黑泽尔顿的建议非常简单:"离泰特拉齐尼远一点。不要自找麻烦。"

差不多两周以后,索菲亚在她的办公桌上发现了一张来自詹姆斯·巴尔德伍夫的便笺:"打电话给我。"天气仍热得可怕。她担心汗水会在她的丝绸裙子上留下汗渍。空调发出一阵阵温暾暾带着霉味的风。她拨了她哥哥的电话,接电话的是他那位傲慢的新秘书,用她的英国腔说:"请问您是哪位?"

"告诉他我是他的旧情人。"

对方倒吸一口气,一阵长久的沉默,接着是詹姆斯·巴尔德伍夫那声小心翼翼的"喂?"

"我看到你的便条了。"她说,"发生了什么事?"

"索菲亚!以后请不要再对格林伯里小姐说这类话。她还以为是真的。"

"英国女人真是没有幽默感。"她打断了詹姆斯·巴尔德伍夫的咆哮和怒气,"别那么紧张。为什么让我打电话给你?"

"为了告诉你一个非常有意思的消息。对于我们来说挺有意思的,不管怎样。黑泽尔顿·卡尔洛斯今天早上给我打电话了。他订了《费城询问报》。他说今天报纸靠后的版面上有一篇报道,上面说一个名叫泰特拉齐尼的律师上周在同入室抢劫者搏斗的时候身亡了。办公室里一片狼藉,文件柜被翻了个底朝天,办公桌抽屉被拉出来,保险柜门开着。泰特拉齐尼中枪了。我不知道芝加哥的报纸上是否有什么消息。我已派人去买一份《论坛报》。"

"我的上帝。这真是不寻常。你甚至会觉得……"一阵深呼吸,"你告诉其他人这件事了吗?"

"目前为止只有你。我准备跟你讲过之后再给他们打电话。毕竟你可是打开潘多拉盒子的人。整件事的主要唆使者。"

索菲亚对此不予理会。若不是詹姆斯·巴尔德伍夫的推进,本来什么都不会发生。"跟可怜的康拉德说一声吧。那天他为了这件事可真是焦虑不安啊。"

詹姆斯·巴尔德伍夫又是一阵长久的沉默,然后小声地说:"没准他已经知道了。"

"詹姆斯,你这是什么意思?詹姆斯·巴尔德伍夫!"

"我的意思不过是说,他可能已经看过报纸了。你以为我在说什么?"

"不重要了。"她说,"回头再聊。"

他最后一句话从话筒中飘出来:"我们可以继续推进公司的售卖事宜。"

于是,几个世纪以来布赖特施普雷歇-杜克公司一直都像小船随潮水起起伏伏。如今潮水已经退去。国际纸业收购了它。老公司的遗留物只有一箱箱的文件和几幅肖像。还有一个名叫"布赖特施普雷歇树苗种植"的独立实体。

68

埃加的女儿们

　　第二次世界大战之后,一切都不同以往——女人正慢慢挤进一直以来由男人所从事的工作领域。女权主义的言论在空气中飘荡。布伦达·塞尔觉得本来就应该是这样,并对她的丈夫投去挑衅的目光;她的丈夫即是埃德加-吉姆·塞尔,人称埃加,一个神经大条的男人。她认为这些新思想是对历史之束缚的一种解放,并试图把这个解释给他听;然而埃加并不觉得女权主义者摆脱受压制的过去,同他自己的人生以及他抛弃米克马克特征,有什么相似之处。他从新斯科舍舒贝纳卡迪的寄宿制印第安人学校逃跑,来到了马萨葡萄园岛,找到了一份渔夫的活儿,后来又遇到了布伦达·辛厄姆。

　　当他求婚的时候,她答应了,然后便说:"我就要嫁给一个敌人了。"

　　"敌人?我怎么会是你的敌人?"

　　"你知不知道,米克马克人曾经来到此地,同我的族人作战?在白人到来之前?"

　　"我不知道这个。是一场打斗吗?"

　　"打斗?那是一场战争。米克马克的战士占领了整个新英格兰海岸。只用了很短的时间。"

　　"而现在这位米克马克人又赢了。"他闪过一个猜想,很久以前,万帕诺亚格族的血脉当中很可能混入了一些米克马克人的血。

　　他们是别扭的一对。"你不懂。"她时常这么对他说。

　　"什么事我不懂?"他问。

"如果你不懂,我没办法同你解释。"

她认为,最核心的问题是——埃加拒绝当一个米克马克人。

他说:"米克马克人这个标签,曾让我的人生变得非常糟糕。我早把它丢到一边了。"

"你不能把你是谁丢到一边。你的父母,你的兄弟姐妹。还有在他们以前的世世代代,你至亲的族人。你无法漂洗你的血液,就像洗完一件脏衣服然后说它是一个……一个菠萝!它是你,你所承袭的传统,你所来自的地方,它不会是其他任何东西。而如今它也是我们孩子的一部分,而她们必须了解它所代表的东西。"埃加翻了个白眼——这便是与母系氏族的万帕诺亚格人联姻的代价。

布伦达想要引导她的两个女儿朝着新型的优秀女性的方向发展——混合了白人、万帕诺亚格人和米克马克人的基因、思想、事业,还有对世界的感知。两个女孩都聪明且富有主见,都是大胆而活泼的小孩,这使得埃加产生了关于那间寄宿学校以及那里热衷于惩罚的修女和牧师的怪念头。若是他家这几位女眷被丢进这样的一所学校,不出一天那里便会发起一场暴乱,布伦达、玛丽和萨帕蒂西娅打头阵,修女和牧师们连连求饶。他十分享受这个画面,当他某一个孩子格外顽皮的时候,他反而很高兴,并将她们同寄宿学校里可怜而怯生生的米克马克小孩做对比。他喜欢大胆无畏的孩子。渐渐地,非常缓慢地,他开始讲述他从前的生活,他很惊讶他的孩子和妻子对他的故事表现出明显的兴趣。当他说出他父母的名字——劳伯特·塞尔和南蒂·塞尔时,她们想要写信寄过去,想去舒贝纳卡迪,去劳伯特的原木小屋。她们想要去爱这些未曾谋面的亲人们。而且——或许他自己也一样,埃加想。布伦达的唠叨让他开始想象,作为一个米克马克人除了疼痛和耻辱之外,还能够意味着什么。布伦达自己是一个热情洋溢的万帕诺亚格人,而他再一次想象了很久以前好色的米克马克战士们拥向万帕诺亚格人的村庄和女人的画面。他笑了。

"什么事这么好笑?"布伦问。

"如果你不懂,我没办法同你解释。"他说。

在舒贝纳卡迪,埃加的父亲劳伯特·塞尔在妻子南蒂去世几年之后,又娶了一位年轻的寡妇——凯特·古戈,结婚的时候她已怀着他们的第一个孩子。在保罗出生后的那一年,艾丽斯·塞尔来到世间,接着是他们的最后一个孩子,玛丽·梅。远在马萨葡萄园岛的埃加,对这几位弟弟妹妹一无所知。

布伦达坚决要求孩子们认真写作业。"我想让你们两个都去读大学。我会赚钱送你们去念。"虽然从童年时代起她就想学语言学,带着一种复兴古老的土著万帕诺亚格语言的朦胧愿望(而她自己并不说这种语言),但她的家庭没有钱付学费。当她的大女儿萨帕蒂西娅开始上学的时候,布伦达得到了她可以找到的唯一工作——在鱼类加工厂上夜班,并把她所有工作所得放入她们的教育资金账户。她的女儿们将过着有价值的人生。

"她们长大后不用在鱼类加工厂工作。"她对埃加说,"或者在汽车旅馆工作。"

不论埃加还是布伦达,对他们第一个孩子的激烈性格都毫无准备;她名叫萨帕蒂西娅,得名于埃加的外祖母。这个小孩对事对人都专注得近乎偏执,做任何事都是高强度——对于她来说,似乎没有折中的方式。若是埃加回家晚了,她便会站在窗边观望,直到亲眼看着他沿着那条鹅卵石小径走上来。他刚进家门,她便像一只藤壶似的紧附在他的腿上。

"她不愿意被单独留下,"布伦达说,"我不可以离开她的视线。而且她对你也一样,如果你不按时回家的话。我不知道等她开始上学的时候情况会怎么样。"

"你知道我不可能总是知道我什么时候能到家——若是天气变化,我可能就得一直待在外面,甚至一连几天。鱼又不看手表。小船上也没有电话。"

"她会一直看着的。"布伦达说。

"小鸡事件"使得父母二人都紧张不安。起初,布伦达决定养十几只母鸡,以便获得蛋和鸡肉,不但能节约食品费用,也能从天天吃的炸鳕鱼变换一下口味。她邮购了二十只小鸡,等它们到了,她把箱子放在炉子后面,让它们保持温暖。她把这些毛茸茸的小球给萨帕蒂西娅看;萨帕蒂西娅着迷不已。她便同意让她握一只在手里。

"小心一点。它很娇弱的。"

但是萨帕蒂西娅太爱这团温暖的、唧唧叫着的小生命了,在无法克制的爱意之下,她情不自禁把它握紧又握紧。接着当那只死去的小鸡无力地垂下头时,女孩发出了尖叫。

"因为这个你得受惩罚。"布伦达说。于是萨帕蒂西娅因她第一次被打屁股的羞辱而哭叫不已。

"她就是这个样子的。"埃加说,"她就是无法忍住。愿上帝保佑她以后所爱上的任何男人。她会活生生地把他吃掉,把骨头从窗户扔出去。"

布伦达担心萨帕蒂西娅在第一天上学的时候大闹脾气,不过忧虑很快便消解了。这个孩子仿佛下定了决心去应付这件事。当布伦达把她留在幼儿园的小椅子上,她没有哭,而且不管老师怎样哄骗都不肯移到另一张椅子上去。若是不干涉她,她还是蛮温顺的;想要指挥她做什么事——任何事,对她而言都是不可能的。

"我不知道她的小脑瓜里在想些什么。"老师说。

"欢迎加入'头痛俱乐部'。"布伦达说。

不过,萨帕蒂西娅依然顺利通过了所有的科目,偶尔还冒出一些才华的火花。埃加想,她最开心的时候大概是他们在一个星期天沿着海岸远足的时候。回到家时她拿着一把枯萎的野草,因海浪拍打而无比光滑的石头,还有一些云母的碎片。

在她大学一年级时,总是很快便对某样东西产生爱意或憎恶的萨帕蒂西娅,先是将她的喜爱之情集中于植物学科,接着又转移到一位已婚的生态学教授身上。这位男士受宠若惊,于是发生了一场婚外情;后来他试图从这段关系中摆脱出来,于是萨帕蒂西娅出现在了他家门口,手里还握着一把小猎刀。她朝教授猛扑过去,对方灵活地躲开了,那把小刀戳在木质门框上。她有肌肉而且强壮,但是教授更为强壮,他冲他的妻子喊叫,让她打电话叫警察,同时一直把萨帕蒂西娅按在地板上,直到警察到场。第二天,埃加到看守所接她回家。

"你知道你被学校开除了。"他说。

"是的。"

"我不会问你为什么这么做。我知道为什么。就像那时候我从寄宿学校逃跑一样。"

"我跟你不一样,"她说,"我独一无二。而且我的原因也不一样。"

"哦,"埃加说,"跟我不一样,跟所有人都不一样。可是你得生活在这个世界上。接受某些让这个世界保持平衡的规则。做些调整吧。不然你会早早死掉的。"

"我想要去舒贝纳卡迪。"她说,"我想要去看看塞尔家族那些人。我想要知道我是谁。"

埃加和布伦达之前没有听说关于那位生态学教授或者植物学的任何事,只知道萨帕蒂西娅对于地球上的植物和森林充满强烈兴趣。她似乎对于受侵蚀的山坡和污浊的河流感觉到一种个人的愧疚。如果她抬起头,她看到的不是苍穹的湛蓝,而是世界末日般的乌云,在一片充斥着各种飞行器的天空里。

"她有一种女性特有的冲动,希望修复人类对自然所造成的伤害。"那天晚上萨帕蒂西娅上楼回到房间之后,布伦达这样说。

"是的,她还有另一种女性特有的冲动——想要毁灭男性的冲动。那个教授没起诉我们算我们好运。"房间里一片寂静,听得见他们的呼吸声。埃加叹了口气说:"你觉得让她去新斯科舍怎么样?"

"哦,埃加,'让'她去?无论如何她自己都会去的。我会和她谈谈,不过你自己要做好心理准备。"

"你得找份工作来维持生活,还有奖学金来完成你的学业。"布伦达用一种冷冰冰的口吻对她说。这个女儿消耗了她太多的能量,"我们还需要为玛丽操心,你知道的。"

萨帕蒂西娅第二天便乘上一辆去往北方的汽车,离开了家。

埃加和布伦达几个月以来没有她的任何消息,直到收到一封罕见的盖着新斯科舍哈利法克斯的邮戳的信,来自他们的长女。

我还没有见到保罗叔叔以及他的女儿珍妮。玛丽·梅·米乌斯姑妈很害羞，而且似乎过分担忧她的儿子费利克斯。费利克斯在我看来没有什么值得担忧的！最棒的是艾丽斯姑妈。我喜欢她。这是一个相当大的家庭。下周将去温尼伯学习森林学，一切都好。爱你们。S

仅仅几天之后，一封写给埃加的墨迹斑斑的信到了，来自他的父亲劳伯特·塞尔。

我们强壮而年轻的孙女萨帕蒂西娅的到访，对于我们来说意义非凡。她问了很多问题，关于我们的族人和塞尔家族从前的故事。埃加，自你离开起已经过了很多年了。你或者另外一位孙女玛丽能到这儿来一次吗？我老了。希望能见你。那所伤害你的坏学校关掉了，而且被烧光了。回家吧。

这些信件让埃加眼泪汪汪，他计划了一次前往舒贝纳卡迪的旅程。他给劳伯特写信说，他会来的——是的，他和布伦达一起，在下一个圣安妮日。不过他们没有收到萨帕蒂西娅更多的消息，除了时不时收到盖有不同城市邮戳的卡片。

他们的小女儿玛丽多么与众不同啊。

"她应该是个男孩子的。"埃加对布伦达说，想起当这个胖乎乎的小孩刚学会走路的时候，就曾拆开一个电动马达的一部分，又将它重新组装起来，还用她玩具箱里的粉色塑料堆叠戒指让它看起来更生气勃勃。在玛丽探求欲旺盛的手指面前，房子里的机械设备没有一样是安全的；生日和节日若是收到轮船和飞机模型作为礼物，她便是世界上最容易取悦的人。她心直口快，而且有点盛气凌人，可是对于埃加来说，这恰恰证明他的小女儿的意志不会被人轻易践踏。她大学时的一个暑假整个用来开 CTL——那是一种神奇的定尺切割机，它能砍倒树木并为其除枝，切除下来的那些边角料形成一张垫子，让它得以继续前行。这台机器让她崇拜极了。

她深深爱上了戴维·琼斯，一位弓形腿的年轻捕虾人；他还写诗、跳里尔舞和斯特拉斯佩舞、玩扑克牌，而且从九岁起便开始记录天气日志。在一九七八年十二月,她嫁给了他。

"我愿意,"当他求婚的时候,她说,"但我想要继续工作。我喜欢我的工作。"

"我也喜欢我的工作,所以我们对此不存在争议。"

新婚之夜后,她对她的新婚丈夫说的第一件事情是:"一台 CTL 所造成的土壤压实比一支马队要小。"

"你为什么觉得我会在乎这个呢?"他说,"过来,我给你讲一讲捕虾笼。"

69

北方的森林

　　珍妮·塞尔和费利克斯·米乌斯从小生活在一起,了解彼此童年时代的想法和感受;随着他们渐渐长大,这些想法和感受改变了,如同一条山间小溪流淌到多石地带,分道扬镳成为两条不同的溪流。费利克斯少言寡语的外表,掩藏了他敏捷有探索精神的思维。他皮肤粗糙,而且他总是会爱上比他年纪大的难以企及的女人,她们对他放电时会扬起眉毛,但却从来不对他扬起她们的裙子。珍妮那双与众不同的迷人眼睛和薄薄的嘴唇让她相信自己超然于庸常的爱情纠葛。

　　珍妮记得她的母亲在一艘渡轮上,靠着栏杆挥手说着再见,再见,直到那艘船消失于浓雾之中;几个小时之后它与一艘运煤的驳船相撞,两条船都沉入了深深的海底。她的父亲保罗·塞尔告诉她说,妈妈没办法回来了,可是他自己那止不住的哭泣表明,发生了一些非常糟糕的事。

　　"我不知道,玛丽·梅。"保罗对他的妹妹说。玛丽的儿子费利克斯比珍妮小一岁,"我不知道该怎么办。她不说话,也不和其他小孩一起玩——除了来这里和费利克斯一起。"

　　"这是一个好现象。"玛丽·梅说,"让他们一起玩吧。小孩子们在一起会搞定难题的。我觉得最好让珍妮过来和我们待在一起。而且我觉得一场野餐之旅会很不错。能帮助她从失去玛尔塔的情绪中恢复过来。也能帮助你,保罗。"

　　"没什么能帮助我。"她哥哥说,但在玛丽·梅大喊:"费利克斯,珍妮,快来。我们去野餐"时,保罗并没有反对。

661

他们驶离保留地,仿佛袋子里的小面包那样,一起挤在保罗那辆老旧的黑色卡车里。车里散发出一种霉味,还有保罗曾经拥有过的一条狗的气味。

"我们去哪儿呀?我们去哪儿呀?"费利克斯问了一遍又一遍,兴奋不已。

"我们去哪儿呀?"珍妮问。

"到了你就知道了。"

令他们一路兴奋不已的地方,是克吉姆库吉克省立公园。玛丽·梅对他们说:"很久以前,这里是米克马克人的地方。"经过几小时的车程,珍妮和费利克斯的腿麻木得像是木棍。到了目的地,他们在巨大而古老的铁杉树下跳跃着,奔跑着。在富有光泽的蓝绿色树木之下,有一个巨石花园。

费利克斯发现那些树枝的底面闪耀着银色的光芒;树荫深处生长着铁线蕨,那种植物拥有乌木般黑色的优雅的弯曲分枝和形似迷你手套的叶子。铁杉树轻轻发出叹息。他的心完全被加拿大铁杉占据。

"我希望妈妈可以看到这些。"珍妮说。她欣赏着蕨类植物熠熠发光的茎干,嗅着麝香的气味。在水面边缘,她发现了一大片比例协调的黑柄铁角蕨,随后她环顾着四周各种色调的绿:柠檬色、铬绿、翡翠绿。这一天美好而令人满足,让孩子们永远难以忘怀。

中学时,老师们谈到了职业这件事。珍妮得知,植物学家生活在茎与叶所组成的世界里。能源公司的石油或天然气相关工作,或者海产品公司的工作,不会适合费利克斯·米乌斯的;他打算进入林业学院——每个人都知道杰克逊·米乌斯,回溯到六十年代,他曾在缅因伐木,后来去读了缅因大学,获得了学位和一份州里的森林研究工作。他曾做到过这些,费利克斯也会做到的。于是珍妮和费利克斯这对表姐弟树立了考入大学的目标。他们得先读完两年制的社区学院才能够申请。他们的胜算很低。

中学毕业之后,他们搬去位于达特茅斯的姑妈艾丽斯·塞尔的房子里住,那里是她的儿童保育中心,偶尔也有刚开始尝试城市生活的年轻米克马克人留宿。他们在社区学院入学,并做兼职工作。

艾丽斯的厨房"交通"——非高峰时期它挤满了学步的儿童;高峰时期更是塞满了朋友和亲戚。在珍妮看来,那里简直像疯人院般嘈杂混乱。直到一个九月的星期六,她从楼上下来,发现厨房空空如也,整个房子寂静无声。一抹琥珀色的秋日阳光照耀在擦拭一新的桌子和不配套的旧椅子上。艾丽斯的厨房其实很美丽。

"那两个家伙,他们在学校功课上绝对非常努力。我想他们能拥有彼此是件好事。就像姐弟俩。"艾丽斯对她的妹妹玛丽·梅说。她们坐在拥挤的厨房餐桌边,桌上有一壶茶和茶杯。

"喔,我只是希望事情不要变得……变得古怪。他们走得太近了,这让我多少有点担心。你知道,表姐弟什么的。我祈祷他们不要做错事。"

她瞥了妹妹一眼:"别瞎担心了。他只不过是在照顾她。那个珍妮,我觉得,她永远不会对任何人产生罗曼蒂克的情愫。而费利克斯是那种会带女孩看电影的类型,如果他有钱买票的话;但那个女孩不会是珍妮——如果珍妮想看电影的话,她会一个人去看。"

表姐弟二人同社区大学的课程进行艰难斗争,若无学分,他们便无法进入大学。两人都不能流利地说米克马克语;他们先接触到的是英语。不过有的时候,他们会在早上很早的时候,一起坐在电脑前学习米克马克词语,跟着利斯图古部落原住民的发音诵读。接着艾丽斯会走进来批评他们的努力,把这一切全破坏掉。

每个星期六,珍妮把要洗的衣物拖送到"木桶和肥皂泡"洗衣房。衣服在机器中滚动时,她草草翻阅一摞残破的杂志和以刊登该省人物简介为特色的旧报纸。其中有一位引发了她的兴趣;她把那一页撕了下来。

那天晚餐以后,吃完从商店买来的蛋糕,她一边喝着茶,一边把那页纸拿给其他人看:"这篇文章是关于这个女人——萨帕蒂西娅·塞尔的。我猜她可能是我们的一个亲戚?"

费利克斯说:"若是每个姓塞尔的都是亲戚,那每人给我们一美元,我们就成富翁了。关于这个萨帕蒂西娅·塞尔上面写了什么?"

"上面说,她收集药用的植物和树木。"

"又一个?"费利克斯嘲讽地说。药用植物!多年来,白人们川流不息地来到这里"研究"米克马克族的药用植物,保留地中的年长妇女们习惯于被人询问有关传统疗法的事。

"我知道萨帕蒂西娅。"艾丽斯说着,伸手拿起那页纸。她读了一分钟,仔细端详了那张照片,"这是埃加的女儿。她是我们在美国的亲戚。她来过这儿一次。这上面说她了解古时候的药用植物。"

"而且她还种植树木。"

费利克斯讨厌那门必修的英文语法及写作辅导课,看起来它对于未来森林学课程的学习并非不可或缺。并不是因为他不喜欢学习,他和珍妮都拼命往脑瓜里填知识。没完没了的读书和学习让他们身心俱疲,于是他们决定少见地休息一个晚上,去听来自马尼托巴省的阿尔弗雷德·奥内胡贝博士关于世界森林现状的讲座。

奥内胡贝透露自己是一个激进的环境保护主义者。几位同森林产业与木材销售相关的人起身走了出去。但费利克斯和珍妮听得兴奋不已,求知若渴地听他讲述那些对森林犯下的著名罪行。

"比如说,蚜虫。"奥内胡贝博士讲话的速度像是 AK-47 步枪,"蚜虫危害的自然周期大致上是三四十年。当虫子自身的数量超出了食物供应,它们便自动消失。死亡的树木倒下,等待焚烧。大火降临,新生的树便从灰烬当中生长出来。但是在第二次世界大战之后,我们想把能弄到的所有树木都用来制造纸浆和纸张。人人都有新型化学武器,以及战时过剩的飞机。所以当二十世纪四十年代云杉蚜虫侵袭北方的森林时,林务局喷洒了 DDT。我们的米拉米契河,世界上最大规模的大西洋鲑洄游之所,如今却成了一条死河,因为 DDT 把鲑鱼需要的所有水中微生物都杀死了。"

他停顿了一下,拿起放在讲台上的水杯喝下了一半,还溅了一些在他的夹克衫上;溅落的水滴在灯光之下闪耀着,直到完全被衣料吸收。他抬起头望着灯光,似乎吸了一口气,然后继续用他那诚恳的男中音进行连珠炮般的演讲。

"我们如今对 DDT 有了更多的了解。可是我们凭什么认为,我们比之前更了解对十分脆弱的生态系统进行大规模滥伐所带来的影响呢？嗯？仍有无数的问题我们尚未清楚。我们甚至不知道还有多少我们不懂的事。"

终于，当听众开始低头看他们的手表，还有一些坐在后面的人略带愧疚地溜出礼堂，他终于打算结束他的演讲了："孱弱的森林……无知……木质纤维，战争……动荡……化学破坏……生长迟缓……无可阻挡。"他戏剧性地压低了声音，停顿了一下，然后对着麦克风轻声说，"现在我们正在毁掉寒冷的'小树枝地带'，那片有几百万只鸟儿栖居的广阔繁殖地，大地那具有净化作用的气息，还有从泉水流入海洋的、使一切恢复生机的营养物质——那长长的食物链的开端。各位，"他一边说，一边注视着他的听众，"我们正在毁灭……伟大的……北方……森林。"人们在椅子中不安地挪动，发出一阵窸窸窣窣声，接着是一阵稀稀拉拉的掌声，然后是随着所有人起身座椅弹回原处的声音。一位学校工作人员走了出来，宣布奥内胡贝博士第二天中午将就人口过剩做一次演讲——讲座名叫"地球仅剩立足之地"。

在他们离开讲堂的时候，费利克斯听到身后的一个人说："又是一个同树木拥抱的环保疯子。"珍妮的表情十分僵硬。她没看费利克斯，直接说："我感觉十分愚蠢，无助。除了往我们的脑袋里塞满词语之外，我们还做了些什么？费利克斯，我们能做些什么？"

"我不知道。"他们默默无声地走着。雨水被不断扬起的风吹拂着，参差不齐的雨滴使得水面泛起涟漪。

受到激进主义的召唤之后，心思真的很难再回到学习日程上。不过，要从哪里开始呢？珍妮重新整理了她课桌上的一摞摞文件和书。她又拿起从能源公司的简报上撕下来的那页关于萨帕蒂西娅·塞尔的简介，带着新的兴趣把它重新读了一遍。

"费利克斯，我想知道为什么她说古老的米克马克药用植物不能够再使用了。我敢肯定她知道如何拯救森林。这篇文章说她住在乔治角。我们去找她吧。"

"我们怎么去那儿呢？没有车。"

他们把这个问题搁置了几天。艾丽斯姑妈得了感冒，珍妮待在家中没去上学，负责看护孩子并做饭。艾丽斯生活在保留地的朋友为生病的她带来了米克马克人的药草。珍妮很高兴看到正被使用的米克马克药草，以及听到它们充满节奏感的名字——樱桃树、三叶黄连、萍蓬草、云莓、美洲山杨、白芷、桤木、柳树、白云杉、香脂冷杉①——虽然她并不懂这些米克马克词语的意思。早晨、中午和晚上，艾丽斯都接连不断地使用着各种药物——洗涤剂、漱口剂、煎剂、汤药、茶和冲泡的草药。

"你看，"珍妮对费利克斯说，"这些药用植物仍然在使用啊！那个萨帕蒂西娅得有所解释。"

再过一个星期，艾丽斯又能下床了，她痊愈了。"躺在病床上的日子里，我决定放弃参加儿童救助项目的会议。说到底这实在太累了。"她说。她圆圆的脸上布满斑点，而且像芝士舒芙蕾一样鼓胀着。

"搭便车。"珍妮小声对费利克斯说。他正把胳膊奋力塞入他那件扯破了的旧夹克。

"你就是不肯放弃，是不是？"说完，他便走出门外，进入初降的夜幕之中。

艾丽斯找到了办法。"你们可以搭车。"她说，"约翰尼·斯蒂克好像要去那个方向。如今的他是个令人愉快的同伴了。他几年前开始参加那些'真相与和解'聚会。了解到并不是只有你自己有过那样的遭遇，是有好处的。"

"他怎么了？"费利克斯问。他从她的语气中听出了一点什么。

"呃，很多年前的那些坏事——当他还是个小孩子的时候。在寄宿学校。"

"斯蒂克先生愿意载我们吗？"

---

① 原文为米克马克语。

"是的,他愿意。他得到了那里的一份木匠工作,修理那座旧灯塔内部的扶手。它八十年来从没有为海员们闪烁过一次,不过游客们喜欢它。夏天的时候,停车场那里有一辆卖薯片的车,生意非常不错,所以那个颤巍巍的楼梯扶手上到处是薯片的油和盐粒。他说明天一早便出发。非常早。带上你们的毯子。你们可以凑合着过几个晚上。"

斯蒂克先生已过中年,他那黑亮亮的下巴剃得很干净。他的皮卡后部装了一个巨大的红色冷藏箱,在一块油布下面是一些灯塔扶手的部件。他说:"上好的槭木扶手。抛光得像平底不粘锅一样。那么,你们想要去乔治角的什么地方?"

"我们不知道。我的意思是,我们正在找一个名叫萨帕蒂西娅·塞尔的女人。我们不知道她具体住在哪里。"

"你们看这样行不行?你们帮我安装扶手,我载你们来回,还提供一个睡觉的地方。还有你们的晚餐。"

珍妮点了点头。斯蒂克先生凝视着地平线很长时间,然后突然间生硬地说:"我们出发吧。上车!"他边开车还边说个不停,"我知道你们指的是谁。埃加·塞尔的女儿。萨帕蒂西娅。没有太多人生活在乔治角那么远的地方,除了旅游季时汽车旅馆和餐馆里的人。我猜她在那里有个住处。在某个地方。"他们都知道那里的所有一切都是为游客准备的,那些备受鄙视的游客,但却正是他们让新斯科舍保持生机。

"她懂得那些古老的米克马克药草。这就是我们为什么想要和她聊聊。"珍妮说。

"曾经见过一个女人,沿着峭壁前进,提着一个篮子。我第一次见到时以为她是采浆果的,但那时候并非浆果的季节。我从来没有在离她很近的地方看到她或者同她说过话。我同埃加挺熟的。很久以前。至少我觉得那可能是她。不确定。灯塔下方的悬崖小径。看见她的时候我正在测量扶手。待了三个晚上,睡在卡车里;我见到过那个女人好几次。那地方肯定长着很好的东西。"

斯蒂克先生说:"她也是塞尔家的一员。你去找个和塞尔无关

667

的米克马克人试试看！简直难如登天。我有一些姓塞尔的远房表亲。"

车子慢慢行进在越来越浓的雾中，他说费利克斯和珍妮在帮他干活儿的间隙，可以留意找找那个女人。"萨帕蒂西娅读过大学，而且游遍全世界。但是我不知道你们看不看得见她，雾这么浓。今天恐怕是没什么希望了。"他一边说着，一边转上通往灯塔的砾石车道。

"看！"珍妮说着，指着库房。他们全都看见一个渐渐消失的身影。

"不，不！我已经看见她了。在那儿。"斯蒂克先生指向一个黑点，他刚开口说话，它便已经消失了，"等到早上吧。我想她还会回来的。"

他在停车场生起一堆火，用一口很脏的铸铁煎锅做了热狗。接着，他打着哈欠说了晚安，然后回到他自己的卡车内，在那里他们看到一只瓶子随着他的仰头畅饮而闪着光。表姐弟二人走进灯塔，铺开他们各自的睡袋。

第二天浓雾仍然逡巡了一整天。费利克斯和珍妮牢牢扶住金属扶手，与此同时，斯蒂克先生把各个部件用螺栓固定在支架上。他对那些连接处过分讲究，再次把各个部件拆下来，然后做了微小的调整。他干活儿时一言不发。等他对金属扶手感到满意，天色已暗了下来。

次日清晨来得清澈而明亮，一阵猛烈的风掀动着他们的外套。斯蒂克先生早餐吃了没涂黄油的面包，没有请他们一起享用，而是对着他的保温壶大口喝着凉透的红茶，然后抽起他的烟斗。"得把它稍微清洁一下。"他说。他指的是金属扶手。珍妮和费利克斯爬到了灯塔的顶端。

"风景不错。我看到了两艘油轮。不，其中一艘是渡轮。"

"我看到了萨帕蒂西娅·塞尔。"费利克斯说，"就在那边的礁石上。"

那个穿着帆布工装裤和夹克衫的女人正拿着一只小铲子挖着什么。一本打开的笔记本放在一块巨石上,风翻动着那些纸张。

"你好。"珍妮喊道。那女人抬起头来看着他们。她矮小而结实,长长的黑色头发梳成一条辫子。她的小眼睛看起来像是亚洲人。她什么也没有说。

"您是萨帕蒂西娅·塞尔吗?"

那女人拿起她的笔记本,迅速沿着海岸离开,手中仍握着一棵植物,土壤的碎屑从它的根部纷纷落下。

"请等一下!我们想要跟您说说话。"

几分钟之后,他们听到不远处一阵引擎发动的声音。等到他们到了灯塔的塔底,那辆红色的皮卡正沿着公路呼啸而过。她离开了。

"依我看,她不愿意讲话。"斯蒂克先生说,"再过十分钟,我就要启程回达特茅斯。你们想要搭我的车一起回去吗?还是留下来?"

"搭您的车。"珍妮说。她并不期待烟雾的熏蒸,希望斯蒂克先生会在沿途找个商店稍作停留。但是他没有停,开得越来越快,穿过抹去了萨帕蒂西娅身影的那片浓雾。

斯蒂克先生隐约感觉自己应该对这对表姐弟的出师不利负点责任,于是他找到了劳伯特·塞尔。劳伯特的记忆正日渐衰退,不过他似乎知道萨帕蒂西娅的那座小房子位于何处。他把颤抖的手指放在一小片水湾上,他说那是普瑟尔海湾。"灯塔向东几公里。没有路标。"斯蒂克先生把那张带污点的纸拿给艾丽斯;艾丽斯当天晚上便把它放在了珍妮的餐盘旁。于是现在她手上有了一个地址。为了去地址上的地方,她从她在东海岸信贷联盟的储蓄账户中取了钱,把它交给费利克斯,让他去租一辆车。她没有驾照。

下雨也无关紧要,表姐弟二人有一种假日般的自由感。租来的那辆车嗡嗡前行,潮湿的公路舒展开来。挡风玻璃的雨刷拍打出一首慢节奏的进行曲。他们分享着费利克斯在蒂姆·霍顿斯买的一袋果酱甜甜圈。他们经过了"沉船点"灯塔;他减慢了速度。

"就是这儿。肯定是。"珍妮指着一道模糊不清的车辙,它悄然离开了主干道,径直进入一片被风吹得东倒西歪的黑色云杉,"我看到了汽车的痕迹。"

费利克斯小心地转弯,驶向泛起涟漪的水汪汪的车轮印迹,在挠人的树枝之间缓慢前移。他们朝下看,海边有一座未粉刷的小房子,炊烟刚从烟囱中散去。附近有一棵因风力作用而扭曲的云杉,还有一间靠在西侧的外屋。一只白尾鹞蹲在树间。

他们还没来得及敲门,门便已经开了,萨帕蒂西娅·塞尔就站在那里,面无表情地盯着他们;她穿着一件厚厚的灰色毛衣,看起来仿佛是用雾和石楠织成的。她不老,却饱经风吹日晒,仿佛一块被海水冲上岸的木板。

"好吧,"她低声说,"又是你们。为什么?你们是谁,想要什么?听说过有个词叫隐私吗?"

"我们从达特茅斯来的。"珍妮说完,停顿下来等待着,仿佛这样回答便解释了所有问题。

"我猜到了。为什么你们来烦我?"

"我是珍妮·塞尔,这位是我的表弟费利克斯,也是塞尔家族的人。我们是学生。我读了这篇文章——"她拿出了那张皱巴巴的剪报,"——关于你的文章。我有一个问题。"

"什么问题?"她没碰那张纸。

"是这样的,你说从前的米克马克药用植物如今不能用了。为什么不能?我的意思是,倘若我们知道某种植物可以治愈疼痛和瘙痒,那么今天使用它为什么不好?我们的姑妈艾丽斯不久前患了感冒,每个人都为她带了米克马克药物,她用了以后好多了。"

萨帕蒂西娅·塞尔发出了一种介乎呻吟和叹息间的声音:"我的老天啊,你们跑这么远就是要问这个啊?"

因盐分而模糊不清的玻璃窗正对着大西洋,海洋本身也仿佛悬在半空。房间里仅有的一张桌子看上去似乎是从省立公园中偷来的。门边立着一个巨大的橱柜,漆成了红色。

"以前是一个渔夫的房子,"萨帕蒂西娅说,"修整了一下。很适合我在这里生活几个月。"

珍妮看到一张工作台靠在西边的墙上,上面堆满了植物学器材——一部很大的显微镜,一个用旧了的发黑的植物压平本,有很多层干燥纸,黑色的茎秆末端伸到外面。

"坐吧。"萨帕蒂西娅·塞尔说着,用大拇指朝桌子那儿示意,"这么说,你们太想知道为什么我们不能使用过去的那些药用植物,所以在一个暴雨天气开车一百公里跑来,就是为了问我——一个你们完全不认识的人?也许你们觉得我这儿会有答案。但我没有。"

她那未绑起的头发散落在肩上:"自从被英国人征服开始,空气中便充满了杀虫剂和化学肥料的气息,还有废气颗粒和烟尘。我们有了酸雨。幽深的森林不复存在,而现在气候也开始改变。你们能否自己想清楚,从前的药用植物如今生长在一个完全不同的世界里?"曾经在校园里打过很多次架的费利克斯很喜欢她的低音,但不喜欢她那副好斗的姿态。

"那些植物周围曾经围绕着强壮而健康的树木,那样的树木已经不复存在,而是被虚弱而有病的物种所取代。我们只能猜测早些时候那些植物同周围树木以及灌木丛间的共生关系。"她向窗外看去,用一只脚轻叩着地板,"而我不得不承认,你们真是不寻常的年轻人,才会跑来这里寻找答案。你们是植物学专业的学生吗?"

他们开始对她细说他们的生活——艾丽斯的房子,以及他们是怎么到这里来的。

"你们这两个着了魔的傻瓜。"萨帕蒂西娅·塞尔说,"所以你们现在要回去,继续你们的学业吗?"

"我们必须通过考试。这样我们才能进大学。"

"为什么你们想要进大学?"

"为了有一项事业。为了成为一个成功的人。"

"你们已经很好了。你的意思是不满足于当一名贫穷的米克马克族学生?"

"是的。我想是的。"珍妮说。还有费利克斯,虽然他不愿点头,但还是点了点头。

"不仅仅是为了我们自己。"珍妮说,"费利克斯很关心森林。"她说,"而我也是。我们想要做点什么。"

费利克斯看到那女人硬挺的肩膀放松下来一些。他对她说起去听奥内胡贝博士关于北方森林的讲座的事。

"嗯,阿尔弗雷德确实很有感染力。"

"你认识他?"

"我们曾在一些项目上一起工作过。"她站起身来四处走动,走到门边,打开了它又关上,"在我们关于药用植物的谈话结束之后,你们两个人倒开始让我产生兴趣了。你们年轻而稚嫩,你们不了解这个世界是怎么运行的,也不知道你们会因为对事业抱有鲁莽的渴望而受到惩罚。"窗外,在渐深的暮色之中,费利克斯看到那只白尾鹞飞到它的那棵树上,爪中抓着某个奄奄一息的东西。

费利克斯想着返回时的漫长车程:"你听起来像一个老师。你是个老师吗?"

"我曾经做过大学的工作,授课和演讲。我也曾经希望拥有一项事业,我也拥有过一项事业,然而我离开了它。我学到的足以让我明白我们所塑造的世界如今迫切需要帮助。而那样的帮助不会到来。现在我不教书了。我有一个为之奋斗的项目。和别人一起。我的兴趣在于重叠的生态系统,难以理解的自然界的构造。所以如果你们到这里来是为了讨论关于药用植物基因组的研究,那么你们来错了地方。"

费利克斯不喜欢她,但觉得她的话有一定道理;而珍妮坐在那里,嘴巴微张着,求知若渴地盯着萨帕蒂西娅·塞尔,期待着她的下一句话。

"我们着眼于不同的模型,考察其原因及明显的影响,我们努力同未知因素抗争,为人口增长而忧心忡忡。人类的数量如今超过地球上曾经存在过的所有哺乳动物。也许这不可阻挡。我们的噩梦有很多种——洋流与海星的灭绝,融化的冰川,更猛烈的冬季暴风雪。我们也思考了森林退化的问题。森林,它的起始和可能面临的终结。正如奥内胡贝博士所说的那样。"然后她用听起来仿佛在自言自语的低音说,"不过其他人如今提起更为可怕的问题和毁灭,比阿尔弗雷德·奥内胡贝想象过的还要令人恐惧。"

她似乎说完了要说的话,随后把一个笔记本塞给他们,说:"写下你们的地址。我会联系你们的。"然后她让他们回去。

70

月光

秋日摇摆不定,蹒跚度过了秋分,前一天路面出现薄冰,第二天阳光又爬满枝头。仍有零星几位游客四处漫游,走在路上的人就像砾石一样醒目。珍妮周末在一个问讯台工作,收集(像人人都做的那样)他们愚蠢的问题,尤其是那些从美国来的游客,那些人认为从哈利法克斯开车到安蒂戈尼什,若是使用英里计量而不是公里的话路程会更近。

"我迟到了,我迟到了。"费利克斯咕哝着,像一只白兔般跑过厨房,从平底锅中抢走一块半熟的猪排,一个箭步冲上楼梯。

"别吃那块猪排,它还生着呢。"艾丽斯大喊,"用用脑子好不好?还有——你有一封信。"费利克斯一边换衣服,一边嚼着带血丝的猪排,看着钟表。在他经过厨房去往后门的路上,他把那块猪排丢回平底锅,拿起浅黄色的信封,看到"布雷特施普雷歇植树项目"和一个芝加哥的地址,在左上角。他停下脚步,把信封翻转过来。

"珍妮也收到了一封,跟这个一样。"艾丽斯说着,冲珍妮的盘子点了点头,那个信封正靠在盘子旁边,"又回来晚了——学校里有事情要做。"

费利克斯把信封撕开,拿出一封信。他展开它,有东西掉了下来,飘到桌下。他读了那封信,又读了一遍,没有读懂。它通知他说,他获得了来自布赖特施普雷歇植树项目的一份五千美元的奖学金,上面有一个名叫杰森·布拉德鲁特的人的签名。这是什么意思?他又读了一遍,从地上捡起那张支票。支票上的收款人是费利克斯·塞尔,它看上去是真的。这封信说他在十天之内要联系萨帕蒂西娅·塞尔博士,了解关于这个项目的更多信息。

"我的老天哪,"他说,"萨帕蒂西娅·塞尔博士!"信上有她的地址和她的手机号码。他的呼喊声那么响,珍妮在街上都听到了。她走进房间看见他们围着桌子跳舞,她撕开了她那封一模一样的信。

"你给她打电话,"费利克斯说,"是你把我们同她联系到一起的。所以电话你来打。"

第二天晚餐时,费利克斯研究了省内高速公路的地图,想要找出一条更好的路线。"上次的路程太长了。这个怎么样——"他将手中的铅笔戳向地图,"一条近路。"珍妮已经懂得当一个人想走捷径时,没人能劝得动他。

于是,这辆柠檬绿色的汽车低声轰鸣着驶入愈发阴沉的早晨。沿海的公路原本是个更好的选择。这条近道就像干涸的河床。虽然租来的那辆车外观残旧(看起来像被断木机给了一刀),但珍妮觉得它在技术上是一个奇迹。她开始轻轻戳动车载 GPS 的触摸式屏幕。

行驶在这条小路上好比坐着云霄飞车。他们的汽车适应不了道路频繁出现的冻胀。沿路没有城镇,没有房屋,只有三次生长的云杉林和灌木丛隐约显示出上世纪这里曾有过的广阔森林。从地面的最高处,他们能看到暗淡的海洋和雨水下落的斜斜灰线。细小的雨滴洒满了挡风玻璃。

"我不认为这是游客路线。"费利克斯说着,绕过一根枯枝,"不确定我们在哪里。这辆都市用车不喜欢这儿。"

"可是我们能看到海,所以高速公路应该是在我们和海岸之间。等你看到能右转的地方,便向右转。"

"现在几点钟了?"

"快十一点了。我们要迟到了。"

汽车磕磕绊绊地驶过布满坑洞的路面。有一只瘦小的黑色动物穿过了道路。

"那是什么?"

"水貂,肯定是从水貂养殖场中逃走的那种大水貂。"

"你记得奥内胡贝博士对那些养殖场的评论吗?它们污染河

流,水貂跑出来,和野生水貂繁殖后代,产生有害的基因变异。"公路变成了由石头和泥泞烹煮而成的炖菜。费利克斯紧握着方向盘,开得非常缓慢;汽车艰难前行。

"你知道,"费利克斯说,"我发现了与萨帕蒂西娅·塞尔博士有关的趣事。猜猜。"

"怎么,她曾经当选毕业舞会皇后吗?"

"这不太可能。她结过婚。对象是某个我们认识的人。"

"谁?"珍妮不相信。她心中的英雄怎么可能会嫁给任何人呢?

"哦,不算是我们真正认识的人——我们听过他的演讲。"

"不!你不会是指那个奥内胡贝吧?"

"正是。她是他的学生。后来他们结婚了。"

珍妮耸了耸肩。她更愿意把萨帕蒂西娅想象成一位孤独的女英雄。

"不论怎样,这又有什么不同呢?他们离婚了。"

珍妮什么也没有说。

"奥内胡贝还不错。他的演讲能使我们兴奋。"

"想知道他们为什么分开。"

他们从山上开下来,经过一片由斑驳的木板和波纹状屋顶组成的房屋,其中一座房子前面有一块看起来很绝望的招牌,上面写着"待售"。突然之间乌云如破布般撕裂开来,露出明亮的蓝色"衬裙"。一缕阳光洒向湿漉漉的乡村,轻触海面,迁徙的鸟儿如同一群疯狂的小剪刀划过天空。

"我们很快便会到那儿。"费利克斯说,"但是我不知道我们现在在哪里。"

珍妮的手指又在 GPS 触摸屏上描摹着。一颗小红点出现在一条代表道路的歪歪扭扭的线上。"看,费利克斯!它显示了我们在这条路上。"

"好极了!"费利克斯说。珍妮决心以后如果有钱买车的话,一定要买这个型号的车。突然间一个响亮的女声说:"前方五百米右转。"珍妮发出尖叫。

"你太没见过世面了。"费利克斯一边说,一边驾驶汽车摇晃地来到潮湿的高速公路上。阳光使碎石柏油路面变得如同黑漆;几公里之后他们便经过了那座灯塔。

萨帕蒂西娅·塞尔的那辆红色皮卡就在那里,在它旁边是一辆锈迹斑斑的小轿车和一辆全是泥、看不出颜色的吉普车。费利克斯停靠在那辆吉普车旁边。在房子的背风面,他们看到两个巨大的帐篷。一个帐篷上面的牌子写着:"男"。

"另一个肯定是女人的。"珍妮说,"它们是厕所吗?"

"现在你听起来像个游客了。户外厕所在那边。"他告诉她,并用大拇指指着悬崖上方那间一眼就看得见的小房子。那只白尾鹞蹲在它的树枝上,虎视眈眈地望着他们,"我敢说那些帐篷是睡觉时用的。"

"我们进去吧。"白尾鹞发出了一阵响亮的嘎嘎声。

房间看起来有点不一样了,有了更多的居家氛围。那张偷来的野餐桌上杂乱地堆放了文件、两台电脑、一箱杏仁牛奶和几个塑料盘子。萨帕蒂西娅正和几个人一起坐在桌边喝茶,吃着外带的炸鸡腿。有两个年轻女人,一个有着精心梳理的黑色头发,另一个是极浅的金发;还有一个晒得很黑的男人,身上是一件伐木工人穿的那种格子衬衫。珍妮觉得她们喝的可能是冬青叶,因为她嗅到了它令人愉悦的芬芳。

"你们到了。"萨帕蒂西娅说。她仍穿着那条脏脏的牛仔裤,还有那件厚厚的灰色毛衣,"坐下来,吃点东西。凉拌卷心菜呢,放哪儿了?"她微微起身。

"在我这儿。"那名男子说。他的眼睛看起来有些瘀青。他比其他人年纪更大,高且瘦,一道伤疤使他的嘴巴歪扭着。他伸出长长的手臂,把那碗凉拌卷心菜放到桌子上。他看着珍妮和费利克斯。

"他是汤姆·波林。"萨帕蒂西娅说,她做了简略的介绍,"珍妮·塞尔,费利克斯·塞尔,汤姆·波林,胡格蒂丝·西古德松和沙琳·洛佩斯。现在我们先吃东西,稍后再开始讨论项目。"她的黑色头发在脑后绾了起来,看起来像是一匹佩尔什马的尾巴;她的眼中映着从窗外射进来的光线,显出淡淡的闪光。费利克斯自言自语地重复着"汤姆·波林";汤姆·波林——递送凉拌卷心菜的男人。这个人僵直的背部和他的动作流露出他的紧张。

他们把啃过的鸡骨头丢到火炉里。珍妮闻到它们烧焦的气味。

萨帕蒂西娅说:"好了。简而言之,布赖特施普雷歇植树项目所做的是重新种植森林。我们同多达三十个环境保护组织有密切联系,所做的工作也常常在他们的项目范围内。我们六人组成一个工作小组。我们希望能有十个人,不过这一次我们是六个。过阵子可能会有一些新人到来。这个季度我们将是在新斯科舍工作的唯一队伍,所以会有很多事情要做。我们将会种植树木,并监管三年前出圃的几小块试验区。关于它们的生长情况,我们保留了长达十年的详尽记录。去年其中一块试验区显示出了大量的黄化病。有很多不定因素。我有一片钟爱的区域,在那里我们正研究菌根真菌对树苗生长的影响。燃烧过的土壤缺乏菌根,而树苗因为它们的缺失而表现不佳——它们的存在可以增加养分和矿物质的摄入。"

萨帕蒂西娅看着坐在桌旁的众人。珍妮和费利克斯正快速地记着笔记;沙琳朝她回望;汤姆·波林远远地保持着他的安全距离。她说:"回我们身边来,汤姆。"她轻柔地说出这句话。她对他有所了解:很多年前在阿富汗,他经历过生死关头。当他回到家乡之后,树木在某种意义上拯救了他。他看着她;他挤出一丝笑容,就像有人拿镜子反射阳光时龇牙咧嘴的表情。她继续往下说。

"只要有时间,我们便访问省内的生态区——从明天起,由高原开始。了解一些小片区域,知道每个地方的特别之处,是很有用的。一旦你懂得如何评定不同的地貌、土壤和水文,那么评估新的地带就会变得像第二天性般自然。"

费利克斯说:"你提到了不同的地区——那么我们还会去其他地方,还是仅仅待在这里?"汤姆·波林点了点头,往自己的杯子中倒入更多的茶;他的杯子上带有一个"木"字标记,那是一个中国的表意文字,意思是"树"。

"这个为期三个月的阶段你们留在这里。明年你们可以在热带雨林中工作。"珍妮注意到萨帕蒂西娅的手肤色很深,指甲也裂了。她看看自己那双白皙的、无用的手。房间很安静,他们可以隐约听到那只鹞鸟无止息的号叫。

"如果你们喜欢某一种工作,可以专门研究——汤姆懂得野火和森林退化。沙琳是我们在种植技术方面的专家。"她冲着那位漂亮的鹰钩鼻女人点点头,那个女人的头发在脑后扭成了一个复杂的结。珍妮想知道她是如何在帐篷中打成这个结的。

萨帕蒂西娅说:"好了。为我们的新来者讲一下必要信息。植树项目会提供给你们住处和膳食,并负担你们旅途的费用以及所有的设备和工具。有时候你们会住在帐篷中,有时候在旅馆或者住在寄宿家庭里。这个月是在帐篷里。整个团队会在同一块场地共同工作。这是一项困难而且很脏的工作。下个星期沙琳会给珍妮、费利克斯和胡格蒂丝演示我们如何种树——我们将会在几处过度砍伐的退化土地上种植云杉、白桦、冷杉、槭树、铁杉。还有焚烧过的地块,全都离得不远,所以我们可以把这里作为我们的营地。我们可以分担做饭、收拾厨房和打扫方面的家务活儿。"

"这么说这个项目不是关于药用植物的了?"费利克斯问。他注意到萨帕蒂西娅时常把目光投向沙琳。这是怎么回事?

"会涉及一些药用植物,作为某片区域中的自然组成部分。不要妄下结论说药用植物只是对人类有益——动物和其他植物也会用到药用植物。我们时常需要猜测什么样的林下植物适合某片丛林,因为在退化十分严重的土地上我们并不完全确定在砍伐之前那里有什么。随着我们项目的推进,你们会明白的。"那只公的白尾鹞从树上飞走了,它的影子掠过了窗户。

萨帕蒂西娅说:"明天我们会在高原上考察一片混合森林。"从红色的橱柜上,她拿起一摞盖有"布赖特施普雷歇植树项目"印章的笔记本,"做野外记录用。别忘了查阅这个项目的在线图书馆。上面有大量的信息可用。"她拿起一沓文件。

"这里有我们明天将要见到的地形和土壤的简略描述。把你们自己所观察到的添加到这些记录上。而且要记住,只要有高原存在的地方，一定也会有布满沼泽和湿地的低地——它们不是完全分离的。"

"还有驼鹿。"费利克斯说。他已经来到这儿了。那么他将会欢迎任何他能够学到的东西。

"是的，还有水獭和河狸、麝鼠、蜻蜓、蚊子、甲壳虫和蠕虫。这些生命是如何在森林环境中生活的呢？试着从森林的视角来解答问题吧。"在说这番话的时候，她看着汤姆·波林。然后她更轻快地说，"你们若有关于火与土壤的问题，可以问汤姆。永远要分享你们的知识。"

在她所分发的纸页上，费利克斯看到一大堆新的词语——冰碛物、铁质灰壤、元古代的侵入岩、潜育土、低分解有机土。他因这些土壤的名字而兴奋不已。这是实实在在的知识。

珍妮有一个困惑已久的问题，这个问题自从她打开那个信封，看到支票掉出来时便困扰着她。"为什么是我们？"她问，"为什么你认为应该由米克马克人来做这件事？"汤姆·波林看着珍妮，如同他在一场探险之旅中第一次看到新大陆。

"不是只有米克马克人为这个项目工作。有些人是米克马克人，我相信你已经知道我和你们甚至有亲属关系；不过胡格蒂丝来自冰岛，而沙琳来自墨西哥。汤姆来自美国南部。在巴西、秘鲁、哥伦比亚、柬埔寨、苏门答腊、越南、美国西海岸，都有人致力于重新种植森林，并让遭受破坏的河流重新充满活力，他们当中很多都是森林原住民的孩子们。生活在森林里上千年的人们，直到最近才被剥夺了一切，正是他们向前迈出一步进行修复工作。这些人最了解如何疗愈森林。"

"让大片古老的森林重新回来，要花几千年的时间。我们在场的人没有一个会见到我们付出劳动的成果，但是我们必须尝试，即便仅有一两个人提着成桶的树苗干活，希望能把支离破碎的森林拼凑完整。帮助地球的林木植被恢复它至关重要的多样性，对于我们人类来讲极为重要——我找不到词语形容它有多么重要。森林也会帮助我们。它们可是自我修复的行家。"

"现在我要去一趟索贝斯超市。我们尽量五点三十分开饭好吗?"她离开了。他们听到她那辆红色皮卡朝山上驶去。

"当她提到森林人的时候,"珍妮对胡格蒂丝说,"我正打算问,在野生森林中田园牧歌般地生活着的部落,是否仅是一个神话,就如同远古时代还没有白人到来时的原始森林之类的神话。事实上,带领那些人进入现代生活不是对他们的一种恩惠吗?"

"珍妮!"费利克斯大喊,"你不会也认为法国人和英国人'带领'米克马克人进入他们自己所谓的现代生活是一种恩惠吧?我知道你不会这么想的。"

珍妮尴尬得满脸通红,紧张不已:"这两件事是不一样的。"

胡格蒂丝讲述了一个奇异的故事,转移了话题——疯狂的纳粹尝试把波兰的比亚沃维耶扎森林变成巨大的原始荒原,他们还把牛逆繁殖,变成一种他们认为是灭绝的欧洲野牛的动物。而这引发了汤姆对可怜的阿富汗人的感慨,那些人砍掉最后一点可怜的树,卖掉它们以便得到一些烧火的干柴。他们一直聊天,直到听到那辆红色卡车从山上开下来的声音。费利克斯想,这个团队的一个特别之处是,他们真的很喜欢谈论和树木有关的事。

"今晚吃意大利面。"萨帕蒂西娅一边说,一边拿着大包小包的食物和几瓶葡萄酒走进来,"如果你们不喜欢今天的食物,那么下一次由你们来做饭。"

汤姆·波林重新装满了木柴箱,给火炉添好了燃料;沙琳煮起一大锅水;珍妮和胡格蒂丝把洋葱和碧绿的青椒切成丁;费利克斯将一大根起皱皮的意大利辣香肠切片,放入半透明的碟子里,并找出碗和叉子。萨帕蒂西娅把酱汁混入面中之后,把锅直接放到了桌子上。

他们边吃边谈论着他们的生活和家庭,但是所有人都不停地望着萨帕蒂西娅。对于立刻变成信徒的珍妮来说,她似乎代表着一切美好事物。

等他们吃完晚餐,天几乎要黑了。汤姆·波林走到外面,其余的人清理桌子,萨帕蒂西娅洗涤茶壶。珍妮开始洗盘子。汤姆回到屋内,说:"月亮正在升起来。"他们在窗口看到了那轮红红的月亮,在海雾的笼罩下一片斑驳;它正快速地从海上升起,随着越升越高,颜色愈渐变淡。看起来它近得可以用一支鱼叉戳中,然而随着高度的上升,它变得越来越遥远。珍妮知道,月亮看起来变远只不过是因为它在扭曲的大气层之上;不过她想,这次它或许真的是在继续上升,变得越来越小,越来越远,正如某个人站在渡轮上同她挥手告别。

老火炉散发出热量,他们坐着,身边放着几杯茶,他们继续聊天,重新谈起他们先前关于热带的话题。

萨帕蒂西娅说:"看上去,比起北方的森林,你们都对热带的森林更感兴趣?"

"它们更濒临灭绝,不是吗?我总是读到,苏门答腊的森林会在二十年之内消失不见。"珍妮说,"它们更有一种紧迫性。"

"你认为北方的森林面临的威胁更小吗?这是一种错误认知。你被热带的浪漫给吸引住了。最近它引起了大量的媒体关注——迪士尼公司受到人们的批评,因为其童书的纸浆来自非法砍伐的热带树木。硬木地板公司突然起誓他们无害生态,仅使用人造林中的树木。"

她继续说道:"沙琳,你曾经在巴西和哥伦比亚待过一段时间。你觉得亚马逊流域有多少树木和多少树木品种?"

"我的上帝,谁知道呢!它们如此多样,不同的物种如此分散……"

汤姆插话了:"我读过菲尔德博物馆去年的报告,上面说有一万六千个品种,我不记得有几百万棵了。"

萨帕蒂西娅点了点头:"人们估计在亚马逊流域大约有三千九百亿棵树。"

汤姆看着她:"我们究竟要怎么理解那些数字?北美的树木只有一千种。一万六千种!"

萨帕蒂西娅撇了撇嘴,似笑非笑:"是的,我们怎么领悟如此富有多样性的巨大数字呢?但报告也提到,其中一半的树木实际上属于两百二十七个不同的品种——那些是主导性的品种,包括可可树、橡胶树、阿萨伊浆果、巴西坚果。"

沙琳续了茶水:"这些都是很多个世纪以来人们在种植的树木。这些品种更多,难道不是因为人类培育了它们?"

萨帕蒂西娅耸了耸肩:"有可能。只不过我们不能确定。一些人确信,那些占超级主导地位的强势品种之所以居于显赫地位,是因为在那里被征服之前,当地人种植了它们。另一方面,有一些人认为它们一直都占据主导地位,而它们所处的是一种自然稳定的状态。这真是一个完美的小谜题。"

"而生态系统的组成部分如此难以捉摸,这也是诱惑之所在。"她继续说,"生活在一个快速旋转而充满改变的世界里真是一件不舒服的事。不过这又多么有趣啊。"

汤姆·波林身体前倾。费利克斯觉得他从晚餐时起便放松了不少——也可能是因为酒。"我在思考关于亚马逊那个问题的另一个方面——不是那些超级主导品种,而是稀有品种。那些灭绝的品种。我在想'暗多样性'。就像暗物质。"

"暗多样性?"费利克斯喜欢这个词。它听起来很酷。

"同'不在场的在场'这一概念有点像。你从地上撬起一块下陷的石头之后,凹陷处仍留有石头的印记,这便是不在场的在场。比如说,有某种稀有的植物,它影响附近的树木和植被。又比如环境发生了变化,这种稀有植物灭绝了,然而因它曾经的存在而带来的影响仍然留在那些植物中——这便是暗多样性。"

"但是如果环境再次发生改变,那种不在场的植物会重新回来吗?"珍妮问,"你的意思是说灭绝并非永恒吗?"

"明天在车上时坐到我身边,我们来弄清楚暗物质和暗多样性的问题。现在我需要睡觉了。"他想,她并不漂亮,但是她皮肤的颜色柔和而美好。还有她的感知。她的思想。

在这样的一轮明月之下,没人能够睡着。它那皎洁的白光如同探照灯,让人无法安眠。月光如水般倾泻下来,渗入地面的每一道缝隙。

费利克斯先是想着土壤的类型,然后想着即将到来的上百万尚未出世的伐树人。他又想到萨帕蒂西娅强调这份工作如何至关重要——它不仅仅是一项工作,而是一项事业,一项终生的使命。他曾听过奥内胡贝的讲演——像这样了不起的大事,是他费利克斯这样的人能做的吗?他的心中朦胧浮现出一个念头:或许现在他已经在做他一直以来都想做的事——森林工作。他已经绕过了横亘在面前的社区大学了吗?甚至也绕过了大学?是的,他已经站在森林的边缘。这将是他的起点。没人能使他退回原地。

与此同时,珍妮感觉到一阵喜悦的欢流,如同一道细细的阳光划破阴暗的天空;她感到自己度过了生命中意义非凡的一天。只因萨帕蒂西娅·塞尔。

汤姆·波林正躺在他那因旅途而磨损的睡袋内,回想着阿富汗的岁月和失去的战友;正是那些绝不可能被外人所理解的炙热体验,将他们的心紧紧熔合在一起。你也有你的"暗多样性"。他发现平民生活孤独得难以忍受;他品尝过那种难以言喻的酸楚——自己不属于任何地方,除了那支不复存在的老队伍,他们如同一件衣服的各个部分般不可分离。我的孤独就像一只被扯下的袖子,他想。后来在锡利湖,他发现了那些落叶松。为了逃开自我毁灭的绝望,他加入了一片原始落叶松森林中的一个工作小组,在那个地方,闪电和暴风雨总是翻涌于夏日的天空。印第安人烧毁了灌木丛,促进草原的生长供野鹿食用;可是在上个世纪,一片片道格拉斯冷杉丛林挤走了落叶松新苗。他触摸着一棵树的柔软针叶。突然间,一个念头油然而生——一位他失去的挚友就在那棵年轻的树中。好友生命的陨落所带来的焦虑与伤悲开始缓和。工作小组在那些老落叶松附近点燃了堆起的燃料;第二年,成千上万的新苗如雨后春笋般冒出。他继续前往不同的森林,在每一棵充满活力的新生树木中,他都能看到一位他失去的好兄弟。他种下的树木越多,就仿佛他使更多的兄弟复活。

在她睡觉的阁楼里,萨帕蒂西娅一下子躺到了床上;那间阁楼曾是渔民们存放物品的地方。那里微弱地散发出一种滞闷的铺盖与旧羊毛的气味,还有老旧的高桶橡皮靴以及刮鳞刀的木头把手的气息。她想,世界上的每一个地方,都有它自己独一无二的气味。古老的米克马克地带的气味,一定带有潮湿的石头、沉船残骸、松树和云杉、落在树下的松软针叶层的味道,夹杂着带有盐味的海风和黄樟树的味道,还有河鱼的咸腥,以及栖居在那里的人的气味;在那流动不息的芬芳空气中,身体发肤得以净化。她转过身来侧躺着,从木地板的一道缝隙向下看,看见一抹月光熠熠生辉地投在茶杯上。她又翻过身去,望着闪耀的大海。

她的思绪起伏不定,如同泡沫在沸腾的锅中翻滚。什么也没完成。仍有很多事没有说出,什么都没准备好。她还没有告知他们存在危险,还没告诉他们从事森林恢复工作的人们会受到攻击甚至被杀害,因为任何人干扰了那些为利益而破坏森林的人,都会招致报复。她还没有提过会有铺天盖地的宣传和谎言将他们淹没。她还没有跟他们讲过吞噬一切的大火,没有讲过加拿大北方森林中泥炭沼的炭质泥料燃烧起来比欧亚大陆的更灼热,没有讲过不可控制的树冠火正在改变地球的反照率。等到清晨来临,她得把这些告诉他们。

新的想法奔涌而来。他们会作为一个团队一起工作吗?不是每一个人都适合这种生活。她觉得费利克斯会是不错的——他正热切期待着开始这份工作。汤姆·波林是她的依靠,他可以为这个小组负起责任——若是他一直活着的话。珍妮或许是最佳的人选,一旦她找到适合自己的路。拭目以待吧。胡格蒂丝将在十一月离开。至于沙琳——她又在因某些臆想出的问题而愠怒。还有玛雅拉……不,她不希望想起她,她不可以!然而玛雅拉就在那里,从她的记忆中缓缓升起,深色皮肤的混血激进分子玛雅拉,她是姐妹、女儿、情人。是的,她还很美丽。不听话的记忆并未就此停止,而是跳跃到了那一天——玛雅拉带领着一位外国记者去看保护区中的一片遭到严重破坏的砍伐现场,红色桃花心木倒在地上,末端还湿漉漉的;当那些伐木人返回时,他们手中拿着枪,而不是链锯。就如同他们已经提前知道了一样。他们当然已经知道了。几秒钟的时间一切就结束了,一阵短暂的枪击。照片上,玛雅拉被劈成两半,她蜷着身子,仿佛正在试图亲吻自己的膝盖。她那漂亮的膝盖!她那棕色的,美丽光洁的膝盖。

接下来是可怕的十天,萨帕蒂西娅和阿尔弗雷德·奥内胡贝历经了巨大的痛苦、对背叛的忏悔,以及如同刀割的伤悲,直到他们声嘶力竭,直到两人都因他们失去的东西而筋疲力尽。打破这一状况的是另一件事,更为重大以至于凌驾于个人死亡之上。因为在离婚之后她径直去了极地冰川。

在格陵兰岛的冰川上,同冰川科学家们在一起,她经历了最为强烈的认知震撼——一个曾被认为固若金汤的世界即将消失。好几年来她一直听说,地球与它的生命形态对于轻微的温度变化极其敏感,物种会随着天气和气候的变化而兴盛或灭绝,然而她却仅把这些警告看作环境决定论而已。在冰川上生活的那段时间,她的思绪随月亮在天空中的位置变化而逐渐改变。历史上的证据,加上对当代变化的严密观察,如炽热的箭一样发出危险信号;地球对太阳耀斑的反应极为敏感,还有火山灰造成的阴影,电磁空间风暴,以及地下岩浆运动。从出生起到现在,她都以为极地冰川是地球的一种亘古不变的特征。她没有真正了解。"我的上帝,它消融得多猛烈啊。"她悄声对自己说。那蓝色的冰川上几千英尺深的巨大裂缝,是被融冰化成的水侵蚀而成;它们之所以裂开是为了应对那些湍流的冲击,那些水流一直冲到巨大冰河床之下的岩石上,迫使下部冰川朝大海挤压,从下方润滑着庞大的冰帽。站在一道令人毛骨悚然的裂缝旁,下方是万丈深渊,有人说:"我们正看着前所未有的景象。"那天晚上回到帐篷之后,每个人都承认自己被实实在在的证据所震撼。

"巨大的危机近在眼前,"一位科学家说,"在这最后一周里我们所见到的……"他喃喃自语道。萨帕蒂西娅·塞尔觉得他的意思是,他们所见到的不只是冰川的融化,而是人类的灭绝。她想要大声疾呼:"还有森林,树木……那些为所欲为的人可以改变一切!"然而她的声音在喉咙中哽住了。

冰川的景象让她惊恐万分。第二天,她从机场打电话给他:"我们可不可以重新来过?我们就不能试着修补我们之间的裂痕吗?我需要你。无论是生活还是我们的事业。现在我明白了,这项工作是最为重要的事。"奥内胡贝却答复说:"有些裂痕就是没办法修补。"

她——萨帕蒂西娅·塞尔,如今来到了这里,她没有放弃;但她需要睡觉,她必须——必须睡觉。"除了继续努力,我还能做什么呢?可如果一切只是枉费工夫呢?倘若从第一位原始人直立身体,以新的视角审视世界时起,一切就已经太晚了呢?不!"她和很多其他人所做的事正在起作用,也必须得起作用。有那么多的人尝试修复已造成的破坏,有那么多的人如此无私地关注和努力。而且森林自身也正在重新生长。"哦,上帝,"她呻吟道,"哦,上帝!快把月光熄灭吧!"

在天空的东边一角,那轮月亮很小但十分皎洁,它那冷若冰霜的光芒,如同黑白胶片般显露出礁石密布的海岸,饱受蹂躏的森林,悄无声息的伐木者,散发黑色光芒的泥炭沼,还有尖尖的茂密森林。还有奥内胡贝紧握方向盘的指关节发白的手。大海向着月光上升。然后继续上升。

致　谢

我无法把所有曾对这本书提供过建议或资源的人都一一列出,不过还是尽力列出了这许多人当中的一小部分。

有两个章节的部分文字以略有不同的形式刊载于《布里克文学期刊》和《纽约客》。

写作这本书的资助部分来自福特奖金和美国艺术家组织,部分来自我的出版商,斯克布里纳出版社。写作这本书的部分时间里,我住在帕萨波塔国际文学之家(布鲁塞尔),作为由文学组织"进行描述"和比利时荷语文化区文化部门组织的"佛兰德斯和布鲁塞尔居住计划"项目的一部分。特别要感谢伊尔克·弗罗因和帕萨波塔的工作人员,以及他们卓越的书店。也要感谢伊索尔德·布滕,让我初次体验说、听和读荷兰语的趣味。我很感谢我的出版商——德赫斯出版社的埃里克·维瑟,还有我的编辑内尔·亨德里克斯,感谢他们给予我的鼓励,并对我的生硬荷兰语加以细致检查。

在新西兰

作家詹妮和音乐家劳顿·帕特里克,朋友、向导、图伊鸟的狂热爱好者,他们带我进入惠灵顿那片富饶的威尔顿丛林(又名奥特里)森林保护区,见到了芮木泪柏、罗汉松、鸡毛松、瑞瓦瑞瓦、树蕨——那是一片属于往日的潮湿的森林世界。新西兰海事博物馆的图书馆和档案室帮了我很多忙。新西兰北地马塔科希的贝壳杉博物馆馆长贝蒂·

内利，以及展品主管安德里亚·海明斯十分热情，并给予我极为慷慨的帮助。丽塔·哈弗尔的帮助令我十分愉悦，她是惠灵顿的亚历山大·特恩布尔图书馆的研究馆员。迈克尔·金作家中心的卡伦·宾兰帮忙提供了信息和联络人。其中一位联络人便是莉兹·艾伦，该中心的一位受托人，她从繁忙的日程安排中抽出了几天时间，开车带我到赫基昂加参观贝壳杉博物馆，并参观了仅存的几片贝壳杉森林中的一处。在赫基昂加，那座令人震撼的贝壳杉博物馆的馆长贝蒂·内利安排了一次短途的森林夜间游，使我得以欣赏月光之下的巨树。我们的向导是凯尔·图韦卡亚·兰加·查普曼，他用长笛、吼板、吟唱、故事，以及对猎食几维鸟的鼬鼠和负鼠的激愤谴责，为这一旅途增加了许多戏剧性的体验。

在新斯科舍

衷心感谢新斯科舍自然历史博物馆的馆长罗杰·刘易斯，他是一位米克马克学者、考古学家、人种学家，同时也是一位极富感染力的故事讲述者，感谢他阅读这本小说的一部分，并向我阐释了河流之于米克马克人的重要性。还要感谢我的妹妹罗伯塔·罗伯茨，她陪我在该省待了一个星期。

在美国

我的经纪人莉兹·达汉索夫，还有我的编辑娜恩·格雷厄姆，她们二人的鼓励和支持让我坚持过好几个时间跨度。我十分感谢苏珊·M.S.布朗，她为这本书的手稿付出了极大的心血，还将横跨三百年历史的书中角色编进易于理解的家谱。这件困难的事若是让我来做，我会头疼死的。森林史学会的图书管理员谢丽尔·奥克斯找到了很难觅得的文章及参考资料，爱达荷州艺术委员会的科特·康利帮忙提供了关于西部伐木的书籍。在佛蒙特州，约翰·P.劳伦斯医生在一些书中角色涉及的医疗细节上为我指点迷津。圣达非的艺术家戴维·布拉德利让我读到了关于森林原住民的报告，他们由于砍伐、开发牧场、棕榈油农场以及采矿，而被迫离开土生土长的地方,在困境中挣扎。大量书商将他们的商品展示在 AbeBooks 上面,这让我发现了许多珍本。当然,也要感谢不可或缺的互联网,尤其是谷歌搜索引擎,它让许多鲜为人知的人物和事件浮出水面。怀俄明大学的柯埃图书馆是我寻找许多稀缺或难觅书籍的起点。还要感谢摩根·朗,他在技术上帮忙处理了这部大部头的手稿。